JN134298

WONDERBOOK

ワンダーブック

図解
奇想小説創作全書

ジェフ・ヴァンダミア＝著
朝賀雅子＝訳

FILM ART
フィルムアート社

エリン・ケネディとジェイソン・ケネディ
にささげる、愛をこめて。

デザイン：ジェレミー・ザーフォス、
ジェフ・ヴァンダミア、ジョン・コールタート

かあさん、おばさん、我慢強い友人たちと家族、
そして、フリーテクスチャー・コミュニティに。みんな愛してる。
——ジェレミー・ザーフォス

WONDERBOOK: AN ILLUSTRATED GUIDE TO CREATING IMAGINATIVE FICTION

JEFF VANDERMEER

ART BY JEREMY ZERFOSS
(AND MANY OTHERS)

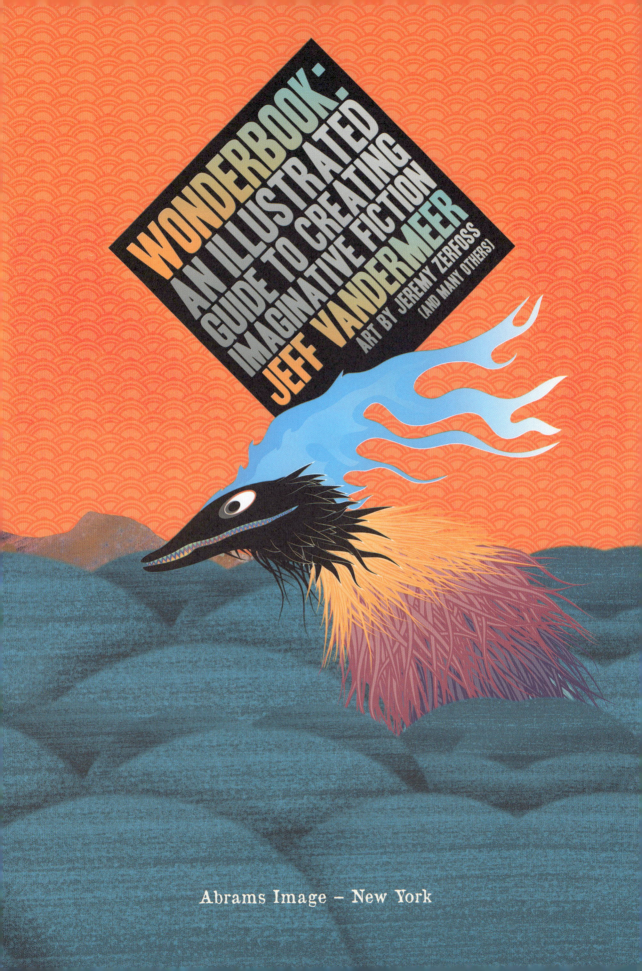

Abrams Image – New York

Editor: David Cashion
Designer: Jeremy Zerfross, Jeff VanderMeer, John Coulthart
Production Manager: Rebecca Westall
Revised edition published in 2018 Copyright © 2013 Jeff VanderMeer
Sidebar articles and "spotlight on" text copyrighted to the individual creators as specified by the extended copyright page on pages 363–364.
Illustrations/photographs copyright © 2013 Jeremy Zerfoss, except as otherwise specified by the extended copyright page on pages 363–364.

First published in the English language in 2018
by Abrams Image, an imprint of Harry N. Abrams, Incorporated, New York
ORIGINAL ENGLISH TITLE: WONDERBOOK (REVISED AND EXPANDED): THE ILLUSTRATED GUIDE TO CREATING IMAGINATIVE FICTION
(All rights reserved in all countries by Harry N. Abrams, Inc.)

ABRAMS The Art of Books
195 Broadway, New York, NY 10007 abramsbooks.com

Japanese translation rights arrenged with
Harry N. Abrams, Inc.
through Japan UNI Agency, Inc., Tokyo

ABRAMS The Art of Books
195 Broadway, New York, NY 10007
abramsbooks.com

目次

- 本書は、2013年に刊行された *Wonderbook: The Illustrated Guide to Creating Imaginative Fiction* の増補改訂版にあたる、2018年刊行 *Wonderbook (Revised and Expanded): The Illustrated Guide to Creating Imaginative Fiction* の全訳である。
一切の訳出は増補改訂版に沿っておこなった。
- 本書内で未邦訳の書籍が扱われる際には、書籍名を直訳で示し、初出時には原題を併記した。邦訳が存在する書籍については、基本的に日本刊行時の題名を用いて表記したが、文脈上で原題、もしくはそれに倣った記載が必要と思われた箇所については、その限りではない。

マートル・フォン・ダミッツ3世

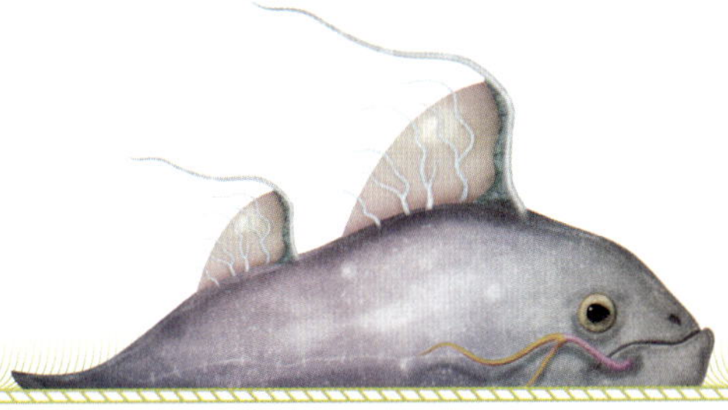

ようこそ、『ワンダーブック』へ。はじめに、持ち物をチェックしてほしい。じゅうぶんな水と食料、なんらかの登山装備。ちゃんと睡眠もとっておく。ペンと紙は、肌身離さず。電子機器は、いつ壊れるかわからないからね。いざ冒険に旅立つとき、奇妙な喋る動物の言語について知っていると有利だ。だから、下調べを怠らないように。そして、いつも——いつもだよ、油断は禁物だ。さあ、覚悟を決めて……準備はいいかい？　飛びこめ……すべてのど真ん中に。

ようこそ

左ページの『裏庭』に描かれているように、日常のありふれた一瞬にさえ、複雑さと不思議が隠されているかもしれない。ぼくが好きな執筆ガイド本には、フィクションとは、入りくんだ、ときに謎めいた世界を理解する手段であり、世界じゅうでストーリーが息づいていると認識しているものもある。なかでも好きなのは、クリエイティビティを称えつつ、有益なアドバイスに根ざしている本だ。実用的でありながら、読者を楽しませる。

そういうわけで、きみが手にしているこの本は生まれた。『ワンダーブック』は何よりもまず、フィクションという芸術の総合ガイドなんだけど、想像力を刺激する珍品のコレクションでもある。執筆への有機的なアプローチは、フィクション改善のための体系化された手順やテストと一体であるべきという、ぼくの信念が反映されている。ワークショップの専門用語や安易すぎる解決策（実用的な解決策とはまったくの別物）も避けている。きみは『ワンダーブック』からフィクション執筆の基礎を学ぶだけでなく、ときには、より高度なテーマで能力を試される。伝授するテクニックが、いわゆる〈文学的〉フィクションにも〈商業的〉フィクションにも利用できる点でいえば、『ワンダーブック』はジャンルを特定していない。きみが書きたいのが、数世紀におよぶヒロイック・ファンタジー三部作であれ、孤独な男の1日を探る長編小説であれ、その中間のものであれ、『ワンダーブック』は役に立つ。

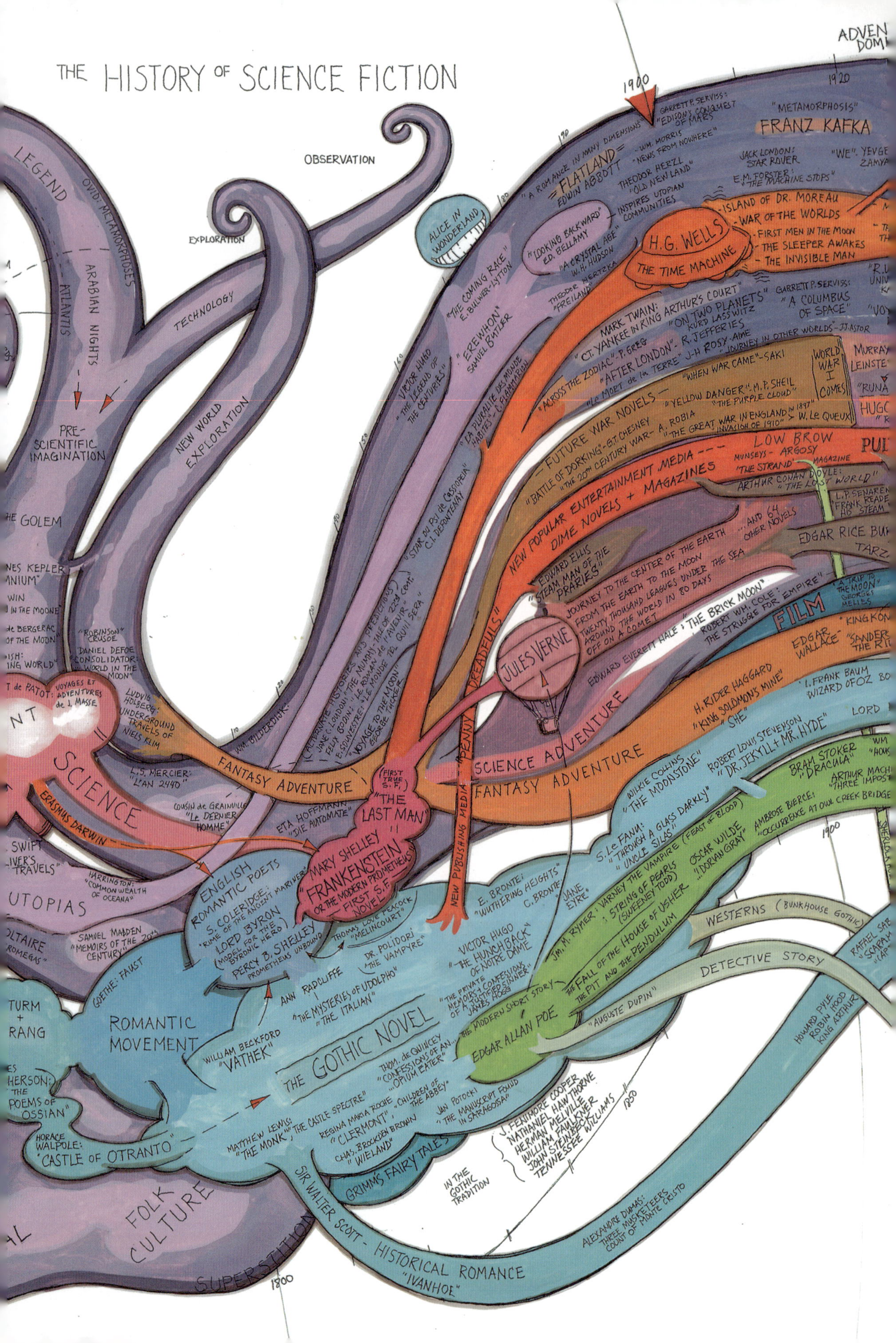
THE HISTORY OF SCIENCE FICTION
OBSERVATION
EXPLORATION
TECHNOLOGY
LEGEND
OVID: METAMORPHOSES
ARABIAN NIGHTS
ATLANTIS
PRE-SCIENTIFIC IMAGINATION
NEW WORLD EXPLORATION
ALICE IN WONDERLAND
1900
1920
ADVEN
DOM
"A ROMANCE IN MANY DIMENSIONS" "FLATLAND" EDWIN ABBOTT
GARRETT P. SERVISS: "EDISON'S CONQUEST OF MARS"
WM. MORRIS "NEWS FROM NOWHERE"
THEODOR HERZL "OLD NEW LAND"
INSPIRES UTOPIAN COMMUNITIES
"LOOKING BACKWARD" ED. BELLAMY
"A CRYSTAL AGE" W.H. HUDSON
THEODOR HERTZKA "FREILAND"
"THE COMING RACE" E. BULWER-LYTTON
"EREWHON" SAMUEL BUTLER
"METAMORPHOSIS"
FRANZ KAFKA
JACK LONDON: STAR ROVER
E.M. FORSTER: "THE MACHINE STOPS"
"WE", YEVGE ZAMYA
H.G. WELLS
THE TIME MACHINE
ISLAND OF DR. MOREAU
WAR OF THE WORLDS
FIRST MEN IN THE MOON
THE SLEEPER AWAKES
THE INVISIBLE MAN
MARK TWAIN: "CT. YANKEE IN KING ARTHUR'S COURT"
"ON TWO PLANETS" KURD LASSWITZ
GARRETT P. SERVISS: "A COLUMBUS OF SPACE"
"ACROSS THE ZODIAC" P. GREG
"AFTER LONDON" R. JEFFERIES
"Le Mort de la Terre" J-H ROSY-AINE
"JOURNEY IN OTHER WORLDS" -JJ. ASTOR
VICTOR HUGO "THE LEGEND OF THE CENTURIES"
"LA PLURALITE DES MONDES HABITES" - C. FLAMMARION
FUTURE WAR NOVELS
"BATTLE OF DORKING" - G.T. CHESNEY
"THE 20TH CENTURY WAR" - A. ROBIA
"WHEN WAR CAME" - SAKI
"YELLOW DANGER" - M.P. SHEIL
"THE PURPLE CLOUD"
"THE GREAT WAR IN ENGLAND IN 1897" "INVASION OF 1910" - W. Le QUEUX
WORLD WAR I COMES!
MURRAY LEINSTE
"RUNA
HUGO
LOW BROW
MUNSEYS - ARGOSY
"THE STRAND" MAGAZINE
PUL
NEW POPULAR ENTERTAINMENT MEDIA
DIME NOVELS + MAGAZINES
ARTHUR CONAN DOYLE: "THE LOST WORLD"
L.P. SENAREN "FRANK READE HIS STEAM
EDGAR RICE BU
TARZ
"STAR OU PSI de CASSIOPEIA" C.I. DEFONTENAY
EDWARD ELLIS "STEAM MAN OF THE PRARIES"
JOURNEY TO THE CENTER OF THE EARTH
FROM THE EARTH TO THE MOON
TWENTY THOUSAND LEAGUES UNDER THE SEA
AROUND THE WORLD IN 80 DAYS
OFF ON A COMET
...AND 64 OTHER NOVELS
JULES VERNE
"A TRIP TO THE MOON" GEORGES MELIES
FILM
EDWARD EVERETT HALE: "THE BRICK MOON"
ROBERT WM. COLE: "THE STRUGGLE FOR EMPIRE"
KING KONG
EDGAR WALLACE
"SANDERS OF THE RIV
PENNY DREADFULS
NEW PUBLISHING MEDIA
THE GOLEM
NES KEPLER
NIUM"
WIN
IN THE MOONE"
de BERGERAC "OF THE MOON"
ISH: ING WORLD"
"ROBINSON CRUSOE"
DANIEL DEFOE CONSOLIDATOR: "A WORLD IN THE MOON"
T de PATOT: VOYAGES ET ADVENTURES de J. MASSE
LUDVIG HOLBERG: UNDERGROUND TRAVELS OF NIELS KLIM
WM. BILDERDIJK
ALTERNATE HISTORIES AND PREDICTIONS
JANE C. LOUDON: THE MUMMY - TALE OF 22ND CENT.
FELIX BODIN: LE ROMAN DE L'AVENIR
E. SOUVESTRE: LE MONDE TEL QU'IL SERA
"VOYAGE TO THE MOON" GEORGE TUCKER
NT
SCIENCE
FANTASY ADVENTURE
L.S. MERCIER: "L'AN 2440"
COUSIN de GRAINVILLE "Le DERNIER HOMME"
ERASMUS DARWIN
ETA HOFFMANN: "DIE AUTOMATE"
(FIRST TRUE S.F.)
"THE LAST MAN"
MARY SHELLEY
FRANKENSTEIN
OR THE MODERN PROMETHEUS
FIRST S.F. NOVEL
H. RIDER HAGGARD
"KING SOLOMON'S MINE"
"SHE"
SCIENCE ADVENTURE
FANTASY ADVENTURE
L. FRANK BAUM WIZARD OF OZ
LORD
SWIFT
LIVER'S TRAVELS"
HARRINGTON: "COMMON WEALTH OF OCEANA"
UTOPIAS
SAMUEL MADDEN "MEMOIRS OF THE 20TH CENTURY"
OLTAIRE
ROMEGAS"
ENGLISH ROMANTIC POETS
S. COLERIDGE: "RIME OF THE ANCIENT MARINER"
LORD BYRON (MODEL FOR THE BYRONIC HERO)
PERCY B. SHELLEY PROMETHEUS UNBOUND
THOMAS LOVE PEACOCK "MELINCOURT"
DR. POLIDORI "THE VAMPYRE"
E. BRONTE: "WUTHERING HEIGHTS"
C. BRONTE: "JANE EYRE"
WILKIE COLLINS "THE MOONSTONE"
ROBERT LOUIS STEVENSON "DR. JEKYLL + MR. HYDE"
BRAM STOKER "DRACULA"
ARTHUR MACH "THREE IMPOST
S. Le FANU: "THROUGH A GLASS DARKLY" "UNCLE SILAS"
JM. M. RYMER: VARNEY THE VAMPIRE (FEAST OF BLOOD)
"STRING OF PEARLS" (SWEENEY TODD)
OSCAR WILDE "DORIAN GRAY"
AMBROSE BIERCE: "OCCURRENCE AT OWL CREEK BRIDGE"
1900
VICTOR HUGO "THE HUNCHBACK OF NOTRE DAME"
"THE PRIVATE MEMOIRS + CONFESSIONS OF A JUSTIFIED SINNER" JAMES HOGG
THE FALL OF THE HOUSE OF USHER
THE PIT AND THE PENDULUM
WESTERNS (BUNKHOUSE GOTHIC)
DETECTIVE STORY
"AUGUSTE DUPIN"
RAFAEL SAB "SCARAM
HOWARD PYLE ROBIN HOOD KING ARTHUR
GOETHE: FAUST
STURM + DRANG
ROMANTIC MOVEMENT
ANN RADCLIFFE
"THE MYSTERIES OF UDOLPHO" "THE ITALIAN"
WILLIAM BECKFORD "VATHEK"
THE GOTHIC NOVEL
THOM. de QUINCEY "CONFESSIONS OF AN... OPIUM EATER"
THE MODERN SHORT STORY
EDGAR ALLAN POE
ES HERSON: "THE POEMS OF OSSIAN"
HORACE WALPOLE: "CASTLE OF OTRANTO"
MATTHEW LEWIS: "THE MONK"
"THE CASTLE SPECTRE"
REGINA MARIA ROCHE "CLERMONT"
"CHILDREN OF THE ABBEY"
CHAS. BROCKDEN BROWN "WIELAND"
JAN POTOCKI "THE MANUSCRIPT FOUND IN SARAGOSSA"
J. FENIMORE COOPER
NATHANIEL HAWTHORNE
HERMAN MELVILLE
WILLIAM FAULKNER
JOHN STEINBECK
TENNESSEE WILLIAMS
IN THE GOTHIC TRADITION
1850
GRIMM'S FAIRY TALES
FOLK CULTURE
SUPERSTITION
SIR WALTER SCOTT - HISTORICAL ROMANCE "IVANHOE"
ALEXANDRE DUMAS: THREE MUSKETEERS COUNT OF MONTE CRISTO
1800

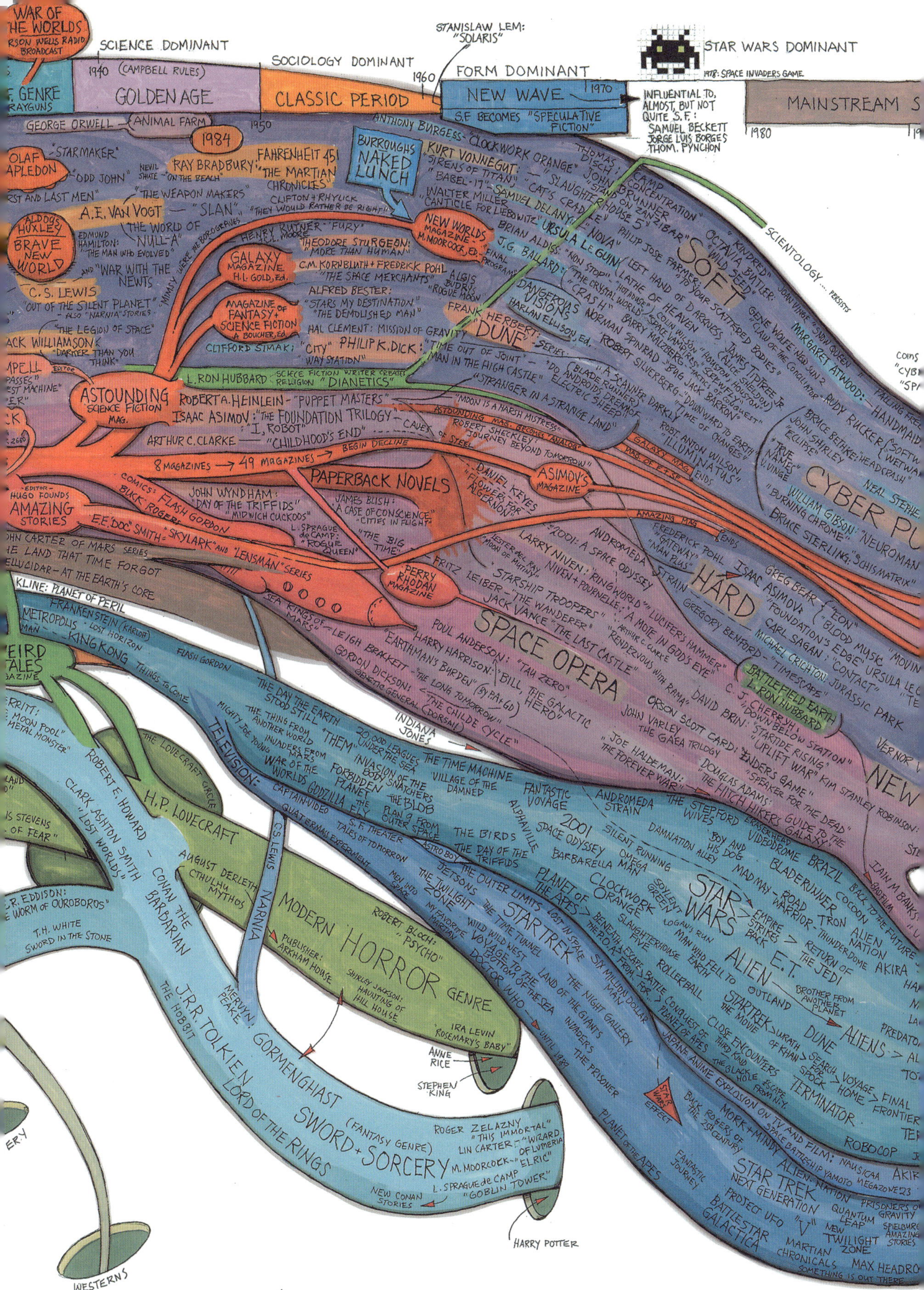

"SCIENCE FICTION DEALS WITH IMPROBABLE POSSIBILITIES, FANTASY WITH PLAUSIBLE IMPOSSIBILITIES."
MIRIAM ALLEN de FORD

『サイエンス・フィクションの歴史』
ウォード・シェリー

この本の特徴

『ワンダーブック』は2つの点で、よくある執筆ガイド本とは異なる。まず、イラストが文章にかわって説明をしたり、文章を補ったりすることが多い。30人を超えるアーティストが作品を提供してくれたけど、図表はどれも、ぼくのスケッチとコンセプトを基にジェレミー・ザーフォスが描いてくれた。この本には、いままでのどんな執筆ガイド本よりもわかりやすくて刺激的な（実用面でもヴィジュアル面でも）挿絵が載っている。イラストがいつでも文章のかわりになるわけじゃないけど、キーコンセプトを伝えたり、複雑なことを噛み砕いて単純にしたりするうえで、とても有用だ。きみのクリエイティビティも魅了できるといいんだけど。

次に、ジャンルを問わず新人・中堅作家の助けになるといっても、『ワンダーブック』のデフォルトの設定は写実主義（リアリズム）ではなくファンタジーにしてある。たいていの執筆ガイド本は写実小説をデフォルトにしていて、ファンタジーはストーリーテリングのほかのジャンルから切りはなされている感じだ。もし、きみがファンタジー、ホラー、SF、マジックリアリズム、不条理主義や超現実主義（シュルレアリスム）といったジャ

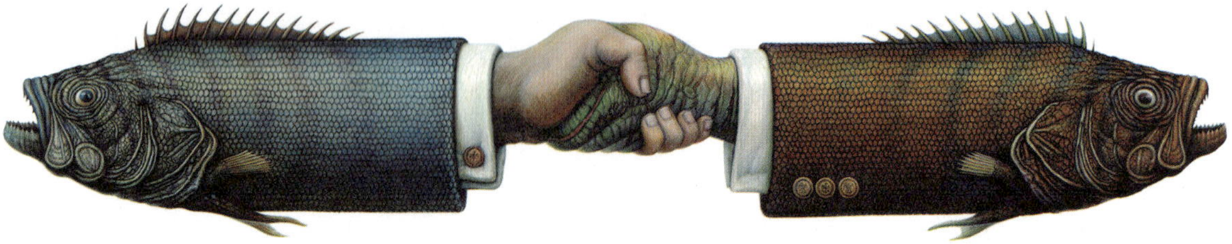

『フィッシュハンド|
Fishhands』（2010年）
スコット・イーグル

ンルで書いているなら、この本を読んで、ふるさとに帰ったような気分になってもらえると思う。それ以外のジャンルであっても、ありふれたテーマへの新しい見かたに気づくだろう（ぼくが語る基礎の基礎をしっかり身につけるだけでなく）。〈リアルな〉フィクションと〈ファンタジックな〉フィクションには、概念、理論、実践において、たいした違いがないことにも。きっと、ストーリーテリングへのあらゆるアプローチをとおして〈想像力あふれる〉作品と出会うはずだ。

ぼくはといえば、はじめのうちは文学のメインストリームにいたけど、すぐに自分の小説がもっとファンタジー寄りだと気づいた。友人たちに読んでもらったら、ぼくがリアルだと思いこんでいたものは、友人たちにはシュールだった。いろんなジャンルの作品から影響を受けて、いつの間にか〈二重国籍〉を持っていたのだ。しかも、子供のころ家族であちこち旅したから、不思議なことや奇想天外なことが現実世界にどれほどあふれているか、実体験として知っていた。フィジーの夜の暗礁で、懐中電灯に照らされた巨大オニヒトデと出くわすにしろ、ぜんそくにかかるにしろ、クスコ（訳注：ペルーの都市）のホテルで、窓の外を飛びながら交尾するエメラルド色とルビー色の2羽のハチドリを驚きの目で見つめるにしろ、ノンフィクションの正確な記録にとどまらず、もっと深い解釈とくわしい描写をするべき世界にぼくたちは生きていると感じた。ストーリーテリングはさ

まざまな体験を調和させる必要性から生まれ、ぼくはファンタジーを選んだともいえる。あまりにもたくさんの土地を旅したから、それぞれの断片を結びつけることでしか、真のふるさとを見出せなかった。それに、フィクションでしか世界の複雑さと美しさを——ときには恐ろしさを表現できなかった。

構成と使いかた

『ワンダーブック』は拾い読みでも使えるけど、じっくり味わうなら通読がおすすめだ。まず、インスピレーションの概念とストーリーの構成要素をじっくり教え、そのあと、さまざまなストーリーテリングの冒険に乗りだす。第3章から第6章では、フィクションの入り口をいくつも用意している。たいていの作家は面白いオープニングやエンディングを思いついてから、ひとによってはプロットや構成、キャラクター、設定を考えてからでないと書けない。テクニックを語るうえで、短編小説と長編小説をあまり区別していないけど、トピックやサブトピックが、どちらかによりふさわしいようなら明記している。長編小説と短編小説に違いがあるにせよ、執筆アドバイスの多くはどちらにもあてはまる。

作家・大学講師のマシュー・チェイニーが、コンサルタントをつとめてくれた。セクションによっては、この本の執筆中にぼくたちがしたディスカッションの成果が、かなり反映されている。

各章のアプローチは、テーマに合わせて少しずつ変えている。たとえば、第3章では、ぼくの作品を中心にしている。自作を解剖することで、典型的なオープニングでの選択肢を見せるために、架空の小説に頼ったり、ほかの作家の選択に当てずっぽうを述べたりしなくてすむ。キャラクター描写の章では、この本のためにおこなった好きな作家たちへのインタビューを重視していて、彼らの意見とぼくの意見を織りまぜてある。世界構築の章では、説明の図表より、設定の例を示すイラストと写真が多い。キャプションも大活躍だ。改稿のコツはたいていの章にふくまれているけど、第7章であらためて取りくみ、ほかの作家の知恵も借りている。改稿については、どうしても同じことをくり返してしまうけど、最適なタイミングで最適なアドバイスをすることのほうが、ぼくには大切だ。

でも、こういう考えは、メインの章につづく補足のワークショップにはあてはまらない。補足のワークショップは、コンテンツがバラバラで予測がつかないし、きみを未知なる地へ連れていくだろう。順番どおりより、順不同で読むのに向いている。きみが挑む難解なライティング・エクササイズと併せて、ライブRPGの専門家によるフィクションの展望、テクニックに関するジョージ・R・R・マーティンのインタビューも載っている。楽しんで——迷子になるな。いや、むしろ、なってしまえ。ときには、迷子になることがクライマックスだ。

本文に加えて、章により深みを与える補足のエッセイなどもある。

- ニール・ゲイマン、アーシュラ・K・ル＝グウィン、レヴ・グロスマンをはじめとする作家たちのエッセイ。情報を追加したり、本文のテーマを発展させたりするのが目的だ。ほとんどが『ワンダーブック』の書きおろしで、緑色の枠で囲んである。

ガイド・キャラクター

『ワンダーブック』には情報を与え、花を添え、楽しませせる、
いろんなガイド・キャラクターがいる。
ミスター・オッド、リトル・エイリアン、ひねくれデビル、
なんでもお見通しの目玉ペン、そして、ウェブ・ナビゲーター。

ミスター・オッド

「わたしのことは、一家団欒につねに颯爽と現れ
決して職業を明かさない変わり者の叔母か
叔父とでも思ってくれたまえ。
とはいえ、きみが真摯に耳を傾けるなら
興味深い逸話や情報をわかちあえる。
有益なものを与えるべく、わたしは登場しよう。
華々しく。謎めいて。ん?　わたしの銃かい?
これは水鉄砲さ」

リトル・エイリアン

「ぼくらは敏腕ガイドだ。サボってるときもあるけど
たいていコンセプトとか
用語とかの基本を教えてやってる。
ミスター・オッドがややこしいことを言ってたら
あの老いぼれくちばし頭の手伝いもしてやるし。
はるばる遠い惑星から来たんだから、
ぼくらの話をちゃんと聞くんだね
——じゃなきゃ、きみ、ガリバーみたいに
縛られて目を覚ますことになるかもよ」

ひねくれデビル

「おれは下っ端のエイリアンどもとは違う。
図表やイラストに難癖つける
トラブルメーカーさ。
ついでに、正反対なアイディアを
おまえの頭に2ついっぺんに
植えつけてやるんだ」

なんでもお見通しの目玉ペン

「わたくしはリトル・エイリアンたちと
共にやって来たが、
彼らと違い、使命はただひとつ。
あなたの注意力が衰え、
刺激を欲していると気づいたときは
抜きうちライティング・チャレンジを実施する」

ウェブ・ナビゲーター

「おいらを一番地味なガイドだと思っているひとも
いるけど、実はすごく貴重な存在なんだ。
ワンダーブックナウ・ドットコムで
テーマや作家についてのコンテンツを
見つけられるのは、おいらがいるから。
きみは本だけじゃなくウェブサイトも使って
経験を深められる。身体はちっちゃくても
おいらは情報をたんまり持ってるんだからね」

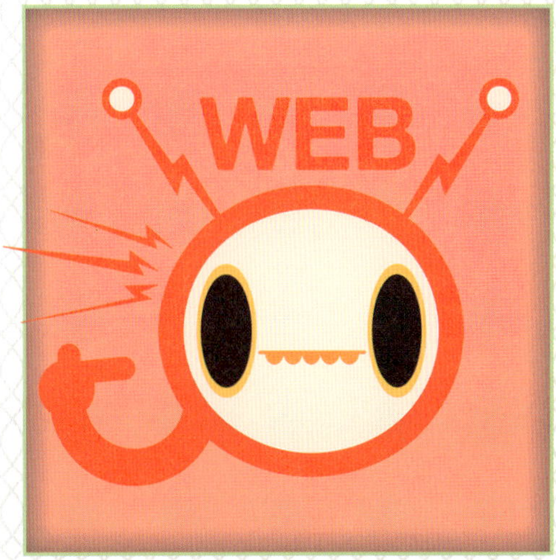

おれさまはクレーム・ドラゴン。おまえを悩ませてやる。かき乱すってのは楽しいもんだ。おいおい、それが本当にいいアイディアか？
おまえが自分で決めるんだぞ。おれさまは矛盾してるからな。——敬具　クレーム・ドラゴン

- ぼくのエッセイ。コンテキストを追加するための短いエッセイだ。無記名だし、枠も緑色ではなく青色で、ゲスト作家のエッセイと区別している。
- 注目コーナー。短い文章だけど、いろんな作家やクリエイターから、トピックにまつわる興味深い引用をしている。
- イラストを使ったライティング・チャレンジ。検討中のテーマのためのミニトレーニングだ。実践的なものもあれば、きみの想像力を広げるために、わざと奥深くしたものもある。補足のワークショップでは、さらにむずかしいライティング・エクササイズが待っている。

余白にも、補足がある。

- 用語の定義や意見の追加をする青文字の文章
- イラストの解説や手引きをするキャプション
- ワンダーブックナウ・ドットコムのコンテンツの追加参照

それより、余白には見すごせない邪魔者がいる——ドラゴン姿の。クレーム・ドラゴンは、すばらしい作家たち（ぼくのおすすめばかりだ）のアイディアや意見に目をつける。本文に異議を唱えるか、要点を引きのばすか。『ワンダーブック』の反乱分子みたいなもので、情報の暗記より、読むものへの取りくみが大切だと思いださせる。

ワンダーブックナウ・ドットコム

ワンダーブックナウ・ドットコム（Wonderbooknow.com）には、執筆テクニックに関する情報が、もっとたくさんある。この本で使われているWEBアイコンは、そこで見られる情報を伝えているけど、すべてじゃない。この本に加えられた大きな違いが編集会議だ（そこでは名高いフィクションの編集者たちがストーリーを読み、見こみはあるけどイマイチだとか批評をする）。あと、補足のワークショップにまつわる情報や、インタビューの全文などへのリンクも載せてある。サイト上のすべてが、執筆テクニックに役立つ。ぼくの前著『ブックライフ：21世紀の作家のための戦略とサバイバル術｜*Booklife: Strategies and Survival Tips for the 21st-Century Writer*』に関連するブックライフナウ・ドットコムでも、テクニックを支えるもの（キャリアについてのアドバイス、現在の出版業界での交渉術）を載せている。

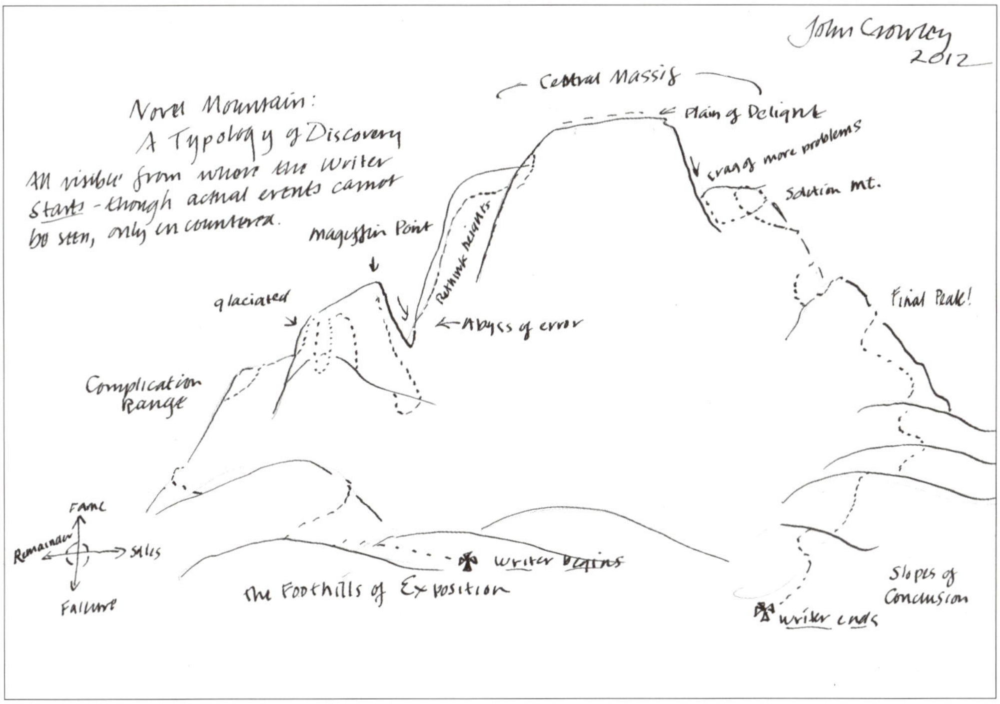

ジョン・クロウリー『ノベル・マウンテン：発見の類型学』（2012年）

旅路

ジョン・クロウリーのスケッチからもわかるように、作家はつらい職業で、それなりにメンタルの強さが必要だ。ご褒美はたくさんあるけど、挫折も待ちかまえている。避けられないものも、頼れるガイドがいれば未然に防げるものも。さらに、頼れるガイドは、きみの学びの期間を2、3年縮めてくれる。きみが作家になり、作家でありつづける長い旅路をとおして『ワンダーブック』が誠実なパートナーでいられるよう願っている。理想どおりにいかないときでも、自分の道を進めるはずだ。

きみのフィクションが、喜び、充足、きみが望むすべての善いものを与えてくれますように。そして、楽しませてくれますように。たっぷりとね。

次ページ
『旅のアイディアの棚 | *Shelves of Ideas for the Journey*』
（2010年）
スコット・イーグル

KLAFF'S KLAFF'S
816-753-6262
800-456-2148
Fax 816-753-7935
PHONE 937-276-4046 FAX 937-276-2280
Door & Hardware
4620 Webster St. Dayton, OH 45414 PHONE 937-276-4046 FAX 937-276-2280
BUTCH PALONE
Masterpiece LIGHTING
558 Fourteenth Street
Atlanta, Georgia 30318
tel: 404-897-9977
fax: 404-881-0202
www.masterpiecelighting.com
The Fine Art of Lighting
PARÉ OIL CO., INC.
Heating Oils - Propane Complete Heating
PA - (724) 592-5800
Landing,

空想遊びと想像力は、作家の生命の核だ。書くものと書きかたのあらゆる局面に影響をおよぼす想像力を、ぼくたちはどうやって育むか。ユングも言っている。「ファンタジーの動的な原理は遊びであり、子供にふさわしく、シリアスな作品の原理とは相いれないように見える。しかし、ファンタジーと遊ばずして、クリエイティブな作品は生まれない」。

第1章：インスピレーションとクリエイティブな人生

クリエイティビティ最大の奇跡は、何もないようなところからイメージやキャラクター、物語を魔法のように呼びだす、つまり、インスピレーションを与えられ、そのインスピレーションをページ上の言葉へと導く能力だ。ぼくにとっては、このプロセスこそが、そもそもファンタジックだ。ありとあらゆるものが、物語になりえる素材を想像力に与えてくれる。飛行中のハチドリ、新聞のタイプミス、小耳にはさんだ会話、小説の忘れがたい一文。まえに、妻が子供のころ以来食べていないフルーツをかじったら、祖母の家の裏庭にあったそのフルーツの木を思いだしたことがある。そのときまで何年も忘れていたのに、ふいに祖母にまつわるストーリーがあふれ出した。ひとかじりで、思い出という宝の封印が解かれたのだ。

ときどき「インスピレーション」は、ストーリーにつながる最初のひらめきという不適切な定義をされる。本当は、ひとつのフィクション創りをとおして起きる継続的プロセス——潜在意識と意識が連携してもたらす、気づきの連続——をあらわしている。この気づきが、ストーリーの要素を結びつけるときもある。例として、どんでん返しがあげられ、きっかけは2人のキャラクターの関係が変わる、設定を思いつく、不要なシーンと加えるべきシーンに気づくなどだ。ストーリー冒頭で銃を持っていた女が、実は主人公のペンギンの友達だったとか、彼らはよそ者ではなく、そこで暮らしているとか。

作家によっては、新たな「これだ！（ユリイカ）」の瞬間と、ストーリーがはじめて現れた瞬間とが調和しないかもしれない——たとえ、そのひらめきが連鎖反応のようにつづいているとしても。たしかに、インスピレーションより、テクニックや努力や延々つづく苦労について語るほうが楽だ。そのアプローチにも一理あるんだろう。一作のフィクションが完成するまで、きみは長く苦しい道のりをとぼとぼ歩いていく。毎日恋にうつつを抜かしていられないのと同じで、毎日インスパイアされるなんてありえない。でも、きみが世界を体験し、世界がきみを体験するとき、気づきの瞬間が、きみのクリエイティビティの核をあきらかにする。

サミュエル・R・ディレイニーの仕事場。カイル・キャシディ提供（2009年4月）

この章では、すこやかで豊かでクリエイティブな人生に役立つ、インスピレーションと想像力の視点と全体像を示す。インスピレーションと執筆という行為をわけるのは、それらがどう機能するかを説明するためにすぎない。それから、作家としてのきみの核となるアイデンティティについて話すから、戒めが伴う。独創性とクリエイティビティに関していえば、ピンとこないものは捨てて、納得できるものだけを使うんだ。

空想遊びの大切さ

ブライの本では、キャラクターの倫理観やそれがどう行動を左右するかなど、より実践的なテーマも掘りさげている。

キャロル・ブライのすばらしい執筆ガイド本『情熱的で正確なストーリー｜*The Passionate, Accurate Story*』には、次のような仮定のシチュエーションがふくまれている。ある夜の夕食で、少女が両親に、クマの一家が隣に引っ越してきたと告げる。あるプロットでは、父親がこう言う（内容はぼくが要約した）。「クマだって？　バカバカしい」。そして、ふざけるんじゃないと叱る。別のプロットではこう言う。「クマだって？　へえ、何頭だい？　名前は？　趣味は？　服装は？」。娘は大喜びで答える。クマが隣に引っ越してきたというコンセプトを発展させると、想像力を養い、高める空想遊びの役割がきわだつ（こうやって、ストーリーテリングの練習をするんだ）。それに、空想遊びのコミュニケーション・ツールとしての役割も。少女がページ上の存在にすぎないとわかっていても、いっしょに何かを築こうとする努力を父親に気づいてもらえないのは、気の毒だと思ってしまう（ここにもストーリーがある）。

妻の連れ子のエリンが大きくなるにつれて、ぼくたちの家庭にもクマが現れ、家族のいたずら好きな一面を引きだした。ほら話かでたらめとしか言いようがない娘のおしゃべりに、ぼくはネタを提供した。たとえば、娘の枕の下に、中国のコイン数枚を入れた、歯の妖精（訳注：抜けた乳歯をコインと交換するという言い伝えがある）ならぬカエルの妖精からの手紙を置くとか。いま歯の為替レートが悪くて、アメリカのコインが足りないんだと手紙は謝っていた。

とうとう、娘はぼくへの仕返しを決意した。ぼくが不可知論者で、妻が信仰するユダヤ教を学ぼうとしているのを知っていたから、はじめていっしょに過ごす休暇シーズンのあいだ、ハヌカ・ベア（訳注：ユダヤ教の祭ハヌカをテーマにした同名の絵

『3匹のサイケデリックなクマ｜*The Three Psychedelic Bears*』
ジェレミー・ザーフォス

次ページ
『女神（ミューズ）』
リッキー・デュコーネイ

女神(ミューズ)には翼と巣がある

……炎に包まれた！

思うに、わたしたちの種族は、好奇心や愛や楽しみにとらわれるように、ストーリーを語ることにとらわれている。わたしたちは、クリエイティブな想像力という突拍子もないものと共に、世界に転がりこむ。そして、エロティックにも―生命の息吹にインスパイアされる。つまり、創造の衝動は、呼吸の衝動みたいなものだ（抑えこんでるひとが、たまに呼吸困難になってるって知ってた？）。

想像力はときどき信用ならないし、恐ろしい――誤解と同じように。たぶん、世界の移ろいやすさを映す鏡だからだ。絶え間なく。ものごとを「あるがまま」には受けいれない。既成概念にイライラする。反乱分子が現れる。子供が「なんで？」（はじめてのすばらしい

☆宇宙創成論的な質問☆）

と訊き、両親が「それはね、そういうものだから」と言うと、子供は裏切られる。たぶん、わたしたちはみんな、どういうわけか裏切られる。妥協させられる。書くとは、最初の衝動をとり返し、あらゆる疑問をぶつけ、いまとこれからの謎を解きあかす場だ。すばらしい冒険だ。

2

ときに冒険は孤独という事実が、ナルシシズムをさすわけじゃない――よくある（致命的な！）勘違いだ。芸術の美しいパラドックスは、個人の旅が世界に公表されて、ほかのひとたちの人生の一部になることだ。

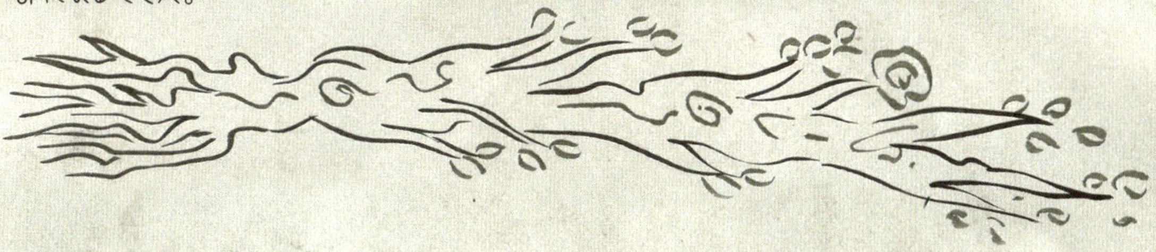

少なくとも、わたしはそう見ている。すでに書かれたものを書く気にはならない。わたしは自分の本に、世界の違う見かたを教えてもらいたい。残酷な質問を、思いもよらない質問をぶつけてほしい。ひとがあまり知らないことを調べるには、小説はすばらしい口実だ。本があざやかな夢を生む。夢によって本が生まれる。わたしの第1作はそういう夢の力によって生まれた。その力は10年わたしを支え、長編を4作も書かせてくれた。**キャラクター**たちには、

描いてほしいことがある！　それがわかったらラッキーだ！　安心してゆだねればいい！

安易な解決策をとらないこと以外、わたしにはなんの「システム」もない。退屈な本を、短時間で書いたりしない！　何よりも、自分が読みたい本を書く！　通ったことがない道を通り、本を解くべき謎とみなす。謎と

暴露！

わたしのスローガンは、いままでもこれからもこれだ。

過酷＋想像力

リッキー・デュコーネイ

本がある）こそ栄誉だと教えこんだ。ぼくはこれらの事実を妻のシナゴーグでラビにも語り——要するに、娘にもてあそばれたわけで、みんなに大うけだった。ぼくは怒るどころか、娘の想像力のすばらしさに感銘を受けた。そのすばらしさは、ほかにもいろんな形で現れた。娘が公園でフェレットを指さして「長いネズミ」と言ったとき、ジョークなのか未知の動物にぴったりと思った表現なのか、ぼくにはわからなかったけど、ささいなことが、ある日ストーリーになるのは知っていた。

ぼくたちはクリエイティブ・チームも組んだ。以前、娘が友達を家に招いたとき、ぼくは「イグアナを見つけて、エサをあげるのを忘れないで」と頼んだ。イ

『幽霊イグアナ | *Ghost Iguana*』イヴィツァ・ステヴァノヴィッチ

グアナなんて飼っていなかったけど、娘は察して、家じゅうイグアナを探しまわった。友達は目を丸くして、困惑していたっけ。そのあと、ぼくはイグアナの幽霊に憑りつかれたふりをした。ぼくたちにとってはストーリー・アークの当然の流れで、たいしたことじゃなかったけど、問題視するひともいた。幽霊イグアナとハヌカ・ベアは、10年以上ぼくの頭のなかに住みついていた。これらのキャラクターが『コモド | *Komodo*』と、銀河をまたにかけたSF叙事詩『ドクター・モルメクの日誌 | *The Journals of Doctor Mormeck*』につながり、死にきっていない巨大グマや、次元を跳びこえる知的な巨大トカゲが登場した。

ページ上の文字にしなくていいとき、想像力は愛や共有という形で現れる。楽

しく、惜しみなく、変幻自在に。最高のフィクションは、この見えないエンジンに動かされ、快調だったり不調だったりする。ストーリーの中心から吹きこまれる生命の揺らぎや羽ばたき、多彩で気まぐれな動きが、ストーリーを唯一無二のものにする。想像力を取りいれるほど人生はよりよくなり、単なる嘘と決めつけないほど豊かになる。本質的には、世界の歴史も、いまだつづく善き想像力と悪しき想像力の闘いといえる——ぼくたちがこの世で創りだしたものは、結局、悲しみでもあり希望でもあるのだ。きみの想像力とストーリーは、この広いコンテキストのなかにあり、だれかの想像力から抜けだして、独創性を輝かせなくてはならない。

たぶん、想像力のパワーと影響が、ぼくたちが考えている以上に大きいから、受けとめかたが定まらないのだ。世界の文化から、例をあげてみよう。中世ヨーロッパでは、想像力は五感と結びつけられ、そのために、人間と動物のつながりだと考えられた。カトリック教会は、想像力とは聖書の神の言葉を憶え、内面化するメカニズム（下位の精神活動）にすぎないと信じていた。彩飾写本が示すように、想像上の獣は、天国と地獄というコンテキストで描かれがちだった。グロテスク様式の高まり——ヒエロニムス・ボス風の奇怪な装飾が、おもに金銀細工師によって施された——が遊び感覚をより高め、弱まっていた宗教色を強めたかもしれないけど、（おめでたい）どん底暮らしから想像力を取りだす効果はほとんどなかった。

「哲学的コント（Contes Philosophiques）」として知られるものなどをとおして、ルネッサンスは想像力を知性と結びつけた。フランシス・ベーコンとヨハネス・ケプラーの作品でいうと、地動説を説明するためにファンタジーが用いられた。たいていは想像上の航海や夢、そうでなければ、太陽系や地中深くへの不思議な旅だった。たとえば『ケプラーの夢』は惑星運動の論文だけど、精霊によって月に運ばれた、魔女の息子をめぐるファンタジーになっている。

今日、さまざまな力が想像力に働いている。機能性という近代の理想とテクノロジーのシームレス化が、人間に完璧をめざして努力させ、叶えられるという幻想を与えている（かえって人間性を奪われているように思うんだけど）。この状況下で、自分たちの本能を疑い、クリエイティブな活動にそそぐ遊び感覚をおとしめる作家もいる。「このアンティークのティファニー・ランプは、いますぐ灯りがつかなきゃダメなんだ。電球を取りつけて、コンセントにつなぐまえでも。でなきゃ、価値がないんだ」。ランプどころか、想像力はせいぜい、なんのありがたみもない稲妻とみなされるのかもしれない。最

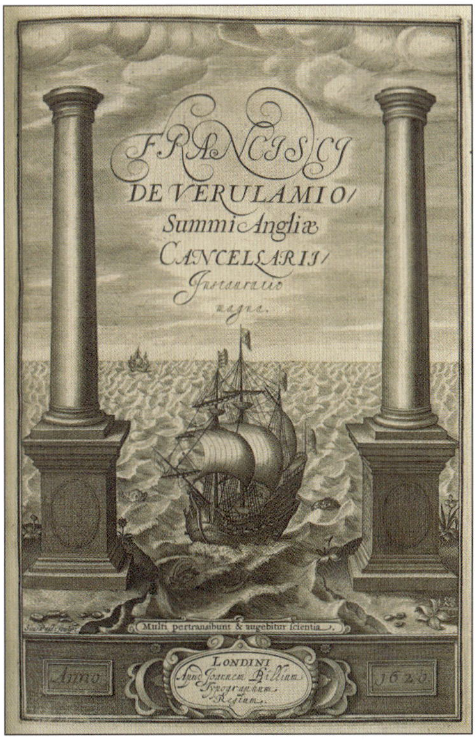

上
『キャサリン・オブ・クレーブズの時代｜*the Hours of Catherine of Cleves*』から『地獄の口｜*Hell Mouth*』（およそ1440年）
下
フランシス・ベーコン『ノヴム・オルガヌム―新機関』の表紙（1620年）

悪の場合、ばかげている、時間のむだ、現実では役立たずと切り捨てられる。

こういう態度をとる理由も、わからないではない。空想遊びは、たやすく計測できない想像力に語りかける。すでに主観にどっぷり浸かっている試みが、ますますあやふやなものになる。この真理は、作家も読者も不安にさせる。成功の主な要因とはテクニック、実践、勤勉だと、世界は信じたいのだ。この考えかたに関して、2人の作家の教訓がある。ひとりはずば抜けた想像力を持ち、もうひとりはやや想像力に欠けたが、ねばり強く、たくさん書いた。想像力で劣る作家が着実にキャリアを積む一方、想像力で勝る作家は衰えていった。想像力で勝る作家（と失われたかもしれないもの）についての議論が、そこから先へ進むことはめったにない。でも、想像力を扱いきれなかった作家への哀れみのようなものが、いつまでも消えないのは……たぶん、自分たちもそうなることを恐れているからだ。あるいは、背後に迫りくるゆがんだ想像力の影を、部屋の向こうに見るから。想像力がもたらす、ときに不快なものをコントロールできないと知っているから。（世界は、豊かな想像力をただ持っているだけのひとでいっぱいだ。まわりのひとたちに想像力がなさすぎるせいで）。

上
ジョン・コールタートの『不思議の国のアリス』解釈（2010年）

右ページ
英国図書館所蔵『ラトレル詩篇』欄外の彩飾されたモンスター（およそ1325〜1335年）

「遊び」は子供じみてくだらないという考えにつきものなのは、クリエイティブなプロセスは、ビジネスのプロセス同様、効率がよくタイミングがよく直線的で体系的で簡潔であるべきという考えだ。目的達成の手段があいまいなら、時間のむだだと言わんばかりに。ひどい執筆ガイド本では、このメソッドを、きみのアプローチを有機的に育てるエクササイズではなく、**7ポイント・プロット・アウトライン**や楽な近道として述べている。こういう成文化はときどき、想像力の不確かさへの恐れや、宇宙を理解できるルールへの欲求をあらわす。

主人公の3つの行動に関する単純なトライ・アンド・エラーのメソッドで、機械的なアプローチをする

また、ハヌカ・ベアや幽霊イグアナに、クリエイティブな価値があるという考えへの抵抗でもある。クマはただのクマで、イグアナは実在するべきだと。イグアナはプロットのアウトラインじゃない。ただし、そのきっかけではある。クリエイティブなプロセスは、どこからでも何からでもはじめられる。勇ましい行動にまつわる新聞記事からでも、コーヒーカップの底に残った大陸みたいな模様からでも、あっさりストーリー構成ができていく。何より大切なのは、物語創りにつながるような遊びを、潜在意識に許しておくことだ。

ファンタジーと想像力

〈ファンタジー〉と〈サイエンス・フィクション〉——フィクションのジャンルはいまもキャラクターより、重んじるコンセプトと設定で決まる——の価値を考えるとき、想像力は「くだらない」という意見は〈シリアス〉VS〈エンターテイメント〉という社会の考えかたと結びついている。アーシュラ・K・ル=グウィン、ホルヘ・ルイス・ボルヘス、イタロ・カルヴィーノのようなファンタジー作家は、遊びと複雑で知的なアイディアの探求とが密接に絡みあっているのに、この点がたまに批評で無視されるのは、すぐれたフィクションの〈要点〉とは無関係とみなされるからだろう。欠かせない、中核をなす、わかちがたいものとしてではなく。

そういう考えの裏に「くだらない」という言葉が隠されている。同時に、ファンタジーの羽ばたきは現実に、だれかが不可欠と信じているロープに縛られないという思いこみがある。有名な『コデックス・セラフィニアヌス』(1970年代、ルイジ・セラフィーニ作)、15世紀の謎多き『ヴォイニッチ手稿』、作家・画家リチャード・A・カークの『聖像破壊者｜*Iconoclast*』のイラストのような、いまだになんの実用性もないファンタジックな〈文書〉は、本質的にすばらしい価値があり、ぼくたちがそこから何を得られるかなんてどうでもいい。ルイス・キャロル『不思議の国のアリス』には、興味深い人生の教えがあるかもしれないし、ないかもしれないけど、作品の精密なくだらなさとは別問題だ。受賞歴もあるオーストラリアの作家リサ・L・ハネットが指摘するように。「くだらない読書は、空想遊びと同じくらい大切です。楽しむために読み、想像力を養うために読み、ここじゃないどこかで子供みたいに驚くために読む」。

『不思議の国のアリス』のようにメインストリームで受けいれられるにせよ、『コデックス・セラフィニアヌス』のようにギリギリのところにとどまるにせよ、これらの作品は、ファンタジーにおける純粋な空想遊びの最高のサンプルだ。『コデックス・セラフィニアヌス』の架空の世界のイラストや人工言語で書かれた文章には、実用的な価値はまったくない。『ヴォイニッチ手稿』も解読不能な言語で書かれていて、あきらかに架空の植物や占星術についての記載がある。真の目的が何かはともかく『ヴォイニッチ手稿』もまた、それ自体のために存在する。『聖像破壊者』はもう少し現実的かもしれないけど、かろうじてというレベルだ。奇妙な別の宇宙があると断定していて、そこでは言語が複雑な絵であらわされる。ごく基本のコミュニケーションにすら何週間もかかるのは、そのせいだ。違うやりかたで〈話す〉ようになってからも、初歩的な理解が精いっぱいで、不適切な表現の絵をめぐって争いが起きる。でも、これ

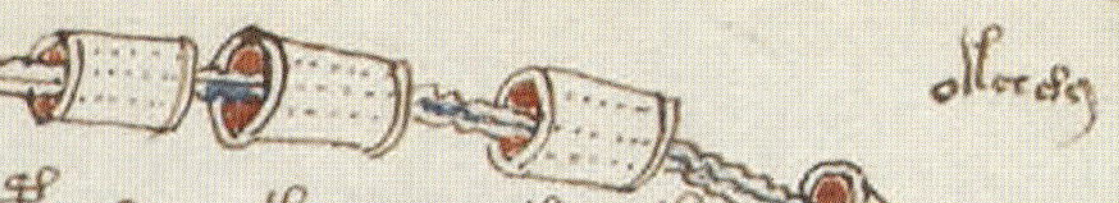

らの想像力の究極の表現には、共通点がひとつある。実用性の外縁に存在することで、ぼくたちのために可能性の範囲を広げている点だ。

だけど、ファンタジックな想像力が現実に縛られないという考えは、問題も引きおこす。ファンタジーには因果関係がないというデマを広め、想像力を巻きこむ。ファンタジーで、架空のものを取りこんで創作に結びつける遊び感覚は、形を整える苦労があまりない——ありふれた現実を伝えるほうが、わずらわしくて厄介——と思われているのだ。まるで、幽霊イグアナがなんの工夫もなく現れたかのように。想像力は、喋るワニ、ひとつの郡と同じぐらい大きい男、空飛ぶ女、スーパーヒーローを、ただ思いつくわけではない。だれより陰謀にくわしいワニ、自分を地上につなぎとめる恋人がいる空飛ぶ女、大男が泣いている理由、ツケを払うために仕事を見つけなければいけないスーパーヒーローも、想像力がなしとげる偉業だ。

想像的とは、ファンタジックとは何かさえ、誤解される。特に、ジャンルにこだわるひとたちに。想像による刺激が〈あきらかに架空の出来事をふくむ〉という意味での「ファンタジー」に行きつくことが、そんなに問題だろうか。答えは

前ページ
『ヴォイニッチ手稿』より
（およそ1404〜1438年）

右
リチャード・A・カーク
『聖像破壊者』シリーズより
『言語のアートへの翻訳|
translating language into art』（2008年）

ノーだ。想像力あふれる作品は、どんなジャンルでもサブジャンルでも書かれている。作家によっては、いつでも空想遊びの感覚がページ上にある。

偉大な作家のひとり村上春樹に、作品のシュールな側面について尋ねたとき、彼はこう答えた。「シュールなものやシチュエーションを、意識的にストーリーに持ちこんでいるつもりはありません。ただ、自分自身にとってリアルなものを、ほんの少し現実的に描こうとしているだけで。でも、ぼくがリアルなものを現実的に書こうとすればするほど、作品は非現実的になるみたいなんです。逆に、非現実というレンズをとおして見ることで、世界がよりリアルになるというか」。

ぼくたちがいう作家の〈声〉とはこれだ。喋るクマが隣に引っ越してきた。リアリティが、暗喩（メタファー）のクオリティより重要だろうか。たぶん違う。マーク・ヘルプリンの『ウィンターズ・テイル』や、第一次世界大戦を書いた『兵士アレッサンドロ・ジュリアーニ』を考えてほしい。『ウィンターズ・テイル』は、翼を持つ馬やファンタジックな表現で彩られている。『兵士アレッサンドロ・ジュリアーニ』にファンタジーの要素はないけど、描写、声、ヘルプリンの生き生きとした想像力によって、ファンタジックな様相を呈している。リッキー・デュコーネイは、詩的でめくるめく幻のような『夢の国の明けの明星｜*Phosphor in Dreamland*』も、リアリティあふれる『欲望という言葉｜*The Word "Desire"*』も書ける……2冊は同じ国に暮らし、たぶん生まれた地域も同じだろう。これが並はずれた想像力のパワーだ。

想像力のアウトプット

いくつかの重要な資質が、きみの想像力を特徴づけ、サポートする。これらの資質は、作家ごとに比率が異なり、執筆のあらゆる面に影響するけど、まずインスピレーションに現れる。

好奇心。作家にとって、知りたがり屋（世界とひとに興味津々）でいることは何より大切だ。好奇心とは、知の探究のためなら失望もいとわない意欲の現れだ。ただ知りたくて訊き、答えを集め、そのプロセスで見つけたものを変化させる。本当に好奇心旺盛なひとは、大人の知性を持ちつつ、子供のように新鮮な目ですべてを見ようとする。情報（手ざわり、逸話、におい、歴史）収集は偏った判断でするべきではないし、共通点がなく相いれないように思える情報にも喜びを見出すべきだ。これらの融合から、クリエイティビティに欠かせないものが生まれる。好奇心はある意味、才気のような資質や、でたらめなコレクション（モリネズミが出どころも気にせず集める、ボタンやビンのふたや紙切れのような）と関連する。忙しいからって、日常にはもう驚きがないと思いこんでいるからって、世界への好奇心をなくさないでくれよ。

受容。おおらかさや共感は、世界とひとに好奇心を持つだけでなく、受け

インスピレーション：アウトプット

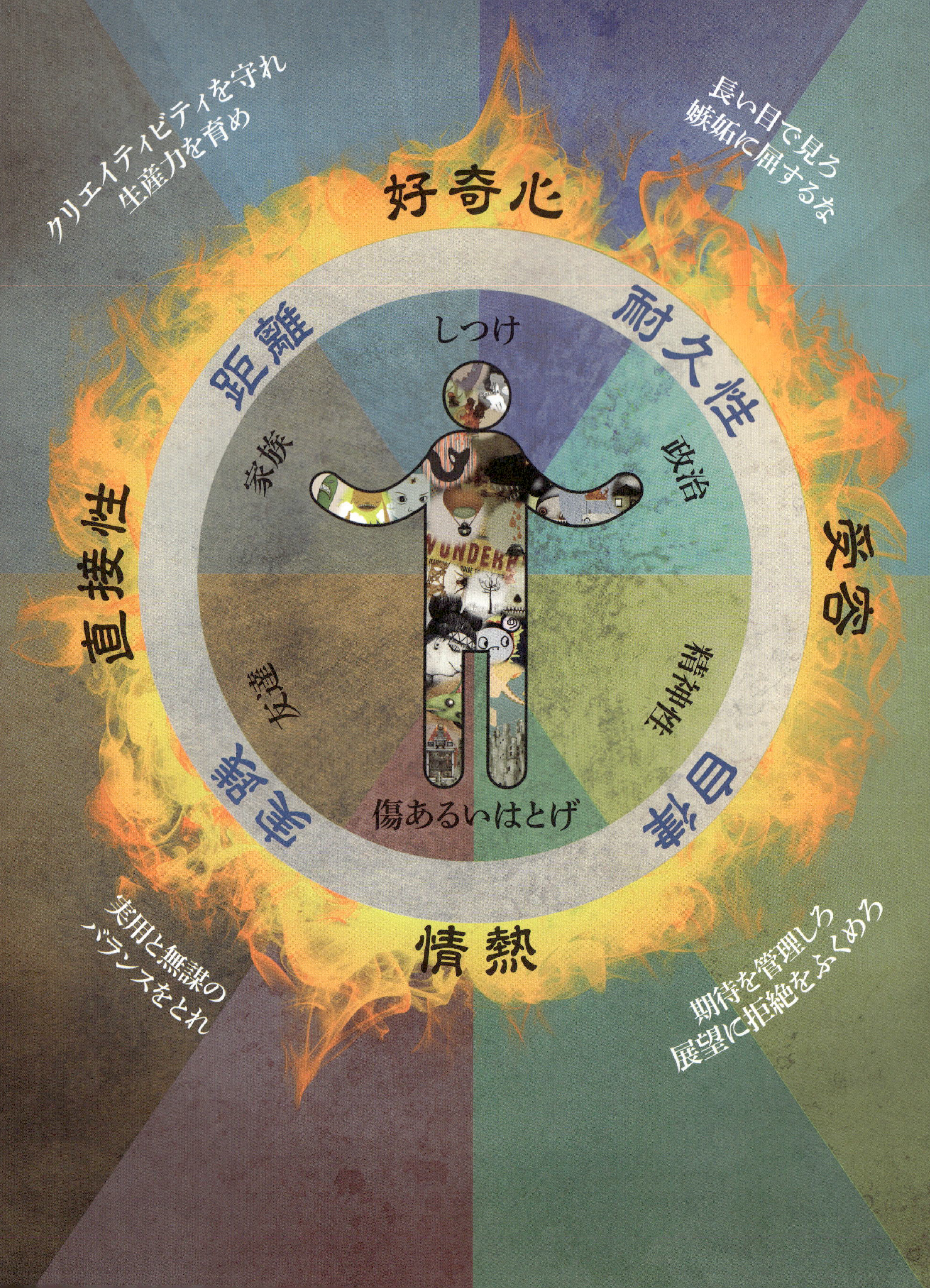

いれることから生まれる。受容とは、単なる情報以上の取りいれではない。作家にとって、だれかの感情、苦境、異なるありように対するバリアを取りのぞくことは、とても大切だ。たとえ、きみを傷つけたり不快にしたりするときでも。どんな経験であれ、できるだけ、ありのままに感じて内在化するんだ。そうすれば、ストーリーのための土壌を豊かにするだけでなく、ひとへの理解も深められる。傷つくのを避けてバリアを築けば、人生の問題はいっとき解決するかもしれないけど、クリエイティビティというすばらしい資源からも遠ざかる。想像力には、まじめなものにもふまじめなものにも、燃料として好奇心と受容が欠かせない。24時間ソーシャルメディアを利用できることは、受容じゃない。あれはただの断片だ。

情熱。皮肉屋は、何かに情熱をそそぐのがむずかしい。情熱は理想主義を保つことに、さらに、おおらかさを保つことにつながる。もし書いているものに情熱をそそがない（興味を持たない）なら、どれだけ手をつくしても作品はよみがえらない。ぐったりしたまま、新しい生命が吹きこまれるのを待っている。情熱とは、クリエイティビティの血管を満たす血液だ。循環系に供給され、想像力に呼吸をさせる。極限まで高まる執着心が、好奇心と情熱のほかにあるだろうか。〈実生活〉と違って、執筆では不朽の芸術品を創るために執着心が欠かせない（機能不全の状況では、きみは好奇心を失い、それによって受容のスイッチを切り、情熱をショートさせる）。

直接性。想像力が大きく育つのは、いまこの瞬間を生きて、まわりで起きているすべてを心ゆくまで味わうときだ。ファンタジー作家でさえ、いや、とりわけファンタジー作家は、まわりの世界からの刺激を必要とする。変容したり、ストーリーの良し悪しを決める真実味を与えたりする可能性が、どんなものにもある。まわりに注意を向けないことは、想像力の妨げになる。受容をさえぎり、情熱の向きを変え、ついには、好奇心を月並みでつまらない道へ連れていく。「いまを生きる」なんて陳腐かもしれないけど、ソーシャルメディア時代にすぐれた作家でいるためには、ますます重要になる。

これらの資質は、バラバラには存在しない。ほかの資質によって整えられたり、形や目的を与えられたりする。まずは、自律と耐久性によって。集中やよい仕事習慣をもたらす自律がないと、想像力は衰える。実用主義と構成を作家に教えこむことで、自律は想像力のバランスをとる。自律とはテクニックの習得と実践であり、ミクロレベルでいえば、想像力が解くべき問題の見きわめだ。

そして、耐久性とは、徐々にあきらかになる強靱さとねばり強さだ。ダラダラせず執筆にいそしむ優秀な作家は、作品をとおして将来性を示す。想像力と自律はクリエイティビティをつねに補い、形づくり、作家としてのアイデンティティを強めることで、耐久性（長いキャリア）を創る。

まとめると、これらの資質は、想像力に栄養を与えて育む、回復と再生の絶え間ないサイクルだ。きみをより堅実で満たされた人間にする資質でもある。

WEB
自律のヒント
TIPS ON DISCIPLINE

傷あるいはとげ

傷に飲みこまれたり、とげに押さえつけられたりしないように気をつけろ。身動きがとれないと感じているなら、ほかのひとの心配事にできるだけ感情移入することで、自由の身になれる。——ブライアン・フランシス・スラッテリー

クリエイティブな行為に対するもうひとつの影響には、補足の説明がいる。傷だ。この章でぼくが述べてきたすべては、喜び、おおらかさ、惜しみなさについてで、痛みの亡霊である傷とは矛盾する。「傷」はコンテキストのなかで、おおげさな、たぶんおおげさすぎる言葉なので「とげ」とも呼ぶ。クリエイティビティの深さを決めるのは、傷やとげの苦しさではなく、その使いかただ。重要なのは、電気ショックや抑えられない衝動のような最初の刺激が、コミュニケーションやストーリーテリングの必要性と結びつき……インスピレーションに、はじめてのストーリーに、あとにつづくすべてのストーリーに導くことだ。

ときどき傷やとげは、過去のあやまちなり喪失なり失望なりの記憶で、動揺、いらだち、苦悩を生みつづける。傷にひきこもるとき、悲しみや悔いや孤独を感じるのは、ごく自然だ——すべて執筆の糧になる。ネガティブな感情もまた、作家をインスパイアし、執筆に駆りたてる大切な要素だ。

ぼくはストーリーテリングが好きだけど、作家になった原因は、子供のころのさんざん揉めた両親の離婚だと思っている。ぼくたちが暮らしていた天国のようなフィジーの醜さと美しさの矛盾のせいで、ますます恐ろしくなった。傷はぼくに、ものごとから距離を置くこと、傍観者でいること、観察することを教えた。作家になるとき、この距離の置きかたを、友人や家族との関係だけでなく作品創りにも用いた。感情のはけ口と、自分のスタンスの役立てかたを見つけたのだ。

これがぼくの傷だ。でも、傷は作家によってさまざまで、深かったり浅かったり、個人的だったりそうでなかったりする。新人作家ジェニファー・シューにとって、傷は母親との「ややこしくて、文化も違えば世代も違う間柄」だ。「母をだれより愛しているけど、母は昔ながらの支配的な中国の母親で、いっしょにいると、わたしは反抗期のアメリカのティーンエイジャーに逆戻りしてしまう。言葉の壁も助けてはくれない。怒りと、不満と、無条件だけど、ときどきおたがいの（理解の）欠如から生まれる愛がある」。初期のストーリーでは「自分の視点をストーリーに取りいれるより、テクニックを学ぶのに必死だった」けど、あるワークショップのあと「長期滞在のためにうちに戻って、母といっしょに祖母に会いに行った。祖母は認知症で老人ホームで暮らしてるんだけど、母そっくり」。老人ホーム訪問のつらい日々は「甘い考えと痛ましい現実」が混じりあったマジックリアリズムの短編小説になった。書くのは本当に大変だったと、シューは言う。「ああいう瞬間をくり返し再現するのも、自分の心身の状態のディテールやニュアンスを探るのも、キャラクターとほどほどの距離を保つのもむずかしかった」からだ。でも、「ページの上の言葉と、こんなつながりを感じたことはなかった。だって、自分のなかから生まれた言葉なんだもの。もちろん痛むところから——だけど、純粋で嘘のないところから」。

これはフィクションとして現れる痛みや傷のわかりやすい例だ。やや個人的な見解だけど、ぼくの傷は単に執筆の入り口であって、怒りと悲しみを思いだすことでキャラクターに深刻さと深みを与える手段にすぎない。ぼくは気まぐれで、書くときはいつも、自分の人生から生まれた何かに変わっていく。傷の記憶が覆

いかぶさり、執筆が記憶の毒を抜いていく。それが作家でいつづける理由ではないにしても。

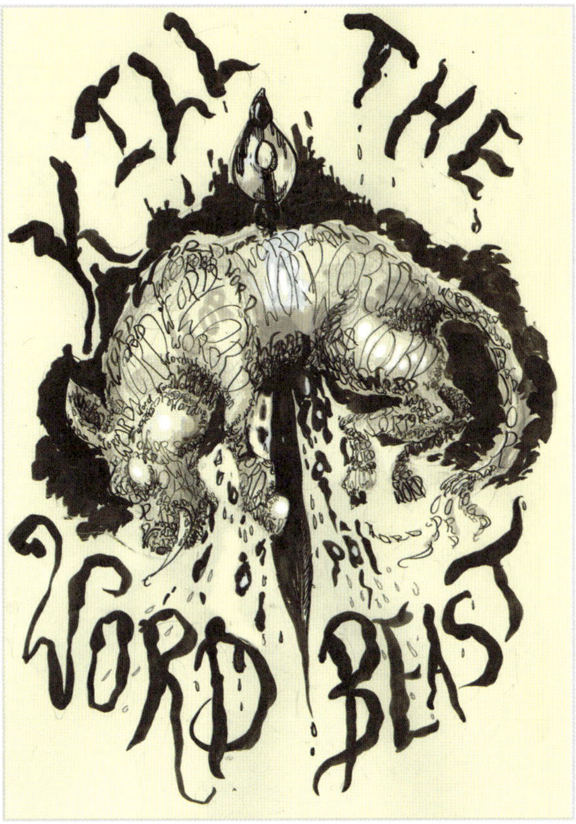

『ワード・ビースト|
Word Beast』
モリー・グラブアップル
（2010年）

フィリップ・K・ディック賞ファイナリストのカリン・ロワチーは、これらをメソッド・ライティングと呼ぶ。「より重いテーマの執筆は、人生やパーソナリティのより暗い面――実体験そのものではありませんが――から引きだされ、わたしは感情の真実を書こうとしています。これがメソッド・ライティングです。ある俳優が、自分にとって演技とは『架空の状況で真実を見つけること』だと言い、これは作家にもあてはまると思いました。わたしに言わせれば、プロセスや完成した作品にどうかかわるかという点で、作家は俳優とよく似ています。俳優は動きやセリフをとおして、作家は書かれた言葉をとおしてアウトプットするだけで」。

この考えにも違う形がたくさんある。リサ・L・ハネットいわく「現実のあこがれにも、同じ働きができます。ロマンティックなあこがれとはかぎりませんが。叶わない願いの記憶や、まだ願いが叶っていない現状や、もしかしたら永遠に願いが叶わないかもしれないという自覚は、傷と同じくらいクリエイティブな刺激を与えられます。望んで、求めて、あこがれて――こういう感情はフィクションに伝わって、変化するかもしれません。こういう感情も伝えられるべきです」。

インスピレーションのインプット

前述のとおり、想像力は貪欲な雑食動物のようになんでもエサにするし、すべてが物語になりえる。作家になる――執筆テクニックの習得に取りくむ――とは、想像力が創るものに構成を与えることであり、定義しづらい専門技術（いつでも別のドアがある）を身につける果てしないプロセスだ。でも、最初のひらめきを生むのは、経験を積むほど容易になる――衝動を抑えないかぎり。どんなにささいなアイディアだろうと書きとめて吟味することで、きみが想像力に報いるなら、

マートル・フォン・ダミッツ3世のコレクションより、カサンドラ.N.レイルシーのメモカード（1970年）。レイルシーの長編小説『ブギー・クリスパーの途方もないセックスライフ｜*The Incredible Sex Life of Boogie Crisper*』（1971年）のワンシーンのスケッチ。

想像力も絶え間ないアイディアの流れで、きみに報いるだろう。空想遊びをする潜在意識の情熱を消したり弱めたりしたら、流れは涸れるかもしれない。

何年もかけて、ぼくは紙とペンをつねに（ナイトテーブルにも）備えておくことを学んだ。だから夜中に目を覚ましても、アイディアとその記録との時間差ができるかぎり短くてすむ。たまに携帯電話に入力するけど、バッテリーが切れたり、リセットされてメモが消えたりするときがあるから、紙とペンのほうが好きなんだ。だれかといっしょにいてアイディアが浮かんだら、礼儀作法には縛られない。ちょっと会話を中断して、必要なメモをとる。社交上の常識を守っていては、大切なものを逃すだろう。イメージ、キャラクター、会話の断片、どれも環境による侵食に信じられないくらい弱い。まえに、一瞬のインスピレーションをメモした紙をまとめて、一大長編小説『シュリーク：アン・アフターワード｜*Shriek:An Afterword*』の大部分を書いた。浮かんだアイディアを全部きちんと記録していなければ、決してできなかっただろう。このやりかたは、メモカードを基に書くのを好んだウラジーミル・ナボコフに由来する。ナボコフは、ひとつのアイディアやシーンの断片をカードに書き、まとめ、秩序ある作品にすることができた。

影響という漠然としたカテゴリーについて、インスピレーションがどこから来るのか考えるためのヒントがいくつかある。

- 家庭環境、家族の秘話や家系
- 職歴
- 旅行
- 宗教
- 歴史／リサーチ
- 小耳にはさんだ会話
- 友人
- 環境（自然・荒地をふくむ）
- 趣味
- ほかの小説やストーリー
- 社会や政治の問題
- 特定のジャンルへの興味
- 科学
- 新聞や雑誌の記事
- 画像（写真・テレビ・映画）
- 夢

素材として。ただし、夢の論理とストーリーの論理は違うから、気をつけて。夢はインスピレーションを与えられるけど、きみがそれを文字化したり、ほかのひとにも理解できるストーリーを考えだしたりするのは、まず無理だ。

これらの影響の加工法は、以下のどれかにあてはまるだろう。

- 観察結果のストーリーへの直接移動（キャラクターのディテールを、現実のディテールと同じにする）
- リアクション（SFを読んで、コンセプトを改良できるように考える）
- 変換（ファンタジックな解釈ができそうな会話の断片。「あの子、門を通りぬけて飛んでったよ」は、空飛ぶ女になった）

ストーリーによっては、周囲のほぼすべてが最初のひらめきやインスピレーションにつながり、第2、第3のひらめきを生むだろう。ぼくが数世代にわたるファンタジー・サーガ『シュリーク：アン・アフターワード』を書いたとき、まわりの何ひとつ、小説による消費から逃れられなかった。女性の独特な笑い声から新聞の見出しまで何もかも、たちまち物語に組みこまれた。コンサート中に奥のテーブルで書いていたときは、頭に入ってきたバンドの歌詞を書きくわえた。その章では、語り手がさまよい、即興のコンサートに出くわす。

別の例をあげてみよう。作家カリ・ウォレス――『ザ・マガジン・オブ・ファンタシー・アンド・サイエンス・フィクション｜*The Magazine of Fantasy and Science Fiction*』誌などに、フィクションが掲載されている――は、オハイオ州に住む、現代のティーンエイジャーについての長編小説を書きあげた。「メモや走り書き、さまざまなものから情報を取りいれました。小氷河期にまつわる人気SFでの描写として、中世前期の男子修道会のうわさを使ったり。ほかにも、19世紀ヨーロッパの死体安置所の奇妙な慣習とか、古代のイスラム神話とか、『クリミナル・マインド』でたまたま知った類事実とか」。ウォレスは、作品は「そういうものがテーマではないし、まったく違います。頭のなかのストーリーと併せて、それらのトピックを読んだり見たり考えたりしていたわけではありません。ですが、それこそが重要なポイントなんです」と強調する。小氷河期の本を読んでいたのは「科学的なトピックとして、気候学に興味があるからです。いつだったか、14世紀イングランドの修道士が気候急変で雨が5年降りつづけたときに何を見たか、メモしました。ただ不気味で興味を引かれたから」。数年後、ウォレスは気づいた。この「ひとつのディテールこそ、いま書いている現代ファンタジーの歴史の層と深みに加えるべきものだと。気候変動も大気物理学も、ストーリーとは無関係なのに」。

ちょっと恐ろしくて刺激的な真実とは、白昼夢を見たりストーリーをじっくり考えたりしているとき、知性がどんなものでも進行中のプロジェクトに変換して機能させられることだ。さらに、一番興味をそそられる入り口がどこかを知っておくと、インスピレーションの助けになる。入り口を5つ紹介しよう。

たしかに、長編小説の巨大なキャンバスは焦点を失うことなく、多くの要素をとらえられる。

興味があることを書く。多くの本やオンライン記事では、知っていることを書くのが常識になっている。この常識の問題点は、プロとして得意なことに興味を引かれないのと同じで、知っていることには興味を引かれないだろうという点だ。作家はときどき、実体験がなくても自分はエキスパートだと読者に信じさせるために、善意の嘘つきにならなくてはいけない。知らないことはつねに見つかるが、興味から生まれる好奇心のひらめきはごまかせない。興味があることを書くのは、想像を書くより魅力的だ。書いている人生と書いていない人生を調和させられる。一方で、知性には遠まわりが求められるときもある。興味があることを書くなら、それを知るに至るプロセスの書きかたに気づくだろう。たとえば、偉大な夢想家アンジェラ・カーターは、あるとき日本での体験を書き、おとぎ話を研究したあとは、フェミニズム短編集『血染めの部屋―大人のための幻想童話』を出版した。

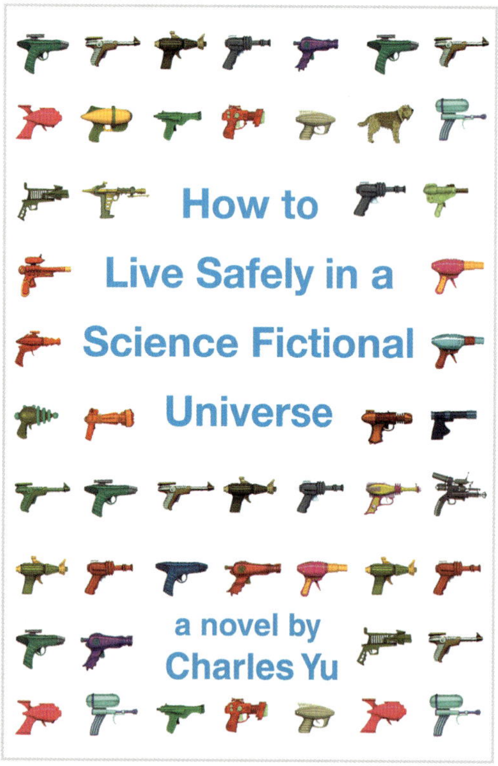

チャールズ・ユウ初の長編小説の北アメリカ版ハードカバー表紙（2010年）

個人的なことを書く。知っていることを書くしかないと思うなら、知っていることを個人的なことにすればいい。かなりのカタルシスがあるし、きみの人生経験（きみの近くにいるひとたちのも）をフィクションにするので、インスピレーションの余地もおおいにある。個人的なことを書くのが、知っていることを書くのと違うのは、きみのフィクションへの関与がきわだつからだ。個人的なことが、フィクションのひらめきに重要とはかぎらない。チャールズ・ユウの『SF的な宇宙で安全に暮らすっていうこと』には、作り話という大きなインスピレーションを誘発する、個人的で小さなディテールがたくさんある。「たとえば、父は本当にエンジニアで起業家精神があって、ぼくが知るなか

インスピレーション：インプット

*『ワンダーブック』の、平均的な作家のヴィジュアル化

スコット・イーグル
『イカロス・エルク』
(2013年)。
ピーテル・ブリューゲル
『エルク|*Elck*』(1558年)
にもインスパイアされた。
以下は、ブリューゲルの
作品に添えられた文の抜粋。
「だれもがあらゆるものに、
世界じゅうで自分を探して
いる。男はすでに呪われて
いる。もし、だれもが
つねに自分を探している
なら、どうやって迷子に
なれるのか」

で知的好奇心がもっとも強いひとです。母は仏教徒で心配性」。でも、自伝的あるいは個人的な執筆には、抱卵期間もいると知っておいてほしい。まだ生々しすぎて、インスピレーションを妨げている体験を書こうとしているんだと。ジョン・チュウ——作品が『ボストン・レビュー｜*Boston Review*』誌、『アシモフズ・サイエンス・フィクション｜*Asimov's Science Fiction*』誌などに掲載される——は「かあさんが亡くなって6年後」の、とても個人的な『愛に心臓を戻して｜*Restore the Heart into Love*』まで題材と向きあえなかったと述べる。「そのときでさえ、ぼくはストーリーを文字どおり書けなかった。『見て、宇宙船！』を引っぱり出すまで、ほかのシーンを一切」。

わだかまりを書く。個人的かどうかはともかく、興味があるテーマはきみを悩ませるかもしれない。特定のテーマやアプローチを避けるのは、それによって価値あるものを書けるとは思えないから、あるいは、ひとに見せたくないものを見せることになるからだ。つまり、問題はインスピレーションではなく、読者の存在だ。いいニュースがある。書くものをだれかと共有しなくてもかまわない。エミリー・ディキンソンは生前ほとんど共有しなかったけど、不朽の名声を持つ詩人になった。きみがわだかまりを書くのに惹かれるなら、自分のた

スコット・イーグルに注目

違うメディアの創作プロセスを学ぶことは、作家としてのきみに役立つ。違う観点が、新しいインスピレーションを見せてくれる。このプロセスを執筆に応用しようとするのも有益だ。『イカロス・エルク｜*Icarus Elck*』創作中のスコット・イーグルに語ってもらおう。

「わたしにとっては、どんな創作もティーンエイジャーの遊びのような、自動車事故のようなものだ。もし、だれかに呼びとめられて『何があった？』とか『どういう意味？』とか訊かれたら、答えは簡単。『この試練を生きのびたら教えるよ』。『エルク』は同じ名前をつけることでピーテル・ブリューゲルの作品を示唆していて、全員という意味だ。ブリューゲルの作品が意図するのは、あらゆるところを探して自分を見つけようとする、わたしたちのむなしい試みだ。ろうそくを持つ男は、クリップアートの本で見つけた。たぶん、男は何かを探している。マックス・エルンストのコラージュ、巡礼する錬金術師、ゲーテ『ファウスト』。わたしにとって、このイメージは放浪の旅のはじまりをあらわしている。目的は未知との対決、そして願わくば〈これがわたし〉の実現による昇華だ。『イカロス・エルク』シリーズは、作品の敵——トルネードとの対決をはじめる手段だ。簡単にいえば、トルネードとは、管理や予測ができないものだ。概念としてもプロセスにおいても予測できないものと対決するために、絵画、スケッチ、プリント画像の上に、デジタル画像を重ねた。見つけるか与えられるかした紙を、自動描画ツールや何かとのコラボレーションで、酷使しつづけた。それから、その疲れきった紙、絵画、コラージュの上にデジタル画像をプリントした。まったく新しい、独創的な形と質感を両立させるために」。

モリー・クラブアップルによる、サルヴァドール・ダリ『わが苦闘 | *My Struggle*』のヴィジュアル翻案。もともとは、ブライアン・ピッキングスのブログ用に制作された。（2012年）

めの執筆が許されていて、出版の意思は、基礎となるはじめの決意（と自由）とは別物だと憶えておくといい。わだかまりへの関心を否定するのは、インスピレーションの妨げになるかもしれない。この種のインスピレーションから引きだされたパワーの好例が、難解な自伝的要素をふくむ『おぼれる少女 | *The Drowning Girl*』などのケイトリン・R・キアナンの小説だ。こういうフィクションは、ただ個人的なだけではない。作家の人生の、読者にゆだねるには苦痛でしかないだろう要素を使っている。

手あたりしだいに書く。インスピレーションを見出すために、混沌（カオス）を求める作家もいる。きみには、秩序へのショックが必要なのかもしれない。日よけ帽をかぶり、ひもでつながれ、子供に連れられているアヒルを見て「あのアヒル、あの帽子、あの子供を書かなくちゃ」と、自分に言いきかせる必要が。インスピレーションには、驚きと思いがけない瞬間のほかに何もいらない。突然のショック——世界へのカオスの取りいれ——は興味があって、個人的で、わだかまりが残ることを書くきっかけとして役に立つ。

外部からの、または、ふと浮かんだヒントから書く。作家によっては、インスピレーションを見出すためのヒントに秩序を求める。執筆のヒントとは何か？　みずから課した機械的な連想だったり、編集者などのお目付け役からの提案だったり。たとえば、ランダムに写真を1枚選び、それにまつわるストーリーを創る。外部からのヒントについていえば、受賞歴もあるすばらしい作家ジェフリー・フォード——『オック

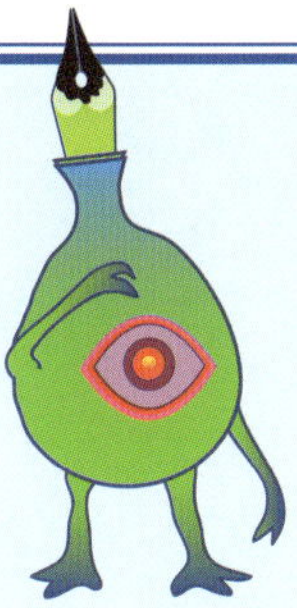

ライティング・チャレンジ：不条理なきっかけ

もし突然こんな『ユーゲント｜*Jugend*』誌（1900年ごろ創刊）から出てきたようなものと出会ったら、これに関するストーリーを創れるか。いますぐ書いてごらんなさい。

スフォードのアメリカ短編集｜*The Oxford Book of American Short Stories*』に作品がおさめられた——は、テーマ・アンソロジー用のストーリーを頼まれたとき、うまく活用する。たぶん、「このテーマで書いて」という制約から、欠かせない要素を見つけるんだろう。それがストーリーテリングの才能を刺激する。ときには、設定に制約があることもクリエイティビティを刺激する。ぼくと妻がやっているワークショップで、フィンランド人作家リーナ・リキタロが即興で『ウォッチャー｜*The Watcher*』を書き、ほとんど手を加えないまま『ウィアードテールズ｜*Weird Tales*』誌に掲載された。シュルレアリスムのような運動や、ウリポ（訳注：数学者フランソワ・ル・リヨネーが設立した文学グループ）が教えるような執筆アプローチは、外部のヒントから書くチャンスをたっぷり提供する。

これらのアプローチはたがいに結びつき、内部トンネルでつながっているハチの巣のように、別のアプローチへの入り口になる。精神面でのコツは、それぞれの入り口が、執筆をインスパイアする能力にどう影響するかを考えることだ。いったん最初のひらめきを超えれば、さまざまな入り口からのインスピレーションを織りまぜていると気づくだろう。でも、可能性を知る方法は、平凡なものや好ましくないものから、好ましいものに変わっている。そのうち、最初のアプローチを変えたくなるかもしれないけど、インスピレーション不足は潜在意識が退屈している——チャレンジを求めている——ことのあらわれでもある。

最初のインスピレーションがなんであれ、個人的なことを書くには〈距離〉がいるという常識も、微調整するべきかもしれない。もしテーマのリサーチが最初のひらめきなら、書けるようになるまえに、学んだことを内在化する時間がいるだろう。距離のような概念は、世界を内在化するには受けいれるしかないけど、テーマを効果的に書くには取りのぞくべきだ。注意深く、作家のやりかたで、脳に刺激を処理させなくてはいけない。

ピューリッツァー賞を受賞したジュノ・ディアスが、ぼくに語った。「自分の

WEB
シュルレアリストのゲームとウリポのライティング・チャレンジ
SURREALIST GAMES AND OULIPO WRITING EXERCISES

『認識転換｜*Cognitive Transformation*』
ベン・トルマン（2004年）

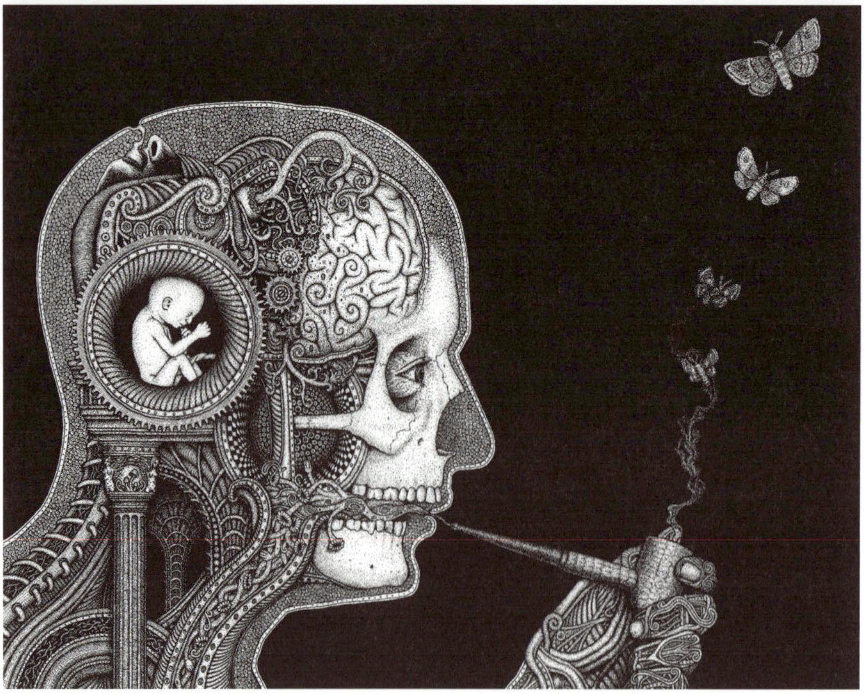

経験をそのまま書くことは、一度もできずにいます。自分が知らないものにして〈遊べる〉――自由に創作できるようになるまで、デフォルメさせなくてはいけません。ぼくの作品は、人生に忠実であろうとするのをやめたとき、はじまるんです。もし裁判所の書記官みたいに書いていたら、遊びの余地はなくなっていたし、遊びの余地がなければ、作品は生気をなくしてしまいます。不思議なつながりを思いつくのは、遊んでいるとき、あいまいな構成が生命を宿すとき、作品にとって何がベストか見えてくるときです」。

距離は、頭のなかで形づくられる物語を追いかけることから、作家を解放する。たとえば、カリン・ロワチーはこう記す。「白昼夢をたくさん見ます。つまらない仕事をしていても、地下鉄に乗っていても、ランニングマシンで走っていても、見るべきです。必ずしも、アイディアやストーリーのディテールをどうにかするためではありません。アイディアや小説の感触やトーンを味わったり、創ろうとしている世界に自分の精神を住まわせたり、つじつまの合わない可能性をたどったり、キャラクターたちのとりとめのない会話や、会話のないシチュエーションを考えたりするためです。脳を解放して好きに過ごせる夏には、散歩をします。あるとき自然療法医が、じっとすわって壁を見つめたまま瞑想しなくてもいい、歩きながら瞑想して安らぎを見出すひともいると言いました。わたしには本質の顕現（エピファニー）でしたし、自分のプロセスに欠かせないと気づいたんです」。

インスピレーションが、共有される文化的アイデンティティから生まれることもある。『天使は森へ消えた』などを書いた、フィンランド人作家ヨハンナ・シニサロは言う。「人生のほとんどを森で過ごしています。フィンランド人にとって、大自然は恐れるものではありません――食物の源で、冒険の地で、安らぎの場所。わたしの作品の多くは、人類と環境との関係がテーマです」。ストーリー創りに用いるさまざまなアプローチを認識しておこう。それらを育むことは、執筆のクオリティだけではなく、心の安らぎのために大切だ。

WEB
自然とフィクション
NATURE AND FICTION

もしそうだったら：神秘という美しさ
カレン・ロード

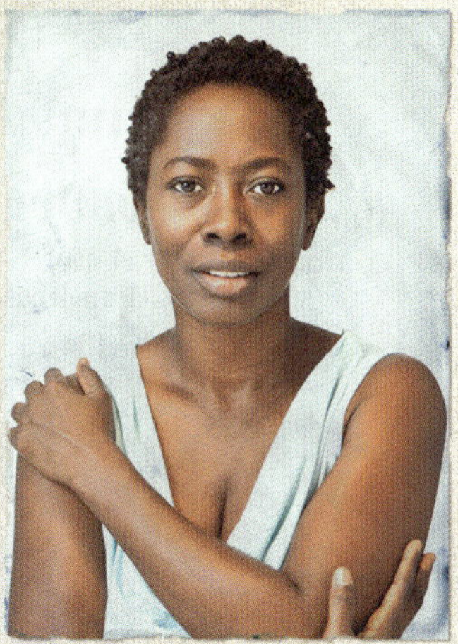

カレン・ロードは作家であり、バルバドスのリサーチ・コンサルタントでもある。初の長編小説『インディゴのつぐない｜*Redemption in Indigo*』は世界幻想文学大賞にノミネートされ、フランク・コリモア文学賞、クローフォード賞、ミソポエック賞アダルト部門を受賞した。長編第2作『このうえなくすばらしい世界｜*The Best of All Possible Worlds*』が2013年、デル・レイから出版された。

わたしは作家——少なくとも、パスポートにはそう書いてある。この言葉は、趣味、技術、職業、さらに苦役までふくむ。わたしのキャリアは幅広い。特に、専用フォーマットにしたがってリサーチ・レポートを書くのをやめて、もっと大きなストーリー・アークのなかで脇役たちの成長や意義を描くとき、そう感じる。つまるところ、スタイルや目的がなんであれ、フィクションであれノンフィクションであれ、わたしは言葉と働き、わたしが言わせたいことを言わせる。事実を伝えてほしいときもあれば、真実を伝えたいときもあるし、真実の美に劣らず詩的な、神秘の美を共有したいときもある。

書くという行為には、真実も神秘もある。たしかに、書くとはスキルで、ほかのスキル同様、学んだり練習したり磨いたりするものだ。書籍、記事、常套手段があり、どんな作者の欲求も満たすような、スタイルとストーリーのテクニックに関するルールとガイドラインが示されている。でも、書くとは神秘でもある——解くべきパズルでも、分析や応用をするべきプロセスでもなく、説明がつかない謎であり、チャレンジと体験しかできない。レポートを書くなら「知っていることを書け」はシンプルで実践的で有益なアドバイスだけど、フィクションにはそぐわない。事実をフィクションにすることはできる。ライフイベントや科学的発見を、そのままプロットの要点にするとか。でも、作家は理解しがたいことを物語る能力を世に知らしめる。

フィクションとはプロセスであり神秘であり、知識であり想像だ。詩ではじまり統計で終わるスペクトルのどこかにある。芸術だ。現実世界の形をとり、新しい知覚——色調、手ざわり、潜在意識と非現実の重み——を持って見なおす。

知っていることだけで、いろいろなストーリーを語れる。ジェイン・オースティンは、自分やまわりのひとたちの人生から知ったことを書いた。結婚式でおなじみのダンスを踊る親しいひとたちとの社会というオルゴール。内輪の知識と小さなステージが、ストーリーの題材をたっぷり与えてくれた。自己認識と観察眼にめぐまれた作家なら、愛、喪失、家族、子供時代、成長、老いをもっともらしく描けるはずだ——他者に囲まれて生きてきた、ひとりとしての経験から。なじみ深い状況で日用品を描いた静物画にも等しい文学だ。

知識はアウトラインを描くけど、そこにめずらしい質感と色を加えると、バリエーションが生まれ、フィクションがただの語りなおし以上のものになる。予想外と未知への侵入が、写真のようにリアルな絵を印象派絵画のようにあいまいなものへ、あるいはキュビスムのスケッチの鋭く傾いた平面へ変える。これが芸術のパラドックスだ。〈実生活〉からは見えないイメージが、現実そのものよりもリアルに感じられる。同じように、ページという媒体を使う芸術は、真実を照らすために、ありのままの事実をより必要とする。

メアリー・シェリー（訳注：『フランケンシュタイン』の作者）は、知らないこと、歴史上まだ知りえなかったことを書いた。ガルバーニ電流の仮説、解剖のプロセスを用い、空論、ドラマ、恐怖を加えた。書いたのは、ただの死体の蘇生でも、退屈した学生アシスタントだらけのつまらない研究でもなく、解剖後の手足や器官を集め、雷という原始の力でふたたび魔法をかけようとする孤独な天才だ。シェリーは、オースティンの求愛の物語や、社会に認められた伴侶の探しかたを再考して、決して造られるべきではなく、結ばれる花嫁がいない創造物の悲劇へと変えた。

シェリーは本当に知らないことを書いたんだろうか。執筆時は妊娠していて、子供を亡くしたこともあった。シェリーは、ヴィクター・フランケンシュタインでいるという経験を、集めた肉、血、骨に生命と魂をそそぐ奇跡の一部となる経験をした。でも、挫折も目にした。生命と魂が去り――雷でも絶望でも呼び戻せないとき。シェリーは未婚で、保守的な社会に遠ざけられ、一夫一妻制を守るつもりはない男を慕っていた。伴侶や家庭へのあこがれと、そのあこがれが壊れたことを理解していたのだろう。知っているものを壊し、その破片をまき散らした。自分の人生とは似ても似つかないものになるまで。それから経験の破片を拾い集め、まったく新しい創造物に組みたてなおした。

シェリーのやりかたには豊富な知識がふくまれていて、標準という安全ラインを押しのけるために使われた。読者は不安、ルール破り、作者に置き去りにされる実感から来る緊張にさらされつづけ、祭壇にではなく、既知の世界の隅にある氷原に取り残されてしまう。

フランケンシュタインとミスター・ダーシーを競わせることで、わたしは空論のフィクションをひいきしているのかもしれないけれど、自分の選択の正しさを少しは証明できると信じている。人間社会はずっと「もし～だったら」というフィルターをとおして、夢と悪夢を調べてきた。陽気なナンセンスも不気味なパラノイアも。不可知への取りくみが、おとぎ話、聖書、文学さえ生んだ。もちろん、すべての作者がツールとして空論を使うわけではない。不可知が超常である必要もない。リアルでもファンタジックでもいい。カギとなるのは、既知と一定のコミュニケーションレベルにあることだ。フィクションのキャラクターは違う人生を、時間や危機やキャリアの選択によって変わる平行宇宙をあらわせる。ストーリーは、現実に根ざしたものになりえる。キャラクターが魔法使いやカブトムシになるより、父親や囚人になるほうが妥当で変容が少ない。

ストーリー創りは、2つ以上の役を演じ、共通点を超えて世界を学ぶ演技法のようだ。どこかを訪れたり、だれかにインタビューしたりすることは驚くべきコンテンツを与えてくれるけど、だれもがそこまで没頭できる素質を持っているわけじゃない。どれほどリサーチしようと、育児や投獄や魔法についてあまり知らないひとがいるものだ。ベテランも新人も、発想を飛躍させ、キャラクターの気質、プロットの要求、ストーリー設定に応じて、事実をフィルターにとおすべき瞬間に出会うだろう。平凡だろうと不思議だろうと、キャラクターは魂の象徴で、プロットはでたらめな人生のスケッチの様式化で、設定はあいまいな想像かぼんやりした記憶だ。これらの乏しい描写が、それらがあらわすものにどうにか意味を与える。平らなキャンバスに、影と線と角度だけを使って3次元の幻を創る画家のトリックは、作家のものでもある。

フィクションは、あなたの「もし～だったら」の遊び場だ。そこでは、疑問は確信より燃費がよく、探検は許されるどころか欠かせない。未知を書こうとすることで、あなたは生徒にも教師にもなり、真の作品創りのためにリサーチ、思考実験、観察研究、単なる偶然を用いる。ときには思いどおりにいく。ときには意識の支配から逃れられる。これがコンテンツとプロセスの神秘、そして美だ。

関連作品

リチャード・ホルムズ『不思議の時代：ロマンティックな世代は、どうやって科学に美と恐怖を見出したか｜*The Age of Wonder: How the Romantic Generation Discovered the Beauty and Terror of Science*』ニューヨーク：パンテオン・ブックス（2009年）

キャロル・シールズ『ジェイン・オースティン｜*Jane Austen*』ニューヨーク：ヴァイキング（2001年）

想像力という不思議

想像力は爽快で楽しく、とても不思議であまのじゃくで不穏で、ときどき恐ろしい。でも、クリエイティビティの暗い部分を避けるべきじゃない。想像力が呼びさます美しいものに価値と有用性があるなら、醜いものや説明がつかないもの、手に負えないものにだってある。

想像力や浮かんだアイディアに目を向け、フィクションに利用しようとするとき、ある意味、インスピレーションのアイディア（楽しいものばかりではない）に屈しているんだ。強い力に支配されていると気づくだろう。意識はアイディアを検閲しようとするかもしれないけど、そんなことをすれば、異質、邪悪、残酷に対する精神のキャパシティを制限するリスクがある。

ぼくの不穏な想像力の、もっとも直接的な結果が『マーティン・レイクの変貌｜*The Transformation of Martin Lake*』だ。トラウマが残るような経験の数年後、おぼろげな人影が夢に現れるようになった。夢のなかで、ぼくは家に向かって歩いていて、スクリーンドアの穴をとおして腕を伸ばす。人影がメインドアをあけ、ぼくの腕をつかんで手のひらを上に向けさせて、真ん中にナイフを突き刺す。手のひらを切られつづけるあいだ、ぼくは立ちつくし、されるがままになっている。いままでで一番ひどい悪夢だ——暴力の生々しさがはっきりあって——そのうち、

『ホライズン｜*Horizons*』
アルマンド・ヴィヴ（2017年）。
このアーティストは、
さまざまな情報源から参考
になるものを集めている。
「マンガ、植物のイラスト、
北方マニエリスムの版画、
現代家具のデザイン。
ぼくが絵やコラージュを
とおして、それらを
引っぱったり曲げたりすると、
新しい作品のために
つながっていくんだ」

がまんできなくなった。なんとかしなければいけなかったから『マーティン・レイクの変貌』にそのシーンを書くと、ストーリーの主要なイメージになった。イメージをストーリーにうまく織りこんだことが、世界幻想文学大賞の受賞につながり、悪夢を終わらせた。

潜在意識から生じる何かをそのまま物語に埋めこむのも、ひとつの手だ。でも、たいてい潜在意識はヒントやきっかけを与えるだけで、言わんとすることは作家が書いてくれると思っている。ぼくの長編小説『全滅領域（サザーン・リーチ１）』は、水中の塔の螺旋階段をくだり、地下に降りていく夢にインスパイアされた。暗闇は、どうやってかはわからないが照らされている。すぐに、カーブした石壁に英語で書かれた言葉に気づいた。大人でなければ書けないような高さだ。でも、インクやスプレー塗料で書かれてはいない。なんらかの生体組織に書かれている。さらに降りていくと、言葉がかすかに揺れているのが、新しくなっていくのがわかった。言葉を発しているのがなんであれ、だれであれ、ぼくの下で書きつづけているのだと、恐怖に震えながら悟った。さらに深くへと降り、とうとう、階段のカーブの向こうから手招きする光を見た。言葉の発信源と、いままさに出会おうとして……目が覚めた。メモをとり、コンピューターに駆け寄った。

ぼくの潜在意識が、意識にアイディアを引きついだともいえる——あるいは、意識が潜在意識に伝えたとも。「いやいや、もう何も言うな。あとはこっちでやるから」。そして、どんなに奇妙な内容だろうと、**ぼくは追求をためらわない**と、潜在意識は信じている。

この長編小説の設定は、ぼくが15年間歩いていたハイキングコースの変容バージョンだとわかった。潜在意識が不合理で奇怪なものを調べたいなら、その不思議さを、リアルで個人的なもので包みこむくらいは、ぼくにもできた。

でも、この感覚を経験するタイミングはさまざまだ——エピファニーは、遅れてやって来ることもある。ぼくの2009年の長編小説『フィンチ｜*Finch*』には、青いドレスの女と呼ばれる革命家が出てくる。ぼくがはじめて本物の青いドレスの女と出会ったのは、1996年のイングランド旅行だ。彼女はロンドン地下鉄の駅で、歌いながらCDを売っていた。ぼくは電車に乗ろうとしていて、通路の暗がりでの思いがけない出会いだったけど、彼女の歌声はこの世のものとは思えないほど美しかった。CDを買おうかと思ったけど、急いでいたのでやめた。頭に疑問が残った。「どんなCDだったんだろう。あの歌声と同じくらいすばらしいんだろうか。有名なシンガーがふざけて大道芸をしていただけなんだろうか。名前はなんていうんだろう」。

右ページ
『侵襲の果実｜*There Lies the Strangling Fruit*』
イヴィツァ・ステヴァノヴィッチ

もっと知りたい願望と、知りすぎるまえに引きかえしたい欲求とのあいだには、つねに緊張がある。想像力にスペースを残しておくんだよ、きみを暗い場所へと導くための……そこには、罪びとの手からもたらされた侵襲の果実がある。ぼくは死者の種を生みだそう、虫たちとわかちあうために……

4年後、ボストンでトラムに乗ったとき、トラムにまつわる何かがロンドン地下鉄を思いださせ、それが青いドレスの女を思いださせ、ふいに潜在意識が彼女のくわしい生い立ちをぼくに伝えた。頭に浮かんだものを書きとめながら、30分はトラムに乗ってたっけ。それまでぼくが知っていたのは、青いドレスの女が架空の都市アンバーグリスの反乱グループのリーダーということだけだ。いまは、幼少期や大人になってからの歳月もすべて知っている。もしロンドンで足をとめて青いドレスの女のCDを買い、名前やプロフィールを知ったなら、こんなことが起きただろうか。起きなかったはずだ。

きみの知性が問題に取りくむとき、このタイムラグはもっと根本的な変換もなしとげられる。まえがきで書いた、子供時代の2つの出会いを憶えてるかな——フィジーのオニヒトデと、ペルーでホテルの窓の外を飛んでいたハチドリ。これらの

There is always a tension between
wanting to see more and needing
to pull back before you see too much.
Leave space for your imagination to lead you dark places...
Where lies the strangling fruit that came from the hand of the sinner
I shall bring forth the seeds of the dead to share with the worms that...

体験をどう理解するか、考えるのをやめたことはないけど、『マンコ・トゥパックと踊る幽霊｜*Ghost Dancing with Manco Tupac*』で一度は組みあわせた。ストーリー後半、老いた征服者(コンキスタドール)のようなキャラクターをアンデス山脈で案内するケチュア族のガイドが、幻を見る。早朝の光のなか、「コンキスタドールの馬が、古代インカの街道のふぞろいな石のあいだを慎重に歩いていく」のを。「漆黒のハチドリの群れが、キリストのいばらの冠のように、コンキスタドールの頭を取り囲んでいました」。これらを草稿に書いているうちに、子供時代の2つの思い出が輝きはじめた。2つのイメージを結びつけることで、潜在意識がささやかで明確な答えを与えたかのように。

『ヨーク大聖堂｜*York Minster*』（1897年ロンドン）より、アレクサンダー・アンステッドのイラスト。

距離を置くことは、クリエイティビティを変容し、刺激する記憶のパワーとは、なんの関係もない。作家ヴァンダナ・シンが記すように。「いま書いているストーリーはいきなり、わたしの幼少期から鮮明なワンシーンを拾いあげました。放課後バス停から歩いてうちに帰っているとか、妹が満開のホウオウボクの下で友達や犬と遊んでいるのを見ているとか。そのときは、いまの自分の認識も、ふいに時の流れを気づかせたそのシーンをずっと憶えていた理由も、わかっていませんでした。それに、ストーリーと関係するといっても、実際にそのシーンを書きはじめる数秒まえまで、使うつもりなんてなかったんです」。

変容を起こすインスピレーションの奔流が、執筆中のフィクションを救うこともある。ぼくの遠未来小説『ヴェニス・アンダーグラウンド｜*Veniss Underground*』が行きづまっていたときのように。主人公が恋人を救うべく地下臓器バンクに行ったとき、ぼくはその場所をイメージできなかった。なぜか、臓器バンクをイメージできないと、小説の残りの部分もイメージできず、数か月間ほうっておくしかなかった。そのあと、ぼくと妻はイングランドのヨーク大聖堂を訪れた。ロンドンのウエストミンスター寺院より古い大聖堂に入り、驚くほど高い天井までの柱が並ぶ廊下に足を踏みいれたとたん、腕の毛が逆立ち、ぼくは身震いした。何本ものチューブを束ねたような柱は、異様でしかなかった。こんなものは見たことがなかった。頭皮がうずいた。自分のなかから何かが湧きあがってくるのを感じた。臓器バンクが、目の前で現実になっていった。

でも、ぼくの後頭部が爆発し、ほとんど呼吸できなくなったのは、かどを曲がって、ドアへ降りる階段と、壁の窓とその木の格子を見てからだ。主人公が、ぼくがしたように、かどを曲がるのがはっきり見えた……そして、短い階段を降りた先の部屋で、ダンテの『地獄篇』のワンシーンと向きあっているのが。幻のなかで、その部屋は、さまざまな腐敗段階にある肉体の一部で満たされた、もっと広いスペースに変わっていった。この広がりを目の当たりにするうちに、大聖堂のほかの部分も変わり、柱が血の導管に、柱の聖人の彫刻が埋められた肉体に、天井の装飾が連なって浮かぶカメラになった。しばらく立ったまま、ぼくに書きこまれているものを走り書きした。頭に割りこんでくるイメージとアイディアに追いつけなかった。もっと紙が必要だった。書きつづけなくては。すべてがあふれ出ていた。すべてがリアルになっていった。

きみがラッキーなら、プロでいるあいだに5、6回こういう体験ができる。ふいに降りかかってきた目まぐるしい幻のようにしか、ぼくはその体験を表現できない。ぼくが書いたのは、ただの影や反響、実体験の幽霊かもしれない。でも、おおがかりなやりかたで、書く理由を思いださせてくれた。自分が書かれているときに突然起きる、ささやかで深遠な気づきの瞬間のためだ。ぼくの場合、ヨーク大聖堂での30分が最難関ポイントを突破させてくれた。つらい作業は残っていたけど、エンディングへの道は見えた。

やみくもなインスピレーションのあいだに創るものが、長くてつまらない仕事のあいだに創るものより、すぐれているとはかぎらない。紙の上のヴィジョンと頭のなかのヴィジョンを一致させられない深い失望を、だれもが知っている。でも、ときどき恋をしないなら——しかも、恋することが成果に結びつくなら——どうやってつづけるのか。かつて、1960年代のカルト作家カサンドラ・N. レイルシーが言った。「不安や挫折、絶望をフィクションで書くことさえ、喜びの追求です。カタルシスにかかわりますし、少なくとも痛みを具体化しますから」。

トマシュ・マロンスキーによる、ポーランド版『ヴェニス・アンダーグラウンド』表紙に変化したヨーク大聖堂（2009年）。

作家の障壁

マシュー・チェイニー

マシュー・チェイニーの作品は『イングリッシュ・ジャーナル』『ワン・ストーリー｜*One Story*』『ウェブ・コンジャンクション｜*Web Conjunctions*』『ストレンジ・ホライズン｜*Strange Horizons*』『ファイルベター・ドットコム｜*Failbetter.com*』『イデオマンサー｜*Ideomancer*』『ピンデルディボズ｜*Pindeldyboz*』『レイン・タクシー｜*Rain Taxi*』『ローカス｜*Locus*』『SFインターネット・レビュー｜*The Internet Review of Science Fiction*』『SFサイト｜*SF Site*』などの雑誌・webサイトに掲載されている。元『ベスト・アメリカン・ファンタジー｜*Best American Fantasy*』誌編集者。プリマス州立大学で、英語、女性学、コミュニケーション＆メディア学を教えている。

昔々、ぼくは作家の障壁（ブロック）とは、子供のころ遊んだ、文字が書かれた積み木（ブロック）のことだと思っていた。あとから違うと知ったけど、作家の障壁をそんなふうに考えるのは、いまでも有用だと思っている。作家の障壁を、積み木の壁だと想像してみて。目の当たりにすると頑丈で難攻不落に見えるけど、ひと押しして、その混沌で遊ぶ気があれば倒せる。それをふまえたうえで、作家の障壁を考えてみよう。

Ⅰ．作家の障壁とは、現実と同じように認識の問題だ。シオドア・スタージョンは、ときどき作家の障壁について文句を言ったけど、13冊の本を満たせるだけの短編小説を書いた。スタージョンが、ある日カフェで『ニューヨーカー』誌ライターのジョゼフ・ミッチェルと出会ったら、どうなっただろう。ミッチェルは『ジョー・グールドの秘密｜*Joe Gould's Secret*』を書いたけど、これはまさに作家の障壁にぶつかる男の話だ。1965年の出版から1996年に亡くなるまで、ミッチェルは毎日『ニューヨーカー』誌のオフィスに現れたけど、何も書かなかった。

Ⅱ．あるいは、ティリー・オルセン。すぐれた短編小説の書き手で、代表作は4つのストーリーからなる『わたしに謎をかけて｜*Tell Me a Riddle*』だ。19歳で書きはじめた長編小説『ヨンノンディオ｜*Yonnondio*』の断片や、作家——とりわけ女性や貧しい作家——の執筆や出版を阻む力についてのノンフィクション『沈黙｜*Silences*』も発表した。オルセンは書いたものだけでなく、書かないことで有名になった。集中のために欠かせない時間と金を作家から奪う、社会の不平等のシンボルになっていった。『わたしに謎をかけて』は異例の称賛を受け、偉大な作家といえども、読者が長年積みあげてきた期待に応えるのがむずかしくなっていった（参照：ラルフ・エリソン、ハーパー・リー）。オルセンの作家としての神話力は、書かないことで強まった。

Ⅲ．期待はあらゆるタイプの芸術家を滅ぼせる。期待とは野心のいとこであって、野心とは別人（遠戚）だ。ひとの上を行きたい、自分のスキルと史上最高のものを競わせたい、完璧な美の対象を作りたいという願望は、リスク（傲慢、友情や家族の崩壊、自己嫌悪）を伴うがゆえに作家を駆りたてる。期待はますます重荷になる。頭のなかに、よからぬ声を届ける。野心の声が「偉くなろうぜ！」と言う。期待の声が「きみは偉いに決まってる。でなければ無だ」と言う。

Ⅳ．シオドア・スタージョンにまつわるエッセイ『右舷のワイン』で、サミュエル・R・ディレイニーは、SF作家と自意識過剰な〈文学的〉作家との違いを明確にするのは、改稿に対する態度の差だと述べている。さまざまな理由からディレイニーは、SF作家最大の関心事はどんな作品にも熱心だと見せかけることではない、だが文学的（でアカデミック）な世間体がほしい作家は逆だと主張する。作品で生計を立てようとしているなら、速くて多作なほうがいいだろう。文学的な世間体の市場より、ジャンルわけされたフィールドで、速さと多作は認められ、奨励される。ジョイス・キャロル・オーツは、何百もの短編小説と50以上の長編小説を発表した。インタビューで問われ、批評で怪しまれるほどの数で、オーツの作品を嫌う批評家は、多すぎるし速すぎるのではと疑問を持つ。こういう疑問は、高名な文学賞のノミネート常連ではない作家に対しては、めったに起こらない。実際、ジョージ・R・R・マーティンを見てもわかるように、多くの読者は、作家にがまん強さや慎重さより、速く書くことを求める。

Ⅴ．作家の障壁を調べるうちに思った。サンプルのほとんどが、より神聖化された文学王国で見つかるのはなぜか。どんな作家も苦しんだ経験があると認めるだろう。でも、ぼくがしたインタビューと伝記への非科学的な調査によれば、作家の障壁との闘いで知られる、ジャンルわけされた作家は、文学的に正統な作家ほど有名ではない。伝記やインタビュー記事があまりないジャンルの作家を調べたからかもしれない（『パリ・レヴュー｜*The Paris Review*』のような伝記やインタビューは、正統性創りをしている）けど、ディレイニーは、ジャンルわけされた作家と文学的な作家の利益についての認識の違いが、本当にわかるのだろうか。もし作品で儲けたい作家のために、作家の障壁の商業的な負担がなくなれば、ここ100年くらいは、ジャンルわけされた作家が作品という小さな身体で評判を支えるのも、文学的な作家が作品という大きな身体で疑いと蔑みを避けるのも、ほぼ不可能だったという事実が残る。

Ⅵ．ぼくがめったに作家の障壁に苦しまないのは、自分にあまり期待をしていなくて、作品がどのジャンルに入るかを気にしないからだ。ぼくは想像しうるすべてのジャンルで書いてきた。ジャーナリズムのような才能のないジャンルでさえ（ジャーナリストは、電話でひとと話さないといけない。ぼくは電話が嫌いなんだ。〔ヘンリー・デイヴィッド・〕ソローもそうだった。それに、ジャーナリストはファクト・チェッカーとも仕事をしないといけない。ファクト・チェッカーは、電話やキャリアと同じくらい、うっとうしいと思うよ）。だから、ほかの執筆ガイド本とは全然違うガートルード・スタイン『ハウ・トゥ・ライト｜*How to Write*』が好きなんだろう。それ自体がひとつのジャンルであり、あらゆるジャンルであり、そして、どれでもない。その奇妙さが、ぼくに訴えかけてくる。3か月でベストセラーを書く方法や、エージェントの見つけかたや、韻を踏んだ詩の書きかたは教えてくれない。そのかわり、こういう段落がある。「3種類の文章がそこにある。文章はその3種類につづく。3種類の文章がある。3種類につづく3種類の文章がある」。あと、ぼくのお気に入りの執筆アドバイスも。「文法は忘れて、ポテトについて考えなさい」。

Ⅶ．「締切はどうするの」と、きみは言う。ちょうど考えていたところだから、訊いてくれてうれしいよ。たとえば、いま書いているこの原稿にも締切がある。ギリギリじゃなく2週間以内で、そのあと数週間のほうがむしろ忙しい。だから、これを終えるつもりなら、いまやったほうがいい。けど、作家の障壁について、どうやって書く？　書かないという執筆のパラドックスはさておき、実務的な大問題もある。ぼくには役に立つことが何も言えない。きみが聞いているような人間じゃないんだ。きみが関心を持つような人間でも。文章を見てくれ！　たわごとだ。だれにでも、もっといい文章が書ける。何も語っていない。言葉は安易で愚かだ。なんのアイディアもない。ぼくは何も伝えていない。どうにかこれを書き終えても、ボツにされるだろう。だったら、なぜ悩む？　単なるたわごとだ。純然たるたわごとだ。

Ⅷ．執筆インストラクターがくれた最高の贈り物は、ニューヨーク大学でのアドバンス・エクスポジトリー・ライティングのレッスンだ。講師は『聖なる予言』を読むように言った。悪文とは何かを知るべきだと、固く信じていたからだ。彼は正しかった。感動的だった。どんなにがんばっても、ジェームズ・レッドフィールドほどヘタには書けないだろう。あんなに本も売れないだろうけど。でも、それでも。これは売上についての原稿じゃない。ぼくがシェイクスピアでも、ジョイスでも、ガートルード・スタインでも、ゲオルク・ビューヒナーのような驚くほど才能ある作家でもない悩みについてだ。ビューヒナーは史上最高の戯曲2作（『ダントンの死』『ヴォイツェク』）、思わず息をのむフィクション（『レンツ』）、皮肉な喜劇（『レオンスとレーナ』）、過激な政治的パンフレット（『ヘッセン急使』）、一般的な川魚の神経系にまつわる先駆的な科学論文を書き、23歳で亡くなった。ぼくとは誕生日が同じなんだ。ぼくが自分に「ビューヒナーより14年も長く生きてる」と言いそうになるときは、書いているものを見て、こう言いきかせる。「『聖なる予言』よりマシだ」。

Ⅸ．できるだけ早く捨てるべき期待は、独創的であることだ。きみは独創的じゃないだろう。独創的なひとは、ギルガメシュで最後だ。キャリアもファクト・チェッカーも電話もなかったから、後世のだれよりも負担が少なかった。きみは彼に感謝すべきだ。ひどい重荷なんだ、独創性は。
「でもみんな、なんとかして独創的になろうとするじゃない」と、きみは言う。かもね。けど、どうして、そんな負担を自分にかける？　ハイレベルな独創性を保っていれば、つねに書くことが得られると思うのかい？　たしかに、ありえるけど。ぼくは何を知っているだろう。ぼくは全知じゃない。きみがだれかさえ知らない。たぶん、きみはギルガメシュだ。

Ⅹ．きみはいつでも、何か書ける。文学的に。何か。何か。何か。何か。何か。何か。ガートルード・スタイン。何か。何か。ガートルードみたいな何か。ガートルード、ガートルード。スタインみたいな何か。何か。何か。ガチョウ。

Ⅺ．でもたぶん、書かないことは間違いじゃない。「つまり、わたしに黙れって言ってるの？」と、きみは言う。違うよ、ごめん、失礼だった。きみが創っているのがアートだとしても、障壁は恐ろしいと、ぼくは知っている。20代前半、ぼくをリッチで有名で人気者にすると思っていた執筆に幻滅したあと、できの悪い詩とあさはかな学術論文しか書けなくなった。1年間いなかに隠れて、粉々になった期待、野心、欲望、そして夢のかけらを掃きだそうとした。人生最悪の時期だった。自分のどこかに言葉が、形にするべき文章が、満たすべき構成があると感じられたけど、実際に書いたものはどれも、ぶざまで、ぎこちなくて、横柄で、ちぐはぐで、幼稚で、愚かで、弱々しくて、退屈に思えた。しばらくのあいだ、ぼくは何も、できの悪い詩とあさはかな学術論文さえ書かなかった。自分が書いた退屈で、弱々しくて、愚かで、幼稚で、ちぐはぐで、横柄で、ぎこちなくて、ぶざまなガラクタを見ると、自己嫌悪に陥ったから。町かどを走りまわって、世界が爆発するのを見たかった。自分の欠点と失敗を憎んだ。執筆はすべてを紙の上にさらけ出し、憎しみをこめて苦々しくぼくを見つめかえす。耐えられなかった。書くのをやめた。口を閉じた。死を身近に感じるようになった。

Ⅻ．やがて、ぼくはふたたび言葉を見つけた。やがて、見つけた言葉すべてを憎むのをやめた。やがて、特定のやりかた、ジャンル、スタイル、形式で書こうとするのをやめるのを学んだ。創ったものが芸術なのかそうでないのか、気にするのをやめた。1種類の執筆にこだわって、しあわせになれるひともいる。ぼくはそうじゃない。そうと知って、キャリアと独創性とゲオルク・ビューヒナーをたたき出すために、自分を分類するのをやめた。深刻な作家の障壁には、それからはぶつかっていない。その経験から学んだのは、作家の障壁を壊すには、作家としての自分をもっと知り、受けいれることだ。きみはシェイクスピアでも、ジョイスでも、ガートルード・スタインでも、シオドア・スタージョンでも、ジョゼフ・ミッチェルでも、ティリー・オルセンでも、フラン・レボウィッツでも、ジェームズ・レッドフィールドでもない。良くも悪くも、きみはきみだ。

XIII. 奇抜なアメリカ人作家デイヴィッド・マークソンは、平凡で死をまぬがれない人生をかいま見せる長編小説シリーズを書いた。主に作家と芸術家にまつわる事実と引用が散りばめられている。そのなかの1冊が『読者のスランプ』だ。短い段落が多く、たとえば「ルネ・デカルトは干し草畑で生まれた」「クリスティーナ・ロセッティは、ほぼ間違いなく処女のまま死んだ」「外界へのじゅうぶんな証明がいまだにないのは哲学の恥だと、カントは言った」。本のはじめには、こんな段落もある。「とにかく、小説とはなんだ」。本のつづきへと導く質問だ。きみが書いているつもりのジャンルが何か、問うにもいい質問だ(「とにかく、Xとはなんだ」)。ジャンルに関するきみの仮説(X＝直線的な物語)、きみの期待(X＝多彩なキャラクター)が、きみを引きとめ、邪魔しているかもしれない。方程式をぐちゃぐちゃにして、あれこれ加えるべきなのだろう。なぜ、詩のような長編小説を、エッセイのような短編小説を、歌のようなメモを書いてはいけないのか。なぜ、試さない？

XIV. ぼくのコンピューターには「失敗した試み」というフォルダがある。10年以上まえ、2、3台まえのコンピューターで創った。しばらくしたら失敗した試みに再チャレンジし、せめて、かけらを拾って新しいことに使えるようにと。実際にそうしたことも、失敗した試みをよみがえらせたことも一度もない。すべて捨て去ったも同然だ。でも、捨てなくてよかったと思うし、それどころかフォルダはいっぱいだ。失敗だと思って捨てたものに対する罪悪感を和らげてくれる。いまは、喜んでそうする。失敗した試みフォルダに入れ、解放され、新しいことや違うことをはじめる。おたがいちょっと休憩しているだけと、自分に教える。いつでも戻れるのだから。その気になれば、いつでも失敗した試みフォルダから引っぱり出せる。永遠に失敗でいなくてもいい。代数の平等の対称性を考えてみて。X＝失敗した試みとは、失敗した試み＝Xでもある。

XV. 「あなたは締切について答えてない」と、きみは言う。そうだっけ。ごめん。気もそぞろで。気もそぞろは、実は、作家の障壁を乗りこえるカギなんだ。きみは自分を間違った方向に連れていくべきだ。きみの頭のなかには地図があり、旅の手引きだと思っているから、地図に行けと言われた道を行き、途中で地図にはない、果てしなく高い壁にぶつかる。いくら足やこぶしや頭をぶつけても、壁はビクともしない。きみがするべきは、地図を捨てて道をはずれることだ。自分を迷子にするんだ、せめて少しのあいだでも(町かどを走りまわって、世界が爆発するのを見て)。

XVI. あるいは、ポテトについて考えるとかね。

チェコ共和国プラハにあるストラホフ修道院の神学の間（ヨルガ・ロヤン撮影）

インスピレーションとストーリーへ導き、想像力を形づくって守る要素は、潜在意識と深く結びついている。でも、インスピレーションを呼びさますのに最適なコンディションと環境を整えることで、あらかじめ備わっているこれらの状態に入るトレーニングができる。インスピレーションとクリエイティビティが伝わりづらいコンディションと環境を創ることは、作家を障壁へ導く。

意識もときどき、潜在意識にプランを知らせなくてはいけない。たいていの作家がとる行動を、きみもとっていいんだ。きみのどんな衝動もありようも異常ではなく、友人や家族に変だとか仕事をしていないとか思わせる特徴も、プロセスの一端だ。きちんと守り育てていれば、想像力は決して永眠しない。たまには冬眠がいるかもしれないけど。

この章から得てほしいものがあるとしたら、以下のようなことだろう。

- 「あなたは想像力がありすぎる」というアドバイスには気をつけろ。想像力がありすぎるなんて、ありえない。
- インスピレーションの突然のひらめきを自主検閲するな。なぜなら、突然のひらめきは、くだらない、ふまじめ、キテレツ、ひと騒がせ、といった印象を意識に与える。その素材を使わないにしても、クマが隣に引っ越してきたのを信じたがっていると、きみは潜在意識に教えているんだ。
- だれかとの空想遊びの可能性を、受けいれられるようにしておけ。そして、空想遊びをしているとき、想像力の筋肉を鍛えていると認識しておけ。きみがそうすることで、相手も同じようにできる。
- 書きはじめるまえの、ストーリーが頭のなかで動きだすまでにかかる時間にイライラするな。何を書くかじっくり考えることは、プロセスの一環として欠かせない。

- ファンタジーに、自伝的要素をふくめることを受けいれろ。ページ上で生気をなくしているものを、違うやりかたで救うかもしれない。
- 断固として想像力を守れ。そして、育め。

それでも限界はある。すべての知性が、フィクションに必要なクリエイティビティのために作られているわけじゃない。原因のひとつは、想像力がでっちあげをしたり、ある意味嘘をついたり、嘘で嘘を（存在しない）真実にしたりするからだ。

カリ・ウォレスは、とても賢い友達が大学にいたと語る。ノンフィクションを書く神経学の研究者で「想像力なんて絶対に持ってない」と言い張っていた。ウォレスはふり返る。「いろいろ話しましたけど、おたがい相手の脳の働きが理解できなくて、すっかり困惑してしまいました。どうすれば想像的なアイディアを脳から引きだせるのか、彼女は知りたがりましたが、それをどう手伝えばいいのか、見当もつきませんでした。何かを創るのはわたしには簡単で、彼女の目から世界がどう見えるのか、本当に全然わからなかったんです」。

想像力は無限だ――きみが想像力に取りこませたいものを、想像力はなんでも取りこめる。きみがそうさせるなら。ぼくたちが目にするすべては、機能的であれ装飾的であれ、かつてだれかの想像力のなかに存在していた。すべての建物、設備、椅子、テーブル、花瓶、道、トースター。つまり、ぼくたちが暮らしている世界は、多くのひとと、既存の現実を変えるためにそそがれた集合的想像力のあらわれなんだ。ここで疑問が湧く。どうすれば、うまく夢を見られる？

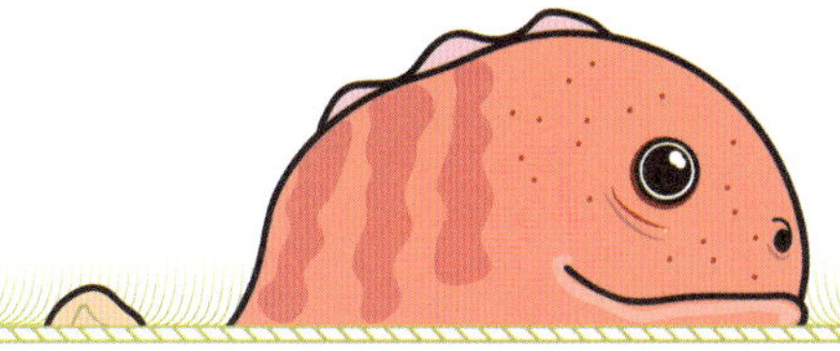

フィクションは複雑な生態系の一部であり、その生態系のなかで、たくさんの複雑な器官を持つ有機体だ。物語の要素を、大小の成分もふくめて知ることは、それらの協力のしかたを知ることでもある。いったん、これらの要素にほんの少しでも精通すれば、きみが創った、水の上を歩いたり火を吐いたりする巨大ペンギンは、偶然ではなく故意によって3つの目を持つだろう。読者をひとり見つけるかもしれない、あるいは2人……

第2章：ストーリーの生態系

デカルトは間違っている。世界は機械というより生き物だ——そして、ストーリーも。ストーリーとは要するに、中世の動物寓話集が誇る動物たちだ。生き物のように、ストーリーにもたくさんの適応と突然変異が起きる。文字で書かれたものに限定しても、無数の組みあわせが考えられるので、とてつもないバリエーションがある。ストーリーのタイプが1ダースしかないと言うひとは「動物なんてどれも同じだ」と言うひとと同じぐらい疑わしい。ペンギンはハムスターじゃないし、エビはナマコじゃないし、ゾウはイカじゃないし、アリクイはドラゴンじゃない。

でも、ストーリーという生き物はそれぞれ、形、性質、機能の統一性にしたがう。ストーリーは動物のように食べ、飲み、くしゃみをし、走りまわり、食料を探す。五感やそれ以上の感覚をとおして、生命を体験する。ときどき頭と胴、うまくすれば尾を持つ。どうしても必要なら、序盤、中盤、終盤を。ストーリーには、文章の質感に応じて、特定のスタイルがある。ストーリーの筋肉組織や骨格、内臓は、読者の目には見えないけど、動作、思考、行動、反応など、たくさんの機能のために一致団結する。動物のように、すぐれたストーリーは読者を見張っている。ページ上の細かい計画や精密なテクニックをしのぐ、不思議な衝動をとおして。

ストーリーの要素をファンタジックな生き物の一部とみなせるように、ストーリーも、複雑な共存関係にある物語という生態系の一部とみなせる。この章で掲載されるロバート・コネット『ナイト・トローラー｜*Night Trawler*』に、ちょっと似ているんじゃないかな。フィクションは長編小説のような大型動物相から、超短編小説のような微細な生命体まで多岐にわたる。生命体のサイズの違いが、クオリティや重要性をあらわすわけじゃない。すぐれた短編小説はしなやかで機敏で賢く、藪をドスドス踏んだり獣のごとく海をかきわけたりする、やりたい放題の長編小説より複雑で興味深い。読者の視点からすれば、発見と謎のスリルや、ページを超える生命の感覚をわかちあえるものが最高だ。もし、きみが風景のなかに消えるなら、舞台裏ではしごや柱を見ているのではなく、別の世界にいると気づくだろう。

フィクション作家として成長するためには、ストーリーや自分自身、ほかのひとの作品の解剖に、いやでも携わるはめになる。物語の動物学者か植物学者にもならなくちゃいけない。有機体の観察には、違うアプローチが求められる。器官をカタログ化するのではなく、すべての器官がどう協力しあうのかを知るためのアプローチだ（憶えておいてほしいんだけど、どんなに内臓を調べても、すばらしいストーリーを読む体験を複製したり、正しく解明したりすることはできない）。

どんな執筆ガイド本も、まさにその性質ゆえにパラドックスがある。まず構成要素をバラバラにして、大きくて変わりやすいコンテキストのなかに存在するものを、わざと固定しなくてはいけない。目的は、あとの章で述べる探究の基盤を築くことだ。きみはそこで、動きだしたり複雑なやりかたで機能したりする要素に気づき、ストーリーは生きているというメタファーに説得力と有用性があるのを思いだす。

物語という生命体

ノベル

ノベラ

ノベレット

ショート・ストーリー

フラッシュ・フィクション

ポエム

長編小説（ノベル）：文学界の大型動物相。単語数はおよそ55,000から250,000だが、もっと多いものもある。ひどいときは、一大長編小説を2作以上にわけるよう出版社に要求される。そのせいで、永遠に消えないダメージが、骨格と筋肉に残るかもしれないのに。あるいは、作者に引きのばされて、余計なシーンや段落だらけになるものもある。そうなると、循環系や呼吸器系などの器官系にダメージがおよぶ。長編小説なら、余談も取りいれられる。でも、それは余談のようでいて、読者を楽しませながらテーマやキャラクター描写をサポートしているのだ。また、趣向を凝らして、すべての章を捕鯨体験に費やしたり（『白鯨』）、たくさんの視点人物を用いたりもできる。これらの工夫は、ただ文章量を増やすのではなく、短編小説や中編小説とは違うやりかたで物語に広がりと深みを与える。このページのイラストの長編小説は〈制作中〉で、まだ構成ができあがっていないし、乗りこむべきキャラクターもそろっていない。

中編小説（ノベラ）：おそらく、文学界でもっとも純粋な生命の形。単語数はおよそ11,000から55,000（11,000から17,000のものを「ノベレット」と呼ぶこともある）。長編小説と短編小説の特徴を兼ねそなえている。特にすぐれた中編小説は、キャラクター・アークをじゅうぶんに発展させられるし、テーマやシチュエーションの探究を広げられるし、余計なシーンを減らせる。視点人物を多めに用いることもできるが、たいていひとりだけだ。短編小説のように、ある程度、言語の精密さにかかっている。このページでは、稀少な夜間のワンシーンを載せていて、見てのとおり、夜行性の超短編小説をいくつか連れて移動している。

短編小説（ショート・ストーリー）：冴えと深みを兼ねそなえている。単語数はおよそ1,500から10,000。もっと少ないものは「超短編小説（フラッシュ・フィクション）」とも呼ばれる。世間の思いこみに反して、長編小説と同じくらい深遠なものになりえる。凝縮されたアイディアやキャラクター描写や構成が、読者の忘れがたい経験を創る。巧みなストーリーはひとつの段落やページのなかで、1世紀以上旅をして、現在に戻ってこられる。2人以上の視点人物を用いるのはまれで、だいたいひとりだ。この集中が短編小説をより個人的な物語のように感じさせ、すべての文を重視させる。すぐれた短編小説には、装飾だけが目的のディテールはない。このページのイラストでは、ストーリーに夢中で離れられない愛読者をすでに見つけている。

フィクションの構成要素

物語の主要素とは何か。たいていのストーリーにおいては見わけられるので、7つの構成要素を選んだ。たとえ、それらの相互作用が無数にあって、予測できないにしても。これらの要素は、ストーリーの生命に欠かせない細胞であり血液であり臓器だ。

キャラクター描写。ストーリーの主人公や脇役（またはエイリアン、喋る動物、怒れるモンスター）をリアルに、面白く見せるためのメソッド。メソッドには、視点の選択、解説の利用など、ストーリーの要素すべてがふくまれる。第5章でくわしく検討する。

視点。1人称（わたし）、2人称（あなた）、3人称（彼女）、制限つきの全知、あるいは全知の利用。主人公を、ひょっとすると脇役も描写するためのアプローチ。

舞台設定。ストーリーの物理的な環境。第6章で、舞台設定や世界構築についてくわしく調べる。

出来事／シチュエーション。ストーリーで実際に起きること。出来事のシークエンス（シーンを通じて語られるときもある）の描写は、プロットとしても知られる。出来事とシチュエーションは、構成をとおして意義と重みを与えられる。フィクションの構成は、第4章でくわしく述べる。

対話（ダイアローグ）。会話や、発言の断片。キャラクターがだれかに言っていることを伝えたり、シーンをドラマティックに表現したりする。さらに、対話の利用は、しばしば要約（単なる解説）とシーンを区別する。

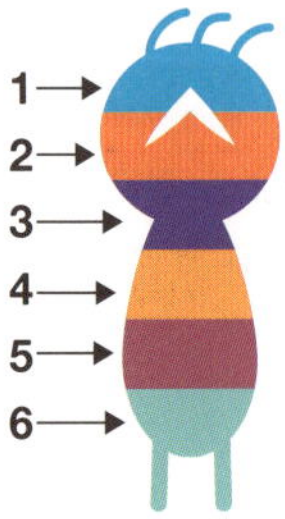

描写。シーンを説明するディテール。対話と共にシーンをリアルな、いまこの瞬間のことのようにする。描写がトーンを創るともいえる。描写のひとつである解説は、特定の目的に使われる。必要な情報を、見せるのではなく、読者に直接語ることで伝える（脚色なしで）。キム・スタンリー・ロビンソンの解説についてのエッセイがこの章にあるから、読んでほしい。

スタイル。おおむね、ストーリーの語られかたを意味する、あいまいな用語。つまり、作家がたしかな効果をあげるための言葉のパターン、フレーズ、文章。この章で述べる「大小の成分」とひとまとめにする作家もいる。

構成要素のさらなる探究

通常、ストーリーのインスピレーションを形づくる要素——物語のデザイン（出来事、プロット、構成）、キャラクター描写、そして世界構築（舞台設定）——は、あとの章で探究する。ここでは、たいていのストーリーにあるのに〈層〉〈本文に配置されるもの〉とみなされる要素をくわしく見てみよう。視点、対話、描写、スタイルだ。

視点

だれがストーリーを語るか、キャラクターの全体像にどれだけ近づくかは、ある程度、**視点**にかかっている。読者が、キャラクターの肩に乗っているかのように、頭のなかにいるかのように感じるストーリーもあるだろう。遠く離れていると感じるストーリーもあるだろう。この距離や距離のなさが、スタイルやディテールなど、ストーリーの要素にとって重要になる。

このセクションの情報の多くは、視点に関するニック・ママタスの有益なレクチャーを書きなおしたものだ。

1人称では〈わたし〉が語り手だ。1人称は自然に思えるし（ぼくたちはみんな、日々、1人称の語り手として機能している）、読者を語り手の考えにアクセスしやすくする。語り手が主人公じゃないなら、主人公の考えにアクセスしにくくする。批評家に絶賛された作家ニック・ママタスは指摘する。「ドクター・ワトソンを『シャーロック・ホームズ』の語り手として使うことで、アーサー・コナン・ドイルは、彼の有名な探偵から距離を保てる」。そういうわけで、1人称の語り手はちょっと信用できない。たしかに、不安や驚きを創るうえで、きみは自分の立場を有利に使える。

1人称の語りが、とても複雑になるときもある。「ぼくたちが、他人の物語を創っていることを忘れないでほしい」とママタスは言う。「ニック・キャラウェイが、ギャツビーの死を検死報告のように描写するとき——『夏のあいだゲストを楽しませた空気マットレスをガレージに取りに行き、運転手が空気入れを手伝った』——ニックは目撃者じゃない。運転手や執事や庭師から聞いたことを、つなぎ合わせた。だが、それを事実として述べるのは、ギャツビーに執着していたニックだから。1人称の語り手の限界は、実はキャラクターのパーソナリティで決まるんだ」。1人称の語り手が面白いことを伝えるときと、とりとめもなく話しているときの違いを知っておいてほしい。

2人称では〈あなた〉が語り手だ。基本的に、読者は語り手の脳のなかにいて、語り手と同じように人生を体験する。2人称の語りはめったに使われないけど、直接性とより熱心に見ている感覚を与えられる。でも、ママタスが述べたとおり「たいていの読者は、自分が何者か教えられるのを拒む。自分が『AK-47を手にした少年兵で、母親の死体のそばに立っている』かのように読んでいる。読者によっては『ぼくは少年兵じゃない！』と考える」。すぐれた2人称のストーリーは、読者が語りにゆっくり入れるよう、ゆとりを持たせている。ママタスは「きみは朝こんな時間に、こんなところにいるような男じゃない」という文章ではじまる、ジェイ・マキナニー『ブライト・ライツ、ビッグ・シティ』を引きあいに出す。ぼくたちに、このキャラクターは自分ではないと教え、「ナイトクラブでの堕落

WEB
マシュー・チェイニー
『だれが話すか』
WHO SPEAKS

した晩や早朝を描写することで、作者はぼくたちを引きこめる」。

3人称には、主に2つの形がある。全知と制限つきの全知で、それぞれ主観性と客観性が伴う。全知の3人称のストーリーでは、語り手は神のような声を持ち、キャラクターや設定を知りつくしている。だから、真に守られている秘密なんてないし、読者がだまされたと感じることもない。全知の語り手は、すべて知っているにもかかわらず、その特性からやや離れがちだ。メリットをあげると、全知の語り手はキャラクター以外のことも知っている。ママタスが言うとおり「潜水艦の内部構造、胎児の運命など、作者はすべて取りいれられるけど、成功させるのはむずかしいかもしれない。長いレクチャーのあいだ、読者は興味を保ちつづけるだろうか。それに、全知の語り手はときどき主観的で、読者が語り手の意見と作者の意見を混同してしまう。だから、たしかめてほしい。きみの意見が磨きぬかれているかを……」。

制限つきの全知の3人称では、語りはひとりのキャラクターを追う。作家が描写できるのは、ひとりのキャラクターの気づきや経験にかぎられる。商業的フィクションで、もっとも一般的な語りがこれだ。でも、語りかたが映画やテレビにかなり影響されるので、問題がないでもない。「しばしば、作家と読者は〈ページ外〉ではなく〈スクリーン外〉にいるキャラクターの話をする」とママタスは言う。「あるいは、何を書いて何を書かないかを選ぶ観察者にではなく〈カメラに〉つきまとわれている主人公の話を。でも、カメラのたとえは誤解を招くかもしれない。カメラが見るものを超える、制限つきの視点があるように、カメラも、制限つきの視点という概念を乱せる」。

ある意味、視点はきみを選ぶ。きみは草稿を書くためにすわり、どのキャラクターを追うか、どの人称を使いたいかを、ただ知るんだ。村上春樹は、キャリア初期に3人称を試して「恥ずかし」かったと、古川日出男とのインタビューで語った。「3人称で書くのは、神を演じている——自分は頂上に、キャラクターは下にいる——ような感覚がぬぐえなかった」。一方、1人称は「すごく自然だった」。

もし行きづまったり、作品に納得できなかったりするなら、視点を変えることでストーリーを活性化できるし、新しい可能性を見出せる。かつて、ぼくは『ヴェニス・アンダーグラウンド』で、どうやってキャラクターを書けばいいのかわからなかった。1人称と3人称を試した。2人称に決まって、やっとキャラクターが動きだした。

『ヴェニス・アンダーグラウンド』各バージョン
Veniss Underground VERSIONS

対話

フィクションでの発言は、読者からは思いつきや〈やらせなし〉に見えるかもしれないけど、それはさておき、対話の目的はわかりやすくて具体的だ。シーンが、いまこの瞬間の人生の〈リアルさ〉を感じさせる（直接性の感覚を与える）助けになること。シーンでの対話は、以下の役割をひとつ以上果たす。

- 気持ちを伝える
- キャラクターの特性やモチベーションをあきらかにする
- 情報を提供する

視点：主観的VS客観的と放浪（ローピング）

ニック・ママタス

ニック・ママタスは、数冊の長編小説を書いた。3つの1人称視点（別宇宙にいる同一人物の！）に加え3人称もふくむ『バレットタイム｜*Bullettime*』や、『センセーション｜*Sensation*』（知的なクモの集合体の感覚器をとおした、複数の1人称視点）がある。ほかの作品も風変わりだ。

視点は、流行と感性の問題そのものだ。つまり、視点と、視点をフィクションでどう機能させるかは、ある程度きみの視点にかかっている。視点に対する考えかたは変わる。たとえば、制限つきの3人称と1人称はいま、全知の3人称より人気だ。でも、きみが19世紀の長編小説をたくさん読んでいるなら、全知の語り手の声を経験しているだろう。これらのストーリーは、キャラクターの隠された生活と外部の争いだけでなく、属する社会も探る。集団の意見、階級、歴史、技術情報があふれている。キャラクターは功利主義や金の価格を考えなくていいし、全知の語り手はストーリーをとめて、読者に哲学や経済を教えなくてもいい。なんでも言える、ストーリーと時代の感情に合ってさえいれば。

現代において、全知への興味がなくなりつつあるのは、読者が一体感を持てる社会を築く必要がなくなってきたからだ。ぼくたちはもう、どう生きるかを知るために長編小説を読んでいない。社会は分裂していると言うひともいれば、いまの作家はミドルクラスを対象にしていないと主張するひともいるだろう。良縁や領主の館に、ぼくたちはもうあこがれない。でも、他者の目をとおして見ることへの興味は変わらずある。2つのコンセプト——主観的VS客観的と、さまよう語り手の配置——は、フィクションを複雑化するのに役立つ。

主観的VS客観的な語り

客観的な語りとは、観察力ある語り手が、意見を持たないし語らないということだ。たとえば、アーネスト・ヘミングウェイ『殺し屋』。〈カメラ視点〉と呼べるかもしれないが、公平な人間観察者と考えるほうが、ぼくは好みだ。映画用語で考えすぎると、ディテールが奇妙な方向に向かうおそれがある。シャツのボタンとか、ひとりのキャラクターから別のキャラクターへとさまよう視点とか。カメラはどこにでもズームインできるけど、たぶんするべきじゃない。カメラが耳のくぼみに入りこんだり、月に向かって上昇したりするときは、スクリーンで語られているストーリーのために、深遠な何かをあらわしている。ページ上での視点の移動も、意味がなくてはいけない。

ときどき、客観的な視点は「芝居っぽい」と言われる。つまり、劇場で劇を見ている観客の視点だ。観客にはステージ上のすべてが見えるけど、それを超える世界や奥深くにあるもの、たとえば、ふるまいとは裏腹なキャラクターの本音などは見えない。

客観的な語りは、とても厳格だと憶えておいてほしい。客観的な語り手による、たったひとつの主観的な意見だけで、語りは主観的になる。主観的な語り手は、客観的な意見をいくらでも述べられるけど。

主観的な語りは、対話以外でも、読者にキャラクターの心のうちを見せられる。考えや感情はシンプルに描かれ、語られうる。キャラクターが目を覚まして、曇りの日だと気づいたなら、これは客観的だ。同じキャラクターが目を覚まして、わびしくて忌まわしい日だと思ったなら、これは主観的だ。主観的であるためには、シーンの観察だけで情報をとらえるべきではない。それから、もうひとつ。キャラクターの考えが行動とぴったり合うなら、その考えはあまり興味を引かないし、語るまでもないだろう。

全知の語り手と同じように、もしぼくたちがキャラクターの心を読むなら、すべてのシーンで読む。語り手は、キャラクターの秘密のプランを無視できない。主観的な語りは、修辞的な慣用句にも影響する。「くそ面白くもない月曜の朝、サムは目を覚ました」は、主観性のサンプルだ。いったん考えをあきらかにしたら、語りは主観的になる(『殺し屋』で注目してほしい。そういう意見表明はほぼ皆無だ)。

主観性はカメラを超える。もちろん、主観的な語り手は客観的な意見を述べられるけど、主観性がすべてを染めてしまう。ぼくたちはキャラクターの考えを聞けるだけでなく(事実、とてもドラマティックで重要な考えを聞かざるをえないときがある)キャラクターが見ているとおりの世界を見られる。キャラクターの肩越しにではなく、心をとおして。

さまよう視点

3人称の語り手を、あるキャラクターから別のキャラクターに移動させることは〈ロービング〉と呼ばれる(3人称から1人称や2人称に移ることは、視点の〈交替〉とも言われる)。テレビと映画のおかげで、ロービングしすぎる新人作家が多い。忘れないでくれ、視点とは読者へサインを送る手段で、何より大切なのはキャラクターだ。キャラクター全員を追ったり、キャラクター全員の秘めた思いを聞いたりする必要はない。

シーンや章のあいだだけでロービングするのが、いまの流行だ。ひとつのシーンで、キャラクターのあいだで視点が変わる〈ヘッド・ホッピング〉は、たまに編集者の、頻度は低くても読者のひんしゅくを買う。でも、例外はある。ロマンス小説だと、出会いのシーンで、ヒロインと相手役とのあいだで視点が変わるのはめずらしくない。一目ぼれや運命を感じるために、ヒロインの相手役へのリアクションを読み、相手役のヒロインへのリアクションを読む。

視点のロービングは効果的だけど、たいした理由もなしにヘッド・ホッピングしないよう気をつけて。映画のカメラは読者にロービングする視点を教えたけど、スクリーン上のキャラクター2人の頭に、ぼくたちが同時に入ることはまずない。ページ上で似たような効果を創るとなると、カメラ視点に親しみを感じるけど、多くの作家が、キャラクターの心に浮かんだつまらない思いつきをすべてぼくたちに伝えるというミスをする。映画では、矢継ぎ早に切りかわるシーンのように視点が変わるかもしれないけど、実は、映画の視点は客観的でロービングしていない。

きちんとロービングするためには、シーンへのインパクトを考える。同じシーンで別のキャラクターにいきなり視点を移すのは、効果的だけど、長編小説ではせいぜい1、2回だろう。キャラクターは、深遠なことを考えるなり経験するなりしていたほうがいい。シーン内での視点の移動は、映画の〈ジャンプ・カット(訳注:時間の経過をとばしてシーンをつなぐこと)〉に似ている。とても影響力が強いテクニックで、控えめに使うほうがいい。

でも、逆の効果もあげられる。2人のキャラクターが、ほぼ同じことを経験したり見たり考えたりしているときは、シーン内での視点の移動もうまくいく。ロマンス小説の古典的な〈すてきな出会い(ヒロインが相手役を一目見て恋に落ち、それから、そのシーンが相手役の視点からくり返される)〉がうまくいくのは、2人がほとんど同じ感情を経験しているからだ。視点とは、つまるところ情報で、作家が読者に与えられるもっとも重要な情報は、感情の重みだ。

- プロットを前進させ、ペースを速める（あるいは、どちらか）
- キャラクター同士の対立、緊張、理解を創ったり、あらわしたりする
- 来たるべきものをあらかじめ示す
- 読者が忘れているかもしれないことを思いださせる
- 人間関係の複雑さをあきらかにする

理論上、2人のキャラクターがまったく同じ話しかたをするべきではないし、たとえ話しかたが似ていても、コンテキストしだいで違う表現をするだろう。獣に追いつめられたとき「くそっ！」と言うドラゴン・ハンターは、「殺さないで——金をあげるから」とか「なんてこった、おいらはまぬけだ」とか言うドラゴン・ハンターとは、まったく違う。**ずっと黙っているけど**、近くの酒場で飲んだドラフトビールを思いだしているドラゴン・ハンターとも。だれと話していても、発言のパターンを、つい真似てしまうひともいる。

キャラクターと対話に対する洞察が、沈黙になるときもある。

もし、だれが何を言うかについて悩んでいるなら、きみが知っているキャラクターの感情や争いの状況、キャラクターがそれまでに言ったことを（どんなふうに言ったかも）、たしかめてみるといい。それから、「ここで喋るペンギンに『あんたは、ぼくの羽毛や生活をなんにもわかってない、ろくでなしめ！』と言ってもらいたい」ではなく「このシーンのドラマから自然に生まれるものはなんだろう」と考えるんだ。

対話は現実の発言を手本にするのであって、再現はしない。現実の発言を再現すると、たいてい混乱と退屈で終わる。カクテルパーティーの記録を読むようなものだ。リアルな見えかたに近づけるアプローチをするべきなのに、編集されて、いつも「えーと」や「えへん」や咳がない。完璧な文法で話すひとなんて、現実にはほとんどいないんだ。言葉は省略される。邪魔が入る。誤解も起きる。何かを言いながら、ほかの何かを意味する。好印象を与えたり、素の自分とは違う姿を見せたりしたくて、心にもないことを言う。地域差も対話に影響する。ぼくは家族の一員がシカゴ出身（そしてルター派信徒）だから、悪態として「jeeze louise」を使うけど、マイアミ育ちの妻アンにはポルトガル語も同然だ。

対話の利用にまつわる一般ルールは、すでにいくつか壊されている。

- ひとは、自分も相手も知っている基本情報について話さない。「ぼくはペンギンのボブだ。きみもペンギンだから知ってるように、ペンギンは羽毛に覆われてるんだけど、この場合、ほとんど毛皮だね」。読者に必要だと思う情報を対話に押しこむのは、きみがストーリーで悩んでいるサインかもしれない。もしキャラクターがだれかにレクチャーをするなら、キャラクターのパーソナリティなりストレスレベルなり、何かあきらかにするべきだ。でなければ、**これっぽっちも興味を引かない**。SF作品によっては、科学者が素人に対話で情報を伝える。「きょう、きみをここに連れてきたのは、サイコパス博士が開発した殺人光線を探しているペンギンについて話しあうためだ」。でも、そういうときも、対話に押しこむより、もっとエレガントな解決策があるかもしれない。

ミステリーはあきらかに例外で、読者は会話による説明があるものと思っている。

行動中の対話

とめてくれ！金をとられた！
助けて！なかに入れて！
早く！こっちへ！
とまりなさい！汝はコインを盗んだ！
そなたに請う！かくまっておくれ！
できぬ 汝は悪党だ！
その男はわたしの金をくすねた！とめてくれ！
なかに入れて！早く！
うーん できねえな すまんね
食ってやる 食ってやる 食ってやる
ぼくを食べようとしてる！
おれもモンスターさ
彼はどこでこの男をつかまえるかな
押しかける場所がいる！
押しかける 押しかける――ここに入りなよ！
助けて！ザーフォスが目をくれないんだ！
助けて！ザーフォスが目をくれないんだ！
きみは〈目なし〉を持ってる

- 方言の利用は、読者にとって、つまずきの石になるおそれがある。キャラクター描写や文化のために、やむをえず方言を使うのは、もちろん理にかなっている。でも、方言で喋ったり、違いを伝える道具として方言を使ったりするまえに、まず一般的な発言パターンを描写するんだ。その方言に精通していないなら、作家が恥をかくのは目に見えている。
- 「彼はワクワクして言った」「ペンギンは騒々しく叫んだ」のように、ありきたりな形容辞を対話に用いる作家もいる。たいてい、こういう形容辞は不要で、読者が文章を楽しむのを邪魔しかねない。悪くすると、読者への侮辱だ。すぐれた対話は、キャラクターのふるまいやクセについて触れつつ、発言のトーンや感情を伝える。皮肉のように、対話がどうとでも解釈できるときには、ありきたりな形容辞がいるかもしれない。「きみはとても教養があるね」とイヤミ博士は冷笑して、喋るペンギンに言った。「もちろん。無教養だったら、きみを変装したデンジャー・ダックだと思っただろうね」と喋るペンギンはムッとしてつぶやいた。

対話の乱用や配置ミスは、だいたい次のどちらかだ。すべてがあるのはどこか。長居していやがられる。「すべてがあるのはどこか」は、描写やコンテクストという錨がない対話との遭遇だ。解説なしに対話セクションを書くのを好む作家もいるけど、読者はそのうち、**設定やキャラクターのリマインダー**を求めるかもしれない。

きみがエルモア・レナードのような対話の達人でもないかぎり。

「長居していやがられる」は、ページへの対話の入れすぎだ。対話セクションがはっきりした形もないまま漂い、ストーリーのペースを落としている。読者には得るものなし。こういうときは自問するべきだ。

- シーンを損なわずにカットできる会話のなかに、情報のやり取りはあるか？（情報のやり取りをいくらかカットしても、それが存在していた証拠は残らないだろう）
- 会話をはじめるのが早すぎたのか？　それとも、終わらせるのが遅すぎたのか？
- 要約したほうが、うまく伝わる対話セクションはあるか？

引用符ではさむなど、対話と対話以外をすぐ見わけられるようにしておかないと、ロクなことにならない。読者には、段落の区切りと同じように、引用符も必要だ。イライラしたりオロオロしたりしなくてすむ。イヤミ博士、きみは花を持ってきてくれた、ペンギンは言った。毒でも仕込んでる？　……だろう？　すばらしいアメリカの作家エドワード・ホイットモアが、どちらかというと無名なのは、引用符の使用を拒んだせいだと、ぼくはいまも信じている。

迷ったときのために、作家スティーヴン・グレアム・ジョーンズの言葉を、心にとめておいてほしい。「現実の人間のバカみたいな話しかたなんて、読者は聞きたがらない。テレビドラマの『デッドウッド 〜銃とSEXとワイルドタウン』みたいに、詩で語ってほしいんだ。読者が望んでいるのは会話の要点だけで、と

アルマンド・ヴィヴ『プロテイン神話| *Protein Myth*』(2016年)
まず何に注目するだろう。動きか構図か。身体の各パーツか、完璧な体型か。この描写スタイルが示唆しているのは、目的かプロットか。アートでは、パーツも全体も同時に心に刻まれるかもしれない。フィクションでは、このプロセスはもっとゆっくりだ。このイラストを言葉で描写するために、きみはどんな要素を優先する?読者に何を、なぜ注目させる?何を重視しない?

きには血が出るまでツボを押しつづける。作家の仕事はただ、その血に手を突っこむことだ。書きつづけながら」。

描写

対話はキャラクターを動かし、ストーリーを進められる。でも、キャラクター、場所、シチュエーションがリアルなものに思える主な理由は、描写だ。主人公の服装だろうと、女がひっきりなしに眉をひそめることだろうと、ストーリーでの一瞬を読者がどう感じるかは、描写が決める。スタイルに応じて、描写が豊かな作家もいれば、描写による装飾があまりなく、対話がほとんどの作家もいる。きみの声とスタイルに添うアプローチなら、どれでもうまくいく。きみはものごとを、自分のために簡単にも困難にもできるし、読者のために明快にも難解にもできる。選択を制限したいわけじゃないけど、少なくとも以下のポイントを憶えておくと、役に立つはずだ。

- **具体的で意味のあるディテールが、すぐれた描写のコツだ。**ポップカルチャーとロルキャット(訳注:ネコの画像に、わざと正しくない英語のキャプションをつけたもの)に征服された世界で、独創的でいるには、現実から取りのぞかれる具体的なディテールを必ず使うことだ。そのためには、環境をじっくり観察すること、フィクションで効果的に使えるディテールを集めることが求められる。もし外部からの刺激のほとんどを、テレビや映画やゲームから受けとっているなら、すぐれた描写を書く能力の成長を、みずから妨げているかもしれない。ありきたりな表現を避けるのは、とてもむずかしい。公園にすわって、まわりのひとを言葉でスケッチするようなエクササイズは助けになる。具体的なディテールだけでなく、必要であれば、意味のあるディテールも読者に与えるべきだ。美しい夕暮れの描写は想像をかきたてるかもしれないけど、その瞬間がキャラクターやシチュエーションにどう光をあてるのか。たぶん、水平線を見渡す海辺のバーにいる喋るペンギンにとって、その夕暮れには意味がある。たぶん、翌日には何か厄介で不快なことをせねばならず、もうすぐそのときが来ると、消えゆく光が思いださせるのだ。すべてのディテールに機能がいるわけじゃない。想像をかきたてる夕暮れは、それ自体のためにあっていい。でも、こういうチャンスを探してほしいんだ。

- **描写力を高めるために、五感をすべて使う。** ずば抜けた作家は、聞いたり見たりできるものだけでなく、においを嗅いだり味わったりさわったりできるものも、読者にただ与えたりしない。現代のフィクションには、夢中になれる体験を創らなくなったものもあるけど、ディテールのタイプに変化を持たせることは、いまでも大切だ。もし説得力のある現実の幻を伝えたいなら、必要なのはキャラクターのパニックの表情と「喋るペンギンがどこにいるのか知らないんだ、ほんとだよ」という言葉だけじゃない。キャラクターがつかむ手すりのざらざらした感触も、ドアの向こうからかすかに漂うにおいも、舌に広がる苦味も欠かせないんだ。描写をシチュエーションに押しつけるんじゃなく、どんなふうに溶けこませるかを憶えておいてほしい。五感の利用とは、ペースを落として、描写の段落を加えることじゃない（必要なら、それもできるけど）。むだな長文でストーリーを飾りたてることでもない。少ない描写を好む新人作家に、よくある誤解だ。
- **正しい順番で、ひと、設定、ものごとを描写する。** まとまりのない描写が読者をいらだたせるのは、読んでいることの処理のしかたが、脳にはわからないからだ。サミュエル・R・ディレイニーたちが記したとおり、ひとは同時に1行、ミクロレベルでいえば1、2単語読む。だから、きみがあちこち跳びまわれば、混乱を引きおこせる。キャラクターのシャツ、それから目、つづいて足、それからベルトを描写することは、目、シャツ、ベルト、足の順での描写よりわかりづらい。きわめて重要なディテールは別として、描写が論理的な流れにしたがっているか、たしかめてほしい。たとえば、だれかが主人公に近づいてきて、腕から大量に出血しているなら、主人公がまず気づくのは、相手がカラフルなスカーフを巻いていることではないだろう。逆に、相手が元気そうで、赤い派手なスカーフを巻いているなら、そのディテールがほかのディテールを覆い隠すかもしれない。
- **ひとの行動を描写するとき、身体と精神を切りはなさない。** きみの精神は、きみの身体から分離しない。頭蓋という鳥かごのなかで、自分の肉体の上にすわって、コントロール装置を使って手足を動かすわけじゃない。だから「彼女は目を窓に向け、鳥を見た」は「彼女は窓から外を眺め、鳥を見た」より正確じゃない。受賞歴を持つマーゴ・ラナガンは、この例文にさえ指摘をした。「見るという行動も省くようにしています。『鳥は窓の外のアカシアにとまり、くちばしを枝にこすりつけて洗った』」。クレーン運転ロボットのアプローチは、滑稽なくらいだ。「彼は手に彼女の肩を軽くたたかせ、それから、彼女の顔を見るために目を旋回させた」（同類のミスは、視線ではなく目に「室内をさまよわせる」ことで、特にシュルレアリスムとファンタジーで混乱を招きかねない）。例外として、常識破りがある。ケガをしているキャラクターが、意志の力でヒレを動かしているシチュエーション

でも、キャラクターがどんなふうに世界を体験するかも、描写は教えてくれます。ですから、もし、あなたのキャラクターが身体や環境から離れているなら、かえってうまくいくんです。
——カリン・ティドベック

解説を考える
キム・スタンリー・ロビンソン

キム・スタンリー・ロビンソンは、ヒューゴー賞、ネビュラ賞、ローカス賞の受賞者。ベストセラー『火星』三部作、高い評価を得た『2312 太陽系動乱』をはじめ、『雨の40の兆候｜*Forty Signs of Rain*』『米と塩の時代｜*The Years of Rice and Salt*』『南極大陸』など、20冊の著作がある。『タイム』誌に「環境のヒーロー」と名づけられた。カリフォルニア在住。

解説とは、主に執筆ワークショップで使われる、2成分からなる用語の片方で、読書コミュニティともかかわる。もう片方にはプロット、脚色、単にフィクションなどの呼び名がある。つまり、解説とはストーリーに現れるそれ以外のもの（説明的か分析的か、要約か一般論か）すべてで、悪いほうの、避けるべき片方だ。もし避けられないなら、細かく切りわけてばらまくと、ストーリーが中断されない。もしそうしないなら、きみは未熟で、文章は情報のゴミ捨て場に持っていくべき解説の塊でいっぱいだろう。別の言いかたをすれば「語るな、示せ」。プロットは示し、解説は語る。

これには、たいして意味はない。2成分の良い・悪いは、正しく使われていない。執筆とはつねにストーリーを語り、遅れずついていく機能なのだから。主人公がひとだろうと岩だろうと、ストーリーが語られようとあばかれようと、面白さのチャンスは等しくある。それに、「語るな、示せ」というアドバイスは40年まえ、ガブリエル・ガルシア＝マルケス『百年の孤独』英語版によって殺された。にもかかわらず、いまだに文学の風景を悲しげにさまよい、ひとびとを惑わせる。

それでも、まだ議論すべき、あきらかにすべきことはある。解説と呼ばれるものがあるなら、ぼくはそれが好きだし、自分の解説の塊は拾って守るだろう。むしろ、2成分はまったく逆だと言いたい。退屈なフィクションはおおむね、使い古された陳腐なプロットで、面白いものは、ぼくたち以外について書いている解説と呼ばれるものにある。

だが、これもまた間違いだろう。ぼくたちは人間に夢中になるのだから。キャラクターとその言動のために、次に何が起きるか知るためにフィクションを読む。だれかの人生を生きているかのような状態になるために、脚色されたシーンを読む。邪魔されると、イライラしてしまう。

だから、このフィクション体験を増やそうとするなら、解説は慎重でなくてはいけない。エズラ・パウンドは、詩はせめて散文と同じくらいうまく書かれているべきと述べた。同じように、解説はせめて脚色されたシーンと同じくらいうまく書かれているべきだし――たぶん（パウンドもちょっと皮肉をこめて言ったんだろう）向上をめざすべきだ。うまくいけば、解説がフィクションの主な楽しみになり、特異性、質感、豊かさ、深みを持つようになる。これは意外でもない。ぼくたちのナルシシズムが使いつくされたあとも、月面着陸したロケットみたいに、世界はぼくたちを驚かせるからだ。〈ぼくたち以外〉の〈他者〉はつねに存在し、避けられない。そして、他者を書くとは、ぼくたちが発明した文学がなすべきことだ。

書きかたには、流行りすたりがある。19世紀のフィクションは、20世紀のフィクションより解説が多かった。ときには、重要な語り手が行動にコメントし、設定や歴史をくわしく述べ、読者のリアクションを指示し、哲学的に思いめぐらし、キャラクターを判断し、天気を予報し、あれこれ総括した。これらに対するモダニズムの反動が、キャラクターとしての語り手の排除と、コメントのないストーリーの提示だ。まるで〈カメラの目〉（とレコーダー）を用いるかのように。たいていの解説はうまくいかないし、フィクションは脚色されたシーンでなりたっているというスタンスの語りだ。読者は、あいまいだったり露骨だったりするヒントを読みとる。パーシー・ラボックが「語るな、示せ」（1921年『小説の技術』で）と主張したのは、このときだ。ヘミングウェイの人気は、このやりかたを広めたかもしれないし、ダシール・ハメットもそうだろう。SFでは周知のとおり、ロバート・ハインラインが「ドアが膨張した」の一文で、『銀河百科事典｜*Encyclopedia Galactica*』の時代遅れな解説を退けた。

その後しばらく、カメラの目と脚色されたシーンが、幅をきかせた。そして、対話も、おおいに脚色されたシーンもなく、語り手によって語られる『百年の孤独』が出版され、絶賛された。「語るな、示せ」はそのすばらしさを説明できず、その失敗にはパラダイム崩壊があった。ぼくたちはいま、もっとおおらかな時代を生きている。脚色されたシーンは相変わらず多いが、物語のメソッドはより柔軟で多彩になった。骨組みとして解説を使い、作品を豊かにする作家もいる。カルヴィーノ、レム、バラード、ボルヘス、ラス、ル＝グウィン、ガイ・ダヴェンポート、コルタサル、クーヴァーなど。ストーリーは索引、科学報告書、まえがき、用語集、タロット占い、要約、構成、ふせんのメモ、百科事典の項目、書評、レーシング・カード、どんな形でも現れる。

何もかもすばらしい。むろん、目的を果たすには、ストーリーの解説はうまくやらなくてはいけない。これが主に、うまく書くという問題なのだ。たしかに、フィクションで解説を活用するためのテクニックはあるが、単純だし見え透いている。もしストーリーが、SFでよくあるようにアイディアしだいなら、アイディアをあばくのはストーリーの役目だろうし、解説とプロットもそうなる。キャラクターがだれかに何か説明するのは、別にいい。不要なのは「ご存知のとおり、ドクター」のような過剰さだ。現実では、ぼくたちはつねに、ときには重要なことを教えあっているのだから。こういう瞬間は解説であり、キャラクター描写であり、プロットだ。2成分の定義が崩れるとき、よく起きる。次に何をするか、キャラクターが考えているシーンでも。間接的なスタイルは語り手を自由にするし、あらゆる情報が伝えられる。

ストーリーが作家ではなくキャラクターの語り手を持つときも、解説は平易にも面白くもできるはずだ（ストーリーのほぼすべてができるように）。語り手が自信たっぷりに読者の手をとって「ストーリーを堪能するために、きみが何を知るべきか、一番わかってるのはぼくだよ」と言えば、どんな語りかたでも読者は受けいれるだろう。それでうまくいく、それがストーリーなんだと信じて。

むろん、カメラの目はいまも効果的だ。ストーリーの解説を、行動にこめた情報にわけられる。そのせいで、語り手が少々せわしなく見えるときもあるが、それも別にいい。

でも、ぼくは逆の戦略を気に入っている、より開放的だから。解説を愛し、楽しむ語り手を創れるから。イタリック体で強調しながらも、隠し事は何もない、どれも同じ価値があるとほのめかす。それでいて、イタリック体のセクションはまれなので、特別なことに違いない、ストーリーでもっとも濃くて詩的な部分だろうと思わせる。うまくいけば。

ぼくは『銀河百科事典』に戻るよう、提唱しているのか？　そうだ。その項目はいつでも（少なくとも潜在的には）ストーリーから不死鳥のごとく舞いあがる、ステープルドニアン（訳注：SF作家オラフ・ステープルドンの作風をあらわす造語）の散文詩のかけらだった。現実を見ろ。ときに、世界はぼくたちよりも興味深い。たとえ、興味がつねに人間的興味であっても。

のような。

- **比喩を適切に使う**。比喩表現とは、主に直喩と暗喩をいう。直喩は、ひとつのものを違う種類のものとくらべることで、たいてい「〜に似て」「まるで〜のように」を使う。暗喩は、単語やフレーズを、言葉の意味からすれば適切ではない物や行動にあてはめる。直喩の例をあげよう。「彼女の髪は、雪のように白かった」。暗喩の例もある。「ふたたび、ぼくは知人のヒキガエルとの会話で苦労した」(もちろん、きみがファンタジーを書いていて、ヒキガエルが喋るなら別だけど)。

  直喩と暗喩は、とても不安定だ。比較のふさわしさだけでなく、トーンと質感にも影響される。たとえば「彼女の髪は雪のように白かった」は決まり文句だけど、「彼女の髪はミルクのように白かった」は、ミルクの質感が髪の質感と合わないから適切とは思えない。そう、どちらも白いけど、もっと触覚の共通点がなくてはいけない。この例だと、「彼女の濡れた髪はミルクのように白かった」と書けるだろう。「濡れた」があれば、もっと質感が合うものになるけど、まだうまくいっていない。同じように、ヘリコプターを空飛ぶ(プロペラなしの)オタマジャクシのようだと描写するのは、形に関してはわからなくもないけど、オタマジャクシはグニョグニョでヘリコプターは硬い。ヘリコプターとハチドリをくらべたほうが近いかもしれない。読者が、ヘリコプターの動きとハチドリの動きを同等とみなし、ハチドリのメタリックカラーをヘリコプターの金属的な質感に匹敵するものとみなすなら。もし比喩音痴なら、早くからそうと気づくだろうし、比喩をどう使うか決めるべきだろう。

  さらに、注意すべき落とし穴が2つある。まず何より、きみは違うものをくらべている。「ヒョウが大きなネコのように跳んだ」と書けば、実際は「大きなネコが大きなネコのように跳んだ」と言っているのであって、読者には時間のむだだ。次に、直喩と暗喩は、まわりの言葉より読者の注意を引きやすい。比喩はさらなる強調を創りだす(比喩しかない作品でもないかぎり)。ただ描写を補強するためだけに、比喩を使ってはいけない。でないと、こっそり読者に思い浮かばせたいものに、むだな強調がついてくることになる。その結果、**大切な部分が見えなくなるかもしれない**。

  「バターをとって」彼女は言い、肥ったカラスに食われているビーグル犬のように見えた。「きみとは別れる」彼は言った。

  比喩についてもっと知りたければ、マーク・ドウティ『描写の技巧|*The Art of Description*』がおすすめだ。たぶん、ぼくがいままで読んだ関連本のなかで最高だろう。比喩にまつわる、すばらしいアイディアがある。新しいものを示したり、天然のものと人工のものをこっそり並べたり、ほかにもたくさん。

- **より興味を引く描写へのアプローチのために、詩を学ぶ**。詩は間違いなく、描写への、とりわけ比喩への豊かなアプローチをふくんでいる。詩に見られる凝縮、言葉の重みは、たいていのフィクションには合わないけど、きみが詩から学ぶものはテクニックの範囲を広げるだろう。例として、アレックス・レモンの詩集『モスキート|*Mosquito*』から『アザー・グッド|*Other Good*』を引用する。「麻酔が沈黙させる　メス、ペースト/舌をすりむか

せる　わたしは気づく／自分が空でヒトデになったのを／回転する日々……」。この数行がとらえた失見当の感覚は、なんて美しいんだろう！　明瞭で的確でありながら、生々しい。

- **描写のあるタイプの（不合理な）パワーを、心にとめておく。**イメージは、偉大なパワーと重要なサブテキストを持てる。潜在意識はページ上に、夢のように意味ありげな、奇妙で印象的なイメージを持ちこめる。マイケル・ムアコックがエッセイ『エキゾチックな風景｜*Exotic Landscape*』で書いたとおり、夢想家の作品は「普通の基準ではなく、心象（イメージ）と、執筆がその力をどの程度引きだせるかで判断されるのかもしれない。伝えようとするのが、荒廃や異様さであれ、魅力であれ。イメージを強烈な暗喩に変えるメルヴィルやバラード、パトリック・ホワイト、アレホ・カルペンティエルみたいであれ、シンプルな寓話を提供するバニヤンみたいであれ」。ムアコックが書いたのは設定についてだけど、要点は広くイメージに応用できる。もし不可解や不合理に思えても、エネルギーを生みそうな、輝きや隠れた意義を持ちそうなイメージを書いたなら、物語でうまく機能しなさそうだからって、変えすぎたりカットしたりしないでくれよ。

スタイル

前述のとおり、フィクションのスタイルとは、作家がストーリー内で言葉をどう並べるかだ。作家にユニークなスタイルがあるなら、それは、作家の声が読者の心に響くユニークな表現法を持っているからだ。スタイルとは、作家のテーマ、情熱、興味が、ページ上で精いっぱいの表現をするための手段なんだ。スタイルに関していえば、たいていの作家はアーネスト・ヘミングウェイとアンジェラ・カーターのあいだだけでなく、シャガールとピカソのあいだにも位置する。どういう意味かって？　シャガールはほぼ同じスタイルで描きつづけ、トーンやテーマの変化も少なく、そういう描きかたの象徴になった。一方、ピカソはさまざまなスタイルに熟達し、あらゆる絵画をとおして、それを表現した。

たいていの作家のスタイルは、ヘミングウェイほど乏しくもなければカーターほど豊かでもないし、シャガールほど一途でもなければピカソほど多様でもない。そのかわり、ストーリーに応じて、ベーシックスタイルから生じる一定の範囲がある。問題をむずかしくするのは、独自の語り口を持つ1人称のような要素と、スタイルへのアプローチである主人公を、ある意味複製しなくてはいけない2人称、3人称の語りだ。

スタイルにまつわる総合的なポイントを、いくつか示そう。スタイルは食料を提供するべきだ。きみはそれを思考の糧にしても投げ合い（フードファイト）に使ってもいいんだけど、無関心はよくない。

3つのスタイルの
3匹のドラゴン
THREE DRAGONS
IN THREE STYLES

- **すべてのストーリーは、最適なスタイルで語られるべきだ。**地味で簡素だろうと、複雑で華麗だろうと。きみの範囲が広がるほど、生命を吹きこめるストーリーとキャラクターのタイプも増える。だから、作家として成長しつつ、〈ベーシックスタイル〉を構成するものが何かを考えるんだ。そして、

スコット・イーグルによる、ジェフ・ヴァンダミア『聖人と狂人の街 | *City of Saints and Madmen*』（2001年）表紙

違う効果をあげられるよう、コンテキストや変更をとおして改める方法を見つける。

- **ストーリーは〈マルチタスク〉ができる深み（というより、奥ゆき知覚）を持っている。**だから、ひとのコンディション、社会、キャラクターに対する洞察だけでなく、情熱の表現や深みを持つスタイルをとおして、良質なものになるんだ。巧みな執筆とは、単に面白いストーリーを伝えることじゃない。もしスタイルに邪魔されたら、きみは面白いストーリーを伝えられない。文章や段落はたくさんの複雑な機能をいっぺんに、それぞれの作家特有のやりかたでおこなえる。複雑とは、必ずしも凝った散文を書くことじゃない。混じりあい、ニュアンスをふくみ、層をなした効果を創るスタイルの数々は、存在を気づかせないものだ。
- **作家のスタイルによっては、マルチタスクができなかったり、するべきときにスムーズな旋回ができなかったりする。**そのかわり、燃えあがる葬儀の舟（訳注：ヴァイキングは、遺体を舟に載せて燃やした）や、けばけばしく宝石で覆われたゾウのように、堂々たる貫禄を持って向きを変えることはできる。この性質（それ自体が強みになる）は、くり返しになるけど、必ずしも乏しかったり豊かだったりするスタイルの機能ではなく、トーンやコンテキスト、シーンの協力のしかたの機能だ。自分が波の上をすべる帆船ではな

ライティング・チャレンジ：質感・トーン・スタイル

アーティストのスコット・イーグルは、上に掲載したイラスト作品を創るとき〈スタイル〉にさまざまなアプローチをした。ブリューゲルのような達人たちの作品は、街のコラージュを形成する。ふぞろいな石の写真は、街路に似ている。背後の炎をはじめ絵の一部を描き、絶えず光を落とすために別の絵からとってきたコラージュの上に、さらに描いた。その結果、異質な要素を集めたにもかかわらず、まとまりと、妙に一貫性のある質感が生まれた。

このチャレンジのためにテーマ（マッシュルーム、場末のバーなど）を選び、異なるスタイルや視点で書かれた少なくとも4つのテキストから、テーマにまつわる素材を集めなさい。エッセイ、短編小説からでも結構。描写の段落を2、3創れる素材か、たしかめる。それから、言葉は変えずに、それらの素材でコラージュを創る。オリジナルの文章と同じくらい自然になるよう書きなおして、トーン、ムード、質感の〈響き〉を整えなさい。最後に、もう一度書きなおす。あなたのスタイルだけでなく、キャラクターの視点（独自のスタイルを描写に持ちこむかもしれない）も反映するために。

スタイルへのアプローチ

EXAMPLES

「彼は大通りに出て、向きを変え、メインゲートのほうへ足を引きずりつつ歩いた。男は死んでいるか、殺されたか、ぴんぴんしているかだ。ボルヒェルトは彼をからかったし、ほかの者たちもそうだろう。涼しく雲のない夜だった。ここはどこだ？ふり返ると、滞在している建物が見えた。灯りがついているのは、彼の部屋だけだ」。――**ブライアン・エヴンソン『切断の兄弟｜*The Brotherhood of Mutilation*』**

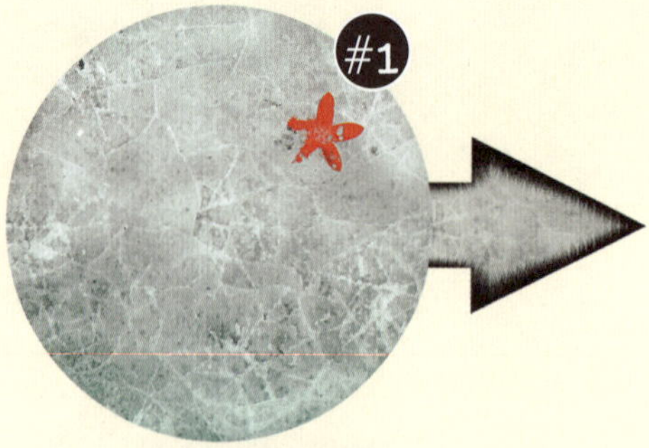

「エイミー・フリーモントは、ロッキングチェアから立ちあがり、ポーチを横ぎった。背が高く、やせていて、目は笑っていない。1年まえ、アンソニーはエイミーをひどく怒らせた。ネコをネコ柄マットに変えてはいけないと言われていたからだ。アンソニーはエイミーにだれよりも従順だったが、それでもほとんどしたがわず、今度はエイミーに噛みついた。心のなかで。それが、エイミー・フリーモントの輝く瞳の最後、だれもが知るとおりのエイミー・フリーモントの最後だった」。――**ジェローム・ビクスビー『すばらしい人生｜*It's a Good Life*』**

「星明かりの影の下、わたしが漂う瞬間。スペクトルのような稲妻が光る、遠い峡谷。わたしが詩人の心臓に触れるとき、発火するニューロン。願いと恐れが溶けあう暗い核。モーガンはときどき、バスの窓の外をじっと見つめる。暗闇が晴れる。わたしは一瞬、セラピーのはじまりを告げる金属のような胆汁を味わい、それから出かけた」。――**エリザベス・ハンド『木の上の少年｜*The Boy in the Tree*』**

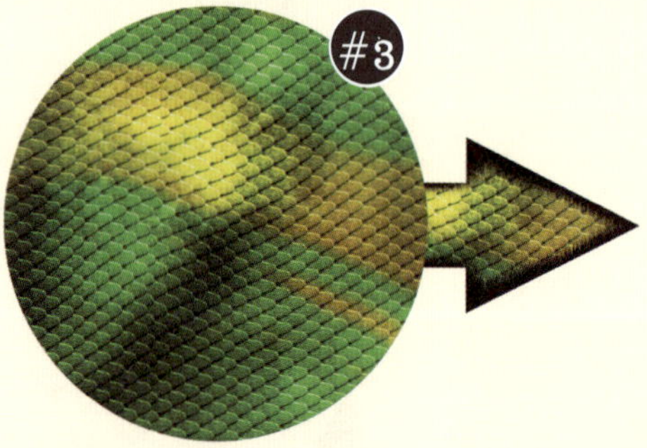

「柱の脚をハサミで切って、チョキチョキ！　鳥の神は踊る。老いたクレイニークロウ、力をコソコソ。どんなふうにいばって歩き、細長い目でジロジロ見て、知るのか。どんなふうに首をクネクネ曲げるのか。歩きまわり、どんなふうに尾を振るのか、グルーチョのように平然と。フーガと逆フーガ、音楽は跳びはねたり、うろうろしたり。つま先で、おごそかに跳んだり、羽ばたいたり。グルグルまわり、長くて曲がった便利なくちばしを研ぐ」。――**グリア・ギルマン『壁をおりて｜*Down the Wall*』**

ひねくれデビル
どんなスタイルだろうと、正しいコンテキストでは、凝ってるだの、隠れてるだのと思わせるものさ。どんなスタイルにも効果ってのはある

代表的な作家

（スタイルの範囲を広げている作家が多いかもしれない）

#1　最小・きわめて簡素

散文が簡素で、推理と思いつきに頼って理解するときもある。ディテールは最小限だが、分離するとより力があるかもしれない。描写はまれで、詩と共通する意義がある。できが悪いと読者になんのヒントも残さず、退屈と、ときには侮蔑を引きおこす。キャラクター描写は、ある程度、何を言わないか表現しないかにかかっている。

- サミュエル・ベケット
- レイモンド・カーヴァー
- ブライアン・エヴンソン
- アーネスト・ヘミングウェイ
- エイミー・ヘンペル

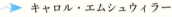

過渡期 → キャロル・エムシュウィラー

#2　目に見えない・〈普通〉

たいていのフィクション、特に商業的なものに共通する〈基本的な〉アプローチは、シーン／要約、感覚のディテールの賢い利用において、バランスをとる。たいてい、没頭できる読書がゴールだ。長文はほとんどない。できが悪いと「平凡」というリアクションを引きおこす。

- オクティヴィア・バトラー
- ダフネ・デュ・モーリア
- ジョー・ホールドマン
- メアリ・ドリア・ラッセル
- カリン・ティドベック
- カート・ヴォネガット

過渡期 → カレン・ジョイ・ファウラー

#3　力強い・異彩を放つ

文の構成が複雑になりがちで、要約／ハーフ・シーンが重層的に用いられるが、しだいに扱いやすくなるだろう。キャラクターの視点は、内容と同じように、スタイルによって変わるかもしれない。広大な暗喩と感覚のディテールを多用する。できが悪いと「小賢しい」「脈絡がわからなくなった」というリアクションを引きおこす。

- マーティン・エイミス
- マイケル・シスコ
- エリザベス・ハンド
- アーシュラ・K・ル＝グウィン
- ケリー・リンク
- ジョイス・キャロル・オーツ
- ベン・オクリ

過渡期 → チャイナ・ミエヴィル

#4　豊か・凝っている

言葉遊び、広大な（ときどき目ざわりな）暗喩、自意識過剰なアプローチは、より長い文と描写を伴うだろう。段落はストーリーを進め、言葉を披露するためにある。スタイルの誇張をとおして、キャラクター描写ができる。詩の韻律があるかもしれない。夢想と誇張が、さらに目立つようになる。できが悪いと、わかりにくさ、「ゴテゴテした」、心に響かないという感覚を引きおこす。

- K・J・ビショップ
- アンジェラ・カーター
- ロバート・クーヴァー
- リッキー・デュコーネイ
- ジャメイカ・キンケイド
- タニス・リー
- マーヴィン・ピーク
- サルマン・ラシュディ
- キャサリン・M・ヴァレンテ

く燃える葬儀の舟だからって、イライラしないでくれよ。使えるものはすべて使って、きみのスタイルを作ればいい。

- **スタイルに関して、画家と作家はちょっと似ている。**ゴールと、〈ストーリー〉の構成物についての考えは違うけど。おおざっぱにいえば、画家は色を使って絵画を創る。キャンバス上に残るサイズ、形、質感は、絵筆と絵の具、どこでどんなふうに絵筆を使うかというアプローチで決まる。絵の具をどう混ぜ、どう重ねるかも結果に影響する。できあがった絵画は、そういう無数の決断とは無関係に見えるかもしれないけど、そんなことはない。作家のスタイルをとおした表現の決断は、読者がストーリーの好き嫌いの理由を考えるときには考慮されないかもしれない。たとえ、その読者が絵画を見て、水彩絵の具ではなく木炭を使うことや、アクリル絵の具と油絵の具の対比や、点描と長く幅広い筆使いの異なる効果について考えるとしても。でもやはり、作家のプロセスとある程度同じなのだ。

スタイルが、ストーリーの皮膚や肉体や血液に備わっているものではなく、ただのコーティングだと信じているひともいる。これはぼくたちがスタイルを、機能のしかたが違っても、対話と同じように独立した要素として語れるからでもある。対話のような要素は、ストーリー内で別々のユニットを作る。特定の場所にはあって、よそにはない。でも、スタイルは浸透している。棲みついている。ぼくたちがフィクションと呼ぶ生き物の、粒子レベルに存在するのだ。もしきみがグリア・ギルマン並みに言葉の用法に敏感なら、文章や音節(シラブル)には存在しない——歴史が文字で綴られはじめたときからの、あらゆる単語の意味と派生物に存在する。だから、きみが言葉を読むとき、独自のスタイルを構成する結びつきの層がさらに加わる。

つまり、スタイルはストーリーではない。もしそうなら、マシュー・チェイニーが気づいたとおり、翻訳されたフィクションはストーリーでの出来事の真意を伝えない。著者特有のスタイルの、トーンと質感という概念さえ。でも、フィクションで配置されるプロットやキャラクターや構成の要素は、スタイルと同じように、とても個人的で微細なレベルでストーリーに影響する。才能と独自の声を持つ3人の作家に、同じ出来事を、同じ順番で、自分のスタイルで書かせたなら、3人のストーリーは全然違うものになるだろう。言葉として知られる粒子は、ささいであり重大でもあるやりかたで、文章に、キャラクターやムードや出来事に関するぼくたちの認識を積みかさねる。決断の重みとたくさんの直感をとおして、ぼくたちが書くものは変わる。捨てたものからフレーズと文章の亡霊が生まれて、ストーリーの別バージョンでいっぱいになった、何百万ものポケットの宇宙を創る。そして、同じプロセスによって、ぼくたちはその作家、その別バージョンの作家、このガイド本のドラマと喧噪のおよばない隅っこで書きなおしをもくろむ喋るペンギンとも、差異化できる。

大小の成分

7つの要素と結びついているのが、物語創りの要因としてふくまれる成分だ。これらの成分を「要素」と呼べないのは、厳密にいえば、定量化できなかったり、異なる階層レベルに存在したりするからだ。この短い議論が少しでも、〈形式VS構成〉〈トーンVS声〉のわかりにくさを解消できるといいんだけど。

声。この用語はスタイルのようにあいまいだけど、基本的には、どのフィクションでも現れる作家のスタイルと世界観をいい、作家のスタイルがストーリーごとに違っていても問題はない。多くの作家は、成長するにつれて〈自分の声を見つけること〉を語るようになる。これは、ストーリーの要素を使いこなせるようになり、影響力を身につけ、生まれもった独自性をより濃縮して伝えられるようになったということだ。もっと楽な声の見つけかたをすすめられるけど、声を見つけるとは、発見と探究の個人的なプロセスで、やりかたを定められない。

トーン。フィクションのトーンとは、創られる趣きや醸しだされるムードだ。シーンで求められる効果に応じて、ストーリー内でかなり変わる。シリアス、陽気、怖い、エキサイティング、不気味、悲しいなど。言葉の選択だけでなく、文章のリズムや長さ、かきたてられるイメージ、描写をとおしてトーンは創られる。トーンはスタイルに役立つし、物語で求められる変化ができるようにフレキシブルでなくてはいけない。ひとつの効果をあげようとするストーリーでは、せめて機敏でなくては。長い物語では、単調になるのを避けるために、柔軟さと多様さがますます重要になる。トーンのコントロールには、別の役立てかたもある。ストーリーで描写される出来事にふさわしくないトーンを、対照的な要素として使うこともできるんだ。ときには、これがユーモアを生む。またあるときは、多くのひとが慣れすぎて**無関心になっている状態を一新できる。**

ウラジーミル・ナボコフは『ベンドシニスター』で収容所を描写するためにバカンスのパンフレットの言葉を利用し、そういう場所の恐ろしさを読者は味わわずにいられなかった。

構成。この用語は配置やパターン、ストーリー・デザインと呼ばれるものをいい、第4章でふたたび述べる。ぼくたちはプロットとの関連から、あらかじめ構成を考えるけど、構成とは何が起きるかだけでなく、いつどんなふうに起きるかだ。

テーマ。ぼくたちがストーリーのサブテキストや、ページ上の出来事を超えて意味するものを語るとき、たいていテーマが論点になっている。テーマは扱いにくい主題だ。たとえ作家が、社会の不正や愛や死について書こうとしても、ページ上で起きることはもっとずっと複雑で、単純なスローガンや抽象概念にはできない。ストーリーのテーマを語るとは、物語のいろんな特性を消したり、見えなくしたりすることだ。作家にとって、フィクションという生態系のほかの生き物とくらべて、テーマが役に立たない理由はもうひとつある。テーマが声と同じように、作品や草稿で有機的に生じる傾向にあるからだ。意識して考えるかどうかにかかわらず、テーマはよみがえる。テーマの概念をサンプルと併せて持っていることは有益だけど、執筆中にテーマを意識しすぎると、作家は動けなくなったり、

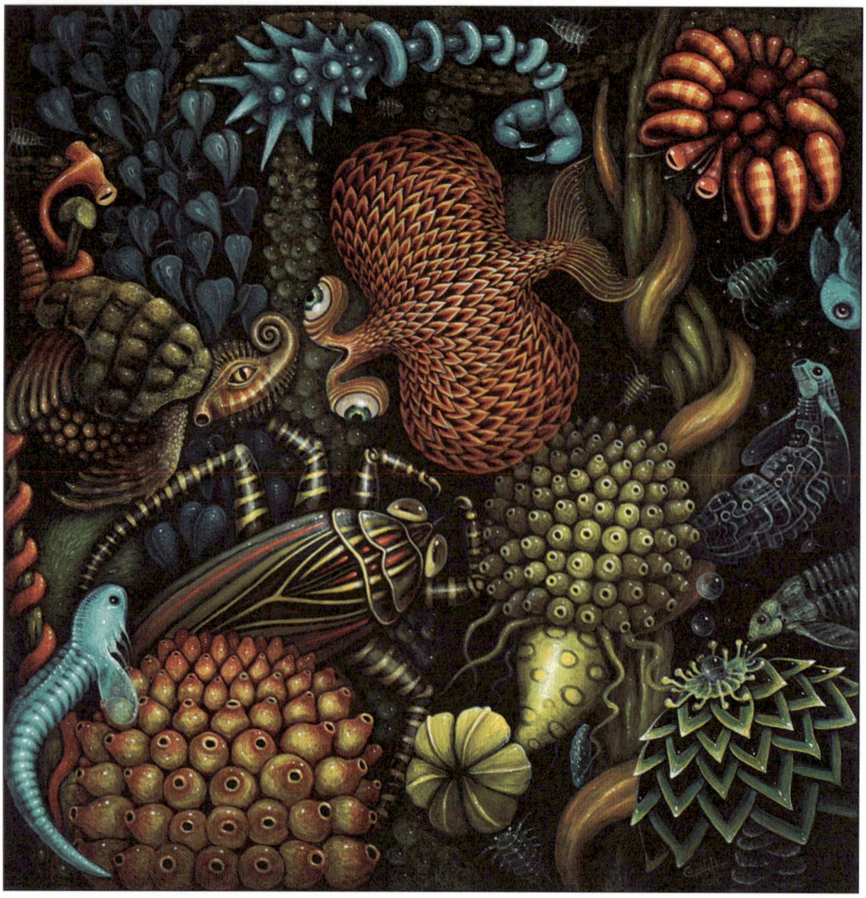

R.S.コネット
『プランクノーツ｜
Plankonauts』
バージョン2（2012年）

尊大になったり、説教くさくなったりする。でも、探究しているテーマが何かを見出すことは、改稿で役に立つ。ほかのいろんな事柄と絡めてテーマを考えているかぎり、重視すること、しないことを決める助けになる。

形式。プロットや構成とは別に、形式とは、ストーリーの構成によって創られた形や、物語のタイプをいう。きみが創っているのが、小説であれ詩であれ。執筆ガイド本によっては、声に似たもの、ストーリーで趣旨にわずかなコーティングをする不定形の要素としている。後者の場合、たぶん一番大事なのは、ストーリーのあらゆる要素がきちんと協力しあい、作家の頭のなかのヴィジョンとぴったり一致すること、読者にすばらしい、カタルシスのような効果を与えることだ。

ストーリーの要素の複雑な関係

想像してほしい。きみはビーチ沿いを歩いていて、右側には海、左側には熱帯雨林が広がっている。あるとき潮だまりで、ユニークで美しい生き物に出会う。動きと形の相乗効果が完璧だ。きみはその生き物を食べるために、つかまえて切り裂こうとする。心筋がどんなふうに動脈と静脈につながっているか、興味深く

メッセージについてのメッセージ
アーシュラ・K・ル=グウィン

アーシュラ・K・ル=グウィンは、ヒューゴー賞、ネビュラ賞、エンデヴァー賞、ローカス賞、ジェイムズ・ティプトリー・ジュニア賞、シオドア・スタージョン記念賞、ペン・マラマッド賞、全米図書賞などを受賞した。代表作は『ゲド戦記』シリーズ、『所有せざる人々』『闇の左手』。近年の作品に『ラウィーニア』『野生の少女 | *The Wild Girls*』がある。2018年1月22日没。

少しまえ、わたしは自分のためにメモをした。「子供たちはこういう本を求め、必要としているんですと言われたら、上品にほほえんで、耳を閉ざそう。わたしは作家で、ケータリング屋ではない。ケータリング屋なら大勢いる。でも、子供たちが本当に求め、必要とするものは、子供たちが求めたり必要としたりしているとは、だれも思っていないものだ。作家だけがそれを提供できる」。

ときどきわたしの、とりわけ子供とヤングアダルト向けのフィクションは、ちょっとしたお説教(「大人になるって大変よ。でも、あなたならできるわ」など)をするためにあるかのように扱われる。そういう批評家たちは、ストーリーの意義が、ささいなアドバイスではなく、言語そのものやストーリー展開、えも言われぬ発見の感覚にあるとは思わないのだろうか。

読者(子供も大人も)は、わたしにストーリーのメッセージについて訊く。こう言いたい。「あなたの質問は、正しい言葉を選んでいませんね」。

フィクション作家として、わたしはメッセージを語らない。語るのはストーリーだ。たしかに、ストーリーには意味があるけど、それを知りたいならストーリーテリングにふさわしい言葉で問うべきだ。メッセージのような言葉は、説明や教訓のための文章、お説教にふさわしい。フィクションとは異なる言語だ。

ストーリーにメッセージがあるという考えは、メッセージは2、3の抽象的な言葉にまとめられるし、試験問題やそっけない批評のように整えられると決めつける。

もしそうなら、どうして作家がわざわざ、キャラクターだの人間関係だのプロットだの舞台設定だのを作るのか? どうして、ただメッセージを届けない? ストーリーがアイディアを隠す箱や、裸のアイディアをかわいく見せるドレスや、苦いアイディアを飲みこみやすくするシュガーコーティングだとでも?(口をあけてごらんなさい、飲ませてあげる)フィクションが合理的な考えとメッセージを秘めているお飾りの長話で、それがフィクションの究極の現実と存在理由だとでも?

たくさんの教師がフィクションを教え、たくさんの批評家が(特に児童書の)批評をし、たくさんのひとが読む。思いこみを持って。困ったことに、それは間違っている。

フィクションが無意味だとか、役立たずだとか言っているわけではない。むしろ逆だ。ストーリーテリングは、目的を達するために、もっとも有用な道具だと信じている。わたしたちは何者なのかを問い、語ることによって、コミュニティを保つのに役立つものだと。自分が何者か、人生が自分に求めるものは何か、自分はどう応えられるのかを見出すための最高の手段だと。

でもそれは、メッセージがあることとは違う。シリアスなストーリーの複雑な意味は、ストーリーの言語への参加によってのみ理解されうる。メッセージに変えたりお説教にまとめたりするのは、その意味をゆがめ、裏切り、壊すことだ。

芸術作品は、精神だけではなく感情と肉体によって理解されるのだから。

ほかの芸術には、もっとあてはめやすい。ダンス、風景画——メッセージより、湧きあがる感情について語る。または音楽。自分にとって、すべての歌に意味があると言えないのは、感情と全身で深く感じるものにくらべて、意味は合理的ではなく、知性の言語はそれを完全には言いあらわせないからだ。

実のところ、芸術そのものが、心と身体と精神の理解を表現するための言語なのだ。

この言語を知的メッセージに完璧にまとめることは、そもそもできない。

これが文学の真実だ。ダンスや音楽や絵画の真実であるように。でも、フィクションは言葉の芸術なので、何も失わずにほかの言葉で書きかえられると、わたしたちは思いがちだ。ストーリーとは、単にメッセージを伝える手段だと考える。

子供たちは誠意を持って、わたしに訊く。「メッセージがあるとき、それに合うストーリーをどうやって作りますか」。わたしが答えられるのは、ただ「そんなことはしない！　わたしは留守電じゃないんだから——あなたへのメッセージなんてない！　あるのはストーリーよ」。

あなたがストーリーから、どんなものを理解や知覚や感情として取りだすかは、ある程度わたしにかかっている。言うまでもなく、わたしにとって、ストーリーには熱烈な意味があるからだ（それが何か気づくのが、ストーリーを語ったあとだとしても）。でも、読者のあなたにもかかっている。読書は情熱的な行為だ。あなたが頭だけでなく身体と感情と魂を使って、ダンスしたり音楽を聴いたりするやりかたでストーリーを読めば、それはあなたのストーリーになる。そして、どんなメッセージよりも深い意味を持つ。美を与えられる。痛みを経験させられる。自由をあらわせる。読みかえすたびに違うものになる。

批評家たちが、わたしの小説や子供向けのまじめな本をシュガーコーティングされたお説教として扱うとき、悲しみと侮辱を感じる。もちろん、ヤングアダルトのために書かれた教訓的な本はたくさんあるし、そういう議論もできる。でも、子供向けの真の文学作品や『ゾウの子供｜*The Elephant's Child*』や『ホビット』を芸術品として見るのではなく、ただのアイディアを運ぶ道具として教えたり批評したりするのは、とんでもない間違いだ。芸術はわたしたちを自由にし、言葉の芸術は、わたしたちを言葉を超えたところへ連れていく。

わたしたちの教え、批評、読書が、自由と解放を称えますように。ストーリーを読むとき、メッセージを探すかわりに、こう考えられますように。「新しい世界へのドアがある。そこで何を見つけるだろう」。

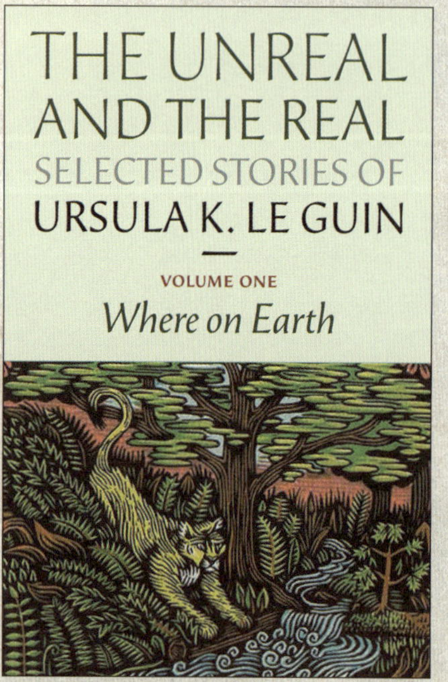

見つめるかもしれない。それから、生き物をひと口かじり、濃厚なソースで調理し、豊かな味わいについて感想を述べるかもしれない。でも、最初に見た動きの軽やかさやエピファニーの瞬間が、どう関係するのか。

もし、ストーリーをファンタジックな生き物とするなら、物語の要素も複雑なやりかたで協力しあう生命体とみなすことができる。たいてい、ひとつの要素（大小の成分をふくめ）が体内で、ひとつづきの機能を果たす。

これらの要素は相互依存しているので、別々に調べても影響と効果の一部しか理解できない。バラバラの状態の要素は不完全な物語みたいなもので、自然に相乗効果を生み、その効果を複雑にするほかの要素とつながっていない。

対話を例にしてみよう。対話は、設定を背景にして生じる、たいてい設定より目立つキャラクターによって話される要素だ。キャラクターからすれば、設定を創っているともいえるけど、ぼくたちからすれば、キャラクターは描写をとおして存在する。厳密にいえば、描写は対話をふくみ……対話そのものが、地理的なロケーション（舞台設定）、キャラクターの気まぐれ、描写に広く影響される。言うまでもなく、プロットは主にキャラクターの相互作用によって生まれ、ときには対話をとおして表現される。ストーリーの要素のランクにおいて、キャラクター描写は対話に勝るけど、対話のないキャラクター描写ってなんだ？

それに、ストーリーの特性で決まる**シチュエーションの性質**もある。ロバートソン・デイヴィス『マンティコア｜*The Manticore*』のように対話だけで語られる物語において、対話はどこにランクインするのか。有名な歴史的戦いにまつわるストーリーの舞台設定は？　ストーリーのタイプと重点に応じて、これらの要素は、ほかの要因と共に、ある程度、ほかの要素の様相や効果などを模倣する。要素は目的とコンテキストによって変わるだろうから、極限までつきつめると、ぎこちないバランスになる。

フィリップ・ステヴィック編集『アンチ・ストーリー：実験的フィクションのアンソロジー｜***Anti-Story: An Anthology of Experimental Fiction***』（1971年）には、それまでの物語の要素の考えかたに抵抗した、すばらしいサンプルがふくまれている。

想像力ごとの役割

ストーリーの要素と大小の成分について、すぐれた感覚を持つだけでなく、クリエイティブな想像力とテクニカルな想像力の関係についても理解しておくべきだ。これらの用語は、何をさすのか。

- **クリエイティブな想像力**は、草稿を書くために使う。クリエイティブな想像力にとって、意識的な自己編集と、いま書かれているものに対するコメントは毒で、作家を動けなくしたり、あさはかにしたりする。執筆中、頭に入ってくるものがなんであれ、クリエイティブな想像力はそれを流れさせ、そのまますべて出す必要がある。
- **テクニカルな想像力**は、そのあと現れて、パターンや構成を見つける。バランスをとるため、草稿がほのめかすキャラクターやシチュエーションの特徴を引きだすため、物語の要素をうまく協力させて、何百何千もの効果

ストーリーのライフサイクル

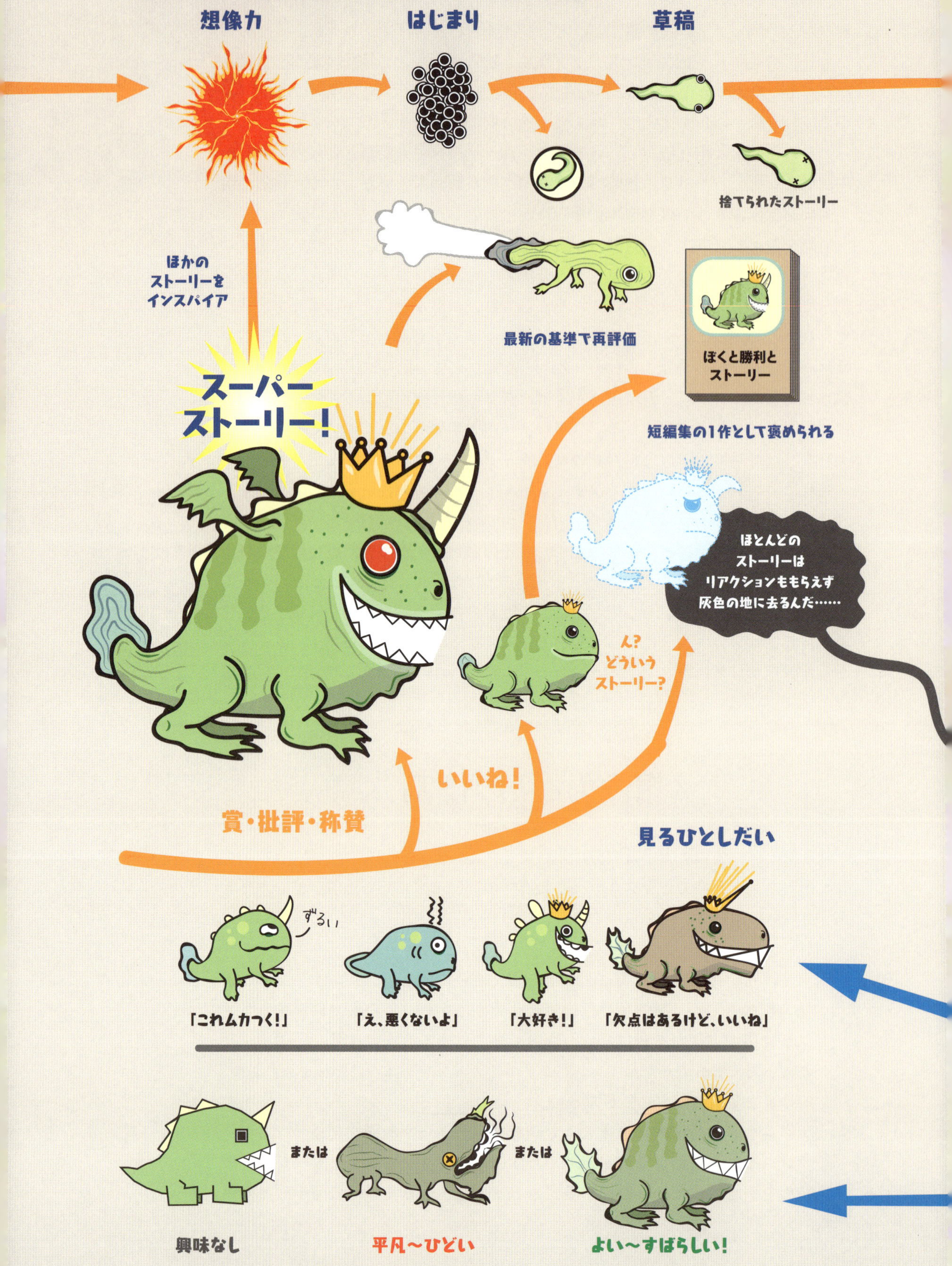

ひねくれデビル
全部のストーリーが、このプロセスをきっちり通るとはかぎらない。冬眠するヤツもいる

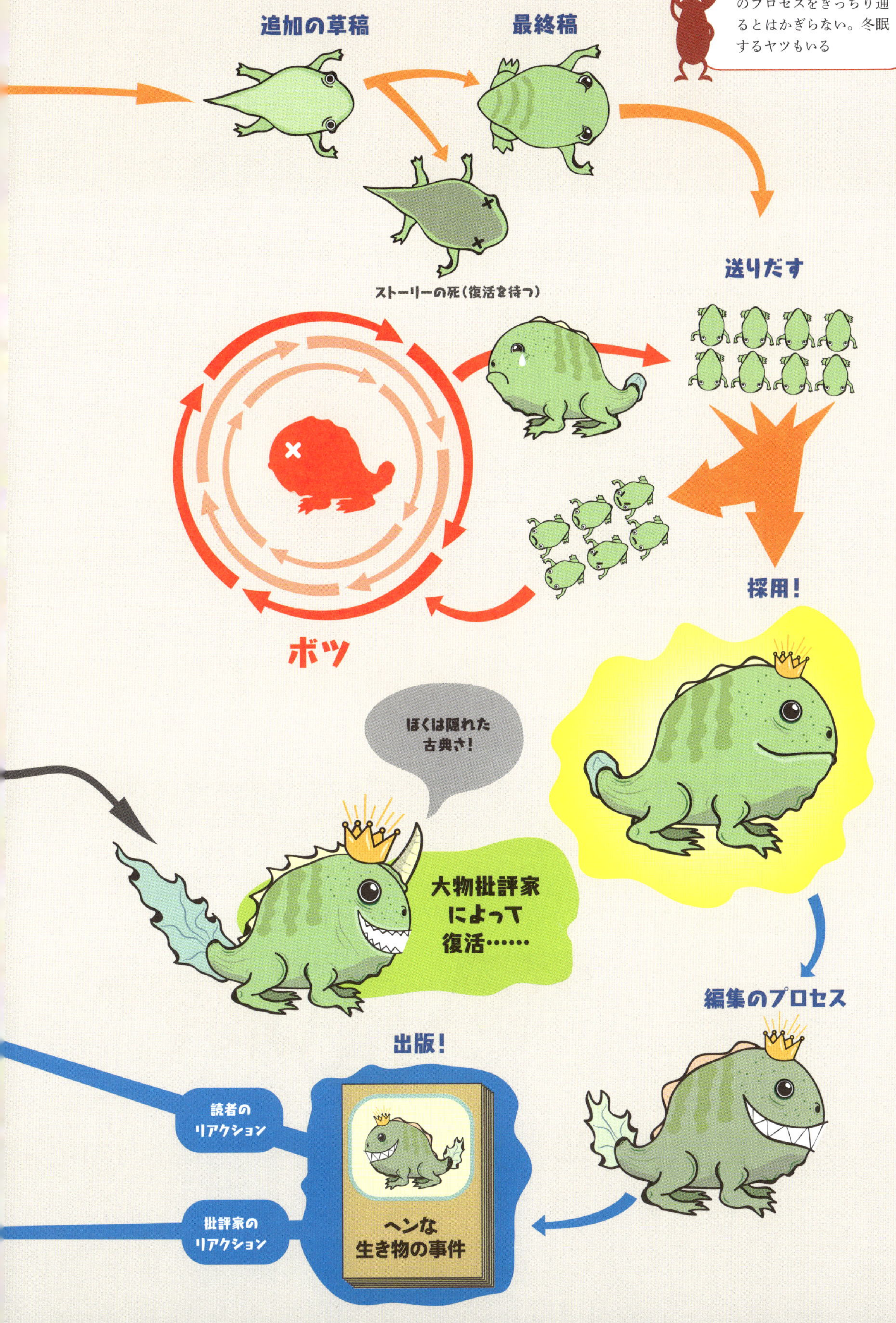

をミクロレベルでもマクロレベルでも生みだすために。

もう察しているだろうけど、クリエイティブな想像力とテクニカルな想像力は、違う時期と段階で使われ、ストーリーの最初のヴィジョンの複雑さと完璧さに応じて、違う機能を果たす。書きすすめるまえに時間をかけてオープニングを完成させるなら、そのプロセスのあいだ、クリエイティブな想像力とテクニカルな想像力を、いっしょに使っている。ゆったり中盤とエンディングの草稿を書くなら、まずクリエイティブな想像力を使っている。

実践を重ねるうちに、テクニカルな想像力は、クリエイティブな想像力とひとりでに情報を共有するようになる。マッスルメモリーの転移みたいに。その結果、改稿でしていた訂正を、草稿でもするようになるだろう。クリエイティブな執筆におけるほとんどのことと同じで、このプロセスも数学的に精密なわけじゃない。たまに、ほんの少しずつしか起きないから、はじめは進歩に気づきもしないだろう。この進歩の概念も、きみが書いているものしだいで変わる。もし、いままで書いたことがないタイプのストーリーに取りくんでいる、あるいは、使い慣れた1人称ではなく3人称を使っているなら、経験不足が、とっくに切りぬけたつもりの問題を草稿で引きおこすかもしれない。相変わらず、きみは前によろめき、うしろに戻り、態勢を立てなおして、また前によろめく。いずれ、学んだことを内在化して利用する、きみ独特のリズムに慣れるだろう。

ストーリーの要素に定義と機能を与えることは、執筆メソッドの転移のプロセスを速められる。同時に、すぐれた物語（機械ではなく生き物、丸太小屋ではなくアメリカスギ）の有機性を重んじることは、きみだけの長所を育み、引きだし、洗練させる。

きみはストーリーの要素の理解につとめるべきだ。これは一度解いて、もう二度と解く必要がないパズルに挑むってことじゃない。すばらしかったり、つまらなかったり、痛ましかったり、悲惨だったり、憂鬱だったりする何かを創るためだ。

きみだけが生命を吹きこめるストーリーという生き物――それが世界に現れれば、読者は反応を示し、おおいに楽しみ、きっと大切にしてくれる。

きみは執筆のアドバイスを求めてここへ来たけど、なかに入ったとたん、すべてが変わる。隅にいる、銃を持つ女はだれだ？　どうして、だれかが（あるいは何かが）鉢植えのうしろに隠れているんだ？　なんの権利があって、ペンギンがこんな口調で話しかけてくる？　そして、より重要なのは、その出会いが訪れるのが、ストーリーの序盤か中盤か終盤かということだ（あれ？　ちょっと待った。ペンギンって喋れたっけ？）。

第3章：はじまりと終わり

どんなふうに、どこからストーリーをはじめるかは、読者のリアクションや与えられる効果、頭のなかのヴィジョンにどこまで近づけるかにとって重要だ。ストーリーのオープニングも、テーマやサブテキストと同じように、潜在意識がはじめに告げる要素に影響する。エンディングへのヒントも、オープニングに組みこまれているべきだ。読者がストーリーを読みおわったとき（それがどんでん返しだったとしても）オープニングに戻って、こんなふうに思えるように。「ああ、なるほど、はじめから何もかも仕組まれていたんだ。喋るペンギンは、銃を持つ女を昔から知っていて、ぼくこそが侵入者なんだ」と。このアプローチが、読者に楽しい気づきを与え、最後には終わりを感じさせる。これはたいてい、読者のキャラクター認識をとおして表現されるけど、構成やテーマの一貫性ともいえる。

最初のインスピレーションのほとばしりと、テクニカルな想像力がストーリーの要素をまとめる方法との違いを知ることが、効果的なオープニングのカギだ。でも、まずは草稿で言葉をあふれ出させることだ。最高にうまくいくとはどんな感じか知っておくと、あとで助けになる。ストーリーをきみに明かす（すべてのストーリーと焦点を示す）クリエイティブなひらめきの順番と本質、そのつながりは、作家としてのプロセスの一環で、特定のストーリーに固有のものというときもある。たとえば、なんらかの問題と深く結びついたキャラクターを思いつくまで、ぼくはストーリーをはじめられない。問題との結びつきが浅いキャラクター

コンテキストを広げる

- 何が見える？
- 気になる？
- もっと知りたい？

- 情報が増えると印象はどう変わる？
- まだ興味ある？

- どんなディテールが見えてくる？
- クリエイターが2番目、3番目、
  4番目に見せたいものは？

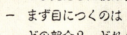

- いま見える全貌は予想どおり？
- まず目につくのは
  どの部分？　どれぐらい重要？

ぼくたちは文章で、世界、キャラクター、
より完璧で複雑なイメージを、
読者の心に創る。

は、ストーリーにかかわる準備ができていないんだ。それから、エンディングをおおまかに考えておかないといけない。途中で変わったり、ストーリーが終わらなかったりするにしても。強烈な、**熱のこもったイメージ**はだいたい、ストーリーと結びついている。作品創りに役立つ、自分なりの条件を知っておかないと、ほかのすべてがむずかしくなるかもしれない。

「熱のこもったイメージ」とは、心理的、あるいは象徴的な共鳴があるイメージだ。設定やキャラクターの一部としての存在を超えて、生命を持つ。

でも、そういう自己分析がきみには重要でも、読者はインスピレーションのプロセスや、ストーリーを見出した順番なんて気にしない。気にするのは、ページ上でどんな体験をするかだけだ。だから、きみはインスピレーションの前進と、実際のストーリー進行とを見誤ってはいけない。フィクション創りの願望に火をつけたシーンは、ストーリーの出発点じゃないかもしれないし、ストーリーそのものもオープニングを書いたときに考えていたものとは違うかもしれない。喋るペンギンは、ほかの物語に移すべきかもしれない。銃を持つ女は、かわりに花を持っているかもしれない（そこに銃を隠しているかもしれないけど）。

すぐれたフィクションは、はじめの段落から物語を読むよう、読者に教える。オープニングを、有益な制約として考えるんだ。望遠鏡をとおして、読者が特定の物、ひと、設定などの要素にもっとも注目するのは、オープニングだ。読者がレンズの範囲内で見るのは、イメージへの言葉の翻訳で、たぶん五感すべてがかかわっている。言葉の働きの本質ゆえに、読者はすべての情報をいっぺんに受けとることができない。かぎられた視界は、見えるものと見えないものを生みだし、ストーリーを、ときにはストーリーのタイプを決める。きみのストーリーが現実から離れるほど、言葉をきちんと理解することが大切になる。読者の頭のなかの〈現実〉を、あらためて想像するのだから。

ストーリーが展開し、望遠鏡が退くにつれて、読者は基本的なコンテキストやルール、キャラクターを理解していき、言葉は働きつづける。読者は、特にすぐれたストーリーだと、フィクションの夢にますます没頭していく。没頭レベルは、入り口の扱いかたや、読者がストーリーでリラックスできるようにする、きみのスキルしだいともいえる。リラックスとは何か。きみが引きおこしたいのが、不安や恐れ、嫌悪もふくめて、どんな気分、ムード、知的反応であろうと、読者が楽しめることだ。読者は作者を信頼したいのに、そうできない理由をきみが与えてしまったら、もう二度と信頼は取りもどせないだろう。

読者が2番目、3番目、4番目に出会うものも大切だ。順番、重要度においても、ぼくたちに見せられていないものについても。この情報の順応／導入のプロセスは、あとあと読者が新情報を得て、作家にだまされたと感じるのではなく、知っていたつもりのことを見なおさなくてはいけないと気づいたとき、〈再起動〉されるかもしれない。でも、このプロセスがもっとも重要なのは、やはりオープニングだ。

とはいえ、オープニングがストーリーの成否を決めるなら、いつどこからはじめるべきなのか。たとえば、喋るペンギン、銃を持つ女、鉢植えのうしろに隠れているだれかと、部屋にいるとしよう。きみからすれば、もっとつじつまが合うところまで巻きもどしたいかもしれない。でも、多くの執筆ガイド本が、ストーリーをできるだけ遅くはじめるよう提案する。遅くとは？　キャラクターや設定

左・次ページ
「ミスター・オッド」の画像は、グレゴリー・ボッサートのミュージックビデオからとった。アンソロジー『ヘン?｜*ODD?*』（2012年）のためのビデオで、ジェレミー・ザーフォスが描いたミスター・オッドのイラストにインスパイアされた。

1 ミスター・オッドは奇抜。
だから面白い、だろ？　違う。

2 このシーンの何が奇抜？
何が……普通？　どこで判断する？

3　色の扱いは、起きている
ことの解釈に、どう影響する？

4　どっちの
キャラクターがより
奇抜で、それはなぜか？

ミスター・オッド・プレゼンツ：オープニング

1 この画像は、エキセントリックで興味深い構成を作っているかもしれない——頭が鳥の骸骨のひとに毎日は出会わない。でも、ハーマン・メルヴィルの忘れられた古典「書記バートルバード｜*Bartlebird the Scribner*」（訳注：『書記バートルビー｜*Bartleby the Scrivener*』をもじった架空の作品）のように、奇妙なふるまいをする奇妙なキャラクターに出会うには、ストーリーの断片だけでじゅうぶんだろう。自室でウロウロしているだけのミスター・オッドをどう書くにしても、大きな負担がかかる。さて、このシナリオをもっと面白くするものは何か。

2 別のシナリオでは、ミスター・オッドは脚（!?）をはずして、迷惑なピンクの塊（ピンキーと呼ぼう）に向かって振りまわす。これはより能動的な（ミスター・オッドが何かしている）オープニングで、ぼくたちもまわりを飛んでいる何かを見つけて、一撃したくなる。最初の動きを与えられて、ミスター・オッドと取りはずし可能な足に対する奇妙さが薄れる。つづけて、風船ガムみたいなピンク色をした、敵とおぼしき第2のキャラクター、ピンキーも紹介される。キャラクターの動機と感情は、この敵の登場で、たちまちあらわになる。自分の脚をはずしてピンキーを追い払おうとするなら、ミスター・オッドはあきらかにピンキーを嫌っている。自分の脚という個人的な道具でピンキーを殺すつもりなら、それは違うストーリーだ。

3 別の選択肢が、推理をとおした緊張感の導入だ。ミスター・オッドは、いつでも撃てるよう銃を構える。何かが床をころがり、たぶん壊れた。もうすぐ何かが起きるのは避けられないし、ぼくたちがここに来るまえにも何かが起きている。敵は描かれていないけど、存在する。このオープニングは読者に、足りない情報を補うよう求めたり、すぐ情報を与えてもらえると期待させたりする。このシナリオでの読者の〈満足〉には、さまざまな形が考えられる。ミスター・オッドはスパイ活動をしているのかもしれない。はたまた、劇のスパイ役を稽古しているのかもしれない。オープニングでの要素の配分、トーンやムードしだいで、どちらも失敗したり成功したりする。ドラマと興味は、生気のない要素からは生じない。芝居じみたしぐさは、CIA内部の陰謀と同じくらい興味をそそる。すべては作家のアプローチと、読者のための入り口にかかっている。

4 より直接的なアプローチは、すでに会話している2人のキャラクターからはじめることだ。たぶん、奇妙なシチュエーションで。ここで描かれるキャラクターは、ややシュールでファンタジックだ。ファンタジーとSFによくあるシナリオだとすれば、2人の奇妙なキャラクターが奇妙なコンテキストで、オープニングに出てくるのは、ありえなくもない。でも、唐突すぎというリスクもある。設定に加え、2つの奇妙さについても、すぐに説明しなくてはいけない。解決策のひとつは、キャラクターのひとりに普通の頭をつけることだろう。もうひとつは、コンテキストを普通にすることだ。たぶん、2人は家族の問題で揉めている兄弟だ。たぶん、ピンクのほうは訪問販売員で、本を売ってミスター・オッドの頭を取りかえたんだ。たぶん、ミスター・オッドは返金を求めている。あるいは、きみは決意する。普通のふりなんて無意味だ、もっと奇妙なシナリオを創って、読者を困らせようと。才能ある作家は、どんな作品でも創れる……けど、たしかめてほしい。していることをしている理由を、きみがわかっているか……

『触手の緯度｜*Tentacle Latitudes*』（2012年）
ジョン・コールタート

ライティング・チャレンジ：「クラーケン!」——どこからはじめる？

あなたの長編小説が、巨大イカが船を襲っているぐらい強烈なシーンからはじまるとしても、何を強調し、何を強調しないかを決めなくてはならない。

このジョン・コールタートの絵を用い、「クラーケン（訳注：伝説上の海の怪物）の夜明けの襲撃」という長編小説のオープニングを考えなさい。主人公がだれか、描かれたシーンがどういう状況か、いつ、どこで、なぜ怪物が襲うのかを知る必要がある。考えうるかぎりの、重点が違うオープニングをリストになさい。たとえば、怪物が見つかるところからはじめるのか、襲撃中からか、襲撃の数分まえからか、それとも……？　わたしたちがはじめに、2番目に、3番目に見るものは何か。それぞれのオープニングがなぜ効果的なのか、説明なさい。そして、この章を読み終えたら、リストに戻ってきなさい。効果に対する見かたは変わったか。もし変わったなら、どのように？

のコンテキストを損なわずに、ドラマを無意味にしたり混乱させたりする要素なしに、ドラマティックな緊張が極限まで高まる瞬間を、うしろのほうに持ってくるのだ。

ストーリーを早くはじめすぎるのは、よくあるミスなので、もっと遅くはじめられるように草稿を調べつづけることは役に立つ。できるだけ遅いスタート地点を選ぶようにするんだ。たまに、もうエンディングしか残っていないという残念な状況になるけど、早くはじめたほうがいいストーリーはない。たくさんの作家が、気づかないうちに〈ストーリーがつづかない〉という暗礁に乗りあげて難破し、なぜペンギンのストーカーしかいないんだろうと困惑しながら、荒涼たる海岸をさまよう。

はじめるべきところからはじめたつもりでも、スタート地点の分析をとおして、その先の物語について価値あることを学ぶだろう。もしスタート地点を変えるなら、新しいオープニングはさらなる重責を負っていて、それを支えるために再コンセプト化と建てなおしが必要かもしれない。少なくとも、オープニングのページといっしょにカットした情報は、新しいスタート地点あたりに戻しておくべきだろう。

エンディングはどうするかって？　まだまだ遠いけど、ちゃんとたどり着くよ。

『プロローグ・フィッシュ｜*The Prologue Fish*』
ジェレミー・ザーフォス

魅力的なオープニング

面白くて迅速なやりかたではじめる必要性から、作家はときどき〈釣り針（フック）〉からはじめるべきと言われる。読者を誘いこむために、刺激的なことが起きていなくてはいけない、と。ぼくも現実の爆発事件からはじめるようアドバイスされたことがあるけど、あんまりいいアイディアじゃない。事実そのままであれ暗喩であれ、オープニングの出来事が華々しすぎると、あとは拍子ぬけするようなドラマしか残らないかもしれない。

でも、何かが起きていなくちゃいけない。たとえ、足の爪を切るのと同じくらい平凡な行為でも。ベテラン作家ともなれば、一見ささいな行為をとおして、政治的で社会的な意味をほのめかせるし、爪切りの冷たい輝きや鋭い刃を強調することで緊張を生みだせる。

実のところ、なんであっても面白くすることはできるのだから、爆発より、どんなシチュエーションやシーンで、どんな展望から利益があるかを考えるべきだ。釣り針は、ただの釣り針じゃない。誘惑（ルアー）であり、錨でなくてはいけない。きみは読者を、楽しみやチャレンジや（ひょっとしたら）悲惨な体験に誘っている。読者を釣ろうとして時間をかけすぎると、オープニングから魅力が奪われるかもしれない。もちろん、その魅力とはストーリーの一部で、読者はだまされたがって――むさぼり食われたがっている（読者がどこに行きつくかは、深く考えすぎるな。それより、広大な暗喩のリスクを考えるんだ）。

何が面白いのかという問いは、読者が長期戦に備えている長編小説では、さし迫ったものではないだろうけど無関係じゃない。ジャンルを問わず、読者が、咀嚼のむずかしさではなく魅力を感じるものは何かという問題がある。『ニューヨーク・タイムズ』紙のベストセラー作家メアリ・ドリア・ラッセルは、SF長編小説『スパロウ｜*The Sparrow*』執筆中、この問題をじっくり考えた。どう解決したか。50ページから75ページまで削除した。ラッセルが描く未来の地球につい

ルアー
Lure
1st Scene
ファースト・シーン
視点
POV
Prologue
プロローグ
Reader
読者
Context
コンテキスト
Beginning
オープニング

Complications!
複雑！
サブプロット
Subplot
Body
本体
End
エンディング

フィクションの侵入の概念が好きです——作家は一人目の、読者は二人目の侵入者。絶えずプライバシーを侵害されて、キャラクターたちは冒頭からイライラしているかもしれません。——ケリー・バーンヒル

てのページで、SFの省略表現に慣れていない読者を混乱させるおそれがあったからだ。そのおかげで、幅広い読者を得たのかもしれない。いまも偉大な作品だ。でも、長編小説の構成と期待という点から、ラッセルはオープニングを弱体化した、構成と意図に合っていないとの主張もある（反対の主張はこうだ。より多くの読者を魅了するやりかたで、より読みやすい作品にしたんだから、どんな議論も意味がない）。

SFやファンタジーでよくあるシリーズ作品を書くときには、別の問題が生じる。1作目の読者がすでに知っている情報を、2作目、3作目のオープニングの章にどれだけふくめるか。一番エレガントな解決策は、デイヴィッド・アントニー・ダラムがファンタジー三部作で用いたものだろう。不要なプロット／歴史を、2作目、3作目のオープニングの章に加えるのではなく、前作のプロットをシンプルに序文にまとめるのだ。この解決策は、2作目、3作目のオープニングを弱体化したり、バランスを崩したりすることなく、本当に欠かせないコンテキストを提供する。多くのすばらしい長編小説シリーズが、重大な予備知識は第1章に組みこまなくてはいけないという間違った思いこみのせいで、台なしになっている。

これらを考慮したうえで、きみのオープニングに必要なのは、どんな要素か。喋るペンギンや銃を持つだれかのほかに、ってことだけど。

良いオープニングの要素

最適なスタート地点は、オープニングにふさわしい素材、ふさわしい量、語りたいストーリーにふさわしい力強さを確認したあとで決めるべきだ。たいていのストーリーは以下の、オープニングにあるべき基本要素をいくつか、あるいはすべて必要とする。

- 一貫した視点から描写される、主人公や主要キャラクターたち
- 争いや問題
- 敵対するもの（争いや問題の原因。ひとりの人間、テーマによっては自然や社会など。主人公が立ち向かっているのが、だれであれなんであれ、要は作品の〈悪役〉）
- サブプロットや、新たなトラブルとなるかもしれない第2の争いや問題のヒント（これはオプションで、あとの物語がはっきりしてからだ）
- 動いている感覚。どんなに動きがないオープニングシーンだろうと
- 舞台設定のおおまかな、あるいは具体的なアイディア
- 言語の一貫したトーンとムード

これらの要素を示すときの簡潔さと精巧さ、スタイルは、書いているのが短編小説か長編小説かで変わるかもしれない。スタイルがはっきりしなくても凝っていても、簡潔さと精巧さは伝わるし、凝ったスタイルでも簡潔にはできる。アイディアやキャラクター描写などの要素を伝えるために、単語がいくつ必要かより、

その文章が2つ以上のことをするかどうかが、フィクションでは重要だ。たとえば、きみは一文で、キャラクター描写だけでなく、設定や争い、起きているすべてを示せなくてはいけない。ほかのパートより多くの情報（コンテキスト）を伝えなくてはいけないオープニングでは、特に。

ストーリーのタイプも、精密さや緊急性に影響する。物語によっては、もっとのんびり要素の紹介ができる。『旅の仲間』（訳注：『指輪物語』シリーズ第1部）のオープニングに、とりたててハラハラドキドキがないのは、ミスター・トールキンがとても長いゲームをしているからだ。簡潔とは、急いで終わらせることでも、多すぎる要素をせまいスペースに詰めこむことでもない。そんなことをしたら、きみや読者に必要なわかりやすさが失われてしまう。もし、方角もわからないままモルドールに向けて旅立ち、なんの知識も興味もないひとたちについていくとなれば、だまって離脱を決意するだろう。

一方、「問題」は靴下の穴ぐらい小さなことからはじめられて、もっと重要なものにつながったり、神や国や喋るペンギンへの迫りくる脅威としてすぐに広まったりする。「動いている感覚」が問題の示唆とつながっていて、問題をあらわす動きが、身体的に動いている主人公という場合もある。大事なのは、どういう動きであれ、読者に目を向けさせ、その役割や重要性を気づかせることだ。

オープニングにおける一貫したトーンとムードの概念は、抽象的すぎるかもしれないけど、見当違いな書きかたのせいで、台なしになっているフィクションは多い。たとえば、もし息もつけないほど感情的な言葉ではじめれば、そのあとのドラマティックなシーンが行き場をなくすリスクがある。でも、あまりにも冷静に（あるいは、シリアスにするつもりなのに浮ついて）はじめれば、ストーリーの様相や主人公のパーソナリティを正しく伝えられないかもしれない。

オープニング創りに用いるべき要素は、数は有限でも、いろんなやりかたで結びつき、表現することができる。さまざまな疑問をみずからに問うことで、アプローチや読者の解釈のしかたへの理解が深まる。最適と思われるオープニングをいったん決めても、つねにバランス調整をするべきだ。カーステレオを最高のクオリティで鳴らすために、高音や低音などの設定をいじるように。浮かんできそうな疑問を、いくつかあげておく。

- 主人公か、せめてひとりのキャラクターが、最初の行で紹介されているか？　もし、されていないなら、なぜか？　最初の行で、キャラクターのかわりに重視されているのは何か？
- 主人公は、ほかの要素ときちんと調和しているか？　環境や他者に対する主人公の考えが、ぼくたちに見えてくるか？
- 読者が混乱しないよう、オープニングの段落で人間関係がはっきりしているか？（だれかの息子だと思っていたら、実はいとこだったとか）
- ふさわしい視点人物（たち）を選んだか？（ほかのだれかのほうが、関係が深かったり、面白かったりしないか）
- 1人称であれ3人称であれ2人称であれ、視点へのふさわしいアプローチを選んだか？　同じオープニングを書こうとしたら、たとえば、1人称ではなく

動きがないシーンでの動きのサンプル
EXAMPLE OF MOTION IN A STATIC SCENE

1998

「死んだら」と
サマンサが言う。
「もう歯磨きしなくて
いいのよ」。
——ケリー・リンク
『スペシャリストの帽子』

2005

体重を分散させる
ためのマットを持って、
ぼくたちはみんな
タール坑に行った。
——マーゴ・ラナガン
『沈んでいく姉さんを送る歌』

1930

死にかけている
男の最後の言葉は、
あまり優雅な
ものではないだろう。
急いで一生をふり返り、
ひどく簡潔にまとめがちだ。
——ジャン・レイ
『〈マインツ詩篇〉号の航海』

1977

いま、わたしは眠るまいと
する。霧。夜明けまえにわ
たしを迎えに来るはずだ。
——エリック・バソー
『ビーク・ドクター|
The Beak Doctor』

1941

40丁目ペシュト通りで
はじまった出来事を
語るときがきた。
——レオノーラ・キャリントン
『白いウサギ| *White Rabbits*』

2010

子供は残酷だ。
その世界では、だれも
証明を必要としない。
——K・J・ビショップ
『上機嫌の馬を救う|
*Saving the Gleeful
Horse*』

1930

11月の霧深い夜、
探偵小説の第3章までに殺人者を
推理したミスター・コーベットは、
落胆しつつベッドから起きあがり、
もっと満足な眠りを与えてくれるものを
求めて階下に行った。
——マーガレット・アーウィン
『ザ・ブック| *The Book*』

1971

「いま見てはいけない」。
ジョンは妻に言った。
「けど、2つ離れた
テーブルに、ぼくに
催眠術をかけようとして
いる老婦人が2人いる」。
——ダフネ・デュ・モーリア
『いま見てはいけない』

1939

うなり、遠吠えするものが
真っ暗闇から抜けだして、
わたしたちの上にいた。
——ロバート・
バーバー・ジョンスン
『遥かな地底で』

1989

わたしたちの心臓がとまる。
——エリザベス・ハンド
『木の上の少年|
The Boy in the Tree』

1919

「注目すべき装置です」。
将校は調査者に言い、
称賛のまなざしで装置を見つめた。
むろん、将校は装置を知りつくしている。
——フランツ・カフカ
『流刑地にて』

1907

ウィーンを出てブダペストに至る
ずっとまえに、ドナウ川は孤独と
荒廃の地域に入る。
そこでは、本流に関係なく
水があらゆるところに広がり、
何マイルにもわたって
柳の低木に覆われた
沼地になっている。
——アルジャーノン・ブラックウッド
『柳』

1978

母の死を望み、死が母にもたらす痛みを
想像してすぐに、わたしは後悔し、
まわりが水浸しになるぐらい泣いた。
——ジャメイカ・キンケイド
『わたしの母 | *My Mother*』

ミスター・オッド・プレゼンツ：
記憶に残る書きだしの一節

よい書きだしは、読者に何を与えるか？

- 謎めいた感覚やムード
- 興味深いシチュエーション
- 緊迫感と興奮
- 興味をそそる意見
- めずらしい、または面白い描写
- ユニークな視点

3人称になるということはないか？

- オープニングのロケーションや全体的な設定は、ストーリーにふさわしいか？　そのロケーションや設定は、ストーリーでふたたび登場するか？　もししないなら、もっと大事な設定を描写するために、言葉を使ったか？（再登場しないなら、それはふさわしいロケーションだろうか）
- 主人公が向きあう問題やジレンマは、ストーリーが求めるレベルで、読者に伝わっているか？　さりげなさすぎたり、あからさますぎたりしないか？
- シーンのコンテキストにおいて、主人公が向きあう問題が、思いがけずくだらないものになっていないか？（もしそうなら、きみがコメディを書くつもりだったと、ペンギンもぼくも願うよ）
- オープニングのトーンは一貫しているか？　そのあとのストーリーでも貫かれているか？
- スタイルは、キャラクター、設定、ストーリーの目的にふさわしいか？
- きみが使った言葉の感情は、ストーリーのタイプに応じて、正しいコンテキストと読者との絆を創っているか？
- オープニングはエンディングをサポートしているか？

ファンタジックなフィクション（SFなど）に関しては、ほかにも疑問が浮かぶ。これらの疑問は、特殊な制約と責任に結びついていて、歴史フィクション作家がぶつかる問題にちょっと似ている。

- ぼくたちは、自分がどこにいるか知っているか？（パラレルワールドの地球、過去の地球、地球、地球2.0、地球外、ほかの惑星、宇宙船、自分の身体が小さくされてダックスフンドの体内にいる、など）
- ぼくたちは、自分がいつにいるか知っているか？（未来、過去、現在、いまから5秒後、など）
- もし、どこのいつかが明示ではなく暗示されているなら、その暗示がじゅうぶんな、正しい情報を伝えているか？
- もし、どこのいつかが明示されているなら、あからさますぎたり、むだが多すぎたりしないか？　もっとエレガントな情報の伝えかたはないか？
- ぼくたちは、主人公が人間かどうかを知っているか？
- もし主人公が人間ではないなら、世界の理解のしかたが人間とどう違うか、ぼくたちが知るためのヒントはあるか？
- コンテキストを伝える際、はじめに情報を与えすぎて、物語を妨げていないか？
- 読んでいるのがSFかファンタジーか、言葉の選択とコンテキストのヒントから、だいたい理解しているか？（より厳格な、異なるプロトコルがSFにはある。宇宙船が出てくるSF世界での〈ハイパードライブ（訳注：大キャンペーンという意味もある）〉が、わかりやすい例だ）
- きみが選んだ言葉は、設定とパラレルワールドの地球との違いをスムーズに伝えているか？

- オリジナルの設定を伝えるために、造語やなじみのない言葉を使いすぎて、オープニングをわかりにくくしていないか？（たとえば、「喋るペンギン船長は、幽霊マランジェスと共に、バーコレーターで4Gスイッチをクォークして、心霊ビーカー・アプリをはじめ、全スターバード・システムを作動させた」という文章には、熱烈なSFファンでも戸惑うだろう）

現実世界を舞台にした現代のフィクションでは、読者は経験に基づく仮定をする。おかげで、一定の要素をはっきりさせるための作家の負担が減る。たとえば、1600年代のヴェニスを調べている歴史フィクション作家は、読者もこの街について**少しは知っている**だろうと期待するはずだ。でも、ほとんどのSFやファンタジーでは、読者を納得させ、〈不信の一時停止〉をさせるために、もっと時間とエネルギーを費やさなくてはいけないだろう。ページ上のことは現実だと、読者が自分で自分をだまして、信じるように。

読者もイタリアに対して、たとえステレオタイプでも、なんらかの知識やイメージを持っているだろう。

はっきりさせないとき

どういうタイプのストーリーを書いているか、ストーリーとそこに住むキャラクターをサポートするためにオープニングで何を書くべきかを知る必要性を、ぼくは強調してきた。でも、ストーリーがあいまいさを求めるとき、きみが特定のジャンルやサブジャンルのプロトコルからはずれるときは、どうだろう。きみが語りたいストーリーが多くのことをしているなら、もっとも効果的なテクニックは優柔不断かもしれない。そのためには、すぐにプロトコルに縛られてはいけない。一方で、それぞれのシーンがどれほど効果的であっても、ストーリーのピントが定まっていないと読者に思わせるリスクがある。問題は、どういうストーリーを楽しんでいるのかわからなくても、読まずにいられない理由がいるということだ。

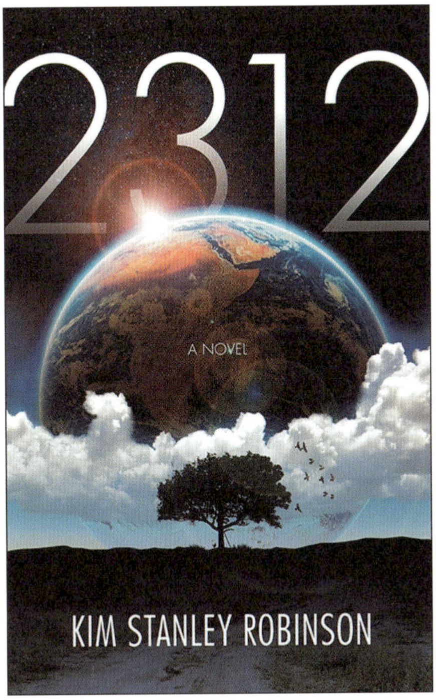

カーク・ベンショフによる表紙

近年屈指の成功例が、キム・スタンリー・ロビンソン『2312 太陽系動乱』だ。惑星間の陰謀にまつわる壮大なSF長編小説であり、スワンというキャラクターの人物描写、将来の地球についての妥当な考察、スワンとワーラムというキャラクターとのラブ・ストーリーでもある。オープニングの章で、これらのストーリーやアイディアのひとつに専念することもできた。ラブ・ストーリーを強調するなら、ワーラムとスワンの出会いからはじめられた。SFを強調するなら、陰謀のきっかけとなる最初の襲撃から。でも、ロビンソンはそうしなかった。かわりに、興味深い活動をしているスワンひとりからはじめた。ぼくたちはそこから少しずつ、ストーリーのさまざまな要素やその働きにまつわるヒントを与えられていく。ロビンソンの未来のヴィジョンに、読者を適応させるという目的も果たしている。

『アメリカン・ゴッズ』のはじまり

ニール・ゲイマン

ニール・ゲイマンは、世界で指折りの有名ファンタジー作家。『アメリカン・ゴッズ』『スターダスト』『ネバーウェア』などの長編小説、コミックス『サンドマン』で知られる。ヒューゴー賞、ニューベリー賞、カーネギー賞などを受賞した。

『アメリカン・ゴッズ』をはじめたとき、はじめるまえでも、まずわかっていたのは、C・S・ルイスの格言――奇妙なことが奇妙なひとたちにどう影響をするかを書くのは、あまりに奇妙すぎる――で終えることだ。それから、『ガリヴァー旅行記』がうまくいったのは、ガリヴァーが凡人だったからということ。アリスが非凡な少女だったら『不思議の国のアリス』はうまくいかなかった（考えてみるとおかしな言いぐさだ。奇妙なキャラクターが作品でひとりいるとすれば、アリスなのに）。『サンドマン』では、主人公ドリームからアメリカ合衆国皇帝のような指導者まで、鏡の向こうにいるひとたちを書くのを楽しんだ。

『アメリカン・ゴッズ』について、おそらく、ぼくはあまり話していない。作品には作品の意見がある。

長編小説は融合する。

『アメリカン・ゴッズ』は、そういうタイトルの長編小説を書くつもりだと、ぼくが知るずっとまえにはじまった。1997年5月、頭からふり払えないアイディアと共に。夜寝るまえ、ベッドでそれを考えている自分に気づいた。まるで、頭のなかのムービークリップを見ているかのように。毎晩、ストーリーのそれぞれに違う数分間を見た。

1997年6月、おんぼろのパームトップでこう書いた。「男は魔術師のボディガードになる。魔術師は常軌を逸したタイプ。男に仕事をオファーし、飛行機で会う。隣にすわる」。

乗り遅れたフライト、キャンセル、予期せぬファーストクラスへの移動など、そこに至るまでのもろもろの出来事。隣にすわった男は自己紹介し、仕事のオファーをする。

とにかく、男の人生は崩壊する。男は「いいだろう」と言う。

本のはじまりは、こんな感じだ。ぼくがそのとき知っていたのは、それが何かのはじまりということだけ。どういう類いのものか、見当もつかなかった。映画？　テレビシリーズ？　短編小説？

空白のページと共に書きはじめるフィクションのクリエイターなんて、ぼくは知らない（いるのかもしれない。会ったことがないだけで）。普通、何かしら持っているものだ。イメージとかキャラクターとか。または、序盤か中盤か終盤かを。中盤があるといいのは、そこにたどり着くまで脳の興奮がつづくからだ。終盤ならすばらしい。終わらせかたを知っていれば、どこからでも狙いを定めて書きはじめられる（きみがラッキーなら、行きたかったところで終わることだってできる）。

書こうとするまえに、序盤、中盤、終盤を持っている作家もいるだろう。ぼくはめったに仲間になれないけど。

だから4年まえ、ぼくはそこにいた。はじまりだけを持って。きみが本を書きはじめるつもりなら、はじまりを上まわるものが必要だ。はじまりしか持っていないなら、それを書いたところで、どこへも行けない。

1年後、キャラクターたちのストーリーが、頭のなかにあった。書いてみた。魔術師として考えていたキャラクター（魔術師じゃないと、もう決めていたけど）は、いまウエンズデイと呼ばれているらしい。もうひとりの、ボディガードの名前がわからなかったから、ライダーと呼んでみたけど、しっくりこなかった。この2人と、中西部の小さな町シルバーサイドで起きる殺人についての短編小説。1ページ書いてやめたのは、2人がいっしょに町に来るとは思えなかったからだ。

眠っているあいだに見た夢があった。妻の死に苦しみ、困惑していた。ストーリーの一部のようだったので、整理しておいた。

数か月後の1998年9月、1人称の語りでストーリーにふたたび挑んだ。ライダー（今度はベン・コボルド〔訳注：同名のコメディアンがいる〕と呼んでみたけど、とんでもない間違いだった）ひとりを、町（シルバーサイドは異国風すぎる気がして、シェルビーにした）へ送りこんだ。およそ10ページ書いて、やめた。まだ違和感があった。

そのときまでに決めていた。ぼくが語りたいストーリーは、小さな湖畔の町での……うーん、どこかを考えた、レイクサイド、なんていうか、堅実な、よくある町の名前だ……この長編小説には重すぎる。すでに長編小説はあった。数か月まえから。

さかのぼって1998年7月、ノルウェーとフィンランドへ向かう途中、ぼくはアイスランドに行った。アメリカから離れていたからか、白夜の国への旅で寝不足だったせいか、レイキャビクで、ふいに長編小説がはっきり見えた。ストーリーが見えたわけじゃない（相変わらず、飛行機での出会いと、湖畔の町でのプロットの断片だけだ）けど、それが何かはじめてわかったのだ。方向性ができた。出版社に、次回作は王政復古期のロンドンを舞台にした歴史ファンタジーではなく、現代アメリカでのファンタジーだと手紙を書いた。とりあえず『アメリカン・ゴッズ』という仮タイトルをつけた。

主人公の名前を考えつづけた。なにしろ、名前には魔力がある。名は体をあらわすと知っていた。怠惰（レイジー）という感じじゃないし、ジャックもよくない。出会った名前を片っ端から試したけど、彼はそのたび、ぼくの頭のどこかから、つまらなさそうに見つめ返した。ルンペルシュティルツキン（訳注：ドイツ民話に登場する小人）に名前をつけるようなものだった。

とうとう、エルヴィス・コステロの歌（『ビスポークソング・ロストドッグ・ディツアー＆ランデヴー｜*Bespoke Songs, Lost Dogs, Detours & Rendezvous*』収録の）から名前をもらった。ウォズ（ノット・ウォズ）が演奏した、シャドウとジミーという2人の男のストーリーだ。合うかどうか試し……

> ……シャドウは刑務所のベッドで不快げに伸びをして、所内にいた日を×印で消している「北アメリカの野鳥」のカレンダーをちらりと見た。出所するまでの日数を数えているのだ。

名前さえ決まれば、はじめる準備はできていた。

1998年12月ごろ、第1章を書いた。まだ1人称で書こうとしていたけど、簡単じゃなかった。シャドウはひどく内向的で、あまり自分をおもてに出さない。これは3人称の語りでもむずかしいのに、1人称ならなおさらだ。第2章を書きはじめたのは1999年6月、サンディエゴのコミックス・コンベンションから帰る電車のなかだ（3日間の電車の旅だ。たっぷり書けるよ）。

本がはじまった。タイトルは決めていなかったけど、出版社が本のカバーの見本を送ってくるようになり、大きな文字で『アメリカン・ゴッズ』と書かれていたので、仮タイトルがタイトルになったと知った。ぼくは書きつづけた、魅了されていた。すばらしい日々、作家ではなくひとり目の読者のような気分になり、『サンドマン』以来めったに感じることのなかった何かを感じた。

ラブ・ストーリーも陰謀も重視しない、いわば優柔不断でいるロビンソンの決断が、作品をより深くリアルにした。でも、数章のあいだ、読者がストーリーの焦点について混乱するリスクがある。実際、プロットの約半分がワーラムとスワンについて語っているのに、惑星間の陰謀には触れても、人間関係にはまったく言及しない評論家もいた。アマゾンかどこかには、ロビンソンのアプローチにほとんど憤慨している読者もいた。「おれたちのSFにロマンスをつけ足して、作品の動きを鈍らせた！」と言いたいのだろう。でも、実のところ、きみはいつでも一部の読者を遠ざけているし、自分のヴィジョンに忠実でいるためにはそのほうがいい。『2312 太陽系動乱』がすばらしい長編小説なのは、ロビンソンが早すぎる専念を拒んだからだ。

この問題は、より気楽な入り口を読者に与えるために、作家がフィクションをどう編集するかともかかわる。ほかの作家には、その編集は弱体化で、構成やキャラクターの腐敗のように思えるかもしれない。多くの読者は、そうとは気づかず、ただストーリーへの入りやすさに注目する。だから、腐敗とは実は強化だと言い張るひともいて、ぼくにも反論するつもりはない。オープニングが何をするべきかについての、観念的な意見の違いだと思うから。作家によっては、のちに組みこまれるもっと奇妙なものをもっとうまく伝えられるなら、腐敗には価値があると言う。たいていイライラさせられ、がっかりさせられると、個人的には知っているけど。この問題を持ちだしたのは、きみが商業的にSFやファンタジーを書くなら、ジャンルの期待に合わせる……ときには悪いほうへ進むプレッシャーと出くわすかもしれないからだ。

悪いオープニングとは？

もうひとつ疑問が湧く。ストーリーや長編小説のオープニングで、役に立たないものは何か。ルール化はむずかしいけど、めったにうまくいかないものがある。

- フラッシュバック
- 夢のシークエンス
- 対話
- 脇役の視点

これらの入り口が失敗するのは、読者の時間をむだにするからだ。たとえば、長編小説のオープニングでのフラッシュバックは、読者のためにフィクションの前景や現在に費やす時間が足りない。フラッシュバックが早すぎると、正しい重みやつながりが伝わらない。フラッシュバックとキャラクターの人生を、読者は比べられないから。そういうわけで、重みや理解を加えるかわりに、フラッシュバックはオープニング全体をむしばんでしまう。

夢のシークエンスは、違うタイプの問題をもたらす。現実を何も伝えていないし、読者に対するペテンみたいなものだから。「サプライズ！　全部夢だよ！」は、読者が本を部屋の向こうに投げつけるもっともな理由になるし、キャラクターと世界の具体化に使えるオープニングで、むだにスペースをとる。シュルレアリスムやカフカ風フィクションでは、夢のシークエンスと目覚めている世界は、同じスタイルとトーンになりがちだ。ストーリーの表面がすでに夢のようなんだから、本物の夢を使うと、読者はうんざりし、混乱するかもしれない。

ストーリーや長編小説を対話ではじめることは、それほど罪ではない（エルモア・レナードたちはうまくやってのける）けど、たいてい、読者を漂流させたままにする、錨もなしで。ぼくたちはどこにいる？　いつにいる？　視点人物はだれ？　混乱するだけじゃない。すき間を埋めようとするのは人間の性(さが)だ。最初の描写が動きだすまえに、喋るペンギンや銃を持つ女と部屋にいると、きみは気づくかもしれないけど、きみの読者たちはとっくに全然違うイメージを描いている。

脇役にピントを合わせたオープニングが長編小説でうまくいくのは、脇役を主要キャラクターに育てられるスペースがあるからで、せま苦しい短編小説ではほとんどうまくいかない。いずれにしても、〈使い捨て〉キャラクター（オープニングで死んだり、なんらかの理由で消息不明になる）への注目は、不快なおとり広告にもなる。視点人物について読んでいると読者に思わせておいて、あとから本筋とは無関係と知らせるのだ。でも、さまざまな視点人物による一大長編小説を書いているなら、使い捨ての視点はもっと利益を生みやすい。たとえば、ジョージ・R・R・マーティン『氷と炎の歌』シリーズでは、雰囲気を高めたり、低い身分からの視点を与えたりするのに役立っている。

長編小説のアプローチ：『フィンチ』

オープニングに何をふくめるか、どんな問いをするか、どんなアプローチが失敗するかを知ったいま、次のステップは、オープニングを分解して、その機能を知ることだ。抽象的なサンプルより、出版されたフィクションで説明するほうがわかりやすい。というわけで、物語への正しい入り口とボツにしたアプローチの意味を探るために、ぼくの長編小説『フィンチ』のオープニングを見てみよう。

『フィンチ』は、架空の都市アンバーグリスを舞台にしている。地球との類似点はあっても、あきらかに**架空の世界**の設定だ。グレイキャップとして知られる謎の地下住民が、アンバーグリスをふたたび征服し、戒厳令を敷いている。国家ハウス・ホーグボタンを解体し、未知の中毒性薬物、強制収容所、無差別テロを使って、人間をコントロールしている。反乱軍が点在し、グレイキャップは奇妙なタワーを2基建てるために、人間を働かせている。そんななか、警察にいやいや徴用された新米刑事ジョン・フィンチは、閉鎖されたアパートメントで起きた、人間とグレイキャップの不可解な二重殺人を解決しなくてはいけない。もし解決しなければ、恐ろしいグレイキャップの上司ヘレティックに殺されるだろう。

「架空の世界」とは、地球でも、地球の別バージョンでもない場所をいう。C・S・ルイスのナルニア国、J・R・R・トールキンの中つ国、アーシュラ・K・ル=グウィンのアースシーなど。

フィンチの人柄、過去、仕事、ストーリーに影響する偏見だけでなく、ぼくが使ったフィクションの様式が、よくあるテーマや原型、入り口を読者に予測させる。だから、オープニングについて、いくつかの決断をした。その決断が、文章

右ページ
ジョン・コールタートによる、北アメリカ版『フィンチ』（2009年）表紙イラスト。

とシーンに関するほかの決断にも、読者が長編小説と主人公をどう分類するかにも影響した。ぼくが気にしなくてよかったのは、視点だ。作品が求めているのはフィンチの視点からの3人称だと、知っていた。

さて、長編小説の中枢神経系は何か。ぼくは何を強調したい？　生じる反応を身体的ではなく化学的にするためには、これらの影響をどう混ぜあわせる？　ファンタジーの要素として最重要なのは、アンバーグリスという都市をどう紹介したいかだろう。そして、読者の視点をどうフィンチに定めるか。

ボツにした2つのアプローチが教えてくれる。ひとつは、フィンチが目を覚まし、ネコにエサをやり、上司からメッセージを受けとる。もうひとつは、メッセージを受けとったあと、犯行現場に向かっている。

どんな間違いが潜んでいるのか。悪いオープニングのリストを憶えておいてくれ。

サンプルAは、新人作家がよくやる古典的なミスの一歩手前だ。たいていのひとはベッドを出てコーヒーを淹れることで1日をはじめるから、主人公に同じことをさせて長編小説をはじめるのは自然に思える。このアプローチはたいていうまくいかず、真のスタート地点を見つけるために書きなおすはめになる。入り口に緊張感がないし、キャラクターの家や日課がストーリーにとって重要な意味を持つのでもないかぎり、読者の時間のむだ遣いだ。

サンプルB（本書P.95）はリアルな緊張感がないし、なんの目的もなく都市を見せている紀行文のようだ。おかしな話だが、紀行文はまだ決めたくない設定に、ぼくを閉じこめはじめた。長編小説の展開といっしょに都市を視覚化するには、もっと時間がいる。現実世界が舞台なら、キャラクターの移動手段を知らなくて

サンプルA：目覚め

朝、ジョン・フィンチは目を覚まし、縮こまった背中の神経と、遠くから漂う火薬と胞子のにおい、ドアの下にすべりこんでいるメッセージに気づいた。

コーヒーを淹れ、ネコのフェラルにエサをやり、窓枠の上で暮らす名もないトカゲに会釈し、薄いコーヒーを飲みながらメッセージを読み、と同時に、メッセージはフィンチの手のなかで小さくなっていった。アンバーグリスでのフィンチの管理者であるグレイキャップからだった。いまだに名前を知らない。「ヘクレレティカル」のように聞こえる、ただの音のつらなりだから、異端者（ヘレティック）と呼んでいる。

『フィンチ』詳細

この長編小説は、以下のジャンルの混成物（ハイブリッド）だ。

- ファンタジー（アーバン・ファンタジー、ニュー・ウィアード、架空世界ファンタジー）
- ホラー
- スパイ小説と政治スリラー
- ノワールとハードボイルド・ミステリー
- 幻想的（ヴィジョナリー）SF

設定とストーリーの重要な要素

- 「グレイキャップ」と呼ばれる非人間種族が、地下から現れ、都市を征服した。
- 都市は紛争で荒廃し、スパイと反乱軍が無法地帯で活動している。
- グレイキャップは、警察などの名ばかりの機関を設置し、正常を装っている。
- グレイキャップは、自分の眼球を生体カメラと取りかえられる人間の裏切り者を、パーティカルと呼ばれる治安部隊に採用している。生体カメラは、菌類を基にした、グレイキャップの恐ろしいテクノロジーの一端だ。
- グレイキャップの支配は、ナチ支配下のフランスのような、現実世界のシチュエーションと似ている。

フィンチは

- 反乱軍の元メンバー
- 秘密と隠された過去を持つ男
- 現実的だが、よい時期を懐かしがる
- 妥協して、グレイキャップのために働いている
- 荒廃した都市で生きるためには、どんなことでもするつもりだ
- 友情にあつい

もいいだろうけど、ファンタジー小説では、そういうことを教えられない読者は、その省略を世界構築における作家のミスとみなすかもしれない。

どちらのサンプルも、できるだけエンディングに忠実なストーリーではじめるという考えをサポートしていない。ドラマティックな可能性や、主人公や重要な焦点との秘めたつながりがあるところから、長編小説はスタートするんだ。

2つの失敗例について、考えるべきポイントがいくつかある。

- キャラクターの日常は、非常事態や特別なイベントとの対比にはなるが、日常を目立たせることは、ドラマティックなアピールや緊張感の妨げになる。
- 日常アプローチも目覚めのアプローチも、ドラマとして脚色した〈結合組織〉というカテゴリーに入る。前者は文字どおり、後者はそれとなく。もし長編小説の後半にあるなら、目覚めはオープニングではなく、変わり目だ。そういうシーンは、ディテールの欠如を気づかせることなく、フレーズや文章を省ける。
- 物理的な設定が、きみの意図を上まわる重みを持つかもしれない。というより読者は、はじめの設定を頭に〈刷りこんで〉、重大な意味があると予測するかもしれない（前述のジョージ・R・R・マーティンのシリーズや、アンジェラ・カーターのシュルレアリスム探究小説『ドクター・ホフマンの非道な欲望マシン｜*The Infernal Desire Machines of Doctor Hoffman*』は、そういう無意味な設定をたっぷりふくんでいる）。
- 移りかわりの文章、なんらかの旅の描写（キャラクターがある地点から別の地点へ行く）は、ストーリーに役立つかもしれないし、そうでないかもしれない。特にファンタジーでは、作家はときどき、設定の描写と物語を取り違える。その描写にキャラクター描写との結びつきがなければ、読者が被害をこうむる。物語でやたらと歩きまわるのには、たいてい目的がない。きみはきっと、ブラブラ歩くという新しい緊張の創りかたを発見した天才ではないだろう。
- 間違った情報を伝えるのは、じゅうぶんな情報を伝えないことと同じくらい悪い。サンプルAの場合、メッセージとフィンチの上司にまつわるディテールには、コンテキストが欠けていて、読者を混乱させる。
- 設定の間違った紹介のしかたは、間違った響きやトーンを創る。サンプルBの場合、フィンチが車を運転していることが、ぼくを作家の障壁に追いやった。車を運転できるのはフィンチに似合っていないし、テクノロジーの例として車を目立たせるのもアンバーグリスに合っていない気がした。せいぜい車がめずらしいというだけだ。

いつどうやって情報を伝えるかが、成功のカギを握るときもある。ファンタジーの設定だと考えれば、作品にもアンバーグリスにも、もっといい入り口があるんじゃないか。ぼくたちは最初に、2番目に、3番目にだれと出会うべきか。強調されるべきは何か。ぼくたちは知るべきことの何を知らないのか。これらの疑問を考えてみると、4つの選択肢があると気づき――目的にぴったりなひとつを選

サンプルB：犯行現場へ

もっと重要な任務をだれも主張しなかったので、モーターだけの自動車で警察署を出るめったにない機会に、フィンチはめぐまれた。ストックトンから来た10年まえのアヴァンターで、この街では最新の車だ。子供がひとり、フィンチのアパートメントの前の通りにいた。ときどき、食料クーポンと引きかえにガソリンを売っている子だ。どこでガソリンを手に入れるのか知らないが。

アヴァンターはよろめき、路面をこすり、白い煙の尾を引きながら進んだ。フィンチはハンドルを握りしめた。アヴァンターは不調で、そのうち動かなくなるだろう。そのときまでは、運転と、歩行者たちが足をとめて、すばらしいカーニバルの先導者であるかのように自分を見る贅沢を味わえる。

ぶまえに、すべて試した。

『フィンチ』を読んだなら、どれを選んだか知ってるね。読んでいないなら、どれだと思う？　その理由は？

- ジョン・フィンチは、犯行現場で死体を見おろしている。そばに、上司ヘレティックとパーティカル（人間の裏切り者）。
- フィンチは警察署で上司から殺人の連絡を受け、アパートメントに来るよう言われる。
- フィンチはアパートメントのドアの前で、犯行現場に入ろうとして身構えた。
- フィンチは、犯行現場のバルコニーから、空を背にしたアンバーグリスをじっと眺めている。

結論を出すまえに、与えられた情報をすべて考えてほしい。それから、ページをめくってみよう。まずは、ぼくがボツにした選択肢から……

『フィンチ』への異なるアプローチ

#1——ジョン・フィンチは、犯行現場で死体を見おろしている。そばに、上司へレティックとパーティカル（人間の裏切り者）。

よくあるノワールやハードボイルド・ミステリーだと、作家はたいていアプローチ#1を、オープニングに選ぶ。なぜか？

- 直接性、いまこの瞬間を感じさせる。
- 主人公が直面している事件や中心的な問題、つまりストーリー・アークを紹介している。
- 興味と緊張がおのずと湧く。
- 殺人の解決についてのストーリーだと、ある程度はっきりさせる（この予想をくつがえすとしても）。
- 重要なキャラクター数人を紹介し、最初のキャラクター描写をしている。
- 重要な設定である犯罪現場を確立している。

でも、ぼくが『フィンチ』で望んだように、きみがハイブリッド（ジャンルの真の交配）を創りたいなら、このオープニングのわかりやすさは欠点だ。小説のエンディングに事件解決があると期待させる。それに、〈現実じゃない〉設定を描写しなくてはいけないなら、このオープニングはあまりにも早く目的の核心をついてしまう。ほかにも考慮すべきポイントがある。

- 主人公を他者とのやり取りのなかで紹介することは、主人公による自己紹介とは異なる効果を生む。他者とのやり取りをとおして多くを伝えられるけど、対比のために、ひとりでいるキャラクターを見せたいときもある。
- 空間と、その空間でのキャラクターのありかたに対するきみの考えが、読者の見かたを決める。たとえば、数人が死体を見おろしているこのシーンで、もっとも権限を持っているのがだれか、わかるだろうか？
- キャラクターを描写するための時間や空間をどれだけ使えるかが、伝えられる情報の割合やタイプに影響する。つまり、読者の見かたにも（このシーンとも無関係ではないだろう）。

いつどうやって必要な解説をするかという問題は、現代のメインストリームにあるフィクションとは違って、ファンタジックなフィクションでは核となる。オープニングについて問うべき質問のリストで、この問題に触れたけど、ここでさらに広げよう。

たとえば、現在のシカゴを舞台にしたノワール・ミステリーなら、はじめに、地名と最小限のディテールをいくつか与えるだけでいい。でも、架空の場所でミ

ノワール・ミステリーとは、ハードボイルド・ミステリーとも関連するミステリーの一種だが、主人公が探偵や刑事とはかぎらない。主人公は自滅的かもしれないし、謎は解決しないかもしれない。

ステリーを書いているファンタジー作家には、もっと大きな責任がある。現実とその場所の差異化からはじめること。やりかたはストーリーによって違うけど、ぼくが「不思議率」と呼ぶ、シチュエーションの普通さの比率を考慮するべきだ。もしきみが、シカゴを中つ国と同じくらい複雑にしたいなら、どんな作家でも責任は同じだと言い張れるかもしれない。でも読者は、粗雑なシカゴのほうが粗雑な中つ国より信じられる……といいんだけど。

『フィンチ』では、読者におなじみの殺人ミステリーと、キノコの専門家以外なじみがないテクノロジーが使われる奇妙でシュールな都市を提示した。なじみがあるものとないものとの並置が、読者に、いろいろな入り口がある、程度の差はあってもストーリーを楽しめるとほのめかす。もし奇妙なシチュエーションと奇妙な設定がそろったら、伝えるべき情報を選ぶ苦労はかなり増えるだろう。

でも、こういう作戦は、アプローチ#1と組みあわせて使うことはできない。このアプローチをあきらめたのは、書いているのがノワール・ミステリーじゃないからだけではない。小さすぎるスペースに、多すぎる情報を詰めこまなくてはいけないからだ。事件のディテールが架空の都市のディテールを圧倒し、キャラクターのディテールとも衝突する。

#2——フィンチは警察署で上司から殺人の連絡を受け、アパートメントに来るよう言われる。

警察小説は、作家が主人公をそれぞれに語るべきストーリーを持つ同僚たち（アンサンブル・キャスト）で囲み、さまざまな糸を織りこむことでストーリーが創られる。もし『フィンチ』が警察小説なら、われらがヒーローが1日の大半を過ごす警察署からはじめるべき理由があるだろう。そういう長編小説での基点（アンサンブル・フィクションでのオフィス、劇場、刑務所、アパートメントなど）は、物語の集合体や錨や焦点として利用できる。つまり、デフォルトのメインステージであり、ほかの設定はだいたいそのまわりで展開する。このアプローチの魅力は、警察署のような場所には多彩なキャラクターによる交流があり、すぐにドラマが生まれる可能性があるということだ。たしかに、朝ひとりで目覚めるフィンチよりいい。

警察小説は、犯罪を解決しようとする警察の活動を描く。

この集合体のアイディアには、さまざまな形がある。ジョージ・R・R・マーティン『氷と炎の歌』シリーズは、物理的に近いところにキャラクターたちを配置して、その多彩さを伝えた。シリーズ第1作『七王国の玉座』オープニングのほとんどは、王を訪問するために主要キャラクターが集まる、ウィンターフェルと呼ばれる場所を舞台にしている。これらのシーンから、読者はキャラクターの関係、来歴、動機を、遠く離れた自国で別々に示されるよりも深く理解できる。マーティンの解決策は、長編小説の動きを鈍らせるかもしれないけど、それと引きかえに、読者はシリーズのはじまりを理解しやすくなる。オープニングの章についての重大決定が、シリーズ全体に影響をおよぼす。

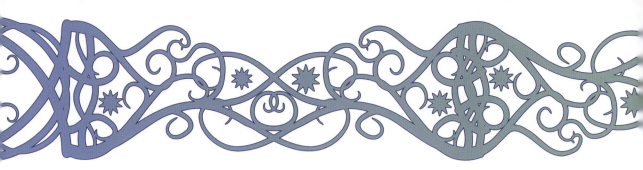

それでも、3つの理由から、リスクを伴うアプローチでもある。

- 大勢のキャラクターを一度に紹介することは、ひとりひとりを具体化しづらくするかもしれないし、全員が重要キャラクターだと読者に思わせるかもしれない。
- アンサンブル・キャストは、さまざまな視点からの章として長編小説に役立つが、そのせいで、特定の構成に縛りつけられる。
- はじめにキャラクターの交流を描写すると、設定のためのスペースがあまり残らない。設定にまつわるコンテキストが、キャラクターの視点にいくらか組みこまれているとしても。

オープニング・シーンであまりに多くのキャラクターを紹介すると、読者を混乱させるおそれがある。銃を持つ女と喋るペンギンに加えて、6羽のペンギンと、銃を持つ3人の女と、ヤシの木にいるペリカンを、きみはどう処理する？　こういうシーンでは、特定のディテールを強調したりしなかったりする熟練の技が求められる。一方で、脇役がただ突っ立ってシーンを眺めていないかも、たしかめる。もし紹介するべき設定の主要素（視点人物の経験をとおして表現される）を増やすなら、オープニング・シーンのコントロールを作家がいかにたやすく失うか、きみは思い知るだろう。

もっと大事なのは、『フィンチ』は複数視点の長編小説ではないし、アンサンブル・キャストも使わないことだ。この長編小説では、フィンチの同僚は脇役、警察署は4、5シーンだけと考えていた。警察署でのオープニングは、こうありたい『フィンチ』からすぐに離れてしまうし、ドラマティックな緊張に関しては、すでにボツにしたアプローチとほぼ同類だ。フィンチを殺人現場まで連れていく必要があるから、フィンチが車を運転するボツにしたアプローチとも似ている。

結局、警察署でのシーンを書いたけど、それはフィンチが上司に会って被害者を調べたあとだ。おかげで、フィンチが事件の詳細をタイプし、同僚たちと交流するあいだに、警察署を描写できたし、ヘレティックとパーティカル、さらにアンバーグリスという大きな設定をいっぺんに紹介せずにすんだ。フィンチの人柄をより複雑にするために、シーンを使うこともできた。

#3——フィンチは犯行現場（あるいは別のどこか）のバルコニーから、空を背にしたアンバーグリスをじっと眺めている。

壮大なファンタジーも数世代におよぶ現代生活の描写も、メインステージ（たいてい都市）のパノラマを、オープニングの章にふくむときがある。そういう長編小説は、視野がほぼ全知となるよう多くの視点人物を伴い、包括的になりがちだ。チャイナ・ミエヴィル『ペルディード・ストリート・ステーション』は、こういうはじめかたで意図を伝える。ニュー・クロブゾンの街を流れる太古の川に沿って。風景そのものがキャラクターになり、地理的な制約を定め、作品内で生きるひとたちを束縛する。設定からはじめることで、ミエヴィルは、より近い視点とより遠い視点を確保できる。もっと小規模な、ホルヘ・ルイス・ボルヘスのミニチュア製作のような風景描写も、ストーリーの要素になりえる。文章だけで、世界のすべてが浮かびあがる。

このアプローチを使いたいなら、きみの決定に役立ちそうな問いがある。

- キャラクターとなるべきストーリーの設定を、どの程度まで広げるか？たとえば、主人公と敵への影響に関して。
- 設定のディテールがキャラクターに、さらにはプロットに、どれくらい影響をおよぼすか？
- 長編小説の視点を考えるとき、それは急降下してキャラクターに宿る鳥の目か、キャラクターの肩に乗った小型カメラか、あるいは、そのあいだのどこかか？
- 主人公の視点からの距離に関して、どこで長編小説を終わらせるつもりか？

こういうアプローチを使う**リスク**も考えるべきだ。キャラクターよりロケーションを重んじることで、感情や視点を伴わない風景、あまり生命力がない描写を創れる。そういう描写を楽しむ、壮大なファンタジーの読者は喜ぶかもしれないけど、紀行文への愛情はできれば違うやりかたで満たすべきだ。地球外を舞台にしたファンタジーを書くときは、正しいかもしれない。その場所を描写して、真に迫ったものにする義務がある。でも同じように、余計な描写や視点人物とは無関係な描写で、物語とキャラクターをむやみに飾りたてない責任もある。

この問題は、第6章でさらに論じている。

2、3回試して、風景豊かなアプローチをボツにしたのは、設定（歴史という重荷を抱えているアンバーグリス）について別のチャレンジをしたからだ。どう

『フィンチ』前作『シュリーク：アン・アフターワード』（2008年）のベン・テンプルスミスによる表紙イラスト。長編小説において、環境とキャラクターがどう影響しあっているかを、完璧にヴィジュアル化している。

いうチャレンジか？

- 正しいバランスをとる。いままでのシリーズの読者が、もう知っていることを教えられていると感じないよう。でも、新しい読者が、作品を楽しむために必要なコンテキストを得られるよう。
- 読者がわくわくし、順応するための時間をとる。『フィンチ』は、『シュリーク：アン・アフターワード』の1年後が舞台だから（都市はすっかり変わった）。

アンバーグリスのくわしい描写を前面に押しだした草稿を書いたけど、この描写には、まえにも述べた、感情的な共鳴が欠けていた。それに、そう、これはハイブリッドではなくファンタジー小説だとほのめかしていて、ノワール・ミステリーを期待させる死体からのオープニングと同じくらい、むだな期待をさせているように思えた。

ぼくが使ったアプローチは——
アパートメントのドアの前で、フィンチは身構えた。

このアプローチが最適だと、どうやって知ったか。つまるところ、この長編小説の焦点はジョン・フィンチだとわかったから、アパートメントに入ろうとして、ドアの前にひとりでいるオープニングを選んだ。ドアの向こうでは、グレイキャップの上司ヘレティックだけでなく、人間の裏切り者パーティカルとも顔を合わせる。フィンチの個人的な事情から、そのことは死体を見る以上にフィンチをおびえさせ、緊張させる。アンバーグリスは戦争で荒廃している。仕事柄、死体はよく目にする。2人以上の死体でも、不可解な状況下であっても、フィンチは動じない。特に、民兵として闘ってからは。だから、死体ではなく、パーティカルとヘレティックに会う直前が、もっとも緊張する瞬間なのだ。

フィンチは5階分の階段を急いであがったため、アパートメントのドアの前で息が荒かった。警察署からのメッセージは、すでに手のなかで死んでいる。しなびた緑色の菌紙についた赤いしみは、数分まえまで、べとべと身をよじっていた。あとは、グレイキャップの記号がつけられたドアを通りぬけるだけだ。

ぼくのブログで『フィンチ』を議論したとき、作家マーク・レイドローが、読者としてオープニングを語ってくれた。「それは境界の瞬間で、タイミングがちょうどいい。一瞬あとだと遅すぎる、一瞬まえだと早すぎる。部屋がはじめて、フィンチにとっても読者にとっても、形になろうとしている。境界でのフィンチのためらいは、フィンチと彼が置かれている状況を、読者に教える。均衡している瞬間だ、変わろうとしているすべてが、崩れようとしているバランスが……長編小説の重みを、読者の肩へと移すのにちょうどいい無重力地点だ」。

ブロガーのマット・デノーはこう述べた。「オープニングはフィンチひとりなので、エンディングと比較すると、ストーリー・アークがはっきりします。この本には、はじまりとしてのドアというテーマがあります。そう、ドアを通りぬけるとき、読者をいっしょに連れていく。ぼくたちと共に室内をはじめて見て、ぼくたちのために状況を説明しなくてはいけない。選択はもうひとつのテーマで、ドアを通りぬけることは、受動的ではなく能動的な行為です。だから長編小説で、特にこの作品で、よいはじめかたなんです。フィンチのいやいやながらの服従が、彼のキャラクターとより大きな設定を確立し、テーマを正しく伝えます。支配者たちはあからさまにではなく、監視やテロや新人補充をとおして大衆を隷属させていると」。フィクションにおけるドアは、キャラクターの選択を強調できる。

アパートメントのドアは、フィンチが通りぬけるたくさんのドアと、さまざま

物語へのドア

きみが通らなきゃいけない
ドアだ……だろ？
きみを導くドアだ、
昔の家へと……記憶へと
完全なる未知への……
別世界へのドアだ
職場へのドアだ、きみがいや
というほど知っている……
ドアをとおって
何かが現れる……
ドアに見えないドア
最後のドア、その向こうで
きみが見つけるのは……終焉だ
あけてはいけないと
警告されているドア……

な形でくり返される緊張の瞬間のひとつ目だ。ドアはフィンチの選択を、ときには、ささやかな抵抗さえあらわす。ドアの向こうにあるものと対面するか、引きかえすか。ドアの前に、とりわけ危険な状況で立つたび、読者はフィンチの人柄について知っていく。

フィンチがドアを通りぬけるように、長編小説を楽しむために読者があけなくてはいけないドアがある——ある意味ひとつづきなのだ。読者が加わることは、奇妙な敵／脇役を伴う奇妙な設定として、すでに決まっている。オープニングの状況（プレッシャーをかけられた男）は、読者になじみがあるものとの結びつきだけでなく、読者の視点を作品世界に取りこむために必要な普通さを創る。世界に、ジョン・フィンチという核心からはずれてほしくない。作品後半での奇妙さに読者が出会うまでは、普通のふりをしていてほしい。

ドアの前のフィンチではじめることは、奇妙な要素をひとつずつ紹介する空間と時間をぼくに授けた。だから、奇妙さについて妥協しなくてすんだし、描写がおたがいを邪魔しないよう、それぞれの要素にスペースを与えられた。

順番はとても単純だけど、重要だ。

- フィンチがアパートメントに入る
- フィンチがパーティカルに会う
- フィンチがヘレティックに会う（パーティカルより奇妙、ゆえに2番目に紹介）
- フィンチが死体と対面する（ヘレティックに会うのと、ほぼ同時）
- フィンチを、死体とパーティカルと共に残して、ヘレティックは去る
- パーティカルが去り、フィンチはバルコニーから都市を見渡す

この流れは、物理的な空間に支えられている。ドアに通じる廊下、リビングルームとキッチンに通じるドア、バルコニーに通じるリビングルームとキッチン、それぞれが異なる目的を果たしている。実は、この間取り図も望遠レンズとして、あるいは時間と空間を超えて広がる視野として機能する。

また、この流れは、人間から人間でないものへの変容もあらわしている。フィンチからパーティカル、そしてヘレティック。パーティカルとヘレティックのあいだにスペースを置くことは、両者の未来の闘いの象徴にもなる。廊下の見張りであるパーティカルが、パーティカルの役割と立場を示し、フィンチの問題の原

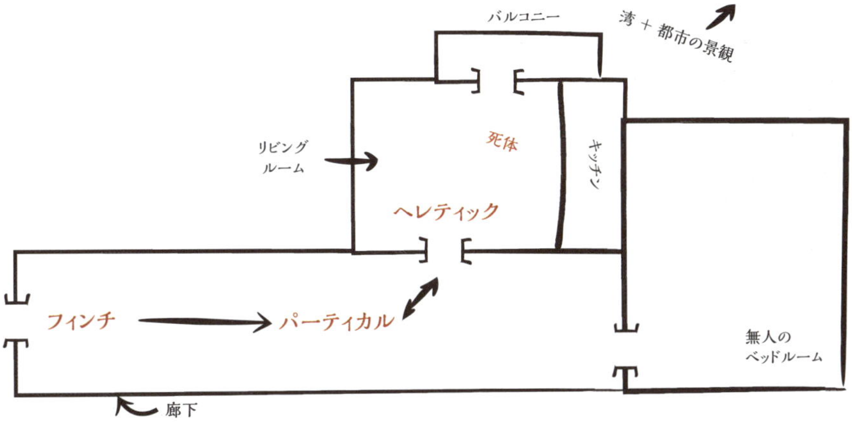

目を光らせる：『フィンチ』のオープニング

グレイキャップと
パーティカル
見えるもの
• ストーリー・
アーク
• 避けられない
対立
• 過去
• 設定の情報
• キャラクターに
関する設定
甚えしつづける設定とキャラクター
より広い
世界
（長編小説の中盤）
描写
あとで使うための
生まれかけの
アイディア
潜在意識

因とおぼしき監視者であるヘレティックが、フィンチの上司としてのヘレティックの役割を伝える。

これらの順番のポイントは何か。

- 読者を見知らぬ場所に慣れさせる。
- パーティカルの奇妙さを理解させてから、ヘレティックの奇妙さを、そしてフィンチが向きあう事件の特徴を教える。
- キャラクターに深みを加える（フィンチが死体を調べるときの配慮と徹底ぶりが、読者に何かを教える。フィンチはいやいや刑事になったかもしれないが、仕事を与えられたら全力をつくす。ほかのひとは形式的にやるだけかもしれないが、フィンチは妥協した立場での仕事でさえ、正しくやろうとする）。
- アクションとリアクションという異なる状態のフィンチを示し、人柄について伝える。

最後のポイントが重要なのは、多くの人間関係の骨組みを確立するからだ。読者ははじめの対面とやり取りで、フィンチと彼を取りまく世界の複雑さを知る。たとえば、以下だ。

- フィンチのパーティカルに対するリアクションは、主に軽蔑だが、もしフィンチがパーティカルとヘレティックに同時に会っていたら、読者にあまり伝わらなかっただろう。ヘレティックが部屋を出たあとの、フィンチのリアクションとの対比も。
- パーティカルは恐ろしく、フィンチへの力を秘めているので、フィンチのパーティカルに対するリアクションは彼の勇気や気骨を伝え、ヘレティックの優越性をさらにはっきりさせる。
- ヘレティックは、パーティカルとは違うやりかたでフィンチをおびえさせる。もしぼくがその感覚を描写したなら、読者にとってヘレティックはもっと恐ろしい存在になる（これもシーンの緊張を高める）。

フィンチとパーティカルのやり取りを、ヘレティックが去るまえも去ったあとも見ることは、いくつかの理由から重要だ。

- ヘレティックのせいで動揺しているにもかかわらず、パーティカルに同じふるまいをしていることは、フィンチの回復力（レジリエンス）をあらわす。フィンチは動揺しても、動揺したままではいない。
- パーティカルの軽蔑の範囲と限界、フィンチへの憎しみを、パーティカルの感情を強めているであろうフィンチのふるまいと共に引きたたせることは、のちの出来事に役立つ。
- パーティカルはくり返し登場するが、出番は多くない。このシーンはパーティカルを物語に組みこむチャンスで、キャラクター描写においても意味があ

都市の景観を背に、読者はパーティカルとヘレティック、2つの死体と出会う。

る（でなければ、パーティカルはヘレティックと去り、フィンチひとりが死体と都市といっしょに残された）。

ついに、フィンチは都市を見渡す——ボツにした#3は、シーンのはじまりから終わりに移した。このときまでフィンチは、パーティカル、ヘレティック、死体という苦難にあっていた。シーンのはじまりとは気持ちが違う。かたや、ストレスにさらされて事件の謎を与えられ、かたや、ヘレティックもパーティカルもいなくてリラックスしている。ある意味、役を演じなくてすむ。フィンチが都市を見つめるとき、悲しみと喪失感がある。グレイキャップに支配されてから、どれほどアンバーグリスが変わったか、さっきの対面で思い知らされる。フィンチは感情で都市を染め、設定に生命を与え、読者を引きこむ。

そう、都市を眺めるところからはじめても、フィンチの感情は同じだろうけど、ほかのキャラクターとの関係性につながらない。読者は頭では理解するかもしれないけど、順番の入れかえが、オープニング・シーンの終わりを個人的なものにする。だから、読者はフィンチの人生を共有できるし、キャラクターだけでなく設定にも感情移入できる。感情や視点を伴わない風景には、生命力がない。

動きについては、フィンチが訪れる場所はすべて読者に示される。ほとんどの場所が特定のキャラクターと結びついていて、読者はオープニング・シーンの終わりまでに、主要なキャラクターのほぼ全員と〈出会う〉。さらに、第1章で場所を描写することで、そこを舞台とする、あとのシーンのためにスペースを解放できた。最初の描写はすんでいるから、くり返さなくていい。

スタイル、トーン、そして声

きみが書いているのが、ジャンルをまたいだフィクションであれ、特定のジャンルのフィクションであれ、独特の何かであれ——気づかせないスタイルであれ、豊かなスタイルであれ、凝ったスタイルであれ、アプローチ成功のために必要なわかりやすさが、フィクションの土台になくてはいけない。

初期の草稿から大きく変わった要素が、スタイルだ。フィクション作品のスタイルが、書きたい衝動と同時に現れるときもある。でも、『フィンチ』のように、どこから書きはじめるかを決めたあと、スタイルが浮かんでくるときもある。どこからはじめるかも、長編小説の焦点にかかわる決定だから、これは理にかなっている。この場合、焦点はジョン・フィンチだ。

そうとわかれば、フィンチに最適なスタイルを創れる。

- フィンチが安心しているときでも、つねに根底にある緊張や脅威を伝える
- 頭のなかや〈肩の上〉で、フィンチの視点に寄り添う
- 都市の実体感、生々しさ、路上の出来事を取りいれる

もし『フィンチ』がノワールなら、ノワール風のきびきびした文章や断片的な文章がよかった。そういう文章は、意識の流れのような、アンバーグリスの表面的な現実の描写に混じっているフィンチの考えを読みとる。トーンは一貫していたけど、コンテキストに応じて〈断片多めVS断片少なめ〉を試せた。フィンチが脅威にさらされるほど、断片的になる。

スタイルはキャラクター描写と設定にとって、信じられないくらい重要だ。重点、キャラクターの考えを伝える能力、読者がキャラクターとどう出会い、どう解釈するかを決める。切迫感が文章、そして作品に行きわたるまで、フィンチが声と真の視点を持っているとは、ある意味思えなかった。声とスタイルの重要性が、それらをサポートしないシーンを捨てさせた。もっと〈普通〉のスタイルで描いた出来事さえ、作品全体のスタイルが変わったことで、かなり変わった。これは本質的に、1人称を使わずにフィンチに近づいたことと似ている。

『フィンチ』を短編小説にするなら

長編小説と短編小説はまったく違う生き物で、『フィンチ』が長編小説ではなかったら、問題の解決策も違っていた……似てはいても。もし『フィンチ』のオープニングの章が、短編小説のストーリー・アークを決めるなら、時間はもっと速く流れ、空間は圧縮され、スタート地点は変わる。短編小説としての『フィンチ』で考えられるアプローチをあげてみよう。

- ヘレティックと共に死体を見おろしているフィンチから、ストーリーをはじめなくてはいけない。
- パーティカルというキャラクターと、彼がストーリーにもたらすものは、ヘレティックというキャラクターのなかに押しこまれたかもしれない。そうなると、パーティカルは完全にいなくなるか、もっと端役の手下に追いやられるかだ。
- あとから登場するキャラクターへの言及が、なくなるかもしれない。
- フィンチの視点への密着アプローチが、効率的に情報を伝え、キャラクター描写を確立するために、ますます重要になる。
- ストーリーはすぐに、事件を捜査しているフィンチのシーンへとつづき、死体についてはできるだけ省略される。
- ストーリーは殺人の解決で終わるかもしれないし、数日では解決せずに終わるかもしれない。
- ラスト・シーンが、長編小説の第1章のラスト・シーンかもしれない――フィンチが都市を見渡している。ただし、事件に関連する2つの重要なランドマークがない。設定を調べつくす余裕も理由もなく、バルコニーでのエンディングは、もっと長いものへの準備にはならず、終わりを感じさせる。
- 根底にあるテーマは、事件解決がどういう影響をおよぼすかに集約され、機能不全な場所で耐えているフィンチの視点から〈後日の都市〉を強調するかもしれない。

でも、『フィンチ』は短編小説じゃないし、長編小説として成功させたいという結論に達して、ガラッと全体像を変えた。どうやったら短編小説になるかを知るには、白紙の状態から、違うヴィジョンではじめるしかない。

『フィンチ』オープニング:分析

主人公。
簡潔なスタイルの
文章で目立たせる

大急ぎで駆けつけた。
どこから来たか示す

フィンチは5階分の階段を急いであがったため、アパートメントのドアの前で息が荒かった。警察署からのメッセージは、すでに手のなかで死んでいる。しなびた緑色の菌紙についた赤いしみは、数分まえまで、べとべと身をよじっていた。あとは、グレイキャップの記号(シンボル)がつけられたドアを通りぬけるだけだ。

錨:はっきりした
物理的ロケーションと
設定。戻ってくるので
特定する

マンジケルト・アベニュー239、525号室。

意思の行為だ。境界を越える。いつだって。銃に手を伸ばし、それからやめた。ツイていない日もある。

ふいに、相棒のワイトを思いだした。おまえは妥協したんだと言われて、答えた。「別に言うことはない」犯行現場の壁に「だれもが協力者、だれもが反逆者」と書かれていた。どちらの重みも真実だ。

意図的な不調和:
「冷たい」ものは、
しばしば「なめらか」と
結びつけられる

ドアノブは冷たいがザラザラしていた。左側についた、緑色の発光菌のせいだ。

シャツをとおして、ジャケットの下に汗がしみてくる。ブーツが重い。

否定するのは、
ひとからそう思われて
いることを暗示する

いつも引きかえせないポイントだ。引きかえしつづけているが。
おれは刑事じゃない。おれは刑事じゃない。

ノブをまわして
ドアをあける

フィンチを書く必要は
ないので、注意

アパートメントのなかでは、長身で青白い顔をした黒いスーツの男が、廊下に立って室内をのぞき込んでいた。男の向こうには、暗い部屋。くたびれたベッド。白いシーツが暗がりにぼんやり見える。数か月間、だれもそこで眠っていないだろう。床はほこりだらけだ。シントラと出会うまえですら、自分の家はこんなにひどくなかった。

ほかの主要
キャラクターを紹介
——全員。
主要キャラクター
5人は、1ページ目の
第9段落までに言及

パーティカルが身体の向きを変え、フィンチを見た。「そちらの部屋には何もありません。ここだけです」その部屋を示した。光が漏れ、パーティカルの肌の暗い輝きをとらえた。小さな子実体が根づいている部分だ。やつれた顔の不気味な左目。いつも引きつっている。

パーティカルの
色のテーマ:控えめ。
シーンからとる:「黒」「青白い」
「くすんだ」「白い」「どんより」

- 意味ある描写を犠牲にしない、
  効率的な言語
- 主人公の視点との距離を縮め、
  緊張を高めるために、断片的な文章を使う

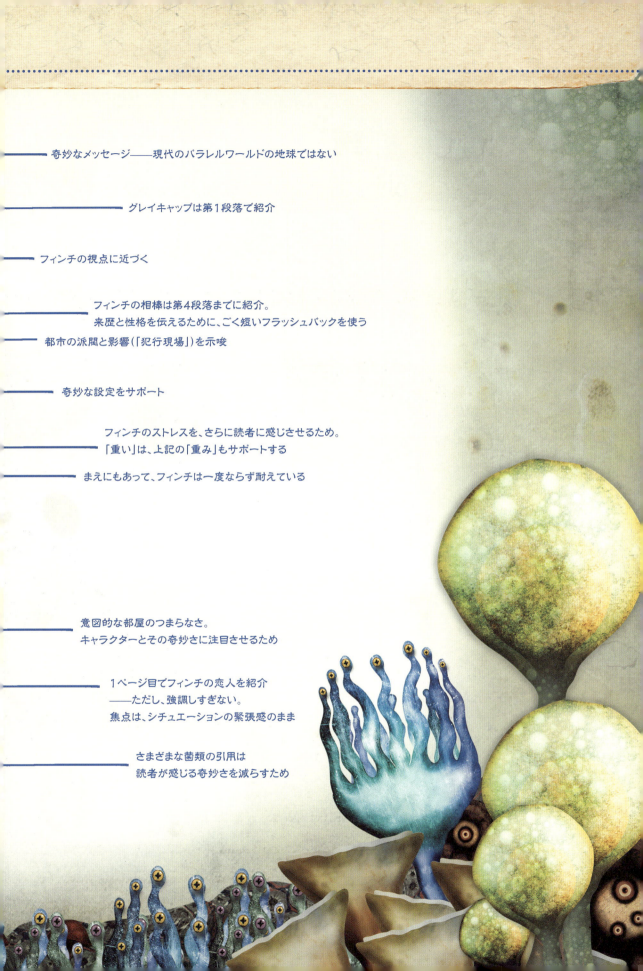

奇妙なメッセージ——現代のパラレルワールドの地球ではない

グレイキャップは第1段落で紹介

フィンチの視点に近づく

フィンチの相棒は第4段落までに紹介。
来歴と性格を伝えるために、ごく短いフラッシュバックを使う

都市の派閥と影響(「犯行現場」)を示唆

奇妙な設定をサポート

フィンチのストレスを、さらに読者に感じさせるため。
「重い」は、上記の「重み」もサポートする

まえにもあって、フィンチは一度ならず耐えている

意図的な部屋のつまらなさ。
キャラクターとその奇妙さに注目させるため

1ページ目でフィンチの恋人を紹介
——ただし、強調しすぎない。
集点は、シチュエーションの緊張感のまま

さまざまな菌類の引用は
読者が感じる奇妙さを減らすため

トーンとスタイルの調整：『フィンチ』のメモリーホールを例に

#1. 率直で、実体感控えめ

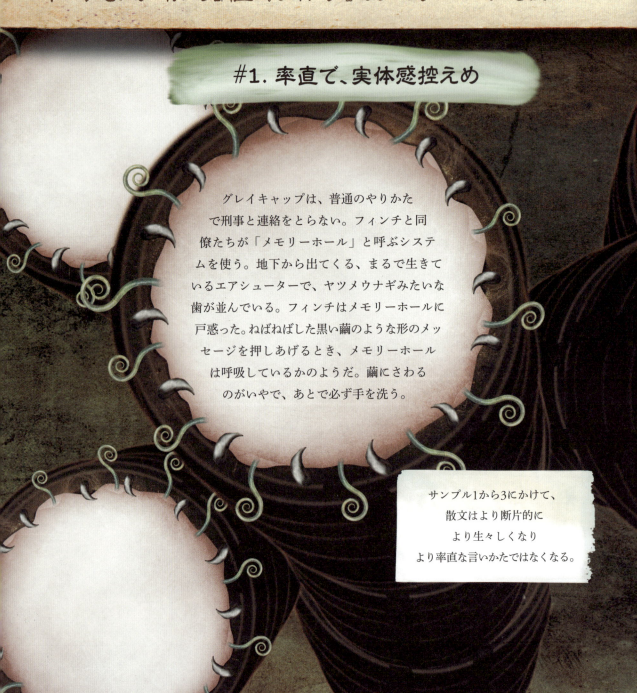

グレイキャップは、普通のやりかたで刑事と連絡をとらない。フィンチと同僚たちが「メモリーホール」と呼ぶシステムを使う。地下から出てくる、まるで生きているエアシューターで、ヤツメウナギみたいな歯が並んでいる。フィンチはメモリーホールに戸惑った。ねばねばした黒い繭のような形のメッセージを押しあげるとき、メモリーホールは呼吸しているかのようだ。繭にさわるのがいやで、あとで必ず手を洗う。

サンプル1から3にかけて、
散文はより断片的に
より生々しくなり
より率直な言いかたではなくなる。

#2. 率直さ控えめで、より実体感

フィンチはため息をついて、デスクを凝視し、グレイキャップが連絡のために使う光る穴を見おろした。呼吸するかのようなその穴は、男のこぶし2個分ぐらいのサイズで、ヤツメウナギみたいな歯が並び、液体が漏れている。食道に沿ってならぶ緑色の巻きひげが、汚くて黒い繭を口の上まで押しあげ、液体が漏れる。グレイキャップは「メッセージチューブ」と呼ぶが、「メモリーホール」の名が定着している。メモリーホールが生き物なのか、生きているように見えるだけなのか、フィンチはわからない。

読者はフィンチの視点に寄り添いすべてを見ている。だから、この連絡方法の恐ろしさがわかり、フィンチが日常的に緊張にさらされていると理解する。

#3. 断片的、ますます実体感

はっきりとため息をついた。デスクの左端を凝視した。光る穴を見おろす。男のこぶし2個分ぐらいのサイズだ。ヤツメウナギみたいな歯。あえいでいる、ピンク色がかった口。臭い。食道に沿ってならぶ緑色の巻きひげが、汚くて黒い繭を口の上まで押しあげる。フィンチは上体を起こした。見ていられない。呼吸だけ聞く。なおさら悪い。グレイキャップは「メッセージチューブ」と呼ぶが、「メモリーホール」の名が定着している。メモリーホールは、刑事たちに上司のグレイキャップと連絡がとれるようにした。これは生き物なのか、生きているように見えるだけなのか。ときどき液体が漏れている。

実際に使われたサンプル3では恐怖感が増し、ジョン・フィンチが「メモリーホール」に慣れることはなかったと、はっきり伝わる。

オープニングの終わり

すべてのフィクションが、ぼくが『フィンチ』でしたように、さまざまな選択肢を調べることを求めるわけじゃないし、すべての作家が草稿を書いたあと、組織化されたやりかたでこれらの問題について考えるわけでもない。だけど、長編小説はマラソンであって短距離走じゃないから、やみくもに前に進む（短編小説なら、そうするかもしれないけど）より、読者のために入り口を整えるのに時間を費やしたいのはわかる。世にも楽観的な作家の卵でさえ、腐敗の源を見つけるために壁を倒し、床板をはがさなくてはいけないと途中で気づく以上に、がっかりすることはない。

もっとも複雑な効果が、もっとも単純な決断にかかっているときもある。これらの決断にちゃんと取りくまなければ、長編小説の土台にはひびが入り、その土台の上に築いたものは何ひとつ堅固ではない。描写のいくつかは、**ブロッキング**やト書きなど、俳優や脚本家が「演出」と呼ぶものにあたり、フィクションのアプローチとしては機械的すぎるかもしれない……でも、これらの要素はキャラクター描写やストーリーの意味とつながっている。実際、中盤とエンディングをオープニングと調和させたいなら、シンプルなものに複雑な効果を重ねたいなら、正しい演出は重要だ。シンプルなものは特に、複雑なものから切りはなすのがむずかしい。キャラクターがいつ紹介され、空間と人間関係のどこに位置するかが、キャラクターを人間として定義するともいえる。これらの決断は、シーン、章、ストーリー・アーク全体など、より大きな決断をサポートする。

「ブロッキング」とは、道具や俳優の舞台上での位置決めをいう。

アプローチを試してボツにし、選択肢を論理的に考え、オープニングを理解することで、主人公の人生と思考により深く入りこめた。さらに、未来の本への入り口になるアイディアも得られた。

オープニングを踏破したいま、きみはエンディングが気になっているかもしれない。

けど、喋るペンギンがちょうど、大事なことを思いださせてくれた。

オープニングとエンディングのあいだに、何か入らないかい？

ときどき、作家に頭をかきむしらせる何かが。

右ページ
『サウスイースト・ウオッチャー｜*The South East Watcher*』スティーヴン・フェビアン（1977年）。ウィリアム・ホープ・ホジスン『ナイトランド』にインスパイアされた。

MIDDLES

ストーリー
中盤

ノー イエス たぶん イエス ノー たぶん ノー イエス たぶん だれが知ってる? だれが気にする?

じゅうぶん複雑？ → 早く起こりすぎ？

プロットのふくみをちゃんと準備した？ → キャラクターに謎をたっぷり残した？

ゴー!
待て
何やってんだか
もうわかんないよ
あらすじは
くだらないし
やりかたもあやしい
やれ!
永遠に
終わらなさそう……
がまん
はじめるべきじゃ
なかったんだ!
新しい
場所
こんな苦労
意味ない
新しい
エネルギー
ストップ!

間違った道

罠だ！

悲惨

仲間を恨め

ストップ！
何やってんだか
もうわかんないよ
みんな
とっくに
着いてる!
ノーと
言われる
ぼくが着くころには
エンディングが
変わってるかも
3人称で
書きなおしたら
目からウロコ
このキャラ
好きじゃない
ぼくの
スタートとは
関係ないね
新しい
キャラクター
ゴー！

書くのを楽しんでる？ 毎日トレーニングのおかげで上手くなってる？

戻って直すべき？ ← なんで3人称を使ったの？ → もっとサブキャラクターが必要？

ディテールのレベルとスタイルはフィクションの書に合ってる？

中盤までに設定を理解した？ ←

疑わしい道

エンディングはこちら →

中盤の真実……

- 読者がエンディングに満足した、感動したと言うときは、作家がそこまでの旅でよい仕事をしたということだ
- 中盤でしばらく迷子になるのもいい：よくあること
- エンディングに着くのが早すぎると、ストーリーがダメになるときがある
- そのうち経験と共に、苦しい道のりも楽になる
- しっかり主人公の視点にくっついていないと、道に迷う

中盤はいずれ終わる、作家のためにも読者のためにも……

エンディングのはじまり

たしかに、オープニングよりエンディングのほうが語りづらいし、たいていの執筆ガイド本も深く掘りさげない。たぶん、エンディングは、少なくとも最善の世界においては、自然に生まれると、ぼくたちが思いたいからだ。きみは矢を射る。望むところに刺さるかどうかは、どれだけうまく軌道、距離、風を読むかにかかっている。いずれにしても、弓が送りだすところに矢は刺さるのだ。好むと好まざるとにかかわらず、エンディングが的の中心になる。その矢は、読者の心のなかへ落ちていく。矢がゴルフ場や、朽ちかけた工業団地や、原生林を通りぬけてもかまわない（牛の糞に刺さったら、読者は文句を言うだろうけど）。弓を引くとき、的に焦点を合わせるときの緊張、プレッシャー、精密さ、弓から矢が放たれたときの解放感、立てる音、空中で弧を描く軌道……すべて、エンディングで意味をなさなくてはいけない。

エンディングとは何か。エンディングと中盤を区別するものはさまざまだけど、エンディングには、たとえば以下がふくまれる。

- クライマックス・シーン
- あとにつづくものの〈消失〉
- エピローグや、装飾のための文章

でも、役に立ちそうな、違う見かたもある。的に狙いを定めるという概念ともかかわる。エンディングに向かって進むにつれて、きみは（読者も）晴れはじめた霧のなかの輪郭に気づきだし、ときには終わりの感覚がある。エンディングがはじまりとなる場合でも。思いがけないことが起きても、それはオープニングのコンテキストやアプローチと結びついていなくてはいけない。喋るペンギンは実は天使で、銃を持つ女がだれかを殺そうとするのをとめるために天国から来たと、きみは打ちあけられる……けど、実は金星移住者だったとなると、読者を納得させるのはもっとむずかしいだろう。

終わりの動きやエンディングは、新しいキャラクター、設定、事実が取りいれられないかぎり、ストーリーの一部とみなされる。でも、キャラクターと設定と事実の、究極の意義や理解の在りかは、とても移ろいやすい。これは中盤にもあてはまるけど、中盤固有のものじゃない。抑圧された意欲、隠されたつながり、行動の結果の必然性が、エンディングにたどり着くまで多くのページを動かす。新しいキャラクター、設定、事実（行方不明の兄が現れるとか、キャラクターが異国に逃れるとか）が、エンディングで取りいれられるとしても、これらの要素は必ず、先行するものや終わり、解決にふくまれているし、気まぐれだと思わせないあざやかな計画が求められる。SFやファンタジーなら、非現実的な要素もエンディングで再解釈したい。でも、〈ファンタジー〉のレッテルを貼られる原因になった要素が、リアルなストーリーの要素と違う働きをするのは、まれだ。架空の世界だからといって、ストーリー展開と共に、新しい特性を増やしていいわけじゃない。

WEB
きみだけのエンディングを書いてみよう
WRITE YOUR OWN ENDING

矢と標的

『ペンギンと謎の女』

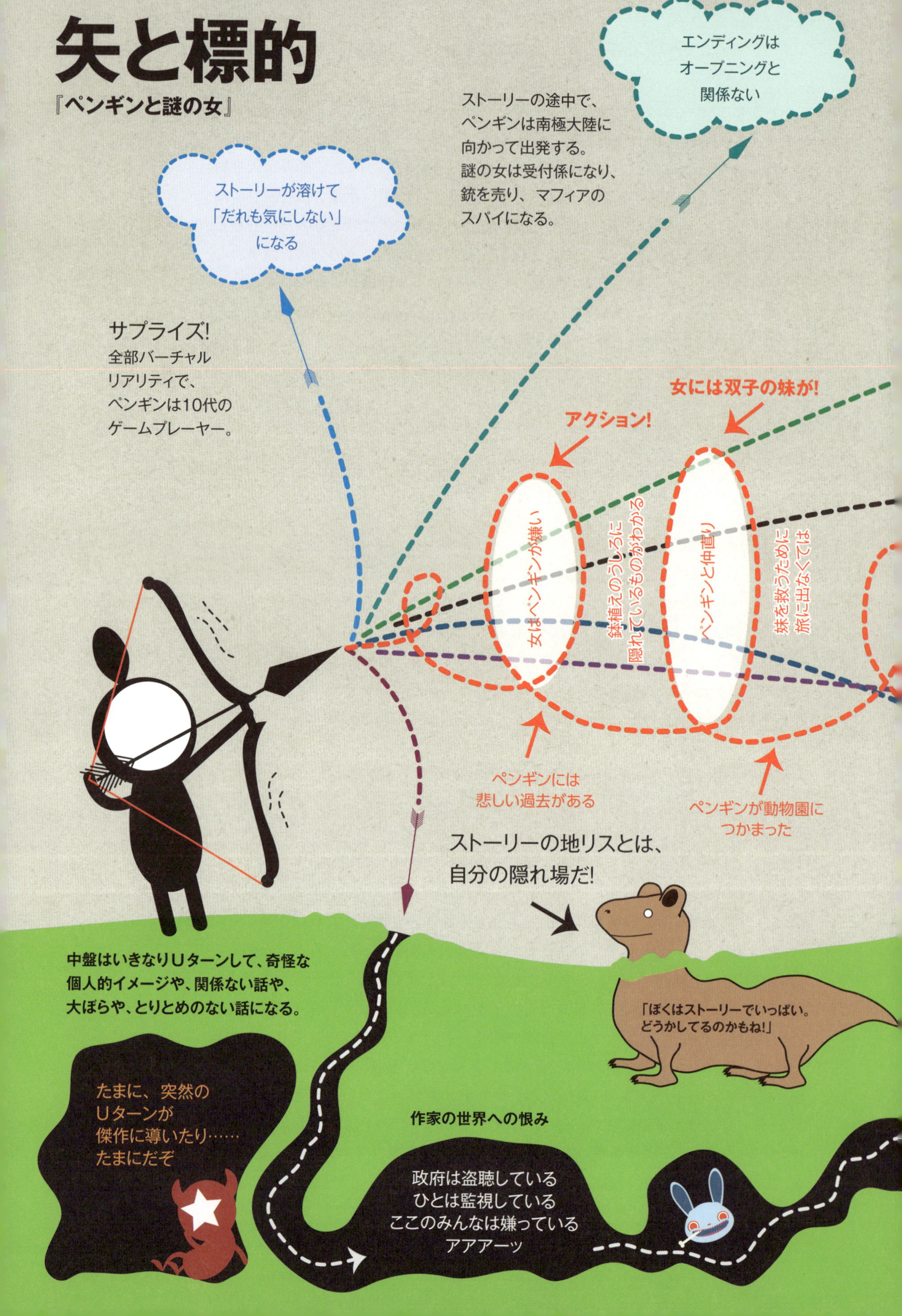
エンディングは
オープニングと
関係ない
ストーリーの途中で、
ペンギンは南極大陸に
向かって出発する。
謎の女は受付係になり、
銃を売り、マフィアの
スパイになる。
ストーリーが溶けて
「だれも気にしない」
になる
サプライズ!
全部バーチャル
リアリティで、
ペンギンは10代の
ゲームプレーヤー。
女には双子の妹が!
アクション!
女はペンギンが嫌い
鉢植えのうしろに
隠れているものがわかる
ペンギンと仲直り
妹を救うために
旅に出なくては
ペンギンには
悲しい過去がある
ペンギンが動物園に
つかまった
ストーリーの地リスとは、
自分の隠れ場だ!
中盤はいきなりUターンして、奇怪な
個人的イメージや、関係ない話や、
大ぼらや、とりとめのない話になる。
「ぼくはストーリーでいっぱい。
どうかしてるのかもね!」
たまに、突然の
Uターンが
傑作に導いたり……
たまにだぞ
作家の世界への恨み
政府は盗聴している
ひとは監視している
ここのみんなは嫌っている
アアアーッ

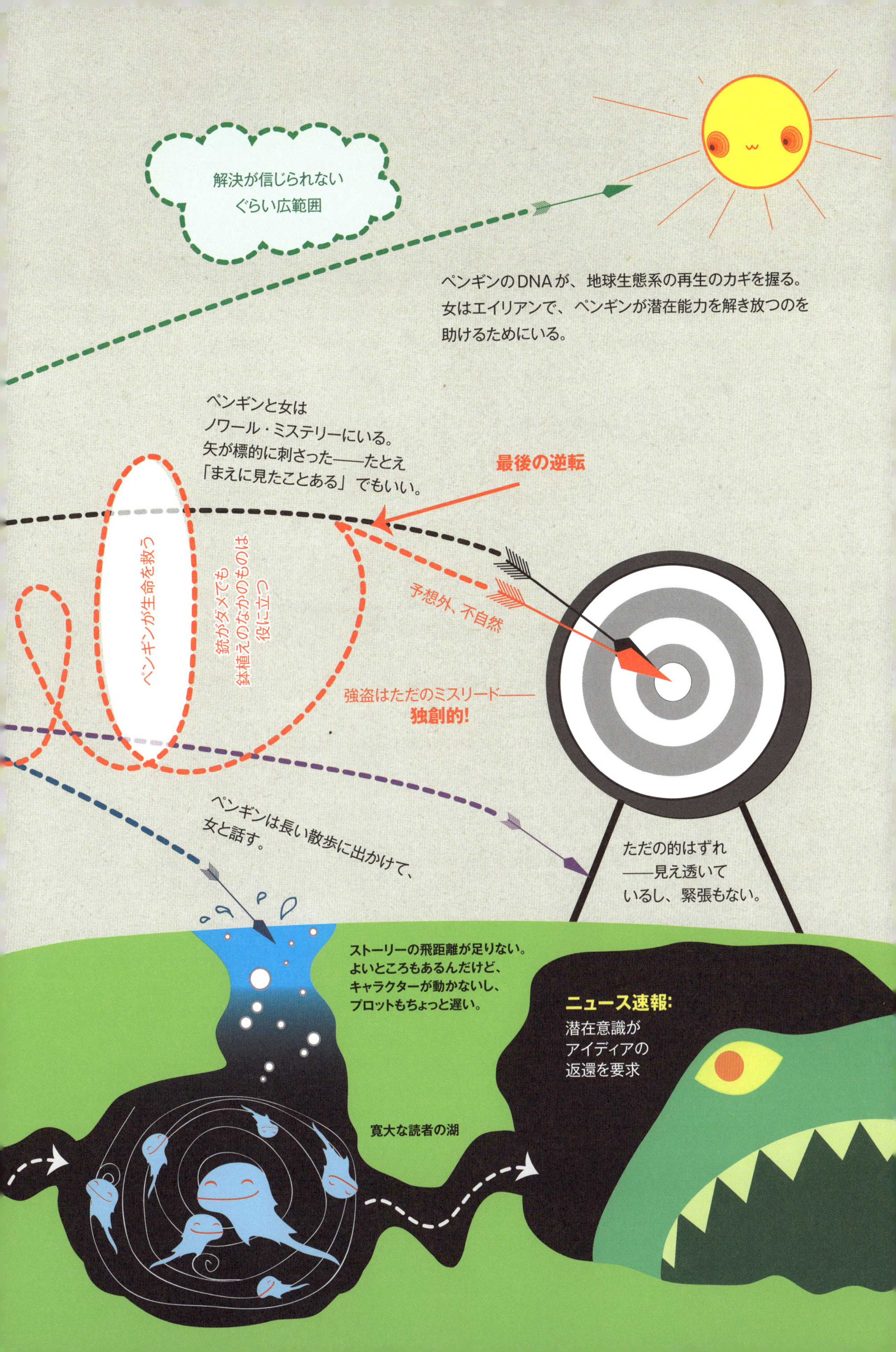

解決が信じられない
ぐらい広範囲
ペンギンのDNAが、地球生態系の再生のカギを握る。
女はエイリアンで、ペンギンが潜在能力を解き放つのを
助けるためにいる。
ペンギンと女は
ノワール・ミステリーにいる。
矢が標的に刺さった——たとえ
「まえに見たことある」でもいい。
最後の逆転
ペンギンが生命を救う
銃がダメでも
鉢植えのなかのものは
役に立つ
予想外、不自然
強盗はただのミスリード——
独創的!
ペンギンは長い散歩に出かけて、
女と話す。
ただの的はずれ
——見え透いて
いるし、緊張もない。
ストーリーの飛距離が足りない。
よいところもあるんだけど、
キャラクターが動かないし、
プロットもちょっと遅い。
ニュース速報:
潜在意識が
アイディアの
返還を要求
寛大な読者の湖

予想と要素

エンディングのディテールは千差万別だけど、一定のパターンにしたがって一定の解決をする傾向にある。オープニングとの関連から、典型的なエンディングがある。

- オープニングでドラマとして脚色された設定、シチュエーション、キャラクターに戻る。
- オープニングの設定、シチュエーション、キャラクターを押しのけて進む——伝統的なエンディングなら終わるところを超えて、旅に出る。
- オープニングが、一種の見せかけや偽物だと明かして、新しいシナリオを真の現実として示す。
- オープニングとはまったく違うところで終わるが、共通するテーマやキャラクターに、ある程度戻る。

キャラクターがどこに残されるかに関する、ごくシンプルなサブテキストも、エンディングに組みこまれる。

- 現状やキャラクターが見ている現実は、間違いだと明かす。オープニングのシチュエーションには戻れない。耐えがたいし、でたらめだし、偽物だから。
- 現状に戻る。現状が望ましい、あるいは皮肉なものだとわかるから。キャラクターは、苦行や地獄に戻っているとは気づかないだろう。
- 戻ったり、拒んだりするべき現状は、もはや存在しない。読者といっしょに、キャラクターも知らないところに置き去りにされる。

ストーリーのあいだ、キャラクターやシチュエーションの変化率は、ゼロにも低くもできるし、急激な上昇もさせられる。それが、エンディングに影響する、もうひとつの変数を創る——主人公の選択だ。変化しないことそれ自体が、ある種の主張といえる。

アプローチがうまくいくかどうかは、作品のクオリティしだいだけど、エンディングがうまくいくかどうかは、むしろ説明と解決にかかっている。説明とは、オープニングでのさまざまな未知が、エンディングまでに既知になることだ。解決とは、主要および二次的な争いや問題の処理だ。これら2つの要素は協力して、読者に終わりの感覚をもたらす。ストーリーにはたしかな構成があり、楽しませてくれたという感覚を。

エンディングでどれぐらい説明と解決がいるかは、ストーリーのタイプと与えたい効果しだいだし、中盤でどれだけ提供ずみかにもよる。たいていのエンディングは、以下5つのうち、どれかひとつはできる。

- 物語が投げかけた、核となる疑問（争いや問題）の解決。だが、ほかの二

次的な疑問は未解決のまま。

- 物語が投げかけた、あらゆる疑問の解決（物語がじゅうぶんな疑問を投げかけていなかったということかもしれない）。
- 物語が投げかけた疑問の作りなおしや、違うコンテキストへのあてはめなおし。
- 何ひとつはっきり解決しないまま、推論や暗示だけが残る。与えられたヒントから答えを出すよう、読者に求める。
- 核となる疑問が、偽りや見せかけだったと明かす（最後のどんでん返し）。

ストーリーのタイプによっては、外面的な問い（喋るペンギンを撃ったのはだれ？）に答えを出しつつ、内面的な問い（銃を持つ女は罪悪感に耐えられる？）を残すかもしれない。あるいは、外面的な問いを残しつつ、なんらかのやりかたでキャラクターの感情は処理するかもしれない。

エンディングは万能でなくてもいい、ざるみたいに穴だらけでも。何もかも説明する必要はないんだ。読者の頭に残る疑問が、面白いやりかたで芽吹くこともありえる。キャラクターの内なる人生に解決を与えることは、うわべの出来事やシチュエーションを解決するより、重要かもしれない。すべては、きみがどういうストーリーを語りたいかにかかっている。何を重んじているのか、きみにとって何が重要ではないのか。つまり、読者にとって。

同名の短編小説にインスパイアされた、スコット・イーグルのコラージュ『シチュエーション｜*The Situation*』（2008年）は、どんなエンディングを暗示しているのか。中盤で何があったのか。ストーリーでは、波乱と緊張をもたらす破壊的な要素にぶつかって、日常の凡庸さは砕け散る。語り手は、彼を解雇しようとする、機能不全な職場の現状を伝える。そこにはもはや〈シチュエーション〉もストーリーの結末もない。暗くシュールなイラストには、給料としてのナメクジ、木の葉の心臓を持つ上司、人事をつとめる精神異常のクマがふくまれている。エンディングは現状に戻ったのか。それとも、構成が読者をだまして、そう思わせているのか。

ミスター・オッド・プレゼンツ：
結びの一節

1918

その後何十年かの雨
風に曝されて、とうの昔
誰の墓とも知れないやうに、
苔蒸してゐるにちがひござ
いません。

──芥川龍之介
『地獄変』

1953

翌日、雪が降り、作物の
半分がだめになった
──それでも、すばらし
い日だった。

──ジェローム・
ビクスビー
『すばらしい人生｜
It's a Good Life』

2002

きみは理解する。きみは喜び
を知る。きみは何者でもない。
きみはわたしだ。

──マイケル・シスコ
『暗殺者の才能｜*The Genius of
Assassins*』

1992

彼女が手を伸ばして、
生き物（クリーチャー）を窓ガラスから遠ざけ、
温かな、灯りのついた部屋に連れ戻す
のが見えた。カーテンがふたたび
閉まり、彼を遮断した。

──リサ・タトル
『リプレイスメント｜*Replacements*』

1990

宝物と墓の喜び？　それは彼の手、
彼の唇、彼の舌。

──ポピー・Z.ブライト
『彼の口はヨモギの味がする｜
His Mouth Will Taste of Wormwood』

1913

医師の握る鉄ノミがこめかみの骨
を砕くあいだ、白い死の台の上で、
男は幸福に震えた。

──ゲオルグ・ハイム
『解剖｜*The Dissection*』

1950
やがて、稲妻が光るなか、
ラジオの音は小さく、途
切れがちになり、老いた2
人は夏のコテージで身を寄
せあい、待った。
――シャーリイ・ジャクスン
『夏の終り』
1983
テレナポタは、つかの間
見出され、時を超えた夜の闇に
ふたたび消える。
――プリメンドラ・ミトラ
『テレナポタの発見｜
The Discovery of Telenapota』
1945
われわれの心は
忘却を浸透させる。
わたし自身、長年の悲
しみの浸食によって、ベ
アトリスの特徴をゆがめ、
忘れつつある。
――ホルヘ・ルイス・ボルヘス
『エル・アレフ』
1926
世界地図で探しても、
ゼビコという町は見つ
からない。ジョン・モー
ガンを殺したものがな
んであれ、永遠に謎の
ままだろう。
――H.F.アーノルド
『夜の電信｜The Night
Wire』
1912
音もなく、だれの目に触れることも
なく、黒檀色をした恐怖の巨鳥たち
が、舞踏会ホールを横ぎった。
――グスタフ・マイリンク
『ボトルのなかの男｜The Man in the
Bottle』

エンディングでのしくじり

> 末永くしあわせに、を避ける。性格が変わり、世界が変わったあと——純真なままのわけがない、断じて。心からの喜びなんてない。——キジ・ジョンスン

エンディングは先行するものから自然に生じるので、幸先のよいオープニングはうまく終わりを迎えて、読者を満足させるはずだ、だろ？　でも実のところ、すばらしいエンディングより、すばらしいオープニングのほうが多い。オープニングでの信頼と興奮は、作家の約束であり、読者の期待がこめられている。エンディングでは、その約束を果たさなくてはいけない。でないと、作家がだました、しくじったと思われるリスクがある。

では、どうすれば、エンディングが標準以下になるのか。よくある原因は次のとおりだ。

- たくさん約束をしすぎる。
- 間違った約束をする。
- 間違いを伝え、書いていた物語を誤解させる。
- 最後までやりとげられない。最初のインスピレーションのあと、ストーリー設定を完成させられないから。キャラクターやコンセプトの放棄とみなされるかもしれない。
- エンディングを急ぎ、加速したペースが成果を台なしにする。
- 読者の期待に屈したり、ステレオタイプな満足を与えるためにエンディングを操作したりする。
- 主人公のストーリー・アークを信じず、そこから逸れて、プロットとキャラクターを切りはなす。
- 多くを（あるいは、うんざりするほどくわしく）伝えすぎ、説明しすぎて、読者が想像する余地がない。
- 伝えなさすぎる。たとえ、約束はそれなりに果たしていても（期待させられたほど、ご褒美がもらえない）。

最後のものが、読者の不満の原因ナンバーワンだ。もし月を示したなら、月を届けなくてはいけない。あるいは、それに相当する代用品を。銃を持つ女と喋るペンギンを示したのに、届けた結論が、銃は水鉄砲だった、ペンギンは歌う電報を配達しているタキシードの男だった……うーん、怒れる群衆からは逃れられないかもね。怒れる群衆が押しかけるのは、きみがいいアイディアに、たとえ難解なものや万人受けしないものでも、忠実でありつづけたからだ。きみがうまくやっていた証しなんだから、歓迎するべきだよ！

架空の要素を扱うフィクションでは、エンディングは（いくつもの落胆の原因において）さらにあやうい。読者がファンタジーで好むものが、逆効果になるときもある。『ライラの冒険』シリーズ第3作でキャラクターを生きかえらせたとき、読者がどう思ったか、フィリップ・プルマンに訊いてみるといい。読者は喜ばなかった。一方、J・K・ローリングは、ハリー・ポッターの両親の幽霊をどう見せて、共感を創ったか。ファンタジー作家は、キャラクターや出来事ではなくファンタジー要素という〈免罪符〉を使って終わらせることに、ややプレッシャーも

エンディングのチャレンジ
デジリナ・ボスコビッチ

デジリナ・ボスコビッチは、2007年クラリオン・ライターズ・ワークショップを卒業。作品が『ファンタジーの王国｜*Realms of Fantasy*』『クラークスワールド・マガジン｜*Clarkesworld Magazine*』『ファンタジー・マガジン｜*Fantasy Magazine*』『ナイトメア・マガジン｜*Nightmare Magazine*』『ライトスピード・マガジン｜*Lightspeed Magazine*』などの雑誌、webサイトに掲載されている。

オープニングを語るのは、エンディングを語るより楽だ。わたしたちはみんな、同じところからスタートする。オープニングは引用も共有もしやすい。でも、エンディングはストーリーから切りはなすと、意味をなさない。エンディングは守るべき秘密みたいなものだ。ストーリーを読むまで知りたくない。滑稽な苦境だ……エンディングは絶対的で、壊すことは許されない。したがって、語ることも。でも、これから、わたしはそのルールを無視する。ネタバレする。ちゃんと警告したからね。

とうとう、何年もしたくてたまらなかったことができる。スティーヴン・キング『ダーク・タワー』シリーズのエンディングを語れる。分厚い7冊の長編小説をとおして、塔を探し求めるガンスリンガーの壮大な旅を、キングは描いた。道中、ガンスリンガーと仲間たちは宇宙を救う。でも、塔に着いたとき……答えは見つからない。自分の運命だけ見つけて、スタート地点に戻される。わたしは打ちのめされた、悪い意味で。こんなのは最低のトリックで、最悪のからくりで、最高にばかげた言い訳だ。でも、何か月もかけて読んできたシリーズだから、格闘しつづけた。これはどういう意味なのか。数か月、数年がすぎ、そのエンディングが、どれほどわたしの心をとらえているか気づいた。よいエンディングとは、必ずしも読者が望むエンディングではない。

このエンディングを書くには、必然の結論に至るまでストーリーをつづけるには、勇気が必要だっただろう。塔の最上部は、いつでも空っぽなのだ。神はいない、最終的な答えはない。いるのはわたしたちだけ、あるのは無限の探求だけ。でも、答えの探求が、わたしたち自身を、世界を救う方法だ。

せめぎあいが、いまでもつきまとう。これは人間のストーリーで、真のエンディングなんてない。トライ＆エラー、トライ＆エラー、さらにトライ。わたしが好きな長編小説の多くは、このむなしさをすばらしい腕前で見せてくれる。デイヴィッド・ミッチェル『クラウド・アトラス』では、6編のストーリーがマトリョーシカのように入れ子式に展開する。長編小説の最後のページは、19世紀で船旅をしている最初の語り手によって綴られる。彼は弱者を虐げる政治体制との闘いに生涯をささげると誓う。わたしたちはすでに、世界の暗い未来を知っている。彼は敗北すると。でも、正義のために闘うひとたちがつねにいることも知っている。

ウォルター・ミラー『黙示録3174年』は、核兵器で破壊された世界からはじまる。長編小説は、新しい文明の発展をたどる。わたしたちのような原子力と宇宙飛行と世界戦争の時代に達するまでの、暗黒時代と復興。エンディングは必然だ。世界はふたたび破壊される。だけどそのまえに、あさましいストーリーをくり返すべく、数人が宇宙へ逃れる。人間の闘いのストーリーに、真の結論はない。つまり、ハッピーエンドは永遠になくても、希望はつねにある。

ジャネット・ウィンターソン『ストーン・ゴッズ｜*The Stone Gods*』は、現代版『黙示録3174年』だ。同じように、あやまちをくり返す人間の本質を、歴史的なスケールで探究している。『ダーク・タワー』のように、構成は循環する。終わりがはじまりで、はじまりが終わり。残るのは、人生はつづくという断言と……愛だ。「すべては永遠に刻みこまれている。かつてのままに」。この長編小説のラスト・シーンを読んで、心動かされずにいられるだろうか。わたしは二度読んで、いられないと知った。どんなふうにかは、まだわからなかったけど。

エンディングは狡猾で、つかまえにくい獣だ。スティーヴン・キングから、わたしは学んだ。ストーリーを必然の結論に導くことを恐れるな。でも、カレン・ジョイ・ファウラーの教えは逆だ。導かないことを恐れるな。読者にストーリーの結論をゆだねるのにも、勇気がいるから。爆弾が落ち、電車が脱線し、銃声が響く直前に去るのにも、度胸がいるから。クラリオン・ライターズ・ワークショップは、向上心に燃えるSF・ファンタジー作家のためのブート・キャンプみたいなもので、ファウラーはそこで、終わりかたに悩む作家たちに興味深いアドバイスをした。わたしは決して忘れないだろう。「エンディングを書く。そして、最後の段落を削除する。それができたら、次の段落も削除する」。何が残っている？　それは、ときに最強の瞬間になる。釈明したくてもがまんする。最後のやり残しは捨てる。

長編小説にはもう少し解決がいるかもしれないけど、短編小説なら未解決の疑問が残っているほうが好きだ。身を乗りだし、口をあけ、ハラハラし、もう少し読みたいと思っている状態のまま終わる。

そこまで何を読んできたにせよ、真のストーリーはまだこれからだと示唆するストーリーもある。怪奇現象によって家庭がゆっくり壊れていく、ケリー・リンク『石の動物』のような。一家の新居はちょっぴり……おかしい。すべてがおかしくなるまでは。変化はほとんど感知できない。血まみれのクライマックスもない。こんなふうに終わる。

彼のまわりでは、みんなウサギにすわって、じっと待っている。彼らは長いあいだ待っていたが、待つのもそろそろ終わりだ。もうすぐディナーパーティーは終わり、戦争がはじまる。

暴力の気配が、暴力そのものよりゾッとさせる。耐えがたい恐怖の、まさにその瞬間に終わりが来る。

思いがけないこと（ペテンと呼ばれるかも）がストーリーをむしばむまえに終わるストーリーには、惚れぼれする。リサ・タトル『クローゼットの夢｜*Closet Dreams*』のはじまりはこうだ。「子供のころ、恐ろしいことが起きた」。昔、彼女は誘拐され、クローゼットに閉じこめられた。だが、逃げだした。数年後のある日、通りで誘拐犯に出くわす。あとをつけ、警察に通報すると決めた。そして、何かが起きる。彼女は目を覚ます。

……彼が鍵を差しこむ音を聞いて、わたしは震えはじめ、たったひとつの自由である夢から目を覚まし、思いだした。子供のころ、恐ろしいことが起きた。いまもまだ起きている。

忘れられないエンディングだ。でも、オープニングでもある。新しい目でストーリーを読みなおすよう、いざなう。

わたしも、そういうエンディングをめざしている。正しい音を鳴らしたときは、すぐわかる。気づきの瞬間が、感情的な興奮を呼びおこす。身体的でもある。ときどき、エンディングを書くためにストーリーを書く。まず、ストーリーを書かなくてはいけない。

たとえば『13の呪文｜*Thirteen Incantations*』では、どういうエンディングに向かって書いているか、わたしはつねに把握していた。ストーリーは、どこからともなく現れた強烈なイメージから生まれた。2人の少女が脚をブラブラさせながら、何かの端っこに並んですわっている。ひとりの髪がそよ風になびき、もうひとりのむきだしの肩に触れる。友達同士のさりげない親交の瞬間だが、一方的なあこがれに満ちている。このシーンを中心にストーリーを創り、同じシーンをオープニングとエンディングで書いた。でも、それぞれの意味は違う。はじまりではなく終わり。可能性ではなく終結。

好きなストーリーの多くと同じように、わたしのストーリーも、ちょっとあいまいな終わりかたをするときがある。『砂の城｜*Sand Castles*』では、語り手が、海中の文明国から来たと主張する少女と出会う。この現代のマーメイドがふるさとへ帰れそうな、ひとけのないビーチまで、いっしょに旅をする。語り手を苦しめつづけるのは、目的の欠如だ。でもラスト・シーンで、その無気力を乗りこえる。海に飛びこみ、少女を追う。海中の世界に少女と加わりたいのか。それとも、少女を妄想から救おうと決めたのか。わたしにはどうでもいい。男は決断し、勇気を持って行動する。感情的な解決でじゅうぶんだ。物語の核となる疑問（海中の王国があるのかないのか）は、うやむやにしておきたかった。わたしはファンタジー作家だけど、シニカルだから。

時間がかかったエンディングもある。『リーのためのスミレ｜*Violets for Lee*』は、姉の命日にカップ1杯の砂糖を借りようとする女性のシュールな物語だ。彼女は田園風景に投げだされた、巨大な心臓を見つける。そして、だれもがするように、心臓を通りぬけようとする。心臓の中心に着くと、ドアが2つあり、どちらか選ばなくてはいけなくなる。

書きづらいストーリーだった。とらえどころがなく、忘れられた夢の一部のようで、夢の論理をストーリーの論理にするのは難題だった。キッチンの床にすわって初稿を書いた。黄色いメモ帳への走り書きで、ぴったりの言葉が浮かぶ方法はこれしかない。エンディングはかなり大変だった。初期の草稿では、ストーリーはこんなふうに終わった。

> 実のところ、ドアがどこへ導くのかはわからない。でも、どちらを選ぶべきか、わたしは知っている。
>
> 裸のわたしがこのドアから現れて、裸のわたしが戻る。わたしは左を選ぶ。右手で丸いガラスのノブを握ると、つるつるしている。まわす。押す。ドアがひらき、わたしは前へ踏みだす、まばゆい光のなかへと。
>
> 光は過去を焼きはらい、わたしは甘さを味わう。わたしが知るものはすべて、消えていく。
>
> そして、甘さだけがあとにつづく。

当時、こういうエンディングをたくさん書いていた。キャラクターをより高い次元、パラレルワールド、わたしの手が届かない意識レベルへと連れていく。いまにしてみれば、わたしは自分と闘っていた。夢から目を覚ましてみろ、未知のドアに挑んでみろと。わたしは一番近くのエンディングに手を伸ばした。でも、これじゃなかった。それは死と輪廻をあらわしていた。キャラクターが悲しみに屈して、いまの生活を放棄しているかのように読める。わたしが語りたいストーリーではなかった。

わたしはとことん家族と話しあった。いつでも頼もしくて鋭い最初の読者だ。そのあと、新しいエンディングが形になった。

> 裸のわたしがこのドアから現れて、裸のわたしが戻る。ガラスのノブはつるつるしている。ドアがひらき、わたしは前へ踏みだす、まばゆい光のなかへと。
>
> もう一歩。冷たい輝きと美しい春の青空のなかへ、光が消えていく。そよ風が額の汗を冷やし、涙をぬぐう。天国のような香りがする新鮮な空気を、わたしは深く吸いこむ。
>
> さらに一歩。広い道へ進む。相変わらず岩だらけだが、スミレが咲き誇っている。老婦人の裏庭の隅まで来て、わたしはふり向く。地平線では、傷ついた心臓がどんどん小さくなっていく。羽ばたき、飛び去っていく鳥のように、暗くぼんやりと。

かなりあとになるまで気づかなかったけど、最終的なイメージは夢から生じたものではなかった。わたしが好きなジム・キャロルの詩『彼女が去るあいだ｜*While She's Gone*』からだ。城の小塔の上のカモメを詠んだ詩だが、実は、小塔は心臓なのだ。

わたしは潜在意識にこのイメージをあずけ、現れるべきタイミングを何年も待たせていた。執筆に関するたいていのことと同じで、エンディングもこういう断片からふさわしいものが生まれるのだろう。強烈なイメージと普遍的なシンボル、知ることなく知っていること。ふさわしいエンディングを見つけるには、考え、計画するだけでなく、夢見ることも必要だ——直観の目隠しと、暗闇での鮮明な手探り。エンディングが知的レベルでも感情レベルでも作用するなら、ストーリーには持久力がある。

「オープニングはエンディングをサポートしているか」。わたしはハーモニーとして考えます。ベースラインの和音（コード）のハーモニーは作品をとおして響きつづけ、最後の音が終わったあとも響いているでしょう。
——ケリー・バーンヒル

長編小説のエンディングで、フィンチと友人はボートに乗って、アンバーグリスを見渡している。

感じる。なんでもありだから、どんな緊張もない……どんな重圧も。あっけなく解決するちょっとした魔法や、並はずれた発明や、いきなりの救出——現代のリアリズムと似ているけど、あまり目立たない。華々しい一致をさりげなく称えていると知らせるには、ドラゴンがいきなり火を吐くにかぎる。

きみのエンディングを助ける問いが、以下だ。

- 終わるのが早すぎた？
- 遠くまで行きすぎた？
- 終わりが無理やりすぎた？
- 終わりを伝えなさすぎた？
- ファンタジー要素の説明が、無理やりすぎた？
- エンディングの重みを、ファンタジー要素に背負わせすぎた？
- オープニングがエンディングをサポートしていない？
- エンディングがオープニングをサポートしていない？
- 正しい終わりを伝えているか？
- キャラクターにとって、ものごとが簡単すぎた？

これらの問いに答えるときは、オープニングの設定やエンディングだけでなく、中盤のしくじりにも原因があると知っておいてくれ。

『フィンチ』のエンディング

オープニングを整えるために時間をたっぷり費やしたから、正直、エンディングにはあまり手こずらなかった。ぼくにとっては、謎の解決より、そのあと何が起きるかが重要なので、フィンチが殺人を解決しても、それは長編小説の終わりじゃない。たとえ、解決のディテールが個人的なもので、じゅうぶんな共感を読者に与えるとしても。サブプロットに関していえば、いくつかは解決するけど、ブリスというスパイについては謎のままだ。解決の欠如（彼がだれのために、なぜ働いたのかをはっきり説明しない）にはリスクがある。でも、2つの理由――（1）フィンチが知りえなかった情報（2）サブプロット中盤での強引な解決の試み――から、よりリスクが大きい解決へと焦点を変えた。でなければ、エンディングが断片的になりすぎて、読者の目をバラバラの方向に向けてしまっただろう。

フィンチが事件を解決したとき、彼の大切なひとにまつわる真実があきらかになり、フィンチが都市の歴史から、ある意味消えるところで長編小説は終わる。エンディングでくり返すオープニングの要素は、コンテキストはまるで違うけど、フィンチが都市を見ていることだ。オープニングの終わりと基本的に同じシーンに戻るのは、現状に戻ることじゃない。変わらないものは何もないというメッセージだ。

ラスト・シーンのまさしくラストの瞬間が、フィンチの感情とふたたび結びついた風景を考慮したやりかたで、支配者たちのプランを実現させる。ぼくは火を吐くドラゴンを手に入れたともいえる、機械じかけの神（デウス・エクス・マキナ）ではなく。だからといって、主要キャラクターたちの人生が楽になるわけでも、ほかの問題が解決されるわけでもない。風景はあいまいさと、深まる謎と切迫感をはらんでいて、長編小説が終わっても、まだ何かが起きると示唆している。文章に埋めこまれている〈もの〉は、終わりのヒントであり、新たなはじまりのサインでもある。このはじまりは、フィンチには見えないところ、もはやストーリーの一部ではなくなったあとで起きるから、読者はだまされたなんて思っちゃいけない。そうではなく、願わくば、長編小説が終わってもアンバーグリスという架空の都市は生きつづけていると思ってもらいたい。最後のページを超えて存在していると。

言葉を超える生命をフィクションに与えることは、いろいろな意味でゴールだ。エンディングは、読者の心のなかでのエンディングを超え、ストーリーにささげられる。

エンディングの終わり

エンディングの終わりに近づきつつ、ぼくたちは何を学んできたか。少なくとも、いくつかのことを。ストーリーの成否はおおむね、設定にどれだけ忠実でいるか、あるいは設定にどれだけ逆らうかによって決まる。必然性が欠かせないわけじゃないけど（意外性を殺してしまうおそれがある）、ストーリー・アークが気まぐれだったり、壊れていたり、途切れていたりする（途切れている＝故意ではない／答えを出さない＝故意）ように見えてはいけない。

すぐれたストーリーは、読者の期待に応える（頭のなかのストーリーに完璧な形を与える）一方、文章だけで驚くほど面白い物語を語る。すばらしいストーリーは、読者の期待にも応えるけど、物語にとって重要な何かでそれを裏切る。オープニングからすると予想外、にもかかわらず納得できて、読者がだまされたと感じないものを与えるんだ。より複雑な、あるいは、読者の予想とはまったく違う構成を創りあげる。

オープニングとエンディングに関する章は、どうはじめて、どう終わるかを議論するだけじゃない。オープニングでのストーリー要素の配置、重なり、コンテキストは、はじめの一語から読者に影響をおよぼす。エンディングを書くとき、きみは違う問いに注目するかもしれないけど、いろんな要素を調整しつづけているんだよ。

さて、この章は、情報と教訓（物語のデザイン、キャラクター描写、世界構築の章にもあるかも）を使い果たした。ぼくはポイントを強調しよう。執筆は有機的だ。きみは機械ではなく、動物を創っている。プロセス、アプローチ、インスピレーションは血を与えあい、ストーリーがどんな生き物かによって異なる比率とレベルで融合すると、クリエイティブな人生をとおして気づくだろう。これを否定するのは、ストーリーの真の可能性を否定することだ。

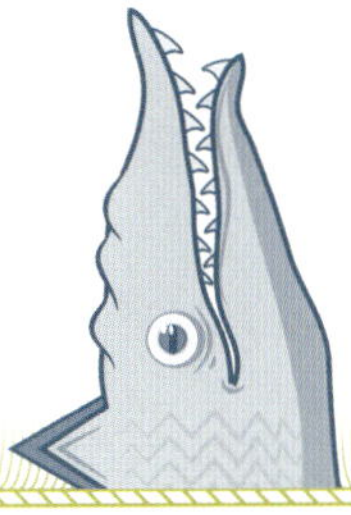

ここまでたどり着いたなら、おめでとう！　きみは、ばかでかいプロローグ・フィッシュや山のごとき巨体のモンスター、隠された巨大な望遠鏡、ストーリーのライフサイクルなどなど、たくさんの奇妙なものに出会い——生きのびた。でも、中盤に来たからには、シリアスな話題に向きあうときだ……ストーリー・トカゲやデンジャー・ダック、そして、フィクションのまとめかたについて。しっかりつかまっててくれよ。きみが出会ってきたすべてが、これからジェットコースターに乗るんだ……

第4章：物語のデザイン

あらゆるストーリーは、まさにその本質ゆえに、物語のデザインという概念にしたがう。伝統的な意味でいえばデザインされていないように見えるストーリーにさえ、なんらかのパターンがある。この秩序（故意の無秩序もふくめて）がフィクション作品と、手を加えられていない目撃証言を区別する。こういうコンテキストのなかで、強調するものとしないもの、脚色するものとしないものを決める、ときには本能的なプロセスがストーリーの構成を築いていく。

フィクションのデザインにおいて、キャラクターの日常生活と、キャラクターが取りくむべき問題が生じるシチュエーションとの違いを、作家は知らなくてはいけない。料金所スタッフの日常と同じように、スパイやドラゴン・ハンターやスカイダイバーの日常も、自動的にストーリーになるわけではないのだ。

主に感性で書くとしても、物語のデザインを理解することは、ストーリーの断片をどう組みあわせるかを知るために役立つ。パターンや秩序は、**プロット**（**plot**）と**構成**（**structure**）をとおって、たいていシーンでの利用に現れる。構成によって創られる形をさす「形式」という用語にも出会うかもしれない。ぼくたちはプロットと構成をどう定義するべきか。伝統的な定義はこうだ。

- **プロット**とは、通常、原因と結果をとおして語られる一連の出来事をいう。読者の興味やリアクションを引きおこす（何が起きるか）。

キャラクターの1日（何をいつ?）

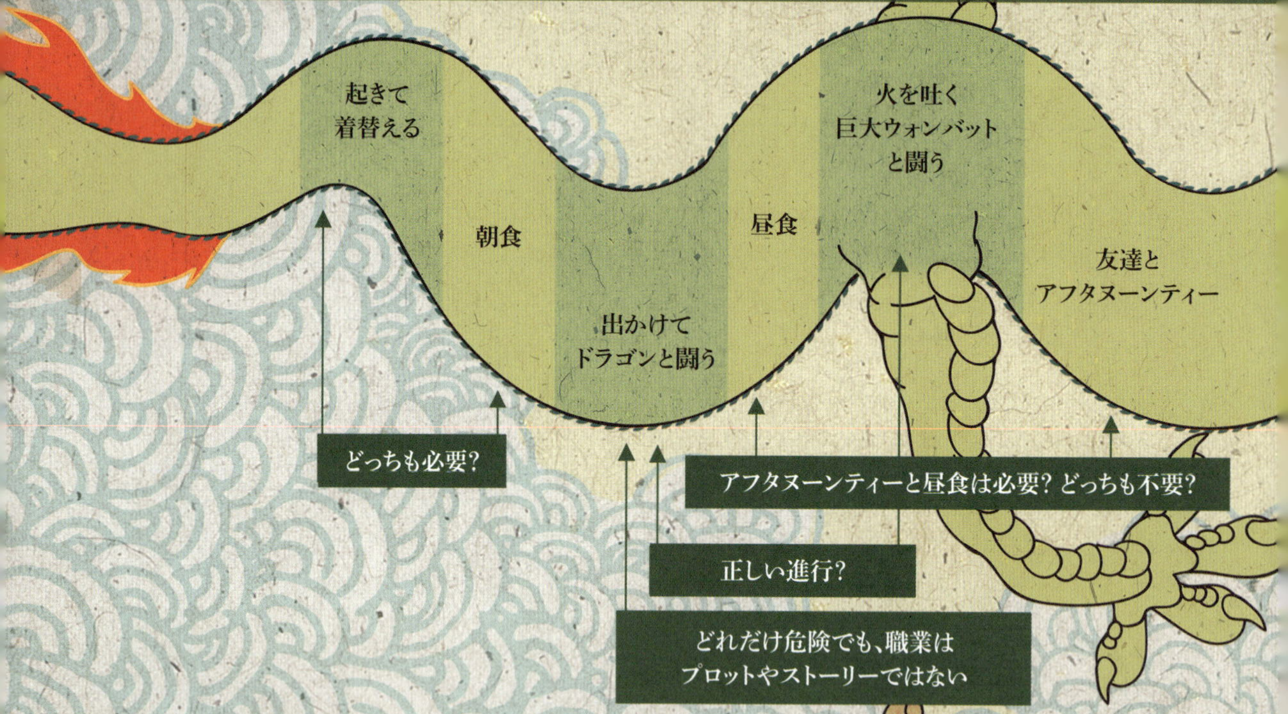

考えられるストーリー

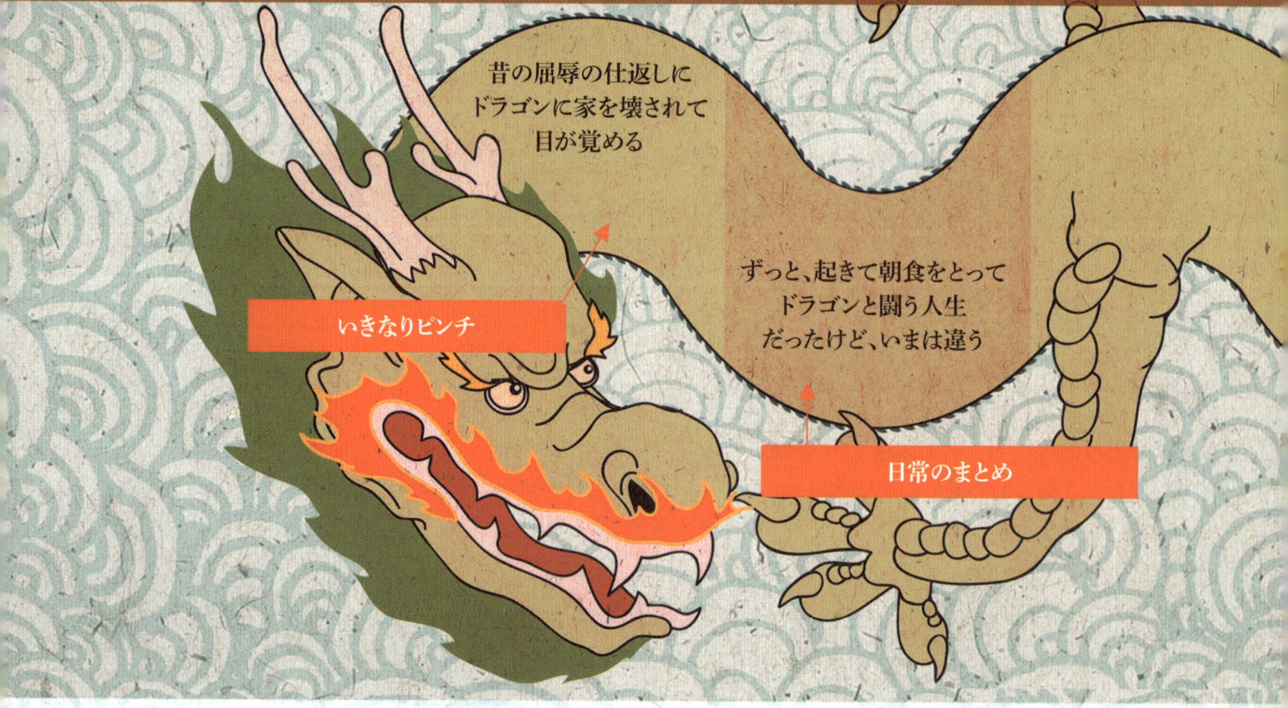

ストーリーとは対照的な日常
剣を研ぎなおす
すべて必要?
ボーイフレンドと夕食
シャワー
けんか好きな有翼ハムスターの群れと闘う
もっとよい位置がある?
ドラゴンとの違いは?
剣を研ぎ、昼食をとり、闘いにかかわらないとウォンバットに約束してもらう
ドラゴンを避け、ウォンバットと有翼ハムスターを仲直りさせる
凶悪なドラゴンを倒すべく新しい仲間のハムスターたちと午後に旅立つ（一番弱いハムスターまでドラゴンは痛めつける）
アクション／リアクションに追いこまれる

複雑化は、読者の興味を引くためでなくてはいけない。

どんなストーリーを語りたいかを知ることが、焦点と、シーンのシークエンスを決める助けになる。

2匹目のドラゴンは、動けるのに動いていない要素、表現されていないドラマティックな可能性が、どれほどストーリーを活性化させるかをあらわす。

- **構成**とは、ストーリーを魅力的にするためのまとめかたをいう。いきあたりばったりや気まぐれだとは思わせない（どう起きるか）。

もう、これでいいって？　物語のデザインが、フィクションという複雑な獣の、もっとも〈科学的な〉パーツだから？　でも皮肉なことに、これは実は、もっとも厄介で形があやふやなパーツなんだ。ほかの執筆ガイド本を読んだなら、これらの用語を定義するのは、素手で魚をつかまえるのと同じくらいむずかしいと思うかもしれない。たとえば、偉大なるサミュエル・R・ディレイニーは構成を擁護し、プロットなんて錯覚だと言いはり「信用しない」。プロットが作家ではなく、読者による全体像のように見えるからだ。ジョン・ガードナーは名著『フィクションの技巧｜*The Art of Fiction*』で、プロットと構成と形式の違いをじゅうぶんに説明できていない。作家マディソン・スマート・ベルですら『物語のデザイン｜*Narrative Design*』で用語に手こずっていた。プロットとは「ストーリーで何が起きるか」であり、ストーリーの「組みたて、アレンジ、構成、デザイン」のパターンをふくむ形式を伴うものと定義されている。まず「デザイン」がまぎらわしい。この用語はアレンジや構成など、ベルが述べた組織原則すべてをふくむべきものだからだ。次に、プロットと「アレンジ」、アレンジと「構成」はどう違うのか。そのうえ、ベルはあまり意味を区別せず、構成と形式という用語を使っている……

あきらかに、何かがおかしい——それどころか、ものすごくおかしい！

そうだろうか？

つまるところ、作家の脳の配線がどうなっているかという話に行きつくんだろう。作家ごとに少しずつ異なる定義（用語への取りくみ）を持つのは、真実がきみのヴィジョンに、つまり、きみ独自の**物語のデザイン**の認識にあるからだ。たとえば、〈プロットVS構成〉の定義を、ぼくはプロットからは考えない。そうではなく、いわば構成に宿り、それを築くだろうキャラクターについて考える。構成のほとんどはシーンでなりたち、一定の秩序にしたがう。構成と、プロットと呼ばれるものに至るシーンの進行が合流するんだ。構成はデザインや方向性を与え、シーンの進行はクライマックスのような効果を与える。

物語のデザインの要素に対する認識に、プロセスがおよぼす影響を見くびってはいけない。

ぼくにとって、**プロット**図表とは、高まる緊張やクライマックスなどの特定の要素だけをきわだたせて、**構成**をおおざっぱに説明するものでしかない。ある意味、もっとも読者の目につく要素（もっともわかりやすい反応を引きおこすツボ、要は、友人にストーリーを教えるとき欠かせないポイント）を示す図だ。役には立つけど、創作や改稿のとき作家が考えるべきほかの要素を考慮していない。

多くの先輩たちが物語のデザインという獣に食われたからって、挑む気がないわけじゃない——必要な情報をきみに届けるために、ちゃんと顎から離れて、噛みつかれないようにしていたいけど。この章の草稿を書いているとき、次の説明を思いついた。「構成とは、骨格と内臓によって定義される獣の肉体だ。プロットとは、外部から見た獣の動きのようなものだ。シーンとは、ハイレベルな有機的組織で、ストーリーという生き物の血のめぐりかた、呼吸のしかただ」。このメタファーには価値があるから、憶えておいてくれ。具体的な情報もできるだけ伝える。願わくば、伝えおわるまで、プロット＆構成の獣に食われたりしませんように。いずれにせよ、これがぼくが語りたいストーリーの形だ。

サム・ヴァン・オルフェン『秘書｜*Secretary*』（2012年）。ときどき、プロットを考えることは、複雑なマシンの利用に似ている。でも、人間の要素をマシンに制圧させてはならない。

プロット

いわゆる伝統的なやりかたでプロット構築されたストーリーでは、必要性がある、あるいは、ありそうだからこそ、出来事がたがいに結びつき、蓄積効果をもたらす。伝統的なプロットには、以下のような要素がふくまれる。

逆転。ドラマティックな興味をかきたてるために、キャラクターは挫折を経験するべきだ。ときには〈大惨事〉という形をとるかもしれないけど、それは極端な逆転にすぎない。大逆転は、読者に尻すぼみだと感じさせないかぎり、ストーリーのどこででも起こせる（大惨事はたいてい、ストーリーの終盤あたりで起きる。社会に適合しようとしているモンスターが〈事件〉に巻きこまれ、正しい生きかたを選んだかどうかをふたたび試される、とか）。

発見。キャラクターは、自分自身や他者や世界にまつわる何かを見出すべきだ。これらの発見は、ストーリーが課す問題と結びつけることもできるけど、キャラクターに深みと複雑さを加えるだけかもしれない。プロットとあまり関係がないなら、問題と結びつけるかわりに、テーマと共鳴させればうまくいく。過去の殺人があきらかになるキャラクターへの同情や、友人に過去を知られた影響など。

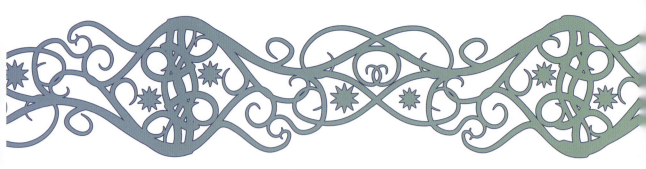

複雑化。キャラクターは、せめて最初のうちは、問題がたやすく解決できないと知っているべきだ。むしろ、ストーリーが進むほど、問題が複雑になって解決策がわからなくなるときもある。シチュエーションよりキャラクターの行動のほうが、新たな問題を創りやすいかもしれない。スキャンダルをもみ消すためにフィアンセのコネを使おうとして、女は、ほかのだれかを愛しているのに、ますますフィアンセに束縛されるとか。

解決。ストーリーは、キャラクターと問題について、読者を満足させる解決をするべきだ。たいてい解決は、大逆転や大惨事といったクライマックスの出来事につづいて起きる。第3章で述べたとおり、古典的な解決は新しい要素を取りいれない。すでにある要素から、効果を引きだす。殺人者が自由の身になるのは、継続中の捜査がその行為は正当だったと示すからだ。女が婚約を破棄するのは、フィアンセに借りがなくなったから。モンスターが殺人者も女も食べるのは、もう宿命（というか食欲）を否定できないから。

ストーリーのタイプによって、解決の形はさまざまだろう。争いの終わりを示すのではなく、隠されていた何かをあきらかにしたり、キャラクターの苦渋の決断に注目したり、謎を解いたりするかもしれない。ストーリーのタイプには、探検（知らない場所の）、発見（現実の謎や生命の神秘の調査）、変遷（キャラクターの変化）、事件（おびやかされ、闘わざるをえなくなる出来事）がふくまれる。

典型的なプロットのテンプレートをあらわす、古典的な図表がある。いくつかあげてみよう。ただし、伝統的なプロットは表面的な動きに注目しがちだから、内省的な物語について同じように役立つとはかぎらない。

WEB
ストーリーのタイプ
TYPES OF STORIES

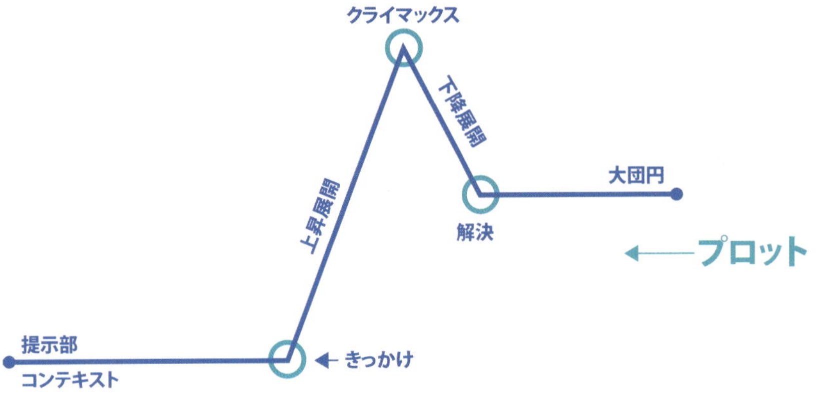

フライタークのピラミッド（伝統的）。キャラクターと設定のコンテキストが確立される。次に、キャラクターの日常を、非日常的な問題や事件（あるいは、かつての状況の再発）があやうくし、キャラクターは行動を迫られたり影響を受けたりするけど、その行動がさらに危機を生む。やがて、ターニングポイント（クライマックス）まで高まり、ほかのキャラクターたちにも影響をおよぼし、キャラクターの行動や出来事をとおして解決に至る。ストーリーで起きたことの意味は、エンディングではっきりする。

グスタフ・フライタークはドイツの作家・脚本家で、1863年、有名なピラミッドを築いた。以来、ぼくたちはみんな、その影響の重さに苦しんでいる。ときには従順に、ときには反抗心むきだしで。

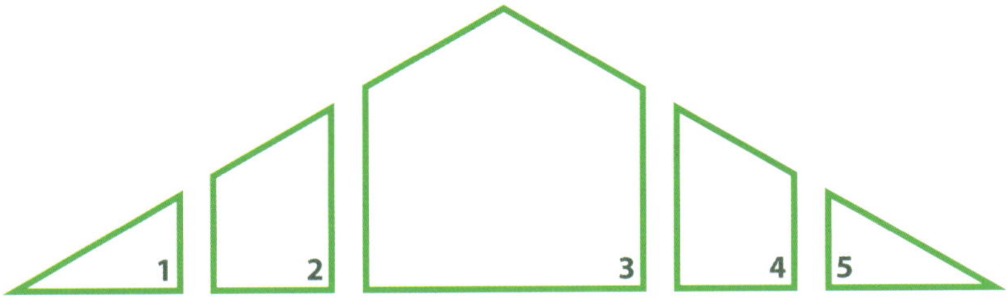

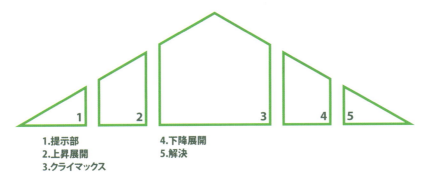

フライタークのピラミッド（ベル・リミックス）。マディソン・スマート・ベルが、アクションをふさわしい大きさと重みに分割するために用いた。つまり、平均的なストーリーでは、オープニングはクライマックスより必要性が低いと示している。

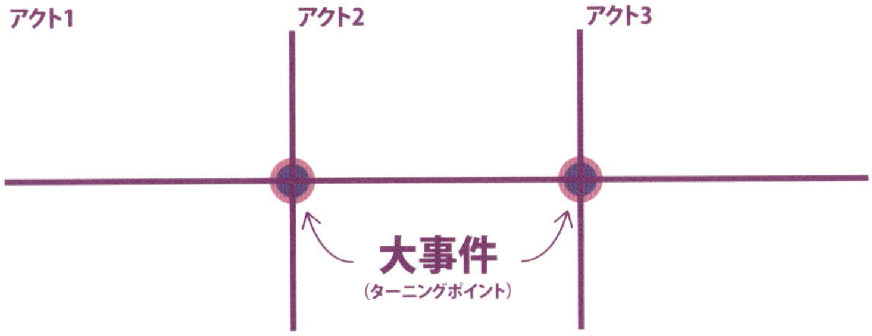

スリー・アクト。アクト1で、キャラクターとコンテキストが、乱された日常と共に提示される。キャラクターのモチベーションが確立し、混乱をおさめるには行動あるのみだ。アクト2で、キャラクターは行動を起こし（あ

ライティング・チャレンジ：ありきたりなプロットを超えて

これまでに得た情報を用いて、フライタークのピラミッドともベルの変化形とも異なる、真に独創的なストーリーのプロット創りに励みなさい。第2章で学んだ、ストーリー要素の有機的な協力のしかたも忘れずに。ヒントが必要なら、このR.S.コネット『代替燃料源#1｜*Alternate Fuel Source #1*』（2008年）のイラストを使いなさい。この生き物の構成を考えてごらんなさい。骨格、筋肉、肢、器官、体液について。どのパーツが〈構成〉と対照をなす〈プロット〉をあらわしているか。何が、結合と形、ほかの生き物との違いをもたらしているか。何が、各要素をひとつの存在にまとめているか。どうすれば、あなたのストーリーが結合と形、ほかのストーリーとの違いを持ちうるのか（このチャレンジが終わったら、章のつづきを読みなさい。そして、戻ってきなさい。変えるところはあるか）。

るいは起こさず）、混乱が注目され、キャラクターにとっての困難と逆転を伴う。やがて、道があきらかになる。アクト3で、キャラクターの運命は明るくなったり暗くなったり、混乱はおさまったり、一部おさまったり、一切おさまらなかったりする。残った問題は、望まれる影響に応じて、さっさと片づいたり時間がかかったりする。

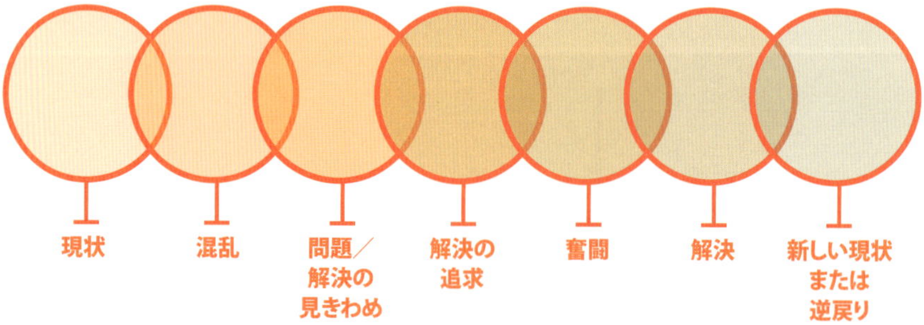

結合した複雑。フィルムスクールによる、平均的なプロットのヴィジュアル化で、フライタークのピラミッドのドラマティックな起伏や、スリー・アクトの単純な区分を示さない。かわりに、効果的なストーリーテリングに共通する2つのポイントに注目する。進行と変遷だ。プロットのパーツは部分的に重なっているとして、結合性の強さをあらわしている。

標準的なプロットのバリエーションには、以下がある。

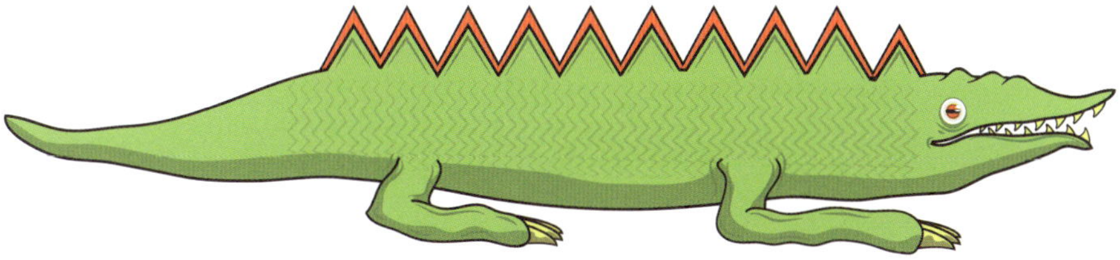

ピカレスクや〈いま起きたこと〉。同じキャラクターが登場する一連の冒険が、長編小説を創る。セルバンテス『ドン・キホーテ』、アンジェラ・カーター『ドクター・ホフマンの非道な欲望マシン』が、ピカレスクの例だ。上昇展開（探究や最終目標）を感じるかもしれないけど、クライマックスと先行するものとの差は、たいてい小さめだ。ミニサイズの上昇展開は、物語のあいだじゅう、個別に起きている。

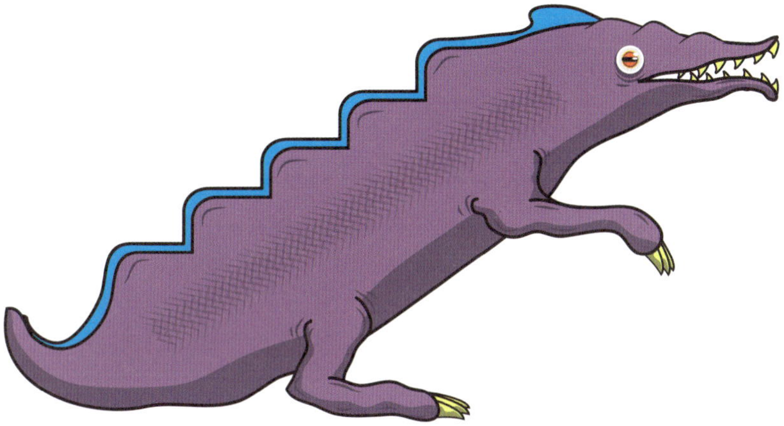

〈階段〉は、それ自体がリスクへの報酬だ。徐々に熱くなる階段をのぼるように、一定の比率で緊張が高まりつづけ、最終的には、熱さが和らぐか、キャラクターが燃えつきるかだ。そういうストーリーには、下降展開や解決がほとんどない。クライマックス直後に、いきなり物語が終わる。

きみがトマス・リゴッティやブルーノ・シュルツやレオノーラ・キャリントンのような作家なら、憶えておく価値がある。これらの図表は、車のガソリンタンクにグリルドチーズサンドイッチを押しこむのと同じくらい有用だろう。

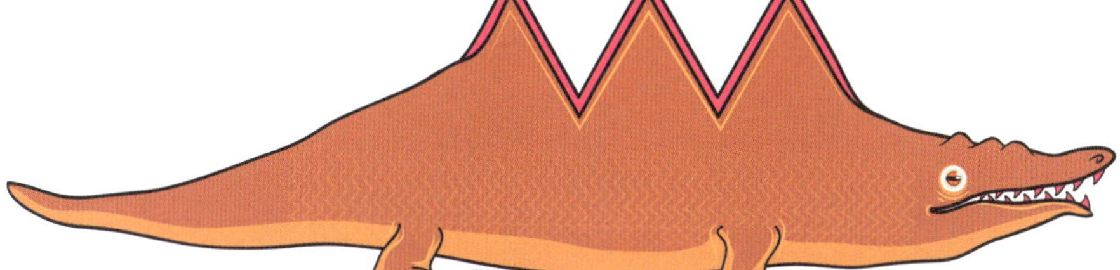

ジェットコースターはジェットコースターだ。上昇展開が、運命の2つの急降下に置きかえられて〈W〉を描き、ヒーローはエンディングでうまく決着をつける。多くの商業的な長編小説や映画が、このモデルにしたがう。

ストーリーの起源は何か？
それは物語にどう影響し、
または影響しないか？
上昇展開／複雑化
はじまり
ストーリーがはじまる直前に
何が起きたか？
きみがストーリーに
隠している
厄介な、または
奇妙なものは何か？
ストーリーの外界で
何が起きているか？
どうすれば、それがより的確に
ストーリーに影響するか？

人生はプロットにあらず
——終わりはない

プロットのしかけ

プロットのしかけは、不誠実なドラマを創ったりものごとを簡単にしすぎたりして、害をおよぼすときがある。ここでは警告として紹介しよう。でも、特定のコンテキストにおいては、フィクションに利益をもたらせる。たとえば、作品でのユーモアの基準が違っていて、偶然が笑いを生むときもあるように。ミステリーなら、正しく配置された「燻製ニシン」は、読者が望む要素だ。それでも気をつけろ——プロットのしかけは、たいていフィクションを傷つける。問題解決のために、作家が有機的な答えを見つけるのではなく、プロットのしかけに頼るしかないと思わされることを、読者はいやがるものだ。

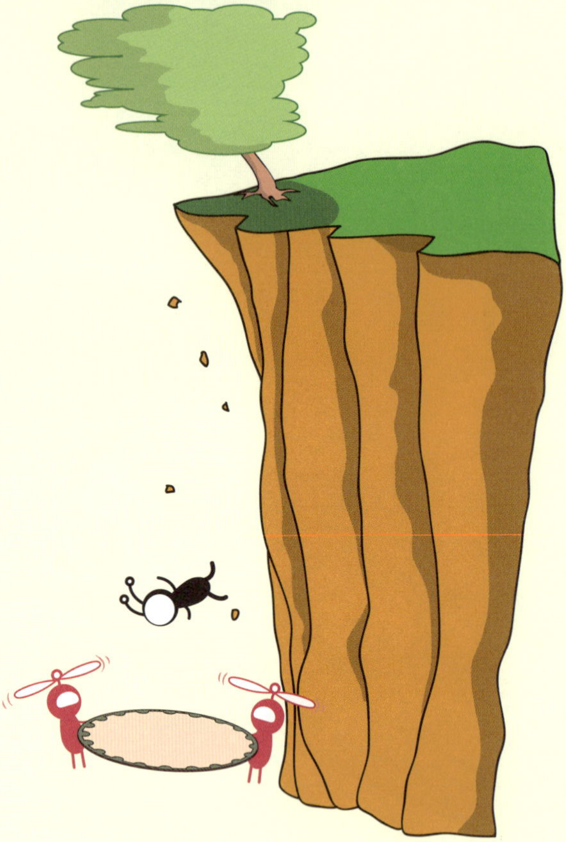

キャラクターを救いだしたあと誘拐するって展開なら
それは「デウス・エクス・マキナ」じゃない。

デウス・エクス・マキナ——「機械じかけの神」を意味する。新しい出来事やキャラクター、偶然など、ピンチのキャラクターを突然救いだすものをいう。作家がルールや論理へのアプローチに背いたと、読者は感じる。

強迫観念の愚かさにまつわるストーリーなら
「マクガフィン」はうまく機能すると思うよ

マクガフィン——キャラクターが追求する対象として、明示できるゴールをさす。でも、キャラクターの動機を、作家は決して説明しない。キャラクターが「マクガフィン」を欲しているという理由だけで、読者は読みつづけるよう求められる。説明のない欲求では、読者はつながりを理解できず、ストーリーへの興味を失う。

もし本物の燻製ニシンがテーマのストーリーなら
ネコの頭のほうが、ここでいう「燻製ニシン」に該当するってわけさ

燻製ニシン——取るに足りないことやミスリードだと判明する、見せかけの答えやヒントをいう。「燻製ニシン」によるストーリー妨害は、答えを出すべき問いに直接かかわる。もし、その問いがストーリーの中心で、作家がこの「燻製ニシン」の調査にたっぷり時間を費やしていたなら、たちまち読者は腹を立てるだろう。

これらの図表は、ちょっと違う観点からだいたい同じことを、典型的なプロットの基礎知識を説明している。といっても抽象的だし、キャラクターが物語のエスカレーター（上昇展開）に乗ることは認めても、キャラクター描写がストーリーを動かすことを、実は認めていない。だからある程度、キャラクターよりも出来事を重視している。ストーリーが機械的すぎるとみなされるのは、たいていこれが原因だ。プロットの原料に気をとられて、どうすれば物語がもっと有機的になるかを考えないまま使ってしまう。できが悪いストーリーでは、機械的なアプローチが、できすぎた偶然として現れたりもする。偶然を控えるか、でなければ、偶然がキャラクターの状況を必ず悪化させるかだ。

プロット図表はクライマックスと争いも強調するから、ストーリーにはゴールがあるとほのめかす……けど、フィクション執筆中の作家にとっては、旅のあらゆる側面が重要だ。クライマックス・シーンと同じくらい熱心に、解説、上昇展開、下降展開に取りくまなくちゃいけない。

たぶん、物語のデザインを具体化するために必要なのは、ストーリー・トカゲであって、プロット図表じゃない。何がストーリーに加わるかという感覚も求められる。重要だけど語られない、つまりストーリーに加わらないものや、違うストーリーなら加われたものは何かという感覚も。フライタークのピラミッドの頂点は急降下をほのめかすけど、空白に囲まれた孤立状態では存在しない。生命と出来事、きみの想像力から生まれた世界に囲まれている。ストーリー・トカゲの背のでこぼこは、らせん状のしっぽの一部になれるだろう。ストーリーは鼻からはじめて、背に沿って戻っていけるかもしれない。キャラクターの内なる人生に焦点をしぼった（あるいは、ジョー・ウォルトンがヒューゴー賞を受賞した『図書室の魔法』のような、クライマックスの余波にまつわる）ストーリーを、きみはどんなふうにプロット構築する？

フライタークのピラミッドやその分身たちは、バロメーターやベースラインとして有用だろう。たとえば、クライマックスの位置や上昇展開（あるなら）の傾斜による影響を知るために。プロット図表は、ストーリーラインをはっきりさせる平均的アプローチの一種を示す。でも、物語のデザインを考えるとき、プロットではなく構成の熟考をとおしてこそ有用性が見出せるストーリーがあると、気づくかもしれない。

構成

もし不整脈や楽曲の音の上下を描くために、フライタークのピラミッドに似た図表を使っても、抽象的であることはあまり変わらないだろう。たしかに、動きとテーマのあいだには相関関係がある。だけど、ストーリーは心電図でも楽譜でもない。

古典的なプロットはいくつかあるけど、ストーリーはそれぞれ独自の構成を持てる。インスピレーションの最初のひらめきがクリエイティブな想像力に訴えかけるのと同じで、構成はテクニカルな想像力に訴えかける。プロットと違って、

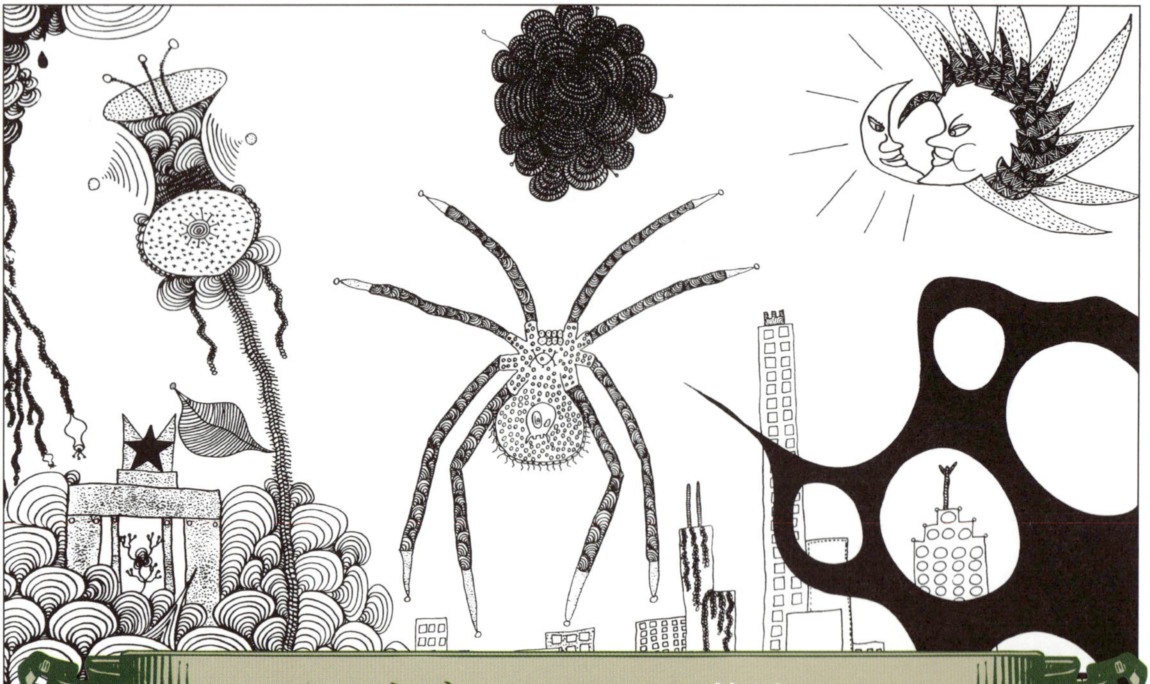

ネディ・オコラフォに注目

『死を恐れる者｜*Who Fears Death*』（世界幻想文学大賞を受賞）、『アカタ・ウィッチ｜*Akata Witch*』、『ウィンドシーカー・ザラ｜*Zahrah the Windseeker*』（ショインカ賞を受賞）、『シャドウ・スピーカー｜*The Shadow Speaker*』の著者。イラストがどんなふうに長編小説を内包するかを、あきらかにする。

「このイラストは、わたしの長編小説です。いえ、本当に、文字どおり長編小説なんです。リモコン（ガーナの俗語では「ジュジュ」）と呼ばれていて、わたしはまだ、これの散文バージョンを書き終えていません。ストーリーとすべての要素（人間のキャラクター以外）が、このイラストにあります。あらかじめ、わたしはテーマ、プロットの要素、長編小説の核になる出来事を描きました。舞台となるアクラ（訳注：ガーナの首都）は、ストーリーの土台です。イラスト左下は、アクラの凱旋門（またの名をブラックスター・ゲート）で、重要なイベントがおこなわれる国定記念物です。

イラストをのぞき込む視点は、ストーリーの一部でもあります。街に入っていくだれかの視点。長編小説のオープニングで、主要キャラクターが街に入るんです。右上のくっついた太陽と月は、長編小説が24時間で終わると示しています。最後に、クモ（身体のディテールもストーリーの一部）、あふれるホタテ貝みたいな曲線、クモの上に浮いている胞胚みたいなもの……何をあらわすかを知るには、本を読んでもらうしかないでしょう。

わたしはたいてい単純なストーリーを書いていますが、執筆プロセスはそう単純ではありません。中盤のシーンを書いてからエンディングまで跳んで、それからオープニングに戻ったりもします。ストーリーの断片を、メモ帳やテーブルナプキンや紙切れ、シューズボックスの側面に書いたり。最近だと、アンティークのタイプライターを使ったり。終わったら、すべての断片をコンピューターに入力して、順番を整えます。こんなふうに、24時間の長編小説を1枚のイラストであらわすのも面白いです。いろんな時間の層を1枚のイラストであらわすのも。過去と現在と未来は絡みあっていて、切りはなせないと思っていますから。

長編小説を描いたのは、そのとき書く時間がなかったからです。わたしはフルタイムの終身教授で、長編小説を思いついたのは、ちょうど学期がはじまったときでした。書かずして書く方法が必要だったんです。ただのメモではなく、長編小説の重み、感情、雰囲気、本質、魂を伝えるものが。アートという形で。

わたしは2週間を費やし、そのあと6か月ほうっておきました。先月、再開したときにはイラストを見ただけで、自分がどこへ行くべきか、ちゃんとわかりました。わたしはストーリーの感覚を知っていました。ストーリーの世界のにおいも。刺激臭がする黒の油性マーカーで描いたイラストで、じゅうぶんでした。1枚の絵は1千語に匹敵すると言いますが、このイラストはおよそ10万語です」。

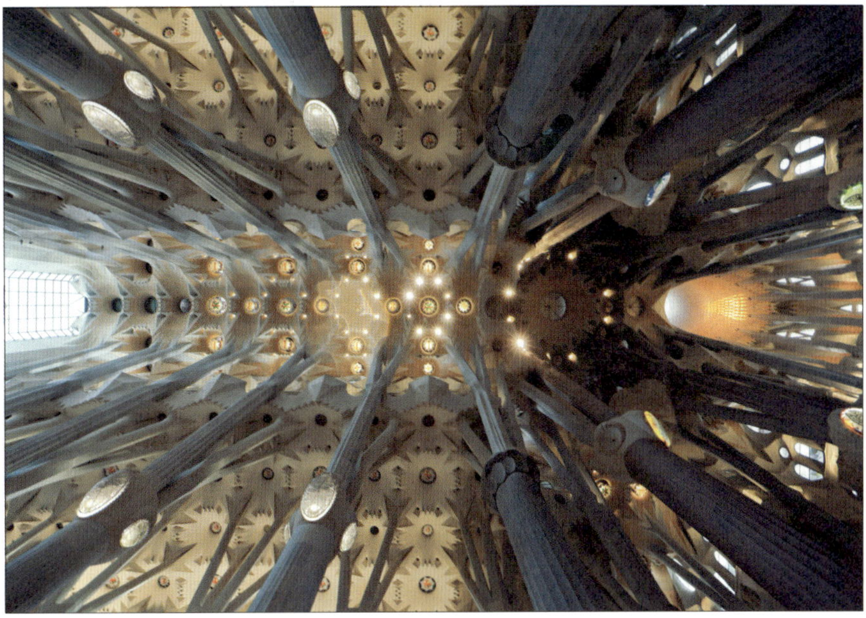

バルセロナにある、アントニ・ガウディ設計のサグラダ・ファミリア内部。フィクションはストーリーの素材をとおして、大規模な構造レベルでもミクロレベルでも、同じような基底構造を持つ。イーサン・ゲルチャルマン撮影。

構成はバリエーションが無限のように感じられるからだろう。ユニークな構成は必ずしも実験のためにあるわけではなく、ときには完璧なストーリーテリングの探究でもある。

独自の構成がどんなふうにストーリーテリングに役立つか、3つのサンプルで説明してみよう。イアン・M.バンクス『武器の使用｜*Use of Weapons*』、ウラジーミル・ナボコフ『レオナルド』、アンジェラ・カーター『フォール・リヴァー手斧殺人』は、構成へのアプローチをとおして共感と深みを増す。構成はキャラクターを抑圧するのではなく、よりよく表現するべきなのだ。3つのストーリーの構成が貢献したのは、作品のプロットより、文学的〈長寿〉かもしれない。

英国スペースオペラの古典『武器の使用』は、バンクスの『カルチャー』シリーズの1作だ。『カルチャー』シリーズは人類が銀河じゅうに広がった遠未来が舞台で、人工知能が知覚を持つ宇宙船創りを進め、ぼくたちは何千もの知的種族からなる銀河規模の巨大文明に組みこまれている。

シェラドニーン・ザカルーという男の人生のストーリーを語るために、バンクスは2つの物語の流れを使った。ザカルーは、戦争や暴動が起きている発展途上の文明に介入する「カルチャー」で働くエージェントだ。彼の管理者と過去の恐ろしい事件との関係は、長編小説の終わりまでに明かされていく。ザカルーとほかの文明とのかかわりには、語られるものもある。物語の流れのひとつは時間と共に前進し、もうひとつは時間をさかのぼり、『武器の使用』のオープニングで、はじまりも終わりも読者に示す。メインの章で起きるすべてのあとに、プロローグとエピローグもある。構成を複雑にして、各章でフラッシュバックも使っている。でも、フラッシュバックは長編小説の構成において、2つの流れをつなぐ時空間みたいなものだ。だから、複雑な時間の流れが、自然なものに感じられる。

バンクスいわく、従来のやりかたで『武器の使用』を語ることは「まったく考えなかった」。はじめは違和感があっても、この構成が不可欠だと思えるだろう。

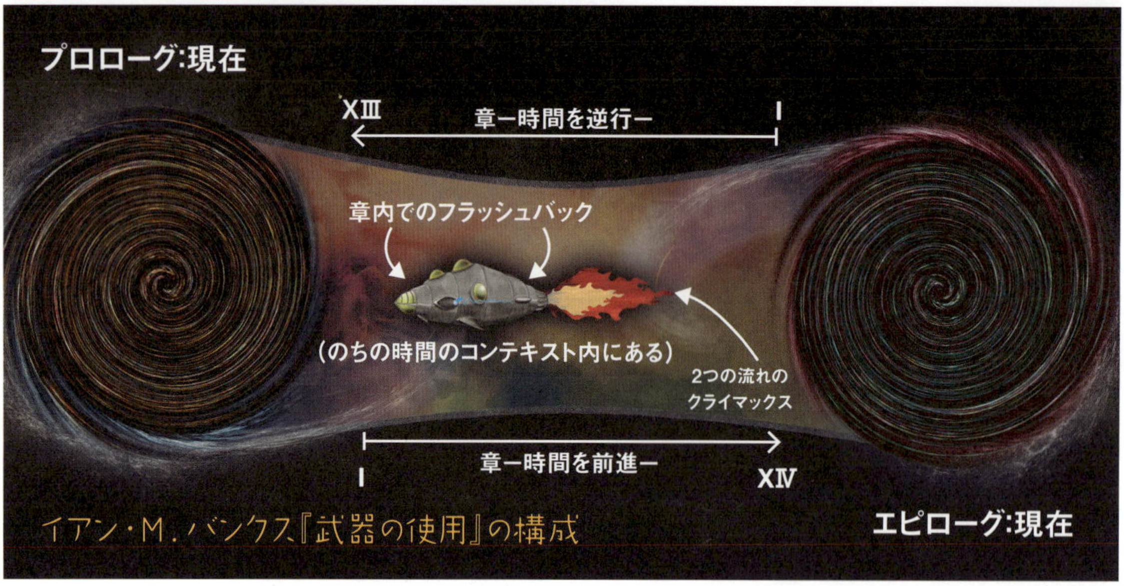

イアン・M.バンクス『武器の使用』の構成のイラストは、長編小説の理解に役立つか。この構成をどう変えると、根本的に異なる効果が生まれるか。

以下の6つをなしとげる。

- キャラクターの放浪と支離滅裂な性質をあらわす。
- 過去の出来事がキャラクターをどう変えたかを示す。
- トラウマを負ったキャラクターのベースラインの現実／存在を読者に見せて、彼はいつもこうなんだと思わせる。
- ラストで明かされる新事実を、より効果的にする。
- クライマックスがストーリーのはじめにあり、後年のキャラクターと最初に出会うことで、クライマックスが理解できる。
- 長編小説のメインテーマ（戦争の無益さ）を、キャラクターの存在のベースラインとして、読者が体験できる。

バンクスは、惨事のきっかけから惨事直後までの出来事にまつわる長編小説を書けたし、そういう流れのストーリーも同じくらい強烈だったかもしれない。でも、従来のやりかたに近いこのアプローチは、致命的なトラウマを示さなかっただろう。事件でのはじまりと時系列順の進行も、有機的な共鳴を生まなかっただろう。バンクスは選択を迫られた。ある惑星での、惨事につながる一連のストーリーを語るか。それとも、多くの惑星と長い期間での、より全般的な影響を創るユニークな構成を使うか。このプロセスで、バンクスは記憶、罪、贖い、歴史の本質について、はっきり意思表明ができる。

1892年、ボーデンは実父と継母を殺したとして、罪に問われた。結局、無罪になっている。

一方、アンジェラ・カーターには『フォール・リヴァー手斧殺人』で解決すべき（もっと小規模な）問題があった。ほとんどのひとが結末を知っている**リジー・ボーデンの殺人事件**をどう書くか。カーターの解決策は、構成をとおして表現されたすばらしいアイディアだ。殺人につながる出来事は書いても、殺人そのものは書かない。ストーリーは読者を、まさにその入り口に置き去りにする。カーターは慎重なディテールを使って、恐ろしい行為の前ぶれだけを示し——クライマックス・シーンや下降展開を与えない。でも、ボーデンの殺人事件は有名だから、読者が自分でクライマックス・シーンを補うと、カーターは知っていた。カーター

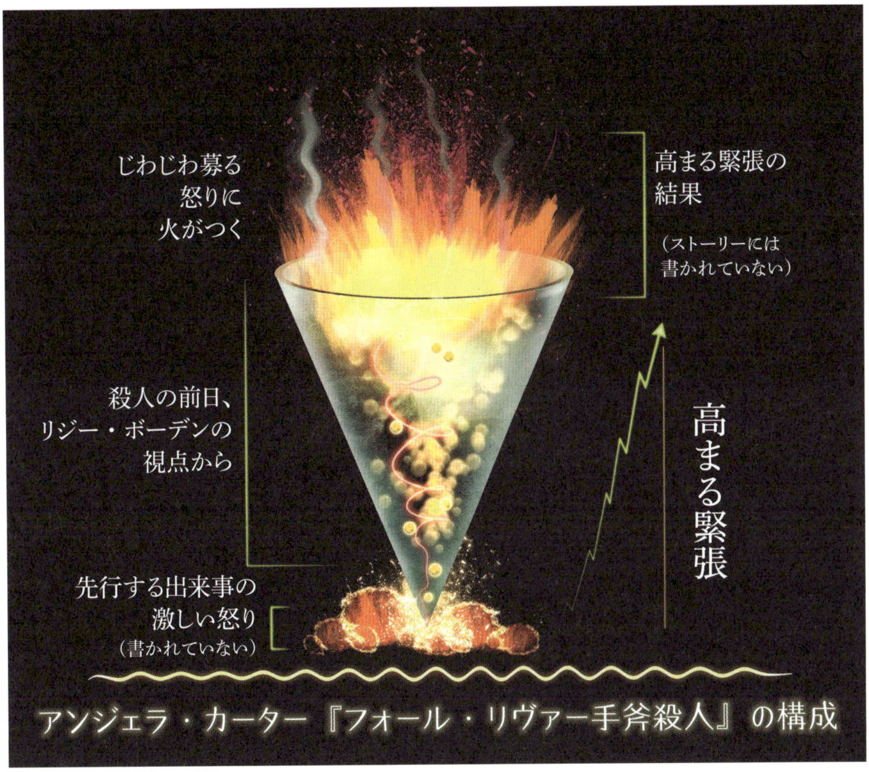

が選んだ構成は、普通なら解決や予想外とされるもの（殺人）が、この物語では役に立たないと認めている。この制約にもかかわらず、ストーリーは高まる緊張と不安を描いた、まぎれもない傑作だ。

より普遍的な要点は、アプローチが正しければ構成の一部を取りのぞけること、取りのぞいても、その部分のアウトラインは読者の心にはっきり現れることだ。クライマックス以外のすべてを示せば、とめられない前進としてアクションがつづくときもある。ページ上でどんな状態にあろうとも、想像せずにいられない。物語の構成は、存在していてもいなくても、作家と読者のクリエイティブな対話に語りかける。フィクションに読者が参加できる余地を創るとは、加わりやすさだけではなく、ストーリーテリングに加わるチャンスを生むことだ。そして、それは作家の成功に欠かせない。

構成は興味を引きつけたり、読者の期待をあやつることでそれに応えたりもできる。ウラジーミル・ナボコフ『レオナルド』は構成を巧みに扱い、物語を勢いよく進め、読者の興味をつかんで離さない。名もないヨーロッパの街で、安アパートメントの住人が、謎めいた男ロマントフスキと出会う。グスタフとアントンの兄弟、グスタフの恋人アンナは、ロマントフスキの仕事などを知ろうとするが失敗し、3人とロマントフスキの不和が高まる。グスタフとアントンは雑用もするケチな泥棒だけど、ロマントフスキは兄弟よりまともなつもりらしかった。とうとう、グスタフはアンナにロマントフスキを誘惑させ、それを口実にして彼を刺殺する。翌日、兄弟はロマントフスキが偽札づくり（レオナルド）だったと知る。実は、自分たちとたいして変わらない人間だったと。

このストーリーはフライタークのピラミッドの上昇展開、下降展開のあらゆる要素を考慮しているけど、構成としては、謎（ロマントフスキ）の軌道に入る3

アンジェラ・カーター『フォール・リヴァー手斧殺人』の構成は、作家との複雑な契約における読者の役割をあきらかにする。ストーリーの要素には、読者の想像力からしか生まれないものがある。

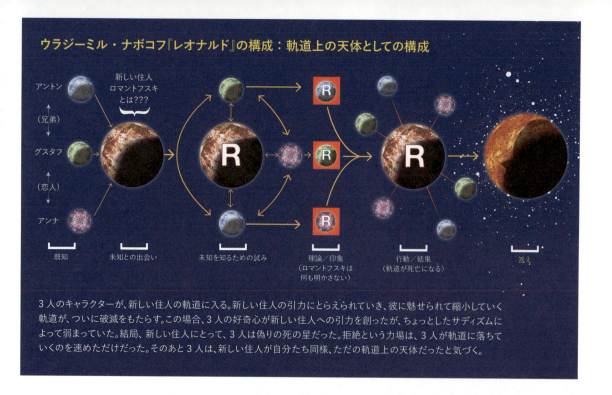

ウラジーミル・ナボコフ『レオナルド』の構成：軌道上の天体としての構成

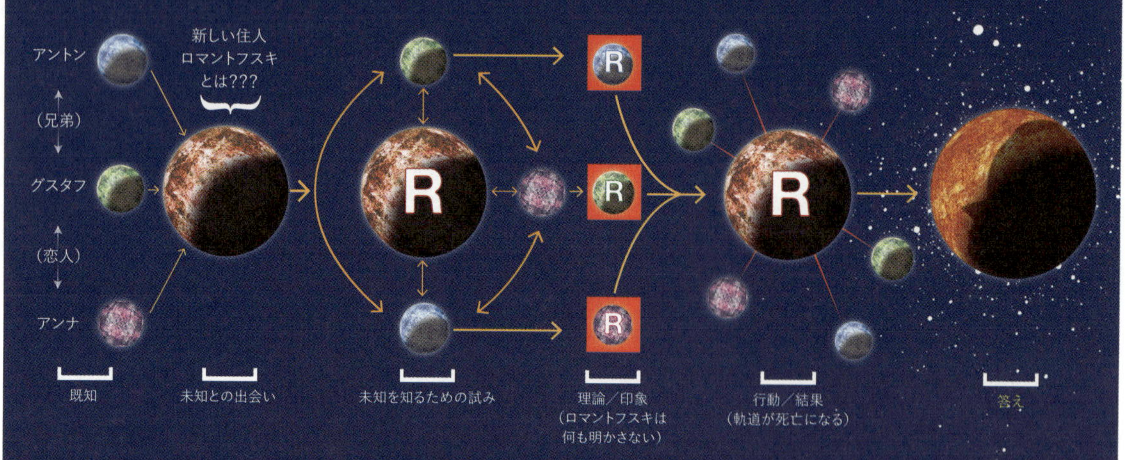

3人のキャラクターが、新しい住人の軌道に入る。新しい住人の引力にとらえられていき、彼に魅せられて縮小していく軌道が、ついに破滅をもたらす。この場合、3人の好奇心が新しい住人への引力を創ったが、ちょっとしたサディズムによって弱まっていた。結局、新しい住人にとって、3人は偽りの死の星だった。拒絶という力場は、3人が軌道に落ちていくのを速めただけだった。そのあと3人は、新しい住人が自分たち同様、ただの軌道上の天体だったと気づく。

ウラジーミル・ナボコフ『レオナルド』は、キャラクターの人間関係にあえて依存するストーリーもあると思いださせる。

人と、謎に対する3人のリアクションの物語で、死と暴露に至る。3人のキャラクターと、ロマントフスキと出会ってどう変わるか、または変わらないかを、構成は強調する。ロマントフスキは〈白紙〉のままだけど、核となるひとつの謎が、読者も3人も等しく魅了する。

これら3つのサンプルは、構成で遊ぶ楽しさと有用性をほのめかす。面白いストーリーには、型破りな構成によって最大の力を発揮するものがあると。有機的で、キャラクターとシチュエーションに結びついているかぎり、結果が自己アピールする必要はない。もし必要なら、きみはポストモダニズムや実験的フィクションの領域に入っているんだろう。その気があるなら、探検するべきすばらしい領域だ。でも、ベストセラー『宝石の筏で妖精国を旅した少女』や、ベストセラーじゃないけど構成とスタイルが挑戦的な『ラビリンス｜*The Labyrinth*』の著者キャサリン・M・ヴァレンテの名文句を憶えておいてほしい。

> わたしの経験からすると、所定のプロット、構成、スタイルのどれかひとつが、チームを代表してプレーしなくてはいけません。作者が読者を楽しませる試みをするあいだも、読者をとどめておくものが必要です。単純でわかりやすい構成、率直で内容がある文章、予想する物語にぴったり合うプロット。すぐれた本はたいてい、ひとつを選びます。2つ選ぶ本はアバンギャルドと呼ばれ、あいまいさもないのに読者の4分の1も引きつけない本は売れ残りと呼ばれます。マーク・ダニエレブスキー『紙葉の家』を見てください。「やれやれ」と言いたくなるような構成ですが、散文のスタイルは、本の3分の2では、きわめて平凡です……〔一方〕プロットはスタンダードな幽霊屋敷のストーリーで、文学的な幽霊探しがついてきます。

右ページ
シャチのヒレの骨格がひとの手の骨格と驚くほど似ているように、似ても似つかないような長編小説にも、思いがけない構成の共通点が見つかる。アメリカの作家ベン・メトカーフ『アゲインスト・カントリー｜*Against the Country*』（2015年）とナイジェリアの作家エイモス・チュツオーラ『やし酒飲み』（1952年）は、物語のデザインの枠組みとして多くの要素を配置している点で共通する。

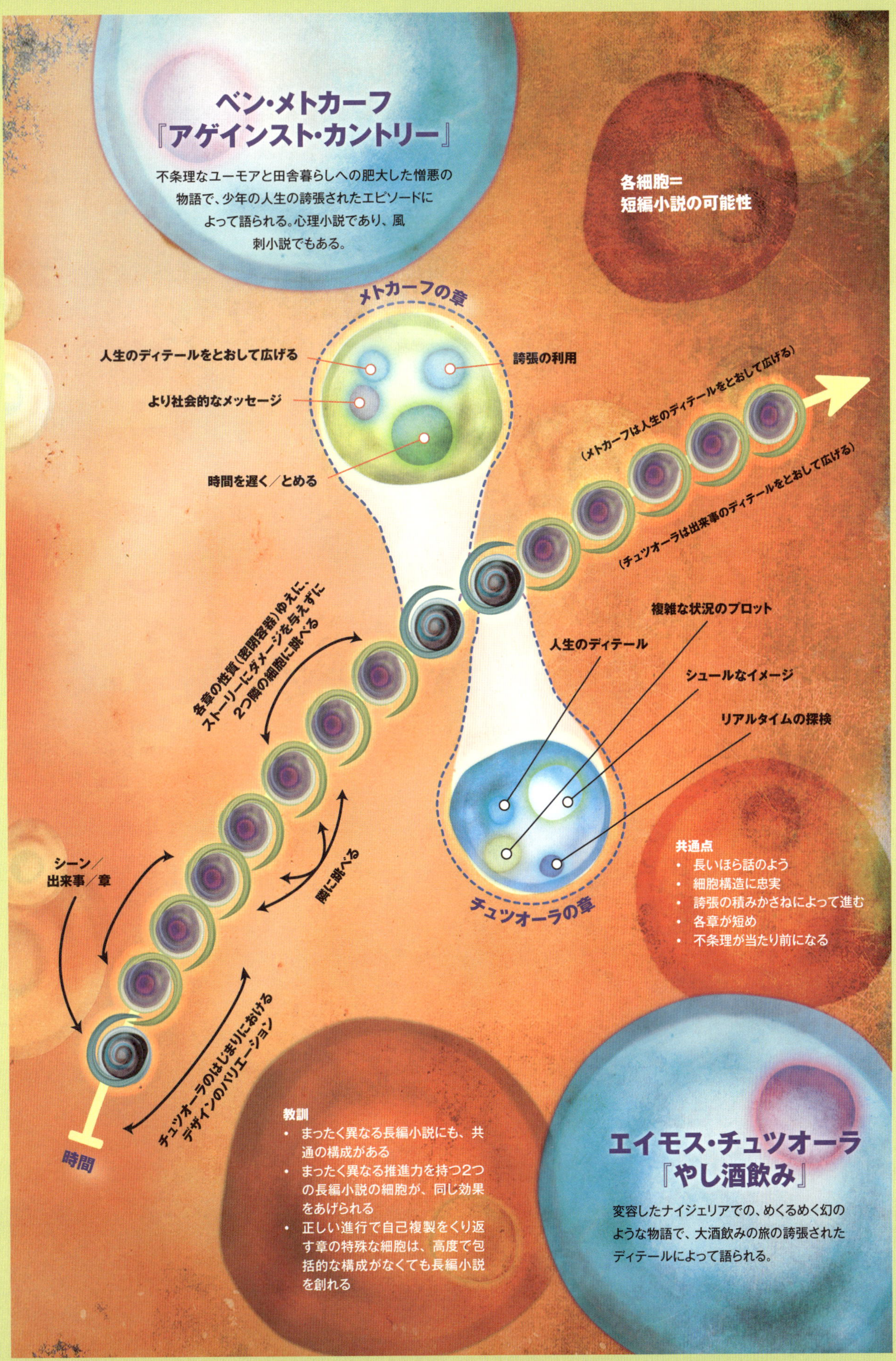
ベン・メトカーフ
『アゲインスト・カントリー』
不条理なユーモアと田舎暮らしへの肥大した憎悪の物語で、少年の人生の誇張されたエピソードによって語られる。心理小説であり、風刺小説でもある。
各細胞＝
短編小説の可能性
メトカーフの章
人生のディテールをとおして広げる
誇張の利用
より社会的なメッセージ
時間を遅く／とめる
（メトカーフは人生のディテールをとおして広げる）
（チュツオーラは出来事のディテールをとおして広げる）
各章の性質（密閉容器）ゆえに、
ストーリーにダメージを与えずに
2つ隣の細胞に跳べる
複雑な状況のプロット
人生のディテール
シュールなイメージ
リアルタイムの探検
チュツオーラの章
共通点
• 長いほら話のよう
• 細胞構造に忠実
• 誇張の積みかさねによって進む
• 各章が短め
• 不条理が当たり前になる
シーン／
出来事／章
隣に跳べる
チュツオーラのはじまりにおける
デザインのバリエーション
時間
教訓
• まったく異なる長編小説にも、共通の構成がある
• まったく異なる推進力を持つ2つの長編小説の細胞が、同じ効果をあげられる
• 正しい進行で自己複製をくり返す章の特殊な細胞は、高度で包括的な構成がなくても長編小説を創れる
エイモス・チュツオーラ
『やし酒飲み』
変容したナイジェリアでの、めくるめく幻のような物語で、大酒飲みの旅の誇張されたディテールによって語られる。

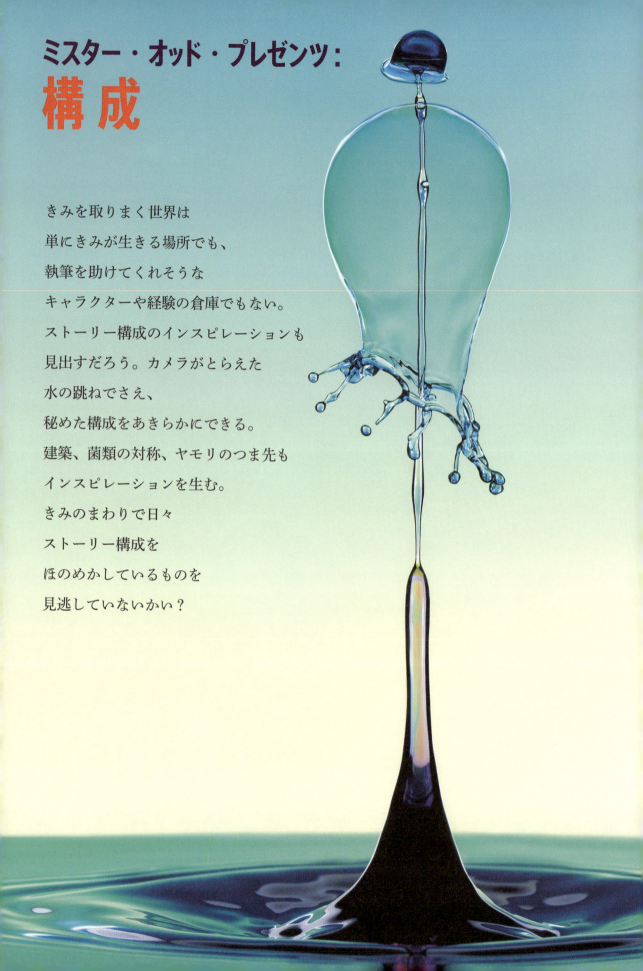

ミスター・オッド・プレゼンツ：
構成

きみを取りまく世界は
単にきみが生きる場所でも、
執筆を助けてくれそうな
キャラクターや経験の倉庫でもない。
ストーリー構成のインスピレーションも
見出すだろう。カメラがとらえた
水の跳ねでさえ、
秘めた構成をあきらかにできる。
建築、菌類の対称、ヤモリのつま先も
インスピレーションを生む。
きみのまわりで日々
ストーリー構成を
ほのめかしているものを
見逃していないかい？

とにかく、既存のフィクションや構成の〈平均〉モデルにとらわれず、独自の構成を追いかければいい。前のページで、ミスター・オッドが、構成のインスピレーションの可能性を示した。これらの構成を持つストーリーは、どんなふうだろう。適切なコンテキストにおいて、これらの構成は読者に何を与えるだろう。どんなものが、ストーリーの構成を提示できるだろう。

シーン創り

物語のさまざまな要素からなるシーンは、プロットを、ひいては構成を創る重要な建築部品だ。デイヴィッド・トロティエ『シナリオライターのバイブル｜*Screenwriter's Bible*』では、シーンを厳密に定義している。「シーンとは、カメラ配置、ロケーション、時間で構成されるドラマの単位だ。3つの要素のどれかひとつでも変われば、シーンも変わる」。動画ではなく言葉を扱うから、フィクションのシーンはもう少し柔軟だろうけど、トロティエの定義は基本を押さえている。

シーンは通常、キャラクターたちのやり取りを強調するけど、ひとりに注目することもできる。描かれているのがフラッシュバックの一部だったとしても、ひとりのキャラクターを一瞬でドラマとして成立させる。もし雨のなか道路を横ぎり、通りかかったストーリー・トカゲにあいさつする男を描写するなら、男の考えを伝えるにせよ伝えないにせよ、この出来事はシーンとして機能する。シーンの要素の比率は、解説、フラッシュバック、描写や要約とバランスを取りつつ、いま展開している対話と行動によって変わる。ストーリーを語られているのではなく見せられていると読者が感じるかぎり、どんな構成比でもうまくいく。

一方、ハーフ・シーンとは、対話と描写による2、3の行や段落からなるミニサイズのシーンだ。あるいは、要約や違うシーンに組みこまれ、物語のためにドラマを深めたり加えたりする。もし雨のなか道路を横ぎった男が、コーヒーショップでだれかと話しているあいだにストーリー・トカゲとの出会いを思いだすなら、その対話と描写を加えるために現在のシーンを広げて、ハーフ・シーンを創る。

要約とは、脚色なしで動きや考えを描写する。〈見せる〉ではなく〈語る〉やりかただ。「ストーリー・トカゲを避けて（だれがハプニングを望む？）道路を横ぎったあと、男はパン屋、床屋、鍛冶屋に寄って帰宅した」は要約であって、シーンでもハーフ・シーンでもない。

WEB

シーン、ハーフ・シーン、要約の別サンプル
MORE EXAMPLES OF SCENE, HALF-SCENE, SUMMARY

ストーリーも長編小説も、純然たる解説や要約を取りいれたり、ハーフ・シーンを使ったりできるキャパシティがあるけど、たいていのフィクションは、途切れとぎれだったり連結していたりする要約を伴うシーンからなる。ジョン・カルヴィン・バチェラー『南極大陸人民共和国の誕生｜*The Birth of the People's Republic of Antarctica*』は、ハーフ・シーンを伴う要約活用のすばらしいサンプルだ。語り手に説得力があり、要約がシーンにくらべて退屈なものになるのを防いでいる。タマス・ドボジーの短編集『包囲13｜*Siege 13*』は現在を説明するために、歴史を掘りさげる。要約とハーフ・シーンをとおして、さまざまな出来事を語るので、ストーリーが構成比を変えざるをえないときがある。こういう場合、一番

バチェラーは、このアプローチを多用する。もうひとつの注目すべきサンプルは、ウラジーミル・ナボコフ『アーダ』だ。

よく使われるストーリーの構成部品は、解説だ。

ペース：ビートと進行

シーンの創りかたと編集のしかたを学び、シーンの効果をコントロールするためには、知っておくべき基本用語がある。まず、ペースだ。

ペースとは、読者の頭のなかでシーンがどれだけ速く、あるいは遅く展開するかだ。いろんな作用をとおして、読者が感じる時間の流れのスピードを変えられる。ここでいう「時間」とは、物語の時系列や現実世界での時間とは別物だ。

読者のなかでのシーンの時間は、きみのコントロールレベルで決まる。われらが友人の喋るペンギン（フレッドと呼ぼう）と天敵デンジャー・ダックとのこぶしでの殴りあい（ヒレでのひっぱたきあい？）は、現実には数秒かもしれないけど、ビンタや羽毛ににじむ汗のディテールを描きつくすなら、ストーリーでは魅力的な数分になる。フレッドがヒナだったころのはじめての闘いを見せるためにファイト・シーンを広げるなら、プロセスはさらに遅くなる。あるいは、ファイト・シーンの目的によっては、2行で片づくかもしれない。きみが読者に伝えるべきは、その影響だろう。何をなしとげたいか、きみ自身が理解していることが大切だ。

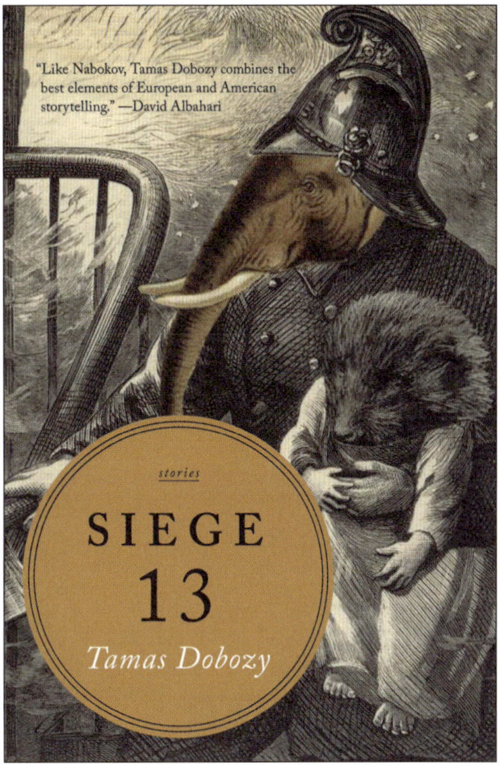

アラン・カウシュによる『包囲13』（2012年）表紙。ドボジーの短編集は、要約の興味深い使いかたをしている。

ペースの概念と、読者がシーンを体験する方法につきものなのが、ビートと進行の概念だ。ビートとは、ごく短い干満（シーンでの前進と後退）のサイクルで、アクション／リアクション、原因と結果、刺激と反応をいう。シーンの健康をサポートする細胞が起こす反乱のようなものだ。わかりにくければ、ビートを〈鼓動〉〈脈拍〉として考えてもいい。きみは脈拍を整えられるし、**1、2拍**跳ばすこともできる。

「ビートとは瞬間で、能動的な生き物だと思います」と『ハローゲート｜*Harrowgate*』の著者ケイト・マルヤマは言う。「『ここにはもう1拍、間（ま）が必要だ』は、映画でよくされる注意ですが、わたしはフィクションで使っています。もし進行を見て、ドラマティックな作品になっていないと感じるなら、たいてい瞬間を逃しているせいです。わたしは大学時代からちょっと演劇オタクだったので、振付師が『5、6、7、8、ステップ』と叫んで、だれかの手のひらを甲でたたき、シーンの正しいリズムを教えるのを、いつでも想像します。シーンがクライマックスに達するまえや、クライマックスから離れるときに1拍置くことで、何が起きたかをわたしたちとキャラクターに把握させられます。対話においても、キャラク

経験からいうと、ペースを速めるために、ファイト・シーンはアクション／リアクション（またはビート）の3分の1を削除したほうがいい。それでも、うまくいくはずだ。

ターがショッキングなセリフを口にするまえに情報を処理しなくてはいけないシーンにおいても。シーンの求めに応じて、その1拍は休止だったり、セリフだったり、(映画なら)一瞥だったり、頭へのパンチだったりします」。

進行とは、シーンごとの、あるいは異なるシーンにもおよぶ、出来事の順番と情報の配置をいう。もっとも戦術的なレベルでは、進行はビートの使用をとおして創られる。進行は、物語の強烈さ、意外性、上昇展開の感覚をコントロールするカギだ。正しい進行のストーリーでは、出来事がたがいを支えていて、自然でありながらドラマティックな魅力を感じさせる蓄積効果がある。たとえば、正しい進行でなら、フレッドに積年の恨みを持つデンジャー・ダックについて、ぼくたちは闘いのまえに何かしら知っているだろう。闘いのあともストーリーがつづくように、闘いの結果はストーリーとシーンに影響しつづける。

間違った進行は、読者を混乱させて、拍子ぬけさせるおそれがある。たしかなビートは、たがいの関連において完璧に意味をなせる。間違った進行で使われれば、乱れているように思えるかもしれないけど。第3章で、フィクションを爆発からはじめないようアドバイスしたのを憶えてるかな。進行の概念(先行するものよりも刺激的な何かを配置する必要性)についてのアドバイスでもあったんだ。もしきみがあまりにも機械的にシーンを考えて、起きること──〈これ〉が〈これ〉になって〈こう〉なる──を予測しているなら、ビートと進行は「〈こう〉なる〈これ〉は〈これ〉じゃない」と言っているかもしれない。自然だと思える脈拍に逆らっちゃいけない。ほかのすべてをアレンジしなおすんだ。

ビートと進行は連続性が求められ、原因と結果のために存在する。シュールなストーリーであっても、アクションは、規模の大小にかかわらず、リアクションなり結果なりを引きおこす(ノーリアクションもリアクションだ)。「彼は彼女をコケにした。彼女は去った」「彼は彼女をコケにした。彼女は去り、二度と口をきかず、彼の友人に彼への反感を抱かせた」など。複雑な跳びこし進行のチャンスは、戦術的に考えすぎて、アクションのより大きな成果を見失っている作家に、ときどき無視される。もし成果が繰りこされ

ビートの検査

長年の研究の末、フィンランドの前衛アーティストのニンニ・アアルトは、顕微鏡下でストーリーのビートを分離した。これらの小さな生き物は、物語の細胞であり、動きや感情、休止をあらわす。物語のタイプに応じて、ビートの共同体は因果関係や、もっとささやかなつながりを作る。いくつかサンプルをあげよう。

行動ビート。チャック・ウェンディグ『ブラックバード|*Blackbirds*』で見つかり、高い緊張状態でシーンを終えるために欠かせない役目を果たした。

るなら、理論上は、各シーンの終わりとその後のシーンにはエネルギーと複雑さがある。それによって、多かれ少なかれストーリーが創られる。正しい進行の保護のもと集まった、正しいビートの交差と蓄積（というか頂点）が、望む成果をなしとげる。あと、これも忘れないでくれ。すべては、きみのキャラクターがすること、しないことによって決まる——キャラクターの決断が、違うビートと進行を持つパラレルワールドの宇宙を創るんだ。

シーンのはじまりと終わり

シーンのもっとも興味深いドラマティックな要素（ファイト・シーンであれ、そっけない会話であれ、皮肉なうなずきであれ）は、シーンの中間か3分の2で起きるかもしれないけど、シーンの入り口と出口は同じか、それ以上に重要だ。適切でドラマティックな要素は、取り扱いを誤ってもそれなりに効果を保つ。でも、へたな扱いをされたシーンの設定とはじまりは、読者を悩ませたり、退屈させたり、イライラさせたり、まぎらわしい方向を示したりして、読者がシーンの核心に着くまえに興味を失わせるかもしれない。

シーンのはじまりで問うべき基本的な質問があるけど、せめていくつかは、きみのシーン（正しいスタート地点を選んだと、ひとまず仮定して）と関連しているべきだ。

- ぼくたちはシーンが起きる場所にいるか？　それとも、そこへの移動中か？　もし移動中なら、その場所にいないことに、どんな目的があるのか？
- シーンが新しい場所で起きるなら、読者をとどめている場所について、じゅうぶんなコンテキストを与えたか？
- キャラクターがどこにすわって、あるいは立っているか、ぼくたちは理解しているか？　つまり、キャラクターたちが、どこでどんなふうにスペースを占めているか、わかっているか？

感情ビート。エカテリーナ・セディア『モスクワの秘密の歴史｜*The Secret History of Moscow*』で見つかり、読者の悲哀を誘うフラッシュバックの記憶を創った。

混濁ビート。ストーリーの動脈壁にくっついて、静かに存在を知らしめる。ソフィア・サマター『図書館島』で休止を形成した。

感情&行動ビート。行動ビートと感情ビートはときどき、分離できないほど絡みあい、2つの心臓でひとつのビートを創る。タマス・ドボジー『ブダペスト動物園の動物たち｜*The Animals of Budapest Zoo*』で、前進と共感を創った。

だが、すべての進行が、原因と結果につながるとはかぎらない。そのかわり、感情や動き、物、場所などの反復と変化によって進む散文を創れる。——マット・ベル

- 新しいキャラクターが紹介されるなら、ぼくたちはそのキャラクターや、ほかのキャラクターたちとの関係を、そのシーンで理解できるか？
- シーンの第1文から、だれの視点か、ぼくたちはわかっているか？　もしわかっていないなら、なぜか？
- コンテキストとキャラクターの視点は、結びついているか？　たとえば、このジョン・ル・カレ『ロシア・ハウス』のコンテキストを考えてほしい。「多くの美しいファサードの裏に恥を隠し、微笑みを浮かべつつ恐ろしい問いをする街を、彼はほかに知らない」。場所にまつわるこの文は、キャラクターの視点もあきらかにする。
- 描写はストーリーと共に動くか？　あるいは、ストーリーの動脈を詰まらせるように見えるか？　ディテールは、シーンの前進や現在と結びついているか？　M・ジョン・ハリスンのSF長編小説『ライト』は、ぼくたちが必要とするときだけ情報を与える。取りいれられても説明されるまで謎のままという要素は、先行するシーンを邪魔しない。
- もしシーンがすでに使われた場所で起きるなら、読者が知っている、つまり不要な情報をくり返していないか？　シーンを減速させず、場所についての新しいディテールを与えられるか？
- 場所にかかわりなく、コンテキストは先行するシーンを考慮しているか？　情報の反復はあるか？　読者に重要なことを思いださせるために必要か？　あるいは省くべきか？
- フラッシュバックや時間の操作が起きるまえに、シーンはじゅうぶん進んでいるか？　つまり、ベースラインの現実とシーンの現状が、読者の意識に根づく時間はあったか？

ペースに関していえば、もしシーンが緊張ではじまるなら、シーン中盤をゆっくり引きのばして、緊張を緩められる。でも、もしシーンがゆっくりはじまるなら、シーンの中盤に近づくにつれて、ビートを速めるべきだ。

シーンの終わりは、解説をとおしてコンテキストを伝える必要性が減っているから、もっと自由だ。きみがしたい表現や強調しだいで、シーンを広げつづけることも、いろんなやりかた（特定のビート）で終わらせることもできる。たとえば、ペンギンのフレッドとデンジャー・ダックのシーンを、どこで終わらせるか考えてみよう。パンチの最中で。血まみれで床に倒れているフレッドで。父親のマガモに殴られたデンジャー・ダックの記憶で。どちらも留置場送りにする警官で。パトカーのなかで、気まずそうに握手する血まみれのフレッドとデンジャー・ダックで。

シーンの終わりについて考えてほしいのが、以下の問いだ。

- 強調のために、いまあきらかにするべきことが、シーンで暗示されているか？
- 暗示されていたことを、終わりを早めて、あきらかにしたか？
- アクションやリアクションを終わらせたか？　選択の違いはシーンにどう

BOXING
WORLD
世界フェザー級チャンピオンズリーグ
FEATHERWEIGHT CHAMPIONSHIP
☆ 50 ROUNDS ☆ MARQUIS DE SADE RULES ☆ NO DUCKING
50 ラウンド
マルキ・ド・サド・ルール
潜水なし
フレッド・ザ・キラー・ペンギン
FRED "THE KILLER" PENGUIN (172-3-1)
VS.
デンジャー・ダック
DANGER DUCK (15-0)
ALSO FEATURING: ☆CHARACTER MOTIVATION VS. HISTORY OF HATERS
同時開催：☆キャラクター・モチベーション VS 憎しみの歴史
THE DUST-UP IN DUBAI
ドバイで大騒ぎ
3度目の因縁の闘い!!
3RD FIGHT IN THE EPIC SERIES!!
TIED!
同スコア!
『ぼくは自分のキャラクター・アークをあやつる!』—フレッド
"I CONTROL MY CHARACTER ARC!" - FRED
FRIDAY NIGHT * 8PM * OWL PALADIUM
金曜夜
PM8 時
フクロウ・パラディウムにて
ラウンド／シーン
Round/Scene
1 2 3 4 5 6 7 8 9 10
ANNOUNCER MICHAEL BUFFLEHEAD CALLS THE FIGHT, BEAT BY BEAT-DOWN. ONE PUNCH COULD CHANGE THE NARRATIVE.
アナウンサーのマイケル・ヒメハジロが実況
ビートがビートを打ちのめす　1発のパンチが物語を変える
HOW WILL IT END? KNOCK OUT? A KISS? A KICK IN THE TUCKAS?
どう決着をつける？
ノックアウト？　キス？　ケツにキック？

作：ニンニ・アアルト

影響するか？

- シーンの序盤と（ありがちなのは）中盤に、終盤に移すべきものはあるか？たいてい、対話やキャラクターの考えがそうだ。草稿を書いているあいだ、きみは対話を（フィクションでの会話だと忘れて）リアルに見せつつシーンをサポートする順序ではなく、会話の自然な流れの感覚に基づいて、配置したかもしれない。
- 最適な終わりの1行を選んだか？　もっと、シーンの最後のページにふさわしい1行はないか？

ビリヤード・プレーヤーが手玉がとまる位置を計算して次のショットを決めるように、次のシーンへどう移動するかだけでなく、シーンの終わりが次のシーン（ストーリーのずっとあとで起きるシーンであっても）の入り口にどう影響するかも考えなくてはいけない。ときどき、恐ろしい結論にたどり着くだろう。「このシーンは、わたしが語ろうとしているストーリーには必要ない」。でも、恐れたままでいてはだめだ。的はずれなシーンの削除は、残りのシーンの強化にほかならない。

反復と埋没

ある種の反復が、物語をサポートするかもしれない。たとえば、文章構造の反復は役に立つ。特定の対話提示のパターン（彼は言った／彼は彼女に語った）は、「the」「a」のような冠詞の反復使用と同じで、埋もれて目につかなくなる。読書に没頭するために、読者はこういう埋没を求める。でも、シーンに関しては、反復が好ましくない埋没をもたらすおそれもある。

シーンの反復とは、2回以上あるシーンということだ。つまり、まったく同じアクションや同じタイプのアクションを、別々のシーンで起こさせる。いくつかの継続的なバトル・シーンとか。でも、オオカミのシーンのあとに、ヒツジの皮をかぶったオオカミのシーンがつづくときもある。見おぼえがあるアウトラインは、ごまかしきれないものだ。たとえば、ある重役が会議でプレゼンテーションをして、それから結婚式に、それからセミナーに出席して……となると、ほぼ同じシーンを書いていることになる。だれかが何かを聴衆に示しているという点で同じだから。主人公が示される側かどうかは関係ない。

特定の動きやシーンを一度ならず（ほんの2、3回でも）強調させると、読者が得るものは減っていく。特に、短いあいだでの反復は、シーン全体を埋没させていくかもしれない。読者はもう興味も興奮も感じなくなる。

読者の興味を取りもどすには、シーンのタイプを変えるしかない。それによって、興奮もよみがえる。1タイプのシーンの反復に頼るほど、次の反復シーンとのあいだにスペースが必要になる。たとえば、3つのバトル・シーンを立てつづけに書いたなら、2つ目の中間までに読者はうんざりするだろう。描写されたアクションが、ただのページのしみになっていく。一方、もし3つのバトル・シー

可能性の手

因果関係の目

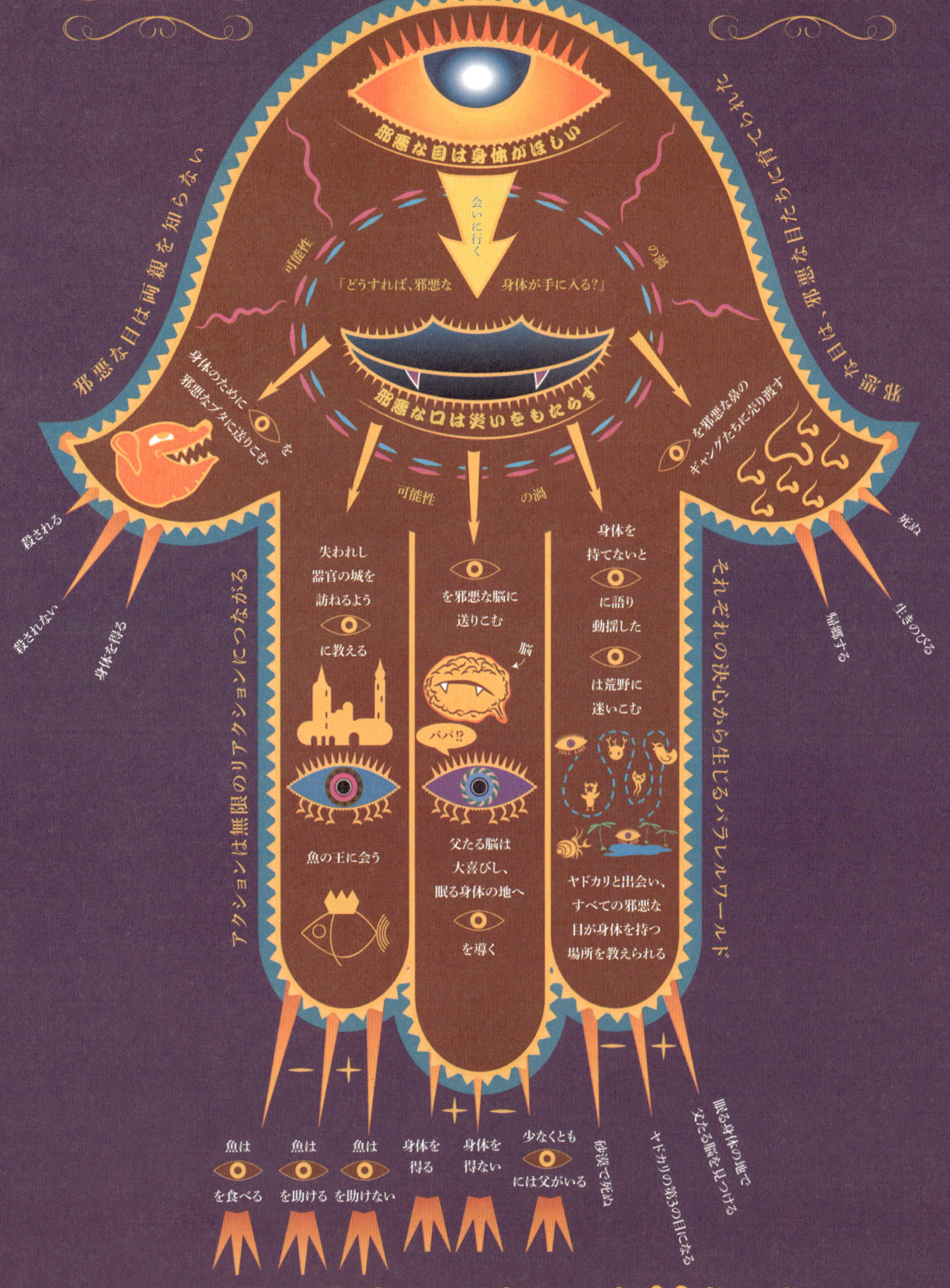

いつかストーリーは終わる

マーティンは、補足のワークショップで、バトル・シーンへのアプローチを論じている。

ンのあいだにそれぞれ、まったく異なるシーンを挿入すれば、読者の興味を保てるかもしれない。ビートと進行の、見た目と印象が変わる。もうひとつの解決策は、似たシーンへの違うアプローチを見つけて、同じような出来事が同じ見せかたにならないようにすることだろう。**2つ目のバトル**は遠くから観察して、3つ目はその影響だけを示すとか。ジョージ・R・R・マーティンは『七王国の玉座』で、このアプローチをうまく使っている。

ひとつの長い、核となるアクションが多くの章とシーンにわかれている長編小説では、このアプローチはさらに重要だ。バラバラになったアクションをひとつの長い、核となるアクションとして、読者が自動的に体験するわけではないのだから。いくつかの章にわけることは、基本的に同じアクションを長い期間をかけて描写している事実に注目させるだけかもしれない。アクションとは対照的なシーンのコンテキストがなければ、そのアクションは意味をなくしていく。

このことから、反復について、もうひとつのルールが生じる。新しい（とりわけ舞台設定の）反復に伴い、別のシーンを削除しなくてはいけなくなるのだ。パターンは確立されていて、削除されたディテールを読者が埋められるだろうから。シーンでの要約の比率も変わるだろう。この構成比の変化によって、特定の情報や人間関係の基本を伝えるだけでなく、シーンから違う要素を引きだせる。長編小説の前半では有用だった文章が、いまや壊死組織になっていき――不毛な反復をきわだたせるだけだ。

シーンの延長と削除

どのシーンにも緊張やドラマがピークに達する瞬間があり、そこからときには面白い、ときには面白くないやりかたで離れていく。ドラマティックな瞬間の直後からうしろを削除すればいいというわけじゃない。たとえそれが、次に起きることへの読者の興味を保つために、よく使われる（使われすぎる）やりかたであっても。長編小説やストーリーで、ドラマティックな緊張の余波が延々つづいてもうまくいくのは、焦点が、新しい事実や情報、対立へのキャラクターのリアクションにあるからだ。たとえば、タマス・ドボジーの忘れがたい短編小説『美容師｜*Beautician*』で、語り手は恋人エヴァの母イロナの不都合な秘密をあばき、ホロを巻きこむ。語り手の動機は複雑だけど、基本的にはイロナを説得しようとしているだけだ。ドボジーは秘密の暴露で終わりにせず、シーンを広げ、語り手とエヴァだけにして、秘密の暴露がどんなふうに関係を損なうかを示す。もし、ホロの過去とあばかれた秘密についてだけのストーリーなら、ドボジーはもっと早くシーンを終えられただろう。でも、この作品は、秘密の保持と公表が語り手に与える影響についてのストーリーでもある。

アクション・シーンは、たとえば、ディナーの会話より引きのばすのがむずかしい。

シーンの延長は、削除よりスキルが求められる。このスキルには、すぐれたキャラクター描写もふくむべきかもしれない。なぜか？　素材が面白くなくてはいけない時間が、単純にもっと長くなるからだ。そのあいだ読者には、きみの示唆（と論理）を考える時間ができる。読者は出来事だけでなくキャラクターも注視して

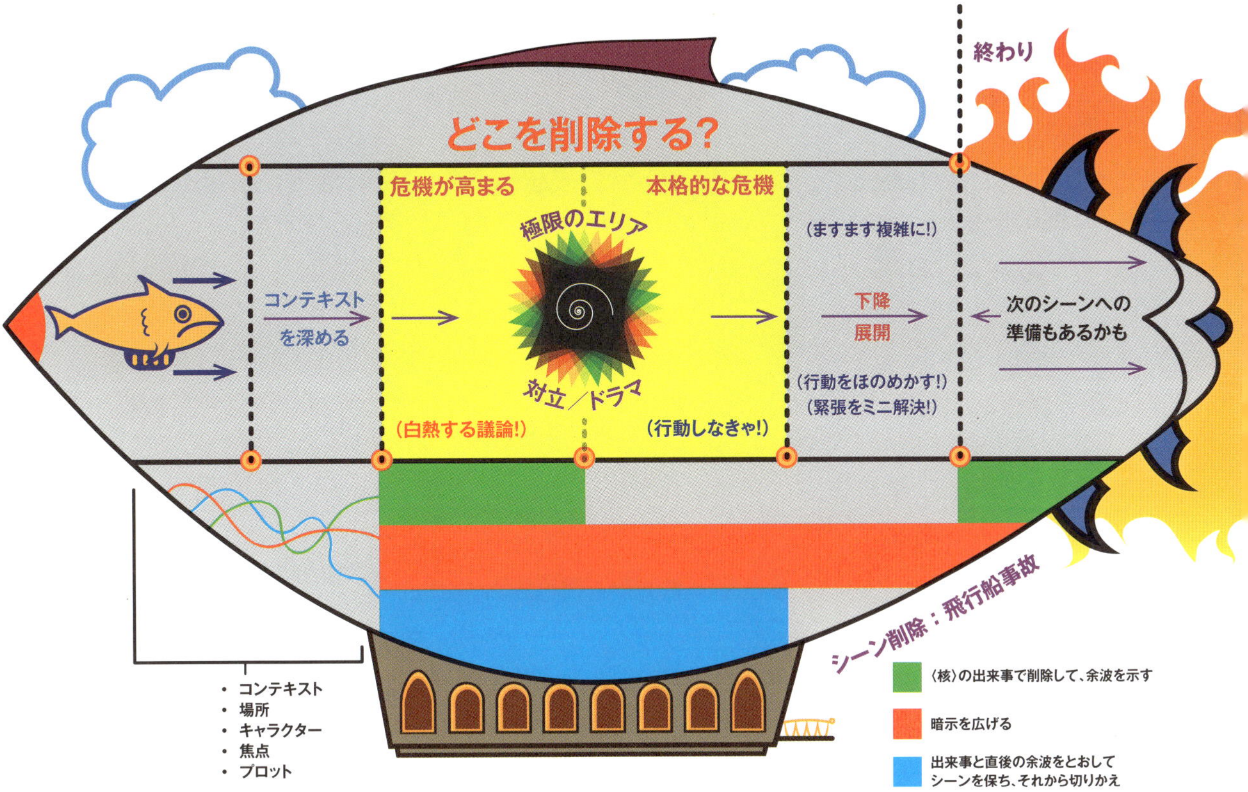

いるから、キャラクターに深くかかわるほど、きみには時間が与えられる。

ストーリーや長編小説をとおして、包括的な削除パターンを、あるいは、対比のために違うタイプの削除を使いたくなるかもしれない。どちらのアプローチもそれぞれ、異なる読書体験を創るし、異なるレベルのテクニカルな知識を要する。ぼくは『ヴェニス・アンダーグラウンド』で『シュリーク：アン・アフターワード』とは全然違うシーンの削除を使った。『ヴェニス・アンダーグラウンド』はシュールな遠未来小説で、ほとんどがリアルタイムで展開し、グロテスクな不条理がグロテスクな不条理の上に重なる。地下でのシーンのペースは速くなければならず、ビートと進行は、つなぎ合わされて全体をなす、短くて独立したシーンを創るために使われた。もし物語の一部を引きのばしすぎたら、読者がベースラインの現実を考えるのに時間がかかりすぎて、もっともらしさが失われただろう。これに対して、『シュリーク：アン・アフターワード』は60年におよぶ機能不全家族の年代記で、架空の都市の歴史もふくむ。多重的な物語で、ときどき過去へと脱線する。ビートと進行は、あらゆるタイプのタイムトラベルをしなくてはいけないし、シーンは引きのばされて、より多くのクリエイティブな要約を受けいれなくてはいけない。ペースは必然的に遅くなる。

インターカッティング・シーン

行楽客たちがやって来る。
モンスターがいる島に、
チャイブ・マッスル・
カルト・クラシックに、

**血に飢えた
地獄の祭に。**

アプローチ#1

複数の視点人物、素早い切りかえと短い章

1A　1B　1C　1D

3者はだいたい均等で、モンスターの視点は短い。

2B　2A　2C　2D

リポーターの視点からの死体発見が長めで、観察しているモンスターもふくめた3者の〈リアクションの交替〉を伴う。

3A　3B　3C　3D

モンスターに遭遇したときのキャラクターのリアクションに関する短い挿入シーン、つづいてモンスターのアクション。

4A　4B　4C

3者がバラバラの方向に逃走。シーンが長くなり、BとCがどうなったかわからない緊張が引きのばされる。章の長さに関していえば、メインの視点人物を確立するために、ひとりがほかの2人より重視されるかもしれない。

このシナリオで（映画、特にスリラーでも）複数の視点人物を用いるなら、たいていの商業的フィクションは、上記シークエンスのバリエーションを用意するだろう。でも、このアプローチはいろんな長編小説で使われる。わかりやすいのは、ある種の〈お約束〉を予測させるジャンル（ホラーのような）で、作家が率直なアクションを見せているときかもしれない。

キャラクターズ

A　B　C　D

歯医者のロドニー　リポーターのチャスティン　警官のベッカ　モンスターのウゴー

いつシーンを挿入するか考えるために：
—リズムを確立する
—視点人物たちと定期的にかかわる
—どの視点からのシーンが最適かを知る

アプローチ#2

複数の視点人物、ただし素早い切りかえは少なめで章も長め

1A

良くも悪くも長編小説のかなめである、
ロドニーの人格を確立するための長いワンシーン。

2B **2C**

冷淡なジャーナリストの目で死体を見るために、リポーターの視点からのシーンが長め。つづいて警官。死体への脇役からの視点も有益。

3D **3A**

読者が残忍さをいくらか理解できるモンスターからの、長めのシーン。つまり、アプローチ#1より、モンスターが目立つ。モンスターを見ておびえるロドニーで終わるのは、メインの視点人物だと再確認して、モンスターへの対照的な視点を与えるため。

4B **4C**

キャラクターがモンスターから逃げるあいだに、ぼくたちはリポーターの視点に入る。彼女は一番離れたところにいるから、冷静さを失っておらず、事態のディテールを作家が伝えやすい。似た理由から、警官も確認する。でも、こういう理性的な視点が生じるのは、ロドニーのショックを見てからだ。次のシーンの視点人物は、リアクションが読者と一番近い凡人ロドニーで、逃走が終わったあとだ。

このアプローチは狂乱を抑え、長編小説の入り口をより考慮している。それによって、興味と共感のたくわえを創り、もっと速くてアクション満載な、あとのシーンに利用できる。でも、どんなシークエンスであれ、テクニックしだいで緊張は与えられる。どんなアプローチを使うにせよ、ゴールは、キャラクター描写と構成とストーリーの完璧な相乗効果を見出すことだ。

ひねくれデビル

おまえがどれだけ時間をかけるかで、読者にとってのキャラクターの重要性が決まったりもする。シーンは動いてるべきだし、そう見えなきゃいけないが、削除しすぎるとキャラクターの深みをダメにするかもな。シーンをどう削除するかは、散文の密度みたいな要因にもよるし、プロットをどう築くにしたって、それなりにキャラクターの過去の共有もいる

#1―探検　#2―死体を発見
#3―モンスターに遭遇　#4―逃走

シーンの挿入

もしきみが複数の視点人物を用いているなら、シーンの挿入にはいろんな方法がある。もっともドラマティックな方法は、商業的フィクションでよく使われるものだけど、映画からヒントを得ているのは間違いない。対決や対決直前の瞬間に、シーンを切りかえるんだ。読者はつづきを知りたいから、きみは別のキャラクターの似たようなシーンを、対決に戻るまえに挿入できる。言いかえれば、時間をかせいでいる、あるいは売買している。このアプローチはひどい使いかたもされるけど、読者の興味を失わずに長編小説をより複雑にする、もっと巧妙なシーンを創るためにも使える。うまく使わないと、読者は釣れても、ファンですら不満をこぼす見え透いたハラハラドキドキの粗悪な長編小説、たとえばダン・ブラウン『ダ・ヴィンチ・コード』のようなものを創ってしまうかもしれない。うまく使えば、ジョージ・R・R・マーティン『氷と炎の歌』シリーズのように誠実で、読みだしたらやめられない作品を創れるだろう。

クライマックスの瞬間へのアプローチはさまざまで、使いかたもたくさんある。ドラマのレベルが高まっていく長編小説において、読者を疲れさせたり、余計なアクションでクライマックスを乱したりしないようにできる。なぜか？　きみは望む時点（少しあと、数分後、または数時間後）のシーンに戻れるので、対決を必ずしも明示しなくていいからだ。少しあとに戻るなら、強調のためやアクションの一時停止のために、章かセクションをひとつ加えるだけだろう。数分後なら、進行中の対決に戻る。1時間後なら、読者に示すものを、対決の兆しから、要約をつけた対決の余波に切りかえる。場合によっては、作家はもっと長く、待望の瞬間を待たせつづける。『指輪物語』シリーズで、J・R・R・トールキンは、バルログとの生涯にわたる闘いでガンダルフに何があったのか、読者に教えようとしない。ひとつには、ぼくたちが作品を読みつづけるのは、それを知りたいがゆえでもあるからだ。

WEB

挿入の別サンプル
MORE
INTERCUTTING
EXAMPLES

映像メディアの応用

テレビと映画は、フィクションに悪影響をおよぼすときがある。作家によっては、マスメディアから得た経験とアイディアを、自分のヴィジョンのかわりに使う。あるいは、〈翻訳〉や分析もせずに、テレビ番組の構成が、長編小説とストーリーにぴったりだと考える。スクリーン上の画像のほうが、ページ上のフィクションよりも即時性が高いという問題もある。この傾向を強めているファンタジーおよびSF映画が、あまりにも多い。編集者は日々、平均以下の脚本のような、つまらない持ちこみ原稿を読まされる。

でも、違うメディアがフィクションに好影響をおよぼし、向上させるやりかたもある。ひとつの例が、シーンからシーンへの切りかえだ。たとえば、A地点からB地点へ移動中のキャラクターを、A地点のシーンだけ、B地点のシーンだけで描く。J・R・R・トールキン『指輪物語』シリーズがちょっと古さを感じさせる理由のひとつは、現代の読者が共感するとはかぎらない、ペースを遅くする田園生活の断片が、旅に残されているからだ（サルマンから逃れて鷲に乗ったガンダルフは映画ではひどいありさまで、ページ上のほうが説得力を持つものがあると思いださせる）。

映像メディアがフィクション作家に役立つもうひとつの例が、暗示や強調のためにシーンを省くことだ。番組の時間はかぎられているので、テレビはうまくシーンを省略して、視聴者自身に補ってもらうしかない。凝縮の効果をあえて使うテレビ番組もある。たとえば、HBOのドラマシリーズ『ホームランド』第1話で、アフガニスタンで8年間行方不明だった海兵隊員の妻は、夫が見つかったという知らせを、息子を学校へ迎えに行っているときに受ける。監督と作家はこのシーンをつづけて、妻が息子に伝えるのを見せることもできた。でも、すぐ次のシーンに切りかえて、校庭を横ぎって近づいてくる息子を見つめる妻を映した（訳注：実際のドラマのシーンとは異なる点が多く、著者の記憶違いと思われるが、原文の意図を尊重し、ここでは忠実に訳出した）。この省略には、いくつかポイントがある。(1) 聞いたばかりの情報をくり返す必要はない。(2) 陳腐なシーンを見せる必要はない。興味を引くユニークな手法でおこなわれるべきだ。(3) 息子を強調するのではなく、妻の家族への思いを強調し、そのことがシリーズの焦点においても意味を持つ。(4) 結果的にペースが速くなり、サスペンスドラマにふさわしくなる（ぼくが考える、のろいペースとくどいストーリーテリングを知りたいなら、『ウォーキング・デッド』シーズン2がよい例だ。農場周辺のシーンを引きのばしていて、とにかくひどいから。すぐれた作家なら、シーズン2の大部分を2話にまとめただろう）。

これらは、映像メディアからフィクションにそのまま取りこめるテクニックだ。でも、分析とフィクションへの正しい翻訳（読者に素材を見せるために、独自のアプローチを生むチャンス）が欠かせない映画のテクニックもある。たとえば、ジョス・ウェドン監督のSF映画『セレニティー』のオープニングをくわしく調べてみるといい。世界構築とキャラクターのディテールを短時間で紹介する、すばらしいサンプルだ（監督のコメントも、物語についてのレッスンだ）。さらに、先行するテレビシリーズ『ファイヤーフライ 宇宙大戦争』と『セレニティー』のオープニングを比較して学べる――とりわけ、重点とキャラクターの紹介方法の違いを。でも、このアプローチをどうフィクションに応用するのか。特に、ロービングや全知の視点を使いたくないときは？

フィクションで使える映画のテクニックを学ぶための、ちょっとしたサンプルがある。第3章でオープニングを分析した、ぼくの長編小説『フィンチ』に戻ろう。SFの要素を備えたノワール・ファンタジー・ミステリーの『フィンチ』は、映画的（ビート、構成、映画を真似た視覚的な要素）だと思う。『フィンチ』執筆中、リドリー・スコット監督の映画『ブラックホーク・ダウン』の、ある効果が魅力的だと気づいた。どんなふうにフィクションに応用するか、はじめはわからなかったけど。きみがスコットの映画をどう思うにせよ、編集は的確で、ときどきすばらしい。戦闘攻撃ヘリコプターがモガディシュ（訳注：ソマリアの首都）に向かっているシーンで、あるときスコットは音を遮断する。観客への効果は、突然の揺れだ。音が断ちきられたとき、胃が落下したように感じた。ヘリコプターの音をいきなり消したのはあきらかに、きみをシーンのなかへほうり込むため――映画を2次元のメディアから、実体感と即時性があるものに変えるためだ。

ぼくはこの効果が大好きで、どうすればフィクションで使えるかを考えつづけた。答えは、『フィンチ』の構成のアウトラインを見なおしているときに浮かんだ。この長編小説は7章からなり、架空の都市アンバーグリスで二重殺人を捜査するジョン・フィンチの7日間に対応している。

どの日も、だれかに尋問されているフィンチの描写ではじまる。どこで、いつ、どのように尋問がおこなわれているかは、長編小説の後半まではっきりしない。でも、新しい章のはじまりには尋問があると、読者は思うようになる。だから、空白のページではじまる最後の章が、『ブラックホーク・ダウン』の無音と同じ効果を生む。驚きというある種の揺れを創るんだ。同時に、尋問と共にあるはずの恐怖がない空白ページが、奇妙な解放感を創る。これはフィンチにとって、どんな意味があるのか。長編小説の時系列にとっては？

この効果が、すべての読者におよぶわけじゃないだろう。尋問をただの題辞（エピグラフ）とみなす読者もいるかもしれない。でも、読者への不意打ちという意図もある。『ブラックホーク・ダウン』の無音と違って、伝えるのは不安ではなく、解放感や救いの可能性だ……尋問が終わって、フィンチが死んだ可能性もあるとはいえ。もっとわかりやすい応用のしかたもあるだろうけど、『フィンチ』での使いかたはこうだった。

映画やテレビを観ながら、答えられる問いがいくつかある……

- キャラクターが話しているあいだ、カメラはどれくらい長く顔を映しつづけるか？　もし映しつづけないなら、どこを？
- シーンが削除されているのは、どの時点か？　別のアプローチは、違う効果をどう創るか？
- 音などの目に見えない要素を、映画はどうしているか？
- どんな動きや演出がシーンで起きるか？　キャラクターはどう配置されているか？
- あってもおかしくないのにスクリーン上にないのは、どんなシーンか？

この映像メディアの〈尋問〉をやりとげたなら、いま取りくんでいるテクニックを草稿創りで活用するのが、もっとずっと楽になる。

何を強調しないか

対決や重要な出会いの瞬間、あるいはそのまえでシーンを切りかえるメリットはもうひとつあって、そういう出来事をすべて強調しなくてもすむことだ。ときどき、これは小説家の視点ともかかわっている。海賊と船の海上都市にまつわる『傷｜*The Scar*』で、キャラクターと海獣（レビヤタン）の遭遇のまえでシーンを切りはなすチャイナ・ミエヴィルの決断は、ファンタジーへのありきたりな予想には応じないという著者の意思のあらわれだ。でも、ほかの理由も考えられる。特定のタイプの出会いが起きるべきなのに、それを伝えるスキルがないとか。これは別に恥じゃない。バトル・シーンを書く気がないなら、書かなくたっていいんだ。

作家の奇抜さとスキルがどうであれ、何を強調するかは重点にかかわるし、どう〈生命を吹きこむ〉かはストーリーを支えたり、あやうくしたりする。気持ちがこもらないアクション・シーンは、ページに組みこむ意味がない。うるさくて長ったらしい屁は、間違いの喜劇での鬨（とき）の声かもしれないし、単に作家の気まずいミスかもしれない。食事は、要約より強調されるときのほうが、意義を持つかもしれないし持たないかもしれない。イサク・ディーネセン『バベットの晩餐会』において、食事はコミュニケーションの手段で、長編小説の核である連帯感を促す。ぜいたくな晩餐会を見せなくては失敗だ。でも、同じ食事をミエヴィル『傷』に押しこむのは大失敗だ。海賊のサンドイッチが、ただのサンドイッチでしかないときがある。

ダフネ・デュ・モーリアの1950年代の中編小説『いま見てはいけない』での夫妻の性的関係の扱いかたは、ニコラス・ローグ監督によって映画化された『赤い影』でのアプローチにくらべて教育的だ。夫婦の親密さを伝えるために、デュ・モーリアは言葉を使えたけど、ローグには映像しかないから、もっとあからさまにせざるをえなかった。あからさまなセックスは、中編小説の要素のバランスとシーンの役割をどう変えただろう。

特定のテーマに関して、いつでも〈秘すれば花〉アプローチをとる作家もいる。ホラーとノワールで知られる作家スティーヴン・グレアム・ジョーンズは、たいていセックスをページの外ですませる。「書くのが苦手だからでも、ページのむだだからでもない。セックス・シーンをだらだら書くのは、ユニコーンについて語るのと同じ理由じゃないかと疑ってるからだ。つまり、いつか**ユニコーン**を見たいと思っているから」。

次ページ
マーヴィン・ピーク
『タイタス・グローン』より、
イアン・ミラー
『輝く彫刻の広間｜*The Hall of Bright Carvings*』。

きみは昔ユニコーンを見たかもしれないし、見ていないかもしれないけど、慌ててストーリーをユニコーンだらけにしようとするなよ。

フレイVS料理人：『ゴーメンガースト』のアクション・シーン

マーヴィン・ピークのゴーメンガースト三部作の1作目『タイタス・グローン』には、空前絶後のアクション・シーンがある。巨大な城のような先祖伝来の邸宅を舞台に、三部作は住人たち（ゴーメンガーストの主の従僕で、料理人スウェルターと対立するフレイなど）の奇怪な人生を綴る。「夜半の流血」の章で、長年くすぶりつづけている2人の確執が危険なまでに高まる。（肉切り包丁を持った）料理人がフレイが寝ているはずの場所に忍びよるのを、尾行して見ている（剣を持った）フレイを、ピークは描写する。料理人はフレイを〈殺す〉が、そこにはいないと気づく。闇夜の稲妻のなか、料理人はフレイに気づき、追いかける。フレイはわざと、自分にとって有利であろうクモの広間に料理人を誘いこむ。実際、目まぐるしくも明瞭なシークエンスにおいて、料理人は視界をクモにさえぎられ、コマのように回転しながらフレイに近づき、肉切り包丁を壁にめりこませて抜けなくなる。料理人は1度だけ逆襲するけど、フレイが傷だらけの料理人を刺して、この章が終わってからのことだ。

この長いシーンは、凝った言いまわしと複雑な文章でアクションを伝えるというルールに反している。それなのに、この章がうまくいったのはなぜか？

- 料理人をクモの広間におびきよせる明確な意図が、フレイにある。
- 料理人の襲撃を見こしているフレイによる視覚化が、緊張を高める。
- ぼくたちの興味を引くために、料理人とフレイ、どちらの視点もピークは提供する。
- このシーンは長編小説の終わり近くにあり、クライマックスの一部として機能する。読者は、クライマックスに重みと実体を求める。
- フレイと料理人の憎しみは、長い年月をかけて培われてきた。
- 雨と暗闇が、念入りで長い描写が必要だとほのめかす。
- 徹底的なディテールがスローモーションのような働きをするので、読者は〈何に〉ではなく〈どんなふうに〉に注目する。この注目が、キャラクターの動機を強調する。
- フレイはより賢く、料理人はより強く、2人は互角。
- どちらもプロの殺し屋ではないので、すぐに決着がつくはずもない。むしろ、ある種の非効率が求められる。
- ここに至るまでのフレイと料理人の行動が、2人を魅力的なキャラクターにした。あっさり決着がついたのでは、読者は満足しない。
- 影響は大きく、ゴーメンガースト全体におよぶ。
- 対決のディテールが、みごとに演出されている。

妨害と混濁

シーンを粉々にして要約に重ねたり、脚色された記憶とシーンを混ぜあわせたりすることで、ある意味、時間そのものがシーンを妨害したり、混濁させたりできる。でも、妨害も混濁も、シーンのコンテキストにおいては、もっとはっきりした定義ができる。これらはペースや複雑化、ぼくがフィクションの無形要素と呼ぶものに、チャンスを与えるんだ。

妨害とは、たとえば、計画より早く見つかる遺書や、思いがけない電話や、帰宅中の主人公に卑猥な言葉を浴びせる不審者だ。一定のスピードでシーンが進んでいる感覚は、全体的なプランには有益でも、実はそのシーンが無難すぎたり、人生の予期せぬ豊かさに欠けていたりすることのあらわれかもしれない。ときどき現実世界がぼくたちを妨害するように、シーンをあえて妨害して、慎重なペースや物語のディテールに対する配慮を、作家であるきみから奪うべきなんだ。そういうチャンスを探してみると、長編小説やストーリーの後半で起きるはずだった出来事が早まるときもある。本当はランチの会話こそ、緊急のメール（もともと、夜に届くはずだった）によって妨害されなくてはいけないのだろう。ものごとが、順序よく起きる必要なんてないんだ。

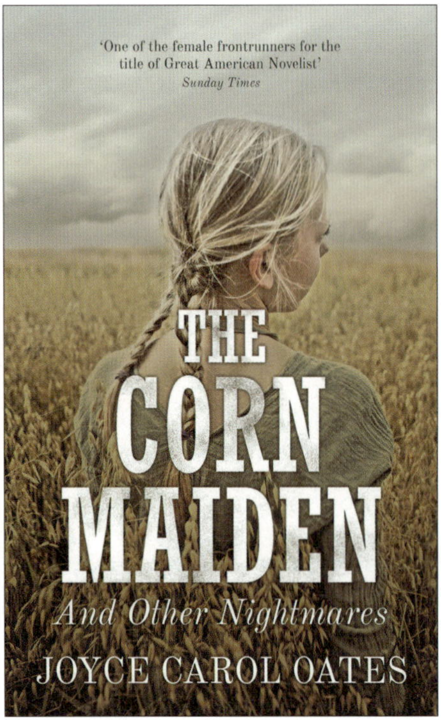

ジョイス・キャロル・オーツ『とうもろこしの乙女、あるいは七つの悪夢』(2012年)ハードカバーの表紙。収録作品から、視点の使いかたとシーンの組みたてかたを学べる。

混濁とは、現行のシーンの時間に、別の時間の流れが介入して混ざりあうことだけじゃない。シーンの隅からこっそりと入りこんでくる別の存在もさす。その侵入がさりげないから、はじめは読者も気づかない。たぶん、これは妨害のいとこだ。きみの家の玄関ドアをノックしている伝道師が、神を冒涜する文書を撮影しようと、きみが眠っているあいだに忍びこむスパイとつながっているように。たとえば、ジョイス・キャロル・オーツの中編小説『とうもろこしの乙女　ある愛の物語』で、娘をさらわれた母親は、警察に質問される。はじめは、母親とその暮らしに焦点があり、答えをとおして描写される。やがて、質問は母親の意識におよび、動揺する母親の視点を、そしてシーンを濁らせる。この混濁がゆるやかだから、感情が高ぶっていく母親との距離を保てるし、警察の捜査についてのシーンをスムーズに伝えられる。でも、忍び寄る影のように、少しずつ現れる予想外の交わりや重なりは、どれも混濁を引きおこせる。

時間の役割

シーン創りにまつわるアドバイスにおいて、時間は重要な役割を、ときにはひそかに果たす。フィクションにおける時間とは、作家が利用できるもっとも自由で、謎めいていて、魅力的なパワーのひとつだ。時間の伸縮は、ストーリーでおおいに役立つ。たった3語の文章で太陽の超新星を示せるし、たった1行の対話で100年をあらわせる。時間とは、ぼくたちのペースを速める原動力であり、前進も後退もする流れであり（目に見えなくても、いつでもどこにでもある）、同時に、死と不死の、目に見えるヒントと見えないヒントを形づくるものでもある。このことを理解し、並はずれたやりかたで表現する作家たちが、ほかの点を大目に見てもらえるのは、時間の使いかたが、作家の世界観のユニークさを測る尺度だからだ。

ほかの分野だけでなく時間の利用にも長けた作家は、象徴的な存在になれる。ウラジーミル・ナボコフは、そういう魔術師だ。長編小説『ベンドシニスター』の一文は、シーンの現在からはじまって、キャラクターの過去をさかのぼり、論理ぬきでも納得できる相乗効果を介して、大昔をかいま見せ、現在へと戻る。このシークエンス内の何かが、ぼくたちがなぜ読むのかを思いださせてくれる。ぼくたちの人間性の堕落と関連しながらも、ぼくたち自身を超えるものを見せられるからだ。おおいなる何かのうちにおける、ぼくたちのちっぽけさを確認させられるけど、どういうわけか、それになぐさめられもする。よく知られているように、トマス・ウルフはこう書いた。

1410年に設置されたプラハの天文時計。時間の利用にまつわる複雑なストーリーを語り、現在時刻だけでなく、24時制、恒星時、古チェコ時間、星の位置、十二宮のシンボルなど多くを示す。

> ぼくたちはみんな、計算されていない数の合計なのだ。無力と暗闇へふたたび戻されれば、昨日テキサスで終わった愛が、4千年まえクレタ島ではじまるのを見るだろう。破滅の種は砂漠で花ひらき、殺菌物質は岩山に育てられ、ぼくたちの人生はジョージアのふしだらな女に悩まされる。ロンドンの掏摸（すり）が絞首刑にされないから。どの瞬間も、4万年の成果だ。刻々と進んでいく日々は、ハエのように音を立てて死へ帰る。すべての瞬間が、あらゆる時間の窓だ。

この白日夢に要点があるはずだけど、ぼくにとって時間を利用する喜びは、フィクションでの時間の使いかたを調べて、学んだことと切りはなせない。時間を縮める、あるいは伸ばすと決めるたびに、重点と焦点が異なる、つまりストーリーが異なるポケットの宇宙が生まれるんだ。時間の表現を学ぶことで、きみは崖から海へ飛びこむシミュレーションができる。観衆が退屈しながらも残っているあいだは、ためらっているキャラクターを崖っぷちに立たせたままにしてもいい。

時間の介入

記憶やフラッシュバックは、音のない爆発の震動のように、シーン全体に影響する。

ひねくれデビル

時間の介入とか混濁が、どのシーンにもあるわけじゃないがな。隣の家の犬が入りこんでるだけだったりして

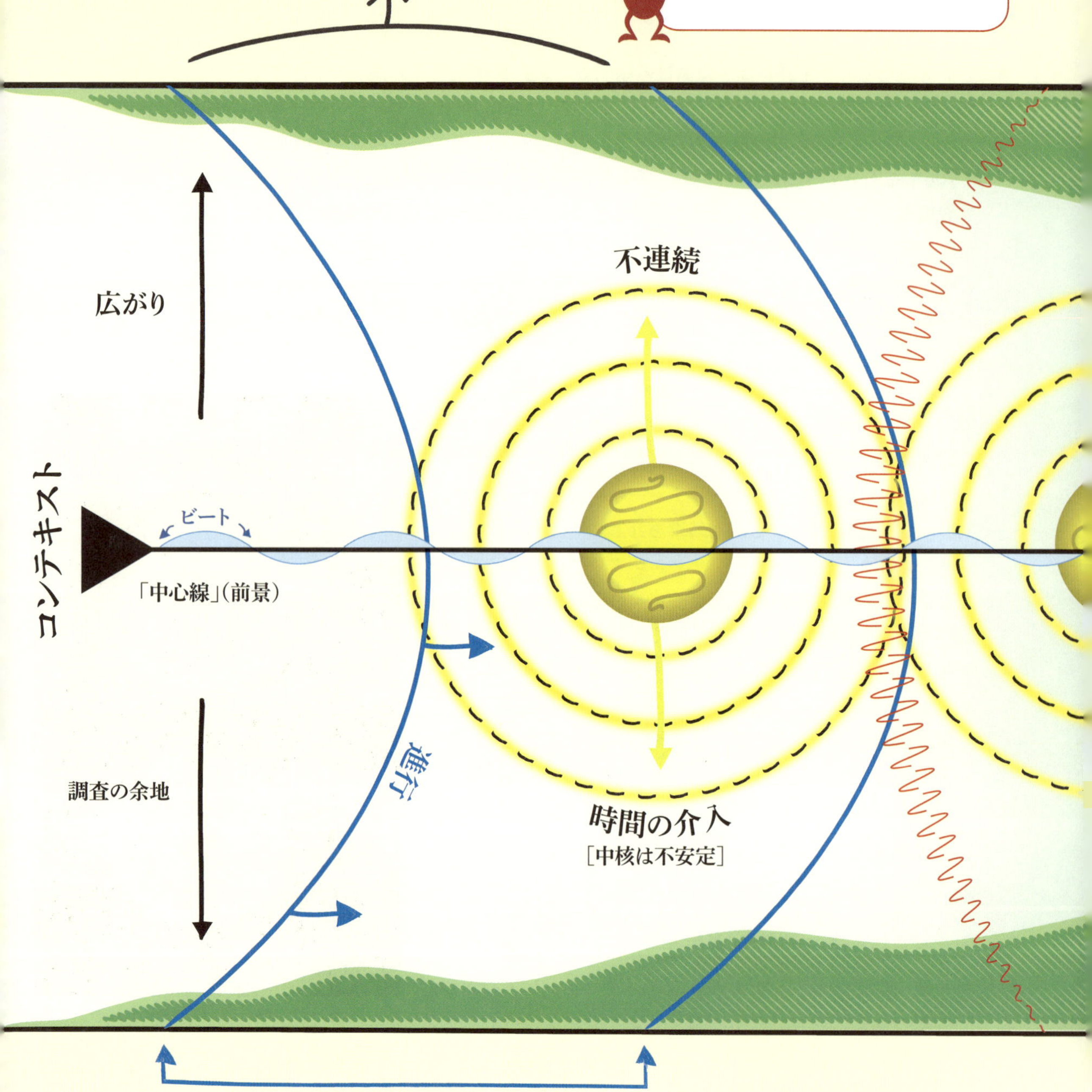

進行

望ましい影響のためのハイレベルな流れで、クライマックスや高まる緊張を創ることで知られている。ビートは進行の血球だ。

シーンの科学

妨害

終わりから前に押しよせ、進行の波動効果とぶつかり、争いやアクションを創る。

ほかのキャラクターがいる人生と世界はきみに奉仕してはくれない……

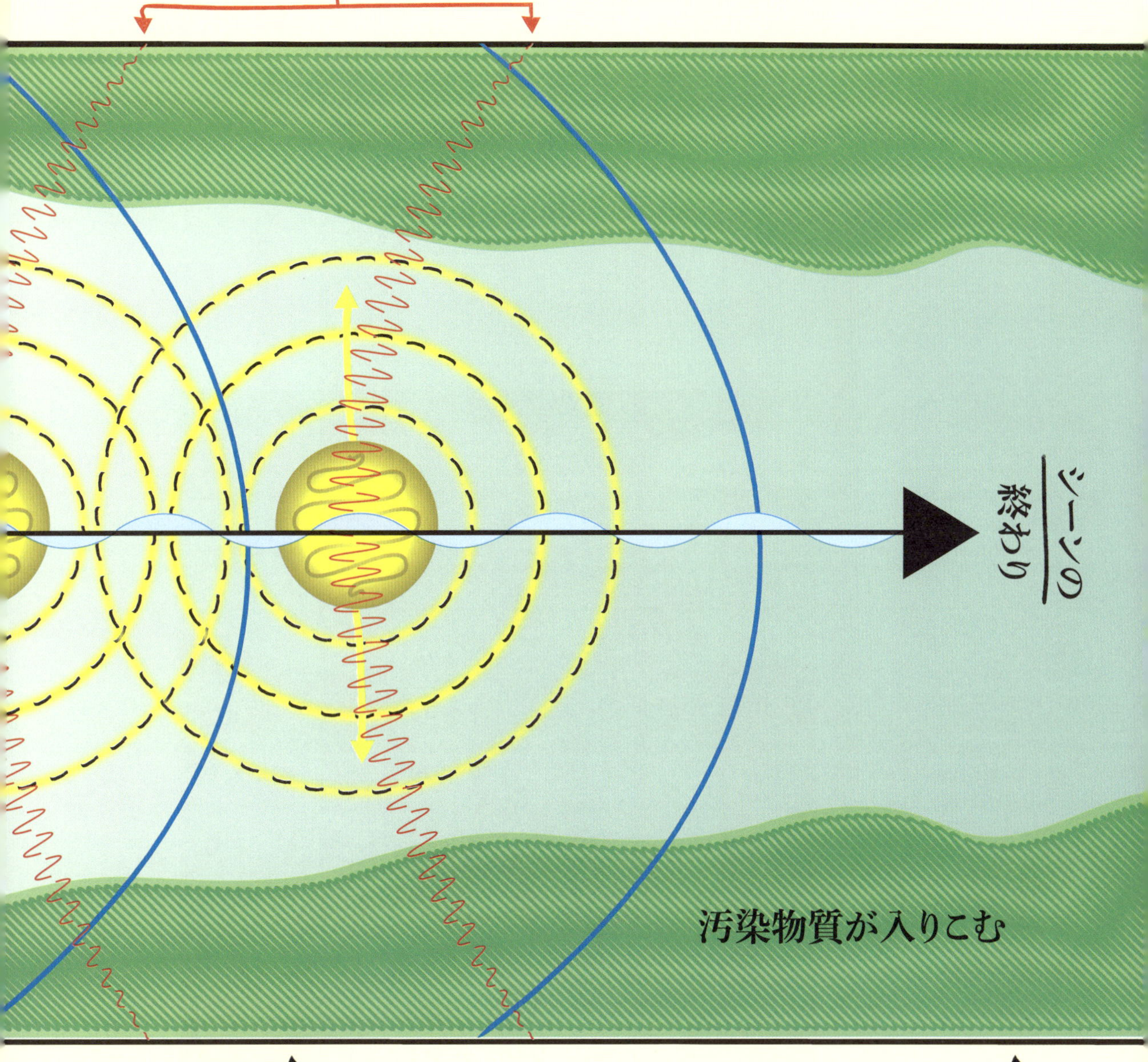

混濁

見せかけの要点を、シーンに入りこむ別の出来事や感情の幻や残骸で、わざと汚すように示唆する。ときどき、不連続な時間の介入が爆発して、シーンが汚染物質に覆いつくされる。

時間の介入と妨害、進行のビートが重なり、混濁が生じると、読者の想像力のなかで永遠に生きつづける、ユニークで忘れがたい瞬間を創れるかもしれない。でもそれは、失敗や読者の混乱を引きおこす危険がもっとも高い瞬間でもある。そういうチャンスの素粒子よりも小さい粒子に、作家の霊感は宿る。

キャラクターの経験が、色と音と感覚の混沌になっていくさまを楽しめる。自宅のドアをあけ、息を切らして裸のままでいてもいい。30年まえだろうと、50ページあとだろうと。死は、ウラジーミル・ナボコフ『ロリータ』——「(ピクニック、稲妻)」——のように悲喜劇のささやかな補足にも、ガブリエル・ガルシア＝マルケス『迷宮の将軍』のように長編小説全体を覆う重々しい行進にもなれる。

ペースはときどき、どこでシーンを削除するのか、あるいは拡大するのか（どんなふうに時間を伸ばしたり縮めたりするのか）についての機械的で厳しい査定だ。でも、その判断のなかには、すべてのシーンの時間をつなぐ陽気な幽霊がいる。文章にも段落にもページにも存在が感じられるのに、その姿は見えず、正体を突きとめるのはむずかしい。

パット・ヒューズ『ボーン・モンタージュ | *Borne Montage*』(2017年)。汚染された川、小説タイトルの変幻自在な生物のパーツからなる。ぼくの長編小説『ボーン | *Borne*』の3つのセクションはすべて、モードという巨大グマと共にはじまり、川と共に終わり、ボーンというキャラクターにかかわる。どの場合も、モード、ボーン、川は根本的に変わる。歴史の層と形式の統一が、反復をとおして構成を融合させ、ファンタジーのリアルさを補強する。時間はある意味、川によって長編小説に縛られているが、それでいて自由だ。

よっぽど実験的なもの以外、ストーリーとは人間、でなければせめて、人間っぽい生き物やエイリアン、コミュニケーションや行動や生活を描写できるなんらかの生命体に関するものだ。きみが追いかけるのが保険のセールスレディであれ、カバを飼っている国王や喋るペンギンや人工知能であれ、真実味を与えなくてはいけない。でないと、実在感に欠ける。

第5章：キャラクター描写

多くの作家にとっては、キャラクター描写からあらゆるものが生まれる。プロット、シチュエーション、構成、設定に対する読者の認識さえ。とはいえ、キャラクターとキャラクター描写についての見かたは、さまざまだ。世界幻想文学大賞の受賞者ジェフリー・フォードは言う。「わたしはキャラクターを介して何かを伝えたりしない。キャラクターがわたしを介して伝えるんだ。わたしはただのパイプ役で、責任者はキャラクターなんだよ」。でも、ウラジーミル・ナボコフが、キャラクターが〈ページを飛びだす〉という広く知られる概念を、とりわけ作家に向けてあざけったのは有名だ。なぜか？　作家にしてみればこういう、いきなりの生命の知覚は、ストーリーのどんな要素でも起こりえるし、インスピレーションと強く結びついているからだ。フィクションの要素はどれも非現実で、作家の想像力によって生命を吹きこまれるページ上の言葉にすぎない。

O・ヘンリー賞を受賞した、ブラウン大学文芸科教授ブライアン・エヴンソンは同意しつつも、つけ加える。「ぼくが話せるのは実在のひとについて友人に話せることであって、ストーリー内のキャラクターについて話せるのは語り手だ。ぼくは又いとこに会ったことはないけど、父から彼の性格や考えかたを聞かせてもらえる。だから、彼を知っている気になれる。父にひとを見る目があって又いとこをよく知っていると、ぼくが思うなら。それと同じで、キャラクターに関するストーリーを語って、会ったこともないだれかを〈知っている〉という錯覚を

キャリー・アン・バーデ『クイーン・ビッチ | *Queen Bitch*』(2008年)。この人物について、絵から何がわかると思う? 何がわからない?

読者に与えられる」。ページの外に存在していたことなど、決してないだれかを。

フィクションのキャラクターの〈生命〉にまつわるこの問題が、ストーリー執筆後、作家の思考に染みわたるときもある。キャラクターたちは、きみとずっといっしょに、フィクションを書き終えたあとも、きみの心で生きつづけるかもしれない。短編集『自分を惑星だと思った女 | *The Woman Who Thought She Was a Planet*』が高評価を得たヴァンダナ・シンは、ときどきキャラクターが話しかけてくると言う。「ストーリーが終わると、ほとんどが黙りますけど、何人かは頭のなかに残って……。長いあいだ、わたしはあるストーリーのキャラクターにとりつかれています。彼女がいつづける理由はわかりませんが、ただいるだけじゃなく励みになる存在なんです」。キャラクターの半生の長さが、ストーリーの完成やページ上の表現で決まるとはかぎらない。この秘密のストーリーテリングも、読者にわずかに影響する(語られていないことが、想像力の神秘性によって伝わる)かもしれない。

でも、作家がキャラクターをどう認識するかという概念が、実際のキャラクター描写を左右するのか。普通はしない。これは単に、キャラクターを効果的に伝えるために作家が創る観念的な構成、観念的な入り口だ。ぼくが示すキャラクター描写、つまり、すぐれたフィクションの核に関するすべてにおいて、それを忘れないでくれ。

キャラクター描写の種類

読者がキャラクターに感じるリアルさ、読んだあともキャラクターがとどまる(またはうろつく)期間は、多くの要因で決まる。でも、ぼくたちは実在感について、心理的に完璧なキャラクター描写を考えるのに慣れすぎて、別のアプローチが必要なストーリーがあること、それは何かの欠如ではなくニーズの違いのせいであることをあっさり見失う。

たいていの長編小説は、完全型、部分型、単調型が混ざっている。脇役の描写レベルが、主要キャラクターと同じになるはずがない。

キャラクター描写には少なくとも**4つの主なアプローチ**があり、それらに沿ったバリエーションがある。どれにもあてはまらないキャラクター描写は、まれだ。

熱心な没入型。たぶん、スタイルと本当に結びついている唯一のアプローチで、キャラクターの内面に迫るための意識の流れもふくむ。ある意味、すべてはキャラクターの内側にあり、外側には何も残らない。キャラクターの肩に乗ったカメ

主人公／敵：揺れる天秤

主人公とはフィクションのヒーローや、もっとも共感できるキャラクターをいう。
一番失うものや得るものがあるひと、読者があとを追いたくなるだれかだ。
積極的なリーダーだったり、外部の力で動かされたり、内なる葛藤に苦しんでいたりする。

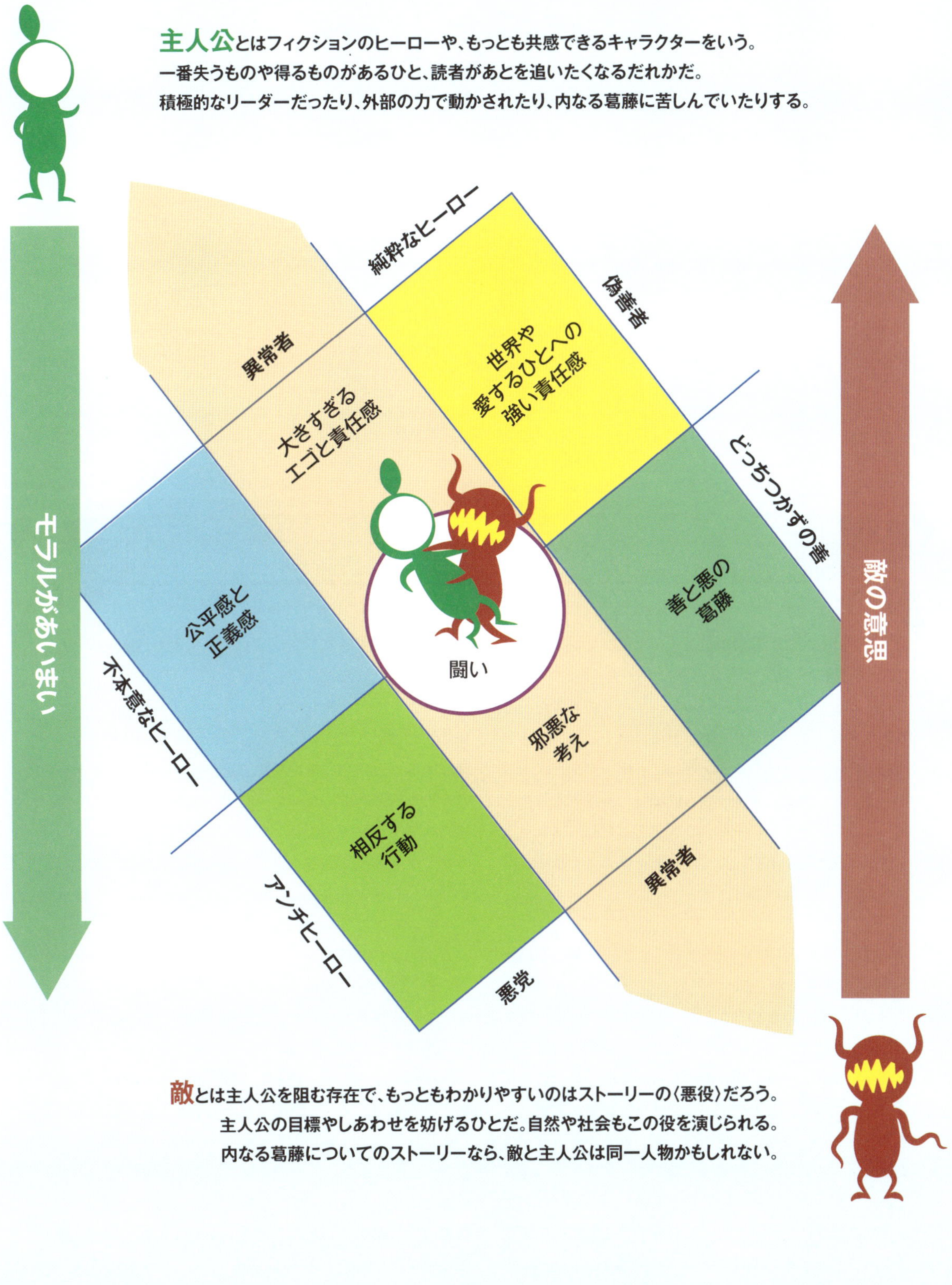

敵とは主人公を阻む存在で、もっともわかりやすいのはストーリーの〈悪役〉だろう。
主人公の目標やしあわせを妨げるひとだ。自然や社会もこの役を演じられる。
内なる葛藤についてのストーリーなら、敵と主人公は同一人物かもしれない。

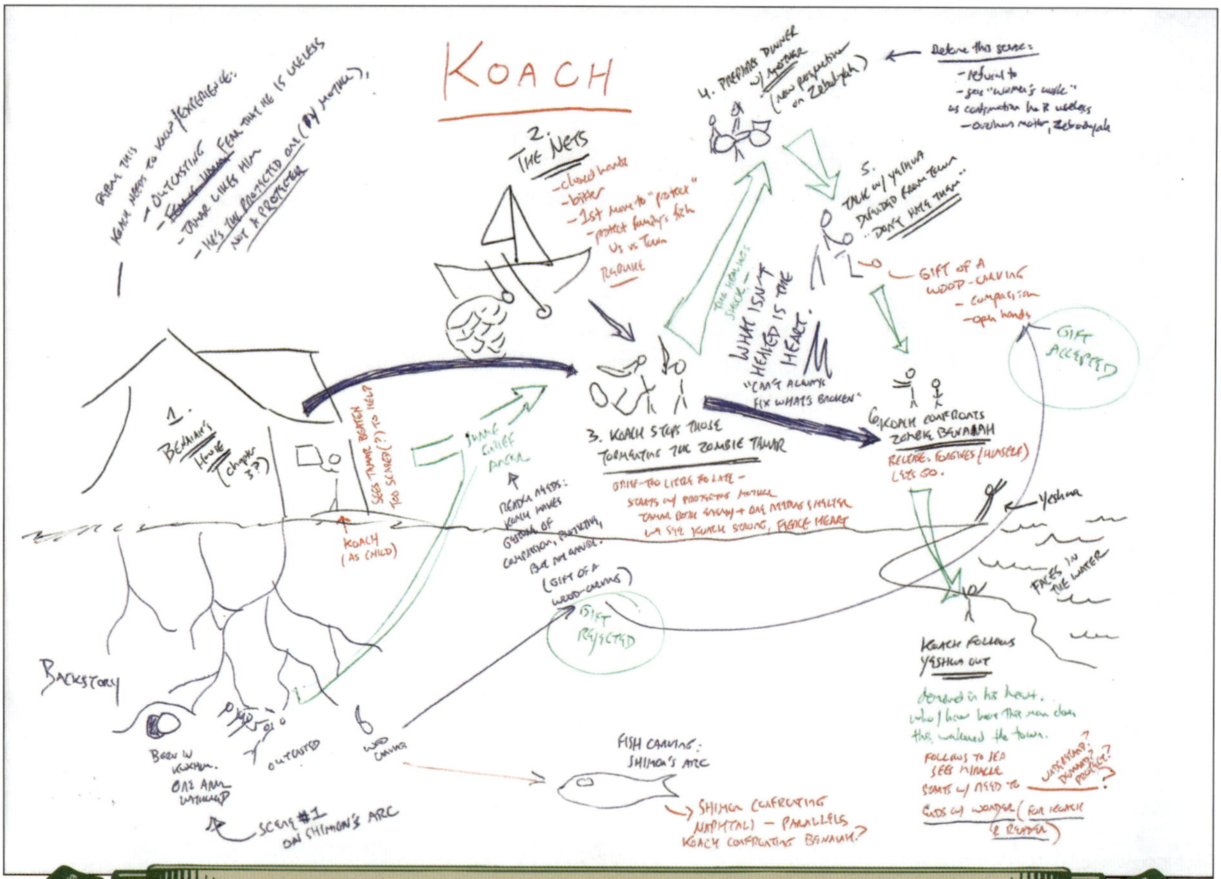

スタン・リトレに注目

スタン・リトレは、聖書からシチュエーションとキャラクターを受けついだ、ゾンビが横行するベストセラー『ゾンビ・バイブル｜*Zombie Bible*』シリーズの著者だ。このシリーズはキャラクター主導型で、歴史フィクションとしてもホラーフィクションとしても唯一無二だ。上のイラストは、キャラクター、人間関係、地理的な位置を描くことで、リトレがキャラクターをとおしてプロットを練るやりかたを示す。ここに、キャラクター描写に関するリトレの考えがある。

「まずぼくがするのは、何がキャラクターを傷つけ、何がしあわせにするか、キャラクターたちがこのストーリーで何をしているかを知ることだ。過去に対しては、実践的なアプローチをする。キャラクターと両親との関係が決まった瞬間、一番の願いが決まった瞬間、最大の恐怖が決まった瞬間を知りたい。この3つの瞬間は、キャラクターの出自、望み、秘密を教えてくれるから、ぼくに必要なものの大部分といえる。ぼくはこの3つのシーンを書く。もしストーリーの核になる、しばらくつづいていたり物語がはじまるまえに終わっていたりする人間関係があるなら、その関係にとって重要な2つのシーンを書く。スタートとクライマックス。リスクのはじめての瞬間と（もしあれば）終わる地点だ。

神のごとく、作家たるきみはルール（キャラクターの経験、妨げになるもの、恐れるもの、望むもの）を作りはじめるけど、いったん制約を定めれば、キャラクターはそのなかでストーリーを演じて、作家を驚かせる。複雑なソフトウェア・プログラムを書いたり、バーチャルリアリティ環境を創ったり、それを実行して何が起きるか見ていたりするように。起きることは全部きみが創っている、なのに驚かされるんだ。

共感できて繊細で、だけど忘れられやすいキャラクターもいる。読者には感嘆できるキャラクターが必要なんだ。嫌いなキャラクター、たとえば敵であっても、感嘆できる一面がなくてはいけない。壁にぶつかったときに見える強さが。ぼくたちが読んでいるのが、戦いのさなか倒れた戦友を運んでいる兵士であれ、娘と夜を過ごすために上司を拒んでいるシングルマザーであれ、ためらい、自分と闘ってから、ようやく助けを求める電話をかけている中毒者であれ――ぼくたちが惹かれるのは、強さの、意志の力の瞬間だ。忘れられないキャラクターとは、感嘆に値するキャラクターだ」。

ラをとおして見るのではなく、脳内で生きるというありえない近さを体験する。ジェイムズ・ジョイス『ユリシーズ』はわかりやすい例だけど、形式は違っても、人間嫌いの調査であり女嫌いの長話でもあるアレクサンダー・セルー『ダーコンヴィルのネコ｜*Darconville's Cat*』もそうだ。キャラクターの自然なコンテキストより全体像を重んじた点で、トマス・ピンチョン『重力の虹』もここに入る。解説はときどき、物語ではなくキャラクターのために自然発生する。そういう作品は目的を果たせないと気づけず、迷走して、作品の効果を消滅させるかもしれない。このアプローチの実践者は、ぼくたち作家のあいだで、もっとも有名に、そしてもっとも無名になりがちだ。

完全型（または全体型）。キャラクターの内面を探り、〈3次元〉の人物だと感じさせるやりかたで、キャラクターの考え、気持ち、過去、人間関係を読者に伝える。でも、熱心な没入型と違って、キャラクターを超える世界を消そうとはしない。キャラクターの考えが、すべてを明確にするわけでもない。実践者が〈文学のメインストリーム〉〈文学的ファンタジー〉というあいまいなカテゴリーに入るのは、このアプローチのためでもある。マーガレット・アトウッド、フィリップ・ロス、エリザベス・ハンド、トニ・モリスンが、完全型を（たいてい）使う作家の代表例だ。

部分型。どんなタイプ（どんなジャンルまたはノンジャンル）でも、単調型や完全型ではなく部分型のアプローチを使うフィクションがほとんどだ。キャラクターの過去、人間関係、考えは幅広く、ぼくたち読者が共感できるとしても、真の内面性は完全型より制限されるかもしれない。部分型には、少なくとも2種類ある。

- **特異型**。偉大な作家ケリー・リンクは、たくさんのストーリーで部分型を使っている。キャラクターは、民話のように単調ではないが、ぼくたちがすべてを知ることはできない。ある程度謎が残っていても、どことなくユニークに思える。

- **タイプ主導型**。キャラクター描写を具体化するために、ユニークなキャラクターのかわりにステレオタイプ（勇敢なキャビンアテンダント、ぶっきらぼうな刑事）を使うストーリーもある。その結果、キャラクターに備わっていない属性まで、読者は思い描くかもしれない。特定のタイプの属性にまつわる思いこみを、つけ加えているからだ。キャラクターはおおいに影響力を振るうだろう。でも、作家はそれ以上に、展開に沿ってキャラクターをあやつる自由を持っているので、重要ではないと感じさせるキャラクターのディテールと考えは、ほとんど読者に与えられない。通常、タイプ主導型のキャラクター描写は、キャラクター主導の物語より、外因的なプロットを好む。わかりやすい例だと、タイプがその原型を超え、ステレオタイプの制約と作家の能力とのせめぎあいによって作品が創られる。

個人的には、明確でユニークなディテールをほんの少しだけ使って、キャラクターを特徴づけるのが好き。「六歳になり、両親が夏にイングランドへ連れていくまでは、彼女はペットのためにエサのミルワームを飼っていた」。——キジ・ジョンスンアンジェラ・カーター『血染めの部屋—大人のための幻想童話』は、民話を改作したフェミニズム作品で、部分型と完全型のあいだを行き来する。物語を女性のために再生し、女性キャラクターをきちんと人間として示すには、キャラクター描写の型を広げざるをえなかったともいえる。

単調型。非リアリズムのフィクションで、ときどき使われる（完全型とは対照的）。民話とおとぎ話は、現代の変化形もふくめて、めったに完全型を使わない。**民話**はあえて効率化したストーリーテリングの手段で、プロットがたっぷり詰まっている。キャラクターの具体化は、実は語られている物語に悪影響をおよぼす（部分型や完全型でおとぎ話を創って張りあう作家もいるけど）。典型的な設定のおとぎ話もあり、象徴的にも文字どおりの存在にもなる。なんらかのメッセージや教訓を伝えていたり、テーマやアイディアをあらわすためにキャラクターという媒介を使ったりする。風刺フィクションも、誇張とグロテスクという異なるスタンスからキャラクター描写に達する。ジョナサン・スウィフト『ガリヴァー旅行記』のように。

どのアプローチも有効だし、コンテキストしだいで、興味深い芸術的効果をあげられる。めったに使われない熱心な没入型は、完全型や部分型よりすぐれているだろうか。完全型は、新しい生物兵器を持つアメリカへの攻撃についてのハードSFで、部分型よりうまく機能するだろうか。部分型は『ビラヴド』執筆中のトニ・モリスンに役立つだろうか。

アプローチの境界は穴だらけで、分類が意味をなさないバリエーションや相互作用があることもわかる。たとえば、ブライアン・エヴンソンのすばらしい中編小説『切断の兄弟｜*The Brotherhood of Mutilation*』は、主人公の思考のわずかなヒントだけを与え、経歴をほとんど明かさない。キャラクターを伝えるために使うのはほぼ、現在と対話だけだ。それでもぼくたちは、あやうい状況にいる主人公と一体化し、決断を迫られる彼を理解する。

WEB
『タイナロン』抜粋
Tainaron
EXCERPT

フィンランドを代表する作家レーナ・クルーンの傑作『タイナロン』の名もなき語り手は、タイトルになっている街での巨大な喋る虫との出会いを綴るけど、過去はほのめかす程度だ。ぼくたちが主人公について知っていることは少ない。

『ガリヴァー旅行記』（1856年）より、J・J・グランヴィルのイラスト

右ページ
イヴィツァ・ステヴァノヴィッチ『国王とカバ｜*King and His Hippo*』

国王とカバ：完全型VS単調型

すべてのケースにあてはまるわけではないけど、単調型のストーリーとは、満足を知らない物語創りの巨大な胃を持つ、飢えた獣のようだ。引きだされ、調べられるディテールやキャラクターのやり取りは、ストーリーを進める燃料として使われる。一方、完全型のストーリーは、キャラクターのより深い調査がストーリーを生むと作家が感じるところにも存在する。やりかたが違うだけだ。たとえば「国王とカバ」なら……

完全型：モルメク王は、父レポーから王位と共にカバを継承した。レポーの死よりまえに、母はお産で亡くなり、乳母に育てられた。父に会うのは、年に5回くらいだっただろう。父にまつわる一番古い記憶は、宮廷での公式行事で、非公式で父と過ごしたのは、生涯でおそらく1時間ほどだ。だがレポーが、ヤング・レポーと名づけたカバと長話をしていたことは、だれもが知っていた。モルメクはカバに嫉妬し、カバへの嫉妬を憎んだ。だから、水生植物園でひどく醜い獣とはじめて会ったときには、悲しみを中心にさまざまな矛盾する感情が湧きあがった。「父上はおまえと何を話したんだ、厄介者」。モルメクは訊いた。だが、ヤング・レポーは答えなかった。

単調型：レポー王が亡くなり、息子のモルメク王子が王位だけでなく、先王が大切にしていたカバも継承した。だが、モルメク王はこの獣をさげすみ、王国に幸運をもたらす動物だと言うひとびとを無視した。東の帝国に国境をおびやかされたため、すぐにカバを忘れた。軍の先頭に立って何度も帝国軍と戦い、国王たるにふさわしいと証明した。だが、長きにわたり宮廷顧問をつとめる悪名高いスニードは、皇帝の娘に求婚しなければ、小さな王国はいずれ帝国に押しつぶされると、たびたび王に耳うちした。

でも、街の住民に対する主人公の観察（と語られないこと）が、深いキャラクター描写をもたらす。そして、主人公に関するぼくたちの知識が重みを増すのは、それしか手がかりがないからだ。『タイナロン』の終わりまでに、過去がほとんどわからず名も顔もない主人公を知っている気になるし、主人公の視点をとおして、人生のおおいなる謎に取りくんでいる気にもなるかもしれない。

特定のフィクション作品のあらゆる側面を調べなければ、答えが出せないときがある。

エヴンソンとクルーンのアプローチは、どの型なのか。物語がとるスタンスは？ぼくたちはどうやって、**この幻の蝶を標本にする**？　完全型か部分型か単調型かの判断は、どちらの作品にもそぐわないように思える。

〈完全型VS単調型〉というばかげた概念を超えて、キャラクターへのアプローチが幅広くあるべき理由、すぐれたキャラクター描写をなすものが何かを考えるうえで寛容であるべき理由は、もうひとつある。アメリカとイギリスの外側には、文学的伝統がまったく異なるアプローチがあるからだ。たとえば、すばらしい想像力の産物である、ナイジェリアの作家エイモス・チュツオーラ『やし酒飲み』をどう分類する？　語り手は、彼と妻を殴ろうとする400人の死んだ赤ん坊に出会い、モンスターに袋に入れられる。モンスターと、死者の町の死者から逃れたあと、2人を食べようとする飢えた生物に出会い――食べられてしまう。

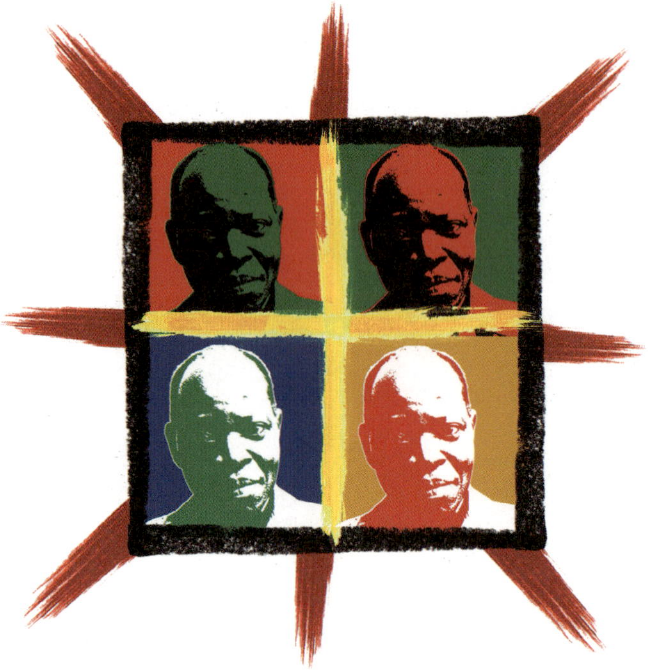

ジェレミー・ザーフォスによる、エイモス・チュツオーラのレンダリング（2012年）

「妻を残していくぐらいなら、いっしょに死ぬとわたしは言った。闘いをはじめたが、相手は人間ではないので、わたしも飲みこまれ、彼はそれでも『腹が減った』と叫んで進みつづけた。胃のなかにいたので、わたしはすぐにジュジュに命じて、木の人形を妻、銃、卵、短剣、荷物に戻させた。銃に弾をこめて胃を撃ったが、彼は倒れるまえに数ヤード歩き、わたしはふたたび弾をこめて撃った。それから、胃を短剣で切り、荷物などを持って出た。このようにして、わたしたちは飢えた生物から逃げだしたが、彼のくわしい描写はできない。そのとき午前4時ごろで、まだ暗かったからだ。わたしたちは彼から無事に逃れ、それを神に感謝した」。

WEB

『やし酒飲み』抜粋

TUTUOLA EXCERPT

チュツオーラの想像力はときどき、ヨルバ族の伝統と混ざりあった――文章レベルで、ヨルバ族の言いまわしを英語に〈翻訳〉したり、ヨルバ族の言い伝えに由来するストーリーテリングのテクニックを使ったりして。また、キャラクターのために、驚くべき推進力のストーリー・エンジンを創った。とんでもないシチュエーションから救いだして、もっととんでもないシナリオに巻きこむためだけに。

普通のやりかたでじっくり考えたり、キャラクターを具体化したりしても無意味だ。もっと単調でリアルなキャラクター描写が使われたなら、『やし酒飲み』がどれだけ変わる（ひどくなる）か想像できるかい？　それでいて、チュツオーラの最高作は真の民話でもない。ストーリーのタイプとキャラクター描写のタイプのあいだに存在するハイブリッドだ。

だれを書くべきか？

キャラクター描写は、フィクション執筆に関するほかのすべてと同じく、探究と発見のプロセスだ。でも、正しいアプローチを選んだかどうかをたしかめるなら、考えるべき基本的な問いがある。キャラクターがロンドンの書店員だろうと、別の銀河系の別の惑星にいるゼリー状のエイリアンだろうと、こういう問いは重要だ。

- 視点人物はもっとも多くを得る、または失うキャラクターか？
- 物語でもっとも大きな役割を果たすキャラクターか？　その役割は、外的制約の概念を超えて、きみのキャラクター観を動かすか？
- きみがもっとも興味を引かれる、または夢中になるキャラクターか？
- このキャラクターを用いると、どんな制約が生じるか？
- きみが1人称を使っているなら、このキャラクターは面白い表現をするか？
- 読者にはこのキャラクターを近くに、それとも遠くに感じてほしいか？

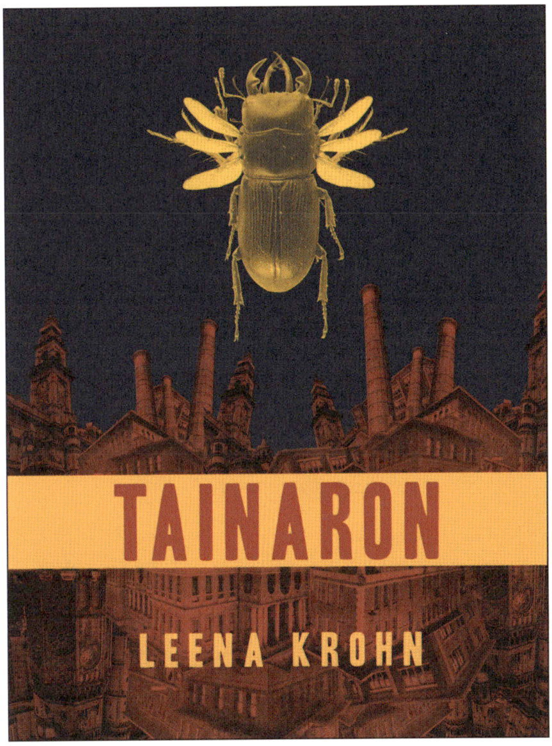

チーキー・フローグによる『タイナロン』（2012年）表紙。このストーリーの語り手はただの観察者で、観察される側と同じように、損も得もしない。

考えるべき基本的な問いが、あと2つある。

- このキャラクターが必要とするのは何か？
- このキャラクターが望むのは何か？

キャラクターが望むものと必要とするものが、まったく違うときもある。ベストセラー作家トバイアス・S. バケルいわく「たとえ必要ではなくても望むものをキャラクターが手に入れようとするなら、必要なものと望むものとの違いが緊張を創る」。極限状態で、望むものと必要なものとの差があまりに大きいと、行動が破壊的になっていく。望むものを得るために、キャラクターはどれほど遠くまで行くのか——そして、必要なものをいつまで無視するのか。大きすぎる差が

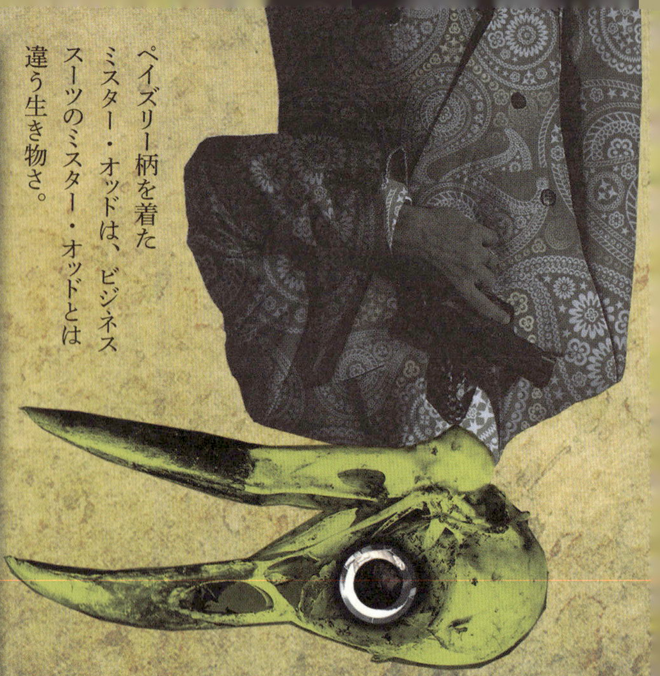

ペイズリー柄を着たミスター・オッドは、ビジネススーツのミスター・オッドとは違う生き物さ。

ジュゼッペ・アルチンボルド『司書』は、本で作られた男を示す。こういうキャラクターはページ上でどう見えるか。読んだ本によって描かれるキャラクターは、読者のストーリー認識にどう影響するか。

儀式用衣装をまとった、悪名高い神秘主義者にしてオカルト信仰者アレイスター・クロウリーの写真は、奇怪な力を持つ過激な人物というイメージを強化する。キャラクターを創るとき、きみはキャラクター自作の神話を支持するか、あるいは貶めるか。

ミスター・オッド・プレゼンツ:
キャラクター・クラブ

キャラクター描写へのアプローチはどれも、読者の心に異なる印象を与える。

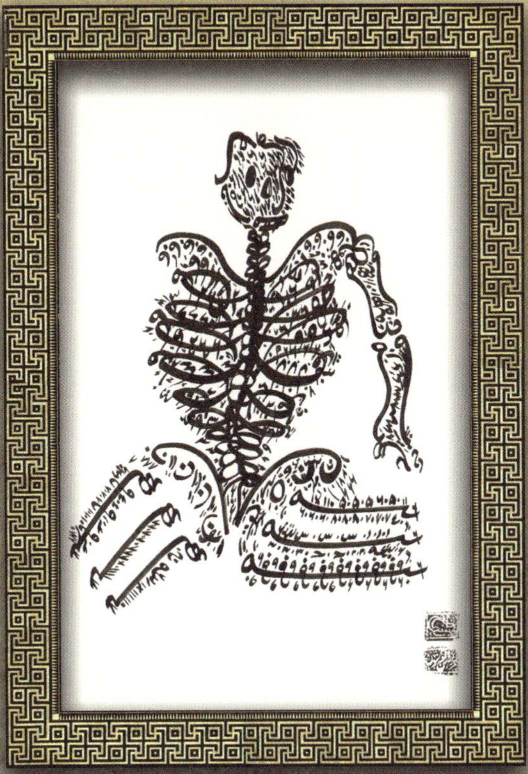

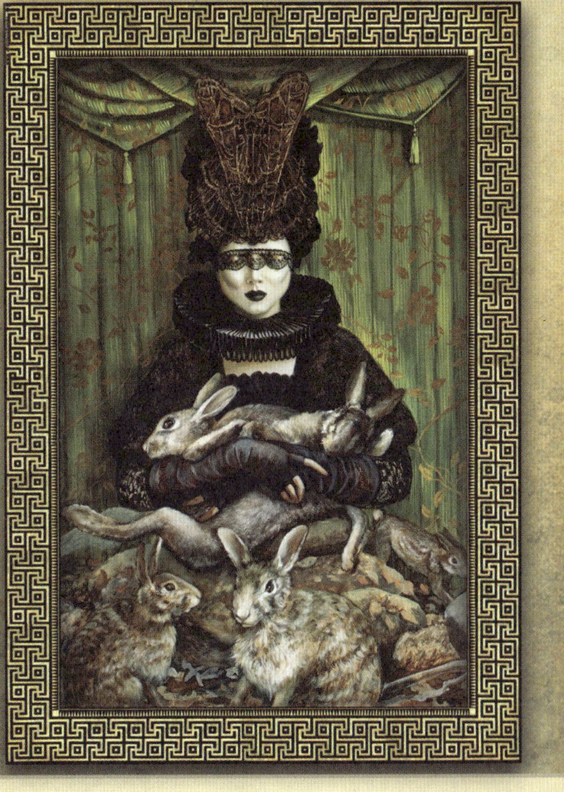

クリスティン・アルヴァンソン『マスク No.7（不死の呪文）｜*Maskh No.7 (Deathless Spell)*』は「アラビア文字とペルシア文字と数字で描かれた」骸骨だ。よく見ると、小さなゼロと英数字の「複雑な組みあわせ」だとわかる。このアプローチは、アルチンボルドのアプローチと同じか、あるいは逆か。こういうキャラクター描写は、リアルな身体描写と同じくらい精密か。何が得られ、何が失われるか。

キャリー・アン・バーデ『ウサギに死を説明する｜*Explaining Death to a Rabbit*』のタイトルは、キャラクター描写への興味をそそる入り口だ。画家は記す。「子供のころ、自分がウサギだという想像をした。ウサギを集め、復活祭に妙にこだわった。４歳のとき、両親に連れられて『ウォーターシップ・ダウンのうさぎたち』を観に行った。この映画で、ウサギたちは死ぬまで戦う。ご想像のとおり、トラウマ体験だ」。

ヘンリー・セーデルルンドが撮ったフィンランドのアーティスト、ニンニ・アアルトの写真は問いを投げかける。「何が上演されてるの？　何が現実?」。観察されるひとと観察するひとは、どんな関係か。このフグはユーモアの装飾か、あるいは、アアルトにとって思いいれがある何かか。

キャラクターのセルフイメージと、まわりのひとたちが持つイメージとのずれからも争いは生じる。おそらく、キャラクターの成功にまわりは迷惑し、ずれをなくそうとする。
——ネイサン・ベリングラッド

危機と争い、そしてストーリーを創る。

〈必要VS望み〉の探究は、外側より内側に、自分という敵に注目させるかもしれない。「たまに自分のストーリーで、主人公最大の敵は主人公自身だと感じる」と『1羽なら悲しみ｜*One for Sorrow*』の著者クリストファー・バーザックは明かす。「主人公の外側に敵がいるのとは対照的だ。争いが、自分のしあわせと自由に反する文化に属するキャラクターから生じる。異性愛者のために築かれた世界にいるゲイとか」。

伝統的にも、ストーリーで一番儲けが大きく、行動力がありそうなキャラクターを選ぶよう、新人作家はアドバイスされる。その結果、読者がキャラクターに共感するかどうかという真の重要性に変わりはなくても、役割が強調されすぎる。「外側にいる語り手は、主に読者のためのパイプ役だが、効果的なキャラクターになれる」とバーザックは考える。「たいてい受動的に見えるが、彼らには役割があると思う。『グレート・ギャツビー』で結末は、出来事を観察している語り手の外にも、出来事について最終判断をくだす語り手のなかにも生まれる」。

語り手のストーリーでの立場が、語り手を受動的にしようとしまいと、制約の概念——現実世界と同じように、キャラクターは壁にぶつかり、社会や文化などの要因に行動を阻まれる——も、興味深い使われかたをする。

役割と制約の伝統的な概念が、きみのフィクションにとって意味があるかを考えるために、次の問いに答えてほしい。

- **日常の重みは、キャラクターにどれぐらい影響するか？**　キャラクターを抑圧しない程度の重みか。それとも、生きる力を、基本的な機能すら妨げる重みか。もしきみが毎月のように銃撃がある犯罪多発地域に住んでいるなら、車を持つ余裕がないのでバスで通勤するしかなく、環境が特定のやりかたで希望と夢を抑圧している。

- **キャラクターはどうやって〈公式な話〉とほぼ一致する〈操作できる現実〉を創るか？**　たとえば、もしキャラクターが次の2つのどちらか、あるいはどちらも信じるなら、視点と行動にどう影響するか。
  - ≫ アメリカ合衆国は、世界じゅうのどの国よりも国民に自由を保証する。われわれは、この自由を守らねばならない。
  - ≫ 警官はみな堕落している。警察へ行くことは、つねに最後の手段であるべきだ。

あきらかに、ひとの操作できる現実にかかわる、リアルで具体的な要素や事実（リスクとチャンス）があり、人生に影響する。でも、世界の解釈、つまり、分析と理解と内在化をする主観的なやりかたもあり、それがキャラクターに個性を与え、環境との関係を決める。

いわば、環境と認識が、キャラクターの役割という概念にどう影響するかだ。特定のキャラクターに、設定内でどれだけ影響するか。フィクションでの役割は、世界観というコンテキストのなかに存在しなくてはいけない。でないと、意味や

イヴィツァ・ステヴァノヴィッチ『バビロン・シティ｜*Babylon City*』（2010年）があらわす人間と設定。環境はどれほどキャラクターに影響するか。

説得力がないだけでなく滑稽になる。残念ながら、実は役割なんてないキャラクターに、よく考えないまま与えられるときがある。純粋な、吟味されていない役割にはうんざりだ。ファンタジー作品でも致命傷になりかねない。潜在的になんでもありだから、制約の取りいれかたが、ときどき重要なルールになる。

役割は画一的じゃない。キャラクターはシナリオの可能性のなかで、大なり小なり役割を果たせる。やり手の顧問弁護士が、力のある女家長がいる家族の集まりでは、なんの影響力も持たない。ゴミ収集人は、地域活動委員会のリーダーだ。キャラクターの役割についての単純すぎる概念から抜けだすことは、複雑な影響を創るためにとても重要だ。

WEB
操作できる現実
OPERATIONAL REALITIES

キャラクターを知る

これらの包括的な問いを超えて、もっと具体的にキャラクターを知るべきだろう。以下にカテゴリーを示す。問いへの答えは、きみが書くキャラクターが完全型であれ単調型であれ、特定のシチュエーションでの行動や反応を知るだけでなく、ページ上でよりリアルにするのに役立つ。

基本的なポイントは、カナダ人作家カリン・ロワチーのレクチャーによって具体化された。

- **外見**。くわしいキャラクター描写は、多くの読者にとって時代遅れだ。ディインドの2つの街に、窓の外を見ているひとがいる。実のところ、この2人はどれぐらい似ているか。どれぐらい違うか。2人について写真からわかること、わからないことは何か。(ホルヘ・ロアイヤン撮影)

テールが、読者がキャラクターを想像する余地を減らしてしまう。でも、うまく使えば、いまでも有効だ。髪型や服などのディテールの描写も、特定の時代や社会、階級にキャラクターを根づかせる助けになる。身体的な描写をしないという試みもあるだろう。最新作で、ぼくはこのテクニックを、行動と対話をきわだたせるために使っている。

- **行動や思考のクセ**。これらは、神経性チックや言葉をくり返すクセ、強迫観念のループ、ユニークな表現をされる考えから生じる。でも、警告しておく。世間のひとは、キャラクターのつまらないクセを読むことで人生を3年むだにする。作家は「彼女はため息をつき、腕組みした」「彼は指の関節を鳴らした」を使いすぎる――シーンのあいだ、キャラクターが何をしているか描写すべきという考えに媚びるために。リアクションやクセを描写できるぐらいキャラクターを知っているのか、たしかめてほしい(チック、ニヤニヤ笑い、そわそわした動きの寄せ集めは、ユニークであろうとなかろうと、妨げになるかもしれない。何もないのがいいときもあるんだ)。
- **習慣**。キャラクターが定期的にすることが、日課を、ときには明確に決めるのに役立つ。毎晩、帰宅してからマティーニを作るのか。それとも、バーに寄ってマティーニを頼むのか。作るのとバーに行くのとは、まったく違う習慣だ。ガレージの右側があいていても、駐車するのはいつも左側か。毎朝起きて、武装して、ドラゴンと闘いに行くのか。それとも、外へ出て、庭をブラブラするのか。日常の平凡きわまりない一面からでさえ、何がキャラクターにしあわせや満足やリラックスを与えるかを、あるいはもっと深い何かを、読者は感じとれる。たぶん、ガレージの右側にとめる車が昔はあったんだろう。たぶん、いろんな理由からそのひとは去ったのだ。
- **信念**。キャラクターは、どれぐらい政治に関心があるか。宗教には?　政府に対して、理想家か皮肉屋か。どんなふうに信念をあらわすか。友人と政治や宗教について論じそうか、論じなさそうか。信念はどれぐらい日常

ライティング・チャレンジ：ひととしての動物

チャールズ・ヘンリー・ベネット（1850年代ロンドン）『シャドウズ｜*Shadows*』のこのイラストは、ひとの隠された特徴と、おそらくは動物の属性をキャラクター描写に用いるテクニックを暗示している。1体の動物の属性のみを使い、あなたがよく知っているひとを描写する段落を書きなさい。

に染みこんでいるか。信念と行動のあいだに、ずれはあるか。

- **希望や夢。**キャラクターが未来に何を見るかも重要だ。いまを超える人生を象徴し、キャラクターの望みをあらわす。それは現実的な目標か、絵空事か。希望の中心にあるのは個人の夢か、家族の夢か。
- **才能と能力。**キャラクターができること、得意なことは、ストーリーテリングとキャラクター描写に豊かな土壌を与える。キャラクターが時間のほとんどをつぎこむものは、才能と合致しているか。希望と夢は、才能がないものを中心にして広がっていないか。本当はやりたくないことを得意としていないか。
- **不安。**ぼくたちはキャラクターにそれなりの強さを期待するけど、弱さやひそかな欠点は、強さの限界をあきらかにして、強くあろうとする苦しみを読者に伝える。キャラクターがもっとも不安を感じるのは何か。不安をどう現実と組みあわせるか。
- **秘密と嘘。**キャラクターが隠しているものが、キャラクターについて多くをあばく。何を、なぜ秘密にしつづけるのか、自分に問うんだ。たくさんのストーリーが、そういう秘密を中核に抱えている。キャラクターがどんな嘘を、なぜつくかも問うべきだ。嘘は秘密とかかわりがあるかもしれないし、ないかもしれない。ひとはときどき、世界を自分の考えや立場と折りあわせるためだけに嘘をつく。

キャラクターについてわかることは、広いコンテキストのなかに配置されているべきだ。仕事、人間関係、社会的地位などの環境要因における、キャラクターの一連のアクションに。キャラクターについて知ることを、すべて使うわけじゃないだろう。キャラクターの理解に困らないかぎり、こんなやりかたで調べようとはしないかもしれない。でも、ジェイムズ・ティプトリー・ジュニア賞を受賞したヨハンナ・シニサロが記すように、せめて読者が気づく以上のことを考えるべき理由はちゃんとある。「食べるものや家の飾りかた、受けたしつけや子供時代、好きな音楽のジャンルも知りたいんです。たとえ、そのデータを使わなくても。キャラクターを動かし、反応を知るためのツールになってくれます」。

ヒーローのなかにある悪が好きだと、憶えておくのにも有益だ。恐れ、怒り、ねたみの衝動は普遍で、ヒーローに実在感と人間味を与える。
——ネイサン・ベリングラッド

避けるべき失敗

ぼくの経験上、新人・中堅作家は、キャラクター描写でいくつか基本的なミスをする。主人公に注目して〈いれこむ〉あまり、ストーリーに近づきすぎて、全体像を見失うせいだ。

- **ソシオパスやサイコパスを軽はずみに書く。** 極端さにつながる強迫観念を持つキャラクターはとても興味深いので、ソシオパスを軽はずみに書いたと、手遅れになるまで気づかない作家もいる。「軽はずみ」と言ったのは、冷静に考えれば情緒不安定なふるまいとわかる行為さえ、作家は勇ましいとみなしていることがストーリーから伝わるからだ。昔ぼくと妻に、月旅行を望み、そのためだけに生涯をささげた男のストーリーが届いた。書き手のコメントからして、主人公の行動と目標の果てを見ていないのは、あきらかだった。恥ずかしげもないセンチメンタルな勝利として書かれた結末は、実のところ、まともなひとたちを目標のために踏みにじるモンスターに関するものだった。
- **悪を好きだと忘れる。** ストーリーのヒーローが悪党のときもある。もし悪党の視点から書くなら、このキャラクターが、自分のおこないを凶悪だの道徳的に疑わしいだのと悟ることを期待するべきじゃない。作家としてのきみも、そういうキャラクターに私見をまじえるべきじゃない。それは、きみが語っているストーリーを弱体化させる。視点に不誠実だ。このアドバイスは、ある種のサディストや、あやまちと知りつつ凶悪なおこないをして、道徳的に悩み苦しむキャラクターの描写にはあてはまらない。
- **殺したり、生きかえったりするのが早すぎる。** キャラクターの死には、重みがなくてはいけない。ストーリーにキャラクターの死がふくまれるなら、プロットやほかのキャラクターとの関係において不可欠なものであるべきだ。殺人なら、なおさら。逆にファンタジーだと、作家は不思議なやりかたで、死んだキャラクターをさっさと生きかえらせる。生や死を無頓着に与えるような作家に、読者はイライラしてくるものだ。
- **脇役を無視する。** 敵が自分ではヒーローのつもりでいるように、脇役もそのつもりだし、現実の人生と同じで目標や感情、忠義や友人を持っている。この章で述べる事実調査を、できるだけ脇役にもおこなうべきだ。脇役を知れば知るほど、彼らはストーリーの一部になっていき、思いがけないやりかたで主人公に影響をおよぼすかもしれない。あるいは、きみの以前の予測とは違うリアクションをするかも。たとえば、タマス・ドボジーのストーリーで主人公はビザを取得するけど、国境に着いたとき、職員が復讐心から白紙を封筒に入れたと気づく。脇役が主人公に困難をもたらすなら、きみはドラマやプロットの興味深いチャンスを創れる。
- **キャラクターの過去の〈濃密な〉利用。** 歴史研究と同じように、キャラクターの過去を調べると、それをページ上で使う緊急の必要性が生じる。でも、どんな情報でもそうだけど、どこでどんなふうに使うかを考えなくちゃい

他者を書く
ローレン・ビュークス

ローレン・ビュークスは受賞歴もある作家で、コミックス、脚本、テレビ番組、ときには報道記事も書く。長編小説『Zoo City（ズー シティ）』（2010年）は、『ニューヨーク・タイムズ』紙に「エネルギッシュな走馬灯のようなノワール」と評され、アーサー・C・クラーク賞、キッチーズ・レッド・タンティクル賞を受賞した。ディストピア・スリラー『モクシーランド｜*Moxyland*』、ノンフィクション『異端者：南アフリカのすばらしき女性たち｜*Maverick: Extraordinary Women From South Africa's Past*』の著者でもある。『シャイニング・ガール』は、タイムトラベルをする連続殺人鬼についての長編小説だ。

他者を書くとは、繊細なテーマだ。そうでなくてはいけない。ひどい、とてもひどいやりかたをされるときがあるから、なおさら。

でも、あなたが自伝を書いているのでもないかぎり、どんなキャラクターも他者になっていく。

わたしは連続殺人鬼じゃない（実は多重人格者で、ほかの人格が隠し事をしているのでもなければ）。1950年代の主婦でも、駐車場係でも、カージャックのリアリティ番組のスターでも、ウガンダのメール詐欺師でも、東京のメカパイロットでも、未来のひどく頑固なゲイの反企業活動家でもない。友人の作家サンド・モロゾナとズキスワ・ワナーは、わたしを白い肌に閉じこめられた黒人少女だとからかうけど、わたしはクールで口がうまくて元ジャーナリストで元ジャンキーなヨハネスブルグ（訳注：南アフリカ共和国の都市）に住む『Zoo City』の主人公の黒人少女ジンジじゃない。

自分の文化的体験の外にいるキャラクターを書く勇気がないと言う著者が、わたしには我慢ならない。だって、わたしたちはいつでもそうしているのだから。想像力を使うとは、そういうことだ。

許せないのは、リサーチを怠るひとだ。このあいだラジオで、アムステルダムの娼婦をテーマにした詩集を書いたばかりの詩人のインタビューを聞いた。彼女は娼婦たちに驚くほど感情移入し、頭に入りこんで、娼婦たちの痛々しい現実をさらけ出そうとした。

そのために詩人がインタビューをした、あるいは軽くおしゃべりしようとした娼婦は何人か。

ゼロだ。

想像力だけでは足りないときもある。ひとはひとだ。わたしたちは愛する。わたしたちは憎む。血を流す。うずうずする。マズローの欲求5段階説に屈し、渋滞にうんざりする。でも、文化、人種、セクシュアリティ、それに言語でさえ、わたしたちの経験とわたしたちが何者かをはっきりさせるレンズだ。

経験に入りこむにはリサーチしかない。手段が本であれ、ブログであれ、ドキュメンタリーであれ、ニュースであれ、もっとも重要で明快な、ひととの会話であれ。

さいわい、わたしはリンディウェ・ンカサ、ネチャマ・ブローディ、ヴェラシュニー・ピレイ、ズキスワ・ワナーのような友人たちにめぐまれている。みんな喜んでヨハネスブルグを案内してくれるし、原稿を読んで、ひとと街の文化的ディテールをわたしが正しく理解したかチェックしてくれる。

わたしはヒルブロウ地区（訳注：ヨハネスブルグにあり、非常に治安が悪いとされる）について、クゲベトリィ・モエレ『207号室｜*Room 207*』などの本を読んだり、

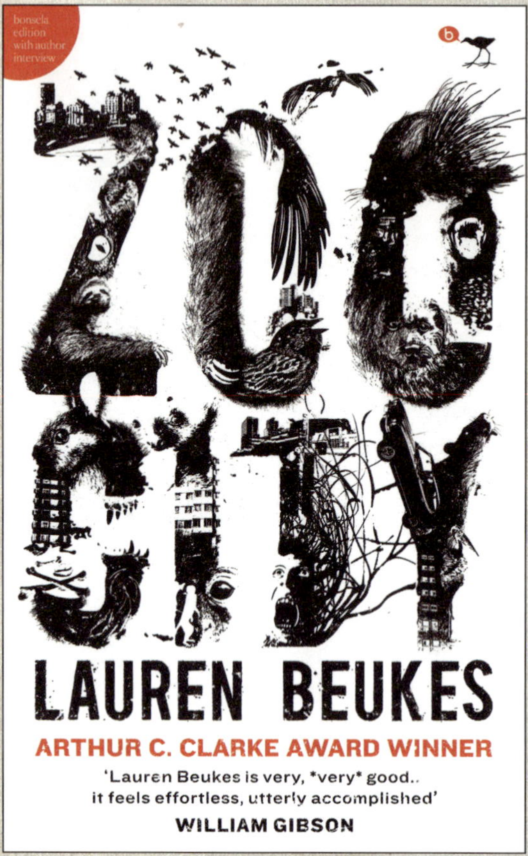

ドキュメンタリーや映画を観たり、ツイッターをチェックして事情通から情報をじかに得たりした。死体を捨てる（！）のにぴったりな場所や排水口のような、街のディテールを。

南アフリカの音楽産業を知るために音楽プロデューサーやジャーナリストと話し、他者の経験に対する洞察を得るために難民にインタビューした。そのひとりがジャマラ・サファリだ（コンゴ民主共和国からケープタウンへの旅を長編小説にしたと聞き、わたしの出版社を紹介した）。

セントラル・メソジスト教会も訪れた。4,000人の難民が保護されていて、そのときの彼らには最良の選択とはいえ、環境はひどかった。それから、ランドクラブ（訳注：ヨハネスブルグの歴史あるクラブハウス）に立ち寄り、呪術師（わたしの人生を覆う黒い影があり、黒いニワトリを生贄にささげるよう言った）に代金を支払い、ほかの伝統治療者にも会った。うまく進んでいるかどうか、フィクションのためにディテールをゆがめるまえに、たしかめたかったから。1週間かけてヒルブロウ地区を歩きまわり、いろんなひとと話した。

わたしの公式〈文化エディター〉ズキスワ・ワナーは、二度わたしを落第させた。原因は不正確なディテールで、そのほとんどが都心の暮らしについてだ。たとえば、ジンジが露天商からスタイヴェサントのタバコを1箱買おうとするところ。「ふざけんな、失礼、それはレミントンゴールド。安物でしょ」。あるいは、難民が使っているありふれたプラスティック製のカゴ編みスーツケースを、スラングではなんと言うか。アマシャンガーンだ。

「でも、ジンジはじゅうぶん黒人じゃない？」と、ズキスワに頼んだ読者レポートに目をとおしたあと、わたしは訊いた。読者レポートは、一度も核心を突いていない。

ズキスワは笑った。彼女自身、思いがけず。「そうね、クールだし、じゅうぶん黒人。だれも彼もそれを訊く。何が言いたいかって？　心配しないで。非難なら、わたしも受けることになる。わたしは純粋に男の目から『南アフリカの男｜*Men of the South*』（訳注：ズキスワ・ワナーの長編小説）を書いてるから、あなたと同類よ」。

南アフリカの白人が南アフリカの黒人を書いていることで、わたしを責めるひとは（いまのところ）だれもいない。それから、ズキスワの『南アフリカの男』は、ハーマン・チャールズ・ボスマン賞の最終選考に残った。ズキスワを責めるのは、彼女がペンネームを使っている男だと決めつけているひとだけらしい。

つまるところ、わたしが問うべきは「ジンジはじゅうぶん黒人か」じゃない。「ジンジはじゅうぶんジンジか」だ。ステレオタイプを反映させる、ワンパターンなキャラクターを創っているのではないのだから。創っているのは、自分のモチベーションで動き、自分の経験で形づくられる、複雑で深遠で豊かなキャラクターだ。

ひとはそれぞれ違う。わからないことが、おたがいある。たいてい、わたしたちが訊かないせいで。

だから、訊く。

そして、書く。

こいつらは悪党？　ヒーロー？　悪党ヒーロー？　真実は、アーティストのジェレミー・ザーフォスのみぞ知る。

けない。多くのディテールがあらかじめ必要な情報もあれば、少しずつ与えるべき（ここかあそこに数文）情報もある。きみが語ろうとしている物語にはどんな過去が似あうか、何がどこで必要か、考えてほしい。はじめの数ページで読者にすべて打ちあけるべきだなんて、思わないでくれよ。隠さないことで、物語の可能性も失っているかもしれない。

- **環境とキャラクターの視点との断絶。**3人称の視点からであっても、過剰な描写や、実は視点人物と関係がない描写で、物語とキャラクターを飾りたてるべきじゃない。何が言いたいかって？　つまり、設定はキャラクターなんだ。視点人物が見たり体験したりするものはすべて、そのキャラクターの視点というフィルターを通る。視点は設定に影響し、遺伝／民族性、しつけ、教育、社会的・経済的地位など、さまざまな要因に影響される。あるキャラクターは環境について、読者に伝えるべきことには気づき、読者に伏せたり、存在しないとほのめかしたりするべきことには気づかない。たとえば、きみはどんな状況でも銃声に気づくかもしれないけど、きみのキャラクターにとっては、ハイウェイの車の音と同じぐらい聞きなれたものかもしれない。これを考慮に入れておかないと、キャラクター描写のチャンスを失う。
- **キャラクターをちゃんと理解する、偏見もステレオタイプもなしで。**ピューリッツァー賞を受賞したジュノ・ディアスが、ぼくに話してくれたキャラクター描写の進化が、一番うまい説明じゃないだろうか。「広く受けいれられた性差別的な同性愛嫌悪のプロットは、たしかにぼくのなかにありましたが、ふさわしいキャラクターを書く助けにはなりませんでした。なかったことにするか、書けるようになるまで、せめて向きあうしかありませんでした。いつも言ってるんです。ぼくたち未熟者は、まるっきり女性が書けない。人間レベルの女性が書けるようになるまでには、まだまだ補習がいるって」。キャラクターはみんな、ちゃんと人間であるべきだ。きみのアプローチにおいて、どんな意味であろうと。キャラクターをステレオタイプにあてはめるのは、現実の人間への誤解に基づいたふるまいをキャラクター

ライティング・チャレンジ：脇役

想像してごらんなさい、主人公はロブスターを買おうとしている婦人で、カウンターのうしろにいる殿方は脇役だと。殿方がどのような1日を過ごしているか知ることは、ドラマを生み、主人公の人生に影響するか。逆に、殿方が主人公だとする。婦人のふるまいは、主人公の1日にどのように影響するか。

にさせることだ。もしステレオタイプにあてはめるなら、社会に意見するためでないといけない。たとえば、女性キャラクターが男性キャラクターに物扱いされるのは、作家のきみではなく、きみのキャラクターが鈍感だからであるべきだ。まさに、きみの〈男の視線〉が試される。

ニーナ・スビンが撮影したジュノ・ディアス。偏見による心身の植民地化についての著者の考えは、フィクション作家必読だ。

- **きみが人生を描くキャラクターをとおして、ストーリーの理念を永続させる。**状況は変わりつつあるけど、西洋文化ではいまだに、中流階級の異性愛者の白人男女を中心にしたストーリーが優勢だ。だれを、なぜ書くか考えることは、2、3のグループに関するたったひとつのストーリーという考えを退ける。ディアスが言うとおり。「有色人種の貧しい移民としてアメリカで育つと、すぐに気づきます。有色人種による物語は、普遍的とはみなされない――白人のストーリーは当然そうみなされるのに。貧しいひとは貧しくないひとほど立派な主人公ではなく、移民の物語が、非移民のアメリカ人の物語と同じようにアメリカの本とみなされることはめったにない。レイプ被害者についての本は、ぼくたちの愚かな戦争を生きのびている繊細な若者についての本ほど重要視されない」。

もっと深みとニュアンスを

キャラクターの基本を知り、ストーリーをとおしてキャラクター・アークを考えること以外にも、深みや複雑さを加える考察があるかもしれない。たとえば、キャラクターに関する情報の受けとりかたは、書きかたと結びついていて、カリン・ロワチーが「認識の方法」と呼ぶものによって補強される。この方法は、4つの問いにするとわかりやすい。

・ほかのひとたちは、そのキャラクター（サラと名づけよう）をどう思っているか？
・サラは、ほかのひとたちが自分をどう思っていると、思っているか？
・サラは自分をどう思っているか？
・サラの真実とは何か？（客観的な真実が、きみの考えにあるか？）

これらの問いを考えるとき、キャラクターの認識にまつわる考えをフィクションで伝える、大好きな作家ジョン・ル・カレを思いだす。彼が書くスパイは、作家と同じような洞察を求めているから。『ロシア・ハウス』で、あるキャラクターが言う。「ある種の人生では……プレーヤーは相手に対してグロテスクな空想を抱くあまり……必要な敵をでっちあげて、自分をふるい立たせる」。『スマイリーと仲間たち』ではこう書く。「伝えてくるひとがいる……そのひとたちは――出会えば、自分の過去を当然の贈り物として与えてくる。彼らは親密さそのものだ」。

ジョン・ル・カレの長編小説は、クリエイティブな執筆のさまざまなトピックに関する幅広いレッスンだ。スパイ小説の構成にある何かが、ル・カレのテクニックの仕組みをあばき、同業者はおおいに学べる。これらの仕組みはあからさまではないので、読者の楽しみを妨げない。

作家としてのきみの興味によっては、ロワチーの問いへの答えに、物語のすべてがあるのかもしれない。一例がジョイス・キャロル・オーツ『とうもろこしの乙女　ある愛の物語』で、同じ学校の女子生徒に誘拐された10代の少女の捜査とその影響において示される。このストーリーには、断絶、矛盾、視点と視点の対立しかないといえる。このことは、機能不全な女子生徒の視点と、誘拐犯の疑いをかけられる臨時教師の視点を織りまぜた、異彩を放つシーンではっきりしてくる。2人が相手をどう思っているかを、彼らのセルフイメージと共にあばく。「彼は短く、魅力的な皮肉っぽい笑いかたをする。彼女はかん高くて鼻にかかった声で笑い、くしゃみのような突然の笑いに自分で驚く」。この近接を創るアプローチのおかげで、読者は2人を、別々のシーンで書かれたときよりも理解できる。このテクニックはキャラクターの動機もより完璧にあらわし、ストーリーを前進させる。

でも、キャラクターのためにニュアンスと深みを創るやりかたは、ほかにもたくさんある。基本を上まわる5つの概念がある。

環境のキャラクターへの影響は、第6章で述べる。

- 一貫した矛盾
- 行動VS思考
- エネルギー転移
- 象徴的なひと
- 物の秘密の生命

一貫した矛盾とは、きわめて首尾一貫しているひとたちも……実は、きみが思うほど一貫していないということだ。ぼくたちはみんな、習慣、信念、知識、世界に対する前提という、流動的な核のようなものに基づいて行動する。この要素の結合、別名・知性は、さまざまな環境要因のせいもあって日々揺れ動く。それに、ぼくたちは自分が望むほど論理的じゃない。だから、ときには矛盾した行動や反応が生じる。男は朝「ペンギンに家を」チャリティに寄付するけど、昼には路上の野良ペンギンを蹴っ飛ばす。女は毎朝いやな隣人に礼儀正しいけど、朝のコーヒーを飲まなかった日、車に乗るまえになぜか隣人の鉢植えを蹴ってひっくり返す。流動的な意識の核を超えるいくつもの要因が、行動と考えに影響する。ストレス、疲れ、悪いニュース、強情などが。ある日の一見不可解な行動の理由を、たやすく探れるストーリーもある。「だれかが彼のなかにいたの」。ジョン・ル・カレ『パーフェクト・スパイ』で、スパイの妻は言う。「あれは彼じゃない」。

キャラクターの行動、反応、感情の基本領域を知るのは重要だけど、どんなシチュエーションでもそこにおさまるとはかぎらない。一貫した矛盾を創ることには、きみがあらかじめ定めた道すじからキャラクターを解放する効果があり——読者の興味も増す。

行動VS思考はある意味、バケルの「必要VS望み」によって創られる効果と似ている。ぼくたちは現実世界で、ひとの考えやアイディアを褒めるかもしれないけど、それを行動から評価したり判断したりしがちだ。キャラクターが実際にすることと、言ったり考えたりすることとのあいだにずれが生じるほど、読者のキャラクターへの信頼は薄れるだろう。同じように、キャラクターが有言不実行なら、読者は疑い深くなるどころか、キャラクターを信用しなくなるかもしれない。わかりやすい例として、昼にペンギンを蹴った男をもう一度見てみよう。動物好きと言ったくせにペンギンを蹴るひとは、「ペンギンなんか大嫌い」と言ってから蹴るひとより、いろんな意味で悪党だ。少なくとも、2人目の悪党は正直だ（あるいは自己欺瞞ではない）。

ひとは、自分に都合がよい神話や物語を作りあげる。ペンギンを蹴った事実に変わりはなくても。

エネルギー転移は、ほかの概念と密接にかかわっている。もっとも基本的な転移は、あるひとが発したプラスやマイナスのエネルギーが、ほかのひとに影響することだ。わかりやすい例をあげると、父が養子の喋るペンギンをどなり、ペンギンはペットのネコを蹴り、ネコは逃げだして必要以上にネズミを痛めつける。あるいは、女は隣家の郵便配達人にお世辞を言い、郵便配達人は機嫌よく帰宅して、思いがけず妻を外食に誘う。

また、別の出来事につながる、感情をあらわにする出来事もいう。ひとによっては、トラウマに対する感情に苦しむ。それを自然に解消するチャンスがないなら、なおさらだ。過去の出来事とつながる問題をあきらかにするには、構成や感情が似ている出来事や出会いがいるかもしれない。たとえば、妻の父（ほとんど知らなかった）が死んで泣きだす男は、実は、前年の祖母の死を嘆き悲しんでいる。広い意味でいえば、エネルギー転移とは、きみのキャラクターの感情的な人生を探ることだ。

右ページ
ニンニ・アアルト
『エネルギーと感情の転移｜*Transfer of Energy and Emotion*』。
行動は遠くまで、いろいろな影響をおよぼすかもしれない。

象徴的なひとという概念は、友情でさえ見かけを上まわる（あるいは下まわる）かもしれないと教える。たとえば、死んだ夫の知人と、夫を忘れないために親し

くする未亡人。あるいは、第二次世界大戦中、政変のために新たな要素や層が加わりはじめる2人の男の友情。反乱軍に占領、または勝者に分配された街で、もう存在しない場所とのたったひとつの絆となるだれか。ひとは、ほかのだれかにとって、そのひと自身を上まわる意味を持つ。建築物や歴史的な日付と同じように、象徴的な存在になりえる。

最後に、**物の秘密の生命**は、物がひとの使者だという、ひとの（とりわけ、所有物への愛着に関する）概念をくつがえす。物のパワーを見くびっては——物はキャラクターとは対照的だの、物語のなかで生命を持たないだのと考えては——いけない。キャラクターが物をどれだけ重んじるかが、物にまつわる大切な何かを教えるかもしれない。物は世界全体をふくんだり、ひとにさまざまな行動を起こさせたりできる。物理的な富、過去とのつながり、特定のひとや記憶を象徴する。だから、キャラクター描写を強化したり向上させたりできるんだ。描写がより求められるファンタジックな設定では、さらに重要だろう。描写が2つ以上のことをしてはいけない理由があるか？　オフィスや家の炉棚に隠している写真は、壁にかけるために選んだ絵画と同じぐらい意味がある。

ストーリーのすべてが、愛着から生じるときがある。ぼくはこのあいだ、ストーリーが展開するのを目の当たりにした。親戚（ガートルードとしよう）が別の親戚（エミリーとしよう）に家宝の高価な腕時計をあげたんだけど、ガートルードの夫は取りかえすように言った。もともと、夫からガートルードへのプレゼントだったから。ガートルードとエミリーのあいだで緊張が高まり、古い傷と記憶が呼びさまされた。エミリーは時計を返したけど、ガートルードはうしろめたくて、結局また時計をエミリーに届けた。ただし、今度は気乗りしなかったから、定期的に返してほしいと頼んで。エミリーが拒み、ガートルードの夫と不和が生じた。また、老ガートルードには記憶障害の症状があらわれていて、時計が夫のプレゼントだと忘れていたという新事実も飛びだした。一方、時計は絶えずメンテナンスが必要で、怠れば二度と動きそうにない。時計に気を配るためには身につけているしかなく、エミリーはいつでも状況を思い知らされる。そのうえ、エミリーは裕福ではなく、仕事で物騒なエリアに行くので、高価な腕時計を身につけるのは緊張する……わかっただろう。たったひとつの物のまわりで起きる出来事が、はじめのシチュエーションを超えて、どれほど影響をおよぼすか。

深みとニュアンス創りに関するこれらの概念を考えるうえで、自分に示す問いが以下だ。

- 他者と主人公とで、与えられたシチュエーションに対する見かたはどれぐらい違うか？
- キャラクターはどんな、あまり問題解決につながらない行動をとるか？
- キャラクターはどれぐらい、ひそかに他者と争ったり意見が違っていたりするか？
- キャラクターは自分が他者をどう思っているかを、どれぐらい他者に示す、または隠すか？

WEB
家宝についてのエッセイ
ESSAY ON HEIRLOOMS

- キャラクターは抱えている秘密をどれぐらい使う、または使わないか？
- 秘密はどれぐらい――だれのところまで広まるか？（なぜ、そのひとたちに？）
- もし知られているなら、どんな情報が、キャラクターをしのぐ力を他者に与えるか？（キャラクターは、どれぐらい他者の行動をコントロールするか）
- どれぐらい素早く、正しいコンテキストで、キャラクターの他者への見かたや考えかたを変えられるか？
- キャラクターは物的所有物にどれぐらい愛着を持ち、それがどれぐらい行動に影響するか？
- キャラクターは、どれぐらい他者を喜ばせたいと思っているか？
- キャラクターは他者から何か（称賛など）を得るために、何をあきらめるか？

これらはキャラクターのためにより深みとニュアンスを創れる領域の、ほんの一部だ。ストーリーのあるタイプにとっては、たしかに、こういう考えかたが不可欠かもしれない。ほかのタイプにとっては、あまりにも機械的で定型的に思えるキャラクター、シーン、ストーリーの活性化を助けるだけのものかもしれない。

物のパワーは、作家から読者に流れるだけじゃない。わが家の家宝のシガレットホルダーは側面に穴があり、第一次世界大戦のレジスタンス戦士のマイクロフィルムが隠されている。『フィンチ』では、マイクロフィルムに街の秘密の地図が入っている。アーティスト、アンジェラ・デヴェストの『地下スペースのための天文学概論｜*Astronomical Compendium for Subterranean Spaces*』（2015年）は『フィンチ』の地図にインスパイアされたもので、シガレットホルダーの本来の目的と秘密をほのめかす。

キャラクター・アークの種類

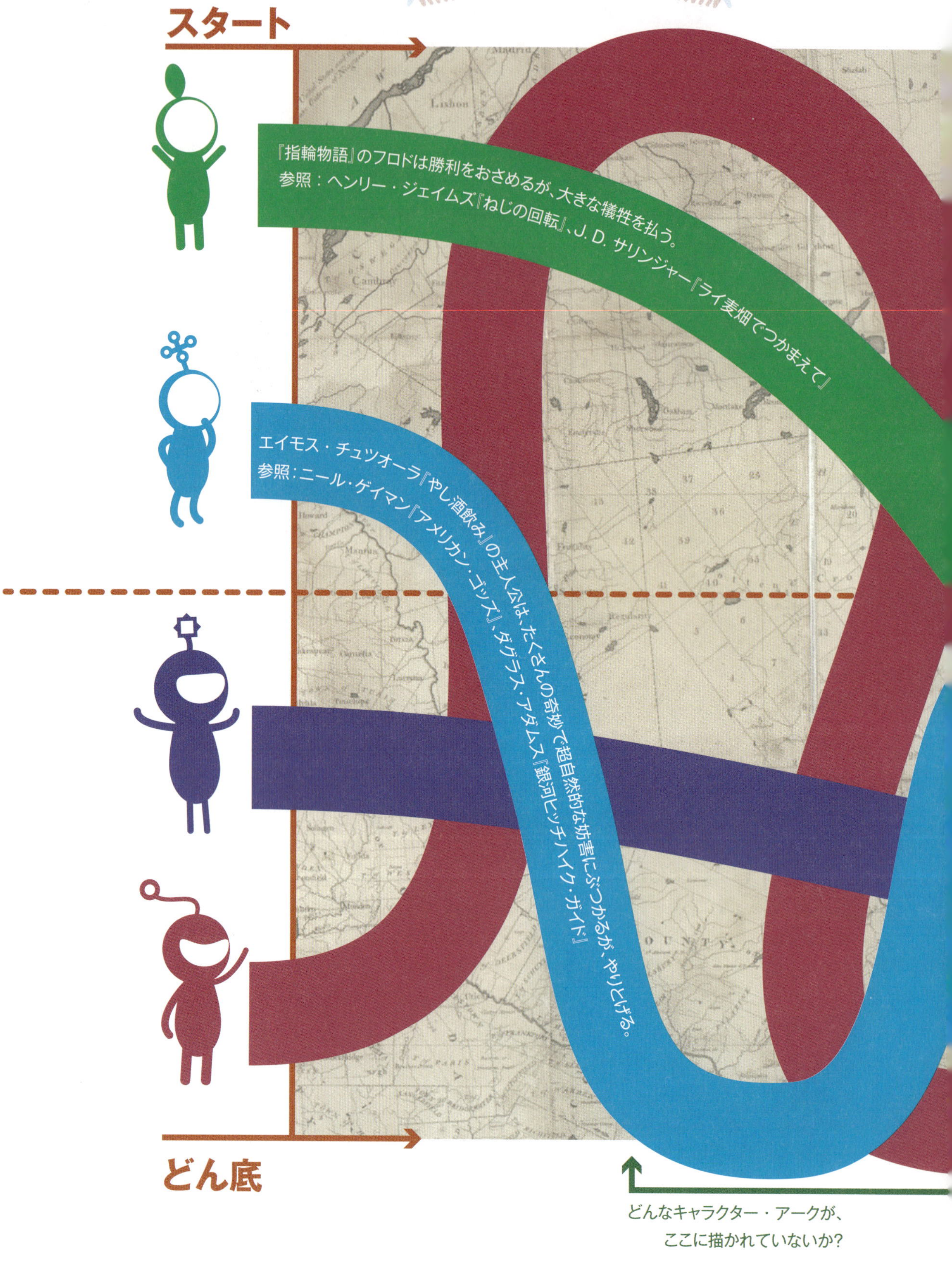

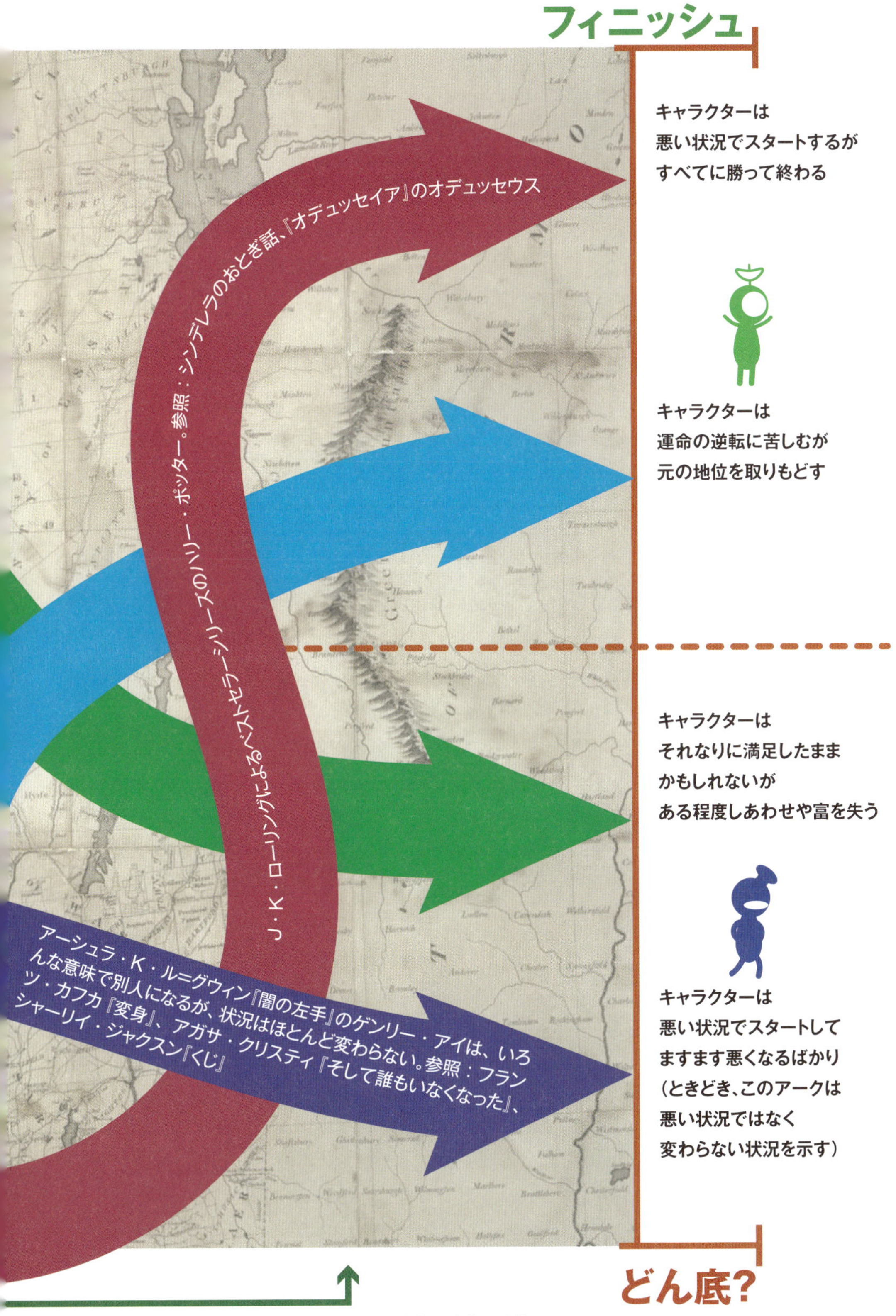

フィニッシュ
キャラクターは
悪い状況でスタートするが
すべてに勝って終わる
J・K・ローリングによるベストセラーシリーズのハリー・ポッター。参照：シンデレラのおとぎ話、『オデュッセイア』のオデュッセウス
キャラクターは
運命の逆転に苦しむが
元の地位を取りもどす
キャラクターは
それなりに満足したまま
かもしれないが
ある程度しあわせや富を失う
アーシュラ・K・ル＝グウィン『闇の左手』のゲンリー・アイは、いろんな意味で別人になるが、状況はほとんど変わらない。参照：フランツ・カフカ『変身』、アガサ・クリスティ『そして誰もいなくなった』、シャーリイ・ジャクスン『くじ』
キャラクターは
悪い状況でスタートして
ますます悪くなるばかり
（ときどき、このアークは
悪い状況ではなく
変わらない状況を示す）
どん底？

キャラクターの運命は、ストーリーの序盤と中盤でどれぐらい違うか？　きみが語るストーリーは、もっと早く終われるか？　それとも、まだアークを描けるか？

キャラクター・アーク

キャラクター・アークとは、キャラクターの旅を意味し、たいていはプロットと関連していたり、プロットそのものだったりする。この用語は、具体的で実践的なものや、神話的で典型的なものもふくむ。前者は主に、キャラクターのスタート地点からストーリー内で起きること、最後に行きつくところをさす。これは、物語のデザインの章であきらかなように、ストーリーの全貌（要点）だったり、そうでなかったりする。チャールズ・ディケンズは、貧しいひとびとが成功するかどうかについての長編小説をひとつは書いた。悲劇なら、キャラクターは高いレベルからスタートして、落ちぶれるかもしれない。喜劇なら、高いレベルからスタートし、落ちぶれてから、元の地位やそれに近いところに戻るかもしれない。偏りのないドラマなら、低いレベルからスタートして、たくさんの苦難を経てから、揺るぎない成功を得るかもしれない。

でも、これらのキャラクター・アークが典型とはかぎらない。典型的なキャラクター・アークには、歴史上何度もくり返されているだろう神話的あるいは普遍的な要素が求められるし、ほとんど直感や潜在意識のレベルで正しいと感じる瞬間もふくむかもしれない。テーマと同じで、作家はときどき、特定の文化や形態（ゲシュタルト）の一部であるこういう典型に、本能的に近づく。キャラクター・アークでもっとも有名なのは、ジョーゼフ・キャンベルの〈英雄の旅〉、あるいは〈単一神話〉として知られるものだろう。多くの作家がこのキャラクター・アークを、ジョン・クロウリーが述べるとおり無意識に取りこんだものだとしても、信じきっている。「ぼくには欠かせない」と『テキサスの日々｜*Growing Up Dead in Texas*』の著者スティーヴン・グレアム・ジョーンズは言う。「頭の奥深くにあるから、いまさら考えたりしない。これがなかったら、ぼくは自分の居場所もわからず、試行錯誤してそれを知らなきゃいけない。思うに、彼はぼくたちのために、すべてを精密に記してくれたんだ。完璧で、融通がきいて、不足はない」。

ジョーンズのキャラクターの旅は、たいてい「冥界をとおるオデュッセウスの旅のようなものだ。頂点からスタートし、低いところへ行かなくてはと考え、実行し、利益を得て、ときには陽の光のなかへ戻ってくる」。キャンベルのアプローチにまつわる何かが、ジョーンズの作家としての興味に語りかけてくるのだ——個人的に。

英雄の旅は、どんなもので構成されるのか。離別、伝授、帰還という旅の3つのステージに対応する出来事や瞬間がある。

- **離別**。この最初のステージで、ヒーローは冒険への招きを受けいれなくてはいけない。はじめはどうにか断るが、考えなおす。普通は、超自然的な要素がみずからの存在をヒーローに知らせ、冒険を受けいれさせる。このステージの終わりでは、ヒーローが冒険の地へ、ストーリーの主な舞台へ足を踏みいれる。暗喩的な移行もあるけど、文字どおりの、たとえば架空の世界への移動もある
- **伝授**。このステージで、ヒーローはまず、冒険のまえにいた世界やその概

ジョーゼフ・キャンベルの単一神話のメキシカン・レスラー版？

ジョーゼフ・キャンベルの英雄の旅を、ルチャドール（メキシカン・レスラー）版にしたら、どんなふうだろう。まず、標準的な冒険（よくあるヒロイック・ファンタジーの旅のような）の言語と象徴は避けて、ジムとトーナメントを選ぶだろう。次に、テクニコ（善玉レスラー）とルード（悪玉レスラー）が演じる複雑な役割を考える。メキシコのプロレス界では、ときどきテクニコがルードになり、その逆もある。マスクもこの伝統において、とても重要だ。

こういうストーリーだと、超自然的な助けは、有名レスラーのエル・サントの幽霊からもたらされる。一介の大工ヘクトールに、もうひとつの世界で、ルードがテクニコのルールを破ったと語るのだ。ヘクトールは父の遺志を継いで、正しいバランスを取りもどさなくてはいけない。地元のジムの裏にある人目につかないドアを通って、現実を超える世界を見出す。

来たからには、巨大な山のなかにあるレスリングの迷宮を闘いぬかなくてはならず、これは、女性レスラーの女王ラプトロ・デミーセと出会うまでの試練のひとつだ。ラプトロの賢い手引きにしたがって、誘惑とトーナメントと試合（VSブルー・デーモン、VSビッグ・デス、VSロック・メイド・オブ・ロック）を特徴とする非現実世界の旅へと、ストーリーが展開する。途中、ヘクトールあらためエル・トポは父と出会い、葛藤し、父の祝福とレスラーのマスクを受けとる。ブルー・デーモンとの、そしてもちろん最大の敵「千のマスクを持つ男」との最終試合を迎える。エル・トポは多くの犠牲を払って勝利し、テクニコのルールを取りもどす。

現実世界に引きもどされるまで、エル・トポは何年もそこをおさめ、2つの世界に精通する。ヘクトール／エル・トポは長生きし、ぼくたちの世界で学んだすべてを子供たちに、その次の世代にも教える。いまもときどきエル・サントの幽霊は現れるが、エル・トポがひとりごとを言いながら笑っているのを見ても、孫たちは礼儀正しく秘密にしておくだろう。

バース・アンダーソンの調査に感謝する

念からの最終的な離別に耐えなくてはいけない。そして、さまざまな試練にぶつかる。肉体的にも、精神的にも。冒険の結末からおのずと生じる試練だけでなく、〈女神との出会い〉を果たし、同時に無条件の愛を知り、いろいろな誘惑に抗い、父や父のようなひとと和解し、死と再生を経験し（暗喩的であれ文字どおりであれ）、旅や冒険のゴールにたどり着かなくてはいけない。このステージの終わりでは、ヒーローが元の世界に戻るのを拒むときがある。

- **帰還**。このステージで、ヒーローは元の世界に戻る決心をするが、助けを、ときには魔法の助けを必要とする。元の世界に戻ると、どちらの世界にも精通して、肉体と精神のバランスをとれるようになる。そして、ほかのひとたちと知恵を共有しながら、穏やかで満ちたりた人生を送る。

型にはまったアプローチに見えるかもしれないけど、作家はいつでもサブテキストをうまく隠して、この構成をもっともリアルで、もっともシュールな冒険に用いる。文化を超えた使いかたを示すために、ぼくは英雄の旅をメキシカン・レスラーの冒険に置きかえて想像していた。マイケル・シスコの「ゼロに逆戻り」の解釈を経て、ぼくが考えた〈改善策〉もふくめていたけど。

なぜ、キャンベルの英雄の旅に改善策がいるのか？　うーん、ひとつには、ぼくたちはみんなヒーローじゃないし、ヒーローを書けるわけじゃないからだ。たぶん答えの一部は、まさにタイトルの『英雄の旅｜*The Hero's Journey*』と、正典（カノン）として体系化されたものへの疑念にあるんだろう。でも、ほかにも理由がある。キャンベルの本に書かれた性役割とか。改善策としては、女性ならではの旅を描写するというものがあり、その旅で（女）主人公が出会う女性たちは、もっといろんな、複雑な役割を果たす。

キャンベルの考えも、主に西洋の哲学と宗教に由来する。それらの普遍性は、ぼくたちが思うほど普遍じゃないかもしれない。作家ヴァンダナ・シンが言うとおり、「普遍的であるはずの複雑な事象（叙事詩的ストーリーなど）の本質はどれも疑わしいです。物理学においてさえ、本当に普遍的な法則なんてほとんどないのに……インドの叙事詩でいえば、『ラーマーヤナ』が英雄の旅にあてはまると思うかもしれませんが、改作がたくさんあり、英雄ラーマの配偶者シーターの視点からのものもあります。彼女のストーリーはアークに沿っていません。『マハーバーラタ』ならと思うかもしれませんが、多彩なプロットによるストーリーは複雑で、キャラクターも多く、孤独な旅をしている真の英雄はひとりもいません。もっとあてはまらない『カター・サリット・サーガラ』は迷宮の構造を持ち、さまざまな視点人物があなたを惹きつけます」。

メキシカン・レスラーの単一神話
MEXICAN WRESTLER MONO MYTH

アプローチが実践的であれ典型的であれ、キャラクターが通る道すじが、旅のある局面を強調したりしなかったりするのに役立つか、ストーリーを仕上げるときにたしかめてほしい。この努力が、プロットや構成の不足すら補うかもしれない。

もし行きづまっても、思いだすべきことは単純だろう。ぼくたちはみんな執念

ゼロに逆戻り

マイケル・シスコ

マイケル・シスコは長編小説『神学生｜*The Divinity Student*』『暴君｜*The Tyrant*』『サン・ヴェネフィシオ・カノン｜*The San Veneficio Canon*』『反逆者｜*The Traitor*』『語り手｜*The Narrator*』『偉大な恋人｜*The Great Lover*』『セレブラント｜*Celebrant*』の著者。短編小説は『秘密の時間｜*Secret Hours*』『テッカリー・T.ラムシェッド　奇妙で疑わしい病気のポケットガイド｜*The Thackery T. Lambshead Pocket Guide to Eccentric & Discredited Diseases*』『ラヴクラフト・アンバウンド｜*Lovecraft Unbound*』『ウィアード｜*Weird*』などに収録されている。

逆戻りは便宜上、ただの輪としてあらわされ、ひとつづきの軌道を描く。実際の軌道は、完璧な輪ではないかもしれないが。軌道は重心を核にしてまわるのではなく、つねに同じポイント、というか難点を通りぬける。世界の肛門、つまり世界共通の排出点を。そこでは軌道がいかに偏っていたりバラバラだったりしても、その趣きや流れがいかに独特であっても、どれも排出のまえに圧縮されて、ひとつの小さな塊になる。それは、逆戻りできる軌道を動かす世界の肛門のしぶとい抵抗だ。

軌道が世界の肛門を通るとき、鋭いひとなら、逆戻りの全体的な向きとほぼ無関係な軌道の穴から落とされた、形のない残査という第2の表現に気づくだろう。この落下物は、勢いが衰えないうちに風神アイオロスの革袋（訳注：逆風や暴風を封じこめたとされる）から逃れるが、霊的な冒険のはじまりに先がけて世界の肛門で高まった圧力がサイクルの次のくり返しを推進する。

中盤のどこかで

突然の死——視点人物はすでに死んでいるか、すぐに殺されるか、死からふり返るかだ。いずれにせよ、軌道に語るべきオープニングはなく、死ではじまる。

つづけるしかない——視点人物はひねくれすぎて、または愚かすぎて死ねないので、その役目に向いている。

割りこむ——過去が重要なプロト（原型）キャラクターは、まだ一部しかできていない環境の、いまある設定に入りこむ。

本当はわかっていない——プロトキャラクターとシチュエーションは、たがいを形成しはじめる。たいてい、プロトキャラクターはこのことを理解しておらず、シチュエーションがはるかに進んでいると思うか、自分がシチュエーションにおよぼせる影響の規模がよくわからないまま行動するかだ。

システムとストーリーを区別できない——わけがわからない出来事は、独立した超自然的なシステムの働きを示せるし、プロトキャラクターは、ストーリーが自分を形成するから、その動きに留意している。システムやストーリーはプロトキャラクターより無知で未熟なので、それらがプロトキャラクターを形成するのは、プロトキャラクターがそれらを形成するのと同じくらいヘタだ。

プロットに奇襲される——プロトキャラクターがプロト主人公に成長したり、内的混乱が生まれたりすると、プロト主人公をキャラクターの鋳型に押しこ

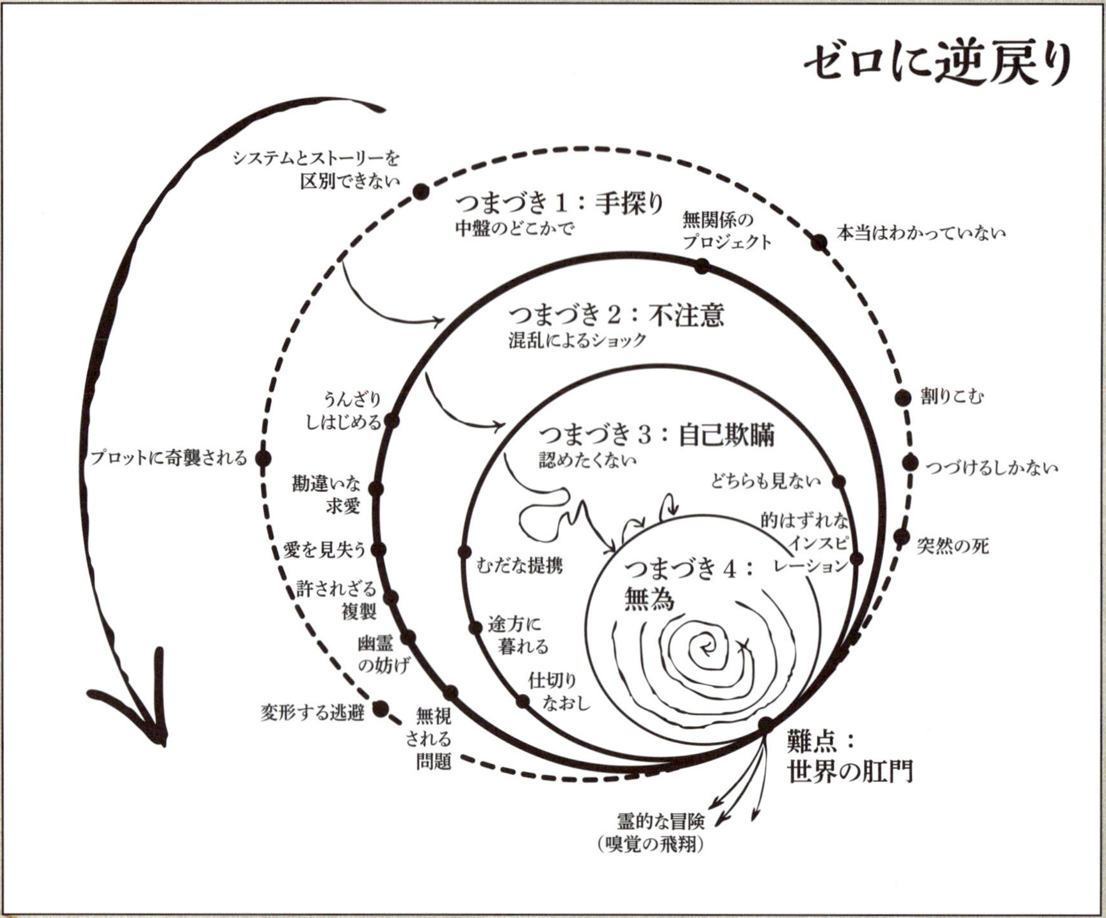

もうとするプロットに襲われる。見えみえの展開にアレンジされた、おなじみの出来事にぴったり合う鋳型だ。

変形する逃避――プロト主人公は、行動のねじれと思考の乱れを使って、プロットから逃げおおせる。その結果として生じる混乱は、プロト主人公にも影響するほど深刻だ。プロト主人公は軌道を見失い、しつこくつけねらうプロットも失う。

混乱によるショック

無関係のプロジェクト――広がりつづけ、プロト主人公からネガティブな影響を、その不在によって受けつづけるプロットから逃れて、プロト主人公は深まる混乱と引きかえに自由を手に入れ、やりたいことに熱中する。たいてい、きわめて困難で異色で危険で高くつく、うぬぼれた計画がふくまれる。

うんざりしはじめる――プロト主人公が興味をなくすにつれて、物語への配慮がおろそかになりはじめる。興味があることをするときは配慮も戻るだろうが、サイクルのこの段階では、しばしば、もっと魅力的な新キャラクターが登場する。まるで、巧みに作られた過去をときには持つ、よくできた伝統的キャラクターを支えられると、物語が証明したがっているかのようだ。

勘違いな求愛――プロト主人公は、別のキャラクターに出会い、悪い印象を与える。にもかかわらず、対面はくり返され、コミュニケーションを成立させるための努力がなされる。努力はつねに一部失敗に終わるが、そのことはあまり気づかれないので、どちらも相手をきちんと理解していると思いこむ。別のキャラクターのほうが、プロト主人公より正しい理解をしているときもある。

愛を見失う――プロト主人公は無関係のプロジェクトに忙しすぎて、別のキャラクターを軽んじる。無関心が別のキャラクターの不満と怒りを引きおこし、そのことがプロト主人公の誤解と認識不足を引きおこす。

許されざる複製――無関係のプロジェクトの末、プロト主人公は、生物や技術的装置、よみがえった死者など、また別のキャラクターを創る。これらのキャラクターはたいてい、世に放たれて、手あたりしだいに大惨事を起こす。

幽霊の妨げ――プロットが間違った広がりをつづけると、誤動作と構成上の欠陥が増えていく。通常のアクションにおいては見つけられず、因果関係、シーン、プロットのさまざまな参加者（キャラクター、物、設定、さらにシンボルさえ）が、途中でプロト主人公の環境に戻ってきて、見通しを妨げる幽霊として現れる。

無視される問題――プロト主人公は、幽霊の出没と自分にかかわりがあるとわからないので、いままでどおりつづけ、すべてを幽霊のせいにして、割りこんできたプロットからますます遠ざかる。

認めたくない

的はずれなインスピレーション――プロト主人公はふいに幽霊の本質と、自分が生きているストーリーの性質がわかったと確信する。この思いつきは、もともとのプロットの性質とは関係ない。

どちらも見ない――ストーリーの性質にまつわる新しい思いつきに基づいて、プロト主人公は、ストーリーでの自分の役割をでたらめに推理し、過剰な自信を持って受けいれる。たいてい、さらに多くの発明と活動、恋人を顧みず捨てることをふくむ。

むだな提携――プロト主人公は、夢見た運命を叶えようとして変わった並置に、さまざまな幽霊とほかのキャラクターたちを呼び集めようとするだろう。

途方に暮れる――計画は失敗する。あらゆるものとひとが、ちゃんと役割を果たしたにもかかわらず。

仕切りなおし――失敗するアプローチという、新たに立証された知識を備えたうえで、プロト主人公は自己分解して、不活性の塊に集まる構成要素になり、存在の土台へとしっかり染みこんでいく。

を、複雑な感情を持っている。憶えておいてほしい。きみのキャラクターがもっとも望むものは何か、その望みをどう表現するか。それから、自分が創るキャラクターのすべてを知ることができるひとも、知るべきひともいないと。才能あふれるジョン・クロウリーが言うとおり。

ぼくはキャラクターの創りかたなんて、本当は知らないんだ。夢のなかのひとを理解するように、内なる刺激に応えるだけで。用意した仕事をやらせるためにキャラクターを創ったり、出かけさせたり、冒険にくっついて行ったりもしない。そうする作家もいるけど。キャラクターがどこへ向かっているかはわかっても、そこに行くことをどう思っているかはわからない。心をのぞけない（のぞく気もない）キャラクターたちは、フィクションにおける最高の謎だ。ぼくの想像を超えるパワーが彼らにあるとわかっていても、何者なのかはわからないときがある。まるで、夢のなかのひとのように。

オスカー・サンマルティン『ナダル・バロニオ | *Nadal Baronio*』（2006年）。オスカー・シパン著、サンマルティン画の書籍『レイエンダリオ：水の生き物 | *Leyendario Criaturas de Agua*』より。

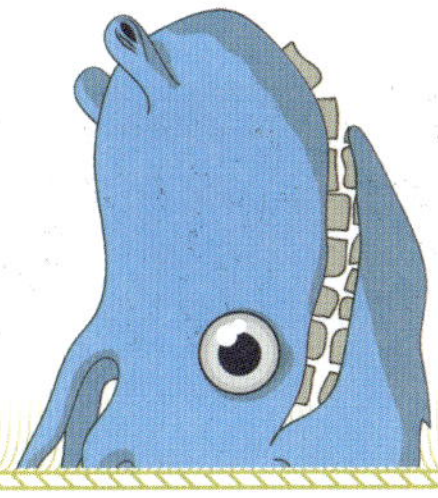

フィクション作家はみんな、なんらかの世界構築——〈設定〉創りや〈環境〉創りとも呼ばれるかもしれないけど——にかかわっている。かなり実験的なフィクションにおいても、作家はそれをおこなう立場にいる。設定ができるまで現れない男を待つ2人の男を、木といっしょに砂漠にほうり出す。〈世界〉はクローゼットのように狭くも、宇宙全体のように広くもできる。なんなら、葉の裏側についた水の一滴のなかで起きるストーリーもある。

第6章：世界構築

いままで書かれたフィクション作品の設定はすべて、そもそも、だれかの想像の産物だ。だからある程度、錯覚だし、そう、空想なのだ。現実と等しい比率の幻をどんなに与えようとしても、ぼくたちの現実に、ページ上と同じようには存在しないのだから。ちなみに、きみが考えるシカゴは、喋るペンギンが考えるシカゴとは全然違う。もっといえば、主観的な解釈という理由だけで、現実を正しく複製することはできなくなる。

世界構築についての考えを述べるのは、たいていのフィクションの対話が実生活の会話とは違うように、〈リアルな〉フィクションでさえ本当はまったくリアルではないと指摘するためだ。そのかわり、リアルなフィクションは、特定のスタンスやポジションを好み、そのスタンスを支えるための構成を築く。非リアリズムのフィクションを書く作家がとるアプローチのほうが、どちらかというと目立ちやすい。皮肉にも、多くのファンタジー作家が、効果をあげるために写実（リアル）的なテクニックを使う。フィクションの地図におけるストーリーの位置が、スタンスを決めるとはかぎらない。たとえば、サルバドール・ダリは、きわめてシュールでファンタジックな絵画を、筆使いや〈文章〉レベルでの、複雑でリアルなディテールを用いて創った。全体の印象は非リアリズムでも、手法はリアリズムに徹している。同じように、クライヴ・バーカー『血の本』のような小説で、過剰なグロテスクさがうまく機能するのは、日常を背景にしているからだ。

この「スタンス」や「ポジション」の概念は、より広いコンテキストのなかで

『ティムリックは胸からジェットコースターを生みつつ、頭から黄金の街を生やす| *Timrick births a rollercoaster from its chest while a golden city rises from its head*』テオ・エルズワース（2007年）。葉のモンスターの頭に、街が丸ごと存在できるだけでなく、ぼくたちがいま微生物群について知っていることを考えれば、ぼくたちが通りぬける世界が想像以上にシュールでも、なんの不思議もない。

重要だ。ぼくたちは「世界構築」という用語に誠実であるべきだから。ストーリーや長編小説という密閉容器のなかで、各パーツが頼りあい、影響しあう生態系をぼくたちは作っている。でも、ぼくたちがどんなに完璧をめざそうとも、世界を真に築くことはできない。ルイス・キャロル『シルヴィーとブルーノ』のウィットに富んだ一節が示すように。

> 「わたしたちは、あなたがたの国からもうひとつ学びました」。マイン・ヘルが言った。「地図作りです。ですが、あなたがたより、もっとずっと向上させました。本当に役立つ、一番大きい地図はどんなものだと思いますか」。
> 「1マイルにつき6インチ」。
> 「たった6インチ！」と、マイン・ヘルは叫んだ。「わたしたちは、すぐに1マイルを6ヤードにしました。そして、1マイル100ヤードに挑みました。さらに、もっともすばらしいアイディアが浮かびました！　わたしたちは実際に、1マイルにつき1マイルの国の地図を作ったのです」。

「それを利用しているんですか」。わたしは尋ねた。

「まだ一度も広げたことはありません」。マイン・ヘルは言った。「農夫たちが反対したんです。地図が国全体を覆って、日光をさえぎると言って！　ですから、いまは国そのものを地図として使っています。同じように使えると保証しますよ。さて、別の質問をさせてください。あなたが住んでみたい、もっとも小さい世界はどんなです？」。

Googleを10分使えば、ぼくたちの世界にまつわる情報がたっぷり見つかるし、国や政府、街、文化、歴史、宗教、地球の複雑さを伝える生態系をくわしく調べられる。でも、文字どおり世界地図を作っているときでさえ、似たものを提供しようとして、縮小したり、世界を記号やシンボルにまとめたりしているんだ。

フィクションで、ぼくたちは同じような決断を、キャラクターについてするように、設定についてもする。ひとの過去を網羅できないように、すべてを取りいれることも決してできない。きみは世界の模型を創り、そのなかの特定の要素だけを使っている。そうしないと、きみときみの読者は、ディテールのなかで途方に暮れてしまうだろう。

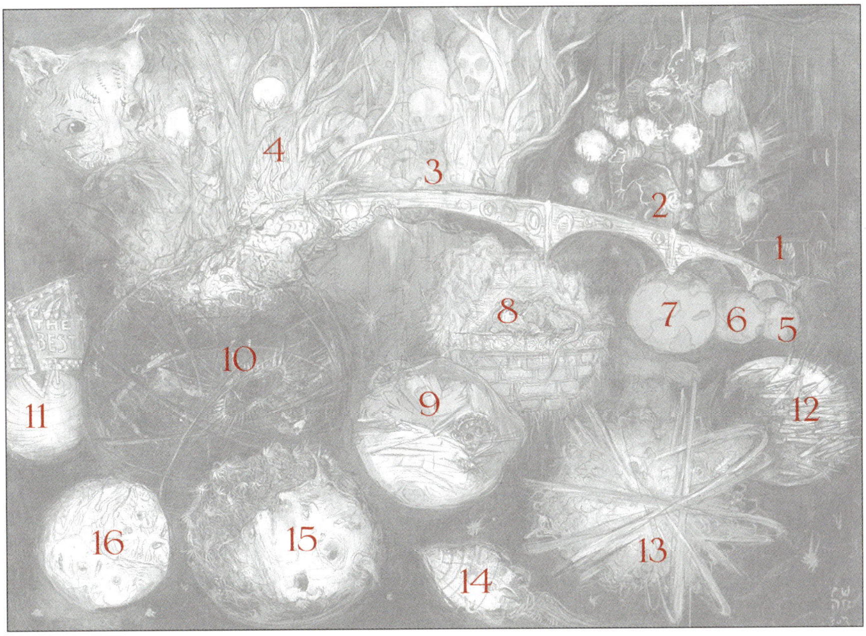

マートル・フォン・ダミッツ3世『われらが空想世界のすべて｜*All Our Fictional Worlds*』（次ページ）は、J・J・グランヴィルの「もうひとつの世界」（1844年）にインスパイアされた。アーティストの説明どおり、イラストはいろいろな設定のカタログだ。1――カフカの小屋　2――カーニバルの仮面舞踏会：幻想と神聖　3――超自然的な地のはざま　4――妖精の王国　5――パラレルワールドの地球：わたしたちの現実　6――歴史が違う地球：ありえたかもしれない（どの地図でも、地球の極地が逆）　7――もうひとつの地球（大陸が違う）　8――架空の世界（中つ国、ナルニアなど）　9――数学的で機械的な世界（数学的理論から創られた、根本的に異なるテクノロジーや世界）　10――形而上学の世界（ボルヘス、カルヴィーノ、果てしない知識の宝庫、別の驚異）　11――皮肉な世界（「BEST」はミュージカル『キャンディード』の楽曲『考えられる限り最善の世界』をさす）　12――未来の地球（「大陸と同じ大きさの人工船着きポッドが浮いている」）　13――エイリアンの世界（まったく違う、わたしたちの太陽系を超える）　14――人工の世界：世代宇宙船　15――シュルレアリスムの世界：夢の論理　16――顕微鏡の世界（ペトリ皿の上のゾウリムシ）

THE
BEST

『アトランティス、波の下｜*Atlantis, Beneath the Waves*』チャールズ・ヴェス（2004年）。設定にまつわるストーリーは、ときと共にどう変わるか。アトランティス島の神話は、大昔プラトンによって生まれたが、すぐに疑問視され、パロディ化もされた。初期キリスト教徒は、この神話を真剣に受けとめ、よみがえらせた。以来、いくつかの神秘的な伝説に登場し、そのたびに異なる特徴を持つ。

世界観VSストーリー観

さて、フィクションの世界が真に必要とするものは何か。ストーリーとキャラクターに、最終的には読者に、どんな影響を与える設定にしたいかによる。でも、どういうアプローチであれ、世界観とストーリー観の違いを考えることは、きみの判断の助けになるだろう。

- **世界観**。ストーリー世界について、作家のきみが知っていること。世界観はより広いコンテキストを確立して、きみがいま集中しているストーリーだけでなく、もっと多くのストーリーをふくむかもしれない。

- **ストーリー観**。ストーリー世界について、キャラクターが知っていること、信じていること。

作家・ゲームデザイナーのウィル・ハインドマーチが述べるように「ストーリー観にはストーリーの語り手の視点を、たとえ語り手が厳密にはストーリーのキャラクターではなくても、取りこめる。3人称の主観的な視点は、見誤ったり世界を誤解したりするおそれがある。作家が間違いだと知っていることを信じたり。たとえばそれは、のちのストーリーで間違いだと明かされることかもしれない」。

世界にまつわる情報を作家がただ伏せているときでさえ、ハインドマーチに言わせれば「世界観とストーリー観のずれを利用している。『怪物（キマイラ）はすべて死んだ』とキャラクターは言い、3人称の語り手も訂正しないかもしれない。たとえ、どこか遠い世界の片隅でキマイラはまだ生きていると、作家が知っていても。世界観とストーリー観の違いとは、作家が共有するかどうかを、いつ共有するかを選ぶ情報にかかわるものだ」。

ストーリー観は、きみが書くと決めた個々のキャラクターだけでなく、世界のなかのキャラクターたちのポジションにも影響される。高い評価を受ける作家エカテリーナ・セディアはこの点に触れていて、多様性に関する彼女のレクチャーから、キャラクターにとって有利な視点が少なくとも3つ考えられる。

WEB
セディアのレクチャー
SEDIA LECTURE

- **その文化の出身者**。文化的デフォルトはそれぞれ違うので、自分が生まれた文化や、その文化に近いものを書いているのでもないかぎり、もっとも書きづらい視点だ。よくあるミスが、作家の偏見と価値観の押しつけだ。ひどいときは、ほかの文化の流用になり、失敗のレベルは〈単純化しすぎ〉から〈不愉快〉まである。憶えておいてくれ。ひとつの文化に生きるひとは、秩序からの逸脱や例外には気づいても、共通点には気づかない。キャラクターが生まれた文化が、メジャーかマイナーかを知っておくのも重要だ。たとえば、極度の母権制がメジャーな文化なら、その文化のメンバーは、女性が横柄でもあれこれ言わないだろうし、従順で弱い女性をむしろ丁重に扱う。マイナーな文化のなかでさえ、視点の違いは大きい。ジンバブエには、さまざまな民族性を持つ部族、少数派の白人だけでなく、かなり少数派の中国人もいる。

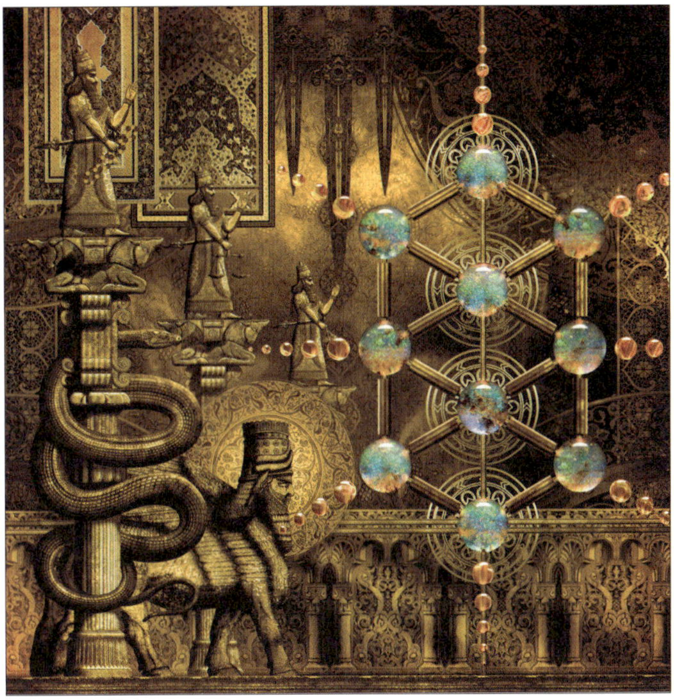

- **旅人や訪問者**。この視点は、共通の文化的価値のおかげで、作家にとっても読者にとっても、書いたり語ったりしやすいかもしれない。土地の者にはありふれたことでも、訪問者にはめずらしいだろう。キャラクターの洞察によっては、ニュアンスを見落としたり誤解が生じたりして、それが物語の多義性を創るのに役立つ。でも、旅人の世界観が、旅人が出会うひとたちの世界観より優れていると疑いもせず決めつけるような、ありきたりな出会いは避けるのが賢明だ。なぜか？　このアプローチが平凡なうえに退屈で、たいてい何かしら間違っているからだ。
- **征服者や入植者**。世界観においてこの視点は、争いと故意の誤解を生む可能性がもっとも高い。現実世界でもよくあるポジションで、ときには何世紀にもわたって地域に影響するシチュエーションを創る。でも、読者が主人公に共感するのは、むずかしいかもしれない。

ジョン・コールタートによる、メレケシュのアルバム『エピジェネシス｜*The Epigenesis*』（2010年）のジャケット。

世界観へのこれら3つのアプローチはすべて、ストーリー観をとおして表現され、興味深い衝突や矛盾、洞察を創れる。世界についてきみが知ることと、キャラクターが知ることとの対立が、物語創りを助けるときもある。

世界のなかでのストーリーの位置を超えて、一貫性と制約に対するスタンスも考えなくてはいけない。壮大なファンタジー三部作『アカシア｜*Acacia*』も歴史フィクションも書いてきたデイヴィッド・アントニー・ダラムによれば「世界構築には自由という要素があるけど、ぼくはこれを〈責任〉とも呼ぶ――世界のルールを定め、したがうために。砂漠をそこに、山脈をその向こうに落とそうと決められるけど、ぼくとぼくのキャラクターは、それによって創られる困難と共に生きなければならない。問題が起きても、ぼくは変えたりしない。逆だ。ぼくが創ったものでキャラクターがどれほど束縛され、刺激されるかを観察する、それがすべてだ」。

ときどき、ある種のフィクションが、特定の世界観の情報をストーリー観にふ

次ページ
モニカ・ヴァレンティネリの世界構築についてのレッスンは、言語創りに関するモジュールをふくみ、ジェレミー・ザーフォスのイラストで説明されている。ウィスコンシン大学マディソン校文芸科の卒業生であるヴァレンティネリは『仮面舞踏会｜*The Masquerade*』『ファイアフライTVショー｜*the Firefly TV show*』『ダンジョンズ&ドラゴンズ第5版』など、吸血鬼にまつわる作品の執筆で有名だ。エニー賞の年間最優秀ゲームをはじめ、多くの賞にノミネートされていて、2015年にはエニー賞の審査員注目賞を受賞した。

言語と世界構築

有名作家・アーティスト・ゲームデザイナーのモニカ・ヴァレンティネリと共に

言語とは何か。その概念を、ありのままの構成要素に分解してみよう。言語とは、独自の〈キー〉の理解に基づく、意味ある配列やパターンだ。何がキーかをいったん決めれば、どんな言語も望むままに創れる。キーは文章、数字、音、色、形、そして身体の動きのような非言語シグナルなどをベースにできる。並はずれて複雑にも、信じられないくらい単純にもできる。また、わたしたちが使いつづけるうちに進化するので、言語は変化する。新しい言葉は絶えずボキャブラリーに加えられ、すでに使っている言葉に新しい定義が加えられるときもある。

エイリアンの仮説

あなたのエイリアンは、どんな見た目？　どうやって呼吸する？　昆虫みたいなエイリアンなら、触覚をとおして非言語コミュニケーションをするかもしれないし、舌打ち音を使って〈話す〉のかもしれない。水中呼吸のエイリアンなら、音は水中のほうが伝わりやすいから、音に基づく言語を使える。あるいは、呼吸するときだけ音は話すとか。

あなたのエイリアンがコミュニケーションをとるのは、なぜ？　もし答えが「生存のため」なら、あなたが設計したエイリアンの言語はたぶん、宇宙船の操縦や結婚式の司会のような、日常のわずらわしい一面をふくまないだろう。もし答えが「宇宙征服」なら、言語ははるかに複雑になるはずだ。

文化はどんな違いを創るか？　言語の〈正しい〉形は、ステイタスを誇示するために貴族、修道会、上流階級の市民によって使われるかもしれない。言語のもっと粗い形が、戦争が起きそうなエリアや、ほかの社会から切りはなされたエリアから生まれることもある。

問うべき質問はほかにも

- あなたのエイリアンの社会は、どれぐらいテクノロジーが発達しているか？
- エイリアンの基礎生物学は？
- どうやって笑う？ 泣く？ 痛みをあらわす？
- 社会に違う種族はいる？
- 自己表現は非言語で？ 言語で？
- 書くのに適したツールを持っている？
- シンボル／文字の意味を理解する能力はある？

氷の惑星のエイリアンとその言語

氷の惑星に住んでいるエイリアンなら、どうだろう。もし以下3つの基準があてはまるなら、彼らの言語のために、あなたはどんな具体的で抽象的なキーを使うか。

- 彼らの社会は遊牧民の種族からなり、食べ物を得るには惑星を歩きまわらなくてはいけない
- 毛皮に覆われたエイリアンは、がっしりした外骨格を持つ。実は、身体はとても柔らかく、寒さに敏感だ。
- コミュニケーションをとるのは、基本的な種の生存のためだ。

飢え、愛、寒さは、この種族にとって一大事だ。別の表現をすると：

□ **飢え**　○ **愛**　△ **寒さ**

この基本のキーセットから、ほかにどんなシンボルを思いつくか。

2つの円を重ねて、家族愛　**ギザギザの線を重ねた三角で、アイスストーム**　■ **中身が詰まった四角で、食べ物**

これらの抽象的で具体的な概念のまわりで、ボキャブラリーは有機的に融けあう。

この言語で、文章はどんなふうに見えるだろう。「火を吐くトカゲ怪獣の群れが、家を壊しに来た！」という知らせを、どんなふうに共有する？　まず、メッセージは単純化されるべきだ。

火を吐く＝熱い！ ➡ **群れ**＝多い ➡ **トカゲ怪獣**＝敵 ➡ **壊す**＝壊す ➡ **家**＝家

となると、**「熱いたくさんの敵が家を破壊しに来た」**。あるいは最終的に：

「寒さ」が △ だと知っているから、「熱さ」は [横線を引いた△]。「多い」には新しいシンボルは必要ない。かわりに [下に牙の付いた○] を使って牙（怖い！）をあらわし、そのうしろにいくつか頭を描いて [頭と牙の付いた○] とできる。「壊す」は思いつきにくい言葉だけど、わたしたちはメッセージを伝えるために名詞に注目してきた。そこで「家」は ○（愛）を描き、保護のために四角で囲んで [四角で囲んだ○] にする。「壊す」を示すために、そこに斜線を描こう。[斜線を引いた四角入りの○] この文章のために、シンボルを書きとめる。それから、このエイリアンの言語を使ってあなたの文章を創り、言語学の継続教育のスタートとして、この経験を活かそう。

さらにチャレンジ：

シンボルのかわりに数字を使って、新しい〈アルファベット〉を開発できるか？　色なら？　1800年代フランスのある村では、楽器の音に基づく言語まで創られた。

くむよう、強いるかもしれない。なぜか？　読者が現実の世界について、架空の世界についてはしない想定をするからだ。かつて、友人がぼくに「ファンタジーはリアリズムより、むずかしいペテンだったりするよね」と言ったように。たとえば現実の世界では、作家が電話機のタイプや電話のかけかたに関するディテールを書くまでもなく、キャラクターは電話を使える。でも架空の設定で、テクノロジーの全体的なレベルが地球とあきらかにかけ離れているなら、そういうディテールを提供するべきかもしれない。もしほかの設定が、ぼくたちの科学の法則や社会通念にしたがうなら、とりわけ、例外と呼ばれそうなものについて。

きみがスタイルの範囲と、不条理主義やシュルレアリスムや形而上学へのアプローチに沿って進むにつれて、読者もそのぶん、たとえ現代アメリカが舞台のストーリーでも、ベースラインの〈事実〉を予測しなくなる。少なくとも、メタファーとイメージは、レオノーラ・キャリントンのシュルレアリスム作品やハンター・S・トンプソンのノンフィクションで見られるように、設定のリアリティに入りこんで、それを作りかえる。そこでは、ダイオウイカの胃に向かって話すことで友人にメッセージを送るのは、読者にとって当たり前かもしれない。一瞬の銀河の旅が、次元を跳びこえる巨大グマに食われて目的地で復元される（ひどい瞬間移動だ）ものなら、最小限の説明とディテールでこそ、うまくいくのかもしれない。

うまくいく設定の特徴

世界観とストーリー観へのアプローチのしかたを問わず、うまくいく設定のほとんどは、ある特徴の範囲を示す。その特徴のすべて、あるいは大部分が、どのシナリオにも存在するべきだと言いたいわけじゃない。これらは、スタンスを決める際に考えるべき選択肢なんだ。基本的なものから、複雑なものまである。

- 設定は**首尾一貫した論理**を示し、その世界のさまざまな断片を、ある程度調和させる。『不思議の国のアリス』でさえ――いや、特に『不思議の国のアリス』は、ある種の完璧さを持つ。不合理な論理を設定とするなら、だけど。内部のルールを遵守し、破らない。ぼくたちがいるのが、マイクル・スワンウィック『鉄の竜の娘｜*Iron Dragon's Daughter*』の工業地域バッグエンドだろうと、M・ジョン・ハリスン、レーナ・クルーン、ホルヘ・ルイス・ボルヘスが描く形而上の舞台だろうと、世界のあらゆる面に一貫性と明晰さがあるべきだ。

設定をさらに分析
EXTENDED ANALYSIS OF A SETTING

- 設定はより広い**因果関係**を備えている。歴史と社会のコンテキストから、ぼくたちは団体や主要キャラクターのモチベーションを理解する。設定がキャラクターの意図やモチベーションの要点をはっきりさせるので、逆に、キャラクターの偏りや奇抜さを大きくできる。アーシュラ・K・ル＝グウィン『所有せざる人々』の入念な社会研究は、よいサンプルだ。

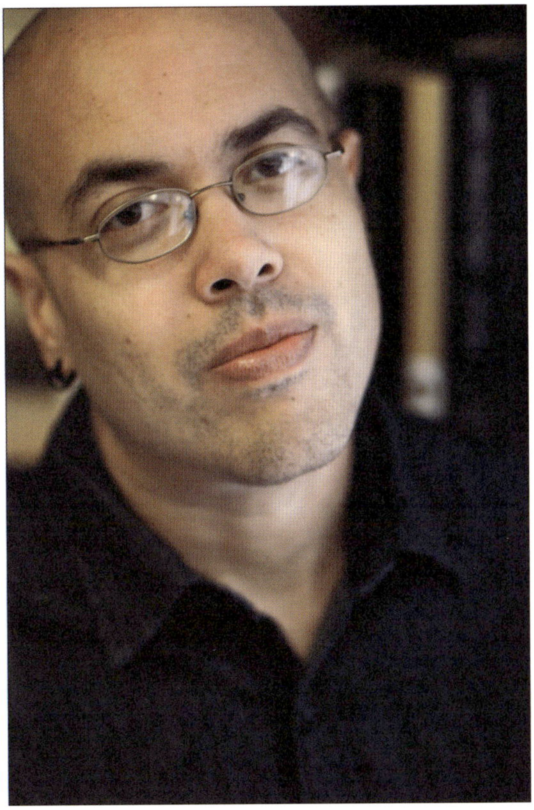

デイヴィッド・アントニー・ダラムに注目

デイヴィッド・アントニー・ダラムは、次の長編小説6作の著者。『セイクリッド・バンド | *The Sacred Band*』『アザー・ランド | *The Other Lands*』『ウォー・ウィズ・ザ・マイン | *The War with the Mein*』『カルタゴの誇り | *Pride of Carthage*』『闇を歩く | *Walk Through Darkness*』、2002年『ニューヨーク・タイムズ』紙「今年注目を集めた本」レガシー賞を受賞した『ガブリエルの物語 | *Gabriel's Story*』。著作はイギリスで出版され、9つの言語に翻訳されている。

「第1作では読者に、1870年代カンザスの大草原にある芝土の家での暮らしを見て、感じて、においを嗅いでほしかった。けど、どうやって？　ぼくは1870年代を生きていないし、知人もそうだ。芝土の家で暮らしたことなんてないし、カンザスは車で通っただけ。じゃあ、どこからはじめるか。もちろんリサーチだ。とはいえ、芝土の家の材料リストやモノクロ写真は、そこでの暮らしの様子を伝えてはくれない。1人称の物語を読むほうが、役に立つ。ぼくは1人称の物語の親密さを、できれば説得力のある物語の構成といっしょに提供したかったんだ。

だから、ぼくは自分を――願わくば読者も――ガブリエルのような、西部にやって来た東部人のキャラクターの肩に乗せた。ガブリエルと共に列車を降りる。ワゴンに乗り、草原に向かう。ガブリエルと共に夜遅くワゴンを降り、彼が住もうとしている粗末で暗いものを見る。ぼくたちはベッドに横たわり、壁の虫や屋根のネズミ、同室者のいびきや屁の音を聞く。部屋と乾燥牛糞を暖める、おんぼろストーブを見る。ぼくたちがストーブのメーカーと型式を知らなくてもいいのは、ガブリエルも知らないからだ。でも、ガブリエルはストーブを見る。ぼくは読者にも、その見た目とにおい、部屋に投げかける弱い光を知ってほしい。ぼくにとってはこういう、想像のディテールと結びついたリアルなディテールが〈不信の一時停止〉を築く」。

ライティング・チャレンジ：浮遊都市の調査

アーロン・アルフリー『フライング・シティ｜*flying city*』（2009年）をよくご覧なさい。いくつか疑問が浮かぶでしょう。設定は、リアルではなくファンタジック、またはシュールなのか。どんな因果関係があるのか。地面には、どんな生き物が死んでいるのか。この都市は逃げているのか、破壊されている最中か。このイラストの設定について、ストーリーにつながりうる合理的な解釈をなさい。夢の論理を用いてでも。

- **特定のディテール**の戦略的で正しい利用は、読者を納得させ、食い違いやうっかりした矛盾があるように思わせない。それから、あるストーリーのドラゴンは、ほかのストーリーのドラゴンとは別物であるべきだし、この2頭は3頭目のドラゴンと見わけがつくべきだ。J・K・ローリングは、とりたてて説明的な作家ではないけど、正しいディテールを選んでいる。ヒッポグリフ（訳注：馬の胴体、ワシの頭と翼を持つ伝説の動物）の飛翔をきみが信じるのは、ヒッポグリフのディテールに引きこまれるからではなく、翼の動きかた、地面からの離れかたを示すことで読者を納得させられると、ローリングが知っているからだ。ファンタジーで市場を通りぬけるキャラクターでさえ、現実の世界ときみの世界をつなぐチャンスを与えるかもしれない。そうなると、「市場はひとと、服や食べ物を売る露店でいっぱいだ」と書くのは、最適な選択じゃないのかもね。

- 設定は、興味深く意外なやりかたで**キャラクターの人生に影響する**。場所の**現在と過去**がキャラクターの人生を複雑にし、ものごとを困難にし、障壁を創るほど、キャラクターと設定は近づき、共存するかのようだ。アラスター・グレイ『ラナーク―四巻からなる伝記』は、名がタイトルになっているキャラクターのファンタジックな人生が、英国の（控えめな言いかたをすれば）干渉もふくむスコットランドの歴史と文化に縛られていなければ、まったく違う長編小説だっただろう。

エドワード・ホイットモア『エルサレム・カルテット｜*The Jerusalem Quartet*』とマイケル・ムアコック『母なるロンドン｜*Mother London*』もよいサンプルだ。

みんなが知っていること

キャサリン・M・ヴァレンテ

キャサリン・M・ヴァレンテは『ニューヨーク・タイムズ』紙の、ファンタジーおよびSF長編小説、短編小説、詩のベストセラー作家。長編小説に『夢の本｜*Yume no Hon: The Book of Dreams*』『草薙の剣｜*The Grass-Cutting Sword*』『孤児の物語』『パリンプセスト｜*Palimpsest*』『宝石の筏で妖精国を旅した少女』などがある。

フリーの民族学者のはしくれとして、文化がみずからについて語るストーリーに、わたしはとても興味がある。ジャンル・フィクションでは、これを世界構築と呼ぶ。

フィクションの世界を満たす歴史や家系や過去のかけらはどれも、世界がみずからについて語るストーリーだ。事実とはかぎらないけど。たとえば、中世の設定を好むひとが多いのは、権力のある白人男性にとって、そこはパラダイスだと思いこんでいるからでもある。女性にはなんの力もなく、宗教はみんな同じで、西洋は世界の文化の中心勢力、同性愛は絶対に秘密、重要人物はみんな闘う詩人。世界はルネッサンス祭だった！

こんなものは、西洋のポスト・ルネッサンス文化が自分に聞かせる自分語りだ。事実じゃない。中世に関する事実のどんなリストにも、アリエノール・ダキテーヌ、マージェリー・ケンプ、ノリッジのジュリアン、皇后テオドラ、アンナ・コムネナ、ジャンヌ・ダルク、イスラム文化の開花、ビザンティウム文化、中国、インド、キエフ朝ロシア、ローマカトリック教会の大分裂がふくまれていなくてはいけない。みんな、現状に抗った。

でも、中世の世界にまつわる特定のストーリーを語る理由は、とても示唆に富むし、「最高であるべき」というルネッサンスの危機と大きなかかわりがある。いつでもそうだ。フィクションの文化と世界を考えるとき、わたしが考慮することのひとつが、物語で使おうとしている歴史のストーリーを、だれが、だれに、なぜ語っているかだ。

これについては、シンプルな表現がある。わたしにとって、文化に関するもっとも興味深い問いは（答えが真実かどうかはさておき）これだ。みんなが知っていることは何？

たとえば、アメリカではみんな、自分たちが最高だと知っている。子供時代は無垢で楽しいと知っている。殺人は悪だと知っている。景気はよくなるだろうと知っている。真の家族がどんな感じか知っている。母性はすばらしいと知っている。保守的な文化ではみんな、1950年代のほうがよかったと知っている。リベラルな文化ではみんな、1960年代に自由があったと知っている。みんな、暗黒時代がどんなものだったか知っている。

みんなが知っているという認識の落とし穴に落ちるかどうかを、てっとり早く知るにはどうすればいいか。グループ（大きさを問わず）内で一番ブーイングを受けるのはどんな発言か、自分に訊いてみる。それは、たとえ考えていても、グループでは言えないことだ。あなたが言えるのは「同感！」という反応をもらえることだけ。みんなが知っていることとは、これだ。

みんなが知っていることに関するものが正しいのは、ごくたまにであって――ほとんどないと言うのはためらわれるけど、それに近いだろう。でも、自分の確信にしたがって生き、他者にもそれを教えるひとたちは「ほかのグループが知っていること」と矛盾が生じると、間違いなく動揺する。たいていのストーリーは核に、みんなが知っていることが真実かどうか、その情報をどう扱うかを見出すひとをふくむ。

だから執筆中、「このストーリーのなかで、みんなが知っていることは何か」を自問しても損はない。やつらは敵だ。もうじき冬だ。医者はわたしたちを助けるだろう。わが家はいたって平凡だ。魔法は本物だ／じゃない。王／女王は悪い／善い。あなたはその男と闘える／闘えない。彼らは夜しか外出しない。

実際、はっきり自問しないとき、あなたは「あなたが知っていること」を、まるで「みんなが知っていること」のように伝えはじめている。女は男ほど優秀じゃない。そういう、当然の物差しみたいなものがあるのだ。美しいひとは醜いひとより善良だ、あるいは、その逆。テクノロジーはつねに役に立つ、あるいは立たない。神は実在する、あるいは死んだ。人類は特にすばらしい、あるいは特にくだらない。英国やロシアやアラブの訛りがあるひとは、それだけで疑わしい。ほかの性の特徴を示している性は下品、あるいは滑稽、あるいは罰に値する。ロボットはわたしたちを滅ぼす、あるいは救う。この羅列からでさえ、わたしが知っていることを、あなたは多少語れるだろう。あなたが知っていることと一致するかもしれないし、しないかもしれないけど。わたしたちはみんな、自分の文化のストーリーを伝える。その文化が国であれ、惑星であれ、家族であれ、ファン仲間であれ、言動のほとんどにおいて。だからこそ、民俗学はすばらしいし、ひとの集団を理解するために欠かせない。

- 一定の**深みと幅**は、章やストーリーをとおして、一貫してあらわされる。きみが書いている世界が現実であれ架空であれ、設定に広がりと重みが感じられるよう、読者は求めるかもしれない。その結果、行動の影響は、設定のディテールによって語られるだろう。この感覚を、ページ上にないものが伝えるときもある。もし、いくつものストーリーや長編小説にまたがる設定を書くなら、読者が見ないものの幽霊が、読者に影響をおよぼせる。たとえば、読者はたぶんチャイナ・ミエヴィルのファンタジー三部作『バス・ラグ｜*Bas-Lag*』の設定にどの時点からでも入れて、先行する出来事の重みをキャラクターの反応と行動に感じられる。

- 設定は**ぼくたちの現実世界を反映し、逸脱する**。しっかり〈料理〉され、プロセスに吸収されたリアルな影響を伴う、興味深いやりかたで。料理とは、どんな現実世界のコンテキストも置きかえられ、再考されて、材料がほぼわからなくなるということだ。いったん、きみの設定が複雑さを備えれば、あとの料理はもっと楽になっていく。いまあるコンテキストが新しい情報やディテールを吸収して、**独創性に欠ける**とは感じさせない結果を生むこともできる。たとえば、ぼくの長編小説『フィンチ』のアンバーグリスで、街の支配者は、収容所を造るために既存の工業用ビルを壊す。これは、ヨルダン川西岸地区（ウエストバンク）でのイスラエル入植のディテールをそのまま取りいれた。

同じように、間接的な言及をするつもりがないなら、ドラゴンも、トールキン『ホビットの冒険』の邪竜スマウグの粗悪な模倣品であってはならない。

- 設定は作家のきみにとって、**ある点で個人的**なものだ。ファンタジーは象徴化や定型化をしすぎて、生きて、呼吸するストーリーを創れなくなるおそれがある。この影響と闘う方法のひとつが、設定をきみにとって意味あるものにする何かへの注目だ。たとえば、アンジェラ・カーターのような夢想家は、まず、自意識の定義を助けたフェミニストの理想を作品に取りいれることで、そして、世界構築へのアプローチを定型化されたものからリアルなものへとゆっくり変えることで、停滞を避けた。タマス・ドボジーと彼の短編集『包囲13』もよいサンプルで、ハンガリー移民の息子として受けたしつけの自伝的なディテールを用いて、リアルなパワーを得ている。創られた世界は第二次世界大戦を思いおこさせるけど、やりかたはとても個人的だ。

- 設定に**謎と未調査の展望がじゅうぶん**ある。読者が設定について一定の事実を知りたがるのは、錨を持つためで、何もかもなんだか期待はずれだと知るためじゃない。未知なる世界は、冒険の感覚と発見の可能性を与える。あれこれ加えすぎると、作家のきみを制限するものにもなる。想像力に魔法を使わせるために、作家はときどき設定に余白を求める。詰めこみすぎを悔やむときもあるのは、同じ場所を舞台にする次のストーリーや長編小説が、すでに述べられたことと、どうしても矛盾するからだ。新たなインスピレーションに合わせるために、初期の長編小説の地図をこっそり描きなおしたヒロイック・ファンタジー作家は何人もいる。

- 設定は**一貫した矛盾**のさまざまなレベルを示す。現実世界は、そこに生きるひとびとと同じく、層をなしていて複雑だ。ロンドンのような街では1600年代から近代建築が並び、高層建築のすぐ隣にセントポール大聖堂がある。同じように、世界のどこかで農夫が牛を使って、携帯電話を片手に

バルセロナにある、アントニ・ガウディ設計のカサ・バトリョ。現実世界の建物はときどき、架空の建物と同じくらいファンタジックにもシュールにもなりえる。建築は建築家の物語の感覚を伝え、場所にまつわるファンタジックな物語は、作家ひとりの力からは生まれないとほのめかす。

レオ&ダイアン・ディロン『マンサ・ムーサ|*Mansa Musa*』(2001年)。きみの設定の文化的基盤は何? どんなデフォルトに惹かれる? もっと面白いアプローチはありそう?

畑を耕しているかもしれない。場所と文化はときと共に変化し、たまに過去が現在と並んで歩く。きみの世界観を、この事実を顧みない画一的なものにしないよう、気をつけてくれ。でないと、一般性(と陳腐)に向かって、ゆっくり這っていくはめになるかもしれない。

- 設定は**ぼくたちが生きる多文化世界**を反映する。これを読んでいるのが、ニューヨークだろうとイスタンブールだろうとブリュッセルだろうと、きみは毎日きみとは違うだれかに出会う。民族、宗教、文化、階級、そして言語の多様性は、いたるところに存在する、それなりに。きみは同質の文化を調べて活かせるけど、ファンタジーの世界構築に特有のミスが、軽率な、実生活には存在しない同質性だ。たとえば、中世封建制度を薄めたものを、ひとつの社会だけでなく惑星全体にあてはめるとか。別の例が、だいたい同じ個性を持ち、せいぜい1、2の信念しか表明しないエイリアンの社会だ。セディアが記すとおり「個体はそれぞれ全然違っていていいし、主な文化的価値観と争ってもいい。なんであれ、たったひとつというのは避けなくては。ひとつの宗教、ひとつの民族性、ひとつの〈人種〉が占めるひとつの国など。よくあるステレオタイプが、神聖で純真なひと、好戦的なひと、名誉欲にとりつかれたひと、集団意識、常軌を逸したアラブ人みたいなひと、勤勉なひと、芸術家気どり、アマゾーン族の女傑などなど。こういうステレオタイプを持つことは、世界構築のほかの面にじわじわ影響をおよぼす。たとえば、ある文化に対して、なんの論理的な意味もなさない風習を作りだしたり」。

WEB
メタファーとしての設定
SETTING AS MEATAPHOR

- 物語内の特定の物は、**拡大され、文字化されたメタファー**として、設定の

物語の地図の役割：『ヒーローズ』
ジョー・アバクロンビー

『ニューヨーク・タイムズ』紙のベストセラー作家ジョー・アバクロンビーは、マンチェスター大学で心理学を学び、10年間フリーの映画編集者として働いた。第1作『ブレード・イットセルフ｜*The Blade Itself*』（2006年）は、つづく2作と併せて『ファースト・ロー｜*The First Law*』三部作となった。同じ世界を舞台にした本に『ヒーローズ｜*The Heroes*』『レッド・カントリー｜*Red Country*』など数冊がある。

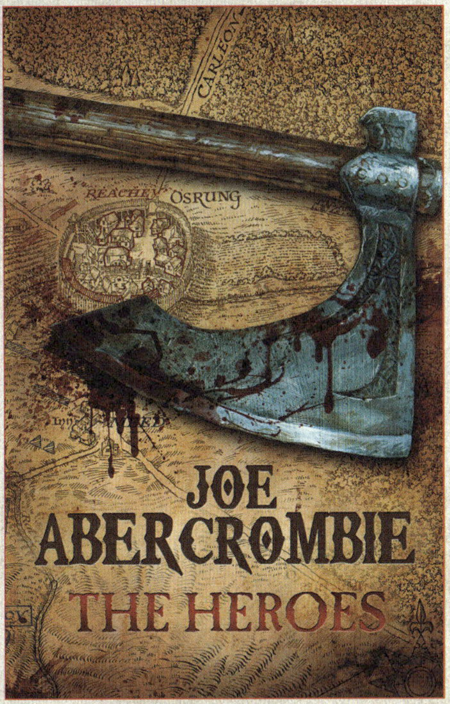

『ヒーローズ』は、叙事詩ファンタジーとしては変わっている。たったひとつの戦いについてのストーリーだし、その90パーセントがひとつの谷、ひとつの凝縮された期間で起きる。風景はつねに大切だが、戦いにおいてもそうだ。地形のでこぼこは戦術、動き、戦いの展開に、そしてその結果、戦いに巻きこまれたキャラクターたちのストーリーに多大な影響をおよぼす。戦いでは、丘や小川や溝のような当たりさわりのない特徴が、恐ろしい武器や障害物になりえる。だから、正しい地図は間違いなく、この本の執筆の核だった。

『ヒーローズ』の地形はプロットと共に発展し、風景はぼくが軍とキャラクターでしたかったこと、書きたかったシーンとシナリオにしたがった。だがいったん、だれが主要キャラクターになるか、3日間の戦いがどう展開するかがわかり、それによって描かれる地図がわかれば、土地の様子、距離、視線、物理的な障害物は、シーン展開のディテールに影響しはじめた。執筆中、地形とストーリーはねじれ、絡みあった。

ぼくは谷を支配する中央の丘（何度か持ち主が変わった高地）からはじめて、中心テーマと深く結びついた、ヒーローズ（THE HEROES）と呼ばれる立石を頂上にいくつか置いた。軍が増えるのに伴い、こぜりあいから大規模な交戦へ戦いのスケールを高めたかったが、キャラクターをいくつかの要所に集めて、ドラマティックな成果（ひとが期待する）を最大限にできるようアクションにも注目したかった。だから、戦場を河でわけ、利用できる渡河点を3つ与えた。中央の丘が見おろす、2つの橋と広めの浅瀬。

平凡な谷でのひとつの戦いを1冊の本全体で扱うことには、単調というリスクがあるとわかっていたので、できるだけ変化に富んだ地形にしたかった。目的は、さまざまな設定とアクションを取りいれて、より味わいと面白さをストーリーに加えること。だから、奇襲したりされたりする森と果樹園、突撃に適した畑、命がけの混戦が起きる町、軍が陣を敷いて負傷者が手当てを受ける主要な辻にある宿と村、さらに沼地、生け垣、城壁を置いた。展開したいシーンに応じて、形と位置を変えたり整えたりした。

重要な難所のひとつが、地図の西側にあるオールドブリッジ（Old Bridge）で、流れが速い河の狭い渡河点だから白兵戦にぴったりだ。南からやって来るユニオンは、是が非でもノースメンからこの橋を奪わねばならない。名を汚された剣士ブレマー・ダ

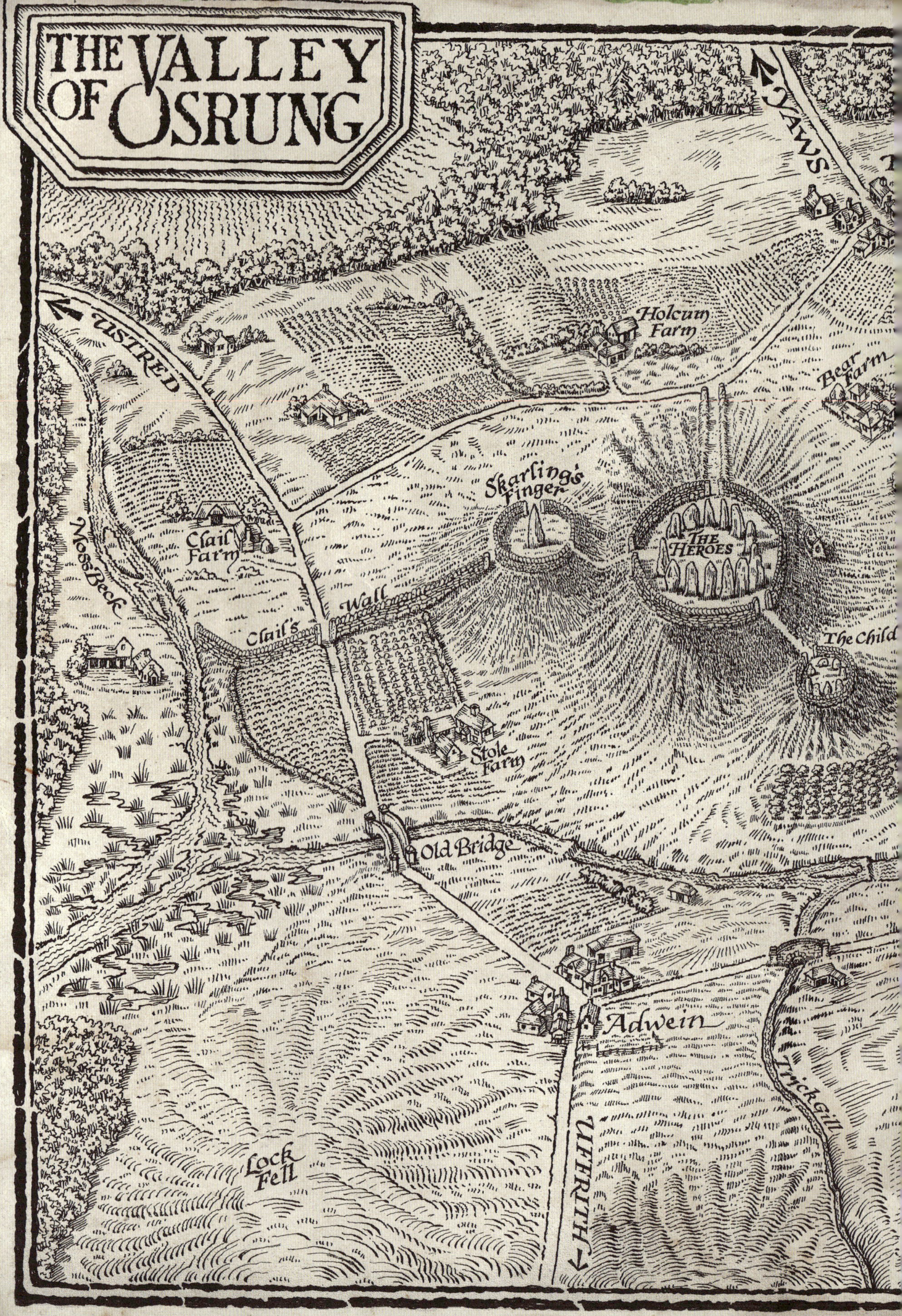

THE VALLEY OF OSRUNG
YAWS
USTRED
Holcum Farm
Bear Farm
Skarling's Finger
THE HEROES
The Child
Clail Farm
Moss Beck
Clail's Wall
Stole Farm
Old Bridge
Adwein
Lock Fell
UFFRITH
TrickGill

デイブ・シニアによる『ヒーローズ』の地図

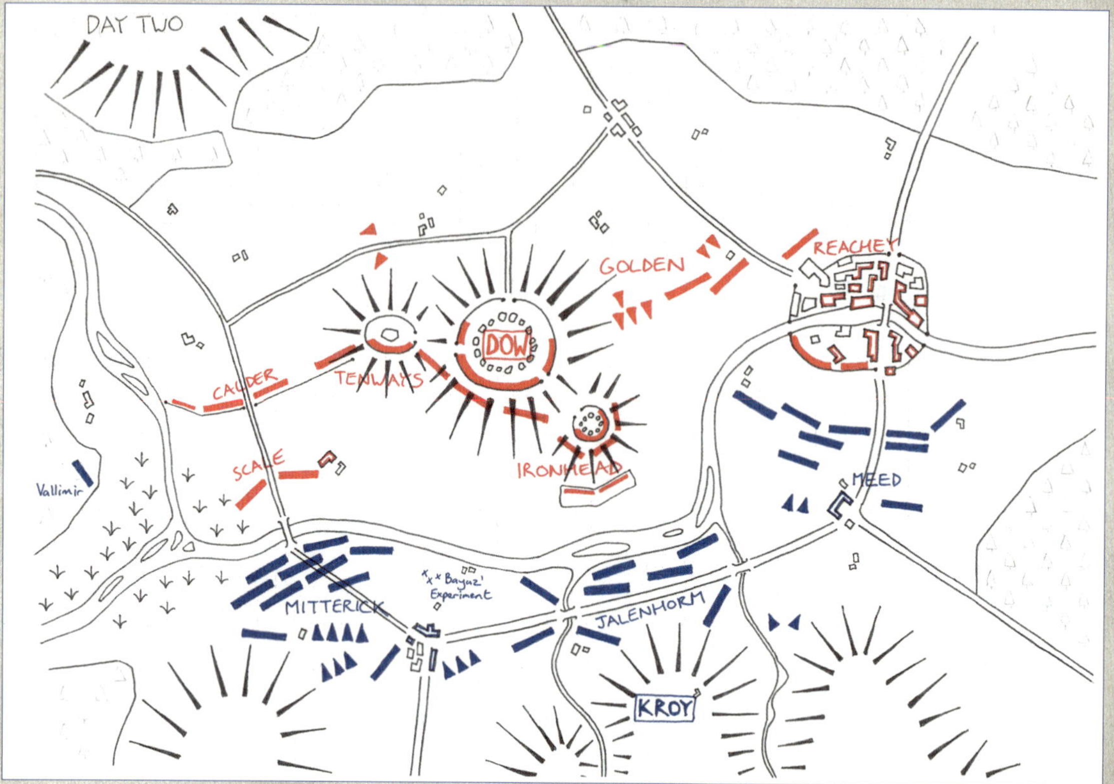

ジョー・アバクロンビーによる地図のスケッチ

ン・ゴーストは、参戦によって名誉を得ようとしていて、戦いで大事な役割を果たす。一方、根っからの臆病者プリンス・コールダーは戦いを、橋の北側にある比較的安全なクレール城壁（Clail' s Wall）のうしろから注視する。老練なカーンデン・クロウは、この戦いが全体的な戦局にどうかかわるかを、ヒーローズの頂上から把握できる。自分が加われないことに、ノースメンの総司令官の隣でイライラしながら。橋より下流にいるキャラクターたちは、死体が流れていくのを両岸から見られる。

翌日、オールドブリッジとクレール城壁のあいだの畑は、うぬぼれた騎兵隊の突撃にうってつけの場所になった。突撃を阻む方法を考えだすことは、プリンス・コールダーが臆病者から、ヒーローではないにしても、そこまで臆病ではない者に成長する大切な瞬間だ。地形が出来事を創り、それがキャラクターにのしかかる。

叙事詩ファンタジーのスタートにおいて、地図はちょっとした必需品だが、『ヒーローズ』では、さらに4枚の地図を載せ、各日の戦いがはじまるときの両軍の布陣を示した。たぶん、ファンタジーより軍事史でよく見る類いのものだろう。

ぼくにとって地図は、アクションを明確で納得できるものに、ストーリーをたしかなものにするうえで、きわめて重要だ。読者にも、複雑な、もしかしたらわかりづらいシチュエーションの概観を、素早く示せる。だが『ヒーローズ』の地図は、創られた歴史であるストーリーの重みとリアリティ、具体性と信憑性を増すものだと思う。要するに、ぼくはものごとをリアルに感じさせたい。地図は、慎重に使えば、その感覚を創る助けになる。

リアリティを支える。ストーリーの表面で、形ある実在の物として働き、設定の歴史というコンテキストを伴う。でも、現実世界から共鳴ももたらす。たとえば、ぼくの架空の街アンバーグリスでは、使用ずみの菌弾丸は食べられるので、戦争中、飢えた生存者たちは身体から弾丸を取りだした。現実世界でこれに相当するのが、アメリカ軍がアフガニスタンに投下した食料箱と爆弾で、サイズと色がほぼ同じだったため、悲劇を招いた。

- 設定は**いくつかの〈操作できる現実〉**を可能にし、そのことが衝突を生むかもしれない。操作できる現実は、特定の概念やイデオロギーに基づくときがあり、特定の目的を持つグループや個人につながる。ひとつの操作できる現実に、もうひとつとの共通点があまりないと、問題が起きる。たとえば、征服や奪回をされた、多くの民族がいる国が、この影響を示すかもしれない。過去と現在のとらえかたの違いが自然と争いを創り、それはときどき、同じ出来事についてのいろいろな異なるストーリーとなってあらわれる。特に都市だと、操作できる現実は、設定の物理的改変としてあらわれるかもしれない。これらの改変は、文字どおりでも比喩的でもある。ときには、場所に対する自分たちのヴィジョンを、ほかのグループのヴィジョンより重んじるグループの意識的な決断をあらわす。つまり、未来を取りもどそうとするひとたちによる、歴史のある種の修正や改訂だ。

- 上記の結果、**集団と個人の記憶**が、積極的な役割を果たす。たとえば、先住民が退去させられたエリアでは、先住民が持ちつづける操作できる現実はあまり気づかれないかもしれない。本来の土地の所有権に対する主張を示すものは街にほとんど残っておらず、彼らのヴィジョンは主に心のなかに存在するからだ。それは記憶、儀式の言葉、記録文書によって、ひょっとしたら、彼らの言語で話し、書き、読みつづけるという行為そのものによって生きつづける。こんなふうに、記憶は出来事の単なる情報や回想ではないし、キャラクターの深みやキャラクター・ベースのつまらない解説を加えるためだけにあるのでもない。ときには、抵抗や生存の積極的な行為だ。

- 重大な**誤解**や、**不完全な理解**の瞬間が生じる。さまざまな操作できる現実は、文化や宗教やテクノロジーの違いから、必ずしも共存できるわけではない。たとえば『フィンチ』の警察署で、街の新たな支配者は電話と共に、地下につながる生きたエアシューター「メモリーホール」を使う。支配者はこのコミュニケーション手段をありきたりで普通で安全で、つまり特に問題ないと思っている。でも、使わされる人間からすれば、恐ろしくて異質で不快きわまりない。なぜ、こういう瞬間が重要なのか。異なる文化や世界観の合流点をうまく整えすぎると、ぼくたちはフィクションのクオリティを下げるかもしれない憶測をして、複雑さが増すチャンスを逃す。争い、キャラクター描写、より特異なディテールを、有機的に創る複雑さだ。言いかえれば、出来事の背景として織りこまれた疵（きず）のない景色、概念のよどみな

虐げられたグループの操作できる現実が、故意に生きつづけるとはかぎらない。子供たちの韻の踏みかたや、キュウリの切りかたのなかで生きのびるかもしれない。これらの記憶は、身体のなかに存在する。待ち伏せているのだ、種のように。
――ソフィア・サマター

サム・ヴァン・オルフェン『アイスランド｜*Ice Land*』。厳しい物理的環境は、ストーリーとキャラクターに影響をおよぼせる。また、だれかが極端とみなすものを標準化できる。

い調和は、設定／環境の要素がじゅうぶんに考えられていないというサインにもなる。たしかに、前景にキャラクターの争いがあるなら、設定の要素が何かしら争っていてもおかしくないだろ？

これらの概念を考える際、リサーチが必須に思えるかもしれない。でも、きみのアイディアとアプローチにはそうじゃないのかも。リース・ヒューズは、ウェールズの田園地方と神話（ミュトス）をシュールな感性で解釈してファンタジーを書き、リサーチ不要のすばらしい場所を生みだした。もしヒューズがウェールズ人じゃなかったり、もっとリアルな書きかただったりしたなら、少なからずリサーチが必要だったかもしれない。逆に、ぼくのストーリーの多くは、ビザンティウム、ヴェニス、シチリア、英国、東南アジアの歴史研究、それから、ぼくの海外暮らしの経験にかなり影響されている。リサーチはときどき、現実世界がとても奇妙なところだとあばく。たとえ、ぼくたちがそれに気づいていなくても。ぼくの頭のなかに残っているのは、ビザンティウムの2つのライバル劇団のあいだで起きた争いや、西ゴート族がリーダーのケープを野ネズミの毛皮から編んだ事実だ。

さらに、**設定がすべて複雑になりえる**ことを、フィクションでの街の重要視によって見失ってはいけない。田舎や原野はシンプルなわけじゃなく、単に違うタイプの豊かさを示しているのかもしれない。〈田舎＝洗練されていない〉は、設定にまつわる残念なステレオタイプのひとつだ。原野はというと、ぼくたちの世界では、それもひとの手と目によって形づくられる。クリストファー・コロンブスの新世界への旅が引きおこした生物学的多様性の転移に関するデータは、この真実を裏づけるけど、サイモン・シャーマ『風景と記憶』もそうだ。きっと、ぼくがときどきハイキングに行く、セントマークス国立野生生物保護区にもあてはまる。ぼくの長編小説『全滅領域』をインスパイアしたハイキングコースは、初期ネイティブアメリカンに、そしてスペイン人と入植者に、そしてセミノール族に使われ、そのあと現代の風景の一部になった。手つかずの原野にも、たくさんの歴史がある。

WEB
原野の設定
WILDERNESS SETTINGS

北フロリダにある、セントマークス国立野生生物保護区のハイキングコース。〈自然な〉ものに見えるかもしれないけど、長く複雑なひとの歴史がある。

それから、ファンタジーとSFが考える特殊能力は、できればアピール力の低いアイディアで浪費されるべきじゃない。たとえば、フランスのSF集会ユートピアールで、ぼくはパネリストになり、アカスギの生態系を分析して、外側からは森そのものに見えるような、環境にやさしい街づくりの指針として使う可能性について討論した。もしそれが可能なら、似たようなことがイノベーションに関して起きているはずだ。イノベーションは世界規模にも、完璧なディテール（設定のカギ）を与える小さなものにもなりえる。

リスクとチャンス

特にファンタジーでは、世界構築は3つの問題に影響されやすい。でも、なんとも皮肉なことに、それらは正しいコンテキストでは強みにもなる。

- **設定がキャラクターを食いつぶす。**もし作家がキャラクターと設定をちゃんと区別していないと、設定がキャラクターを食いつぶすおそれがある。設定のディテールがキャラクターを押しのけたり、キャラクターとその行動の重要度を低く感じさせたり。現実世界の環境の多くはとても厳しかったり、ひとにルールや制約を課したりするので、そういうシナリオも信じられる。あるいは、ストーリーの要点が、未知なる地の探検か報告だったり。でも、そういうつもりじゃないなら、この状況はミックスサウンドが消え、シンガーの声がギターとドラムにかき消されるコンサートに似ている。

フランク・ハーバート『ドサディ実験星』は、不安定で過酷な環境を生きのびようとするひとびとのストーリーで、このアプローチを例示する。

- **とっておきの切り札が、ほかのディテールを抑制する。**このアプローチは、ファンタジーの設定の生きた要素に注目して、それをキャラクターのレベルにまで高め、ほかの設定を軽んじる。うまく描写されたドラゴンを、ぼくたちは飛ぶものと思いこむけど、ドラゴンに焼き払われた村とか、ほか

右ページ
『林檎の夢｜*A Dream of Apples*』チャールズ・ヴェス（1999年）。グリーンマン（顔が葉でできている）の神話は、世界の文化において豊かな歴史がある。このモチーフはときどき、再生、復活を意味したり、自然界を象徴したりするために用いられる。グリーンマンは多くのファンタジー作品に登場する。

のことはあまりわからない。背景がちょっとあやふやか平凡になるのは、作家がとっておきの切り札に注目する際、急いで残りを埋めなくてはいけなくなるからだ。ドラゴンは種の代表として〈らしさ〉を期待されるあまり、みずから選択できる（村を焼くとか）だけの個性がある生き物という意味では、実は飛べないのかもしれない。そして、ステレオタイプなドラゴンは、残りのストーリーを文字どおり引きずりおろす。

ドラゴンを呼びだしてドラゴンらしく飛翔させ、上げたり下げたりすればいいと、作家はそれなりに期待しているんだろう。でも極端なケースでは、これらの切り札に設定の機能を奪われるせいで、背景がほぼ消えてしまう。たとえば、チャイナ・ミエヴィル『アンランダン』には、擬人化されたゴミ箱、スモッグなど、普通は街の設定のディテールとして使われるだろうモンスターが出てくる。背景から離れ、文字化されたメタファーであるモンスターは、貴重な設定をほとんど残さない。その結果、長編小説の大部分はまるで、真っ白な壁の前で演じられているかのようだ。

- **ディテールがほかの要素を圧倒する。**大文字〈W〉ではじまる世界構築（Worldbuilding）は、詰めこまれた大量のディテールの蓄積を示す。火を吐くドラゴンを登場させられるぐらい、じゅうぶんな蓄積だ。このディテールへの熱中レベルが、あるタイプの読者が長編小説を手にとる主な理由だろう。読者はすべてをほしがる。でも、このアプローチはときどき、読者に示されているのは、いろいろな解釈ができる事実や、ストーリーで見えるもの／見えないものに視点がおよぼす影響の大きさではなく、事実の百科事典だという真相を隠す。重要なディテールとそうでないディテールをわける能力が、きみに欠けていることの反映でしかないかもしれないけど。

こんなふうに、コントロールや思考のミスじゃないかぎり、どのアプローチもうまくいく。きみの意図が、正しく実行できるかどうかにかかっている。レーナ・クルーン『タイナロン』は主に、タイトルになっている街に住む巨大な喋る虫の描写をとおして設定をあきらかにするけど、トールキン『シルマリルの物語』はひとより場所を重んじるし、叙事詩ファンタジー作家スティーヴン・エリクスン『マラザン』シリーズは、世界構築に百科事典のアプローチを使うときがある。

でも、作家・大学講師のマシュー・チェイニーが記すとおり「ディテールへの執念ゆえにトム・クランシーの長編小説が好きな読者は、クランシーに、『愛国者のゲーム』より『アンナ・カレーニナ』を好み、トルストイに収穫に関する部分を削ってもらいたがるぼくたちよりも、うまい作家になってほしいなんて思ってない。それに、『白鯨』の捕鯨の章が好きなひともいるみたいだ。けど、農業に関するトルストイのページは、ぼくもあと100ページ読んでみたい。ひとつには、トルストイ作品の農業も、ぼくのなかでレヴィンというキャラクターを築くものだし、19世紀ロシアの情報を与えてくれるから。興味を引かれるし、『アンナ・カレーニナ』全体の構成にもつながっている」。

小さくても注目すべき宇宙の合成について

チャールズ・ユウ

チャールズ・ユウは長編小説『SF的な宇宙で安全に暮らすっていうこと』、短編小説集『三流スーパーヒーロー｜*Third Class Superhero*』『ソーリー、プリーズ、サンキュー｜*Sorry Please Thank You*』の著者。作品は『ニューヨーク・タイムズ・ブックレビュー』誌、『オックスフォード・アメリカン｜*Oxford American*』誌などでとりあげられている。家族と共に、サンタモニカに住む。

ステップ1：捏造

ぼくは宇宙をひとつ作るだけだった、いままでのところ。時間があるなら、もう2、3作りたいんだけど、どうなることやら。必要なめぐりあわせが、いろいろあるからね。

ぼくが作り、マイナー・ユニバース（MU）31と名づけたものは、サイズでいえば、シューズボックスから水槽のあいだだ。きみはそこを、まだそこにいて動きまわっている住人を訪ねられる。ぼくはそこを分解したくない。なぜって、えーと、テクノロジーがかかわっているものは苦手なんだ。リモコンを壊さずに電池を替えるのが、やっとで。ぼくの最悪の悪夢は、MU31のうしろのふたをはずして、もっとよく見ようとワイヤーを引っぱり出し、いざ元に戻そうとしても入らない……おまけに、何も学んでいない。思うに、これが宇宙を作るということだ。たとえ、きみが宇宙を造ったひとだとしても、その働きを知っているとはかぎらない。

そんなわけで、宇宙の造りかたについて、ぼくは有用な知識をあまり持っていない。4つの壁を築く。どうだい？　いいかもね。きみがしたいなら、壁をひとつぶち抜いて、あけたままにしておくとか。

でも、宇宙を捏造しないやりかたを、ぼくは少し解きあかせる。仕事場（恥ずかしいぐらい散らかってる）を見まわすと、目につくのは、たくさんの壊れた試作品だ。部分的な宇宙、それがいっぱい。質感やディテールすらほぼ完璧なワイヤーフレーム構成から、概念上の輪ゴムで束ねられた数本の爪楊枝（もし見たことがないなら、それらはきちんと整っている――けど、たまに顔に跳んできて、すごく痛いから、いっしょに働くには用心がいる）と変わらないただの断片、小さなかけらに至るまで。

これらの試作品には、共通点がひとつある。どれも抜け殻。動かない。うつろで脆くて構造がしっかりしていない。動力源のない妙な装置。言うまでもなく（ぼくは言ってるだろうけど）一番かっこいい車台（シャシ）だって、エンジンがなければ役立たずだ。

ぼくは、これらをトップダウン・エンジニアリングの考えかたではじめた。宇宙を造り、それから人間を置く。これができるひともいると知っている。ぼくにはできない。ぼくを導くものは……

ステップ2：生化学

さて、ぼくはもう、その実験には戻らない。少なくとも、はじまりには。OK、たぶん、それでも戻るだろう。なんていうか、古い習慣で。

でも、自制と自律のトレーニング中は戻らない。ぼくが生きている何かを手にするまでは。プランはこうだ。何かに生命を与え、何かを生かし、そのあと住まいの心配をする。何かを育ててから、生きる場所を与える。逆の順番じゃなく。

シューズボックスのリアリティを、造るかわりに育てられるんだ。水槽のなかで。MU31に関して、ぼくがしたのがそれだ。長編小説サイズの宇宙を機能させたのは一度だけだから、ぼくの経験しか話せないけど、と断りを入れつつも学んだことはある。

1. 巨大小売店（トラウマ・デポ、オーチャード・ハードウェア、エクスペリエンシャル・サプライーズ）によっては、均質化された人生経験というガロン瓶を（大きな、工業用の5ガロン缶さえ）売っている。そういうものは使うな。自家製じゃないとダメだ。冗談ぬきで。苦痛だ。だけど、そうしなきゃいけない。いくつかの理由から、規格化されたプレミックス粉を選びたくなる。ひとには好みの味があるし、莫大な量という点から、自分の原材料をあまり使わずに料理できるのはありがたい。ガロン瓶を買ってきて、ふたをあけて、2本いっぺんに宇宙の水槽にそそぎ入れれば、どれほど手早くて手軽でいいか。あっという間に水槽はいっぱいだ。

でも、ペストリー生地を使うことは、宇宙を使うことでもある（注：ペストリー生地について、ぼくは何も知らない）。きみが得られるものは、きみが入れたものと同じくらいのクオリティだ。だから、自分だけの材料を使う。個性、物質的な持ち物、暑さやプレッシャーにさらされたときのクセ。それがベストだと、きみもわかるはずだ。

2. 均質化について、ぼくはつけ加えたい。そんなことはするな。塊だらけのままにしておけ。主人公の父親のソックスが青白い脛に対してどう見えるか、ひとは知りたがる。書斎の壁に沿って並ぶ、めずらしくて雑多な本のタイトルを知りたがる。いびきの音を知りたがる。集中しているときの様子を。メガネが鼻梁をどうつまむかを。長い1日の終わりにメガネをはずしたとき、紫と赤に変色した卵形の跡が肌にどう残っているかを。たとえ、塊がなめらかさと美しさを奪っても、どう扱えばいいか、きみを悩ませても、きみの化学に影響しなくても（それは反応方程式にあてはまらない）ほっとくんだ。不純物を入れたまま。

3. 揮発性は必ずしも問題じゃない。爆発させればいい。

4. 不溶性は必ずしも問題じゃない。すべてをうまく混ぜあわせなくてもいい。影響しあわない2つの物質が、面白い境界層を作りだすときがある。

5. 濃度がカギだ。試薬、酵素、触媒。すべてを1:1の割合で入れるとはかぎらない。微量しか入れるべきじゃない物質もある。うまくことを進めるために必要な量だけでいい。

6. これはただの化学じゃない、生化学だ。生物学パートはきみに由来する。きみにはプライマー（訳注：同種の分子が複製されるときの基になる分子）が必要だ。遺伝物質が。ポリメラーゼ連鎖反応（訳注：DNAの特定部位だけを増幅する反応）をスタートさせるDNAが。少なくとも、かなりの量の血液が。それと、涙でぐっしょりのタオルをしぼることを考えておいて。できれば悲しみの涙で。喜びの涙も、いざというとき役に立つけどね。

それから、もしきみが耐えられるなら、自分の肉を一片切りとって、ビーカーに入れるのがおすすめだ。蒸気を嗅いで、発泡を楽しんで。きみ自身を、きみだけの調合の溶媒に消えていくきみの一片を観察して。

ステップ3：接続を確認

このステップは忘れやすい。ぼくには意味がわからないんだ。前ページのこのメタファーの跡（とコントロール）を見失ってしまった。そもそも、きみの宇宙のプラグを接続できるところは、きみの心のなかにしかない。いや、これは正しくない。どんな心にも接続できるだろう。読者の心もいいかもしれない。そう、そうだよ。きみの人生の材料、酵素、きみの肉片が入った宇宙の水槽のうしろにプラグを接続して、だれかの心に差しこめば、うまく作動するはずだ。もし作動しなくても、がっかりしないで。まあ、がっかりしてもいいんだけど。きみが再チャレンジするかぎり。

世界の不思議

イヴィツァ・ステヴァノヴィッチ
『バード・リーフ｜*Bird-Leaf*』
は、下記の
ブライアン・エヴンソンの
エピソードに基づいている。
知性がひとに
しかけるトリックが、
世界の見かたをより複雑に
するときがある。

架空の世界を創るなら特に、なじみのない親しさを作るという観点から考えるほうが楽だ。読者はストーリーや長編小説を楽しむために、設定を理解しなくてはいけない。でも、きみは設定を描写するとき、本質的な不思議や現実世界でときどき感じる不可解に、手を加えたくないかもしれない。教えたいこと、隠しておきたいことの範囲をコントロールする。この考えかたは「未調査の展望」の概念を超える。

ケイトリン・R・キアナンがうまく述べているとおり「たったひとつの謎は、無数の答えに値する」んだ。この考えはたくさんの作家に訴えかけ、ときには執筆の要点にもなる。たとえば、ブライアン・エヴンソンはこう考える。自分の作品は「ある程度、何かを正しく知ることの不可能さ、世界という概念から疑いを消せないぼくたちの無能さに関するものだ。その認識において、認識に組みこまれた何かは、つねに解釈にかかわる。ぼくたちがしがちなのは、世界との交流を減らし、自分の頭のなかで創る世界の描写との交流を増やすことだ」。このコンテキストでエヴンソンは、いかにしょっちゅう「ぼくたちがものごとを誤解するか」を記す。たとえば「駐車場を横ぎる鳥を見て、なぜか鳥がケガをしてるんじゃないかと思ったんだ……近づいて、それが鳥ではなく木の葉だとわかるまで。でも、ぼくの頭は木の葉を鳥だと決めつけて、懸命に鳥にしようとした。勘違いを正当化するために、物語をひとつ創って」。

右ページ
『穴｜*Hole*』
ベン・トールマン
（2009年）。
論理と認識の
通常ルールは
シュルレアリスムや
設定への非現実的な
アプローチには
あてはまらない。

エヴンソンは「巧妙なトリックだ、鳥はそこにいた、何か、たぶんよからぬものが鳥と木の葉をすり替えたんだ」と思わなくなるまで、悪戦苦闘した。

「不可知が、すべての中心にある発電機だと思いたい」と、スティーヴン・グレアム・ジョーンズは認める。「なんであれ、起こりそうにないことのエンジンが、

すべてのパワーを生みだす。というか、ぼくには、ほかに書く理由がわからない。世界を理解しようとするほかに……けど、それにつきものなのが、根本的に世界は謎ってことだ。説明がつかない。いくら説明をつけようとしても」。

ジョン・クロウリーも信じている。それは「作品がファンタジーであれ、本質的にファンタジックであれ、創作における主なテーマであり、主なチャンスだ」。

この世界は不可解で、写実小説は偉大かつ寛大になりえて、不可解さがテーマでも納得させられる。ただ――たとえ一定の断固たるプロットがあるとしても――不可解さが、もっともらしくキャラクターと行動を取り囲むときだけだ。『ユリシーズ』の終わりで、ブルームとスティーヴンがブルームの家に押し入ろうとしているのだが、すばらしい対話がある。実用的な問いへの合理的な答えを対話は求めつづけるが、実のところ、世界の驚くべき無限さをあらわしている。

一方、奇妙ですばらしい作家トマス・リゴッティにとって「不思議とは見解だ。どんなものにも内在しない。もし自分が住んでいるつもりの平凡な世界とは、すべてがちぐはぐな本なら、平凡な世界のものに、その本はくり返し言及しなくてはいけない。そうすれば、その本のすべてに徐々になじめるだろう。これは、ファンタジー作家には自明の理だ。まずストーリーにおける平凡のルールを確立しなければ、その創られた平凡な世界にルール違反を持ちこめない」。でも、リゴッティは主張する。「もっともファンタジックでもっとも超常的なホラーストーリーは、**不思議という感覚を創るために書かれてはいない**。ストーリーでキャラクターに脅威をもたらすためで、それはすぐに、ほかの脅威――野生動物や殺人鬼など――と同じになっていく」。そして、それは「ストーリーが平凡、または、ぼくたち

このトピックについては、ダニエル・アブレフのリゴッティへの未発表インタビューで、さらに議論されている。ここでのリゴッティの引用は、すべてアブレフのインタビューが引用元だ。

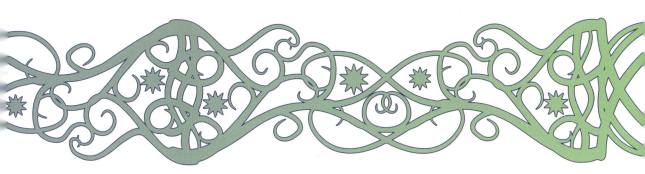

が平凡だと思うものに密着しているなら、不思議という感覚を保つのに」役立つ。

世界構築における不思議さの好例が、リゴッティ『道化の人形｜*The Clown Puppet*』だ。語り手は薬局で夜勤をしていて「世界に対して、何もかも無意味だと言うにおよぶ、ある見解を持っている。その見解が、ストーリーにちょっとした不思議さを添える」。『道化の人形』に関するリゴッティの考えは、フィクションの不思議さは、ささやかで平凡なディテールによって創れると強調する。「語り手は働いている薬局を『医薬品店』と呼ぶが、そんな呼びかたは普通しない。それに、この命名はさほど型破りではないから、ひとは疑問に思う。外を歩いているひとは、だれも客になりそうにない。そのことにはなんの不思議もないが、店主が店の上のアパートメントでいびきをかいているのに、カウンターのうしろにいる語り手は、やや不審さを感じさせる。いま何時なのか。語り手は真夜中に働いているのか」。

でも、リゴッティはこうも主張する。これは単に、不思議な世界観を創るストーリーにふくまれるものではない――足りないものでもあると。「『道化の人形』には、読者が〈実生活〉として知るものについての基準がほとんどない。だから、作品タイトルになっている生き物のために、不思議さの一種のベースラインが確立されている。それは不思議さのより高いレベルに存在し、ストーリーを別の領域へと連れていく。来店を望んでいないのに、道化の人形から訪問を受けて、語り手は恐れより実は憤りを感じるが、これは妙な見解で、道化の人形の意義と立場をすっかり謎めいたものにする」。

でも、クロウリーが認めるとおり、フィクションは問題やシチュエーション（探求、犯罪、宝、謎）を、せめて解説しようとする。「では、作家たるぼくは、この不可解をどのようにファンタジックなフィクションに取りいれられるのか。ひとつには、比喩をとおしてだ。解決できるミステリーは、解決できないことの代理になる。ぼくにとっては、本質をつかめない世界にいると感じているキャラクターも、だいたいそうだ。たとえ、彼らはつかめていると、読者が思っても」。

ストーリーが起きる場所と空間は、不活性なものでも、アクションのただの背景でもない。きみのアプローチしだいで、エネルギーと動きを持ち、一定の効果を創る。だから、世界構築とは、単なるキャラクターのための華やかなステージ創りではない。起きていることの一部になりえる。ストーリーへの入り口として

左ページ
『クレバー・フォックス｜*Clever Foxes*』ケーラ・ヘレン（2017年）。キャラクターも風景の一部になるのは、どんなときか。ぼくたちは、どうやって区別するか。カムフラージュは、場所についてぼくたちに何を教えるか。

次ページ
ジェイソン・トンプソンによる、H.P.ラヴクラフトの「夢の国｜*The Dreamlands*」の地図（2011年）。トンプソンいわく「……以下の作品に登場する、あらゆる地名を入れました。『未知なるカダスを夢に求めて』『サルナスの滅亡』『白い帆船』『ウルタールの猫』『蕃神』、そして、ラヴクラフトの夢に基づくストーリーと詩もすべて。さらに、ゲーリー・マイヤーズ、ロード・ダンセイニの作品、共同の〈有名な知恵の王国〉になじんでいるかのような作品の地域もあります」。

THE LANDS OF DREAM
TO KADATH
ZOBNA
MT. NOTON
OLATHOE
SARKIS
DAIKOS
LOMAR
KAAR
THE GIANT QUARRY
NORTHERN MARSHES
INGANOK
YANN
JAREN
SERANNIAN
THE ROCK
OGROTHAN
CERENARIAN SEA
MT. ARAN
TANARIAN HILLS
CELEPHAÏS
OPHIR
OOTH-NARGAI
VALLEY OF NARTHOS
THRAN
KLED
HLANITH
THE GARDEN LANDS
LHOSK
KARTHIAN HILLS
MT. SIDRAK
TELOTH
ULTHAR
ENCHANTED WOOD
MT. LERION
NIR
HATHEG
CARCASSONNE
SARRUB
MT. HATHEG-KLA
THE STONY DESERT
BNAZIC DESERT
LATGOZ
KHEM
MEROË
MT. THURAI
PARG
DYLATH-LEEN
THE SUNKEN CITY
ORIAB
BAHARNA
MT. NGRANEK
YATH
TO THE BASALT PILLARS OF THE WEST
SOUTHERN SEA
THETH
MOUNG
THE SPIDER FOREST
XURA
THALARION
ZAR
SONA NYL
WOTH
TOR
MAPPAMUNDI SOMNIORVM EX LIBRIS LOVECRAFT DVNSANY MYERS ELLIS
HESPERIA
THE ROUND COTTAGES
CITY OF THE MOON-BEASTS
OCEANUS
حياة
الظلمة

THE SPHERES
VEGA
POLARIS
THOG
HYADES
MARS
ALGOL
YADDITH
ZIMIANVIA
THNUS
STETHELOS
YUGGOTH
CYTHARION
SHAGGAI
ARINURIAN STREAMS
ASTARTE
ALFRAH
GARDENS OF YIN
THE GOLDEN VALLEY
ZAKARION
THE GREEN MEADOW
THE CATARACT
NARATH
HOUSE OF THE GABLES
THORABON
ILEK-VAD
OCTAVIA
THE SUNKEN CROWN
TWILIGHT SEA
OXUHAHN
HAZUTH-KLEG
PERINTHIA
ZULAN-THEK
LENG
YIAN-HO
HILLS OF HAP
BETHMOORA
INQUANOK
THIBET
UTNAR VEHI
PALACE OF THUBA MLEEN
THE EASTERN DESERT
POOL OF NIGHT
MHOR
BEERSHEBA
ARVLE WOODNERY
GAK
CITY-NOT-WELL-TO-ENTER
ARIZIM
POLTARNEES
RIVER ORIATHON
MONDATH
TOLDEES
TSOL
ASAGEHON
KADATHERON
THE LAKE OF SARNATH
IB
IREM
PUNGAR VEES
HILLS OF NOOR
TSUN
MIDDLE OCEAN
MTAL
MNAR
THRAA
NURL
LIRANIAN DESERT
THACE
ILARNEK
DRINEN
CHALDAEA
RINAR
DESPINA
EUDOXIA
THE NIGHT OCEAN
THUL
KRAGUA
DOTHUR
CITY OF THE GUGS
CYDATHRIA
SUNRISE SHORE
APHORAT
NITHY-VASH
SNITH
ARGIA
CUPPAR-NOMBO
RIVER THAN
LAND OF KING KYNARATHOLIS
GOLTHOTH
CHASM OF NIS
ZAIS
RIVER KATHOS
RUINS OF UNUSUAL SIZE AND SHAPE
CRADLE OF IB
THE NETHER PITS
VAULTS OF ZIN
PEAKS OF THOK
VALE OF PNATH
PNATH
THE UNDERWORLD
JASON BRADLEY THOMPSON - MOCKMAN.COM

世界構築を考えるとき、以下のことを憶えておいてほしい。

- フィクションをふさわしい位置、シチュエーションに固定する。歴史は共感を高める。
- 感情や視点を与えられない風景は、生命を持たない。
- 現実の世界と個人的な体験は、架空の設定に栄養を与え、世界構築に欠かせないものになる。
- 設定とキャラクターへのアプローチは、多角的（有機的で立体的、層と深みを伴う）であるべきだ。
- 使い捨ての設定は、使い捨てのキャラクターに似ている。つまり、逃したチャンスに。

『モルメク・マウンテン｜*Mormeck Mountain*』モー・アリ（2011年）。どこまでがキャラクターで、どこからが設定なのか。いつでもはっきり区別できるとは限らない。このイラストは、ぼくが執筆中の長編小説『ドクター・モルメクの日誌』のためのもので、主人公モルメクを描いている。たまたま、彼は生きている山で、〈頭〉の上にいる天使が管理する研究施設を持っている。

成功する作家としない作家の主な違いのひとつが、改稿の能力だ。原稿から離れて、新鮮な目で強みと弱みを見きわめられるか。改稿をとおしてテクニカルな想像力を発揮すればするほど、思いどおりに読者とつながれるようになる。何よりきみには、喋る~~ブタ~~ペンギンや、~~スチームヘアアイロン~~銃を持つ女や、鉢植えのうしろに隠れている~~じゃがいもエルフ~~何かを、きちんと改稿する義務がある。

第7章：改稿

そろそろはっきりしていると思うんだけど、執筆の全プロセスに改稿の概念が染みこんでいる。走り書きのメモ（対話の断片、描写のかけら）という最初のプロセスさえ、改稿を伴う。まず、ぼくが決してメモしないアイディアがある。そして、初稿を書くまえに、集めたメモを見て、いくつか捨てたり変えたりする。草稿を進めながら、これをつづけ――ページ上のものを変えたり捨てたりしていくと、物語に影響する新しいアイディアが現れる。

主な推進力は草稿の執筆だから、意識がアイディアに気づかないかもしれない。でも、改稿という行為は、こういう状態のまわりで融けあう。インスピレーションから離れてその日の執筆を終えても、翌日書きはじめるまで、きみの頭はまだストーリーの局面をあれこれ考えたり、出来事やキャラクターや描写を変えたりしている。きみの執筆プロセスしだいでは、先をつづけるまえに、前日書いたものに戻ってでも改稿するかもしれない。

そう、いわば、ストーリーや長編小説の最初のひらめきのあと、あらゆる行為は〈執筆⇔改稿〉の境に、その相関状態に、同時に存在する。頭のなかの完璧で輝かしいヴィジョンを、言葉という不完全な器に移す行為こそ、最初の、もっとも根本的な改稿だ。そこからずっと、言葉をじゅうぶんなものにしようと、もがき苦しむ。

その苦しみは、ときには至福、ときには挫折だ。たくさんの時間とページに犠牲を強いるかもしれない。たとえば、英国の作家イアン・R. マクラウドは「はじまりを試し、土台を築くことで」改稿する。「それらが不安定だと感じはじめたら、ほかの何かをしてから戻ってきて、それらを分解し、多くを捨て、もう少し築くだろう」。

ジェフリー・フォードは、草稿について考えすらしない。「わたしには、石塊に向きあい、すでに石のなかに存在するものをあらわにしていく彫刻家みたいな感覚がある。ストーリーはすでに存在していると、つねに感じるんだ。まるで、どこか別の宇宙にあるかのように。執筆とは、それを見つける行為だ……執筆と改稿は、わたしにとって一体なんだ」。

一方、ジョン・クロウリーは草稿どころか「下書きのページ、草案のメモや断片も」書かない。「ぼくが書けるのはたいてい、自分がどこへ向かっているか、どうやってそこにたどり着くかをよく知っている——本当に、とてもよく知っているときだけだ。1作の長編小説をすべて、いや、その大部分でさえ、基本的には捨てるためだけに書くなんて、ぼくには耐えられない」。

プロセスはひとそれぞれだけど、ぼくがこの章で「改稿」「書きなおし」という言葉を使って意味するのは、草稿とみなすものをきみが仕上げたあとに起きることだ。きみがケイトリン・R・キアナンのような、書きすすめるまえに各段落、各シーンを完成させる作家でも、この章のアドバイスを利用できるけど、適用のしかたは違うかもしれない。

たとえば、ぼくが決して書きとめなかったアイディアは、裏庭にいるアルマジロがエイリアンだとわかっただけで、ダイナマイトで爆破しようとする男のストーリーだ。

改稿とは何か？

理論上、改稿のプロセスはいたってシンプルだ。デイヴィッド・マッデンが名著『フィクションの改稿｜*Revising Fiction*』で書いたとおり、改稿とはそれぞれの章、シーン、段落、文章についての問いだ。「わたしは、どんな影響を読者に与えたいか。それができているか。できていないなら、どう改稿すればいいか」。この草稿の旅は、単なる分析プロセスじゃない。

> ソクラテスの言葉を借りるなら、「想像されざる、表現されざる生に生きる価値なし」だ。想像力を、より知的な機能と切りはなすのは誤りだ。厳密な論理を持って、自分に問う。もしこれが起きたら、結果として何が生じるだろう。その論理的な問いをするとき、想像力は刺激され、ありとあらゆるイメージを生みだすべく、素材を調べる。

分析とクリエイティビティを改稿が結びつけるからこそ、初稿でのミスのほとんどを、とりわけ経験を積むほど、改稿で正せる。もし初稿でミスが多すぎても、少なすぎるより、普通は楽だ。めちゃくちゃなものは、目に見えないものよりも直しやすいからね。それに、マッデンもぼくも、改稿によってストーリー・トカゲを蘇生させられないほど、きみのフィクションの基本アイディアが陳腐だとは思ってない。

もしきみのストーリーが、バーで出会う2人に関するもので——サプライズ！　かたや人狼、かたや吸血鬼なら、ストーリーは即死だ。

マッデンによれば、新人作家は改稿について、以下のようなステップを踏む。

- ミスをするが、気づかない。
- ミスをして気づくが、修正や再創造のしかたがわからない。フィクションのテクニックをじゅうぶんに習得していない。
- ミスをして気づき、フィクションのテクニックをいくらか習得したから、修正のしかたも知っている。だが、できない。
- ミスをして気づき、修正のしかたも知っていて修正する。いまや、クリエイティブなプロセスでのテクニカルな問題の解決は、初稿の執筆と同じくらいわくわくすると知っている（そして、書評家が現れて、解決した気になっているだけだと告げるんだ）。

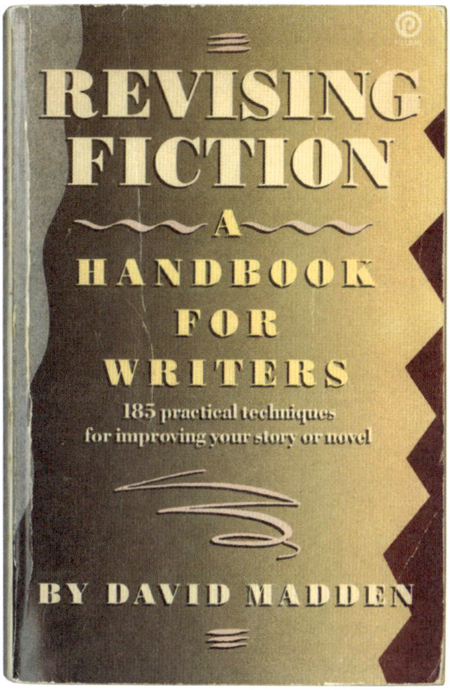

ぼくが使いこんだデイヴィッド・マッデンの『フィクションの改稿』（1988年）。少なくとも12回は読みかえした。

ときと共に、きみのクリエイティブな想像力とテクニカルな想像力は、すばらしいフィクションを創るために協力しはじめる。たぶん、このプロセスの最重要パートは、改稿という行為の概念が、きみにとって刺激的になっていくことだ。改稿プロセスに前向きになるほど、フィクションの核心を有意義なやりかたで掘りさげられるようになる。ただの自己嫌悪と、哀れなぐらいお粗末な言葉へのいやけでは、足りないかもしれない。草稿を犠牲にするのもいとわず、ガラッと変えたり、残ったものに加えたりする必要があるんだろう。たとえば、ジュノ・ディアスは「草稿の章の［各］バージョンを、次のよりよいバージョン、次の領域へと導く、羅針盤のようなものとして」考える。「だから、最終的に望むところに着くなら、すべてを捨ててもかまわない」。『フィクションの改稿』のほとんどは、初稿を調べるための鋭い質問と、有名作家たちの問題解決法という実例もふくめた答えでできている。この本から選んだ問いを、いくつかあげてみよう。

- 自分の偏見や批判をあらわす文言を押しつけているか？
- スタイルは、このストーリーのための視点から生まれたか？
- 脇役は発育不全か？
- シーンのシークエンスは再構築されるべきか？
- ありふれた対話や考えかたを使いすぎているか？
- 設定の長すぎる描写で、ストーリーをはじめているか？
- フラッシュバックの使いかたが雑か？
- 緊張の創りかたを想像できなかったか？

マッデンの本はめったにない作家の必読書で、きみが書きつづけるかぎり有益だろう。きみが作家として進歩すると共に、『フィクションの改稿』は進化し、決してすたれない。ぼくは25年間、参考にしている。

草稿創りの戦略

環境からタイミングまで、たくさんの要因が草稿創りに影響をおよぼす——原稿を完成させられようと、させられまいと。きみのプロセスを助ける問いがいくつかあるから、ストーリーや長編小説の改稿の核心に迫れる。でも、憶えておいてくれ。長いキャリアを持つベテラン作家でさえ、書きはじめたストーリーや長編小説を途中でやめるときがある。プロセスが成功の妨げになっていないか、たしかめることが肝心だ。

書きはじめるのが早すぎなかったか？　つまり、物語をページ上で表現するために、あらかじめ、キャラクターやプロットのふくみをじゅうぶん考えたか。もし考えていないなら、草稿を書き終えるのは無理かもしれない。ぼくには書きはじめるまえに、主人公についての明確なアイディア、なんらかの最初のシチュエーション、ありえそうなラストのイメージが必要だ。でないと、絶対に書き終えられない。書きはじめるまえに、きみが知っておくべきことは何か。

穴を残したまま、ラストにたどり着けるか？　偏執的な気質の作家はときどき、ひとつの文章、段落、シーンにこだわる。そこにとどまって、書いたものを見なおす正当な理由があるのかもしれない。ストーリーをつづけるまえに、解決するべき何かが。でも作家は、残りの物語に影響しないひとつの戦術的な問題に何度でもこだわる。こういうときは、仮の情報を置いておけば、難なく先に進める。

ストーリーをオープニングから書かなくてはいけないか？　オープニングから書きはじめなくてはいけないという間違った思いこみに、きみは苦しむかもしれない。ストーリーにはオープニングがあり、それは読者が最初に出会うものだから（タイトルページに、ぺしゃんこになった虫でもいないかぎり）。でも、もっとも興味があるところから書きはじめて、ストーリーを展開させるほうがいいときもある。この直線的ではない注目のしかたが、ストーリーについての理解まで変えるかもしれない。

書きたいストーリーのタイプを知っているか？　ストーリーのタイプには、探究したいキャラクターから書きたいシチュエーションまでふくむ。愛や死のような抽象的なものを書きたいと、まえもって知ることはふくまないかも……いや、ふくむかも。心のなかのふざけた考えだって、ふくまれる。「このストーリーにはドラゴンがほしいんだ！」とか。ストーリーの焦点や表現したいことに関するアイディアを、たとえ漠然とでも持っていると、前進の助けになる。

想像力にぴったりの環境を与えるために、できることを全部やっているか？　うるさい、ごちゃごちゃしている、あるいは気が散る環境は、作品への集中と草稿の完成を妨げるおそれがある。でも、きれいで静かな環境では、集中できないひともいる。執筆の環境を変えられるなら、どういうものが最適か試したいだろう。個人的にはバーで書くのが好きだけど、隅っこでばかみたいに殴り書きをしているとき、酔っぱらいが近づいてきて、何やってんだと訊かないバーは、世界じゅうどこにもない。

正しいアウトラインを創ったか？　アウトライン創りを好まない作家もいるけど、これは誤解があるせいかもしれない。商業出版社が作家に求めるアウトラインは、主要キャラクターとプロットの要点、各章のあらすじの正確な記述だろう。主な目的は、まだ書かれていない、あるいは一部しか書かれていない本を買うよう、編集者を説得すること、そして、内容について安心させることだ。実際、このアプローチは業界標準として認められているから、多くの作家が〈アウトライン〉と、このテンプレート（インスピレーションを抑えつける迷惑な制約）を同一視する。でも、アウトライン創りへの利口な、自分なりのアプローチは、構成を与えつつ意義あるアドリブも可能にする。たとえば、ぼくの長編小説『フィンチ』は1週間のストーリーという設定で、日によってアウトラインをわけた。1日ごとに、予想されるシーンと、そこにい

るであろうキャラクターのリストがあった。この整った構成のおかげで、リラックスしてシーンを書けた。だから、執筆中のぼくにとって、発見のプロセスとは、キャラクターの言動を見出すことだった。映画でいうと、あるシーンの撮影のために俳優を全員集めて、キャラクターの動機と来歴を教え、対話とリアクションを好きなように創らせる監督にあたる。より大きなキャンバスの長編小説では、この〈母体〉を広げて、場所にまつわる歴史を思いださせるものや、シーンに関与しだすかもしれないキャラクターの記憶まで取りこめる。

また、直接キャラクターをとおして物語の地図を作り、焦点と構成をそこから発展させることもできる。こういうアウトラインは、積みかさねられた背景、キャラクターの過去とそれが人間関係におよぼす影響を示す。たぶん、もっとも役立つのは、幅広いコンテキストを巻きこむ物語より、個人の内なる生に着目する長編小説とストーリーだろう。『ゾンビ・バイブル』シリーズの著者スタン・リトレが言うとおり、アウトラインは「ツールであって目次ではなく」、コンテンツへの興味深いアプローチなのだ。リトレは草稿の「3分の1から2分の1」に来るまで、アウトラインを創らない。要点は、リトレが「キャラクターが本当は何者か、どんな危機に直面したか、することになるか、何を隠しているか、何が彼らを進ませるか、わかってくるまで書いて」いることだ。

『フィンチ』を書くあいだ、7日間のアウトラインは絶えず変わった。何度か、あるシーンで生じたアドリブが、残りのストーリーのためにアウトラインへ戻って調整を、ときには大幅にしなくてはいけないと、ぼくに告げた。シーンと出来事の順番が変わり、いくつかのシーンは丸ごと消えた。終わりごろ、キャラクター描写に集中するために7日間のアウトラインを捨て、それがさまざまな派閥とその行動を追うのに役立った。これは、何ひとつインチキじゃない。アウトラインは、スタートのための人工物なんだから。手伝うためにある。もし手伝わないなら、適応させるなり追い払うなりするべきだ。アウトラインは、神話とは逆で、建築の設計図みたいなものじゃない。

いつでも忘れないでほしい。アウトラインとは以下のようであるべきだ。(1) 構成を示し、長編小

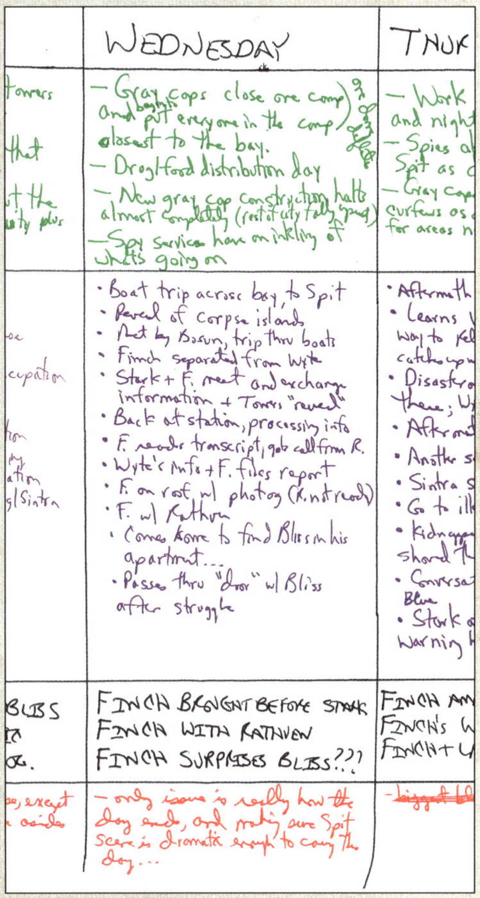

『フィンチ』(2008年) のアウトライン

説を書くために必要な情報をふくむ。(2) 余計な要素や、きみを妨げたりクリエイティビティを抑えたりするかもしれない情報をふくまない。(3) きみが語っているストーリーのタイプにふさわしい。(4) 生きて、進化している文書で、必要とあれば、新しいインスピレーションと発見を受けいれられる。

WEB
もっと議論
MORE DISCUSSION OF DRAFTING STRATEGIES

ファンタジー作家への問い

もし非リアリズムのジャンルで書いているなら、マッデンの本にある問いの変化形について考えるべきかもしれない。運がよければ、きみの空想はキャラクターやプロットと一体化していて、解剖のためにコンテキストから引きぬかなくてもいいだろう。でも、空想の構成パーツは、物語の独立した要素の特徴になりえるから、そうするべきかもしれない。

きみが考えるべき問いの例を、いくつか示す。特定の長編小説やストーリーの改稿への適用を超えて、作家としてのきみに意味を持つかもしれない。

どんなタイプの架空のフィクションを創ろうとしているか？　これはある意味、世界の見かたにかかわる問いであり、声と展望の理解に対するより広いリサーチの一端かもしれない。たとえば、はじめて書いたとき、ぼくは自分をおおむねリアリストだと思っていた……最初の読者たちからフィードバックをもらうまで。ほとんどいつでも、ぼくの作品は「不思議」「シュール」と言われた。ストーリーで不思議なことが何も起きないときでさえ、作品がだいたいカフカ風なんだと気づいたのは、読者のこういう感想をもらってからだ。これは次に、改稿に影響をおよぼした。〈現実〉のシーンがあまりにも夢みたいだから夢のシークエンスは使えないと、すぐに学んだ。また、フィクションのシュールな一面が、ストーリーの論理やキャラクター描写を圧倒しないよう、気をつけなくてはいけなかった。違う例をあげると、以前あるワークショップで、グレゴリイ・ベンフォードやジャスティナ・ロブスンのようなハードSFを書いているつもりの書き手と出会ったけど、同期生たちはみんな、彼の作品をJ・G・バラードとイタロ・カルヴィーノのミックスとみなしていた。世界観と声の結果がページ上でどう解釈されるかをわかっていないと、うまく改稿ができないのは、特定のテクニックとアプローチが、特定のフィクションのジャンルでは機能しないからだ。

架空の要素は、感情への影響と結びついているか――それは必要か？　ファンタジー作家最大のミスのひとつが、〈驚異の念〉〈畏敬の念〉は、推測の要素だけで創れると考えることだ。でも、どんなジャンルのフィクションでもそうだけど、たいていは、驚くべき瞬間をとおして読者が真価を認められる、説得力があるキャラクターが欠かせない。でなきゃ、ただの見かけだおしだ。それに、こういうキャラクターはストーリーで自分のアークを持つから、その成果が架空の要素と結びつくかもしれないし、つかないかもしれない。盛りあがりを優先してキャラクターの旅を見失うのは、とても危険だ。読者に「なんの関係があるの」と問われるはめになる。

空想に夢中になって、ストーリーを圧倒したり乱したりしていないか？　感情への影響を見失うだけでなく、架空の要素を重んじたせいで、ストーリーがバランスを崩しはじめるおそれがある。いわば、架空の要素がその場の酸素をすべて吸いとってしまい、過剰すぎる想像力の重みにさらされてのろのろ動く、いびつで気むずかしいモンスターと共にきみは残されるんだ。こういうアプローチを求めるストーリーもあるけど、それがきみの意図で、読者に恩恵をもたらすとわかっ

右ページ
ジェレミー・ザーフォスが描いたこの動物たちは、本物っぽいかもしれない。でも、よく見ると、ほかのみんなと同じように自然に見えるけど、この世には存在しない、そっくりさんたちがいると気づくだろう。すぐれたファンタジーは、ほんの2、3要素を非現実にして、残りはぼくたちが知っているとおりにしておく。効果は絶大だ。でも、まさしく最高のファンタジーには、きみをだまして、奇妙が普通だと信じさせるものもある（全部見つけたと思ってる?）。

ていなくちゃいけない。キャサリン・M・ヴァレンテの短編小説『ラビリンス』は、圧倒がどんなふうに読者に働きかけるかのよいサンプルだ。それは、言語と神話への広大なラブソングとして機能する。意図と恩恵が、それぞれの文章に埋めこまれている。

架空の要素の〈解決〉や説明を重んじすぎているか？　第3章のエンディングに関するセクションで論じたように、読者は必ずしも2つまとめての解決を求めるわけじゃない。そう、たとえば、架空の要素が謎のままでも、キャラクター・アークがはっきりする（なんらかの決意に至る、危機がピークに達する）ストーリーを楽しむ読者がいるかもしれない。ぼくたちは、鉢植えのうしろに隠れている謎の生物についてはあまり解明できないだろうけど、喋るペンギンのフレッドの成長と暴徒の襲撃からの生還によって、じゅうぶん〈終わり〉を得られる。それに、架空の要素をすべて片づけようとすると、ストーリーにありきたりでわざとらしい展開を押しつけたり、魔法の重視が課したプロットの要求に対するキャラクターの行動を犠牲にしたりするかもしれない。史上最高の傑作ファンタジーのひとつであるジョージ・R・R・マーティン『氷と炎の歌』シリーズは、実はきみの予想ほど魔法を使っていないんだ。

本当は、架空の要素がいらないストーリーを書いたか？　作家ではなくファンタジー作家としての自分を考えた末に、これといった理由もなく（実在の要素より楽にあやつれるというだけで）架空の要素を用いたストーリーを書くかもしれない。例をあげると、ぼくと妻がやっているワークショップで、ある書き手が、父と息子の関係にまつわる鋭い考察のストーリーを披露した。父が死に、疎遠だっ

この問題は、補足のワークショップにある『レオナルド』のエクササイズで取りくむ。

ダニエル・エイブラハム『シャドウ・イン・サマー｜*A Shadow In Summer*』（Tor、2006年）—ぼくには深刻な、わかりやすさの問題があった、特に初稿で。ぼくが考えた情報では、あきらかに読者にふくみが伝わらない。初稿はすべて捨てて、第2稿を殴り書きからはじめた。

トバイアス・S. バケル『ラガマフィン｜*Ragamuffin*』（Tor、2007年）—この本は、まったく手に負えなかった。はじめの3分の1を4回も書き、そのたびトーンと声を理解しようとした。一度は正しい感じをつかんだが、つづけられず、そのあとすぐ初稿が生まれた。もうひとつ手こずったのが、構成だ。途中でいきなり新しいキャラクターと展開に移行した。それが存在しない草稿は役に立たないから、引きかえした。

ジェシー・ブリントン『フォリー・オブ・ザ・ワールド｜*The Folly of the World*』（Orbit、2012年）—この小説では、精神状態が現実認識にどう影響するかを扱うつもりだった。一番のミスは、初期の草稿だと、奇妙な出来事はもうバレていると示すのが遅かったことだ。その要素を、精神の安定が疑わしいキャラクターの視点にとどめておいたにもかかわらず。この小説は、解釈の自由が残された潜在的にファンタジックな一面にもっと強いと気づき、はじめの3分の1を徹底的に見なおし、残りを走り書きからやりなおした。作品に欠かせない、あいまいさを保つために。

リチャード・カドレー『アロハ・フロム・ヘル｜*Aloha from Hell*』（Harper Voyager、2011年）—初稿の構成を整えても、文章は生気のない塊だった。第2稿では、設定、プロットの要点などのテクニカルな問題に取りくんだが、それでも本に生命のきらめきを与えられなかった。第3稿でキャンディを使った。本の後半で、主人公と恋に落ちる予定のキャラクターで、長編小説の真ん中に落とした。彼女の存在がすべてを変えた。構成の90パーセントはそのままだったが、キャンディがいれば、シーンは新しい生命を持ち、モチベーションは高まり、トーンは陰気から活気に満ちたものになった。

J. M. マクダーモット『わたしたちが執行人だったころ｜*When We Were Executioners*』（Night Shade、2011年）—感情的でおぼろげなシーンとのバランスを取りつつ、長編小説という複雑なタペストリーの序盤、中盤、終盤を仕上げるには、プロットがない夢のような光景と、プロットがある長編小説との境目を歩かねばならなかった。このバランスを見つけるのに、時間と努力を要した。

ニコラ・コールハー・ステース『哀惜｜*Desideria*』（Prime、2008年）—150ページ書いたとき、わたしは未熟すぎて、平行する3つのストーリーラインと完璧な5幕の芝居が組みこまれた17世紀の信頼できない語り手の長編小説と同じくらい複雑なプロジェクトを、正しく扱えなかった。さいわい中間点あたりでそれに気づき、作品を2年間そのままにしておいた。もちろん、そのあとの後半は、前半とはまったく違う。わたしがキャラクターの思考と動機をより理解しただけでなく、本の声をとらえられるようになった。だから、後半を2、3回改稿するあいだに、前半に戻り、すべて書きなおさなくてはいけなかった。

改稿のチャート

＃＝草稿の番号

20人を超える現代作家たちの、ためになって、ときどき恐ろしい改稿の物語は、出版に値する完璧な原稿へ導く道などないと、あきらかにするだろう。改稿ヘビの目には、各長編小説のいくつ目の草稿かを示す。（）内は出版社と出版年だ。

3

アリエット・ドボダール『マスター・オブ・ハウス・オブ・ダーツ｜*Master of the House of darts*』（Angry Robot、2011年）—初稿を書いているとき、プロットについて幾度か考えを変えた。書きなおしの多くは、本全体を矛盾がないものにし、無意味なラストを削ることに注力していた。また、語り手が向きあう脅威の厳しさ（魔術的な、街全域にわたる疫病）をかなり抑えたので、シーンは死者の数を増やし、疫病をもっと本能的な脅威にするために変わった。

4

ジム・C. ハインズ『リブリオマンサー｜*Libriomancer*』（DAW、2012年）—取りくみのほとんどは、プロットとキャラクターの成長を結びつけること、最初のアウトラインとキャラクターのスケッチを使うこと、キャラクターの選択、願い、たまにするミスから事件が自然発生するストーリーを創るために見なおすことだった。描写のディテールへの取りくみも必要だった。この作品にとって本当に大事なのは、ミシガン州アッパー半島の雰囲気と、ストーリーで使ったミシガンのいろんな情景をとらえることだった。リアルでなくてはいけなかった。でないと、ミシガンの読者は、ぼくの間違いを責めただろう。

7

スティーヴン・グレアム・ジョーンズ『セブン・スパニッシュ・エンジェルズ｜*Seven Spanish Angels*』（Dzanc、2010年）—ぼくは編集者に350ページ渡し、彼はそのうち1ページだけを保管していた。だから、ぼくはまた書いて、また書いて、合計2,000ページぐらいになった。テーマは悪の欠如と善で、迫るには多くのページが必要だった。終わりまでに、長編小説はすっかり別物になっていた。時制、声、視点、内容、主人公、ぼくにとって何より大事な結末も。

26

サイモン・イングス『ウェイト・オブ・ナンバーズ｜*The Weight of Numbers*』（Atlantic、2006年）—共通のテーマを持つ短編小説集のはずだったのに、ぼくのなかの三文文士（彼にとっては、結果のないつながりはどれも逃したチャンスだ）が黙っていなかった。結局、シャッフルとリライトは2年におよんだ。気の毒な読者の脳を爆発させずにすむ方法で、物語みたいなものに徐々に近づきながら。

デリア・シャーマン『マーメイド・クイーンの魔法の鏡｜*The Magic Mirror of the Mermaid Queen*』（Viking、2010年）―ペースとプロットは、いつでも格闘だ。わたしはつい、プロット・アークを犠牲にして、必要以上に出来事をややこしくしてしまう。たいてい、草稿から不要なシーンをカットして、それでもプロットが成立し、キャラクターたちが自分の感情のアークを持っていると、たしかめなくてはいけない。

ピーター・ストラウブ『ミステリー』（Dutton、1989年）―ぼくは気づかざるをえなかった。実はこの本は、ぼくのはじめの意図とは、まったく違うものになりたかったんだと。結局、血迷った残忍な双子についての一節を削除して、シャーロック・ホームズ・タイプの偉大な老探偵の一節を挿入しなくてはいけなかった。そのあとやっと、本は自分の脚で立った。

ジェフリー・トーマス『ヘルス・エージェント｜*Health Agent*』（RDS Press、2008年）―中間点で、失業後の主人公の人生に変化がある。工場に就職して、聴覚障害者の女性に恋をするページを書いた。ぼくの人生を映したこれらの出来事が、長編小説を汚すんじゃないかと思ったから、かわりに別の長編小説を書いた。戻ったとき、ぼくは主人公に違う道を進ませ、厳格な探偵スリラーという当初のヴィジョンをプロットに守らせた。

カリン・ロワチー『ガスライト・ドッグス｜*The Gaslight Dogs*』（Orbit、2010年）―主人公の視点をきちんと理解できなかった。20ページほど書き、すべて破棄した。別の視点人物を加えると決めた。初稿のあと、もっと歴史を取りいれ、敵の役割を増やし、主人公を強くする必要があった。ラストも、感情的な満足をさらに加えるために、最終稿ですっかり変わった。

キャリー・ヴォーン『キティの恐怖の家｜*Kitty's House of Horrors*』（Grand Central Publishing、2010年）―これは、わたしなりのホラー映画の解釈だ。自分が望むもの、つまり、恐ろしい体験のイメージがはっきりあった。主要キャラクターがいかに有能でも、悪党もきわめて有能だから。アクション・シーンを大幅にカットして、どのアクションにも反動と反々動がある、長くて重層的なシークエンスを築く必要があった。すべてを真実味と激しさがあるものにして、できるだけ緊迫した体験を創りたかった。

リサ・タトル『ミステリーズ｜*The Mysteries*』（Bantam、2005年）―はじめの2つの草稿では、主人公2人（母と娘）の経験をとおして長編小説を語ろうと苦心した。視点（1人称も、肉薄した3人称も）を交互に替えてみたが、うまくいかなかった。そこで、次の草稿ではガラッと変えて、元脇役（状況を調べている探偵）に2人のストーリーを、彼自身のストーリーと共に語らせた。一変した。第2（最終）稿を創り、売った。そして、ペースと構成に難ありと感じた編集者のために、最後の見なおしをした。

パメラ・サージェント『女の陸地｜*The Shore of Women*』（Crown、1986年）―主人公2人のどちらかの視点からの中編小説だと、考えることからはじめた。200ページ書いたあと、このストーリーは中編小説じゃないと気づいた。ほかの視点も結びつけなければ語れないと。書きなおすあいだ、多くのディテールを加え、変え、深め、それがプロットをより複雑にした。最後の書きなおしは、伏線、やり残しの仕上げ、散文の編集につぎこんだ。

改稿のチャート（つづき）

＃＝草稿の番号

6

ネネ・オルメス『サーフィルド｜*Särskild*』（Styxx Fantasy、2012年）—この2作目のあらすじを創るとき、まだ1作目に書きなおすところが残っていた。すぐに、2作目で書いていることと、あらすじの段階で期待したものとのトーンの違いに気づいた。その後、キャラクターの声をつかんだ。プロットも何回か見なおしが必要だったけど、結局、最初のあらすじにかなり近いプロットになった。

11

ソフィア・サマター『図書館島』（Small Beer Press、2013年）—超自然的な出来事が、主人公の人生を粉々にしてしまう変わり目の章で、わたしは苦しんだ。この出来事を、それまでの章のなめらかで静観的なスタイルで描こうと試行錯誤した。もっと切迫した、断片的な、現在形のスタイルを試すよう、編集者にすすめられるまで。これが正解だった。そこに至るまえに、その章を15回書きなおしたと思う。

3

クリスティン・キャサリン・ラッシュ『ダイビング｜*Diving*』シリーズ（Pyr、2012年）—わたしはバラバラの順番で書く、特にSFでは。そのあと、シーンを集めて長編小説にしなくてはいけない。最後に、本の情報の流れがうまくいっているかをたしかめる。『ダイビング』シリーズの長編小説はどれも、このパターンだ（進行中の4作目も同じとわかっている）。メリットは多くの中編小説もそこから引きだせること、デメリットは書いたことの50パーセントくらいしか使えないことだ。

3

T.A.プラット『ポイズン・スリープ｜*Poison Sleep*』（Bantam Spectra、2008年）—根本的な構成の欠陥と支離滅裂になっていくプロットのせいで、50,000語書いたのに、そのほとんどを捨てるしかなかった。そのあと、基本前提と主要キャラクターだけは変えずに、1ページ目から書きなおした。精神状態の変化に苦しんでいるキャラクターたちの視点から、混乱させることなく納得させるやりかたで書くのは大変だった。予兆・不安と驚きとのバランスを創るために、ロマンスと裏切りをふくむ重要な人間関係にも取りくまなければいけなかった。

200+

パトリック・ロスファス『風の名前』（DAW、2007年）—14年かけて、ほぼ全部書きなおした。章を動かし、加え、消した。プロットを丸ごと練りなおした。トーンとペースを微調整した。キャラクターとサブプロットを加えた。原稿を20回は読み、単語とフレーズを整え、むだのない散文にした。原稿の「that」という単語をすべて見て、無意味なものは削除した。原稿をチェックしたひとは100人を超える。彼らと話したあと、フィードバックに基づいて原稿に手を加えた。

5

イアン・R．マクラウド『ライト・エイジズ｜*The Light Ages*』（Ace Books、2003年）—ありえそうなオープニングの土台から、ストーリーを組みたてていく傾向がぼくにはある。以下のように。（1）ヴィクトリア朝後期の偉大なおとぎ話に適した雰囲気と基本のストーリー・アークを見つける。（2）しかるべきキャラクターを育てる。（3）実行できる前提に2つをはめ込む。（4）前提に合わせるために、キャラクターと設定に磨きをかける。最後のひと押しはプロットについてで、ちゃんとやりとげることだ。

『ラボラトリー｜*Laboratory*』ケーラ・ヘレン（2017年）。記憶は、非現実を現実らしくする強力なツールだ。10代のころ自宅の裏庭にあった草が生い茂るプールは、ぼくの長編小説『ボーン』に、バイオテクノロジー生物がうごめく沼となって現れた。くり返し出てくる重要な場所だ。自伝的な拠りどころは、そうでなければ存在していない架空の設定に、共鳴をもたらす。

た息子が葬儀にやって来て、昔のさまざまなつらい記憶がよみがえる。過去と現在、家族とコミュニティの力強い交わりに、父の家を訪ねていた魔女も加えられていた。でもこの要素は、実のところストーリーとは無関係で、おざなりで薄っぺらに思えた。とりわけ、キャラクターの人間関係の濃さにくらべると。この書き手はあとで、ファンタジーじゃないストーリーをここで披露するのは場違いな気がして、架空の要素を足したと打ちあけた。

想像力が思いついたことのふくみを貫いたか？　プロットやキャラクターなどのふくみを熟考したいときと同じように、ちゃんと成功しているか、一歩離れてたしかめる必要がある。もし成功していないとき、架空の、あるいはシュールな面の発展について、さらに深く厳しく追及するべきかどうかはともかく。これに関する問いには「架空の要素や、架空／未来の環境の制約を、きっちり守ったか」「架空の要素を使って、主人公を安易にしすぎていないか」がある。

でも、ぼくが架空の要素を重んじようとも、改稿とはストーリーのあらゆる局面に対するテストであって、組織的におこなわれる。

完璧なストーリーや長編小説にたどり着くまでに、草稿がどれだけいるか？

必要なだけ。

組織的テスト

きみは組織的な、それとも無秩序な改稿主義者か。もし、最小限の予備メモだけでストーリーや長編小説に飛びこんで創りなおすなら、きみは無秩序の手先かもしれない。騒々しいアナグマのようにトンネルを掘る。ひとつにはそれが、きみの頭のなかでストーリーが生きつづけるのに、ぴったりな方法だから。それでも、改稿への組織的なアプローチへの適応を、少しは考えるべきだ。トンネル掘りのメソッドを何かしら持つことは、大切なもの（おいしいモグラとか）を見逃しにくくするだろう。

WEB
テストのサンプル
TESTING EXAMPLES

下記に、3ステップの改稿プロセスを示す。これに沿って、初稿や第2稿（または第3稿）をテストする。必要なものだけ、好きな順で選べば、それを自分のものとして使って、効果をできるかぎり高められる。すべてのストーリーや長編小説に、すべてのステップが必須とはかぎらない。また、ステップ1と2は共生関係にあり、ときどき、ひとつにまとめられる。

ステップ1：アウトラインの見なおし

長編小説などの執筆にアウトラインを使うことを、いやがる作家は多い。理由は、そう、自分がどこへ向かっているかを知る必要があるからだけど、知りすぎると書いていて面白くないし、アウトラインに縛られすぎる。喋るペンギンは、そのうち生気をなくして無感動になっていく。いくつかの長編小説で、ぼくはアウトライン（形はいろいろ）を創るけど、もっと長いストーリーの有機的な執筆プロセスをとおして、長編小説を書くようになった。自然な執筆メソッド、執筆中に用いるアプローチを保つために、未知に飛びこみつづけるべきじゃないかと感じたんだ。それでも当時は、どの長編小説にもアウトラインを創っていた。草稿を終えるまで、待った。ページ上のものからアウトラインを創ったし、きみもそうできる。どこのあばら骨が抜けているにしろ、再建手術をするべきだと、ぼくは知っている。2本目の尾や5本目の肢がどこにあるにしろ、**切除**するべきだろうと知っている。やがて、アウトラインの見なおしをとおして、生き物、つまり長編小説の真の姿がわかってくる。

ストーリーに必要なら、2本目の尾を残しておくときもあるだろう。

どうやって、アウトラインを厳密に見なおすか。ひとつの方法は、ストーリーや長編小説の構成を調べて、以下をおこなうことだ。

- 各シーンをリストにする（長編小説やストーリーが複数の視点をふくむなら、ぼくたちがだれの視点に立っているのかも）
- 各シーンで起きる、それぞれの行動をリストにする――〈舞台裏〉で起きることはふくめない（「フレッドはデンジャー・ダックの目にフォークを突き刺す」「フレッドが気絶する」「デンジャー・ダックが逃げる」「フレッドのペットのカピバラが警察を呼ぶ」）
- 各シーンの要約で、伝達ずみの必要事項をリストにする
- リストに基づいて、以下の問いを考える
  - ≫ 行動に結果があるか？（もしデンジャー・ダックが石を投げるなら、石は窓を割るのか。それとも、ぼくたちは気づかないのか）
  - ≫ どの行動についても、正しい因果関係がページ上に示されているか？
  - ≫ 必要な行動はすべてページ上で脚色されて、シーン内にあるか？
  - ≫ シーンに不要な、除外したり、ストーリーや長編小説のほかの部分にふくめたりするべき行動があるか？
  - ≫ 起こせるのに起きていないのは、どんな行動か？
  - ≫ あげたい効果にとって最適なところで、シーンをはじめたり終えたりしているか？
  - ≫ シーンとシーンのあいだに、正しい因果関係があるか？（言いかえれば、きみの進行は正しいか。たとえば、フラッシュバックのシーンが間違ったところにあるかもしれないし、3週間跳びこして、物語のすき間を広

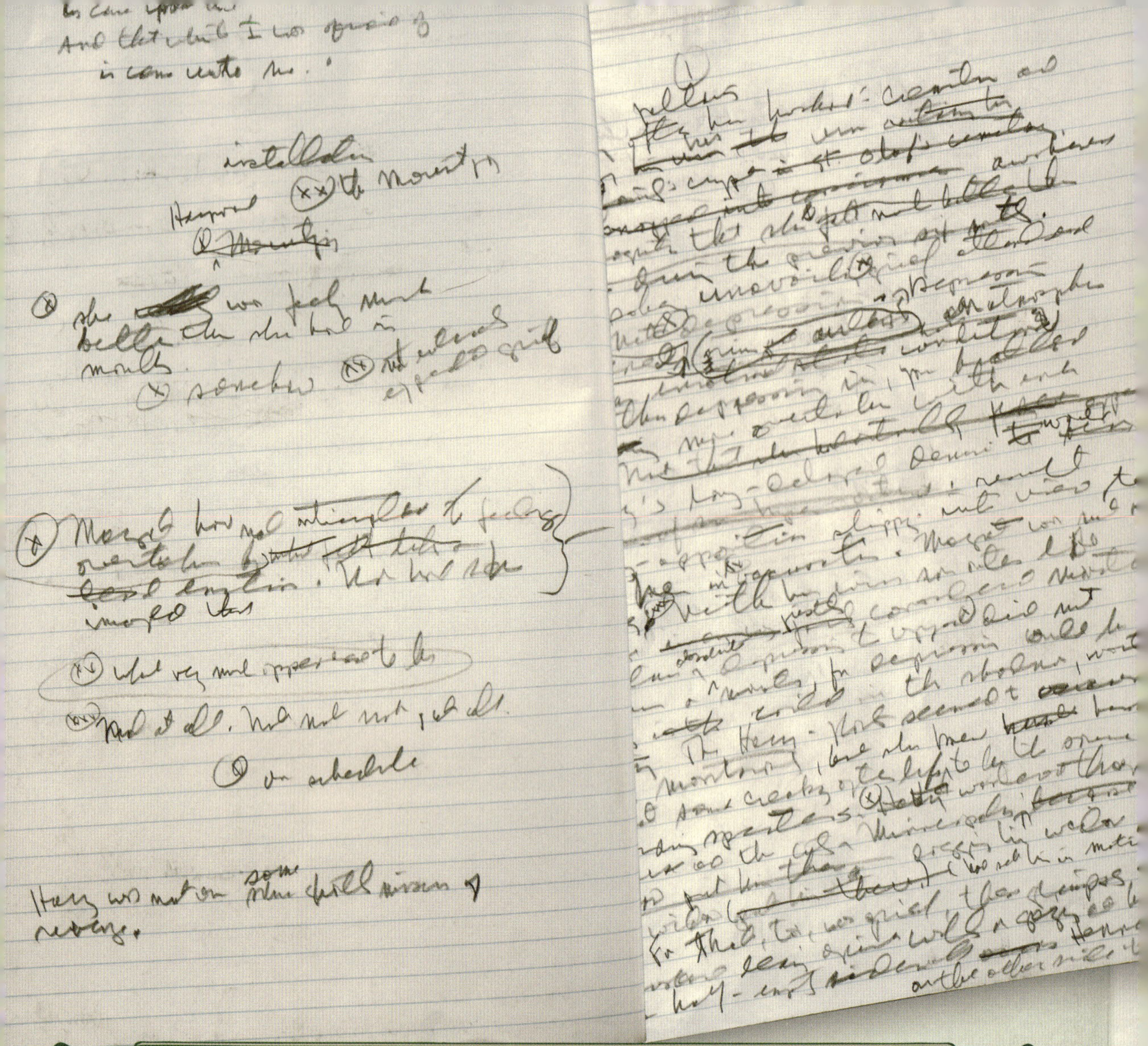

ピーター・ストラウブに注目

ストラウブはたぶん、彼と同世代の超自然的フィクション作家のなかで、もっとも影響力がある。彼の作品は修辞を壊し、安易なジャンルわけを拒む。アンソロジーの編集者、『コンジャンクションズ｜*Conjunctions*』誌の編集委員会メンバーとしても、きわめて影響力が強い。ここに載せたページは「なんらかの炎｜*Some Kind of Fire*」という仮タイトルで進行中の長編小説のものだ。

「以前は、初稿をすべて手書きした。そうすることで、素材がとても近いものに感じられる気がしたから。ブラム＆ピース製の、罫線とページ数がある大きなノートが好きだ。いまはコンピューターでも書くが、ノートは〈わが家〉のような感じがする。むろん、コンピューターには早さという利点がある。きみがコンピューターで執筆をはじめるなら、タイプしなおす手間を省ける。ぼくは通常ノートに書きはじめ、100ページぐらい進めてから、タイプして清書するかタイピストに口述でタイプさせるかして、その新しい原稿をコンピューターで書きはじめる。ノートでは右のページに書き、そのページと左の空白ページの両方を使って見なおす。左のページはいつも、元の段落に加えるべき文言のために使われる。×と××のマークは、手なおしされた文章が入る場所を示す。改稿でできるところまで進めたら、タイプしてきれいな原稿にして……すぐにまた、夢中で改稿する。火薬が詰まったページは、しばしば配線図に変わる。その後むろん、新たな変更をコンピューターに入力し、全プロセスをはじめからやりなおす。どのページも4、5回は、ページによっては10回か12回改稿する」。

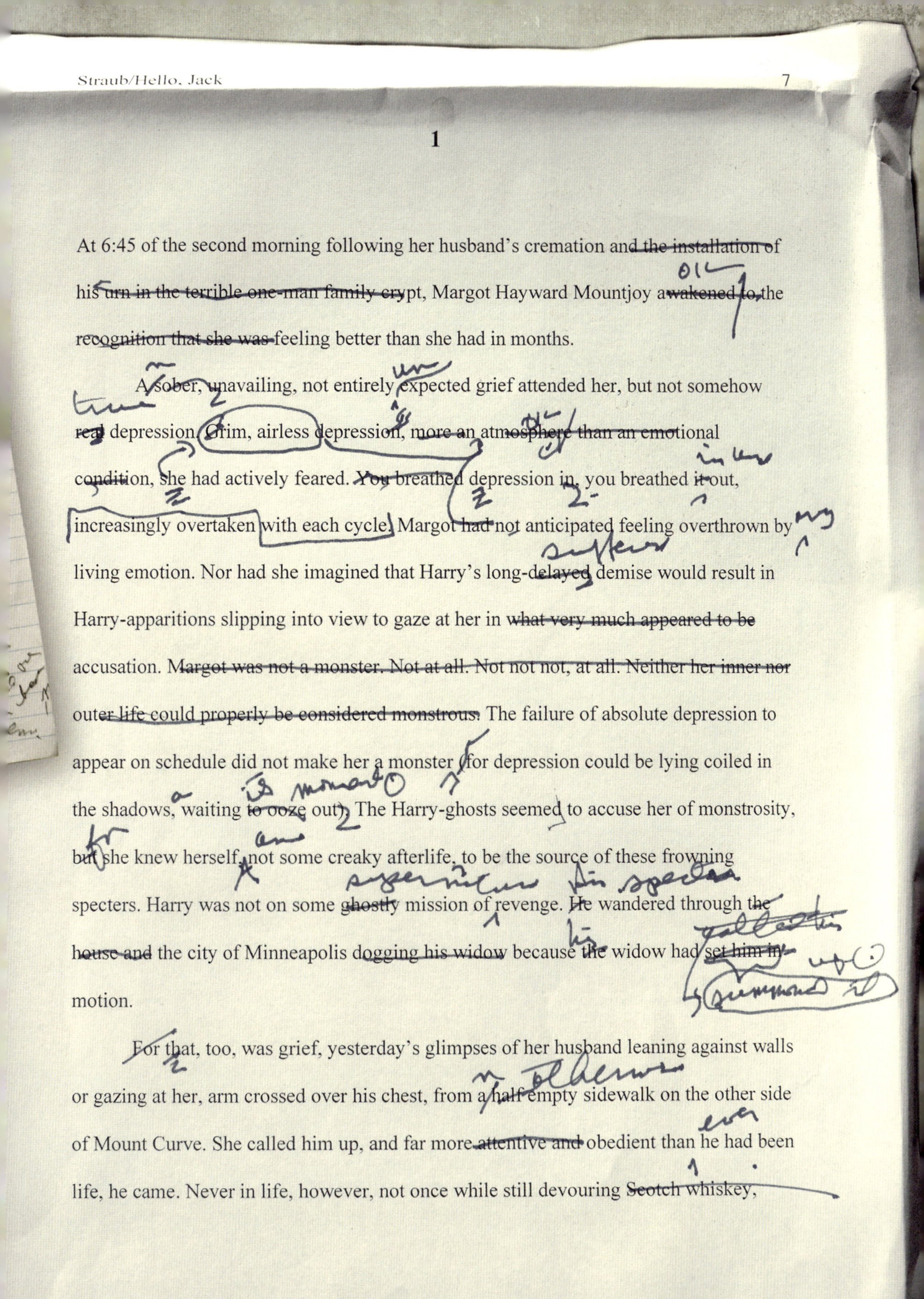

1

At 6:45 of the second morning following her husband's cremation and the installation of his urn in the terrible one-man family crypt, Margot Hayward Mountjoy awakened to the recognition that she was feeling better than she had in months.

A sober, unavailing, not entirely expected grief attended her, but not somehow real depression. Grim, airless depression, more an atmosphere than an emotional condition, she had actively feared. You breathed depression in, you breathed it out, increasingly overtaken with each cycle. Margot had not anticipated feeling overthrown by living emotion. Nor had she imagined that Harry's long-delayed demise would result in Harry-apparitions slipping into view to gaze at her in what very much appeared to be accusation. Margot was not a monster. Not at all. Not not not, at all. Neither her inner nor outer life could properly be considered monstrous. The failure of absolute depression to appear on schedule did not make her a monster (for depression could be lying coiled in the shadows, waiting to ooze out). The Harry-ghosts seemed to accuse her of monstrosity, but she knew herself, not some creaky afterlife, to be the source of these frowning specters. Harry was not on some ghostly mission of revenge. He wandered through the house and the city of Minneapolis dogging his widow because the widow had set him in motion.

For that, too, was grief, yesterday's glimpses of her husband leaning against walls or gazing at her, arm crossed over his chest, from a half empty sidewalk on the other side of Mount Curve. She called him up, and far more attentive and obedient than he had been life, he came. Never in life, however, not once while still devouring Scotch whiskey,

カイル・キャシディが撮影したストラウブの草稿のページ

ライティング・チャレンジ：ゆるやかに変容していく

徹底的な改稿は、ときとして、既存のコンテキストから文章をもぎ取ることを求める。うまくすれば、これらの改稿は、より変容めいたものになる。J・J・グランヴィルの作品を基にした、このイヴィツァ・ステヴァノヴィッチのイラストが楽しげに示すように。実行不可能だとして退けたストーリーを戻し、いまも気に入っている部分をそこから選びなさい。現在のコンテキストから遠く離れた、変容のゴールを定める。たとえば、死んだようなストーリーにあって期待できそうなキャラクターや設定描写の段落を、いくつか持っているでしょう。これらの段落を取りまく、まったく新しいプロットや構成やキャラクターたちを思い描き、新しいコンテキストに向けて改稿をなさい。一気になしとげようとせず、徐々に、せめて3つの改稿セッションをとおして。各セッションが、変容の一端を試みていなければならない。あなたは改稿プロセスを学ぶだけでなく、ストーリーの古いバージョンを復活させるかもしれない。たとえ、以前とは似ても似つかないものであっても。

げすぎたと気づくかもしれない）

≫ 不要なシーンがあるか？（もし何も起きないシーンがあるなら、キャラクターや物語にとって必要な「何も起きない」か）

こういうテストをする一番シンプルな目的は？　ストーリーの表面に混乱（わかりにくくて、読者がスムーズに読めないところ）があるかどうかを、見きわめるためだ。ぼくは一度ならず、行動やシーンのあいだの憶測なり飛躍なりをしたけど、このテストのあとでは弁明できなかった。正しそうに見えても改善の余地がある要素を高めるチャンスも見つけた。

このプロセスの効果は語ろうとしているストーリーのタイプしだいだけど、シュールな夢物語でさえ、なんらかの論理はいる——たぶん、従来のアプローチよりも厳格な論理が。このテストが、きみの改稿プロセス全体において、あらゆる有益な情報を掘りおこすはずだ。

ステップ2：キャラクターの調査

とはいえ、構成のテストには限界がある。キャラクター描写は、ある程度プロットだから、キャラクターたちの相互作用も調べなくてはいけない。そのためには、以下をおこなう。

- 1枚の紙に、キャラクターたちの名前を円形に書く。
- なんらかの関係があるキャラクター同士を、線で結ぶ。
- 線で結んだキャラクターの関係を書く（「母／息子」「友人」とか）。
- ほかのキャラクターとあまり関係がなさそうなキャラクターをよく見て、

それがストーリーの弱みではなく強みかをたしかめる。意図しないキャラクターの関係があるか、その関係が物語をどう変えそうかを考える。

- キャラクター関係図といっしょに、行動別のシーンのリストをもう一度見る。
- キャラクターの相互作用を調べる。次の問いを考えよう。
  - ≫なぜXはこんな行動、または反応をするか？　ほかの反応のしかたはないか？　反応を変えると、残りの物語にどう影響するか？
  - ≫Xが失敗すると、その失敗はどんな結果を生むか？
  - ≫知らないひと同士が、もし知りあいだったなら、何が起きるか？（たとえば、ストーリーがはじまるまえに、ヒーローが悪役を知っていたら？2人にはどんな過去があるのか。物語にどう影響するか）
  - ≫2人（か3人以上）のキャラクターのあいだに、きみが考慮しなかった過去があるか？　それはこのシーンで、キャラクターを行動や発言に駆りたてるか？
- 視点人物ではないキャラクター全員の視点から、ストーリーの要約を書く。彼らはストーリーの出来事をどう思っているか？　彼らの意見は、視点人物（たち）の意見とどう違うか？　また、主要キャラクター（たち）をどう見ているか？

こういうテストが深みや重なり、つながりを創るためだけでなく、ものごとをキャラクターにとって簡単または単純にしすぎていないかを知るためにも、役立つとわかるだろう。

あるワークショップで、ぼくはこのテストを、主人公が敵の要求にしぶしぶしたがうシーンについて使った。書き手に訊いた。「もしXがYに、イエスじゃなくノーと言ったら、どうなる？　いずれにしても、Xの性格に合ってないんじゃないかな。ストーリーはどう変わると思う？」。書き手はXがノーと言う可能性を考えなかったとわかったけど、「ノー」はたちまち、のろのろ進行のシーンをもっとサブテキストとドラマティックな可能性がある、まったく違うシーンに変えた。最初の「イエス」は、書き手のワンパターンな次の、そのまた次のシーンへの進めかたにすぎなかった。

ぼくは2つ目の質問をした。「このシーンまでXはYを知らなかったと、断言できるかい？」。この可能性も書き手が思いつかなかったものだけど、XとYのあいだの過去を創ることは、キャラクターが発展するチャンスをますます広げた。残りのストーリーも、根本から変えた。このテストの結果、Xの愛人とYにつながりがあると書き手は気づき、緊張感がほとんどないA対Bの単純なストーリーが、いきなり立体感を持った。

ステップ3：段落レベルでの編集

段落レベルでの編集への機械的なアプローチを、特にスタート時に用いることは、すばらしいテクニック改善法になる。きみの声とスタイルが、テクニック不足による妨げなしに、ページ上に現れだすんだ。ぼくはキャリアの初期に、自分がちょっと凝ったスタイルを持っていること、対話の決まり文句を使いすぎてい

グランヴィルのキャラクター・サークル
「グランヴィル社の幽霊」

質問：ストーリーのタイプ

—きみのストーリーが、グランヴィル社に隠された謎にまつわるものなら
　キャラクターの関係において、何が欠けているか？　大切なものは何か？
—きみのストーリーが、グランヴィル社で働くひとりの人間にまつわるものなら
　背景にあるのはどんな情報で、前景にあるべきものは何か？
—キャラクターの状況や関係と、より広い世界との対立のどこに、明確な現行のドラマがあるか？

質問：キャラクターたち

—ストーリーを損なわずに、削除できるキャラクターはいるか？　あるいは、合併できるキャラクターは？
—キャラクターは、もっとほかのキャラクターとかかわるべきか？
　いまの草稿だと知りあいではないキャラクターを、友達にするべきか？
—キャラクター間のどんな不和が、きみのストーリーにふさわしいか？
—敵意が弱まったり強まったりしたら、何が起きるか？　そして、キャラクターの過去にどう影響するか？

これも考えてみよう

不在のキャラクター

グランヴィル社の創業者イザベル・スノークが５年まえに謎の失踪をとげていたとしても、スノークの影響は、いまも特定のやりかたであらわれるか？

サポート・キャラクター

サポート・キャラクターは、主要キャラクターのサークルにどう影響するか？　主要キャラクターにはない情報や力を持っているか？

故人

メアリー・スーの父の思い出は、彼女の日常と行動、あるいは、思考にどう影響するか？

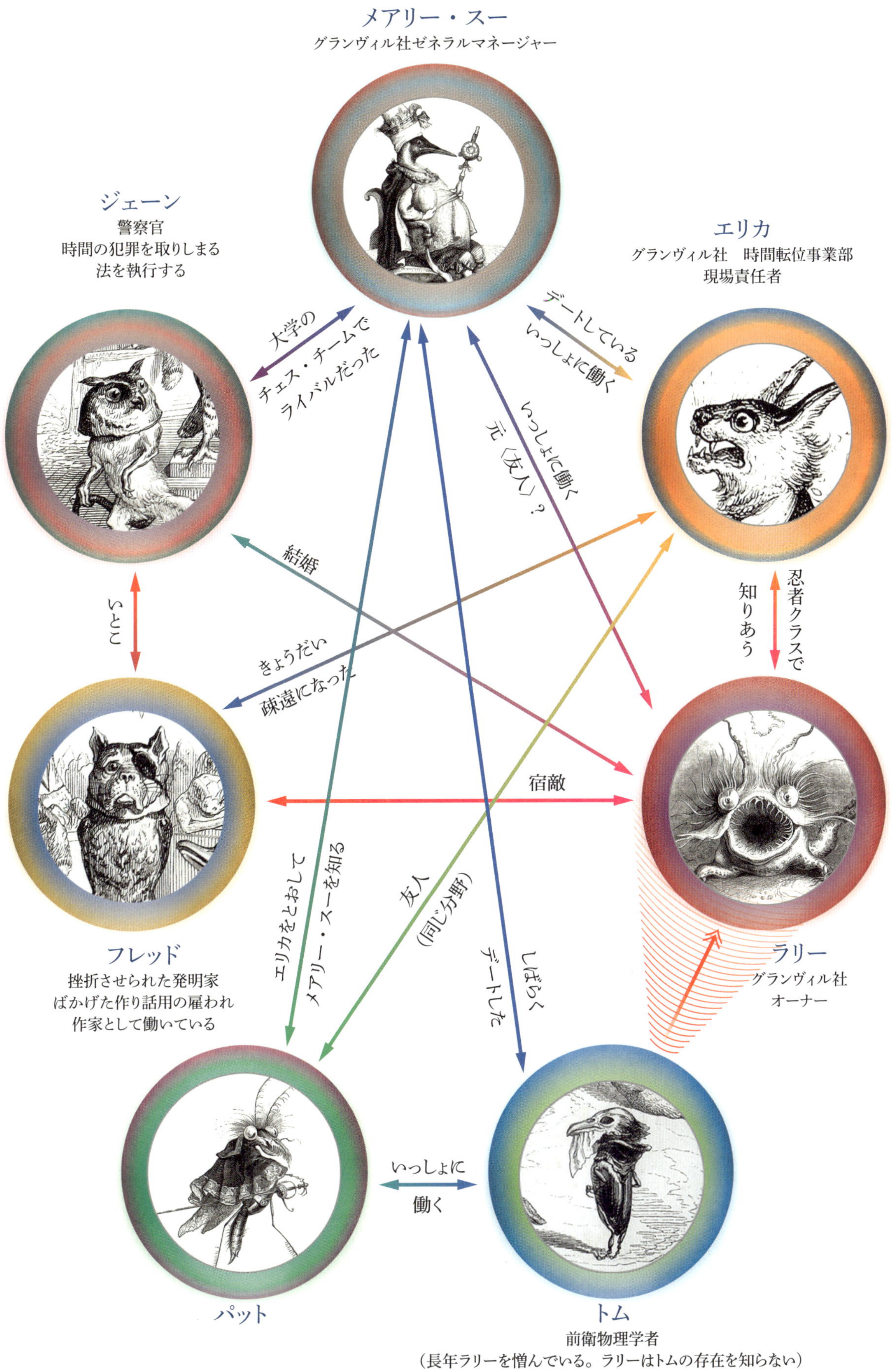
メアリー・スー
グランヴィル社ゼネラルマネージャー
ジェーン
警察官
時間の犯罪を取りしまる
法を執行する
エリカ
グランヴィル社　時間転位事業部
現場責任者
大学の
チェス・チームで
ライバルだった
デートしている
いっしょに働く
いっしょに働く
元〈友人〉？
結婚
いとこ
忍者クラスで
知りあう
きょうだい
疎遠になった
宿敵
フレッド
挫折させられた発明家
ばかげた作り話用の雇われ
作家として働いている
エリカをとおして
メアリー・スーを知る
友人
（同じ分野）
しばらく
デートした
ラリー
グランヴィル社
オーナー
いっしょに
働く
パット
トム
前衛物理学者
（長年ラリーを憎んでいる。ラリーはトムの存在を知らない）

ることに気づいた。そこで、色の違うペンで、ストーリー内のすべての形容詞と副詞、「興奮して言った」を丸で囲んだ。それから、たくさんの不要な描写と決まり文句を減らすための改稿をした。やがて、これらの不要な言葉を草稿からカットする機械的なプロセスのおかげで、はじめからあまり使わなくなったと気づき、ついには丸で囲むのをやめた。たしかな言葉選びをしているかテストするために、文章内の動詞、名詞、代名詞にも同じことをした。問題を切りはなして取りくむために、対話や解説を抜きだすときもある。レヴ・グロスマンが、この章のエッセイで述べているように。プロセスのあいだ、ぼくはそれぞれの段落と文章を厳しく調べ、次のような問いをする。

- もっとよい、あるいは面白いやりかたで、この文章を表現できないか？
- この文章は見栄を張っていないか？　もっと率直に表現するべきじゃないか？
- ぼくが使ったのは、明確なディテールか一般論か？（後者なら、明確にしない理由があるか）
- この文章は、本当は2つの文章にするべきじゃないか？
- この段階をカットしたら、何が失われるか？
- この描写の段落は、本当はもっと前に持ってきて、短くするべきじゃないか？

このプロセスは人為的すぎるように、それとも、単純化しすぎるように見えるかな。これは改稿プロセスの単なる一例だろうけど、機械的がいいときもあるんだ。ひらめきを生みだす重責を、改稿のあいだ軽くしてくれるから。このプロセスはひらめきを活性化して、新鮮な目でストーリーを見るのを助けてくれる。

きみのプロセス：肝に銘じておくこと

そろそろきみは、厳しい改稿ルールを用いる正しさをぼくが信じていると、思っているかもしれない。リラックスして進路を見つけられるよう、潜在意識はときどき、組織的に働いている意識を求めるんだ。

改稿はつらい反復作業だけど、深く本質的なレベルで、言語と物語について教えてくれる。また、作家ごとにバラバラな、最適の環境も求める。改稿の一般的な考えかたには、たしかに正しいものもある。原稿から距離を置いて読まなくてはならず、たいてい、草稿を仕上げたあと2週間引きだしに入れておくことで完成する。フォントや余白を変えるべきかもしれないし、短編小説なら、友達に読んでもらうべきかもしれない。すべては、書いたものを新鮮な目で見るためだ。

もうひとつ、役に立つ知恵がある。編集のレベルをわけるほうが、普通はうまくいく。段落レベルでの編集は、章レベルでの編集とはまったく異なる作業だ。問題の見きわめとは違う段階——解決策を見きわめる段階なんだ。たとえば、以下のように。

WEB
ほかの作家たちの弱点
OTHER WRITERS' WEAKNESSES

- まず、最大の問題とみなすものに注目するかもしれない。その解決が、残

改稿にまつわる考察
レヴ・グロスマン

レヴ・グロスマンは『ニューヨーク・タイムズ』紙のベストセラー『マジシャンズ｜*The Magicians*』『マジシャン・キング｜*The Magician King*』の著者。『タイム』誌の上級書評家でもある。

フィクションを執筆している20年で、あとから書きなおさなくていい、かなり長い一節を書いたのは一度きりだと思う。そこには、ガチョウになって南極大陸に飛んでいくキャラクターがふくまれていた。およそ1,000語で、いまでもぼくが書いたなかで最高の、そして、どうやって書いたのか永遠にわからないだろう一節だ。なんてことない日だった。コーヒーショップで書いていた。ソファにすわっていた。外は暑かった。その日についてひとつ確実なのは、知覚を持つガチョウの長編小説を書きはじめたのでなければ、ほぼ間違いなく思いださない日だということだ。ぼくが初稿を書くと、それは必ずと言っていいほど、ゴミだ。

作家の最初の、そして一番楽じゃないタスクのひとつが許すことだ。ゴミみたいな初稿を書く自分を許さなくてはいけない。どんな赦免の儀式をおこなってでも、どんな無慈悲な神に祈ってでも。いったん許せば、書くという重大な作業をはじめられるが、それは執筆ではない。改稿だ。

実のところ、ぼくは自分がへたな初稿を書くことを許すだけでなく、予期している。これは、ぼくの基本想定だ。未来のぼくが初稿を捨てるにせよ、自分の忍耐を称えるにせよ、たくさんのとんでもないミスをあとで訂正すると確信したうえで書く。いずれにしても、現在のぼくが心配することじゃない。真っ白なページを埋めるのは、それだけでじゅうぶん大変だ。きみの期待がとても低いなら、助かる。

低く保ちつづけてくれるなら、もっと助かる、せめてしばらくは。改稿を学ぶとは、いつ改稿すべきではないかを知ることでもある。新しい原稿を書いていると、立ちどまり、すぐ引きかえすよう、原稿がそそのかしてくる。前のページがまだキラキラしていて新鮮で、最初のインスピレーションの魔法が解けないうちに。そうするなと言っているわけじゃなく、ただ気をつけてほしいんだ。それは（a）時間のむだ（b）有用性はかぎられている。執筆の第1ラウンドでの任務は、草稿の完成だ。前進の勢いを保ち、泥沼にはまらない。ひとが読むとおりに書く、素早く、流れるように。こう考えるといい。きみはジェットスキーに乗っていて、スピードを落とせばサメが出没する冷たい海に沈むから、その上をかすめて進もうとする。ゴミみたいな初稿より悪いものはただひとつ、完成しない初稿だ。

実際、長く待つほど、改稿はうまくいく。改稿の効果を数値であらわせるなら、有用性と初稿執筆からの時間が正比例すると立証する方程式を作れる。つまり、改稿に関するかぎり、先延ばしは味方だ。ぼくの3作目の長編小説『マジシャンズ』（ガチョウが出てくる）の出版は土壇場になって、法的な問題で6か月先延ばしされた。エージェントが、ぼくにそれを伝えた。編集者も伝えた。編集者の上司も。延期になって2か月、ぼくはその本を読みなおした。ひどい代物だった。

6か月のあいだに何もかも書きなおした、2回。あのまま印刷されていたらどうなっていたかと思うと、ゾッとする。かつて、ゼイディー・スミスが記した。「自分の長編小説の編集にぴったりな精神状態になれるのは、出版の2年後だ。文学フェスティバルでステージに上がる10分まえ」。とても悲しい、けど正しい。

教訓は、草稿からできるだけ遠く長く、きみと草稿が赤の他人同士になるまで、離れていることだ。目的は、第三者のように、何も知らず、作品の理解にも好き嫌いにさえ興味がないひとのように戻ってくること。作品に驚けるひとのように。そのためには、長い時間を置くにかぎる。

もちろん、違うやりかたもある。フォントを変えるんだ。コンピューターで書いているなら、原稿を印刷できる。紙に書いているなら、コンピューターに入力できる。どちらにせよ、改稿中は、作家ではなく読者の立場にいたい。おかしなもので、すぐれた散文とは、ほとんどだれも書けないのに、ほとんどだれでも読めばそうと認識できる。作品のために使いたいのは、生まれつき恐ろしく的確な、だれもが持つ読者の本能だ。弱々しくて頼りない作家の本能ではなく。

さて、草稿との初再会は、意識調査の瞬間であり、許しが求められる。B級レストランの残飯のように冷たく固まった言葉に戻るなんて、ちっとも楽しくない。なぜなら、まだ心のどこかに最初のインスピレーションを、執筆を強いたヴィジョンを、粗野で過激で陽気で美しくてスリリングで新しい何かのヴィジョンを持っているから。きみの初稿は、そういうものにならなさそうだ。そういうものじゃないかもしれない――いまのところ。真っ白なページとのファーストコンタクトから生還できるインスピレーションはなく、どれほど深く自分のヴィジョンを裏切ったか、そのとき思い知るんだ。理想と現実は、決してかけ離れていないだろうに。

でもこれは、作家と作家志望者をわける瞬間でもある。ここでかなり人数が減るのは、失望と絶望を見誤るからだ。きみはそれを受けいれ、真の意味を認めなくちゃいけない。つまり、最初のインスピレーションの精神はまだ生きていると。心の裏側のどこかで、がれきの下に閉じこめられているけど無事だ。バイタルサインも問題ない。きみは掘りだすだけでいい。

ぼくは改稿をいくつかの工程にわける傾向があり、そのたびに違うものを取りのぞく。身体感覚を働かせてランニングの記録をとるのと同じくらい、シンプルなときもある。英語は見えるもの、聞こえるものを述べるのに適したツールで、その結果、きみのキャラクターはいともたやすく、感覚器を目と耳しか持っていないかのように扱われる。ぼくは改稿の全工程をつぎこんで、ほかの感覚をちゃんと使っているかをたしかめる。手ざわり、味、熱さ、冷たさ、痛み、におい。どんなにおいがするか、ストーリーのどのシーンについても知っていると、たしかめたいんだ。

たまに、未決定なもののために文章を取りのぞく。季節はいつ？　いま何年？　みんなの年齢、人種、宗教、性的指向、名字は？　大学はどこへ？　両親はどんなひと？　見てごらん、きみのキャラクターたちが暮らす宇宙は、きみがそれらを決めるまで退屈で月並みだ。もし決めないなら、読者にはそれもお見通しだ。優柔不断を嗅ぎとられる。脇役ですら決定を求める。脇役の個性は、主要キャラクターのそれと同じくらい重要だ。たとえ、最終的なストーリーには、ほんの1、2行しか出てこなくても。

しばしば――しょっちゅう、ペースのために取りのぞく。長編小説の執筆を並はずれてむずかしくするのが、書きかたと読みかたの歴然たるスピードの差だ。読者は読むのが速い、信じられないぐらい速い。一気に10,000語むさぼる。作家は書くのが遅く――ぼくたちのほとんどが、せいぜい週10,000語だ。きみがインクまみれで、どうなるか見るためだけにセミコロンや語順をいじくり、同義語をあれこれ入れかえるあいだも、忘れてはいけない。きみが30分費やした文章を、読者は約3秒で走りぬける。

だから読者は、きみが気づかない、きみの本にまつわるものに気づく。読者は文章を見るけど、同じように、その文章がある段落の構成と章のペースも、本全体の形も見る。きみが6か月見なかった古い章は？　読者の頭のなかでは新しい。読者は、その章ときみがいま取りくんでいる章との多くのつながりを、きみが掌握しているべきつながりを作っている。経験則にすぎないけど、改稿中もっとも大変なのは、長編小説という複雑なシステム全体を頭のなかだけで、同時にひとつの文章に集中しながら、考えることだ。厄介だ。でも、やらなくちゃいけない。きみの読者たちはそうするだろうから。

できない日もある。だけど、ぼくたちは作家であって、そう、ミュージシャンじゃない。だれも見てやしない。休んでも、次の日に再開して、直せばいいだけだ。だれにもわからない。

はじめての長編小説（全体的に見れば3作目だけど、だれも数えてない）を書きあげたときは本当に誇らしく、そして、第1章がすべて間違いだと気づいた。作家として見たときは、申し分ない、じゅうぶんよいと思ったけど、読者として挑むたびに、はじき返された。ぼくが読めないなら、いったいだれが読めるというのか。だから、執筆と改稿に、文字どおり人生の数か月を費やしていたけど、すべて選択してDeleteキーをたたき、真っ白なページからやりなおした。結局、長編小説のはじめの一文は、順番でいえば、最後に書いたものだった。

［ウィリアム・］フォークナーは、気のきいたことを言った。「同時代のひとや過去のひとに優ることに煩わされるな。己に優るよう努めよ」。これが改稿のすべてだ、己に優ること。きみは挑戦をやめられない。へたな散文を書く自分を許すことを学んだからには、ほかのひとたちが許してくれないことも学ばなくてはいけない。著者は慈悲深くなれる、でも読者は？　完璧なろくでなしだ。血を求めている。失望させようものなら、読者たちは決して、断じて、きみを許さないだろう。

りの物語に多大な影響をおよぼすから。

- 問題があるシーンを改稿するあいだ、1行を編集するための改稿をあとまわしにするかもしれない。
- ひとりのキャラクターやひとつのサブプロットの流れに沿って編集し、ストーリーの要素におよぼす影響をたしかめるかもしれない。
- ストーリーのオープニングに、編集の時間のほとんどを費やすかもしれない。書いていることのおよそ3分の1を見出したにすぎず、残りの草稿が扱いづらいから。
- まず、エンディングに集中するかもしれない。それまでの草稿では、エンディングにたどり着くまえに疲れ果てていたから。

無計画だと、ひどい混乱のなかで迷子になるリスクがあり、きみの原稿は、改稿（ペンを使ってであれ、コンピューターの改稿手順をとおしてであれ）後には似たようなものになるかもしれない。

もっと一般的じゃない考えかたとは？　改稿はコンピューターでするべき作業じゃない。喋るペンギンもぼくも、信仰と言っていいぐらいの激しさで、そう信じている。言葉の重みを理解するために、原稿はプリントアウトで身体的に修正するべきだと、ぼくは信じているんだ。スクリーン上で読むと、フィクションに合格を与えるのが簡単になりすぎる。インターネットに気を取られるのも。ぼくにとって、きめ細かい編集の理想的なやりかたは、邪魔が入らないコーヒーショップや自然公園にプリントアウトを持っていって、文章に没頭することだ。

でも、きみのアプローチがどういうものだろうと、改稿は真剣にしなくちゃいけない。ヨハンナ・シニサロは「文章の新鮮さを失う」ことがないよう、ストーリーを決して2回以上書きなおさないという記事を発表した同輩について、好んで語る。シニサロの経験上、「ストーリーの『新鮮さ』という幻は、まじめな編集の結果であって——文学的な決まり文句、使い古されたメタファー、あまりに見え透いた解決、だらだらしたスタイルは、まさに初稿のミスです……わたしに言わせれば、慎重な読みなおしと多くの書きなおしが、美しく流れ、新鮮で独創的だと思える文章を生みだすカギなんです」。

イアン・R. マクラウドが記すとおり、「どの年齢の作家志望者たちも、そのプロセスがいかに乱雑で破壊的であるべきか気づかないらしく、大局を見ているべきときに細かい編集にとらわれている」。

うまくすれば、書くものを捨てないことも学ぶだろう。それまでの草稿がまったく違う文章をふくむなら、削除しちゃいけない。そして、うまくいっていないからと退けたストーリーを、絶対に捨ててはいけない。ガラクタや漂流物、シーン、描写、キャラクターが、別のストーリーで役立つ可能性がどれほどあるか、きみには見当もつかないだろう。仮に「ジャックとひどく感傷的な関係」なる作品があったとして、そのお涙ちょうだいのラブ・シーンが、数十年後「ジルと間違いの喜劇」とかいう作品で、みごとによみがえるかもしれない。ひとつのフレーズ、対話のかけら——いつ必要になるか、決してわからないんだよ。

このアドバイスを使うにせよ、ほかの方法を見つけるにせよ、とにかくゴールは同じであるべきだ。いまのストーリーや長編小説を改善するだけでなく、反復をとおして、次のストーリーをはじめからよりよくするものを学び、内在化すること。このよりよくするプロセスは精密科学じゃない。もっと、一進一退みたいなものだ。2歩前に進み、1歩横に跳び、1歩うしろに戻り、目をまわし、新事実のダンスをぐるぐる踊り……また横に1歩。でも、改稿はきみという作家をより理解するプロセスでもあるから、だんだん楽になっていく部分もあるはずだ。理解と共に、はっきり見きわめる能力がもたらされる。

最初の読者を選ぶ

みんなではないにしろ、ほとんどの作家の改稿プロセスに、少なくともあとワンステップあるのは、作家グループや信頼できる最初の読者たちに草稿を読ませるからだ。だから、きみの改稿は、だれかの意見をふくむかもしれない。第3章（本書P.118）のイラストの「的はずれな批評の森」がほのめかすように、作品を読むべきひとを正しく選ぶことは、とても重要だ。ぼくの経験に基づいて、憶えておくべきポイントをあげておこう。

WEB
行レベルでの編集にまつわる長編小説の抜粋サンプル
SAMPLE NOVEL EXCERPT WITH LINE-EDITS

- **多様性**。真のジェンダーと多文化の多様性だ。このインターネット時代においては、できれば他国の読者たちもふくめて。要点かい？　ぼくたちみんなに類似点があり、文学の影響に地理的境界はないけど、多文化で国際的な読者たちは、フィクションと人生について違う考え、きみの原稿の要素を揺さぶる考えを示すかもしれない。女性キャラクターを書いている男性作家にもあてはまるし、逆もそうだ。でも、ぼくは次のひともふくむ。(1)

きみが書いているジャンルだけでなく、どんなジャンルのフィクションも好きな読者。(2) 作家ではない読者。(3) 作家として、さまざまなレベルの経験を持つ読者。きみの読者は一般大衆であって、作家だけじゃないだろうから、作家ではないひとがいなくてはだめだ。彼らは、きみが書いたものに違う見解を持つかもしれない。きみの作品を読んだ経験が、きみより少ない仲間と作家しかいないのも要注意だ。もっと経験豊かな読者を探さなくてはいけない。きみがテニス選手なら、上達のために、より強いひとと試合をするべきだろう。作品を批評するひとも同じだ。

- **かぎられた人数**。ひとつのストーリーに、異なる20の見解はいらない。きみに揺るぎない意志と自信があるならともかく、多すぎる声はたいてい、ストーリーのとらえかたがバラバラでも提案のほとんどを受けいれようとする〈妥協のストーリー〉創りに導く。およそ15人の最初の読者グループから5〜7人をうまく選べば、いろいろな意見を得るにはじゅうぶんのはずだ。ぼくの長編小説『シュリーク：アン・アフターワード』は、最初の読者が多すぎた。この長編小説には、ちょっと実験的な面があり、独特だった。リアクションを取りいれるのは無理だったけど、もう一度やりなおすとしたら、実験的なフィクションを好きなひとたちは最初の読者からはずすだろう。彼らは、ぼくが伝統的な物語への試みをすべて捨てて、完全に実験的なアプローチで取りくむことを望んだ——それは、ぼくの意図とは合わない。
- **分析と共感**。理想をいえば、望ましい読者とは、適切で分析的なコメントをするのがうまいひと、ささいなディテールにこだわらないひと、きみがやろうとしていることに共感できないひとだ。きみの作品に自分の考えを持ちこみ、見かたを押しつけようとする読者は、改稿プロセスに長くいる

『大魚を食べる小魚を大魚が食べる | *Big Fish Eat Little Fish Eat Big Fish*』モリー・クラブアップル(2012年)。ストーリーや長編小説のコメントをせがむあいだに、多すぎる最初の読者とツールを混同していないか、たしかめてくれ。きみはコメントを食べたいんであって、コメントに食べられたいわけじゃない。

動物群像：避けるべき最初の読者

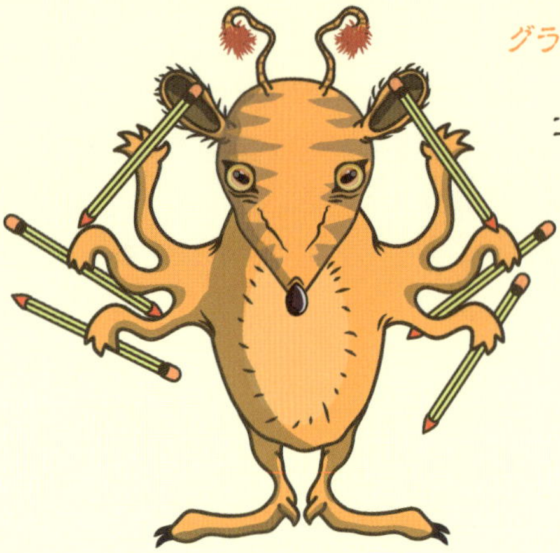

グラマー・イタチは、わずかな、取るに足りない間違いを理由にきみの文章をこきおろす。この生き物は、文法とスペルをコンピューターで自動チェックできるという事実を黙殺する。修正用の鉛筆をつねに6本携え、フィクションの主要な問題を顧みず、コンマ誤用を戦争犯罪と同等に扱う。

スマイル・フィッシュは、あらゆる不幸を、特にフィクションにおいて憎む。虚構のストーリーで犬がバナナの皮で滑って死ぬのを、神は許さない。それについて、きみは聞かされる——延々と。「楽しいものは書けないのかい？」。スマイル・フィッシュは架空の貧困、戦争、強盗に涙し、とにかくしあわせしか望まない。もしきみがしたがえば、この生き物はどんな生々しいもの、不快なものも作品から抹消する。

ミー・ミラーは、きみのフィクションをすべて、世界の体験にまつわるものとみなし、人生をよりストーリーに反映させるよう望む。実は、ミー・ミラーにとっては、きみもきみのフィクションも本当は存在していない。この生き物は読みながら自分の顔と向きあっていて、その靴ですら自己発見したがっている。ミー・ミラーはつねに主張する。「ぼくのことはいいんだ——きみの作品をよくしたいだけ」。

メランコリー・イカは、きみの散文のあらゆる要素を、陰気なゴシック・ロマンスのものとして解釈すべく、全力をつくす。「このシーンの、堕落に次ぐ堕落が好き」。黒い服を着るのを忘れずに。さもないと抗議を受ける。フィクションは死に、世界は死につつあることも忘れずに。「なぜ、きみは挑もうとするの？」。メランコリー・イカは泣いて泣いて泣く。

べきじゃない。それと、信頼できる最初の読者でも、特定の共感できないものがあるために、特定の本に向いていないときがある。実例をあげよう。ある読者のコメントを、ぼくは捨てなくてはいけなかった。彼があきらかに型どおりの結婚観を持っていて、ぼくのストーリーの型どおりではない人間関係を分析できなかったから。

- **スペシャリスト**。きみはときどき、特定の視点や経験がいりそうなストーリーや長編小説を書くだろう。その作品のために、新しい最初の読者を1、2人探しだす必要があるかもしれない。たとえば、カリン・ロワチーは、戦争とPTSDを扱った長編小説『戦いの子』を、元軍人をふくむグループに批評してもらった。この最初の読者たちの分析をとおして、『戦いの子』のアプローチがうまくいったと確認できた。「彼は納得したと言いました。(a) わたしが力をつくしたこと、そして (b) 武道を、正しくとらえたディテールだけでなく、全体的な考えかたとニュアンスによって実践したと」。
- **エゴブースターの保持を拒む**。作品をいつでも気に入る最初の読者たちは、彼らの分析がじゅうぶんではないなら特に、きみにとって有益じゃない。ただし、きみの自尊心を必ず満たしてくれるエゴブースターは別だ。エゴブースターは悪いものじゃない――ぼくだって、だれかにただ褒めてもらいたくて、原稿を送ったことがある……でも、それが特定のひとに作品を送っている理由だと、認めるんだ。
- **交代**。はじめは有益でも、ありがたみが失われていく最初の読者は、どうしてもいる。ときと共に、きみの作品に慣れ親しみすぎて、必要な距離を保てなくなり、適切な批評ができなくなってしまうからだ。何年も有益でいてくれる最初の読者を探すときは、健康を保っていてくれるかをたしかめる。そのひとにスカイダイビングだの、バンジージャンプだの、パンプローナで雄牛を追いかけるだの、してほしくないだろう？（ぼくは最初の読者2人にめぐまれている。妻アンもふくめてね）

最初の読者たちとのつながりだけでなく、ワークショップを兼ねた作家グループにも、きみは所属するかもしれない。原稿の批評もする作家グループに、ぼくはずっと相反する考えを持っている。たぶんこれからも。作家グループの社会的な面は、貴重な心の支えと、厳しく、長時間ひとりで過ごすことを強いるクリエイティブ業界での肯定を与えてくれる。でも、そういうグループは、作家が継続的に考えるべきアイディアも支持できるし、作家としての成長に害をおよぼすリスクがある。きみが執筆をはじめたばかりなら、ワークショップの選択的使用と、たまのマスタークラスは、おおいに価値がある。だけど、いつかは補助輪をはずさなくちゃいけない。たいていの長期ワークショップは、作家の個性まで消してしまいがちだし、ある種の集団思考がだんだん固まってくる。もっと悪い場合は、ワークショップの参加者がまえもって、ストーリーの粗探しを、たとえ粗がなくてもすると決めている。

学ぶのをやめるべきだと言っているわけじゃない。でも、最終的にはきみが、きみだけが、きみ独自のヴィジョンをどう表現するかを決められるんだ。

えーと……
長足の
ロンギプスは
どこかな?
おいおい
足が長いのは
ぼくらだろ

修正が必要かもしれない ストーリー・フィッシュ

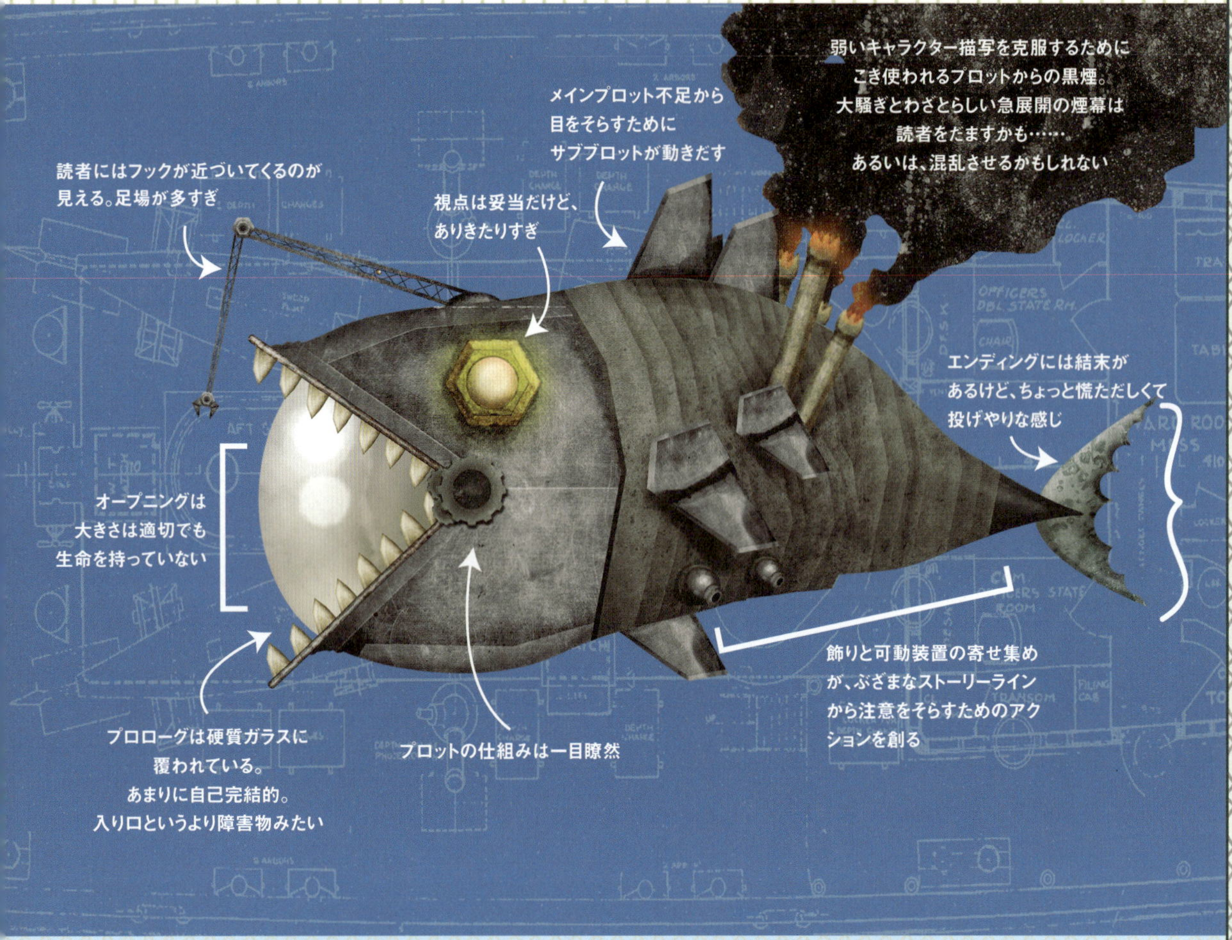

弱いキャラクター描写を克服するためにこき使われるプロットからの黒煙。大騒ぎとわざとらしい急展開の煙幕は読者をだますかも……。あるいは、混乱させるかもしれない
メインプロット不足から目をそらすためにサブプロットが動きだす
読者にはフックが近づいてくるのが見える。足場が多すぎ
視点は妥当だけど、ありきたりすぎ
エンディングには結末があるけど、ちょっと慌ただしくて投げやりな感じ
オープニングは大きさは適切でも生命を持っていない
飾りと可動装置の寄せ集めが、ぶざまなストーリーラインから注意をそらすためのアクションを創る
プロローグは硬質ガラスに覆われている。あまりに自己完結的。入り口というより障害物みたい
プロットの仕組みは一目瞭然

種：メカ・フィッシュ

- 機械的なアプローチのせいで、著者の意図があからさまになりすぎて、読者をストーリーから追いだす。
- 読者は、楽しんでいるというより、あやつられていると感じる。
- キャラクター描写が、段取りのために薄められる傾向がある。モチベーションは弱く、キャラクターは主に、プロットを進めるために行動したり、主人公のためにものごとを容易にしたりする。
- 長編小説後半のシーンが、慌ただしさやあいまいさを感じさせるかもしれない。想像力の欠如、あるいは読者のキャラクターへの無関心のせいで、単調になる。
- ストーリー内部に隠れているべきパーツが外部にあり、装置全体がデザインの不備に苦しむ。ストーリーには、単純作業や前進もひと苦労だ。

ひねくれデビル
実験的なフィクションを書いてるなら
あべこべは必勝法かもな

ひねくれデビル
機械的なプロセスが
機械的な結果につながるなんて思うなよ

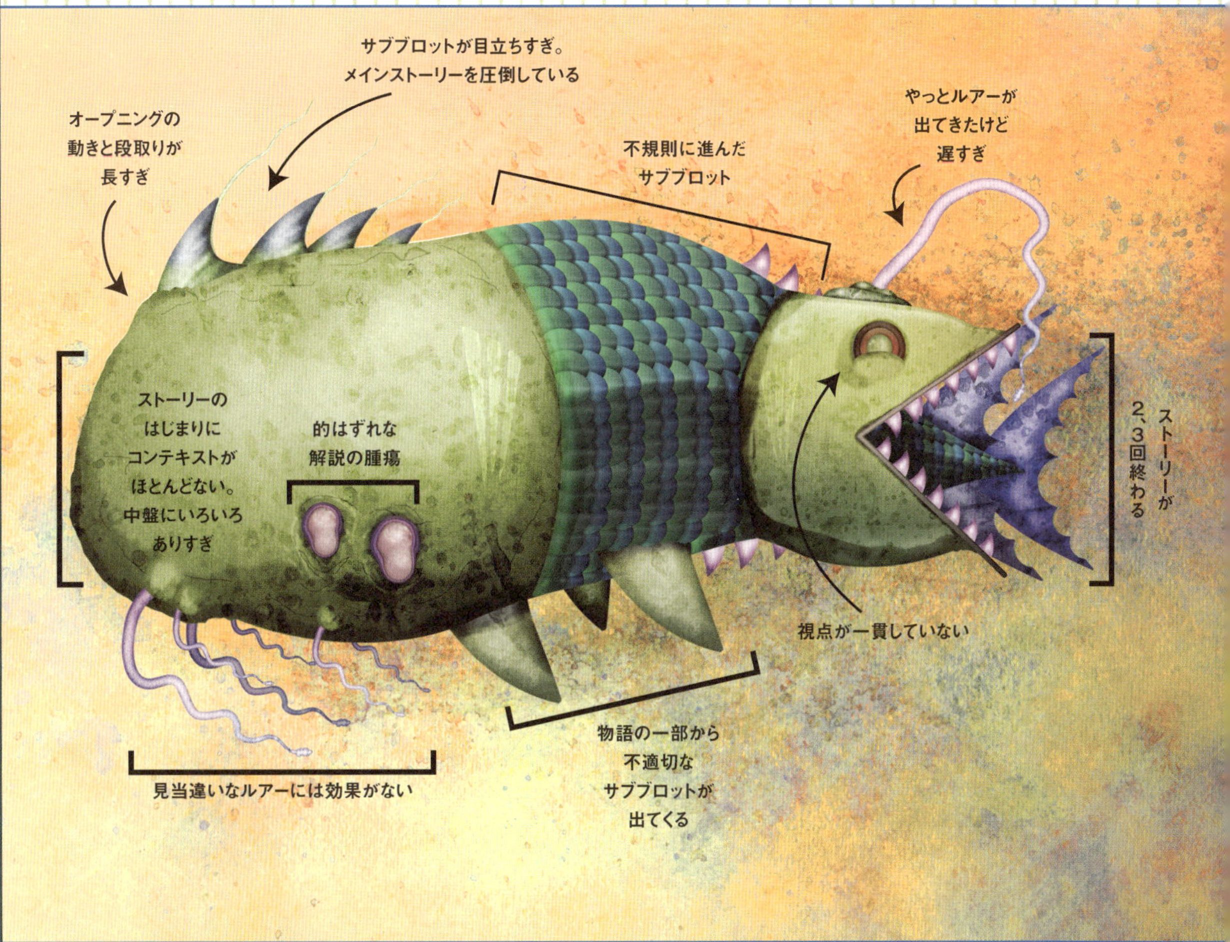

種：あべこべ魚

- 間違った方向に泳ぎ、どこへ向かっているかがわからない。
- ストーリーのオープニングが、はっきりした焦点や要点を与えない。
- ストーリーの要素が調和せず、たがいのバランスにおいて適切な長さではない。
- 全体的な構成とその結果が、読者を楽しませない。
- 視点が一貫していないので、読者が主人公に近づくときもあれば、遠ざかるときもある。
- ストーリーの終わりまでに、無関係な情報とサブプロットが、ストーリー・フィッシュに押しこまれる。

注意：マーティン・エイミス『時の矢―あるいは罪の性質』のように、エンディングではじまり、オープニングで終わる長編小説もある。これは、うっかりあべこべになるのとは違う。

フィードバックを取りいれる

最初の読者やワークショップの仲間からもらったコメントを、どう扱うか。きみの声とスタイルがまだ発展途上ならなおさら、組織的なやりかたでコメントを処理するようにしてほしい。なぜか？　コメントを最大限に活かすため、有益な情報を失わずに無関係、あるいは有害なコメントをうまく取りのぞくためだ。

ぼくにとって役立つアプローチをあげてみよう。

- コメントをすべて読んで、吸収する。はじめに、どんなにばかげたコメントだと思っても。つまり、拒むまえに内在化する。
- いったん各コメントについて考えたなら、きみのフィクションの大部分、あるいは全体に適用できそうなコメントを抜きだす。強みも弱みも示す、もっとも有用なコメントのリストを作る。執筆を改善するために、このリストを使う。
- さらにつづけるまえに、その長編小説やストーリーにさせたいこと（テーマに関するもの、なしとげたいこと）を自分がわかっているか、たしかめる。上述の構成／キャラクターテストも使うだろう。
- きみのヴィジョンを支える、すべてのコメントをリストにする。
- きみのヴィジョンを支えない、すべてのコメントをリストにする。
- きみのストーリーのヴィジョンを支えないコメントをなぜ使っていないか、じゅうぶんな説明を自分にする（「このコメントは妥当じゃない。ぼくの長編小説は、本当はドラゴンとの決闘じゃなく、喋るペンギンと銃を持つ女との友情がテーマなんだから」とか「はじめの段落で日付を示したのに、この読者はストーリーの舞台が未来だとわかってない。だから、このコメントは使えない」とか）。
- 残っているコメントをすべて使って、きみのストーリーを改善する。

こういう組織的なアプローチによって、きみはフィードバックを最大限に活かせるようになる。ベテランの肉屋が、死骸の肉を一片たりともむだにしないのと同じやりかたで。

心得違いの批評は、ストーリーにダメージを与えたり、むだ骨を折らせたりする危険がある。謙虚に、でも、あなたがやろうとしていることにとって正しくない批評なら、無視するのを恐れずに。社会通念に、あなたのヴィジョンを狂わせてはいけない。——デジリナ・ボスコビッチ

わが道を見つける
カレン・ジョイ・ファウラー

カレン・ジョイ・ファウラーは、SFとファンタジーへの、繊細でありながら力強いアプローチで知られている。長編小説に『サラ・カナリー｜*Sarah Canary*』『スイートハート・シーズン｜*The Sweetheart Season*』、ベストセラーとなった『ジェイン・オースティンの読書会』がある。短編小説集『わたしが見なかったもの｜*What I Didn't See and Other Stories*』で世界幻想文学大賞を受賞。

わたしは何年も、できの悪いストーリーを書いて過ごした。できが悪いと知りつつ書いていたけれど、このことについては意外にも、わたしにはなんの支障もなかった。わたしは書きながら学んでいて、散文、ペース、対話、シーン、キャラクターにおける上達ぶりは、わたし自身にとってさえ明白で、すべてに関して晴々とした気分だった。同じように長いあいだ、わかりやすいストーリーなのに落胆させつづけることに悩んでいた。だれも理由を説明できない。そのことにイライラした。

どうやら、問題はたいていストーリーの終わりで現れるらしい。上達した散文、ペース、対話のおかげで、すべてはとんとん拍子に進む。ストーリーが終わって、読者が「このストーリーを好きだったけど、いまは好きじゃない」と気づくまで。「もっと改良しなくちゃね」と、作家グループで忠告された。まるで、それが有用だと言わんばかりに。あなたは、もっと改良しなくちゃね。

わたしとストーリーの終わりとのにらみ合いは、ある昼下がり、詩人ロバート・ハスが詩の締めくくりについて語るのを聞いているとき、ふいに解消した。それは多岐にわたる、すばらしい、魅力的なストーリー満載のレクチャーだった。あなたが大切だと信じている締めくくりの執筆について、ハスは語った。矛盾を受けいれることについて――「ノーにイエスをつけ加えるんだ」。ノーにイエスをつけ加える。ハスは、ひとつのストーリーに対する多様な読みかたを語った。ひとは世界に形と意義を見出すべきだと。とても感動的な、だけど同時に、ひどく滑稽なものとして。あの日わたしに訪れた啓示がどういうものであれ、理論という形ではなかった。耳を傾けるあいだ、長く取りくんでいる2つのつまらないストーリーの、2つの異なるエンディングについて考えていた。帰宅し、2つのエンディングを変えながら、3つ目のストーリーの新しいエンディングを考えた。新しいエンディングを持つ3つのストーリーは、プロたるにふさわしい売上をはじめてもたらした。

いま、あの日学んだことを具体的に語ろうとすると、何よりこの一件が思い浮かぶ。わたしは神のごとき著者なんて信用しない。いばり屋の作家も。

わたしはずっと、何が起きたかだけでなく、どう理解するか、どう感じるか、どんな意味があるかを読者に語ってきた。読者の考えやリアクションのための余白を、ストーリーに残していなかった。かわりに、もっともっと狭い水路へと向かわせていた。ストーリーはきちんと整っているはずだという無意識の確信があったから。

きちんと整ったストーリーは、すばらしいものになるだろう。その技巧、才気、美、完成度ゆえに愛される。よくできた作品だと、読者は称賛するはずだ。女は夫の懐中時計のチェーンを買うために髪を切り、男は妻の櫛を買うために懐中時計を売る。うるわしい。

でも、きちんと整ったストーリーがよくできていないとき、その作為は強みであることをやめて、致命的な弱みになっていく。そして、たいていのきちんと整ったストーリーは、よくできていない。

もちろん、わたしのストーリーも。

真のストーリー（それが何を意味するかはさておき）

とはめちゃくちゃで、ストーリーは真実味のために、めちゃくちゃ（私が意味するのは、あいまい、不確実、いい加減だ）を必要とする。すべてのディテールを、作家の狙いどおりに見てもらえるわけじゃない。わたしのきちんと整ったストーリーはどれも、自分でもよいと思っていないエンディングだった。わたしがよいと思うものは、めちゃくちゃのなかにあるから。

幼少期とは呪術思考のときだと、わたしたちは考える。子供たちは18か月ごろから、空想の世界を創りはじめ、そこで空想の役を演じ、空想のパワーを持つ。わたしにも、デヴィー・クロケット（訳注：アメリカの伝説的英雄）やダルタニアンや怪傑ゾロやアニー・オークレイ（訳注：射撃の名手）やマイティマウスだった憶えがある。『大草原の小さな家』のローラとして刺繍の基礎縫いをしたし、『シャーロットのおくりもの』のファーンとして動物と話した。犬（コリー）だったり、馬（まだら模様）だったり、フランスのレジスタンスのスパイだったり、ルイス・クラーク探検隊の先住民のガイドだったりした。8歳になるまでに、何度も何度も死に、生きかえり、矢で射られ、銃で撃たれ、雪の玉に見せかけた手榴弾で吹きとばされた。

でも、空想の世界で一番ファンタジックなことを、わたしは現実だと思っていた。幼いころ、世界は賢くて健全で善い大人たちが動かしていると信じていたのだ。サンタクロースの存在より、ずっと長いあいだ。

この信頼は、タイタニック号（子供のころ、ここでも長い時間を過ごした）のように沈んでいった。世界はバカとサイコパスが動かしている。バカもいればサイコパスもいるけど、みんな金持ちだ。わたしはこの世界が、世界のほとんどが大好きだ。世界を動かしているひとたちについては、全然好きじゃないけど。

怒りは低くても悩ましいのが、現実世界という概念がなくなったように思えることだ。信頼、予測可能性、妥当性——どれも、わたしの子供時代には標準装備だったのに、いまや煙のごとく消えてしまった。

ケネディ大統領が暗殺された日、わたしは13歳だった。13歳のわたしには、事件の公式見解はじゅうぶんなものだったけど、公式見解に対する信頼は、すぐにトンキン湾事件（訳注：アメリカが本格的にベトナム戦争へ介入したきっかけとされる）で壊された。いまでもトンキンは真っ赤な嘘で、嘘は、真実という概念をむしばむのではなく最終的には強化する。一方、ケネディ暗殺はわたしにとって、困惑をはるかに超える何かのシンボルになっていった——語られてきた、または想像できるどんな見解も、報道された事実を覆い隠せないだろうストーリーだ。

わたしたちが学んできたことのなかで、信じてはいけないのが以下だ。

1）公平なオブザーバー。知覚の偏りは、観察の避けられない特徴だ。目撃証言はまったくあてにならないものだと、理解されるようになってきた。どれほど多くのひとが目撃証言に基づいて処刑されたのかと思うと、ゾッとする。

2）記憶。レクチャーの翌日、ロバート・ハスは自分の発言をあとから聞いて、自分で驚いたと語った。だから、上述のわたしの話に、無意識の嘘が混じっている可能性もおおいにある。はじめてのことではないだろう。解釈のプロセスは、記憶形成の瞬間からはじまるので、そのとき歪曲はできあがっている。何があったかをひとに話すなら、この歪曲は大きくなる。ハスのレクチャーに関して、わたしがたまにするように。

加えて、哀れなほどたやすく、記憶は植えつけられ、書きかえられ、消される。他者にもそうできるけど、自分にはもっと容易だ。あなたはいつでも、自分が何をしようとしているか気づきもせずに、そうする。

3）アイデンティティ。すでに記憶を除外した。いまは、あなたはいないと言うべきときだ。あなたは、あなたたちだ。単一の生物ではなく、バクテリアや虫もふくめた、共依存関係にあるさまざまな生物の集合体だ。事実、カリフォルニア大学サンタバーバラ校のケヴィン・ラファティの研究を信じるなら、あなたの行動はペットのネコからうつされた寄生虫にかなりコントロールされている（もちろん、信じないのは自由。わたしはただ、あなたの不信が、あなたのネコの寄生虫の飼い主に役立つと言っているだけ）。

4）性格。現在の心理学研究は、意外にも、性格はひとの行動にさほど影響しないと示している。そのかわり、わたしたちは環境のささいな変化に、とても敏感に反応する。そういう意味では、まるで馬だ。あんまり才能にはめぐまれていないけど。

5）現在の心理学研究は——

6）実のところ、どんな分野の科学的研究も。2005年、スタンフォード大学のジョン・ヨアニディスが『なぜ発表された研究成果のほとんどは間違いなのか（*Why Most Published Research Findings are False*）』という論文を発表した。このなかでヨアニディスは、選択的報告と、生物医学研究の反復可能性の欠如に触れている。カリフォルニア大学サンタバーバラ校のジョナサン・スクーラーは「衰退効果（decline effect）」に注目している。これは、統計的にも方法論的にもたしかな実験の成果が、実験をくり返すにつれて、しばしば衰えることをさす。

避けられないヒューマンエラーとして説明がつくものもあるけど、つかないものもある。いま、世界は雑音だらけで、わたしたちは意義ある成果をたまに見誤る。証明したというだけで、知った気になっている。

要するに、わたしはストーリーであいまいさを、文学的なしかけや、ポストモダニズムのトリックや、作家の責任逃れとして使わない。使うのは、わたしたちが知っているつもりのことは、わたしたちが知らないこと、永遠に知らないだろうことの大海に沈んでいると認めるためだ。わたしたちが生きる世界に対する、わたしのみごとなまでの理解不足を認めよう。

パラドックスにも対処したい――言語は、わたしたちが知っているつもりのささいなことにとってさえ不正確で不適当な手段だけど、わたしが持つ唯一の手段は、その不正確で不適当な言語なのだ。

さらに、言葉にできないもの、わたしが言えないことをストーリーに取りいれたい。

だからいま、わたしはめちゃくちゃなストーリーを書く。ストーリー内のひとたち（わたし自身と読者もふくめて）は何も知らないし、何も言えない。この〈ない・できない〉を、わたしは背景の空白（ネガティブスペース）として考えている。このネガティブスペースを、ストーリー内のほかのものと同じように慎重に創る。あいまいさだけでなく、機能するあいまいさを探しているのだ。機能的なあいまいさ。もうひとつのパラドックスだ。

頭のなかには、いつでも読者の存在がある。いま知らせたいことは何かを考え、でも一方で、まだ知らせたくないこと、決して知らせないことにも注意する。ネガティブスペースは、言葉にできないものを入れておくところだ。読者のためにストーリーに残しておく余白だ。そこに何を入れるつもりだったか、わたしは知っているけど、読者が全然違うものを見出すのは自由だし、ときにはそうなる。

広い余白をいやがる読者もいて、わたしのストーリーは、そういうひとには合わないだろう。このストーリーテリングを好んでくれるひとたちに、わたしは感謝している。あなたがたにおおいに期待していると、自分でもわかっている。でも、こうするのは気どったり、言い逃れをしたり、わかりにくくしたり、面倒にしたり、賢いふりをしたりするためじゃないと誓う。

こうするのは、めちゃくちゃで雑音だらけの、永遠に理解できないだろう世界に、わたしたちが生きているからだ。これは愚痴じゃない。このことについては意外にも、わたしにはなんの支障もない。

ひらめきを殺すな

執筆に（たぶん人生とも）かかわるたいていのことのように、改稿にはバランスが求められる。つまり、改稿しすぎると、ストーリーを新鮮で興味深いものにする生命力を奪ってしまう。なぜそうしているのか、なぜ形を整えるために文章を変えているのか、はっきりわからないまま段落レベルでいじっているだけなら、追加の改稿にはほとんど、あるいは、まったく価値がなくなるだろう。

死んだストーリー
死にきっていないストーリー
よみがえり
失敗に終わった
新しいストーリーは古いストーリーの幽霊をふくみ、作家の頭のなかで幽霊に憑りつかれている。
新しい、成功したストーリーは飛翔するが、水中では生きられない。
古いストーリーから残るパーツ
手
かつて〈お手あげなストーリー〉に取りつけた
予備の心臓
かつて〈心ないストーリー〉に取りつけた
中古の手を使えたら……
死んだストーリーは腐り、肉は朽ち、インスピレーションは衰え、すべてが失われる。
ストーリーはしおれて骨になり、作家の脳の底に沈む。
ときが流れ、骨は作家の脳のよどみを漂う。
失敗したストーリーが死んで横たわる。安らかに眠れ。

の物語

アイディアの授福

すべてが**失われる**わけではない。

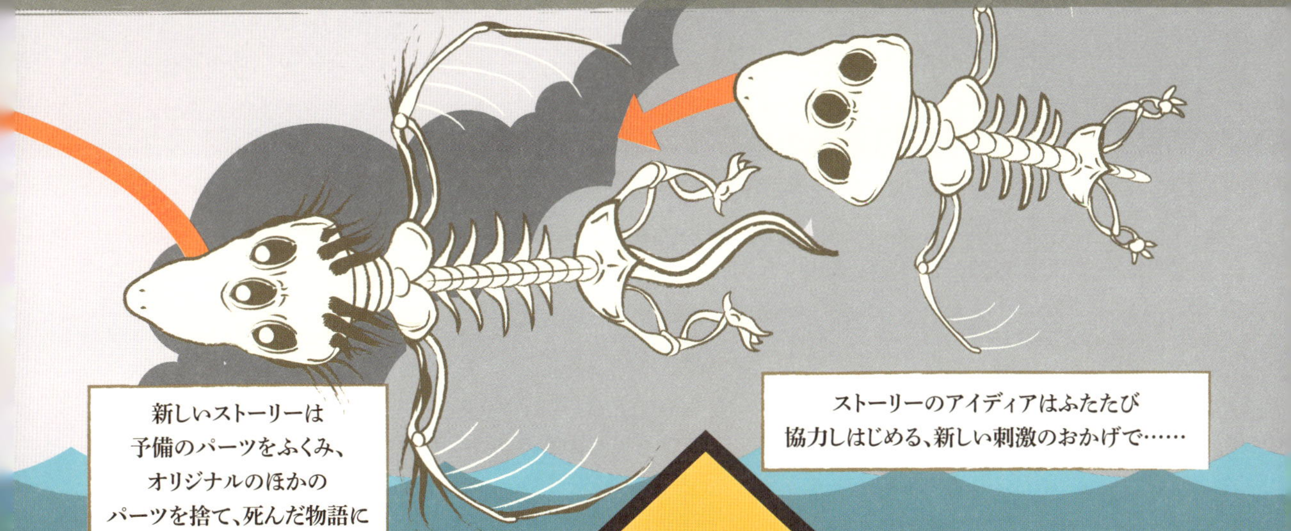

新しいストーリーは予備のパーツをふくみ、オリジナルのほかのパーツを捨て、死んだ物語に少しだけ似ている。

ストーリーのアイディアはふたたび協力しはじめる、新しい刺激のおかげで……

永遠に　バラバラになった**きみの**肉体が動きだすために……　失われない

ひねくれデビル
ずっと死んだままのストーリーもあるがな

怠け者の作家はついに、もうひとつのヒントを得る……

そして、ストーリーのアイディア、いや〈ひらめきのサメ〉が駆けめぐり、骨をかき乱す。
サメは骨といっしょに、ほかの失敗したストーリーの残骸も持ってくる。

哀れな死んだストーリーよ、われわれは汝らをほとんど知らなかった。

きみはだんだんわかってくる。いつフィクション作品との関係を断つか――あるいは、いつフィクション作品がきみとの関係を断つか。でも、書きはじめのときはとりわけ、不快な真実を受けいれなくてはいけないだろう。その真実とはこれだ。ストーリーのひとつや2つ、破滅させてもかまわない（こんな言葉をタイプするときでさえ、恐怖と警告の叫びが聞こえる）。きみが作家のつもりなら、もっとたくさんのストーリーがきみのなかにある。改稿中ストーリーという生き物を解剖しても、実は上下逆さまにして戻しただけだと思い知るときもあるだろう。そして、ストーリーは二度と生きかえらないかもしれない。実際、このせっかちな世界で、自分が書いたとみなされるもの（提出して、いずれ出版物になる最終稿）の数をたしかめることに、ぼくたちは執着しすぎる。長期的な展望（きみが作家だというなら、キャリアは4、50年におよぶかも）を持つなら、短期的な最重要ポイントは、執筆のテクニックを着実に磨くことだ。ストーリーをサヨナキドリのように堂々と羽ばたかせる効果をどうやってあげたのか、あとからではなく、いますぐ理解しなくちゃいけない。一方で、役立たずな間違いの蓄積は、よくわからないことをブツブツつぶやく別のストーリーにつながり、『ザ・フライ』のハエ男のように、キッチンの床の上をきみに向かってよろよろ近づいてくる。

ひらめきを殺さないようにするんだよ。でも、知っておいてほしい。新しいひらめきは生まれつつある――ひとつ、そして、またひとつ。

ロンギプスは、どんな有益なアドバイスも、冗長な20ページの批評のなかに、さらに冗長な余談と共に埋没させる。きみのフィクションに対して、過剰な当事者意識を示す。その動かぬ証拠を無視して宝石を拾いだすために、きみは尽力しなければならない。この生き物は死ぬまでとまらず、評論が一種のフィクションだと信じている。長いあいだ、自分の脳内で、とぐろを巻いている。

Do Not Crash
壊すな

Do Not Burn
燃やすな

WORKSHOP
補足のワークショップ

APPENDIX

FEATURING
フィーチャリング

Real Metaphorical Ducks
リアルなメタファーのアヒル

Hedgehogs Riding Roosters
雄鶏に乗ったハリネズミ

Manta Ray Classroom Teachers
マンタの教師

A Deer in a Wheelbarrow (it's doing fine)
手押し車に乗ったシカ（元気にやっている）

親愛なる読者へ

補足の章は、この改訂版『ワンダーブック』の核だ。50ページを超えるボリュームがある。編集の方針をはっきりと定めて、メインの章と共鳴するコンテンツを選んだ。

ストーリーテリングの展望セクションは、グループ・クリエイティビティ、コミックスとインスピレーション、コンセプチュアル・アートの試みにまつわる、重要で新しいコンテンツをサポートする。できたての**構成の冒険**セクションは、物語のデザインの章で与えられたレッスンを広げ、調査に基づく次のものをふくむ。チママンダ・ンゴズィ・アディーチェの大人気長編小説『アメリカーナ』(2013年)における断絶、問い、注意点。マーヴィン・ピークの古典『ゴーメンガースト』三部作(1946〜1959年)の「夜半の流血」のアクション・シーンにおける変移の可能性。ウォーレン・エリスのディストピア小説『ノーマル』(2016年)のオープニング・シーンにおけるレッスンの分析。

ようやく、エコ・フィクションの可能性と、風景の説得力ある利用に取りくむためのチャンスがめぐってきたようだ。気候変動への言及が、間接的だろうと直接的だろうと。**エコロジーの探究**セクションは、次についての議論をふくむ。ぼくの長編小説『全滅領域』の本から映画への変換。重構造のストーリーを〈地球規模〉の視点から生みだすための、ニューヨーク州北部にいるめずらしい白いシカの利用。そして、締めくくりの、このジャンルの探究に力強いスタート地点を与えるべき、物語への慣習にとらわれないアプローチ。このセクションは(1)フィクションの有力なテーマとなり(2)すぐには解決しそうにない、現代の問題について考えるきっかけを与える。**追加のライティング・エクササイズ**には、エコ・フィクションの議論のアシスタントとして役立つライティング・モンスターや、五感の超越にまつわる新しいページがある。

この新しい素材を、きみが楽しんでくれるよう願っている——そして、この改訂版を可能にしてくれた、世のすべての読者たちに感謝する。

——**感謝と愛をこめて　ジェフ・ヴァンダミア**

LARP & ライティング

―

カリン・ティドベック

スウェーデンの作家カリン・ティドベックは、クローフォード賞を受賞し、ジェイムズ・ティプトリー・ジュニア賞の最終候補となった作品集『ジャガンナート｜*Jagannath*』の著者。初の長編小説『アマタカ｜*Amatka*』が2017年、ヴィンテージ・ブックスから発売された。

おおまかにいえば、LARP――ライブ・アクション・ロール・プレイング（訳注：日本ではライブRPG、ライブアクションRPGと呼ばれる）とは、合作による即興のストーリーテリングで、プレーヤーは役を身体的に演じる。このエッセイは、北欧生まれのLARPの伝統という観点から書かれている。また、このロールプレイングは『ダンジョンズ＆ドラゴンズ』やハックアンドスラッシュ（訳注：ゲームの種類やプレイスタイルをさす言葉）とは関係がなく、キャラクターとストーリーテリングに関係がある。

LARPは
360度の没頭を与え、
あなたは本当に
だれかの頭に
入りこめる。

ストーリーにいろんなタイプがあるように、LARPにもたくさんの形がある。ステレオタイプなのは「だれかの家の裏庭で、ゴム製の剣で闘う」ものだけど、第二次世界大戦の潜水艦のなかを宇宙船にしたてたり、床に貼ったダクトテープで部屋と家具をあらわしただけの真っ暗な劇場で48時間の心理ドラマを演じたりもする。ただの遊びのLARPもあれば、芸術的な実験や政治的な表明のLARPもある。高校生に歴史を教えるための対話式メソッドなど、教育用に創られるものもある。即興の『ハムレット』のように、観客が宮廷で貴族を演じ、その一部が連続フィルムとして展示される複合芸術プロジェクトもある。

キャラクターを演じることを気軽にはじめたり、やめたりできるLARPもある。ほかのひとの前でやめることを、はっきり禁じるLARPもある。やる気のレベルがどうであれ、たいていのプレーヤーは、新しい現実にたくさんのエネルギーを費やす。

LARPにかかわるフィクションは、ゲームの全体像の内でも外でも創れる。内側のものは、あなたのキャラクターが何を経験し、おこなうかで、これらの活動は幻想にささげられる。ほかのキャラクターに手紙を書いたり、ストーリーを語ったり、歌を創ったり、新聞を読んだり。これはたいてい「物語内」の情報と呼ばれる。同じく、外側のものは「非物語内」と呼ばれ、プレーヤーがゲームについて知っていることをさす。非物語内の情報は、世界とその背景、キャラクター紹介、ゲームエリアの地図を描いたパンフレットといえる。非物語内のフィクションは、あなたのキャラクターについて、3人称で書かれた短編小説だ。

物語内・非物語内のフィクションとアート創りは、あなたのLARPという合作アート作品に資するだけではない。ほかのプロジェクトのきっかけも創れるし、作家の障壁などの執筆の悩みから脱する道を示しさえする。

わたしは10年、LARPのためのフィクションを書いた。商業用（教育やアートプロジェクト用のストーリーデザイン）もあるし、遊び用（アートやストーリーテリングの実験）もある。わたしにとって、すべては卓上ロールプレイング・ゲームではじまる。セッションが終わったあと、興奮のあまり、もっとキャラクターたちを探りたくて、彼らの人生の要点にまつわる知られざるエピソードを書いた。そのあとすぐ、キャラクター開発者として、現代ファンタジーのLARPプロジェクトのメンバーになった。キャラクターの人生、秘話、心の声、詩、写真、でっちあげの星占いまで示した、文と図からなる10ページのキャラクター・シートを、わたしたちは作った。

アーシュラ・K・ル＝グウィンの、4人組の結婚制度で生きる文明の短編小説を基にしたプロジェクトでは、キャラクターたちはドラマ・エクササイズとグループ・ストーリーテリングをとおして家族になっていった。わたしたちはキャラクターがひとりもいない状態ではじめて、〈彫像ゲー

ム〉のようなエクササイズをした。2人のプレーヤーをたがいの前に立たせ、適当にポーズをとらせ、訊く。何してるの？　あなたと相手はどういう関係？　10分後、2人は自分たちが姉弟で、どんな子供時代だったかを理解している。2人がゲームを終え、とうとうキャラクターとして動き、話せるようになったとき、家族のストーリーはさらに浮かびあがる。

3つ目の例は、わたしが計画した、1970年代のコミューンについてのLARPで、プレーヤーはキャラクターの情報をたった3行しか与えられず、残りはゲーム中に見つけなくてはいけなかった。人間関係と歴史を築くためのメソッドとして、わたしたちは「憶えてる？」を使った。キャラクターがほかのキャラクターに訊く。「あの広場でデモをしたのを憶えてる？　きみは……」。声を小さくしていき、この提案にイエスと言うかノーと言うか、相手にチャンスを与える。相手は「ああ！　憶えてるよ！　警官に岩を投げつけて、おれは刑務所送りさ」と答えるかもしれない。「いいえ、だれかと間違えていますよ」と返してくるかもしれないけど、これではあまり話が進まない。いつだって、イエスと言うほうが面白い。たとえ「ええ、だけど」だったとしても。この共

ティドベックのストーリーを基にしたショートフィルム『アルヴィド・ペコンはだれ？| *Who Is Arvid Pekon?*』の製作風景と本編のスチール写真

同の記憶の掘りおこしによって、プレーヤーたちは自分たちがだれか、どういう関係か、どういうゲームかを確立する。

おかしなもので、わたしはしょっちゅう作家の障壁に悩まされるのに、LARPの執筆やストーリーテリングでは一度もない。LARPのキャラクター、関連するフィクション、完全なストーリー・アークを一見たいした苦もなく創るのに、わたし自身のプロジェクトはしおれてしまう。どうして？　すべての責任がわたしにあるから、ストーリーと2人きりでいるのが大きな負担なのだ。だれかとのストーリー創りは、その負担を軽くしてくれる。クリエイティブなプロセスのあいだ、だれかといっしょだと、予期しない、びっくりするようなところに行ける。

どんな形のロールプレイングにも、作家にとっては多くの使いみちがある。もし計画者なら、世界をひとつ創って、ほかのひとを招く。プレーヤーなら、フィクションを攻略し、自分のものにするトレーニングをする。クリエイティブな衝動に正直でいること、だれかからの自分のアートへのインプットを受けいれて組みこむことを学ぶのだ。ロールプレイングは、ほかのだれかになって違う視点からの世界を実体験する、すばらしい手段でもある。あなたのキャラクターを見るふりではなく、キャラクターでいるふりをすることで、心の底から理解できるようになる。

LARPは360度の没頭を与え、あなたは本当にだれかの頭に入りこめる。ほかのだれかとして身体的に世界を経験する感覚に加えて、ほかのプレーヤーと即興で演じる思考の鋭敏さが、あなたのキャラクターの心理に思いがけない感情的なインパクトを与え、かき乱す。もっといいのは、ほかのだれかの存在によって、ストーリーをコントロールしきれなくなり、いつものクセから引っぱり出されることだ。あなたが喜んでそうさせるなら、だけど。

ロールプレイングとLARPで使われるストーリーテリングのテクニックは、作家にとってきわめて有用だ。キャラクターと世界を教え、作家の障壁からも救いだす。もしキャラクターが退屈していたり、キャラクターの望みがわからなかったりして困っているなら、友達をつかまえて、彫像エクササイズをすればいい。または、LARPの相棒に、キャラクターとしてのあなたをインタビューしてもらう。あなたはキャラクターとして日記を書ける。キャラクターとして着飾ったり、動こうとしたり話そうとしたりできる。キャラクターの頭に入るのはいいけど、そのことと、キャラクターに密着しすぎたり過保護になったりすることとのあいだにはバランスがある。

もし、あなたのストーリーが別世界を舞台にするなら、LARP計画者がプレーヤーの経験を深めるために使うメソッドが役に立つ。あなたの世界に新聞はある？　ニュース記事を書こう。文学的な伝統はどう？　詩や、著名作家による本の一節を書ける。だれかの買い物リスト、くだらないジョーク、人気の悪態のリストを書こう。

ロールプレイングと即興は、フィクション執筆を支えるクリエイティブなプロセスのうしろにある有酸素運動だ。あなたはLARPやゲームや即興劇団に加われるし、自分で何かを計画できる。どんなジャンルのストーリーも語れるし、どんな方向にも進められる。あなたの脳にとって、たぶん、いままでで一番爽快なエクササイズで、生きるため、創るためのとても興味深い地を示して、あなたに報いるだろう。

WHO IS ARVID PEKON?
アルヴィド・ペコンはだれ？

ランチの直後、ミス・シコラックスのランプが、ふたたび点滅しはじめた。アルヴィドはおずおずと電話をとった。
「もしもし」。ミス・シコラックスの単調な声が言う。
「どちらにおつなぎしましょうか」。アルヴィドは問う。
「ビートル・キングにつないでちょうだい」。
「かしこまりました」。そう言って、保留にした。コーネリアに必死の視線を投げかけたが、サブジェクト9970のアンデルバリとの電話に、まだつかまっている。ミセス・コーネリアは眉をしかめて、手で追い払うしぐさをした。アルヴィドはミス・シコラックスとの電話に戻った。
「お待たせしました。恐れ入りますが、ハローという名のかたには、おつなぎできません。わたしの可愛いサナギさん」。
カサカサいう声が、話している途中のアルヴィドの口から、無理やり出てきた。

『アルヴィド・ペコンはだれ？』は、わたしが参加した2002年の『ハムレット』アバンギャルドLARPバージョンがはじまりだ。舞台は1930年代、エルシノア城（訳注：『ハムレット』の舞台）の地下壕——とても手がこんでいて、すっかり夢中になるゲームだった。ゲームエリアには古い野戦電話が3台あり、〈交換台〉に電話をかけて、ゲームにいないキャラクターにつないでほしいと頼めた。これはすばらしく有益なシステムだった。プレーヤーにプロットの情報を伝えたり、ストーリーを進めたり（ノルウェーが攻めてきた！）、母親や友達と話をさせることでプレーヤーに余剰次元を与えたりできた。わたしはゲームの第1ステージではプレーヤーで、第2ステージでは舞台裏の交換台にいた。だれが何をいつ言ったかを記録しようとしながら、プロットの情報を伝えるためにプレーヤーに電話をかけたり、プレーヤーが話したがっているひとを演じたりと、楽しい時間をすごした。翌日、あんな交換台が実生活にあったらどうなるだろうというアイディアで、目が覚めた。わたしが書いたストーリーは、ポーランドの名優が主演をつとめるショートフィルムになった。撮影時のスチール写真は、2ページ前に載せている。

ティドベックのLARPエクササイズ：役の交換

実のところ、これはエクササイズというよりメソッドだ。他者としてライティング・エクササイズをすることは、作家の障壁からもマンネリからも逃れる助けになる。グループでするのが一番楽しい。いつもの考えかたから離れるためのきっかけにすぎないから、ロールプレイングのシチュエーションは完璧でなくてもいい。

いくつかのファーストネームをそれぞれ紙に書き（そのうち何人かは、性別が、あなたが決めたものとは違うはずだ）、まとめておく。次は、別の紙に職業を書く。3つ目は性格の特徴だ（シャイ、積極的、ロマンス好き）。ひとつのファーストネーム、ひとつの職業、2つの性格の特徴を抜きだす。これが、あなたのキャラクターだ。物足りない？　心配しないで。あなたの脳がすぐに空白を埋める。これぞ、脳の働きだ。さて、シンプルなライティング・エクササイズをしよう。自動書記はスタートや、ヒントの利用に向いている。このキャラクターは何を書くだろうなんて、想像しようとしなくていい。書いているキャラクターのふりをすればいいだけだ。

キャラクターに入りこむのがむずかしければ、キャラクターとしてのあなたを、だれかにインタビューしてもらう。ふたたび、あなたの脳は空白を埋めるだろう。あなたしかいないなら、自己紹介のスピーチや日記を書く。

このメソッドは好きなだけ複雑に、あるいは単純にできるし、なんにでも応用できる。そのためには、欠かせないものがひとつだけある。あなたがしていることの尊重だ。あなたのキャラクターとその働きに対して、真摯でいること。皮肉やあざけりは、経験を殺す。

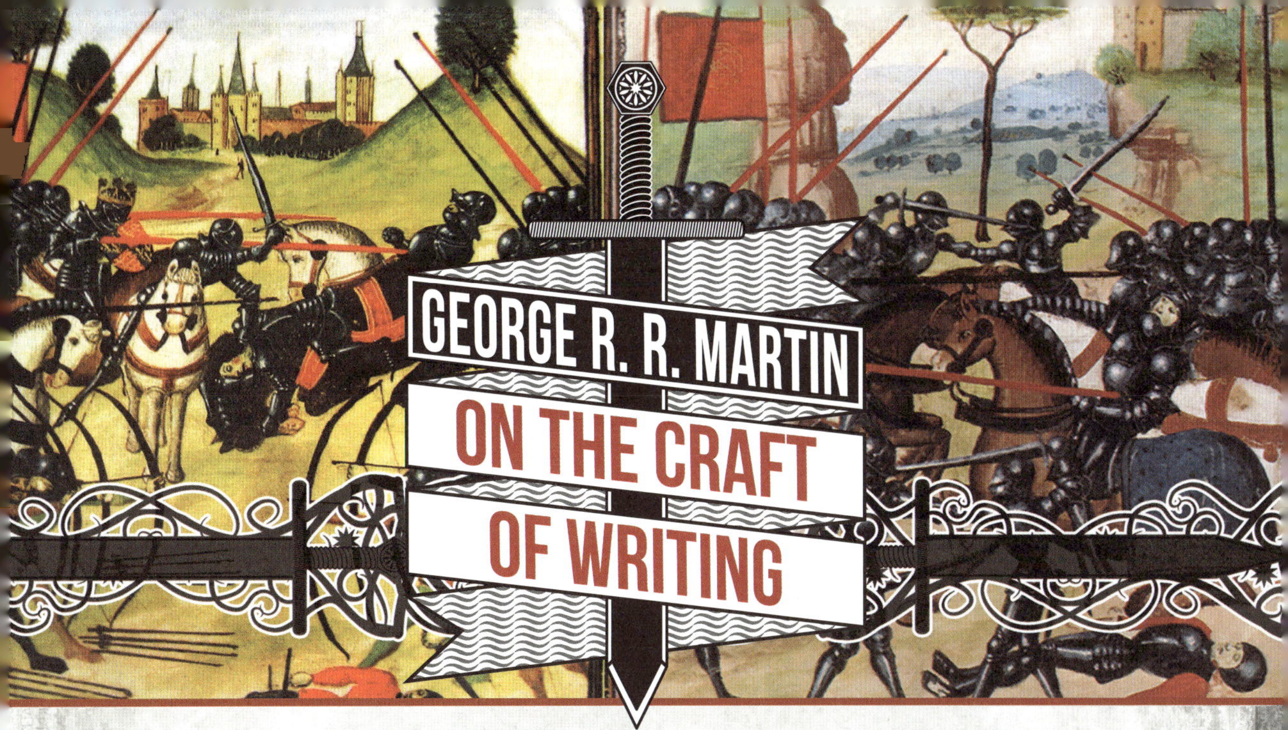

GEORGE R. R. MARTIN ON THE CRAFT OF WRITING

ジョージ・R・R・マーティン｜執筆のテクニック

ヒューゴー賞を4度受賞したジョージ・R・R・マーティンは、彼と同世代のファンタジー作家のなかでも特に有名だ。テレビの脚本を書いたし、過去40年のあいだに『サンドキングズ』『洋梨形の男』など、代表作となる小説を創った。でも、もっとも有名なのはヒロイック・ファンタジーの『氷と炎の歌』シリーズで、数百万部の売上を誇り、ケーブルテレビ局HBOで『ゲーム・オブ・スローンズ』としてドラマ化され、人気を博している。薔薇戦争にインスパイアされた『氷と炎の歌』は、魅力的なキャラクター、複雑なのに読みだしたらやめられないストーリーラインなどの理由から、中毒性があることで知られている。ぼくは電話でマーティンにインタビューし、最大のヒット作に貢献したテクニックについて訊いた。

あなたの草稿は、おおむねどんな感じですか？

いわゆる草稿は、あんまり創ってないんだ。進めながら、いろいろ書きなおす。朝はじめにするのは、前日なり前週なりに書いたものの読みかえしだ。必ずと言っていいほど、どこかいじったり、磨きをかけたりするし、気に入っているところ、気に入らないところを変えたりする。むろん、ほとんどがタイプミスと不適切な言いまわしの訂正だけど、ときどき、それだけじゃすまない。構成が変わる。書きなおしは、ぼくにとって不断のプロセスだ。初稿を駆けぬけたりはせず、書いては戻り、それから第2稿を書く。

書いているあいだ、どれぐらいの頻度で長編小説は変わりますか？　予想とまったく違うところで終えるときは、どれぐらいありますか？

まったく違うとは言えないな。長編小説しだいだ。『氷と炎の歌』については、ほぼ当初のヴィジョンどおりにできている。遠まわりをあまりしていない。実際の執筆プロセスではいろんな発見があるけど、ぼくにはそれも、途中で見つけるものも楽しみのひとつだ。初期の本によっては、もっと本質的な変化があったかもしれない。長編小説『フィーヴァードリーム』では、たしかに大きな変化があった。

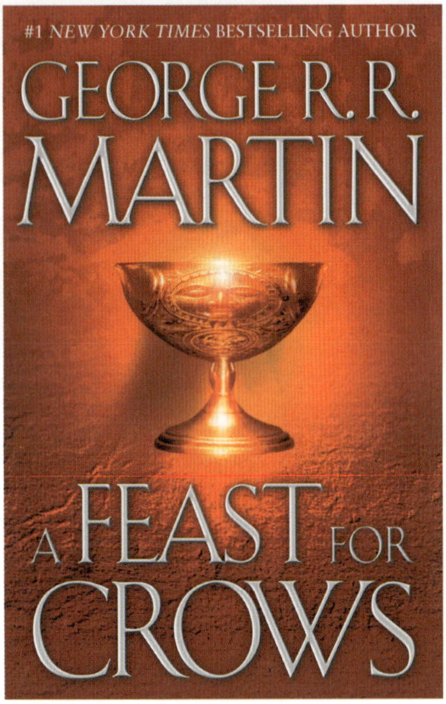

『フィーヴァードリーム』では、何が変わりましたか？

もともとは、蒸気船のレースで終えるつもりだった。フィーヴァードリーム号はふたたび川に出て、ナッチェス号やロバート・E・リー号にはさまれて、有名なレースに参加する。でも、どう考えてもおかしいと気づいた。一大公開イベントだし、現実の蒸気船の寿命からすると、レースなんてできる状態じゃないから、世界を丸ごと、ほかの歴史へ移した。そして、とうとう言ったね。「違う、ぼくにあったのは色彩豊かなイメージだ。なのに……違う」。サバイバルの概念は、実際のストーリーでは、アブナー・マーシュが持つ夢になっている。読めば、当初のエンディングをふくらませたものだとわかるだろう。でも、ぼくが選んだ実際のエンディングのほうが力強いし、間違いなくリアルだと思うよ。

プロセスには「袋小路と行きどまり」がふくまれると、あなたはおっしゃっています。これは作家にとって、どれぐらい重要でしょうか？

それも作家によるかな。ぼくはたまに、作家には2種類いるって話をする。建築家と庭師だ。建築家はあらかじめすべて計画して、本物の建築家がするように、家を建てる。建築家は家を建て、部屋がいくつになるか、それぞれの部屋が何平方フィートか、パイプがどこにあるか、屋根が何で作られるか、あらゆるものの面積、コンセントを壁のどこに作るかまで知っている。釘を打つまえ、土台を掘るまえ、すべての設計図の検査がすむまえに、何もかも知っている。そういうやりかたの作家がいるんだ。

庭師は穴を掘り、植物の種をまき、芽吹くものをたしかめるまで、心血をそそいで水をやる。いきあたりばったりなわけじゃない。何を植えたか、オークの木だろうとカボチャだろうと、庭師はちゃんとわかっているんだから。もし、成長したインスピレーションにあまり驚かないなら、自分が何をやっているか、だいたいわかってるってことだ。

執筆では、混じりっけなしの建築家も庭師もそんなにいないだろう。たいていの作家は、この2つを兼ねそなえている。ただ、どちらかに偏る傾向はあって、ぼくはかなり庭師に近い。

駆けだし作家のころ、ご自分が庭師だと知っていましたか？　ときには行きづまって、失望しましたか？

ほかの道を考えたことは一度もないけど、頓挫したストーリーは、とりわけキャリアのはじめには、たくさんあった。書きはじめだけのストーリーも。オープニング・シーンやシチュエーションはあって、1、2ページ、あるいは10ページ書いたけど、どういうわけか行きづまったり、間違った方向に進んだりした。そのストーリーは引きだしに入れて、ほかのストーリーを書いた。未完成品はたっぷりあった。多くの駆けだし作家がする経験じゃないだろうか。ロバート・ハインラインが執筆に4つのルールを与えたとき、ひとつ目は「書かねばならない」だったけど、2つ目は「書くものを完成させねばならない」だった。多くの駆けだし作家は、何かしら行きづまったりしくじったりして、ストーリーを完成させない。ハインラインは正しかった。そこを乗りこえなくちゃいけないんだ。ぼくはだいたい乗りこえたと思うけど、完全にとは言えないね。

シーンについて聞かせてください。緊張を最高潮にするためにシーンをカットすることに、あなたは長けています。あなたから見て、ふさわしい効果をあげるのはシーンを短くする、長くする、どちらの場合でしょう？

それはシーンの長さの問題じゃないと思うよ。たしかに、それもあるけど。テレビの仕事で学ぶことのひとつが、テレビの仕事をつづけたいなら、幕あい、つまり中断をはさむテレビ番組をどう作るかだ。ストーリーがとまりそうなところを、考慮しなくちゃいけないから。幕あいで、視聴者にチャンネルを替えてほしくない。番組は4幕、5幕、4幕プラス予告、いろいろだ。構成は少しずつ違っても、どの番組にも幕あいがある。

じゃあ、幕あいとは何か。ハラハラさせるシーンといえる。ハラハラさせるシーンは、実にいい、

とても強力な幕あいだ。でも、すべての幕にハラハラさせるシーンを入れるなんてできない。幕あいとは、合図で幕を終わらせるもので、うまくいけば視聴者、いや読者を解決編まで連れていける。新しい要素や面白い新キャラの取りいれ、ハプニング、章を終わらせる展開という手もある。ときには、しゃれた対話の1行や、きみを思いもよらないどこかに連れていったり、キャラクターの新事実をあばいたりする何かや、どんでん返しや。いろんな幕あいがある。きみとしては、どの章もそういう幕あいで終わらせたい。ティリオンの章の終わりかたみたいに。読者は次のティリオンの章を切望するけど、もちろん、すぐには出てこない。まずは、アリアやデナーリスやジョン・スノウの章を読まないとね。

それぞれのキャラクターにも、幕あいがある。デナーリスの章を読むと、次のデナーリスの章を読みたくなる。またしても、すぐには出てこず、この不断のプロセスがつづいていく。でも、楽なプロセスじゃないと言わざるをえない。うまくいかないときもある。章の終わりに来て少しずつ見えてくるものを、とらえなくちゃいけない。どんな幕あいが可能か。時系列を変えるべきか。あまりトリッキーにはしたくない。この問題のために、ぼくはずいぶん書きなおして、構成しなおして、考えなおした。初期の草稿には、ほかの草稿より劣る幕あいもある。改稿のとき、ぼくがすることのひとつがこれだ。楽じゃないけど、する価値はおおいにあるし、きみが望む、読みだしたらやめられない効果も与えてくれる。

ドラマ『ゲーム・オブ・スローンズ』を見て、本で書きなおしたくなったところはありますか？

本はあのままで、じゅうぶん満足だよ。別に書きなおしたいとは思ってない。ドラマでは、本にない名シーンがいくつか追加されているけどね。〈ブラックウォーターの戦い〉のブランとハウンドのシーンや、シーズン1のロバートとサーセイ

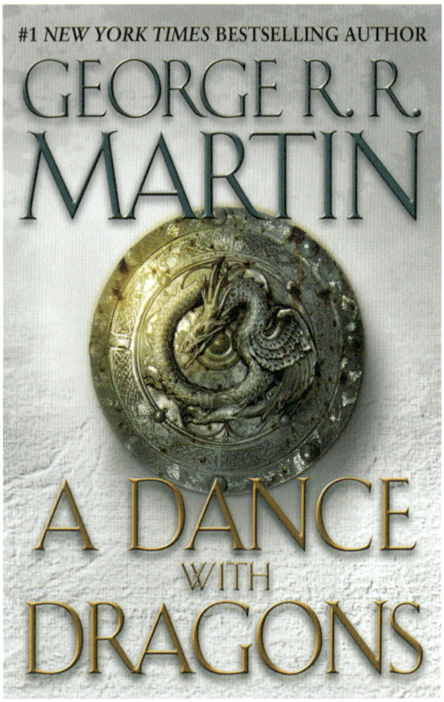

が結婚について議論するシーンだ。力強い、本にはなかったシーンで、原因はたぶん、ぼくがとても厳しい視点構成を持っていて、それらのシーンに視点人物を置かなかったからだろう。これらを本に取りいれるのは、ぼくの視点構成を捨てることだ――ロバートを視点人物に変えたり加えたりするにせよ、ハウンドを視点人物に加えるにせよ。それは、ぼくが望む変更じゃない。ひとつのシーンのためにキャラクター内に飛びこんで、ずっとそのままなんて御免だ。本の視点人物にはそれぞれ、いるべき理由がある。それに、もう数えきれないほど大勢いる。これ以上増やしたくないよ。

引きたたせる興味を、あまり感じられないものはありますか？

カテゴリー全体として、これというのはないかな。「ダンス・シーンは絶対引きたたせたくない」とか、そういうのは。それもこれもすべて、シーンと本の特性や、語っているものしだいだ。たとえば、バトル・シーンだって退屈になるかもしれない。

1作目の『七王国の玉座』には、かなり近くで3つの戦いが起きるシチュエーションがあった。そこでぶつかった問いは「うーん、戦いを3つともくわしく書くのか？」だ。斧で戦う者たち、いななく馬や飛びかう矢の描写には、たくさんのページがいる。きみも知ってのとおり、「彼は剣を振るい、敵の剣が盾に当たった」とかなんとかは悪くないし、むだでもない。けど、そういうあれこれを本当にぼくは書きたいのか。だから、そこでは違うアプローチにすると決めた。

3つの戦いのひとつ目は、いままでどおりの描写のしかたで引きたたせた。2つ目の戦いは、半分引きたたせるようにした。戦いに加わっていないキャラクターの視点から語ったんだ。彼女は戦場より高い丘の上にいて、何が起きているかは見えないけど聞けた。きみが得られるのは効果音だけ。映像は得られず、戦いのなかではなく外にいる。3つ目はシンプルに、使者がやって来て、何があったかを伝えるにとどめた。

3つの戦いすべてを劇的に描くことはできたけど、3つが近かったから、似たようなくり返しになっただろう。そうしないために、アプローチを変えた。じゃあ、いつでもそうするのか。いや、そうとはかぎらない。舞台裏にあるべきものも、脚色するべきものもある。きみが決めなきゃいけないんだ。それを劇的に描きたいのか、描きたくないのか。

この問いが生じる、もうひとつの過程が旅だ。特にファンタジーだと、地理は、きみがしていること、長旅をしているキャラクターにとって重要だ。地図上のある地点から別の地点までをカットしたい？　オーケー、男は馬に乗って城まで行き、きみはそのあと4週間をカットする。男は別の城で馬を降り、王国の反対端に向かっている。それとも連日、男の身に何が起きて、男が何を考え、体験しているかをくわしく描くか。まあ、旅で何が起きるかしだいともいえる。だれと出会い、何を学び、何を思うのか。

身体的なアクションが多いストーリーラインもある。少なめのストーリーラインもあるけど、きみはシーンを創りながら、大陸の王国がどういうものかを示し、キャラクターの心理を探っている。これは間違いなく『竜との舞踏』のティリオンの旅で、ぼくがとったやりかただ。ティリオンのシーンには重要な出来事がいくつもあるけど、ひととの出会いもたくさんあって、ぼくらはそのひとたちをなんとなく理解できるし、ティリオンは大きな内なる苦しみを味わう。

設定と描写は、なぜ重要なんでしょう？

描写はファンタジーの重要パーツだ。少なくとも、叙事詩ファンタジーでは。ぼくは、わが身に起こっているかのような体験のために読む。作家には、ぼくを肉体から、いまいるところから連れだして、別のどこかに連れていってもらいたい。古代ローマだろうと、現代のシカゴだろうと、架空の王国だろうと――感覚のインプットがほしいんだ。音を聞き、食べ物を味わい、においを嗅ぎたい。街と、起きているすべてについて。だからこそ、実際にそこにいるという幻想を抱ける。ぼくが作家としてめざしているのは、まさしくこれだ。読者として望んでいるのも。

設定は、ファンタジーの大部分を占める。すばらしいファンタジーには必ず、すばらしいキャラクターがいるだけじゃなく、すばらしい設定がある。たとえば、ジャック・ヴァンスの『終末期の赤い地球』。きみも大好きだって知ってるよ。そう、ぼくらはジャックのキャラクターが大好き。いろんな魔術師に、魔女に、賢い創造物たち――でも、作品世界がすばらしいから、世界が目当て［で読む］ってひとも多い。中つ国、ロバート・E.ハワードのハイボリア時代、ぼくのウェスタロス大陸――世界はとても重要だ。多くのファンタジーが、ここで失敗しているんじゃないかな。創られた世界に、忘れがたいものが何もない。ユニークなものも。

トールキンを見るのは、ぼくには興味深い。彼はつねに、ぼくの手本だと思う。トールキンがはじめて大ブームになった1960年代を憶えている。ぼくは大学にいた。だれもがトールキンを読み、大学生はみんな「フロドは生きている」と書かれ

ハドリアヌスの長城の眺め

たバッジとかを持ち、寮の部屋の壁にポスターを貼った。ぼくのルームメイトも。キャラクターのポスターじゃなく、中つ国の地図だった。この地図はすごく売れたんだよ、中つ国は場所なのに。場所がキャラクターに、本の魂になっていった。そのあと発売されたトールキンのミニカレンダーのどれを見ても、ミナス・ティリスやモリアの坑道やロスローリエンの森のような架空の場所がわかる。これらの名前とイメージが、頭のなかで呼びさまされるはずだ。イラストを見れば、ミナス・ティリスだとわかるんだ。もし作品内でパリやニューヨークが描かれていれば、わかるのと同じように。

ハドリアヌスの長城を訪れたことは、『氷と炎の歌』の北部の〈壁〉を考えるうえで役立ったそうですね。ファンタジーの設定にとって、現実世界での体験はどれぐらい重要でしょう？

ハドリアヌスの長城を訪れたのは1981年で、作品で使う10年以上まえだ。その状況から、ずっと憶えているのは感覚だ。作家のリサ・タトルといっしょにイングランドとスコットランドを旅し

て、ついに念願のハドリアヌスの長城にたどり着いた。10月か11月の午後遅く、たしか夕闇が迫っていて、ほかの旅行者たちは帰ろうとしていた。陽が暮れはじめて、寒く暗くなりかけていた。ツアーバスも全部行ってしまった。

ぼくらは長城に登って、独占した。大きくなる影と共に、そこに立っている寂しさみたいなものがあって、冬の風が吹いていた。そこに立って、自分がイタリアかアフリカのカルタゴか中東のアンティオキアから来た、古代ローマ軍の兵士だと想像しようとした。ここに配属されたんだと。世界の果てを守っている、遠くの丘と森を見ている、そして、そこからどんな脅威が現れようとしているのか、自分が何を守っているのかはわからない。身震いがしたよ。その身震いを何年も持ちつづけて、『七王国の玉座』を書くときになって、とうとう使った。

シリーズ5作目『竜との舞踏』には、ひときわ想像力をかきたてるシーンがあります。ティリオンが船で、両岸に廃墟が並び、不思議なことが起きる呪われた河をくだっていくシーンです。このシーンについて、聞かせていただけますか？

ぼくはずっと河に惹かれている。とても冷たい何かが河にはあって、流れていく。岸を通りすぎていき、次のカーブあたりに何があるかはわからない。ちょっと刺激的な、神秘的ともいえる感覚があって、ぼくはそれをとらえたい。その場所の歴史について作りたいものや、いずれ取りあげるだろう過去——どれも既刊書でほのめかしているけど、そういうものもあり、ティリオンはその真っただなかを旅している。

霧と歴史と呪いは、シーンに傷ついた感じを与える。いろんなことがつづいている。表面下のゲームのなかでのゲーム。ティリオンはうまくかわしながら、落ち着くべきところに落ち着くと理解していく。そして、灰鱗（グレイスケール）病にかかった石化人がいて、ぼくが入れたかったのは……この病だ。

ぼくは歴史と歴史フィクションの本をたくさん読んだ。印象に残っているのは、ぼくらの歴史が、ある時期ヨーロッパやアジアを襲ったペスト、ネズミとノミ、これらがもたらすいろんな疫病に、かなり影響されたことだ。ぼくらが思っている以上に影響したけど、ファンタジーではそういう影響をめったに見ない。多くのファンタジーは、キャラクターが病原菌だのバクテリアだのをあまり理解していなくて、医学もわりと原始的なのに、だれひとり病気にならないかのようだ。それがなぜ問題なのかといえば、つまり、こういうことだ。そのすべてが、あの章で効果を発揮した。

とても不思議な、ぼくが大好きなシーンでもあります。ぼくはファンタジーの不思議さが好きなんですが、あなたはときどき、不思議な要素をたくさん持てるのは、読者が興味をなくすまえだけ、とおっしゃいます。この点は、つねに考慮されますか？

たしかに、心にとめている。ファンタジーの要素、伝統的なファンタジーの要素をほとんど使わずに『氷と炎の歌』をスタートして、ゆっくり取りいれていくことは、いつでも考えている。だから、本のなかの魔法と不思議の量は、シリーズをとおして、だんだん増えていく。シリーズを終えるときでさえ、ローファンタジーのままだろう。多くのファンタジー作家が書いている、妖術や呪術や呪文の量がはじめから膨大なハイファンタジーにくらべれば。

でも、それらの本に、魔法が少なめの本と同じ

くらい説得力があるのか、ぼくにはわからない。トールキンに戻ろう。作品には、エルフやいろんな種族がいて、魔法のほのめかしがあるけど。何が言いたいかといえば、ガンダルフは魔法使いやら何やらだけど、呪文を使っているシーンは実はない。とびきりの魔法の武器も持っていない。ほかのみんながしているように、剣で戦うだけだ。いろんなひとが持つ魔法の剣、名前がつけられた伝説の剣は、オークがまわりにいるときに青く光るだけで、ほかには特にパワーを持っていない。こういうものの扱いに関して、トールキンはとても頭が切れるひとだったんだろう。

魔法が一種の、くり返しによる特殊効果になりえるということでしょうか？

理由のひとつは、ぼくの魔法についての信念だ。もしストーリーで魔法を使うなら、いわば、魔法を保たなくちゃいけない。魔法は超自然的な要素だ。自然の法則に逆らう。ぼくらが知るどんな法則にも。そこに恐ろしい何かがある。不可知性だ。魔法はそういうふうに扱われるべきだと思うんだ。いつでも、少しの謎と少しの危険を残しているべきだと。魔法のシステム創りにたくさんの時間をささげる、たくさんのファンタジー作家がいるのは知ってるけどね。「これがわたしの世界での魔法の働きで、ルールなどがある」と。

魔法には、システムがあるべきじゃない。それはつまるところ、魔法を、魔法のルールを持つインチキ科学におとしめてしまう。「ここにイモリの目と処女の血をたっぷり入れたら、こうなってこうなるだろう。まあ、なるかもしれないし、ならないかもしれないな」。こういうものを本当にマスターするなんて無理という考えかたのほうが、ぼくは好きだ。そこには危険があり、完全に理解されることはない。超自然的な危険に、超自然的な謎にしなくちゃいけない。ただのインチキ科学にしてはいけないんだ。

キャラクターを自分と同一視しないことが感情移入のプロセスだと、あなたはおっしゃいました。では、自分とは違う視点から書くために、キャラクターについて何を知るべきでしょう？

キャラクターごとにバラバラだね。過去をあれこれ求められるキャラクターもいれば、そうでもないキャラクターもいるだろう。厳密なルールがあるとは思わない。ジャック・ヴァンスがこれに関してうまいのは、ヴァンスのストーリーを読むたび、キャラクターがみんな、脇役ですら、ひとだと感じられるからだ。

ヴァンスのキャラクターが宿屋に入れば、そこの主（あるじ）が現れるだろう。たとえ、ほんの2ページでも、たしかな存在として。バカだろうと悪党だろうと、主にはするべきことがある。自分が大きなストーリーの端役だとは、主は知らない。宿屋の主ビルがヒーローをつとめるストーリーの中心で生きている気でいる。ぼくはいつでも、これを心にとめておくようにしている――どの脇役にも、たとえ1行しか出てこなくても自分の予定や考えがあって、要は、主役に仕えるためだけにいるわけじゃないと。これがキャラクターをリアルにするのに役立つかはわからないけど、効果はあるように思う。

けど、そうだね、作家のきみと似ていないキャラクターを書くのは、たしかに難題だ。ファンタジーやSFを書くつもりなら、否応なく取りくむはめになるのは間違いない。もし、ぼくが自分そのままのキャラクターを書くなら、ニュージャージー州で生まれて、肉体労働者の家庭で育った、ベビーブーム世代の子供にまつわる果てしないストーリーを書いていただろう。悪くない。ぼくはそういうキャラクターを書いてきた。でも、王やエイリアンや宇宙船のキャプテンなんかも書きたいんだ。自分がなったことは一度もないけどね。

ぼくがとるアプローチは、だれを書いているにせよ、ぼくらが共有する人間性を思いだすことだ。なぜって、事実、それぞれに違いはあっても、ぼくらはみんな根本的にひとで、同じ原動力を持っているからだ。ぼくが書いているのが男だろうと女だろうと、巨人だろうと小人だろうと、若者だろうと老人だろうと関係ない。一定の共通する人間性を持っている。相違点より共通点のほうが、はるかにたくさんある。これを忘れずにいれば、きみはうまくやれるさ。

キャラクターについて重要なことがわからず、行きづまった具体例を教えていただけますか？

場合によっては、実はあまり知らないことを書く経験をする。知っていそうなひとに訊かなきゃいけない。思い浮かぶ例は、シリーズ2作目でサンサが初潮を迎えたときかな。もちろん、男なんでこれは経験がない。とても重要なシーンだったんだ。サンサはとらわれの身で、幼さゆえ延期されていたジョフリーとの結婚をしなければいけないと悟る。いきなり子供じゃなくなった。中世の考えかたには、思春期の概念みたいなものがない。幼年期から成人期まで——少女にとっては、月経のはじまり、作品でいう「開花」まで一直線だ。サンサは結婚と性行為にふさわしくなった。彼らにすれば、これが性的成熟のはじまりなんだ。

友人とダラダラ喋るようなテーマじゃないから、数人の女性と話をした。「さて、訊きたいことがあるんだ——ちょっと答えにくいかもしれないんだけど」。訊くしかなかった。「はじめてのときは、どんな感じだった？　怖かった？　落ち着いてできた？　肉体的には？　気持ちの上では？」。まあ、みんながみんな気楽に話してくれたわけじゃないけど、何人かはね。ぼくは多くを学び、そのシーンに活かした。きみが決してできない重要な経験をふくむシーンを書こうとするときには、しなくちゃいけないことだろう。

キャリア初期に、執筆でもっとも苦手だったのはなんだと思いますか？

ハリウッドで働くことであきらかに磨かれたのは、何よりも対話だ。テレビや映画用に書いているとき、特にテレビ作品を書いているなら、どんなセリフがうまくいって、どんなセリフがうまくいかないかは、じきにはっきりする。書いたものは実際に作られているし、俳優がリハーサルで声に出すのを聞いているから。俳優が読んでいるセリフがぎこちなかったり、言いまわしが悪かったり、あまりに多くの解釈ができたりすれば、その事実にすぐ気がつく。

それと、テレビは構成のセンスも改善してくれた。さっき話した幕あいがそれだ。

作家にとって、入ろうとしているジャンルに精通していることは、どれぐらい重要でしょう？

『彼らだけではない *They Weren't Alone*』チャールズ・ヴェス
（2002年、限定版『剣嵐の大地（氷と炎の歌3）』第1巻）

実のところ、諸刃の剣だ。入ろうとしているジャンルに精通していないなら、むだ骨を折るリスクがある。もちろん、SFやファンタジーに入ってくるメインストリームの作家にも、ときどきあることだ。20年古いアイディアを使っている。一方で、外から入ってくるひとたちが、違う見かたを持ちこめるときもある。常套手段やステレオタイプを植えつけられているとはかぎらないから、それらのコピーをあまりしない。ときには、斬新で独創的で面白いことができる。たしかに、これについては議論の余地がある。ぼく自身、どちらかというと、先んじたひとがだれで何をしたのか、知っておいたほうがいいと考えている。

クラリオン・ライターズ・ワークショップやクラリオン・ウェストなどで教えるときは必ず、SFとファンタジーを幅広く読むよう、生徒にすすめようとする。はじめてクラリオンで教えたときのことを憶えてるよ。SF作家が読むべき50冊の名作リストを配った。いや、もしかしたら、単にSF作家が読むべき50冊で、名作じゃなかったかもしれない。実際かなりひどい本もあったけど、SFの歴史においては、なんだかんだいっても重要な本だった。そういうことをしたのは、生徒の多くがこれらの作家の本を1冊も読んでいないと、すぐにわかったからだ。古典のストーリーや長編小説を引きあいに出しても、生徒たちは無表情で、これはよくないと思った。

新人作家のころにされた、最悪の執筆アドバイスを憶えていますか？

憶えているのは、キャリアのまさに初期に、ある編集者がストーリーをボツにしたときに言ったことだ。「しばらくゴシック小説を書いてみるべきだ。そこからおおいに学ぶだろう」。おおいに役立ったとは思えない。でも、一般的に見て、そんなに悪いアドバイスだったのかどうか。特定のストーリーについて、きみは悪いアドバイスをされる。でなければ少なくとも、編集者やプロデューサーやインターネットが、ストーリーを、変えさせたがる、変える必要がなくても。知ってるだろ？　よろしい、きみは抵抗しなくちゃいけない。そうしない傾向がたまに、とりわけ駆けだしの作家にはある。作品を売りたいし、石頭だなんて言われたくないから。ひととはそういうものだ。だれも石頭になりたくない。それでも、本に載るのは、きみの名前なんだよ。

共有する世界

合作ストーリーテリングの恩恵

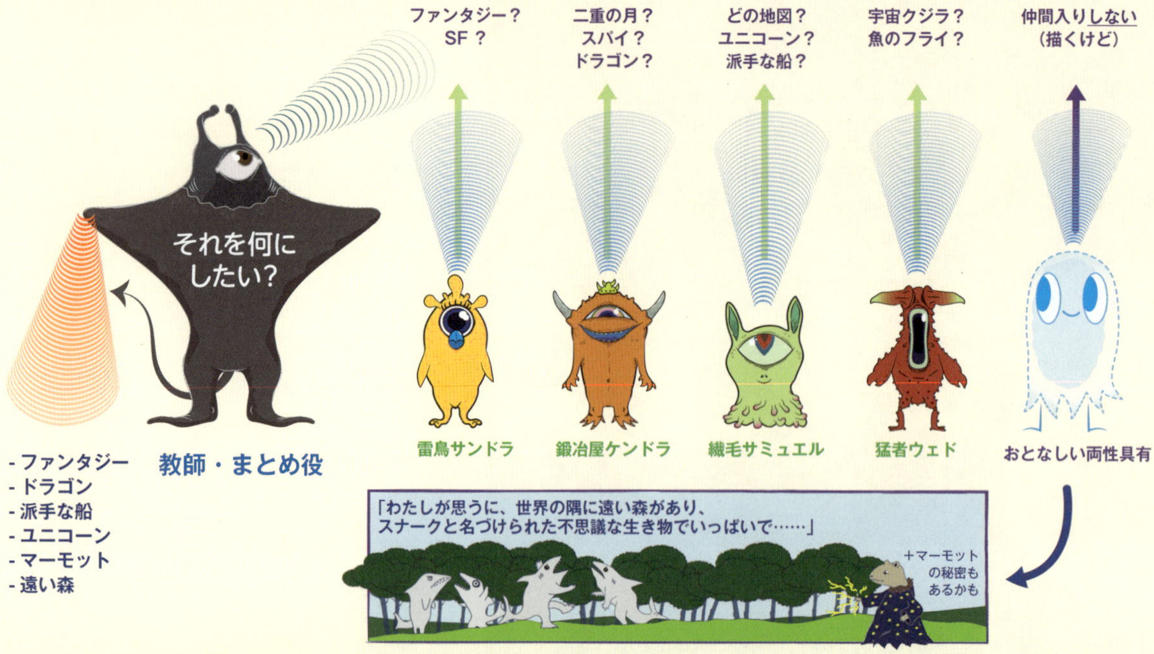

1

スタート。生徒とまとめ役は、地図、基本ジャンル、テクニックのレベル、考えられる国や社会のあらましなど、優先するべき基礎からブレーンストーミングする。このステップでは、議論や異議のルールを定めるだけでなく、2週間の見こみについても語る。生徒たちは、自分たちの世界というコンテキストに置くべき対象物を受けとる。

「わたしはシャイで怖がりだけど、しっかり者で熱心！」ひとりのクリエイターが、思いきって集団力学に飛びこんだ。自分のアイディア、想像力、情熱、職業倫理、団結心を信じて。
HI!

南カリフォルニアにあるウォフォード大学での〈シェアードワールド・SF＆ファンタジー・ティーン・ライティングキャンプ〉の共同ディレクターを10年つとめる者として、グループ・ストーリーテリングのアプローチは、どんなタイプの作家にも実用性があると信じている。実は、『ワンダーブック』の多くのセクションは〈シェアードワールド〉で評価テストを受けた（でも、イラストと違って、教師はマンタじゃない――不思議なマーモットだ）。世界構築の章と協力して、このあらましは、グループ・ストーリーテリングの有用性へのたしかなガイドとなるはずだ。
――ジェフ・ヴァンダミア

わざと、生徒は
教室から講堂におよぶ
物的スペース内にある、
大小のグループ内にある
心的スペースを占める。

2 **探究と発見。**グループは定めた基礎（SFかファンタジーか、地球のようなところか違うところか）に、かなめの要素を加えつづけながら、特定のテーマについてのレクチャーを専門家から、出版された世界にまつわる情報をゲスト作家から受けとる。メインのグループ、小さめのグループ、設定とストーリーテリングを手助けするために作られたソロ・クリエイティビティ・エクササイズで、発見がある。

あらまし

ジェレミー・L. C. ジョーンズは、教師、作家、編集者として幅広い経験を持つ。〈シェアードワールド〉での経験を創り、共同ディレクターをつとめる。ここでは、彼の観点からキャンプの説明をする。

クリエイターによっては孤立を、執筆の本質たる孤独さえ好むかもしれないけど、孤立タイプであっても、快適レベルの向上とプロセスの変化から恩恵を受けられる。もし、専門ジャンルが異なる作家たちといっしょに架空の世界を築くなら、きみは何を学べるだろう。ぼくたちが〈シェアードワールド〉でするのは、それだ。

ぼくたちが〈シェアードワールド〉をクリエイティブ・ライティングキャンプと呼ぶのは、究極のゴールがフィクションの創作だからだ。でも、世界構築のキャンプでもあるし、問題解決とリーダーシップのスキルを高める、ティーンエイジャーのためのシンクタンクでもある。生徒の多くは、ゲームを創るのも大好きだ。〈シェアードワールド〉全体のライフサイクルは脳の左右をきっちり鍛え、てきぱきした作家にも、ずさんな作家にも役立つ。

めちゃくちゃとごたごたは、プロセスのあいだ、ずっと生じるかもしれない。でも、クリエイティビティとはめちゃくちゃなもので、興味深い世界やフィクションを創るとは効率うんぬんの問題ではない。自分の世界を公けにしなくてはいけないことは、ストーリー創りの根幹を知る助けにもなる。きみの頭のなかのヴィジョンは、ページまでたどり着いただろうか。いや、この場合、プレゼンテーションまで。

3

要素の融合。 気候、植物相、動物相、政治、歴史的瞬間など、その世界の要素が、よりはっきりしてくる。思考の広がりによって適さなくなった合意ずみのアイディアを見なおすかもしれない。生徒がライティング・エクササイズやほかのひとからインスピレーションを受けとるにつれて、世界観はストーリー観に屈しはじめる。ストーリーに育つかもしれない、ある要素の所有権を生徒は感じるようになる。

ストーリー執筆のプロセスにおいて普通と違うのは、設定が生徒それぞれにとって個人的であることだけど、彼らの非〈シェアードワールド〉フィクションほど個人的じゃない。これが快適レベルを高め、口うるさい内なる編集者を黙らせてくれるという生徒もいる。わずかなストーリーしか書いたことがない生徒なら、特に。その点、集団力学は内気なひとまで話したくさせること請けあいだし、ストーリーを完成させる能力を損ったりしない。

キャンプの終わりには、生徒は彼らの世界についてビデオを作る。ストーリーも提出し、プロの作家から批評と面談を受ける。批評ではうまくいっている点を褒め、改善点を述べ、生徒が2、3のポイントに集中することで少しずつ改善できるようにする。

3、4人の小さなグループでも、合作ストーリーテリングの恩恵を受けられる。プロセスを管理し、世界やストーリーの実際の創作にはかかわらない、まとめ役が要るかもしれない。一定の基本要素をまえもって決めておけば、プロセスの短縮もできる。ただし、主要なポイントは変えない。クリエイティビティはそもそも寛大なおこないであるべきだし、あらゆる世代と経験レベルの作家が、グループ合作の、そう、共有する世界（シェアードワールド）のイマジネーションの魔法から恩恵を受けられる。

教室インストラクターの観点

ジャクリン・ギトリンは、ワシントン大学を優秀な成績で卒業し、2015年〈メリーランドの前途有望な教師〉に選ばれた。〈シェアードワールド〉の元生徒で、いまは多彩なカリキュラムと運営に携わっている。

4

全体の組みたて。ほとんどのピースは、その世界のルールに論理的なやりかたで、はまる。はまらないアイディアは、個人で使うためにクリエイターに返される。全体と響きあわない要素はグループから遠ざけられるけど、生徒のストーリーになら使える。組みたてと結合が進み、未知のままでもストーリー創りの能力を損なわないものが決まる。

〈シェアードワールド〉のようなグループでは、アイディアへの熱意や、だれかがだれかの言動にどれほどインスパイアされるかを聞くことは、とても重要だ。ある生徒が口にしたアイディアが、ほかの生徒の頭のなかで、グループワーク用であれ個人用であれ、15個のアイディアを産むかもしれない。グループが小さいほど、忌憚のない議論が生まれやすい。だから〈シェアードワールド〉は、1グループ平均10人なのだ。35人だと、自由な発言と意見の相違はとんでもないことになりそうだ。でも10人でさえ、ほかの生徒や教師が敬意を欠くやりかたでアイディアに否定的な反応をすれば、生徒を失う。アイディアをけなされれば、ひとは傷つく。大人はそのことを、とりわけ子供と話すときは思いださなくてはいけない。〈シェアードワールド〉は包括的であること、敬意を払うこと、生徒のクリエイティブな人生を尊ぶことを旨とする。〈シェアードワールド〉の教師、講演者、作家、編集者は決して「〈シェアードワールド〉でのフィクション執筆や世界構築について、きみは何もできないよ」とは言わない。「きみは絶対にできる」という心からの信念があり、それをこんなに力説するところを、わたしはほかに知らない。批評が建設的であろうとなかろうと、スクールではワンパターンな反応のように思える。旅の興奮を味わうことより、何かの習得をゴールとする、ほかのキャンプですら。

批評は改善のために求められるけど、〈シェアードワールド〉はまず、生徒にクリエイティビティと執筆で遊ばせるし、そうすることで知られている。批評は最後までとっておいて、そのときでも、文法の正しさやスタイルの完璧さをたしかめるのではなく、改善点に目を向け、生徒を励ます。生徒のわたしにとって〈シェアードワールド〉がとても大切だったのは、このためだ。生徒たちにこれを伝えるアシストができることが、いまもここに戻りつづけている理由でもある。

5

世界の公開。グループは自分たちの世界について、キャンプ仲間という観客に語る準備をし、リハーサルをし、はっきりと伝える。厳しい時間の制約のなかで。この制約があるために、語るべきもっとも大切なことは何か、もっとも効果的なメソッド（文章、朗読、イラストを使って）は何かを、グループは決めなくてはいけない。はじまったばかりのこのストーリーテリングは、フィクションのチャンスと、その世界の何に生徒がもっとも興味を持つかをあばく。

また、ものごとを喜んで奇妙にするべきだ。彼らの世界のクリエイターである生徒たちを、わたしは思いだしている。特に、わたしたちの〈現実〉世界の、物理的な現象や自然の法則を疑うときのことを。彼らは好きなように、ものごとを動かしはじめる。彼らを思いだす――彼らの世界を。「どうして、ぼくらの海は甘いの？」のような奇妙な問いに対する、すばらしい答えを得るときがあるのだ。答えが、深海の生き物の副生成物や、神々が送る魔法のエネルギーなら、とてもいい。

生徒たちが精神的・肉体的にどんなふうか見守るのも、大切だ。ダンスブレイクをとる。絵を描かせる。バラバラにすわらせる（生徒たちが内気なら、こうすべきかも！）。もし、じゅうぶんな速さで世界が造られず、執筆が進まず、時間が足りないと感じるなら、生徒たちを休ませるべきだからだろう。締切とプロジェクトのすこやかな役立てかたを見つける、絶好の学びのチャンスだ。そうであるべきだ。

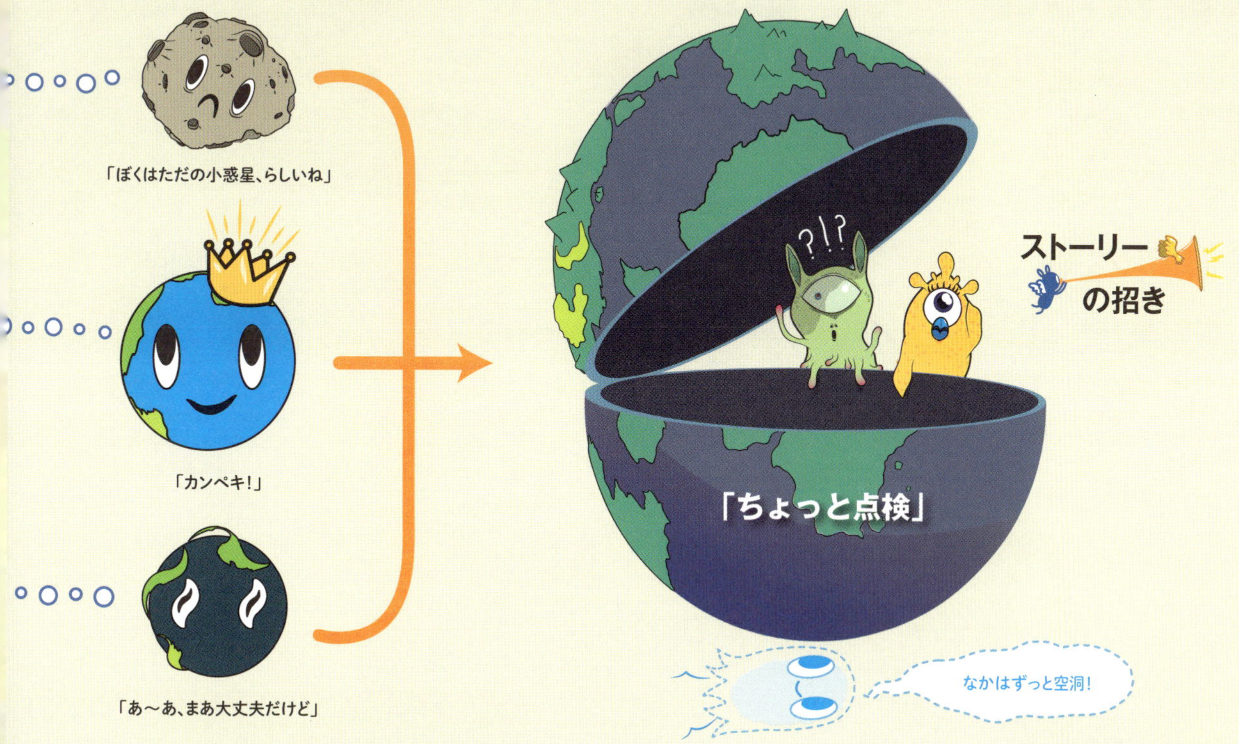

6

フィードバック。生徒は、ほかのグループやプロのクリエイターから問われ、あざやかな要素とあいまいな要素をあきらかにされることで、建設的な批評を受ける。フィードバックはあとからグループで見なおされ、有用な情報はさまざまな直しに活かされる——特に、ストーリーテリングにかかわる問題を片づけなくてはいけないなら。このとき、たいていの生徒は、すでにストーリー創りに向かっている。

2週目:ストーリー執筆

信頼と変容というおこない。わたしは話しあい、活かし、歩み寄り、内在化し、耐え、情報をまとめ上げた。

さあ、はじまりのとき

GO!

物語に織毛を

やり返した

ストーリーへの道

新しい旅

うん、自分で……

チーム

仲間の批評:一般的なサポート。アイディアへの反応を示す。

ゲスト作家:必要に応じて、草稿やシーンを読む。インスピレーションと草稿への一般的なアドバイス。改稿のくわしい戦略を与える。

テキスト:自身のライティング・エクササイズ。世界の文書化。さらなるリサーチ。

妹が飼っていた雄鶏を救うため、ハリネズミはペパーミント・クレイジー館へと旅立つ

これでおしまい? やりとげた? 2週間が1日のように過ぎた! 信じられない! 完成させた!

グループ・ストーリーテリングの恩恵には、次のことがふくまれる。ほかの想像力への公開。インスピレーションの働きに関する、よりよいアイディア。有機的なままであるべき、そして機械的になりうるクリエイティブなプロセスの理解。制約と果てしない自由を伴う取りくみの習得。

- 批評
- 議論
- さらに改稿

おみごと!

ついに物語は完成するが、ストーリーはつづく……

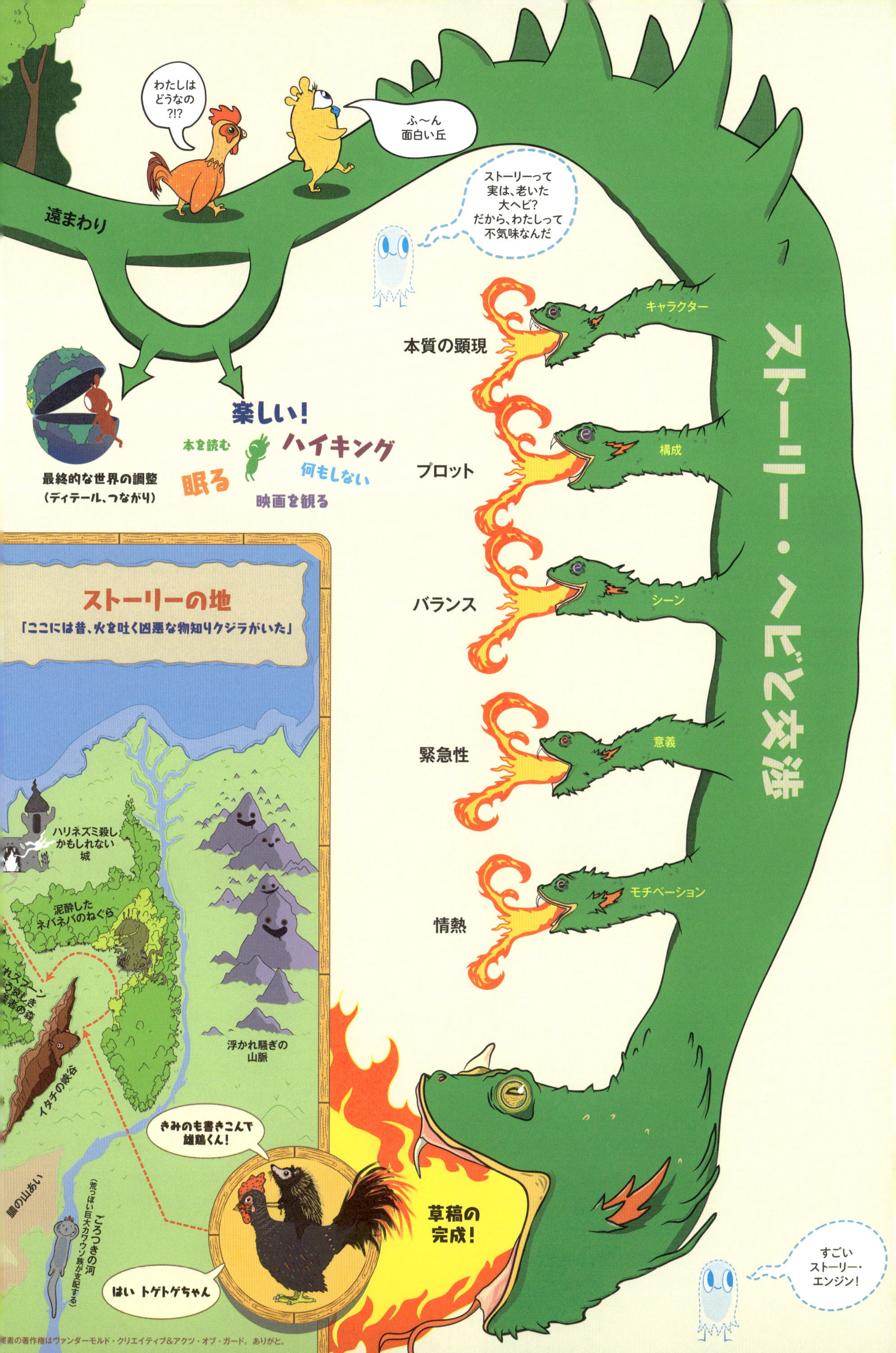

素の著作権はヴァンダーモルド・クリエイティブ&アクツ・オブ・ガード。ありがと。

アヒルを探せ

コンセプチュアル・アートとあなた

ロージー・ワインバーグ

ロージー・ワインバーグは、マサチューセッツ州ケンブリッジを拠点にするアーティストであり、ロンドン・スクール・オブ・エコノミクスで環境政策（と経済学）の学位を、イェール大学建築大学院で修士号をとった建築士。受け手の相互作用によって作動する、機能的なオブジェを創る。彫刻、ウェアラブル作品、教育プロジェクトが、ボストン・ファッション・ウィーク、ホイットニー美術館、リンカーン・センター・アウトドアーズなど、さまざまなところで展示されている。現在、ケンブリッジにある子供対象の全日制イノベーション・スクールのヌヴーでスタジオ・デベロプメントのコーチとディレクターをつとめる。

書き言葉・話し言葉と、メディア・映画・本でのそれらの利用は、アイディアを表現するひとつの手段にすぎない。物もまた、アイディアを表現できる。わたしが実践するコンセプトに基づくアートは、ありきたりなテーマを問いただし、仮定とたわむれるオブジェをとおして、それを試みる。仮定やいまの認識を疑うこと、見えないものをさらけ出すことに、わたしは惹かれる。埋もれた歴史、標示のない境界線であれ、未来の洪水の目に見えない兆しであれ。わたしの作品はひとびとに、考えるという一歩を踏みだし、現実をひと休みするよう求める。わたしはインスタレーションとコラボレーション、生徒たちの作品をとおして、受動的に読まれるのではなく（標識のように）、受け手によって体験される複雑なアイディアの表現にデザインがどう役立つかを探っている。大学生のとき、経済と環境政策のかかわりを学び、がっかりした。個人のふるまいは、経済的なメリットがそのふるまいに逆らっているとき、どれほど好影響をおよぼせるのか。たとえば、ガソリンが安いなら、どうやって低燃費車を買うよう、ひとにすすめるのか。わたしは作品に、ふるまいを変えるかもしれない会話を引きおこしてほしい。次からのページは、あなたのアイディアが作品に現れるとき、アイディアを強化するオブジェを創りだす戦略を与えるだろう。

一見つながりのない、いくつかのありきたりなテーマ（アヒル、救命具、コンクリート）の統合をとおして、プロジェクトは受け手に、目の前にあるオブジェを理解するためのメンタルの飛躍を求める。このプロジェクトがはじまったのはハリケーン・サンディのすぐあと、高潮による海面上昇の影響を記すたくさんの地図が、ボストンの新開発エリアは2050年まで洪水に弱いと示したときだ。日本の〈津波記憶石〉のように、未来の洪水のエリアをはっきりさせる彫刻を創りたかった。受け手に休止を促すために、標識や、都市景観のいままでどおりのマークのつけかたは使いたくなかった。そのかわり、いままで浮遊物を創ってきた、さまざまな物に目を向け、それらを一新する手だてを考えた。たとえば、底がないヨット、短い鎖がついたブイ、パイプでできたプールスティック、コンクリートでできたふくらませられる救命具。わたしは最後のひとつに決め、もっとも楽しめるアヒル形の子供用救命具を選んだ。

アヒル（カモ）はいろいろな使われかたをする、ひとびとがアイディアを持ちこんで遊ぶ動物の代表例だ。〈ラバー・ダック〉はオランダの彫刻家フロレンティン・ホフマンが創った、水に浮かぶ巨大なゴム製のアヒルで、世界じゅうの港を訪れる。ボストン公立公園には、児童書『かもさんおとおり』にちなんだカモの像がある。30以上の街でダック・ツアーがおこなわれ、第二次世界大戦のダック水陸両用車に客を乗せて、街をめぐる。わたしは建築大学院でデニス・スコット・ブラウン、スティーブン・アイズナー、ロバート・ヴェンチューリの『ラスベガス』という本を読み、そのなかでは、見た目から使いみちがじかに伝わる建築は「アヒル」と呼ばれている。多くのひとに、これらすべてをアヒルと感じさせるものは何か。いくつか前提がある。アヒルには形がある。陸上と水上で暮らす。浮き、よたよた歩き、羽毛があり、ガーガー鳴く。これらの特性が、本質的な〈アヒルらしさ〉がある物を創るためにひとつだけ、またはいっしょに使われる。下記のエクササイズは、わたしたちが物に持ちこむ前提の理解と、前提を構成要素としてどう使うかについてのものだ。

ウォーミングアップ・エクササイズ：脳にもうちょっと自由に考えさせるためのお気に入りのウォーミングアップ・エクササイズ2つを紹介する。

ウォーミングアップ・エクササイズ1：同じことを言って：クリエイティブなアイディアはいろいろな源から生まれる。たとえば、2つのありふれた単語を新しいやりかたで結びつけるとか。〈セイ・ザ・セイムシング（同じことを言って）〉ゲーム（訳注：ゲームアプリ）が、まさにそれだ。まず、あなたと友達が、たがいに思いついた単語を言う。次に、その2つの〈あいだ〉の単語を考えて言う。あなたが同じことを言えば、あなたの勝ち。言わなければ、2つの新しい単語を使って、そのあいだの何かを考える。

わたしが、友人タルとしたゲームの実例がある。

わかりやすくするために、最初と最後のラウンドでの、わたしの考えをまとめた。

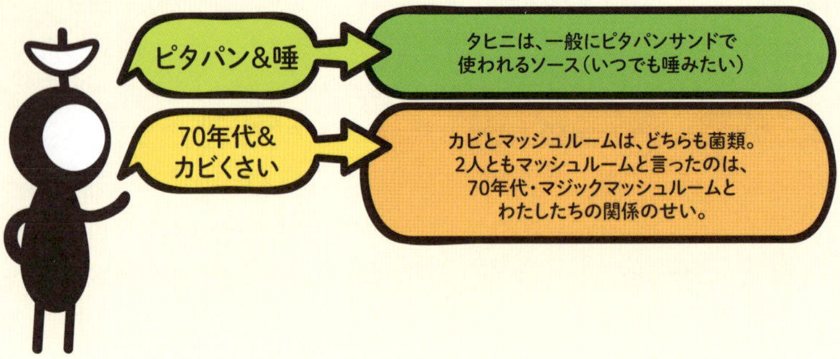

ウォーミングアップ・エクササイズ2：ギルフォードの代替用途タスク（1967年）にインスパイアされた。このエクササイズは、いましているメインタスクに求められる、ある種の拡散的思考のために脳を刺激するのが狙いだ。拡散的思考は、クリエイティブなプロセスに欠かせない。クリエイティブなプロセスのはじまりで生じる拡散的思考は、はじめの思いつきを超えるのに役立つ。いずれ、最高のアイディアにしぼるために、集中的思考に切りかえなくてはいけないけど、いまはできるだけ多くのアイディアを集めることに集中しよう。これは観念化と呼ばれる。このエクササイズでは、家にある6つのアイテム（レンガ、フォーク、雑誌など）のいろいろな可能性を考えてみよう。これらのアイテムを集めて、紙とペンを手にして、アイテムごとに1分考える。

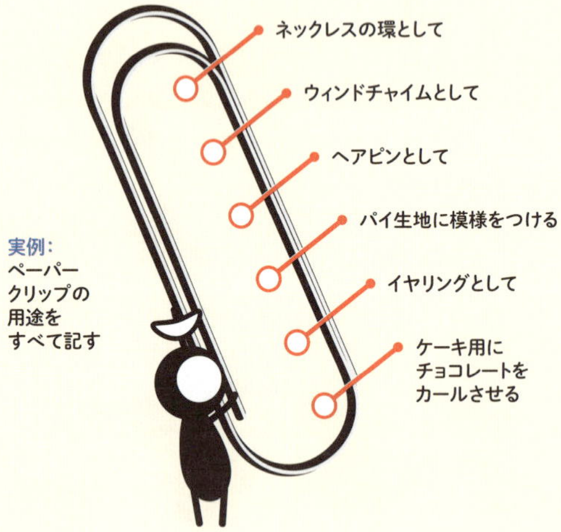

メイン・エクササイズ：このエクササイズは、物に持ちこんだ前提を取りのぞくのを助ける。前提の先を思い描き、物の性質を疑い、本質を見出す。建築大学院の下期は、住宅をテーマにしていて、わたしはもがき苦しんだ。大きな問題があったと気づいたのは、あとになってからだ。わたしが考える〈家〉というもの、つまり、わたしが育った切妻のある建物を、乗りこえられなかったのだ。このエクササイズには、次のアイテムが必要だ。紙、ペン、テープ、段ボール、もろもろのオフィス用品。あなたが執筆で表現したい主なテーマやコンセプトを分析する。

あなたのメインテーマが、造られた／人工の環境からよみがえる自然だとしよう。たとえば、ストーリーにオートバイと椅子を使い、これらに全体的なテーマの性質を授けて、テーマをサポートさせたいなら、まずは物の本質にアプローチするべきだろう。オートバイや椅子にクリエイティブな再解釈をするのは、とてもむずかしいかもしれないけど。

次に、あなたのテーマの違う側面について、ブレーンストーミングが必要だ。テーマと結びつける、すべての物のリストを作る。たとえば以下のような。

- 駐車場のひび割れから育つ植物
- 樹皮に飲みこまれている、木に取りつけられた標識
- ビルを覆うセイヨウキヅタ
- 石に生えた苔

オートバイとは何か?

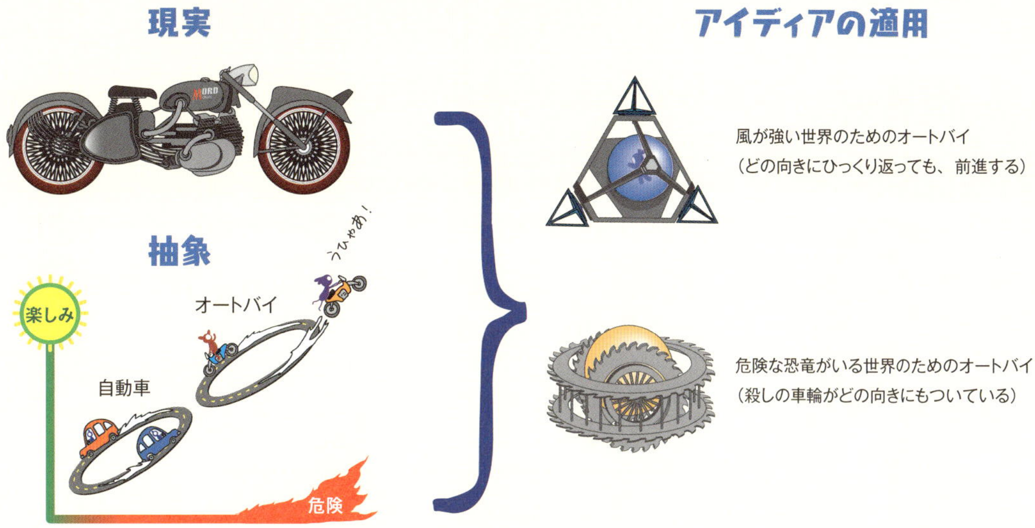

椅子とは何か?

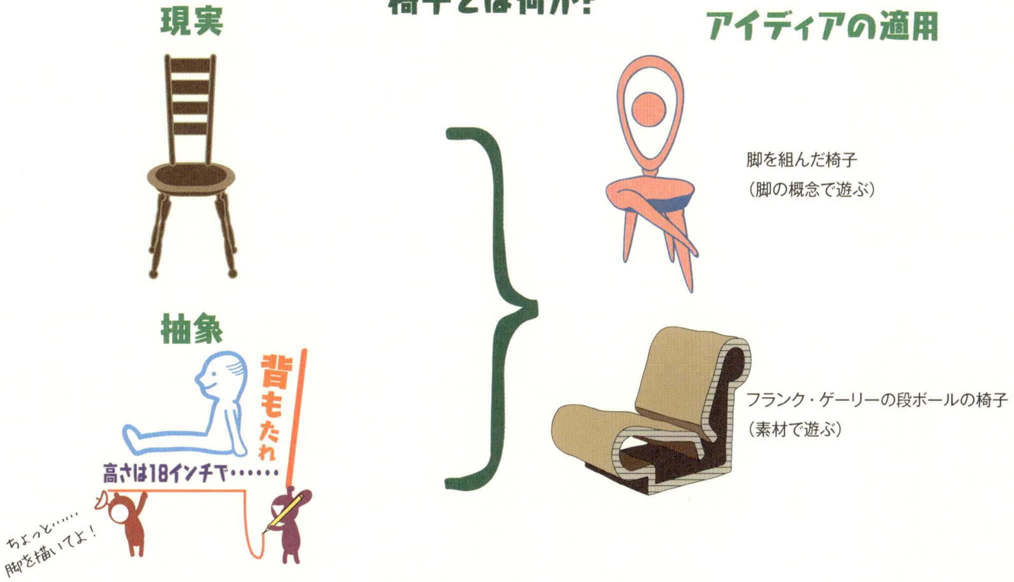

あなたが使っているコンセプト(造られた環境からよみがえる自然など)を、オートバイと椅子の本質にあてはめる。たとえば「駐車場のひび割れから育つ植物」の探究をとおして、オートバイがどんなふうに見えるか。ボディに大きなひび割れがあって、なかにいる整備士が見えるオートバイを想像するかもしれない。テーマの各側面について、せめて3つのアイディアを考えよう。アイディアをスケッチし、友達に見せる。コンセプトを伝えて、アイディアが最高の働きをしているか訊く。小規模で物を造るために、前述のアイテムを使う。執筆するときのために、いつでも手元に置いておこう。

コミックスと有機的な衝動 — テオ・エルズワース

テオ・エルズワースのヴィジョナリー・コミックスと木版ドローイングは、ロサンゼルスのジャイアント・ロボット・ギャラリーで展示され、J. J. エイブラムスなどのコレクションのために購入されている。エルズワースの作品は『ニューヨーク・タイムズ』紙に称賛され、リンド・ウォード・グラフィックノベル賞を受賞し、『ベスト・アメリカン・コミックス｜*The Best American Comics*』、ソサエティ・オブ・イラストレーターのカトゥーン・アンニュアルで取りあげられている。

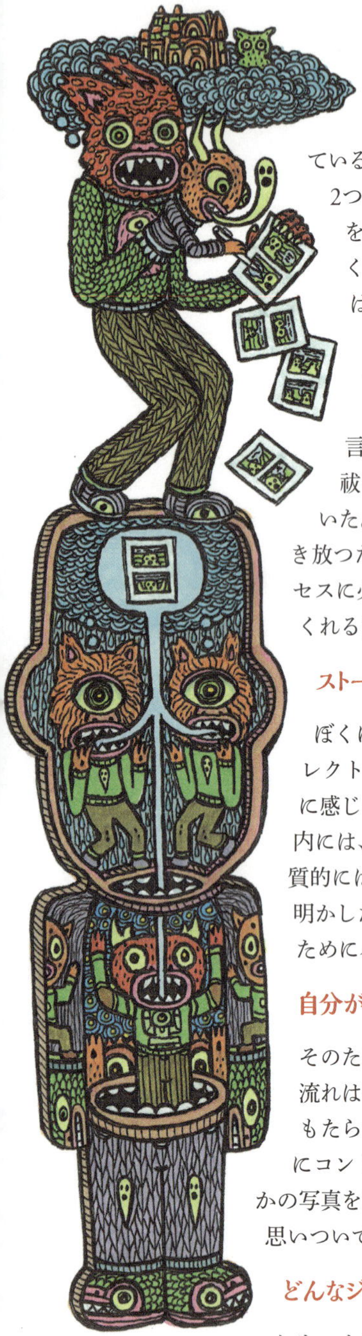

言葉で語る必要がないストーリーと、あるストーリーとの違いをどうやって知るか?

『悪魔祓い｜*exorcism*』は言葉を使わずに創った、はじめての長編コミックスだ。インスピレーションは悪夢から得た。見知らぬ風景を通りぬける細い道に、ぼくは立っている。この風景はひとの脳で、道は左脳と右脳のあいだのスペースだと、じきに気づいた。2つの軍が左右の地平線から現れて、脳の境で激しくぶつかった。まるで、脳梁の支配をめぐる、中世の領土争いみたいに。脳が、つまりは脳自身を攻めていることに、ぼくはひどくうろたえた。夢の論理をコミックスにするというアイディアで、頭がいっぱいになっていった。悪夢のシナリオを使い、ストーリーの流れを介して悪夢を解きあかしたり改めたり（退散）できる、ある種の神話の数学方程式として。夢には音や言葉がなかったから、コミックスも沈黙しているべきじゃないかと思った。

一方、『キャパシティ｜*Capacity*』は300ページ以上あるコミックスで、たくさんの言葉を使った物語だ。まったく違うタイプの読み物だけど、ゴールについては『悪魔祓い』と共通点がかなりある。夢の論理と、意識の流れのドローイングを使おうとしていた。精神の妨げと限界をとおして道を見つけるため、正気を失わずに想像力をもっと解き放つために。作品のなかで、潜在意識を生き物として扱おうとしていた。言葉はこのプロセスに必須で、作品が絶えず投げかけるかのような論理の妙な感覚のなかをナビゲートしてくれる言葉なしには、本の結びへの道を見つけられなかった。

ストーリーを語るために、木版ドローイングを考えるか?

ぼくにとって、木版ドローイングはいつでも物語みたいなものだけど、ストーリーをダイレクトに語るとはかぎらない。いろんな解釈ができる想像力から生まれた、手工品のように感じる。木版ドローイングの多くは、トーテムポールみたいな多次元のキャラクターで、内には、ほかのキャラクターやシーンが息づいている。作品はたいてい、あいまいだけど本質的にはあきらかな目的を持っている。ぼくは作品に名前をつけるけど、そのほかはあまり明かしたくない。作品は、謎として世界で生きることになっている。謎がコミックス創りのためにバランスをとるのは、むしろ活発すぎる思考プロセスに思える。

自分がすることのやりかたを、どうやって学んだか?　どうやって改善するか?

そのためのスクールには行っていない。ティーンエイジャーのころ、とりとめもない意識の流れは考えをクリアにするし、好きなように、もっと自然に思える活動ができるスペースをもたらすと気づいた。手にみずから描かせるというアイディアにどこまでものめりこみ、脳にコントロールさせようとはしなかった。もし、描くというおこないが、潜在意識にある何かの写真を現像するようなものなら、絵は新しくて驚くべき何かを脳に示せる。脳がイメージを思いついて、紙に描くよう手に命じるのとは対照的に。

どんなジャンルであれ、新人クリエイターにアドバイスをするなら、どんなアドバイスか?

クリエイティブの生まれながらの好みにしたがって、意識と想像力のパーソナルでミステリアスな関係を、心から受けいれてほしい。本当にオリジナリティがある作品を創るには、テクニックを磨いて、受け手と結びつき、自分の世界に連れてくるパイプを整えなくてはならない。だけど同時に、できるだけ自由に考え、能力の限界を広げ、慣習と無難を避けることも欠かせない。見つけにくいバランスだけど、クリエイターがはじめのクリエイティブな衝動をとらえ、保てるなら、作品そのものがパーソナルなレベルで偽りなく報いている。たとえ、だれにも理解されなくても。何より大切なのは、あらゆる浮き沈みをくぐりぬけ、あきらめずにつづけることだ。そこには何かがある。

ペンを持って紙に向かう
—潜在意識のナビゲーションとしてのコミックス—
BYテオ・エルズワース
手はデリケートな感知器だ。意識の流れのドローイングは、著者の潜在意識にある何かの写真になりうる。
夢の論理のコミックスは、著者に想像力と積極的にかかわらせる。
集中
不信 一時停止
駆りたてられる
描いて
描いて
ひそひそ……
潜在意識に戻るわ
できるだけ遠くまで
まんまと、アニマル
ドリーム・ボートの
ガイドを命じられた
もっとはっきり
見るために、心の目の
レンズを創った
経験を細かく
記録しつづける
描いて
描いて
描いて
トントン
努力
描いて 描いて
地下から思い
がけない情報が
ありえない夢の脚が、
勇ましい第一歩を……
ミステリアスな揺さぶり
あ! わかっちゃった
心のなかに秘密の
ドッペルゲンガーが
いたんだ
おまけに あの子は
わたしの頭の
地下にいる
描いて
描いて
地下深くに彼女はいた、
そしてもっと深くへ……
思いがけない情報をあばいたのは獣

ペンは神話の震動計となり、著者の想像力の働きに、目に見える証しを与える。不快と不安の証しかもしれないけど。
ブーン
ガーッ
ガーッ
これが ここに隠れてるもの?
こんなゴチャゴチャをどうすればいいの?
ガーッ
ブーン
ブーン
ガーッ
ここには使えるものがなんにもない!
いけない! 心のドッペルゲンガーを見失った!
ガーッ
ガーッ
ブーン
ガーッ
ブーン
あー
ブーン
ムシャムシャ
ムシャ
ムシャ
おっかなびっくり
チチチチ
彼女は、ふいに悟った。
終わりがなさそうな恐怖のスパイラルの問題を解決しないかぎり、
深い知性の結晶の神話のほら穴には、永遠にたどりつけないと。
たじろぐ
ガーッ
いきなりボーっとする

ページは、著者がさらけ出し、記録し、
潜在意識のなかの妨げを乗りこえる動的スペースになりうる。
集中を保つ
あんたは心の動物群像に
加えられた
描いて
描いて
仕事を
つづける
満足感の罠
激しい不快感のハエ
夢破れた
夢想家
邪魔するガチョウもどき
疑いのサメ
前進抑制虫
結果として生じたつとめは、著者をより己に近づける乗り物として機能する。
集中
現実として扱う
描いて　描いて　描いて……
描いて
描いて
努力
大股の一歩
著者は己の未知なる荒野をどうにか進み、コミックスが目に見える証しになる。
見て！　わたしの心のなかのドッペルゲンガーが
終わりがなさそうな恐怖のスパイラルの問題を解決してくれた！
そうか！
描いて
ひそひそ……
描いて
描いて
描いて
彼女はいままでよりずっと深くに来て、
さらにもっと深くへ行こうとしている。

トレントンのヘアサロンは、アメリカでの経験とナイジェリアでの人生の、豊かなフラッシュバックのために〈フレーム〉設定を与えつつ、いま、人種と文化を観察するチャンスもたっぷり与える……のちに、オビンゼのイギリスでの経験と並べられ、重きをなす。

前景の舞台：ヘアサロン

ロンドンの舞台

第1部

第1～2章

（Eメールを通じて、イフェメルとオビンゼがふたたび結びつく。人間関係についてのドラマティックな問い）

導入部

第1章 - イフェメル：視点と主人公のポジションを確立

第2章 - オビンゼの視点：重要性も確立するけど、ぼくたちがイフェメルの視点に身を置いたあと

第1章はイフェメルについての基礎事実という形でコンテキストを与え、第2章はオビンゼについてもそうする。キャラクターのリサーチは、読者にとって重要なフックだ。

第2部

第3～22章

（イフェメルの現在にも触れるけど、主に、ナイジェリアでのオビンゼとの成長のストーリー）

おもてのストーリー　としての裏話

第4章以外、イフェメルの視点から

オビンゼの視点からの**第2、4章**は、彼の視点がくり返し生じて、リズムを作ると明言する。

第2部第4章のあとは視点人物ではないにせよ、存在感を保つためにオビンゼを目立たせる**第7章**のような章もある。

第3部

第23～30章

（主に、キャリアの目標を阻まれるロンドンでのオビンゼ）

オビンゼのイフェメル　からの遠さを強調

オビンゼのロンドンでの暮らしを、オビンゼの視点で物語る。

なぜオビンゼがイフェメルと離れたかを、いくらか説明する。

アメリカでのイフェメルの暮らしとの文化的な対比をしながら、オビンゼの人柄と目標について読者の理解を広げる。

アメリカーナ

チママンダ・ンゴズィ・アディーチェ

ヘアサロンは、有形の舞台というより、サブテキスト／シンボルとして描かれる。錨の役目はあまり求められず、必然的にふくまれるにすぎない。

いわば転換のスペースにある、区わけされた短い章。

ナイジェリアでの、オビンゼとイフェメルの経験の対比。アメリカ／イギリスという舞台の対比。

ヘアサロン

昔ながらのナイジェリア／アメリカ

ナイジェリア

第4部
第31～41章

（イフェメルの仕事と人間関係など、アメリカでのさまざまな舞台）

第31章は黒人女性の髪の問題について述べ、それをほのめかす昔訪れたヘアサロンにも触れる。

第41章は、ぼくたちを現在につなぎとめるために、ふたたびトレントンのヘアサロンを前景に置き、フラッシュバックがほぼ終わる。

第4部はイフェメルのアメリカでの暮らしのつづきを、ナイジェリアのフラッシュバックなしにくわしく述べ、ナイジェリアに帰る事情と、オビンゼにふたたび会う必然を作る。

第5、6部
第42～43章

（2人が再会するまえの、関心が高まる瞬間）

オビンゼの視点からの**第42章**は、彼の心のなかでイフェメルがどれほど存在感を増しているか――帰国を願っているかを、きわだたせる。

イフェメルの視点からの**第43章**は、彼女の期待と、いくばくかの不安を示す。

2つの章が、長編小説が投げかける主要な問い――主人公たちの恋の行く末にまつわる期待を高める。

第7部
第44～55章（終章）

（答え・復縁・しあわせへの試み）

第54章を除く、イフェメルの視点からの章が、彼女のストーリーだとふたたび明言する。イフェメルにとっては新しい舞台でもあるから。

オビンゼの視点の章は長く複雑だ、けれど。

長編小説のラストは、読者に満足できる答えを与えるけど、ある意味、答えが出ない問いを残し、イフェメルとオビンゼを超えた現実世界の感覚をもたらす。

最大の効果を得るためのシーン挿入

アメリカーナ

チママンダ・ンゴズィ・アディーチェ『アメリカーナ』は、面白くてすばらしい、文学のメインストリームにある長編小説であり、文化的なテーマに関していえば、はからずも、具体的なディテールとニュアンスのマスタークラスになっている。でも、アメリカ、イギリス、ナイジェリアを舞台にした2人の複雑なラブ・ストーリーは、キャラクターの視点をどう挿入するかについての興味深いサンプルでもある。2人の主人公イフェメルとオビンゼはナイジェリアで育ち、恋に落ちるけど、イフェメルのアメリカ留学を機に、2人のソウルメイトは離ればなれになり、溝ができる。『アメリカーナ』は10代から成人期におよぶ2人の人生のアークを、視点を交互に切りかえながら記す。

この長編小説の7部構成と、動的ではなく静的であろうストーリーを、挿入がどうサポートするかを調べることは有用だ。でも、憶えておいてほしい。アディーチェのキャラクターへの献身——明確で説得力があるディテールをキャラクターの人生に授け、実在するひとのように思わせる能力——がなければ、どんな構成も役に立たない。そして、構成と挿入にまつわるアディーチェの決断が、イフェメルとオビンゼのストーリーに、このうえなくドラマティックな影響をおよぼす。

下に、『アメリカーナ』の各セクションのまとめと、視点の切りかえを関連ポイントといっしょに分析した箇条書きがある。『ワンダーブック』のはじめのほうで述べたとおり、ひとつの要素をほかから切りはなそうとするとき、そのつながりの意味、作家にとっての価値、そして、考えるべきはそのひとつの要素だけでないことに気づきはじめる。

ライティング・エクササイズ：下記の分析を読み、前ページの図を調べたあとで、同じような構成——ひとつの静的なロケーション（ヘアサロンのような）に生命を与え、プロットとキャラクター描写に役立てる——を、どう使えるか考える。そういう構成をきみならではの興味と経験のために活かすには、何がいるか。アイディアや、すでにある長編小説の草稿に基づいて、構成をまとめよう。もし、すでにある草稿からなら、構成の創りなおしは、その長編小説の焦点をどんなふうに変えるか。その変更は、きみのヴィジョンをどんなふうに損なう、あるいは助けるか。

ネタバレがたくさんあるから、気をつけて

第1部〔第1～2章〕：

第1章はイフェメルの視点からで、舞台はニュージャージー州トレントンのヘアサロン。第2章はオビンゼの視点からで、舞台はナイジェリアのラゴス。

- 第1章をイフェメルの視点から書くことで、アディーチェは、『アメリカーナ』がだれよりもまずイフェメルのストーリーだと、あきらかにする。
- 第2章をオビンゼの視点から書くことで、オビンゼのストーリーも重要だとあきらかにする。
- 第1章はイフェメルの人生の基礎事実をあきらかにし、第2章はオビンゼに関してそうする。そのなかで、きみが読みつづけたくなる、ドラマティックな問いが投げかけられる。イフェメルとオビンゼは、よりを戻すのか？　このシンプルな問いは強力で魅力的で共感を集められるので、アディーチェは、とても複雑なテーマとシチュエーションを探るための時間を、都合がよいときに稼げる。

- 長編小説の現在におけるイフェメルの舞台をヘアサロンに決めたこと（第41章までヘアサロンを去らない）も、主人公イフェメルの人生を探るための時間（＝ページ）を稼ぐのに役立つ。
- ヘアサロンが与えるフレームは、すべてのコンテキストを、そのフレーム内でのフラッシュバックとして語る。ティーンエイジャーのころのナイジェリアでの記憶だけでなく、アメリカでの経験も。だから、これらの記憶はどれも等しく現在のもので、ナイジェリアの記憶は必ずしも、アメリカでの経験に組みこまれていなくてもいい。また、ヘアサロンは客やスタッフとの、ときには人種と文化についての会話へと導き、テーマに関するドラマティックな、ほかのシーンにもおよぶ共鳴を強め、浮き彫りにする。

第2部〔第3〜22章〕

第4章を除くすべての章がイフェメルの視点からで、おもて向きは現在（ヘアサロン）というフレームに支えられたアメリカが舞台だ。でも、これらの章の多くが、過去へのさらなるフラッシュバックをふくみ、アメリカでのものもあるけど、それ以前のナイジェリアでのイフェメルの人生に重きを置いている（ときどき、ヘアサロンとそこでの行為に戻りながら）。オビンゼの視点からの第4章は、ラゴスが舞台だ。第7章のようなイフェメルの視点からの章においても、オビンゼは主要キャラクターといえる。

- 第3章をイフェメルの視点から、第4章をオビンゼの視点からにすることで作られたリズムは、読者にとって重要なシグナルだ。第1、3章はイフェメル、第2、4章はオビンゼ。2人の人生は絡みあっている。2人の視点は長編小説のあいだじゅう、つづくだろう。オビンゼの視点からの第2章だけでは、じゅうぶんじゃない。視点を確立するためには、規則的なパターンを作る章がもうひとつ、錨として必要だった。
- 第1部は、このあとも2人の視点からの章があるかもしれないと、読者に予想させた。だから、第2部では（あるいは第7部でも）気にならない。
- 第1、3章と第2、4章のパターンがいったん確立されれば、ほかの章がイフェメルの視点からであることが『アメリカーナ』は彼女のストーリーだと強調しても、オビンゼの視点からの新しい章がいずれあるだろうと、読者は予想する。
- イフェメルの視点は、オビンゼに対して寛容だ。フラッシュバックするナイジェリアでの2人の関係が、彼を重要キャラクターにする。第7章のような章で、イフェメルの視点からシーンを見ていても、オビンゼはたしかに主人公だとわかる。だから、アディーチェはオビンゼの存在感を強めるために、実際に彼の視点に戻る必要はなかった。

第3部〔第23〜30章〕

どの章もオビンゼの視点からで、イギリスで勉強と仕事をしながら、成功しようとする試みをくわしく述べる。

- イフェメルの見かたやロケーションとはペースを変えていて、長編小説内でちょっと独立したストーリーを読者に与えてもいる。
- このセクションはオビンゼの問題を扱いつつ、イフェメルからの遠さを強調し、なぜ2人が離れたかをオビンゼの立場から、よりはっきりと理解させる。読者の心のなかで、イフェメルから知ったことに共感が加えられ、さらに複雑で立体的な絵を創る。
- このイギリスのオビンゼへの切りかえが、アメリカでのイフェメルの経験との文化的な対比ももたらすので、第2部がふいに第3部とは違っていても似たさまを見せ、ますます共感と、コミュニケーション（と誤解）のポイントを創る。

- 第2部と第4部の切りはなしも、第2部と第4部では重点が違うと、たとえはじめはそう思わせなくても、伝えている。
- 第3部はオビンゼのラゴス帰着で終わるけど、そこに着いたら何が起きるのかは、まったく情報がない（このあとの出来事は、第1章でのイフェメルのヘアサロン入店後にあるけど）。このいきなりの切断が、イギリスでのオビンゼの不運なストーリー・アークを終わらせ、第2部をほぼイフェメルの視点だけにしたために残されたすき間を埋め、読者の満足感を創る。この終わり（はじまりでもあるけど）の感覚は、あからさまな、現在の、前進のアクションが効果をあげない長編小説には欠かせない。そういう意味では、ある種の報酬を読者に与える。
- 併せて第3部は、次に何が起きるか知りたくなるドラマの瞬間に、読者を動揺させたまま置き去りにし、それが物語の勢いをサポートする（第1、2部から、次に何が起きるかをぼくたちはだいたい察しているけど、具体的なディテールはまったくない）。

第4部〔第31～41章〕

すべての章がイフェメルの視点からで、イフェメルのアメリカでの暮らしをよりはっきり強調し、ナイジェリアのフラッシュバックはほとんどない。第41章の終わりに、イフェメルはヘアサロンを去る。創れる効果について、むしろ魅力的なのは、第31章は黒人女性の髪がメインテーマなのに、昔訪れたヘアサロンという舞台をほぼ、というより、まったく説明しない点だ。このテーマは、その舞台を必然的にふくむにもかかわらず（この効果は、本書P.157～158の箇条書きをサポートする、きわめて！　ある場所に戻るとき、同じ場所を使った先行するシーンの描写を、どうすればくり返さなくてすむか）。

- 第3部でオビンゼの人生のありようについて、いくらか答えを得たように、第4部ではアメリカでのイフェメルの人間関係と、オビンゼとの距離にまつわる問いへの答えを得る。ある意味、第3部はオビンゼの答えを与えることで、イフェメルの答えを受けとる準備をさせるのだ。第3部と第4部は対(つい)になっている。第3部がオビンゼの視点からだったように、第4部はイフェメルひとりの視点からだ。
- オビンゼの視点が長かったので、第4部でイフェメルの視点に戻るのは新鮮で、もっとイフェメルを知りたくなる。もし第3部がなければ、第4部は第2部と似たりよったりだと感じさせただろう。
- 第3部でオビンゼの視点に切りかわっているので、もし第3部がなかったり、第4部のあとに置かれたりしたなら、イフェメルと第4部の出来事への見かたも少しは変わる。
- この時点でもアディーチェは、イフェメルとオビンゼがよりを戻すかどうかというシンプルでドラマティックな問いを強調しつづけていて、この問いは、そうこうしているうちに表面化してきた別の問い（イフェメルはナイジェリアに戻るのか？）と対になる。
- 第41章はふたたびヘアサロンを前景にして、ぼくたちを現在につなぎとめ、ドラマティックな問いに答えが出るだろう長編小説の最後のセクションへ駆りたてる前進運動も示す。イフェメルがヘアサロンを去れば、何かが起きる。なぜなら、ぼくたちはふたたび、現在と知られざる未来にいるからだ。ごくシンプルな行為に、おおいなるドラマの可能性がある。
- でも、ヘアサロンでのやり取りの複雑さ、イフェメルの人生の複雑さ、そして、アディーチェが2つの視点を行き来するやりかたから、多くの読者にとってはもう、この長編小説の問いは〈イフェメルとオビンゼがよりを戻すのか？〉ではなくなっている。問いは〈イフェメルは人生、経験、流儀の、いまやすっかり変わった要素のすべてを使って、満ちたりた意義ある人生を自分のためにつかめるか？〉だ。これが、すばらしい長編小説の真髄だ。ひとつの問いできみを釣り、答えを与えながらも、読者がより深いレベルへと進まざるをえない、もっと複雑な問いを投げかける。

第5、6部〔第42〜43章〕：

この2つのセクションをひとまとめにしたのは、2人がつながるからだ。第42章はオビンゼの視点から、第43章はイフェメルの視点から。これらは転換の章だ。イフェメルはまだアメリカにいて、いままさにナイジェリアに帰国し、オビンゼと再会しようとしている。

- オビンゼの視点からの第42章は、イフェメルがいまもどれほどオビンゼの心のなかにいるかを、いつかイフェメルはナイジェリアに帰国するだろうというオビンゼの願い（読者の願いも反映しているかも）と共にきわだたせる。また、イフェメルとは対照的なオビンゼの立場も、読者に思いださせる。第5部のイフェメルの不在は、読者には不運なものとみなされる。
- イフェメルの視点からの第43章は、期待と不安を前景にしている。イフェメルは人生の岐路に立っていて、この転換期のドラマティックな重要性をあらわすには、章（と部）をわけなくてはいけない。ここは、2人が再会するまえのドラマが盛りあがる瞬間でもある。こんなふうに、望みどおりのシーンを、ドラマティックであれ控えめであれ、創る贅沢がアディーチェに許されるのは、読者が緊張感を満たしているからだ。
- 2つの部の2つの章への切りはなしは、一見不要（なぜ、2つとも第5部ではないのか？）だけど、実は、2人が再会するまえのこの瞬間を引きたたせている。どういう関係かにかかわらず、ひととして誠実な2人の性格も。だから、ぼくたちはここでバラバラに、章だけでなく（隣あう）部もわけられた2人を目にする。

第7部〔第44〜55章〕：

舞台はナイジェリアで、オビンゼの視点からの第54章を除いて、すべてイフェメルの視点からだ。これらの章は、イフェメルとオビンゼの関係というテーマに取りくみ、長編小説に答えを与える。

- イフェメルの視点からの章がほとんどで、『アメリカーナ』はイフェメルのストーリーだと、ふたたび明言する。
- 読者の興味の視点からすれば、アメリカで暮らしたあとのイフェメルのラゴスに対する観察も、オビンゼの観察より役に立つ。すでにオビンゼの観察を与えられているけど、オビンゼには当たり前すぎて、気づいたり触れたりしないものがあるからだ（オビンゼの見かたには、イギリスでの経験が影響しているとはいえ）。
- オビンゼの視点からの章がひとつだけあるけど、重要で長く、つまり、ひとつの章についての予想をやや上まわる重みがある。
- オビンゼの章では、2人のキャラクターはもう同じところにいて、イフェメルの視点からの章での出来事とはあまり重ならないけど、そのかわり、すき間を埋めて、必要な洞察を与える。
- 長編小説の2つ目の章がオビンゼの視点だったように、ラストから2つ目の章もオビンゼの視点で、心地よい対称を創る――けど、長編小説はイフェメルの視点で終わる。

長編小説の終わりまでに、アディーチェの複雑な構成――2人のキャラクターの視点を、どう挿入するかについての鋭い判断もふくめて――は、満足できる答えだけでなく、テーマへの共感も創る。シーンと経験との、判断の結果として読者に生じた興味とカタルシスとの、さまざまなつながりがある。

1—はじめの尾行

2—はじめての〈殺人〉

ゴーメンガースト：フレイVS料理人
「夜半の流血」アクション・シーン

5—対決（クモの広間）

6—紛糾

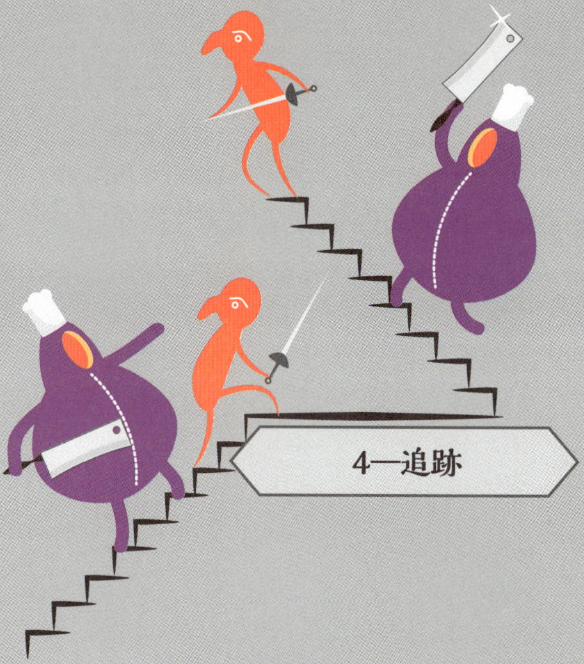

ゴシック小説の古典『ゴーメンガースト』三部作では、2人の脇役、フレイと料理人のファイト・シーンが、長編小説のプロットに大きな影響をもたらす。対決の前後、運命の逆転、料理人の最終的な運命が、このシーンを一級品たらしめる。でも、いずれにしても、ただのアクション・シーンじゃないか。それ以上のものになれるのか？

もし同じビートと進行をディナーパーティーにあてはめたら、もしフレイと料理人がディナーの席でとげとげしい言葉の応酬をしたら、どんなふうになるだろう。同じ進行を使えるだろうか。

このサンプルを心にとめておいてほしい。ディナーパーティー・シーンなどの非アクション・シーンを見つけて、そのビートと進行をアクションへと〈翻訳〉する。翻訳できなかったものは何？　もっとも翻訳しやすかったものは？　シーンに共通するもの、しないものについて、何を学んだ？

アクション・シーンは、ディナーパーティー・シーンになれるか？
考えられる、変移へのアプローチをあげてみよう

1. フレイはテーブルの下から、怒りをあおるコメントをささやく。
2. 料理人はフレイの侮辱をさえぎる。
3. 料理人はテーブルの下をのぞき、指さして笑う。
4. 料理人は、フレイが友人たちに隠しつづける秘密について、何か汚らしいことを言う。
5. フレイは話の矛先を料理人のレシピに向け、料理人は挑発にのる。
6. フレイが罠をしかけていると料理人は気づき、フレイの雑な仕事ぶりにケチをつける。
7. だが、フレイは舌戦を料理人が作る食事の本質にとどめ、ほかのひとたちを会話に巻きこむ。
8. 料理人は引きさがる。なぜなら、料理人はフレイが知っていると知っているからだ。料理人の隠し味が……ネコだと！　フレイの勝ち！

愚か者が
激怒する

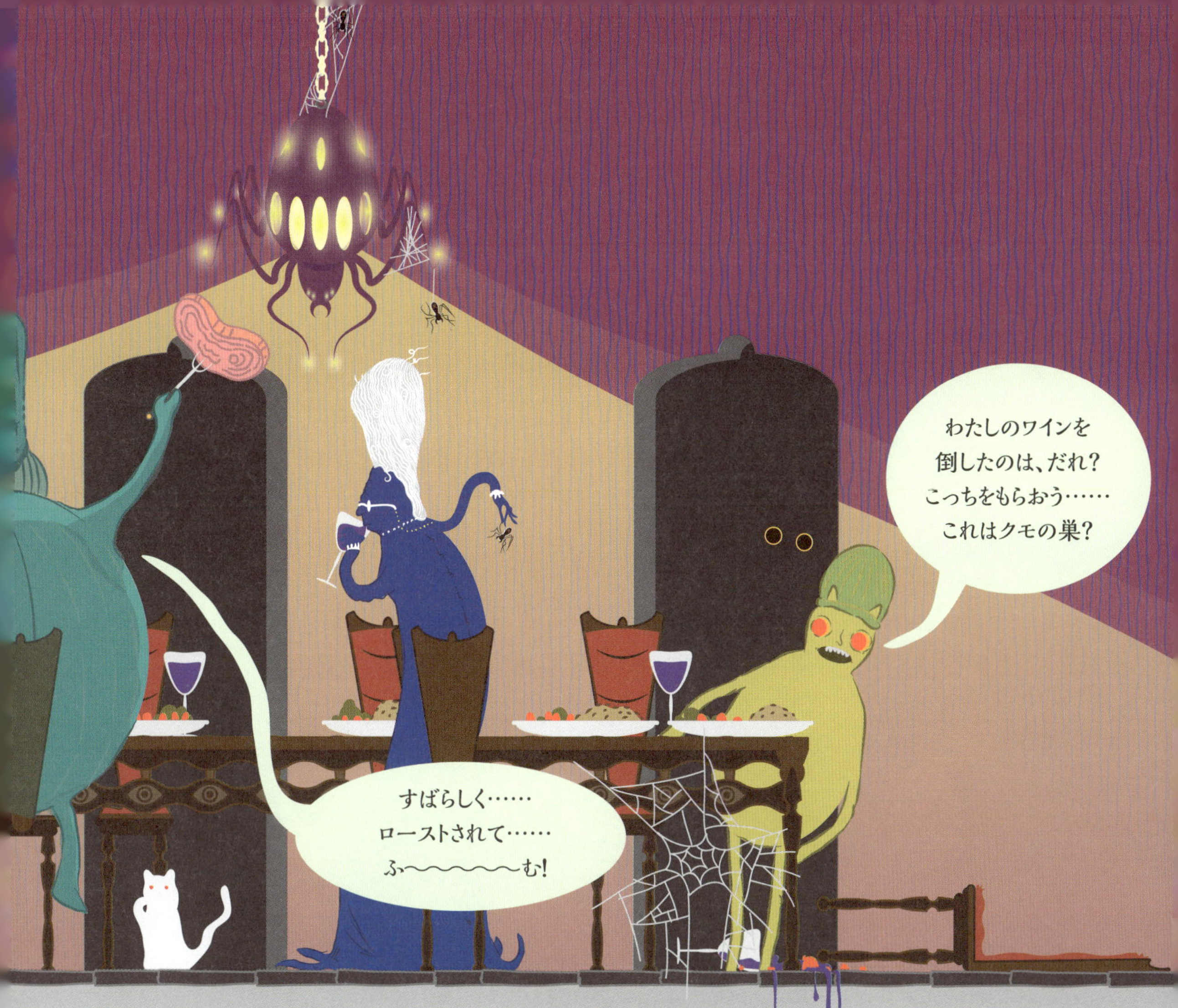

親愛なる愚か者諸君、つねに憶えておいてくれ

- 会話は、ひとの精神に実害をもたらしうる
- 会話の因果関係は、物理的な因果関係を模倣しうる
- 言葉は物理的に伝え、世界における現実になっていく
- 感知した侮辱をめぐって、ひとは軽はずみな行動に駆りたてられる

ボーナスポイントのために：オーソン・ウェルズ監督の映画『オーソン・ウェルズのフォルスタッフ』の有名なバトル・シーンを観る。そのシーンを、個々のキャラクターのビートに分解する。そして、そのビートを、まったく異なるフィクションのコンテキストに移す。

『ゴーメンガースト』シリーズのよりくわしい内容については、本書P.170〜171を参照。

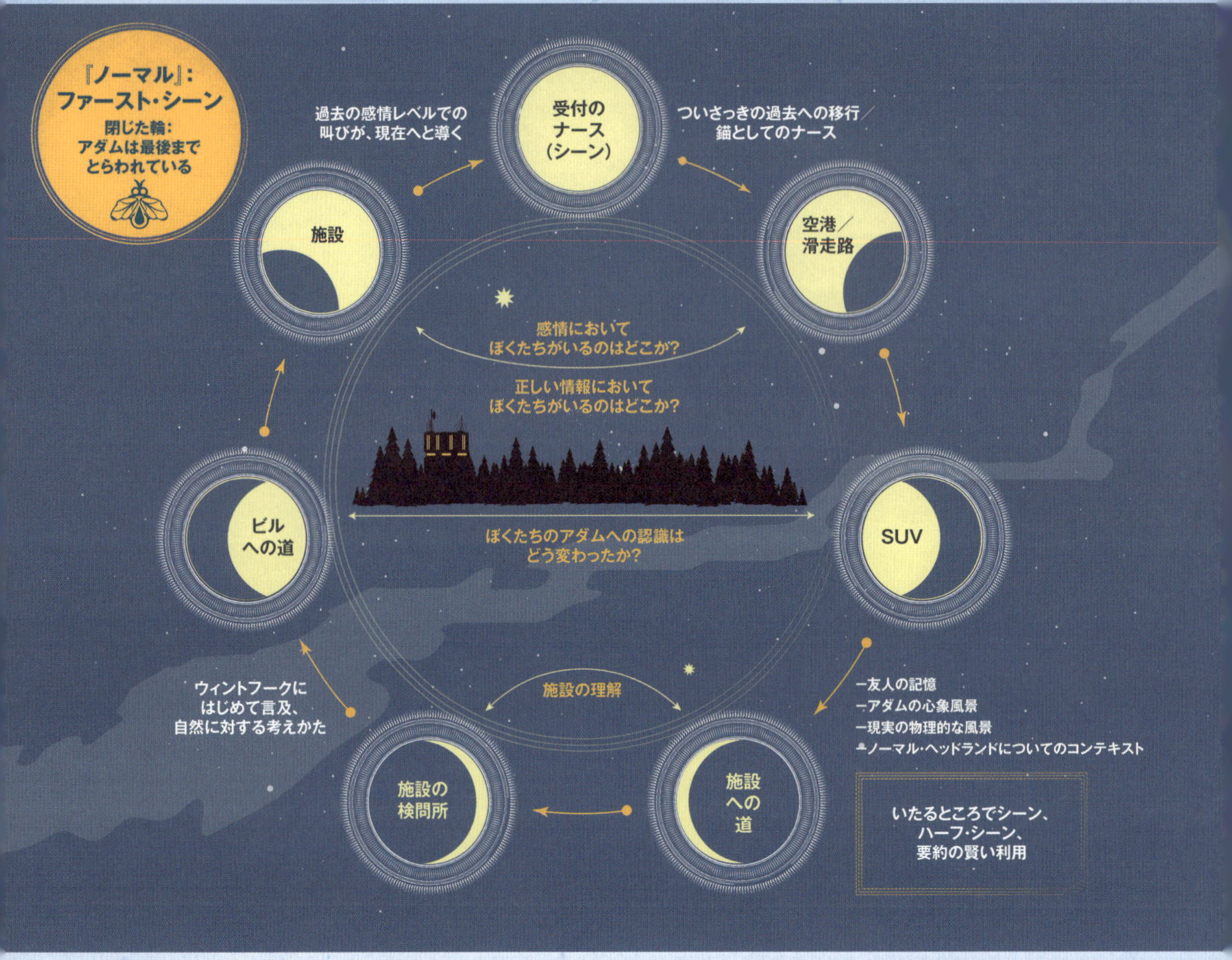

代表的なコミックス・クリエイターであり作家でもあるウォーレン・エリスは、作品内で未来を予見するコツを知っている。長編小説『ノーマル | *Normal*』はエリスの予見力のよいサンプルだし、オープニング・シーンの書きかたのすぐれたレッスンだ。ぼくたちはこれらのシーンを調べ、なぜ、どんなふうにシーンが機能するかを、ひと区切りごとに分析して、あきらかにする。

「ノーマル」とは何か？　アダム・ディアデンは、オレゴン州の荒野にあるノーマル・ヘッドに「深淵の凝視」——気候変動、世界大戦、すぐそこにある〈汚い爆弾〉の可能性の別名で、未来へのポジティブな考えさえ、神経の衰弱を引きおこす——を治すためにやってきた予見的戦略家だ。予見的戦略家は地球工学、スマートシティ、「われわれの来たるべき運命」の避けかたについて考える。でも、ノーマル・ヘッドでは、戦略的予見者も療養している。戦略的予見者はおびえた未来派研究者で、地政学的な激変、ドローン戦争、「われわれの来たるべき運命」のクライアント用の準備について考える。

アダムの望みは、テクノロジーを断ち、静けさに浸ることだ。でも、山のような昆虫の跡だけを残して、患者がいなくなる。スタッフの調査がおこなわれ、監視が徹底されていく。謎が深まるにつれてアダムは、彼の核となる主義を疑わせ、心の平穏以上のものをおびやかす恐ろしい陰謀に気づく。

第1部のシーン分析

- 施設の受付エリアで、教授がナースと言い争う。
  - ○ いきなりの脅威／争い、なかば滑稽な
  - ○ じゅうぶんコンテキストがあるシーンの即時性
  - ○ 最初の動き、あるいは暴力の兆し
- アダム・ディアデンは、このシーンを目撃するというコンテキストで登場し、担当ナースと話す。
  - ○ 奇妙にも、#1の数ページで不在
  - ○ なぜか？　奇妙にも、アダムは自分の人生にいない／人生の外にいるから

- 空港の滑走路、ナース（錨）に会う、鎮静剤を与えられる。
- SUVに押しこまれ、運ばれる。
  - ○ 風景は現実ではない（アダムの状態のメタファー）
  - ○ 風景は現実（「雹(ひょう)に打たれる」／町の名前）
- 現代生活を捨てると決めた友人の記憶
  - ○ なぜ、この記憶が必要なのか？
  - ○ 偽善と類似性
- 記憶から現れる、エラティック・ロックという錨（まえに述べた場所の最後）
  - ○ 本当に、荒野の外へ
  - ○ さらなる要約のまえの、ハーフ・シーンの瞬間
- ノーマル・ヘッド・エクスペリメンタル・フォレスト・ファシリティに到着
  - ○ ノーマルという町の情報
  - ○ アダムは戻れないかもしれないという深刻な情報（アダムのシチュエーションの謎）
- 検問所
  - ○ ガードマンとのやり取り（西部劇『ボナンザ』を観ているガードマンは、もっと〈シンプル〉な時代の例）
  - ○ 形式ばらないガードマン、普通ではない施設のほのめかし
- 「長く曲がりくねった道」を進む。
  - ○ 木々——アダムは名前を知らず、木と呼ぶだけ
  - ○ ほとんど軽蔑するような——アダム自身を？　自然を？
  - ○ ウィントフークにはじめて言及：「……ウィントフーク以来、すべてのコミュニケーションが危険をはらんでいるかのようだった」（10ページ）
- ビルに到着
  - ○ U字型のブルータリズム建築で、最新の部品が加えられている。
  - ○ 叫び声（さっきからの不安のあらわれ）をあげながらSUVから引きずりだされ、これがうまく遠さ／分離をあらわす。

- ぼくたちがシーン#2に加わった、とても近い時点から、オープニングのシチュエーションのわずかな要約と共にはじめる。
- 旅の終わりの感情的なアーク（叫び声）がつづき、アダムは泣きだし、意識を失う。

質問

- もしウォーレン・エリスが施設への旅からはじめていたら、どうなったか？
- もしエリスが、はじめにウィントフークに言及していたら、どうなったか？
- もしストーリーが、施設の受付からはじまり、旅の要約が段落にあったら、どうなったか？
- もしストーリーが、いまの第1部のあとから、アダムが部屋に案内されているところからはじまったら、どうなったか？

きみのスタイルと物語へのアプローチにふさわしい、きみバージョンのストーリーのオープニングを創る。エリス・バージョンとくらべてみよう。

さらに読む:『ワンダーブック』第3章の『フィンチ』についての議論

- このストーリーは、情報を伝えるために時間と空間を要するけど、動き(物理的な)とキャラクター展開もある。
- 好奇心をそそる短いシーンでスタートすることで、エリスは読者の興味を主要な問いに集めようとする。この施設は何? なぜアダムはそこに? 次は何が起きる?
- あとにつづくシークエンスは、ついさっきの過去であって、もっとまえのフラッシュバックではないので、不自然ではない。この移行を、エリスはとてもエレガントにあやつる。
- 物理的な旅への理にかなった進行があり、ぼくたちがキャラクターと施設の情報をどう受けとるかについての理にかなった進行が反映されている。
- オープニングのシークエンスは、念入りな調整——シーン、ハーフ・シーン、要約の正しい比率での利用——によって、速く(慌ただしく)も遅くもないペースを示す。
- アダムが施設に着いたあと、次のシーンに変わるのではなく、ナースと施設の患者とのシーンに戻ってから、次の出来事を見せる。つまり、このシークエンスにつづくシーンは、まえより不自然ではない。先行するシーンのほとんど直後だと、ぼくたちは知っている。
- エリスはこのシークエンスのなかで、読者のはじめの好奇心を満たせるだけの答えを与える。与えられた情報はさらなる謎を伴うので、うまくいけば、読者は読みつづけたくなる。

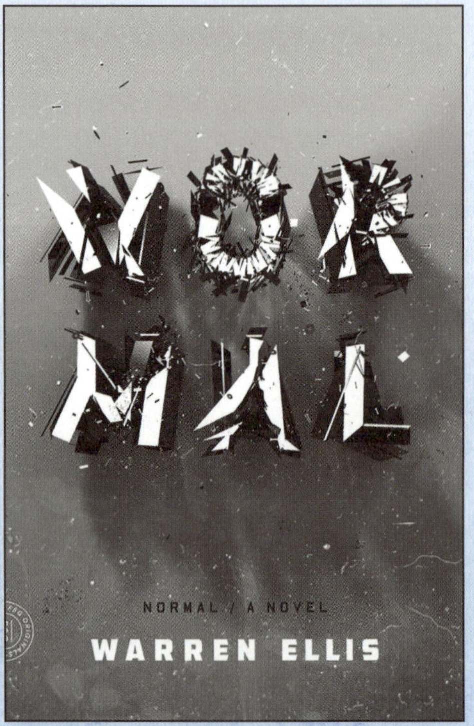

Cover © Charlotte Strick and Pedro Almeida Design
表紙 © シャーロット・ストリック&ペドロ・アルメイダ・デザイン

- まず大事なことから。アダムが謎めいた女性と話しているあいだに、ノーマルという施設の不気味な描写
- シャロンの暮らしから消えたあらゆる機器をふくむ、シャロンの描写(ある意味、あとでアダムの部屋でのシーンを埋める)
- シャロンが何者かという情報
- 施設でおこなわれていること(プロセス)の情報
- 「深淵の凝視」(ひとつ目の決まり文句? 〈深淵もおまえをのぞいている〉)
- 「ほとんどのテーブルにいるひとたち」に視野を広げる。もっと広い世界というコンテキストの情報が、そばにある前景(テーブルにいるひとたち)という広がりつつあるコンテキストと対になる、あるいは結びつく。
- コンテキストにまつわる情報が神経にさわりだす直前、謎のキャラクターが背景に落とされる(新しい要素)。「あの男は……あちら側にいる」
- カメラがどこにあって、どこにないかという欠かせない情報(ひとつ目の〈抜け穴〉?)
- シャロンからのきわめて重要なアドバイス(「ここでのわたしの役目は終わり」)
- シャロンの〈親切〉について、アダムの感情的なリアクション/瞬間
- 感情的な瞬間が壊される——さえぎられる、あるいは汚される。クラフはシャロンを違うコンテキストに押しこみ、アダムの感情を揺さぶり、シャロンの誠意へのアダムの信頼に疑いを投げかける。「彼女はひとに触らないんだ、まえに喰ったことがあるから」
    - 「アダムの肩越しに声がした」が予想以上にうまくいくのは、それが空所からは生じないからだ。
    - 「ほとんどのテーブルにいるひとたち」は、外界のコンテキストと対になり、移行について有用なだけでなく、アダムの肩越しの声をそれほど意外ではない驚きにできる。
- クラフVSシャロン、言葉と行動で争う。
    - だれを信用すればいいのか、ますます疑問が生じる。
    - 次に、暴力行為がエスカレート(タンブラーを投げつける)
- ナースのディクソンが登場

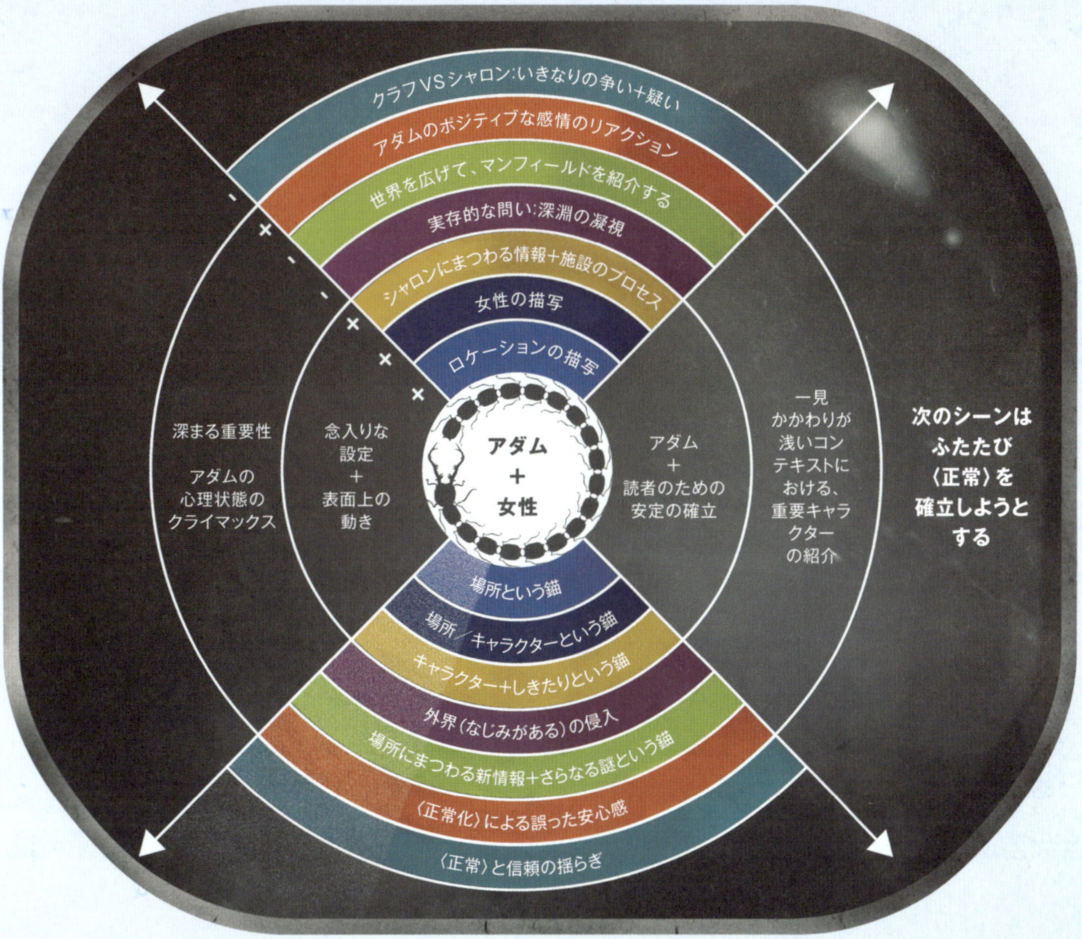

○ 争いを終わらせ、クラフを立ち去らせる。
○ 医師に会う時間だと、アダムに情報を与える。
○ ほかのシーンにも登場するだろう。使い捨てのキャラクターではない。
○ 真の終わりを伴うシーンを終わらせるために、効果的に現れる。

質問

● このシーンでの情報の〈動き〉はどうなっているか?
● このシーンは、どんなふうに読者をつなぎとめ、また、迷わせるか?
● このシーンで、物語のバランスはどんなふうにとられたか?

シーン#4に関する学びを、うまくいっていないきみのフィクションに適用する。これらのテクニックは、どんなふうに緊張、驚き、共感を創るか?

所見

● 複雑な文学的効果は、築くのが見かけよりもむずかしい〈基礎〉の土台で決まる。
  ○ フィクション全編にわたって表現される情報のわかりやすさ。特にオープニングで。
  ○ フィクション全編での組織(または構成)のわかりやすさ。シーンやセクションレベルにおいても、ストーリー・アーク全体のコンテキストにおいても。
  ○ ディテールのわかりやすさ(文章レベルでの精度)と、全編にわたっての強調。
● 驚きと緊張を創ることは、しかるべき設定の働きでもある。
● 文章において動きを創るために、読者の予想を使える。
● 文章における動きと読者が退屈しないことは、きみがどんなタイプのシーンを脚色し、混ぜたかをあらわす。
● 読者の関心も、要約とハーフ・シーンをどう混ぜて、バランスをとるかによって、保たれる。
● 異常を示すためには、読者に正常を教えなくてはいけない。

エコロジーの探究

『全滅領域』の全滅 小説から映画へ（ネタバレがいっぱい）

自叙伝、インスピレーション、変換

第1章で少しだけ触れた、ぼくの長編小説『全滅領域』はいくつもの変容を経験した。10を超える言語に翻訳された長編小説から、ファンアートや物語のインスピレーションへと、アレックス・ガーランドが監督し、ジーナ・ロドリゲス、テッサ・トンプソン、オスカー・アイザックなどが出演したパラマウント映画『アナイアレイション －全滅領域－』へと。これは、きわめてプライベートなものが、きわめてパブリックなものになっていく過程（その旅が、ぼくたちにストーリーテリングについて広く教える）を記す、またとないチャンスだ。

この長編小説では、生物学者、心理学者、測量技師をふくむ調査隊が、30年間見えない境界で隠されていた未知の荒野「エリアX（Area X）」を探索する。エリアXでは奇妙なことが起きていて、監視機構「サザーン・リーチ」によって送られた前調査隊は、なんの説明もできずにいる。この調査隊はうまくいくのか。そして、灯台（The Lighthouse）とあやしげな塔／地下道（tower／tunnel）（生きている言葉が壁に書かれている）は、この謎に対する答えと関係があるのか。

このシリーズは、ぼくにはとても私的だけど、ほんの2、3年で、とても公的になっていった。なぜか？　まず、三部作の多義性ゆえに、読者は標準をはるかに超えるやりかたで、想像力を長編小説に取りいれた。ぼくの意図からは大きくはずれた、でも興味深くて、ときどき斬新な、キャラクターとシチュエーションにまつわる理論もふくめて。次に、ファンがいろんな、驚くべきエリアXアートを創り、ほかのメディアへの変換プロセスがはじまった。塔／地下道の言葉に基づく、生きているアルファベットを創ったひとまでいる。

パラマウントが『全滅領域』を映画化するまえに、この自伝的フィクション

撮影：リコ・キャリオン

はもう、ぼくのものではなくなっていた――物語の決断について探るのに役立つやりかたで。だけど、これらの変換の意味を理解するために、『全滅領域』がどこから生まれたかを知ることは有益だ。

住んでいる環境

『全滅領域』の読者は、この長編小説が自伝的だとは気づかず、本能的な感じがすると思うだけかもしれない。きみの、個人的なものをフィクションで使うまでの旅とは全然違うだろうけど、ぼくが『サザーン・リーチ』三部作のために使ったものを、いくつかあげてみよう。

- **動物との出会い**。ぼくがワニを跳びこした体験は、ふくむべきディテールに思えたし、実際ふくめた。ハイキングコースでのフロリダパンサーとの出会いと無力感（襲われてもどうにもできない）は、具体的な体験というより、『世界受容（サザーン・リーチ3）』に対するおおまかな印象として思いだされる。それでも、ばかばかしいほど遠くからイノシシが襲ってきたり、満潮時に海岸近くの運河にイルカが現れたりすることは残った。どちらの体験もシュールだけどドラマティックな要素を持っていて、『全滅領域』で異様な感じを創るのに役立った。
- **幼いころの自然の記憶**。ぼくは昔、夜の暗礁で迷子になって、光るヒトデがいる海岸に向かった。そのあと、ぼくたちが借りたフロリダ州ゲインズヴィルにある家の裏庭には、生き物でいっぱいの、ほったらかしのプールがあった。これらの瞬間の消えない記憶が、生物学者というキャラクターに変わり、ごまかしがきかない本物らしさを与えた。
- **職場での経験**。『監視機構（サザーン・リーチ2）』のキャラクターのように、引きついだデスクの引きだしに死んだネズミがいたし、「変な部屋」を見たいかと訊かれた。中間管理職といっしょに『蠅の王』みたいなシチュエーションも経験した。上司たちがそこで「魚は頭から腐る」と主張しつづけていたのは、創業者が伝えた格言だったからだ。
- **日々の出来事**。ささいな瞬間も、大きなインスピレーションに変わっていける。『監視機構』を書いているころ、車に乗ったら、フロントガラスの内側で蚊がぺちゃんこになっていた。蚊をつぶした憶えはなく、同じシチュエーションにいる主人公と、作品にふさわしい被害妄想めいた考えかた（だれかが車内にいた）を想像した。
- **誘発される〈事件〉**。インスピレーションを見出すために、自分に活を入れなくてはいけないときがある。あるキャラクターが別のキャラクターの家に押し入るシーンで、位置と動きが思い描けなかったとき、ぼくは裏庭を通りぬけて自宅に忍び寄り……押し入った。不法行為は断じておすすめしないけど、自宅に押し入り、その体験をくわしく記すことが、ぼくにそのシーンを書かせてくれた。

ひそやかで風変わりな献酒によるマシュー・リヴァートのエリアＸへの称賛は、異常さの混じった地への深い思いが三部作の成功に欠かせないと、おごそかに述べる。

個人的なことをフィクションに取りこむコツ

どんな人生経験も、フィクションで活用できる。それは、ストーリーをよりパワフルにするだけでなく、よりよくするかもしれない。まわりの何もかもが、ストーリーになる可能性を秘めている。その可能性を、きみが受けいれるなら。以下を憶えておいてくれ。

フィクションと事実のぼやけた境界：『サザーン・リーチ』三部作のファンが、『全滅領域』をインスパイアした灯台の隣にある展望塔に、塔／地下道で見つかった言葉を書いた。

- 経験やディテールは、ドラマティックなものでなくてもいい。ささやかでも面白ければ。ワークショップで、ぼくはスノーボーダーと靴修理人に出会った。2人とも、プロとしての技術と情熱を、精巧で魅惑的なディテールに変えていた。スノーボード競技の準備の5ページにおよぶ描写には、スリラー並みの緊張感があった。
- リサーチは役に立つけど、さしつかえなければ、必要なディテールは現実世界から得るようにする（ぼくは昔、涸れ井戸でのシーンを書くためには、涸れ井戸に降りるべきだとすすめたとして、非難された。ぼくはぼくの評価を守るよ）。
- もし舞台で思い描けないところがあるなら、よく知っている場所を、その舞台に作りかえる。室内でも屋外でも。そうすることで、そこにいるキャラクターも、もっとよく見えるようになる。
- メソッド・アクトというユニークな方法で、キャラクターの頭のなかに入る。キャラクターやキャラクターの気分になろうと、キャラクターのように反応しようとする（念を押すけど、さしつかえなければ、だよ）。
- 執筆中、まわりのディテールを受けいれているか、たしかめる。ストーリーに取りこむのは大ごとだ。きみは多くの重労働を、ストーリー創りの〈問題〉に集中している脳でしていて、ストーリーを助ける環境をすでに受けいれている。

でも、ぼくのインスピレーションは『全滅領域』というストーリーの、ほんの一部分にすぎない。ほかの部分が、本から映画への変換であり、2つの芸術形式の違いだけでなく、異なる世界観を持つクリエイターの決断についても、興味深いレッスンとなる。

映画への変換

長編小説『全滅領域』には、次の意図があった。(1) はじめから、読者を奇妙なシチュエーションに巻きこむ。(2) 不気味なフィクションへの深い感謝によって、さまざまな超自然的フィクション・SFの決まりごとの破壊を知らせる。(3) エリアXの本質をとおして、エコロジカルなテーマを探究する。(4) 生物学者という非ステレオタイプなキャラクターを用いる。夫との関係はおおむね、人間界と彼女とのストレスに満ちた関係をあらわす。

映画『アナイアレイション －全滅領域－』で、アレックス・ガーランド監督は、エリアX外の世

これは広げられたエリアXの地図で、長編小説のさまざまな時点でのディテールをふくむ。
三部作における大規模なこともキャラクター個人のことも、まとめて示す。

界という錨を観客に与え、もっと型どおりなタイプの、人間界と交わる生物学者を描く。ガーランドのアプローチは、観客をうまくだまして、なじみのある一定の安心レベルに連れていく。奇妙な要素はゆっくり取りいれられ、山積みの日誌や塔／地下道の壁の言葉のような要素は変えられている。どちらも、シネマティックな経験においてはドラマ性が足りないという考えに沿って。

さらに、ガーランドは長編小説の、奇妙な変化やドッペルゲンガーなどのテーマに注目し、エコロジーの問題を二の次にする。だけど三部作では、エリアXと監視機構サザーン・リーチの権威主義を、『全滅領域』の謎をあきらかにするためにいっしょに用いる。ガーランドは自己完結した1作の映画作りに集中し、より論理的な物語にするために、不条理をはぎ取る。そのとき、ガーランドは映画作りの現実を受けいれ、ぼくが『全滅領域』で重んじたのとは違う人類観を重んじる。

ストーリーテリングと、芸術形式のあいだの〈変換という行為〉——追加のコンテキストがなくても共感を得られる変更をふくめて——にまつわる、漠然とした問いが浮かぶかもしれない。どうやって長編小説を映画に合わせるのか。そもそも、その長編小説をどうやって書くのか。でも、ストーリーテリングの個人的な側面に戻るために、できあがった草稿を手に、感動的な映画創りのために必要な変更のリストを作ろう（本書P.167の、映画に関するセクションを参照したくなるかもね）。

- どうしても欠かせないのは、どんな変換の行為か？
- そのままにできるのは、どんな要素か？
- ストーリーを映画にするには、多様なやりかたがあるか？
- ストーリーを映画として考えることは、フィクションの改稿で役立つアイディアを退けるか？
- 映画への変換をでっちあげたあと、キャラクターへの見かたは変わるか？

最後に、次のページの情報を読んだあと、これらの選択についての考えは変わるか？

映画

アナイアレイション

（安心から不安へ）

正常なアメリカ
（ほとんど月並み、落ち着かせるために、わざと……）

映画の方法論

- 風景＝ありふれた植物から、和を乱す突然変異体へ
- 音楽＝控えめから破壊的へ
- 現代テクノロジー＝日誌、時代遅れな機密機関のビルを取りかえる
- ドッペルゲンガーのテーマ＝もっと発展させて、環境のテーマと入れかえる
- 動物＝もっとドラマティックで攻撃的に

本に隠れている
映画に飛びこむ
おれが入ってない！
けど、おまえは突然変異のクマと似てるぜ！

グチばかりの獣

- ある動物は、異なる文化的・生理的リアリティを持ちこむことなく、ほかの動物のかわりになれるか？
- 北フロリダにはない植物相／動物相の代入は、普遍性、あるいは、ほかの強みを創るか？（これは、ストーリーの重点を変えられるか）

「映画では、こいつを
さっさとぶっつぶす!」
異常なエリア X
（奇妙さがもっとはっきり表現され、
ラスト・シーンは長編小説よりも
シュールで、映像メディアにふさわしい）

さらなる活動

- 『全滅領域』をどんなふうに作りかえてあわせるか、綿密に計画する。それは、きみという作家について何を教えるか？
- 『全滅領域』にも『アナイアレイション ―全滅領域―』にもないのに、どちらにもあるべきと思えるシーンの要約を書く。
- 巧みなキャラクターの内面性があり、対話がほとんどない長編小説の一部を抜きだす。その抜粋の本質を損なわずに、脚本のフォーマットに移しかえる。

サブテキストが
変わるのを
見たよ!
うわっ、ほんとだ
塔／地下道が
灯台の下にある
何もかも変わっちゃうよ!

本と映画の違い
1 映画はサザーン・リーチではじまるが、本はエリアXではじまる。
2 主人公の夫の任務は、映画でははじめからあきらかだが、本では違う。
3 本では一文にまとめられたシーンが、映画ではドラマティックに脚色される。
4 本では要約された会話が映画では数シーンに広げられる
5 本のシーンが映画では本の趣旨のシーンに置きかえられる。
6 人類学者と測量技師が映画では異なる、もっと大きな役割を持つ。
7 本の催眠状態が広い意味でのパラノイアに置きかえられる。
8 本と違うて、4人の調査隊メンバーは、ラスト近くまで生きのびる。
親愛なるママ
しゃべる役じゃないと
わかるよ
サブテキストが
どうしたっていうんだ
クローラーは残したほうが
いいけど
おれを全滅させない
著者と監督なんて
知るか
へッ!

ホワイトディア・テロワール・プロジェクト

土地のさらなる特徴は、より信憑性のあるディテールをストーリーに与えるだけか？
それとも、ほかのものも与えるか？

ティモシー・モートンなどの思想家は〈地球規模の生命〉（ときどき〈地質年代〉として表現される）と〈ダークエコロジー〉というコンセプトについて書く。ダークエコロジーとは、〈自然〉が自然なものではなく、ひとの経験（いわゆる文化）と絡みあっていること、〈場所〉は、過去の積みかさね（ひとの記憶は短期的だったりするけど）が大きな役割を果たす地図作りと絡みあっていることをさす用語だ。〈テロワール〉は、モートンのコンセプトを考えるときに使う、もうひとつの用語だ。主にワイン作りで使われる用語で、土壌、地形、気候のような要素の分析からなる（いろんな角度からエコロジカルな物語に取りくみつづけるので、テロワールにはまた触れる）。

たいていのフィクション（伝統的、キャラクター・ベース、現代文学）は、場所の複雑さと風景における時間の広大さを伝える新しいやりかたを見つけられず、そのせいで、世界の真の粒度をとらえるチャンスを逃す。歴史を見えなくするプロセスを制度とイデオロギーが速めようとし、地球温暖化が世界をおびやかす時代に、ぼくたちはいる。ぼくたちの応答には、世界を見て環境の真実を伝える、よりよい方法をふくまなければいけない。理解の限界を認めながらも。

このコンテキストにおいて、フィクションに応用される「テロワール」と「地球規模での生命」は、何を意味するのか。その場所ならではの条件をじっくり調べることは、きみのストーリーテリングをどんなふうに改善するのか。

たとえば、ニューヨーク州北部フィンガーレイクス地区の、放棄された陸軍貯蔵施設にいる白いシカに囲まれているコンテキストを考えてみよう。交雑と白いシカの繁殖を避けるために、1941年、施設の敷地はフェンスで隔離された。400頭の茶色いシカといっしょに、300頭の白いシカが、およそ10,000エーカーの土地で暮らしている。白いシカはアルビノ（訳注：生まれつき色素が欠乏した動物個体）ではない。白い毛皮の潜性遺伝子を持っているにすぎず、適切な保護色をしていないため、捕食動物に襲われやすいときもある。繁殖は、州刑務所や未成年犯罪者の更生訓練施設をふくむ敷地の隅で、それなりにできている。白いシカの長期にわたる見通しは、いまだに立っていない。

次のページからは、白いシカとその生息地のさらに深い理解を、フィンガーレイクス地区のエキスパートからの情報といっしょに提供する。この情報がどんなふうに物語に変換されるか、このセクションの最終ページにあるエクササイズに挑むまえに考えよう。

「単一栽培の広い畑が目につく風景のなかでは、白いシカの封じこめゾーンは、野生の〈孤島〉だ。ほかのゾーンは混交林の生態系がデフォルトで、ほとんどは温帯低木林によって保たれている。植物の体系は、活発な昆虫の多様性を、イシノミ目からジュズヒゲムシ目、そのあいだのあらゆる目に至るまで促す。マダニは15年まえまで報告がなかったが、いまはどの葉裏にも潜んでおり、毎年新たな疾病が住民をおびえさせ、急性の寄生虫妄想が起こりやすい」。——**昆虫学者、農業生態学者エリック・A．スミス博士（ニューヨーク州ウィラード）**

「四季はわたしたちの呼び物だけじゃなく、ひとでもあらわされます。うちのスタッフの多くが、地域にかなり貢献しているし、この自然環境と深くかかわっています。お金を稼ぐためだけに、ここにいるんじゃありません。ストーリーを語って、変化をもたらすためにいるんです。このレストランにとっても地域にとっても大切な、土地のユニークさを創るのを手伝ってくれます」。——**《キンドレッド・フェア》オーナー、スーザン・アトヴェル（ニューヨーク州ジェニーバ）**

「白いシカには、思いもよらない隣人がいる。ゾーンのある側は、アーミッシュの農地へ伸びている。別の側は狩りができる州立公園に面していて、理屈としては、シーズンになると同胞の茶色いシカがライフルで殺されるのが見える。南側には重警備の刑務所があり、小さな群れでウロウロしているシカが、グラウンドにいる囚人の目にとまる。北側には障碍やトラウマを負ったり、罪を犯したりした若者のための施設がある。シカはわたしたち人間をどう感じるだろう。部外者、のけ者、捨てられた者という、やや変わった立場から」。——**作家、ホバート・アンド・ウィリアム・スミス・カレッジ教授メラニー・コンレイ・ゴールドマン（ニューヨーク州ジェニーバ&イサカ）**

「晩春、ルート96A沿いのフェンスの向こうに、紫色のビアディッド・アイリスの茂みが見える。シカが食べて、まわりで排泄するから、アイリスは好調だ。でも、ビアディッド・アイリスは種子ができない交雑種で、繁殖しすぎた庭のモンスターだ。根茎がどうやってまわりに伸びていくのか、わからない」。——**植物学者、理学修士グウィン・S．リム（ニューヨーク州ウィラード）**

地元の生物学者のレポート

飛行機の窓から見ると、白いシカの生息地は平らなグリーンの楕円で、西ニューヨークの断片化した風景のなかにある。農地と氷河湖の隣に、国立森林公園のふぞろいな敷地の集まりの北側にある。でも、パッチワーク状の地表を気ままに歩きまわっているシカと違って、白いシカは数百マイルにおよぶフェンスのなかで、棄てられた火薬庫や重警備の刑務所といっしょに閉じこめられている。敷地を所有していた陸軍は、シカの生まれつきの白さを称えて、茶色いシカの狩りを奨励し、白いシカを撃つことを米兵に禁じた。数千年間オオカミとネコ科の捕食動物がもっとも目につくエサを選んできたのだから、白いシカは稀少だ。

車の窓から見ると、白いシカの生息地はふたたび野生化した野原と、いまも残る落葉樹林の小区画と、目に見えない汚染の遺産との急ピッチなブレンドだ。毛皮の色の潜性遺伝子が茶色い種と異なるにすぎない白いシカは、敷地の隅でエサを食べているのだろう。そこは、パイオニアの白い種が生育する環境との変わり目、いわば境界ゾーンだ。パイオニアたちは、森のなかのシカよりも、厳しく不安定な環境に耐えられるから。

フェンスの内側では、白いシカの生息地に、棄てられた軍用道路網でアクセスできる。シカの放牧地はサンザシの藪、ガマの沼があり低木が生えた野原、残されたカエデとブナの森にわ

たって広がる。シカは背の低い早生の連作植物、野原の柔らかい草、秋にはブナの実やどんぐりを食べる。森には地衣で覆われた岩、コーラルマッシュルームがあり、ノーザンダスキーサラマンダー、小さな土着の哺乳動物がいる。ロープのように垂れさがり、高く巻きついているのは、野生のブドウとツタウルシのツルだ。赤い角のある毛虫、玉虫色のマメコガネは、森の植物のソーラーパネルをボロボロのレースにした。森の地面のカルシウム豊かな葉積層は、土をよみがえらせるヤスデとナメクジによって堆肥になる。サトウカエデの林冠で、鳴き鳥とリスが巣作りの材料を集める。もっとも古い木々は昔、ケンダイアという村で農家を建てるのに使われたが、1940年代、第二次世界大戦の陸軍貯蔵施設を造るために、村は明け渡された。

――メーガン・ブラウン博士、過渡的環境を研究する生態学者、ホバート・アンド・ウィリアム・スミス・カレッジ生物学部（ニューヨーク州ジェニーバ）

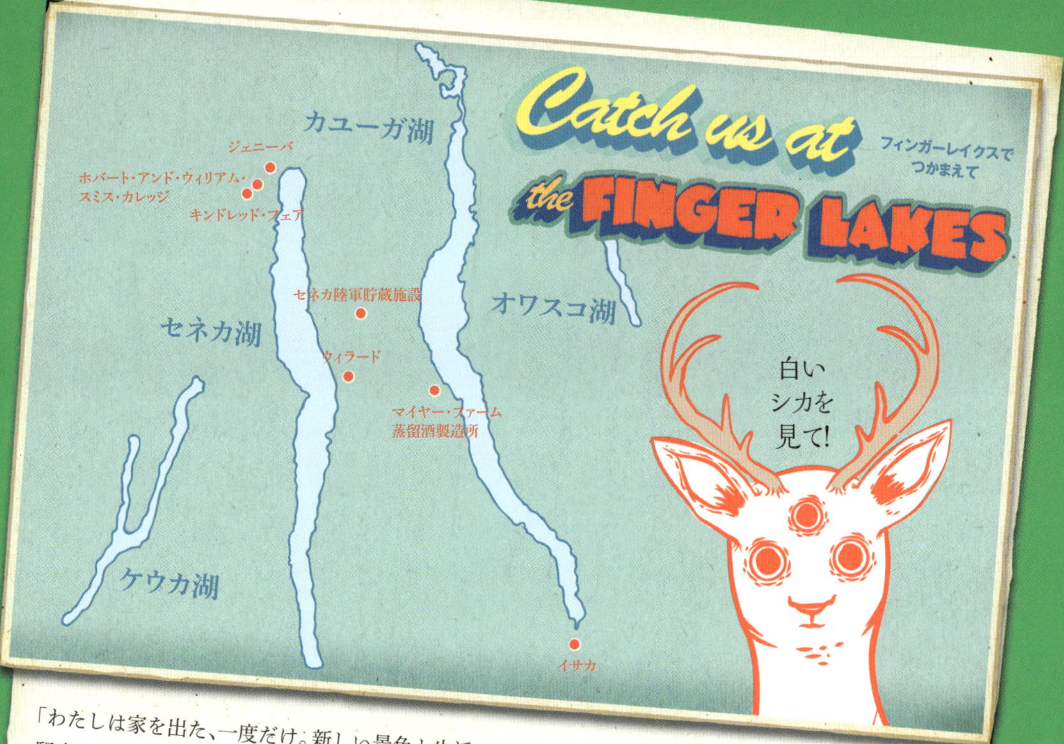

「わたしは家を出た、一度だけ。新しい景色と生活ペースが必要に思えて。ほとんど耐えられなかった。
騒音や密集した人口や、わたしを殺す夜空の欠乏のせいじゃない。むしろ、野原、キルトみたいな
生垣、夜明けのはじまりが絵のような眺めにするハリエンジュとクルミの、あの森の欠如だった。
石灰岩のあいだを伸びる峡谷や入江が恋しかった。湖の眺めが。ずっと乾いていた大地の安堵を思
わせる、小雨のあとの空気が。わたしの一家は200年以上オーヴィッドで農業をしている。5世代
を超える先祖が、この地で育った食料を食べ、泉や小川の水を飲み、生計の手段であるこの土と働
いてきた。土地は蒸留器で、蒸留液はその血だ。言うまでもなく、わたしは戻ってきた。
蒸留酒製造者（ディスティラー）（すべての！）が天職だと気づいて。わたしたちの土地の穀物から作ったア
ルコール——ウオッカ、ジン、ウイスキーを蒸留した。この土地との絆はギフトだ。
求め、愛し、一体になる。このギフトをわかちあわずにはいられない。わたしが作っ
たあらゆる蒸留液と共に、このファームで創られた物のあらゆる1杯と共に。ひとび
とは戻ってくると、わたしは知っている。わたしの仲間はいつも戻ってくる」。

——マイヤー・ファーム蒸留酒製造所代表／マスター・ディスティラー、
ジョゼフ・E. マイヤー（ニューヨーク州オーヴィッド）

場所とシチュエーションについての深い理解の応用

きみのホワイトディア・プロジェクト用の物語のフックは、セネカの白いシカがどういうわけか封じこめゾーンの外側で、平凡でありながら、ますます不思議、あるいは不気味な出会いによって目撃されていることだ。

これらの出会いはストーリーテリングにおいて、アクション／リアクションのシークエンスとして機能する。たとえば、シカとの出会いに影響されないことで、人生に立ちすくんでいるひとだと再確認させるかもしれない。うっとりするような月明かりに照らされた白いシカとの出会いは、人生を変えるかもしれない。事故を招くかもしれない。心臓麻痺を引きおこすかもしれない。だれかがシカを撃とうとしたり、つかまえようとしたりするかもしれない。だれかが雑誌用の目撃レポートのために、そのエリアにやって来るかもしれない。

可能性はつきない。アイディアはほんのひと握りで、ほとんどが最良とはいいがたい。この基本の〈測定単位〉がきみの構成要素で、グループ・プロジェクト用のどんなフィクション執筆も、これらの〈出会いの記録〉を一定数ふくむだろう。わかっているかもしれないけど、執筆のタイプの多様性もつきない。これらの出会いには、シカと出会ったひとたちの文字化されたインタビューもあるかもしれない。3人称でのたしかな報告もあるかもしれない。詩もあるかもしれない。くわしいキャプションを添えた写真が、このプロジェクトのためのストーリーテリングとして機能しない理由もない。

これらのはじめての出会いに関する一篇を書いたら、次にきみがするべきは、さらにストーリーを創るために、さらに因果関係を推測することだ。たぶん、白いシカの経験ゆえに出会うキャラクターたちの人生も織りこんで。

これらの選択を調べるうえで、エコロジー、地質学、文化、物理学、宗教、そして、白いシカの生息地や目撃場所のリサーチに基づく、土地の〈堆積層〉も参考にするだろう。また、巻きこまれたひとたちの人生を変えるほど重大な自然現象や超常現象の余波にまつわる実話についても考え、プロジェクトに応用する。

きみひとりでもプロジェクトを完成させられるけど、グループ・プロジェクトには次の3ステップがある。

1. リサーチ——みんなが使うための具体的な情報を、グループにもたらす責任を、ひとりひとりが負う。
2. 最初のコンセプト化——それぞれに異なる出会いの一篇をブレーンストーミングして、コンセプトの重複を避けるために、書くまえにミーティングをする。
3. 執筆——それぞれの作品を書く責任を、ひとりひとりが負う。出会いの一篇にも、出会いの一篇から作られるもっと複雑な（でも短い）フィクションにも（ここでは「フィクション」という言葉をあらゆる物語に、役に立つなら詩もふくめて使う）。

ゴースト・テキスト BYアレクサンダー・キライ

この〈テロワール・プロジェクト〉のための協力がどういうものか、白いシカに占拠された身体的・精神的な座標をどうやってさらに調べるかを知るために、補足の「共有する世界」を参照しよう。サイモン・シャーマ『風景と記憶』も参考になる。きみのリサーチが示すものしだいで、風景の輪郭も地元民の証言もつじつまが合う。それらの証言は情報を伝えるだけか、それとも、明瞭な世界観のなかにすでに据えられたストーリーのはじまりをあらわすか。神話化は、どれぐらい進んでいるか。

ロイヤル
ネクターディアは
月光を飲むことで
知られる

ウラジーミル・ナボコフ『ベンドシニスター』のような縁がなさそうな情報源さえ、明快なやりかたで先史時代をシーンのいまに組みこんだ、才気あふれる文章をふくむ。ジョン・マグレガー『貯水池13｜*reservoir 13*』のような長編小説は、風景全域におよぶ時間のゆっくりした描写を、ストーリーテリングの主な要素として用いる——〈トータル・テロワール〉アプローチだ。地質学者の脳内の地震活動地域にしかないような場所との深いかかわりは、きみのフィクションを豊かにできるし、ぼくたちの時代の最重要テーマへの取りくみを助けられる。

普通のネクターディア
並はずれたサイズの
花からミツを飲むために
白いシカは進化し、
いまいましいフェンスを
飛びこえる
「なんで？」
「いつう〜？」
「何？」

封じこめられたシカという〈問題〉が、どんなふうにひとの心にとどまり、争いと解決の必要性を生むかにも注目するかもしれない。地元民の証言は、白いシカのジレンマを考えることに多くのエネルギーがそそがれてきたと示す。考えかたは、厄介者からチャンス、観光資源までさまざまだ。そのどれもが、シカの神格化をほのめかすかもしれない。ぼくの考えはといえば、進行中のストーリーとこのページのイラストが、シカがわが身を自由にするのを見たいという願望をあらわしている。

逆に、白いシカが見えない住民もいることをブレーンストーミングしよう。つまり、白いシカについて一切考えない、シカやシカの生息地に何が起きるかをまったく気にかけない地元民はいるか。ノーリアクションもリアクションだ。例として、ぼくが知る（実在の）鳥類学者を考えてみよう。イサカのはずれに住み、秋には、移動してくるヒメキンメフクロウに脚輪をつける。地元の道路での両生類の死亡率も調べている。彼が白いシカをどう思っているかなんて、本当にわかるだろうか。野生生物のアーティストである、彼の妻については？

最後に、きみがメイン・プロジェクトを仕上げたにせよ、このエッセイを読んだだけにせよ、ホワイトディア・プロジェクト創りから学んだことを、きみにとって個人的なエリアに応用しよう。それが風景としてかぎられた空間だとたしかめ、注目や重視をする設定、部外者にはたいてい見えないだろう設定の要素のリスト作りからスタートする。きみの個人的なつながりは、どんなふうに物語を無意識に生みだすか。どうすれば、他者の目をとおして見られるくらい、そのロケーションから離れられるか。きみ自身、きみのフィクション、地球規模の生命をもっと学べると保証するよ。

「ご近所さんが
行ってしまう」

※気候変動のせい

物語への慣習にとらわれないアプローチ

イラスト：ケーラ・ヘレン

ぼくたちは環境問題が押しよせ、ときどき社会正義のトピックと絡みあい、あるタイプのフィクションが滅びつつあり、かつてはシリアスだっただろうフィクションが現実逃避になりつつある時代を生きている。原因のひとつは、作家が事実をないがしろにして、文化と社会に組みこまれている古い仮説と考えかたを受けいれることだ。でも、気候変動が、一部の作家のために幻を創るからでもある。つまり、ある種の困難や問題が、彼らの日常では見えなくなる。戦争や自然災害から逃れているひとたちもふくめて、ほかのことといっしょに、遠く離れた世界にあるべき、というわけだ。

この断絶との絡みあいは、〈暗黒郷（ディストピア）〉と〈理想郷（ユートピア）〉に新しい定義を求める。ぼくたちがフィクションに今日（こんにち）性と意義を保たせたいなら。これには、黄金期へ導くとぼくたちが思っている現代社会の要素が、実は障壁で、退行への秩序をサポートしているのではないかという問いをふくむ。ぼくの意図をもっとはっきりさせるために、シリコンバレーとソーシャルメディアの多くの企業につきもののプライバシー、超人間主義（トランスヒューマニズム）などの問題の矛盾を調べてみよう。あるいは、スマートフォンのいろんな要素がどんなふうに作られるのか、突きとめよう。はたまた、いずれ絶滅危惧種を3Dプリントできるようになるから生態系の心配をしなくてもいいと、多かれ少なかれ作家が言うなら、それが本当はどういう意味かを考えよう。これらのスタンスはすべて、ベースラインの事実に加えて、物語のスタンスとイデオロギーを反映する。

ぼくたちのフィクションがときどき省略や無視をしていると、エイリアンが思いそうな事実をいくつかあげる。(1) 肉を食べることは、地球温暖化の影響を高めるのに等しい。(2) ぼくたちは1970年から、地球上の野生動物の半分を絶滅させてきた。(3) 自動車はいままでに創られた、きわめて非効率的な交通手段のひとつだけど、無人運転化のために整備されるならいいだろう。(4) 有害で時代遅れなハンター／コレクターと、農業のならわしは、いまも深く根づいている。(5) 水を入れるペットボトルも、そのなかの水も、とても政治的で、地球の変化に深くかかわっている。たとえ不活性なものや、政治とはかかわりがないものと見なされるときがあっても。

ほかにもたくさんの〈見えないもの〉が存在する――地球上の生命を支えるたしかな均衡と、起こりえる反証（たくさんの実証があるように）。

『セグメンツ』ジョアンナ・ビトル（2012年）

ヤクナビッチの長編小説(2017年)は
物質的なものと形而上のものを融合する。

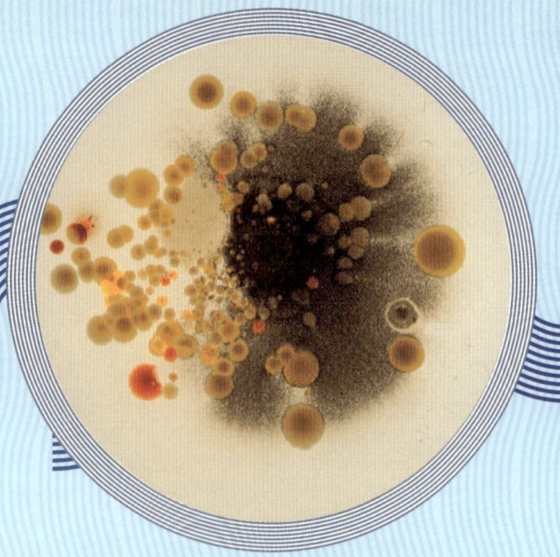

コンセプチュアル・アーティストのアニカ・イーは
バクテリアを筆の跡のように使う(2015年)。

ぼくは手厳しいかな。ぼくの事実の見かたに異議がある？　これらの問題が、きみのフィクションのリアリティと基本的な仮定にどれほど影響するか、知っているかい？　たぶん知らないだろうけど、ストーリーテリングに関してこれらの問題を考えていないなら、どうやって知るか。そして、キャラクターやキャラクターの意見ときみ自身を、どうやってきちんと区別するか。SF的未来がいくつかの面で、ぼくたちのいまになりつつあるとするなら、空論じゃないストーリーテリングはこの問題にも影響される。読者はあっという間に、現代の写実小説を、時代遅れで古くさいと感じるようになるかもしれない。エイリアンが造った火星の運河にまつわる20世紀はじめのSFがそうだったように。

奇妙な時代は、いまのありようについての記録と論評にも、斬新なやりかたを求めるかもしれない。スタートのためにいくつかのアイディアと文章を示す。〈慣習にとらわれない〉とは必ずしも〈あきらかに実験的なこと〉ではないと、心にとめておくのも大切だ。フィクションのアイディアが過激であればあるほど、あきらかに実験的なものはうまくいかなかったりする。たいていの読者には「不思議議率」が高すぎて、妨げになるからだ（読者のためにフィクションに余白を残すことを、きみが気にかけるならね）。

動物。もし、ぼくたちがフィクションで、動物の暮らしの真の複雑さと重要性を認めたら（ただの擬人化や恩着せがましい同情じゃなく）、不活性な物や単なる小道具としてではないやりかたで動物を取りいれたら、どうなるだろう。ぼくの経験からすると、作家はおおむね、SFのために物理学のようなテーマはとことんリサーチするけど、動物の活動・習性の描きかたは、ここ20年の動物の行動リサーチを無視しているかのようだ。作家によっては、動物が目につかなかったり、インターネットの情報や、何世紀もまえの民話に描かれた感傷という形でのみ存在したりする。

動物の有効性。もし、フィクションが従来のハードテクノロジーの拒絶によるイノベーションをと

リンネア・ステルテ『腐敗の段階｜*Stages of Rot*』(2017年)は
生物学の法則をひっくり返す。

［ジェシー・］ジェイコブズのコミックス(2014年)は
生物学的な反乱をシュールに描く。

おして、資源不足で抑えられたもっと小さなスペースでの巧みな改良や複製のサンプルとしてプラス面を強調したら、どうなるだろう。使いつくされたかもしれない方法論やイデオロギーに基づいてではなく……自然界や生物模倣（バイオミミクリー）からの有効性の概念を原子より小さいレベルで、ぼくたちがフィクションに（自覚しているかどうかにかかわらず）与えはじめたなら？　ぼくたちが創るものより、もっと論理的で複雑なものとして。

無生物や物質。もし、ぼくたちがフィクションのさらなる粒度と、ひとの視線を超えるやりかたを求めて、無生物の力を生命ある（文字どおりであれ比喩であれ）ぼくたちの世界に授けたなら、どうなるだろう。トム・マッカーシー『サテン・アイランド｜*Satin Island*』では比喩として、レザ・ネガレスタニ『サイクロノピディア｜*Cyclonopedia*』では文字どおりの、生物としての石油は、このアプローチがどうやって化石燃料への依存とつながりにまつわる複雑な真実をあばけるかについて、実例を示す。

ひとならざるもののライフサイクル。もし、ぼくたちが動物の身体とライフサイクルの実際の構造を、伝統的なストーリーラインをたくわえ、一新するために使ったなら、どうなるだろう。たとえば、不条理主義者ステパン・チャップマンの『郵便配達員の脳吸虫シンドローム｜*Postal Carriers' Brain Fluke Syndrome*』やシェリー・ジャクソン『ハグフィッシュ｜*Hagfish*』は、地球上の奇異な生き物を前景にし、そのプロセスで説得力あるフィクションを創る。

エコロジカルな災害としての戦争。もし、ぼくたちがフィクションで戦争を、恐ろしい結果をもたらすひとの争いとしてだけではなく、自然生態系における説明しがたい歴史とみなしたなら、どうなるだろう。たとえば、第二次世界大戦の森林戦では、迫撃砲とミサイルで木のてっぺんを爆破し、下にいる兵士を殺した。植物の知性と刺激に対する複雑なリアクションにまつわる現在のリサーチをふまえた物語で、〈植物相〉のポジションをどう変えるか。どんなふうに、これをひとの要素

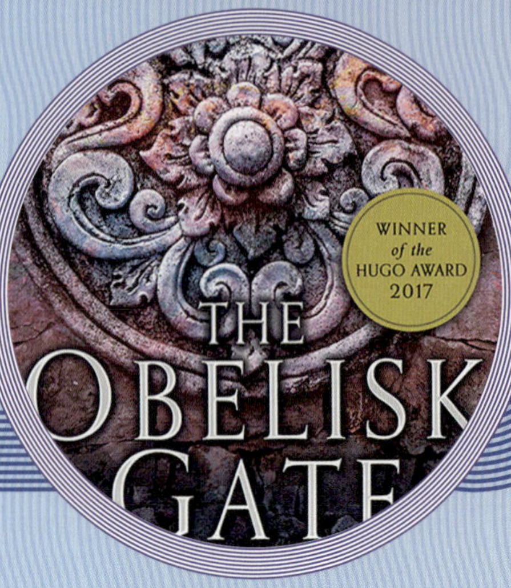

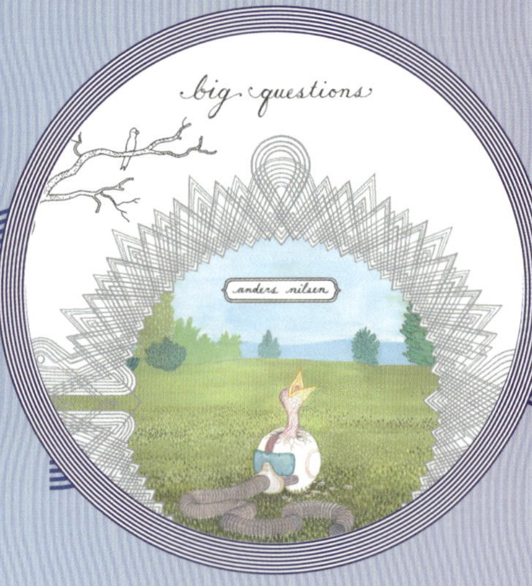

ヒューゴー賞に輝くジェミシン『ブロークン・アース』三部作（2015〜2017年）は、地球規模でのファンタジーの新しい概念を創る。

ニルセン『ビッグ・クエスチョンズ』（2011年）は人間界に問うために、自然界の不思議でめずらしい物語を使う。

と織りまぜるか。

新しいアプローチを用いるストーリーテリングのありかたは、悲惨だったり、過度にシリアスだったりしなくてもいい。ユーモアとあさはかさは違うし、有用な現実逃避、気まぐれと、時代遅れや無知とおぼしき現実逃避は違う。

ライス大学の人間科学におけるエネルギー・環境研究センターのセンター長ドミニク・ボイヤーはこう記す。「気候変動をめぐる会話での感情の変域は、かなり狭い。単なる無関心ではないとき、わたしたちは主な感情のあらわれとして、恐れ、怒り、罪悪感、悲しみを感じる傾向がある。わたしを刺激するのは、その狭い感情の変域が、ある種の防衛機制であることだ。気候変動は、悪夢のような耐えねばならない何かだけでなく、恐ろしすぎて現実とは思えない何かになっていく。これがわたしたちの現在であり未来でもあると受けいれる取りくみでの、感情の変域を広げねばならない。気候変動のブラックコメディや、世界にもっと密接でしっかりした愛着を創るユーモアを見つけるべきだ。恐ろしさと共に喜びと笑いがある、あるだろうと気づけば、状況を受けいれ、変えるために行動することはもっとたやすい」。

このエッセイでスポットをあてたクリエイターたちは、フィクションやアートで慣習にとらわれない、ときに複雑でありながらも共感できるアプローチを見つけることで、ぼくたちのジレンマの核心に迫る。たとえば、ヨハネス・ヘルデン『アストロエコロジー｜*Astroecology*』の画像と文章のミックスという実験性が、エコロジカルな問いと並置される宇宙論的な驚異の念を伝えるし、クィンタン・アナ・ウィクソォー『浮遊の望みが、わたしたちをこんなに遠くまで連れてきた｜*The Hope of Floating Has Carried Us This Far*』の同じようなミックスが、歴史と風景の深い理解に、社会正義の問題を積みかさねる。オーセ・バーグ『ダークマター｜*Dark Matter*』の未来の滅びた惑星の、詩をとおした暗く実体感がある描写は、リディア・ヤクナビッチの作品でも見られる抵抗と人体の魅力によって、ラヴクラフトとエイリアン映画の融合のように読める——エコ・フィクションの新しい道をゆっくりと進む融合だ。

これらのアプローチは精いっぱいの感情の変域を示し、〈希望VS絶望〉の対立をたいてい拒み、ユニークで必然のストーリーを語るという大切な役目に取りくむ。

ティモシー・モートン『ヒューマンカインド｜*humankind*』の展望は有益なだけでなく、資本主義者にもマルクス主義者にも環境へのアプローチを問いただし、そのプロセスで自然／文化との、さらにストーリーとの新しいつながりを提唱する。アンダーズ・ニルセンの壮大なグラフィックノベル『ビッグ・クエスチョンズ｜*Big Questions*』の驚くほどすばらしい独特の設定は、ひとのふるまいにコメントするために鳥とヘビを使い、ぼくたちを取りまく世界の異質さもほのめかす。補完的

モートン『ヒューマンカインド』(2017年)は、現代の
イデオロギーを超える、文化と自然のまったく新しいつながりを提唱する。

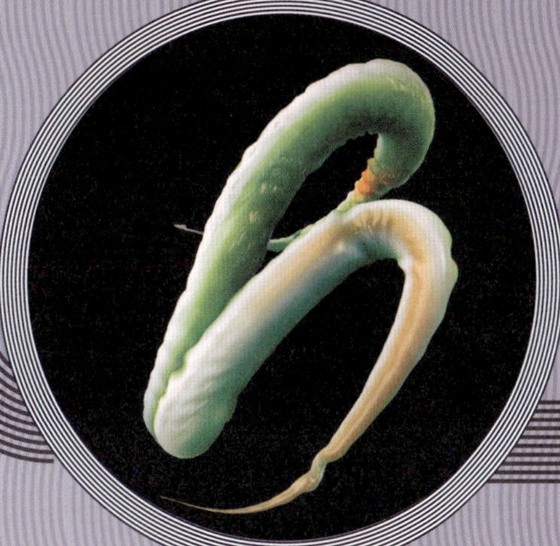

ワインクル『触覚器』の生きているアルファベットの実験(2015年)は、
生物学の世界からコミュニケーションとアートを創りだす。

だけど違うやりかたで、N. K. ジェミシンはヒューゴー賞を受賞した『ブロークン・アース｜*Broken Earth*』シリーズで大きな問いを引きうけ、ファンタジーでの地質学と異常気象の影響とのかかわりをとおして、地球規模の生命の概念に新たな広がりを示す。最後に、アリ・ワインクルの、心を乱す生物学的なアルファベット『触覚器｜*Feelers*』は、言葉がどれほど影響と変化をもたらすか、評価しなおさざるをえないやりかたで、文字に実体感を与える。

このエッセイのページ下部に載っている、生物学者・アーティストであるジョアンナ・ビトルの『セグメンツ｜*Segments*』の絵さえ、アートと科学の境をぼやけさせる有効なやりかたで、慣習にとらわれないことに取りくんでいる。『セグメンツ』は「一種のアーティスティックな表現物」をあらわすと、ビトルは記す。「アイディアの源は、わたしがもっと知りたくてたまらない熱帯の風景の想像によってインスパイアされた。人工のスペースであるスタジオで、動物と植物のハイブリッドにもっとも近い、食虫植物を育てはじめた。でも〔作品は〕すぐに発展して、さまざまな違う種を、わたしがつなげたかった過去と現在を取りこんだ。だから、新しい種とキャンバスを加えつづけ、中心から外側へ描きつづけた。微生物マット、モウセンゴケ、イモムシ、焼けたノコギリヤシ、ウミユリ、頭足動物、シダがいる。絵のフォーマットは、時間と空間の実験的なブレンドだ――壁にあいた視界のような窓としても、ひと巻きの映画フィルムとしても機能する。また、［アドルフォ・ビオイ＝］カサーレスの長編小説『モレルの発明』も読んでいた。失見当の経験と、どうすれば自然がひとをこの状態にできるかを考えた。

スティーヴン・ジェイ・グールドの、この一節が大好きだ。『われわれはストーリーを語る動物で、日常の平凡さを認めることに耐えられない』。たしかに、ストーリーはむずかしい科学的トピックをわかりやすくできるけど、迷いと疑いを引きおこすことでも価値がある。バージェス頁岩(けつがん)の古無脊椎動物学にまつわるグールドの作品は、そこで見つかった不思議な生き物が生物学者のパンドラの箱をあけたときから、わたしの特別な興味の的でありつづける。時間はこれらの種を消し去り、見つけられた跡はたくさんの空白と疑問を残した。化石は『みずからを語る』ことはしない。これらの空白は不可知のスペースであり、わたしにとって、アートはこういう不可知のスペースの追求、思いがけないものの追求だ。その結果、わたしのアーティストとしての活動は、3つのスペース、またはタイムゾーンに存在する。(1) フィールドワークの観察研究 (2) 日々のスタジオでの暮らし (3) ギャラリーやミュージアム（いつでも3つにわかれているわけではなく、ひとつにまとまるときもある)」。

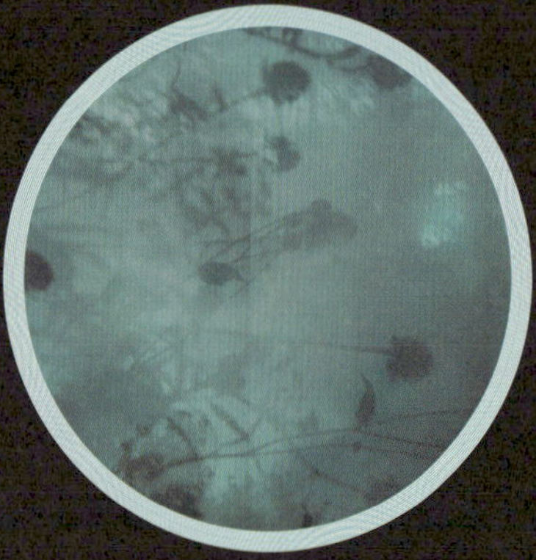

「圧力の変化と、崩壊があった。
スキンダイバーの肺、あるいは、
オウムガイは遠く深海へと。
あるのは、打ち砕くような……」。
——クィンタン・アナ・ウィクソォー

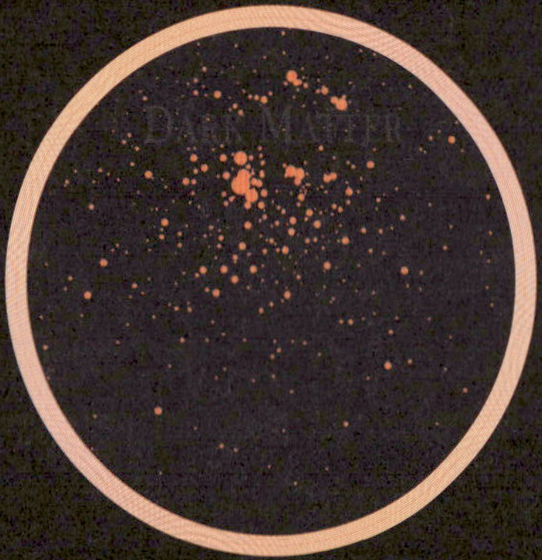

「わたしはいま、鳥の体内、
綿毛のなかで眠るだろう。
無情の星は、燃えたつ
ような水流の面の上で
永遠に光を放つだろう」。
——オーセ・バーグ

「問い：物理の法則は取り消される。
風がシグナルを引き裂く。
燃えつき、ゆっくり大地に
落ちてゆく星々の煤」。
——ヨハネス・ヘルデン

想像
なしとげられるだろう。
世界の隠された、奇跡のような土台をぼくたちに見せる、
フィクションに没頭できる体験を、
ぼくたちが創るなら。

イラスト：パブロ・デルカン（2014年）

腐敗のあらゆるプロセス。
あらゆる動物と昆虫の痕跡、汚染物質、
大気に長くとどまり——すべてがあらわになる。
異星にいるかのようだ。
打ちのめす。うろたえさせる。
でも、新しい、よりよい真実を語るかもしれない。

追加のライティング・エクササイズ

（探している答えを見つけるかもしれない）

共喰いと遠慮

目の前のストーリーを見つける

ほかのだれかのインスピレーションから執筆をはじめるのが、最善というときもある。以下のエクササイズは、どんな作品を使ってもおこなえる。ポイントは、読むもののなかに身を置くこと、さまざまなコンテキストでそれを見て、理解することだ。ある種の共喰いになるかもしれないけど、作家仲間を食べても法には反しない。特に、遠慮しながらだったら。

あらかじめ、右ページのコピーを何枚かとっておく。
文章をじっくり読む。箇条書きごとに、異なるエクササイズだ。

- 別のストーリーを見つける。ある一節で、いくつかの単語に線を引いて消し、違うストーリーの違うシーンを創る。新しいストーリーにオープニングの段落しか残らなくても、心配いらない。
- 別のトーンを見つける。単語を消して、文章に違うムードや質感を創る。こういう取り消しは、トーンをかすかに、それともガラッと変えるか？　読者には、どう影響すると思う？
- 別のペースを見つける。いくつかのフレーズや文章を消して、意味を保ったまま、シーンをもっと速く進める。
- 別の声を見つける。その一節を3人称で書きなおす。どんなディテールをオリジナルから省くべきか？　どんな新しいディテールを加えるべきか？　この書きなおしは、キャラクターとぼくたちとの距離に、どう影響するか？
- モンスターを理解する。この一節を敵の、共感できそうな視点から書く（がんばってくれ）。
- 言葉の重みを探る。オリジナルの一節を、「え」をふくむ単語を使わずに書きなおす。文意や構成を変えてはいけない。さて、文章はどう変わったか？　オリジナルを本当によりよくするのは、どんな変更か？（このエクササイズ中に悪態をつくなら、「い」も使えなくなるよ）
- 文章にこだわる。一言一句違えずに、一節をタイプしなおす。きみが変えたくなるのは、どの単語か？　ストーリーを創っている作家を想像できるか？　最終稿に達するために、どんな見なおしを文章と段落レベルでしたと思う？
- 文章を自分のものにする。記憶だけを頼りに、一節をタイプしなおす。きみの言葉を使って、そのあざやかさを再現してみよう。オリジナルときみのものをくらべる。きみがした、よりよい選択は何か？　より悪そうな選択は？

しばらくは、ほかの部屋にいる男たちの声がつきあってくれたし、はじめのうちは、わたしもときどき彼らと大声で喋っていたが、わたしの声は長い廊下でかなり不快に響き、そばの左翼棟で思わせぶりにこだまし、割れた窓から別人の声のように出ていった。わたしはじきに会話の試みをあきらめ、眠らないというつとめに専念した。

簡単ではなかった。なぜ、ガルソー親父の店でレタスサラダなんて食べたのだろう。うかつだった。そのせいで、たまらなく眠くなってくる。なんとしても、寝ずの番をしなくてはならないのに。自分が眠れること、それほどの度胸が自分にあることがわかったのは喜ばしいが、科学のために起きていなくてはいけないのだ。眠りがこんなに魅力的に思えたのは、はじめてじゃないだろうか。50回近く、一瞬うとうとしてはハッと目を覚ますことをくり返した。

わたしは目を覚ました——すっかり。立ちあがろうと、叫ぼうとした。身体が鉛のようで、舌が麻痺していた。目をほとんど動かせない。灯りは消えかけていた。それは間違いない。

ますます暗くなっていき、壁紙の模様が深まる夜に少しずつ飲みこまれていく。チクチク刺すような麻痺があらゆる神経に広がり、右腕がひざからわきへ、なんの感覚もなくすべり落ち、上げられなかった——なすすべもなく、ぶら下がる。かぼそく甲高いうなりが頭のなかではじまり、9月の山腹のセミのようだった。暗闇が迫ってくる。

そうだ、いよいよだ。何かがわたしを、身体と頭を支配しつつある。ゆっくりと麻痺させながら。肉体的に、わたしはすでに死んでいた。頭と意識を保っていられれば、まだ安全かもしれないが、どうだろう。この静寂の激しい恐怖に、深まる闇に、忍びよる麻痺に抗えるのか。

とうとう、それが来た。わたしの肉体は死に、もはや目も動かせない。最後に見た、ドアがあったところに、いまは深まる闇があるだけのところに向けられたままだ。断固たる夜。ランタンの最後の揺らめきは消えてしまった。腰を下ろして、わたしは待った。頭はまだ冴えているが、いつまでもつだろう。恐怖の完全なパニックに耐えるのにも、限界がある。

そして、終わりがはじまった。ヴェルヴェットのような暗闇のなか、白く濁った、オパール色に光る小さな2つの目が、遠くから近づいてくる——恐ろしい目だ、死の夢のような。筆舌しがたいほど美しく、白い炎の火の粉が、まわりからなかへ移動してきて、中央で消えた。永遠に終わらないオパール色の水流が、円形トンネルへと流れこむかのごとく。わたしは目をそらせなかった。たとえ、その力があったとしても。ゆっくり、ゆっくり大きくなっていく恐ろしく美しいものに、わたしを見すえ、近づき、ますます美しくなっていくものに、見入っていた。白い光の粉は燃えるような渦へと、速やかに入っていく。

忌まわしく容赦ない死のエンジンのように、未知なる恐怖の目は高まり、わたしのすぐ近くまでふくれあがり、巨大で恐ろしかった。ゆっくりとした冷たく湿った息が、機械的な規則正しさで顔に吹きかけられ、強烈なにおいのする霧が、遺体安置所の揺るぎない死でわたしを包むのを感じた。

通常の恐怖なら、いつも身体の恐れを伴うが、わたしといるこの言葉にできない存在は、精神の完全ですさまじい恐怖、引きのばされた、影のような悪夢の激しい恐怖だ。何度も叫び声をあげ、物音を立てようとしたが、わたしは肉体的にすっかり死んでいる。目が近くにあった——動きが速すぎて、脈打つ炎のように見える。死の息づかいが、もっとも深い海の深みのように、わたしを囲んだ。

ふいに、濡れた、氷のように冷たい口が、死んだイカの口のようなものが、わたしの口を覆った。わたしから生命を引きずりだそうと、ゆっくり恐怖がはじまったが、脈打つゼリーの巨大な震える襞に身体を撫でられたとき、意志が戻り、わたしを包む名もなき死と格闘した。

わたしが闘っているものは、なんなのか。両腕が、わたしを凍らせようとする無抵抗な塊のなかに沈む。じわじわと、冷たいゼリーの新しい襞がわたしを撫で、巨人の力で押さえつける。口をふさぐ恐ろしいものをもぎ取ろうと闘ったが、もし成功して、ひと呼吸しても、吸いついてくる濡れた塊は、わたしが叫びをあげるまえに、ふたたび顔を覆ってしまう。何時間も闘っているような気がする。必死で、気も狂わんばかりに、どんな音より恐ろしい静けさのなかで——最後の死を、すぐそこに感じるまで闘った。生涯の思い出が洪水のごとく押しよせるまで。地獄の魔女を顔からもぎ取る力がつきるまで。

1895年発表の、
ラルフ・アダムズ・クラム
リュ・ムッシュー・ル・プランス
『王太子通り二五二番地』を
まとめてあるよ

*訳注：少女ゴルディロックスが、3匹のクマの留守中、クマのお粥を食べるイギリスの童話『3匹のくま(the Three Bears)』に基づいている

骨格を盗む

ゴルディロックスと3つの骨組み

ぼくたちの想像よりもずっと、民話は多彩だ。〈次に何が起きるか〉に注目する、力強いストーリー・エンジンもある。ストーリーテラーの手ぎわとスタイルが、どれほど成功に欠かせないかを示すものもある。下の３つの骨組みが提案するストーリーのうち、ひとつを書いてみよう。ブレーンストーミングは、よりプロットにひねりを加え、ほかも変える。きみの翻案はユーモラスか、それともシリアスか。エンディングが違うか。既存のエンディングを超えるべきか。インターネットで民話のデータベースを検索して、すでにある翻案とくらべてみよう。

骨組み#１：農夫のネコ（物語は複雑になる）

農夫が妻を亡くしたあと、毎年冬にトロールたちがやって来て、家を壊し、家畜を食べるようになった。ある年、旅の行商人が「特別な生まれ」のとっておきのネコを、農夫にすすめた。次の冬、トロールは、農夫が家のなかで小さな動物を飼っていることに気づいた。「なんだ、それ。おれたちの食い物か？」と、トロールのリーダーが訊いた。「わしのネコさ」と、農夫は答えた。「おまえさんたちが食べるウシにやる穀物を、ネズミどもから守らにゃいかんからな」。だから、トロールは農夫にネコを飼わせておいたが、実はそれはクマの子供だった。冬ごとに大きくなるネコを、トロールは食べてしまいたかった。だが、それはうまく防げると、農夫は気づいた。４年目には、トロールを永遠に追い払えるぐらい、クマが大きくなっていたのだ。

骨組み#２：穴のなかのキツネとハリネズミ（物語は多くを語る）

鶏小屋を襲った次の日、キツネはハリネズミに出会った。いつでも都合よく食べることがキツネにできるなんて、ハリネズミには信じられなかった。うぬぼれ屋のキツネは、いっしょに来てたしかめるよう、ハリネズミに命じ――途中で、２匹そろって農夫が掘った穴に落っこちた。そのとき、ハリネズミはいまにも吐きそうなふりをした。キツネは吐きかけているハリネズミにうんざりし、穴の外にほうり投げた。ハリネズミは穴の上から、これは作戦だったと打ちあけた。キツネは助けを求め、ハリネズミは「すごく賢いって、自分で言ったじゃないか。どうにかできないのかい？」と返した。でも、最後にはハリネズミが折れて、キツネに死んだふりをするように教えた。農夫は臭い死体とかかわりたくないから、ゴミといっしょに捨てるだろう、と。キツネはこのやりかたで逃れ、それからずっと２匹は友達だ。

骨組み#３：モルクスーガンと羊飼いの女（物語はもっと多くを語るべきかもしれない）

ある夏、若い羊飼いの女がモルクスーガンに、あるいは、影のように真っ黒なメスブタにつきまとわれるようになった。それは牧草地近くの森に立ち、女をじっと見つめている。夜な夜な、女の小屋の外に立った。女が結婚を望んだとき、相手の若い求婚者は、絶えずいる化け物にうろたえた。「あの生き物がつきまとう理由を突きとめて、追い払えれば、結婚できるのに。でなきゃ、あんなケダモノにいつでもウロウロされる、ぼくらの子供の人生はどうなる？」。試みと知恵をおおいに要したが、羊飼いの女はついにその生き物から解放され、２人は結婚し、たくさんの子宝にめぐまれた。

原因と結果

手押し車のシカ、切断された指、めちゃくちゃな友人の原因

まえの出来事　　現在　　余波

ぼくたちは、どうやってここへ来た?

読者を得られる真実味のあるシナリオを
シカ、指、友人の流れで創る。

1.

2.

3.

ぼくたちは、ここからどこへ行く?

読者を得られる真実味のあるシナリオを
友人、指、シカの流れで創る。

それぞれの写真について、以下をあきらかにする段落を、少なくとも3つ書く。撮られたシーンへと導いたもの。何が起きているか。撮られたすべてにかかわるどんなことが（a）すぐあとに（数時間か1日）（b）1か月後に（c）1年後に、起きたか。図が示すとおり写真を3枚とも使って、過去、現在、未来のむずかしい3連続を、2つの違う流れで完成させられるかも、たしかめる。友達に写真を見せ、ストーリーを語ることで、成果をテストする。友達は納得するか。キャラクターの動機を信じるか。因果関係について、ストーリーで成功しているところ、していないところはどこか。

見つけた歴史
すべてが個人的

± SILÊNCIO

写真を1枚選ぶ
できれば、きみにとって
一番ミステリアスな
やつを

A ステップ1

写真や写真のなかの1要素を、きみのストーリーに合う新しいコンテキストに与えることで、進行中のストーリーに取りいれる。主人公にかかわる1、2段落にそれを加えてから、この新しい要素が残りのストーリーにどう影響するかをまとめる。

B ステップ1

写真があらわしていると思うものについて2〜4段落書き、あらわされているものに一種の偽の歴史を与える。キャラクターの視点から書くのではなく、正しい解説のエクササイズとして扱う。どちらかといえば、ノンフィクション作品のように読まれるべきだ。

2つの
エクササイズの
どっちかを選ぶ

別名・大ウソつき

現実世界の何かをフィクションに変えることは、
クリエイティビティがストーリーテリングへの道を見出すうえで欠かせない。

……そして、すべてがストーリー

おい
ぼくの
セリフだろ

現実世界の要素を、個人的なものにしたり、個人的ではないものにしたりすることで、想像力を刺激できる。もし、個人的な要素がふだんフィクションに入らないなら、このエクササイズがそれらの使いかたを知るのに役立つ。

A ステップ2

写真であらわされたシーンを、自分史に埋めこむ。この写真はなんらかのやりかたで、実際に、きみの過去、きみにとって大切な瞬間や出来事から生じたものだ。もしかしたら、きみの友人や家族にすら、それとなく影響しているかもしれない。人生の真相に囲まれたこの新しい過去を使って、3~5段落書く（友人に嘘を試して、どれだけうまくいったかをテストするのは、有用かもしれない）。

ステップ3

では、書いたものを、きみのストーリーのひとつ（ステップ1のストーリーとは別）にいる、既存のキャラクターにあてはめる。キャラクターと調和させるために、ディテールの性質とコンテキストを整えるのを忘れずに。

B ステップ2

場所、ひと、物の複雑さを考える。異なる時期のコンテキストを示すこの写真のために、より広い歴史を創る。写真が撮られる数十年まえ、あるいは撮られたあと、ものごとはどう違うか。どんな層や矛盾が積みかさなり、壊されるか。だれが忘れられるか。だれが記憶に残るか。これをノンフィクションとして扱いつづける。

集中して!
働くんだよ
この野郎!

ステップ3

では、写真のために創ったコンテキストのなかに、きみ自身を置く。きみが創った物語のどこかで、つじつまが合う1人称の記述をする。ステップ2で書いたものにふさわしくなるよう、きみの人生のディテールを変える。ただし、思いつくものは個人的だということを忘れずに。きみはきみで、きみ以外ではない。

ステップ4（オプション）

ステップ1~3で書いたものから要素を抜きだし、新しいストーリーのきっかけとして使えるものを見つける。

見つけたもの――写真や、現実でのありかたから離れて新しいコンテキストを与えられるもの――は、想像力にとって豊かな糧になるとわかるはずだ。

感覚器の体験：GO!

〔6つのミニエクササイズ〕

毒がなく、食品ではないものを味見する。どんなものでも。必要とあれば小石をなめる。そのあと、この体験をひとつの段落で描く。

においに集中しながら、ショッピングセンターを歩く。一番ユニークなにおいを、1、2文で描写する。実在するにおいの呼び名を使うのは避けて。

散歩に行き、出会ったどんなものでも撫でて、手ざわりを収集する。危ないもの（ピットブルみたいな）じゃないかぎり。きみの最新作で使うために、ひとつか2つ選ぶ。

混雑したところへ行く。さまざまな会話を抜きだす。トーンや語気などをとらえるようにしながら、対話を書きとめる。

ヤモリを長期観察する。きみを驚かせるユニークな習性をひとつ見つけて、書きとめる。そして、雨のなかに飛びだす。きみがそうできるという理由だけで。

ヤモリの触覚は、信じられないくらい敏感だ。その感性がほかの感覚をどれほど上まわるかを想像し、ヤモリの視点から、段落をひとつ書いてみよう。

第3の目がもたらす光を味わえるか？

五感を超えて探る

イラスト：ジョアンナ・ピトル

ひとの芸術はいつも、陸上に暮らす運命や、ちゃちな五感など
ひとならではの限界に影響される。でも、ひとを超える行動をしよう――
ページ上で、反響定位のようなものを示そう――として
これまでにない斬新なことを、物語でするかもしれない。
たとえば、鳥の視点から書くために、水平ではなく
垂直に描かれた世界を求めるとか。
こういうわけで、タコへと導かれる。
脳だけでなく触手にもニューロンがある
高度に進化した頭足類だ。
いわば、分散された脳を持っている。
でも、分散された脳を持つことは
タコが世界をどう〈見る〉かについて
どんな意味があるのか。また、カムフラージュのために
色を変える能力は、世界観にどう影響するのか。
くちばし以外に骨がないことは、知覚にどう影響するのか。

ひとがタコと同じカムフラージュの能力を持っている社会を描く。

水族館の水槽から逃げだす、きみについての超短編小説を書く。そして、その水槽から逃げだすタコについて、タコの視点から書く。

あるひとつの生物を、知りつくすまで調べる。
それから、その生物が世界をどう知覚するかをまったく知らないひとに、生涯のある1日を、その生物のふりをして説明する。

タコやイルカやコウモリが共感するかもしれない、オリジナルの民話のあらすじを書く。もしきみが、これらの動物たちに物語をじかに語れるなら。

FANTASTICAL MONSTERS & YOU:

空想のモンスターときみ：

奇怪なのは何？ どう書く？

〈おぞましい〉とも〈身の毛もよだつ〉とも〈不気味〉とも違う〈奇怪〉という定義を、幼いころから好むひとがいる。そういうひとにとっては、悲しげなナメクジや、けんか腰の醜いヒキガエルや、巨大なカブトムシとの出会いは、いやけではなく喜びと畏れをもたらすものだ。モンスターを奇怪なままにしておくのは、フィクションではたやすい。それは、〈ぼくたち〉と〈やつら〉を創る必要性を養う。でも実のところ、ひとならざる奇怪さとは、美と奇妙の交わり、危険と高貴の交わりなんだ。どれほどの発見をしようとも、それらは相変わらず、不可知なもののように思える。暗闇に包まれている（もちろん、ときにはどこまでも恐ろしい）。

ぼくたちは、フィクションの奇怪さをシンボルとして考えるよう教えられてきたけど、シンボルはサブテキストであって、それがストーリーの表面に出てくるときはいつでも、比喩や寓話を扱っているか、あるいは単にミスをして、ストーリーが、内臓がすべて体外にあるひとのように見えるかだ。ファンタジーや不気味なフィクションのパワーの一部は、サブテキストがどうであれ、ユニークなモンスターを——オリジナリティあふれる有形の存在となる生き物を、その世界で創ることにあるから、これは恥だ。

このエクササイズのために、ハリー・ボゴジアンが創った、ページ上部のモンスターたちをじっくり眺める。モンスターをひとつ選んで、以下を自問する。

- 現実世界のどんな動植物が、モンスターのインスピレーションになったか？
- モンスターのライフサイクルや習性は、ほかのモンスターからどう思われるかに影響するか？
- モンスターの大きさは、ほかのモンスターからの見かたに、どう影響するか？
- モンスターの神話的な意義とは、どういうものか？　その存在をめぐって、どんな民話が世界で生じたか？　モンスターは神話的な意義に気づいているか？
- 上部のシーンでモンスターは、ほかのモンスターとのつながりを持っているか？　それはライバル

イラスト：ハリー・ボゴジアン（2017年）

関係か友情か、あるいは「ライバル関係」「友情」では言いあらわせない複雑なものか？
- モンスターが自身について、ほかのモンスターに打ちあけること、隠しつづけることは何か？

このモンスターのディテールをさらに創り、モンスターAと呼ぼう。ディテールには名前、身体的な特徴、ライフサイクル、習性、日々の暮らし、味方と敵の情報をふくむ。もし行きづまったら、実生活でもっともゾッとしたりドギマギしたりする動物の属性を（「うえっ」や「まっぴらだ」の要因を、恐怖症を引きおこさずに）選ぶ。

では、ボゴジアンのイラストからモンスターをもうひとつ選んでモンスターBとし、モンスターAのバランスや生態系を乱す、新しいモンスターとして想像する。モンスターBについてわかっているのは、モンスターAと近くにある人間のコミュニティとの平和共存にとって脅威ということだけだ。
- 第三者か中立の視点から、民話やシチュエーションの概要を書く。そこでは、モンスターAとモンスターBが対立し、モンスターA、Bと人間のコミュニティが対立している。
- 書いたものに、モンスターAとBによる注釈をつける。それぞれの視点に入りこむようにしながら。
- モンスターAの視点から、ストーリーを書きなおす。
- モンスターBの視点から、ストーリーを書きなおす。モンスターBをストーリーのヒーローにするために、このチャンスを使う。

ストーリーのどのかけらが、社会とひとの文化にまつわる伝統的な概念を強めるか。どのかけらが逆らうか。客観的に見て、きみのモンスターはどの領域で、ちょっと間違っているか。その「間違い」はどの領域でなら、ただの知覚の問題か。そして、きみが創る文字上のモンスターについての考えかたに留意することから、きみの執筆は何を得るか。

マシュー・リヴァートがデザインした、オリジナルのペーパーバック

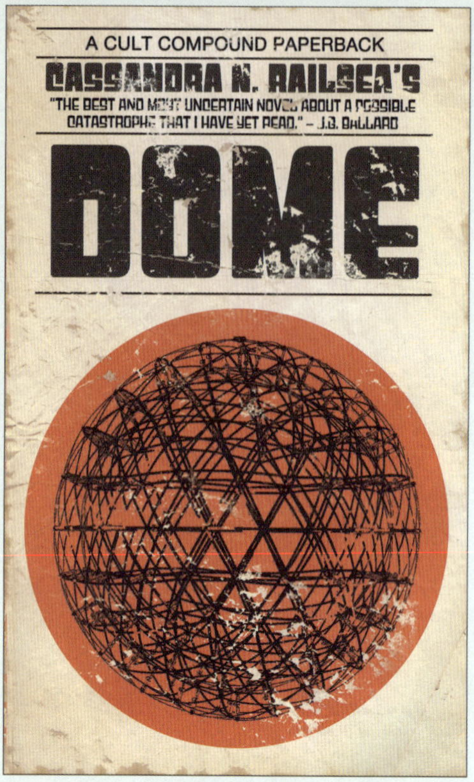

『ドーム｜*Dome*』（1968年）：『ディザスターノベル』シリーズ最後の一作。J. G. バラード作品と同じ特徴があるが、より温かみと共感を示す。ベスト・シーンでは、環境への壊滅的なダメージを防ごうとするエンジニア、サンドラ・ナダルのような強い女性キャラクターを、レイルシーは描く。

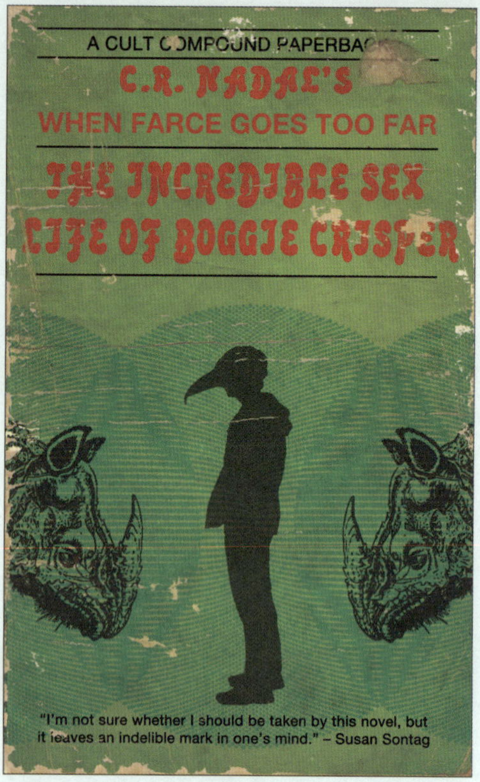

『ブギー・クリスパーの途方もないセックスライフ｜*The Incredible Sex Life of Boogie Crisper*』（1971年）：レイルシーはC. R. ナダル名義で、風刺的な性のドタバタ劇を書いた。この長編小説はエロティックな劇場オーナー、ブギー・クリスパーが主人公だ。彼のとんでもない冒険が、性差別的なふるまいと新しい自由を浮き彫りにする。揺るぎない、だけど、とても滑稽で、暗く不条理な作品でもある。

ドーム・エクササイズ：『ドーム』のプロットを短くまとめてから、この長編小説にあるドラマティックなシーンを、きみが思い描くとおりに書く。レイルシーに関することを、ときどき冷淡だけど温かくて力強いスタイルもふくめて、すべて憶えておく。きみのいつものスタイルに戻ってはいけない。模倣作品（パスティーシュ）を書いてもいけない。自分がレイルシーだと想像する。きみがふくまなさそうなどんなものを、レイルシーはふくむだろう。複雑さをレベルアップさせるなら、サンドラ・ナダルとは、たぶんレイルシーの分身だ。

セックスライフ・エクササイズ：この長編小説が不条理で気まぐれな、ときにはバーやパーティーでの、ひとつづきの不運でできていると想像する。この作品にある、なかばユーモラスな、ひょっとしたらきわどいシーンを書く。レイルシーがペンネームを使って書き、スタイルを変えたことを忘れずに。ナダルは何に注目したんだろう。ブギーは、きみが彼のふるまいに賛同するかどうかはともかく、ストーリーのヒーローであるべきだけど、出来事にまつわる彼の解釈に逆らう、秘めたディテールを与えてみよう。

古本屋の一掃セールで、きみは知らない出版社のペーパーバックを見つける。カルト・コンパウンド。興味をそそられて、さらに探すと、あと2つ見つかる。ひとつはカサンドラ・N. レイルシー、2つはC. R. ナダルによるものだ。だけど、奥付からすると、3つともレイルシーだ。ペーパーバックはひどい状態で、ページがずいぶんなくなっている。それでも、気に入ったから、きみは買う。あとで、レイルシー／ナダルの情報をインターネットで探すけど、あまり幸運にめぐまれない。ますます好奇心をそそられて、作品を読みはじめ、たちまち魅了されていく。ある朝、コンピューターの前にすわり、なんらかの衝動に駆られて、落丁ページのシーンを書きはじめる。

カサンドラ・N.レイルシーの忘れられた作品

安全地帯の境界の向こう側へ……

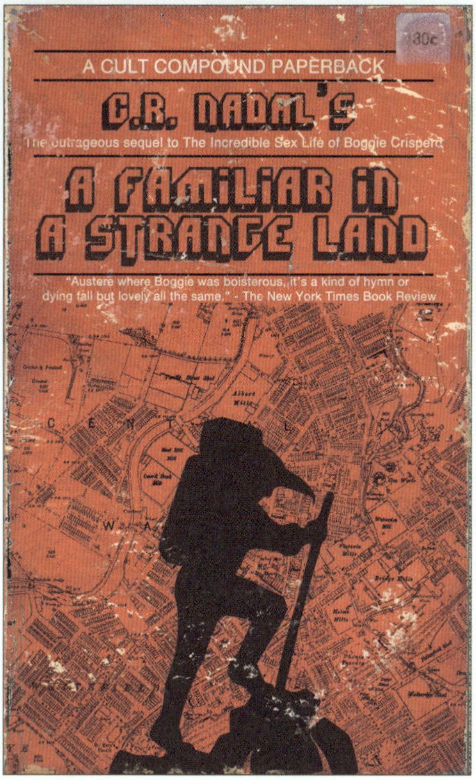

『見知らぬ地の親友 | *A Familiar in a Strange Land*』(1973年)：『セックスライフ』の15年後という設定で、この長編小説には葬送歌のような哀しさがある。孤独で、暮らしを立てていた劇場を売り、落ちぶれたブギーは、犬といっしょに狭いアパートメントに引っ越す。強盗のあと、長いあいだ行っていない昔のたまり場をふたたび訪ね、ずっと会っていない友人たちを探そうと決める。

親友エクササイズ：長編小説2作目のブギーは傷つき、経験を積んでいる。『見知らぬ地の親友』のユーモアは、さらにひねくれていて、多様さを自覚している。セックスライフ・エクササイズと同じロケーションのシーンを、同じキャラクターを一組だけ使って書く。ブギーがしばらく旧友（元友人?）と会っていないかもしれないことを忘れずに。実際の設定も、かなり変わっているかもしれない。確実に、ブギーがどう解釈するかも変わるだろう。

レイルシー・エクササイズ：カサンドラ・N. レイルシーの人生のどこかから、ラスト・シーンをひとつ書く。きみのスタイルを使って。3人称で書く。ここで共有されたディテールに基づいて、レイルシーの作品も参考にしながら。個人的なものにするんだ。活かせそうな参考パートを、第1章でも探す。

セックスライフと親友のエクササイズには、3人称を使ってほしい。1人称、2人称、あるいは3人称は、ドーム・エクササイズにはいい。

カサンドラ・N. レイルシー（1944〜1989年）はミネソタ州の田舎で育ったけど、両親を自動車事故で亡くした1956年、ニューヨーク市に引っ越した。それからは、ボヘミアンのおじとおばに育てられ、2人はレイルシーの執筆好きをサポートした。「初期の作品のほとんどは、両親の死の意味を知ろうとしていました」。1963年、『ヴィレッジ・ヴォイス』紙の「新しい才能」特集で、レイルシーは打ちあけた。でも、世界を知ることにも、等しくささげられているように思う。出版されたレイルシーの長編小説のほぼすべてが、政治的・文化的な社会基盤への鋭い認識を示している。

1960年代はおおむね、レイルシーのしあわせな時代のシンボルだ。激変にもかかわらず、文学者のあいだで、ちょっとした有名人になっていった。編集者や、もっと有名な作家たちからパーティーで投げかけられる毒舌に対しても、機転がきいた。よさがあまり知られていない3作の長編小説が、レイルシーの名声を築いた。『俳優の準備 | *An Actor Prepares*』(1962年)、『根茎の球体 | *The Rhizome Sphere*』(1963年)、『ギルガメシュが立ちあがる | *Gilgamesh Rises*』(1964年)。これらに、レイルシーをスターの座につかせてしかるべきだった、1960年代中期から後期のディザスターノベル6作がつづいた。でも、レイルシーの出版社カルト・コンパウンドは、マーケティングでしくじり、売上は下方スパイラルに入った。

1964年、レイルシーは、背が高くハンサムで、彼女のフィクションが好きなチャールズ・ティッパーと結婚した。世襲財産のある家に生まれ、エリートの世界に入った構造技術者のティッパーは、レイルシーにとって別世界のシンボルだった。はじめからレイルシーは「政治家のためにひらかれる派手なパーティーにお供して、おしゃべりをしなくてはいけないこと」をひどく嫌っていたと、レイルシーの友人だった作家ジェイムズ・サリスは言う。レイルシーはわずか5年で離婚し、ティッパーが不倫していたという噂のさなか、「和解しがたい不和」という決まり文句を引きあいに出した。レイルシーの友人の多くは、最後の長編小説2作の主人公「ブギー・クリスパー」を皮肉な、あべこべのティッパーだと信じていた。

レイルシーの作品について、もっとも的を射た分析をしたのは、文芸評論家マシュー・チェイニーかもしれない。個人ブログでこう書いた。「ヴィジョンの洗練されたしなやかさゆえに、作品は認識できるマーケティングのどんなすき間にも入るし、無名だ。でも今日、レイルシーの世界観における穏やかな転覆を称えるには、よりよい立場にぼくたちはいると思う。レイルシーが実名で書いた長編小説が、レーガン大統領（『俳優の準備』）、インターネットの台頭（『根茎の球体』）、アメリカのイラク侵攻（『ギルガメシュが立ちあがる』）を予見したと知るひとは、ほとんどいない」。チェイニーは「だけど、レイルシーの真価は先見の明よりも、そのころの社会的勢力の描きかたにある。たいてい、面白いプロットというレンズをとおしていて、パロディや教訓主義に陥らない」と主張する。

1970年代、レイルシーはひどい売上と極左勢力からの「じゅうぶんに率直」ではないという批判によるうつ病のため、筆を折った。チェイニーに言わせれば、後者は「あまのじゃくな、事実のねじまげ」だ。1980年代は、レイルシーを公式記録から消しつづけた。1989年3月1日、レイルシーはアルコール中毒で亡くなった。ブルックリンの狭いアパートメントで、無一文で、忘れ去られて。

THE LEONARDO VARIATIONS

『レオナルド』の変化形

以下のメモは、20世紀の有名作家ウラジーミル・ナボコフの短編小説『レオナルド』に関するものだ。このストーリーのきみバージョンを書くことは、きみの執筆のさまざまな側面をテストするのに役立つ。いつも作品にファンタジーや超自然をふくむきみに、このエクササイズはさらなるチャンスを、それらの要素がないフィクションを創るチャンスを与える。新人作家はピンチを脱するためや、ストーリーをある種の花火（ドラゴンがいるぞ！）で終わらせるために、ファンタジーをやたらと使う。ここには、そういう道具はない。ナボコフのストーリーを読むのは、このエクササイズをすませてからだ。

舞台

ヨーロッパのどこか名もない街にある、低級から中級のアパートメントがメイン（ロケーションだけは変更可）。街のよからぬエリアにある。

時代

1930年代から現代までなら、いつでも。

キャラクター

「グスタフ」———家具運びの仕事をしている、大柄な男

「アンソニー」——グスタフの弟。やせ型で、いまは失業中

「ヨアンナ」———グスタフの恋人。やや社交的

「ローマン」———新しい住人。社交的ではなく、身なりは整っていて（ダブルのジャケットなど）、一晩じゅう部屋の灯りをつけっぱなしにし、細身で、妙な歩きかたをする

グスタフもアンソニーも、ちょっと暴力的。2人が軽犯罪者かもしれないと、きみは感じる。ここでの名前は、既存の『レオナルド』から離れられるよう、少し変えてある。

注意：キャラクターの性別や民族は、変えてもいい（ただし、プロットは変えられない）。

プロット

- ローマンが引っ越してくる。兄弟はたいていアパートメントのまわりをうろついていて、ローマンがつきあいを避けるのが気に入らない。
- 兄弟は新しい隣人を調べると決め、グスタフはふざけて、ローマンにくだらない物を高値で、ほとんど無理やり買わせる。
- でも、ローマンは兄弟を遠ざけたまま、無視するかのようで、そのことが兄弟をイライラさせつづける。
- ややエスカレートする。ある晩遅く、グスタフにせきたてられて、アンソニーは階段をあがり、灯りが消えているローマンの部屋のドアをノックするけど、応答はない。別のときには階段で、兄弟はローマンにぶつかり、帽子を払い落とす。
- ローマンはまったく動じない。そこで、兄弟はローマンに、彼らとヨアンナといっしょにバー／パブに行くよう強いる。ヨアンナがローマンを誘惑する。グスタフが酒を飲ませる。ローマンが、彼らの仲間になりはじめたかのような瞬間だ。でもその後、ローマンはふたたび殻に閉じこもる。
- このときすでに、兄弟は夢中になっていた。とりわけグスタフが。兄弟はいやがらせをエスカレートさせる。ローマンはそのすべてに耐える。
- グスタフに促されて、ヨアンナは、映画に連れていってくれるようローマンを説得する。
- 映画のあと2人が路地を歩いていると、兄弟がローマンに立ちはだかり、グスタフは、恋人のヨアンナと何をしているのかと問う。
- ローマンの答えにグスタフは納得せず、ローマンをナイフで刺し殺し、死体を置き去りにする。
- ローマンの死後、兄弟はとうとう、ローマンがアパートメントの部屋で何をしていたのか、職業がなんだったのか、などを知る。どこまであきらかにするかや、あきらかにすることの性質は、きみしだいだ。

視点

兄弟2人の、制限つきの全知。きみが、これらすべての目撃者であるかのように。でも、必ず兄弟2人をとおす。ローマンの頭のなかはのぞけないけど。望むなら、兄弟2人のどちらかを選ぶこともできる。あるいは、ヨアンナを。

長さ

4,000から6,000語

重要点

- 設定をリアルにするために五感すべてを使い、同時に、キャラクターと彼らのモチベーションを、リアルでさし迫ったものにする。
- 非SFや非ファンタジーの要素は使える。その〈思索的な〉要素のひとつが、ストーリーをいつ、どこに設定するかだ。
- 上記のプロットのポイントで述べた、どんなディテールも変えられる（たとえば、ローマンの帽子を払い落とすことは、変えられるし、変えるべき類いのディテールだ。あるいは、バー／パブのシーンは、どこかほかの場所でもおこなえる）。でも、基本プロット（謎めいた新参者、彼にちょっかいを出す兄弟、新参者の無視、エスカレート、エスカレート、エスカレート、死など）は同じでなくてはいけない。
- ストーリーは、推移のまとめによってつながれた、ひとつづきのシーンからなるべきだ。
- シーンは対話を使えるし、使うべきだけど、描写とのバランスを失わないように。
- もし、対話がすべて、あるいは大部分のストーリーを書くなら、エクササイズを終えられない。きみのストーリーは主に、物語のストーリーテリングを拠りどころにするべきだ。
- トーンとモチベーションは、きみしだいだ。できるだけ、きみのストーリーにするべきだ。
- ストーリー執筆後、このエクササイズがなぜ有効かのネタばらしのために、ワンダーブックのウェブサイトを訪れよう。できあいの構成があることが、どれほどきみを助け、妨げるかを考える。

ファンタジー

作家の進化の段階

初期

断片を書く

完成させられない

キャラクターがたくさん崖から落ちる

アイディアを思いつくのに苦労する

副詞と勇ましいスピーチに
惚れこみすぎる

無力さを感じるが、
出版ずみのたわごとを見て、言う。
「いつか、これより
マシなことができる」

変異

すべてをちょっと試す

コントロールできない

いまはストーリーを、せめて完成させられる

美的な調和が足りない

エゴ／自信の激しい飛躍と共に
無力さを感じる

ストーリーがたまに陳腐だと気づいて
打ちひしがれる

奇怪さがしっくりくる
まともっぽく見えてくる

中間

コントロールできつつあり、
ユニークな特徴を示しはじめる

コントロールできるが、必ずしも一貫しない

スタイル／声、
うまくいくもの／いかないものを
より理解する

よりまとまって、より集中して働く

副詞と勇ましいスピーチを嫌う

無力さを感じるが、未来にうぬぼれた
自信を持ち、拒絶されることを喜ばない

進化

安定して、複雑な効果をあげられる

実りある仕事習慣を定める

可能性があるアプローチの少なさではなく
多さで、たまに動けなくなる

陳腐なものやステレオタイプにめったに、
わざとではないかぎり、かかわらない

副詞と勇ましいスピーチについて
相反する考えがある

無力さと共に自信を感じ、
専門スキルの探究は決して終わらないと悟る

クリエイター：経歴

30年を超えるキャリアを持つ、『ニューヨーク・タイムズ』紙のベストセラー作家ジェフ・ヴァンダミアは、何百ものストーリーと多くの本を出版するあいだに、ネビュラ賞、シャーリイ・ジャクスン賞、世界幻想文学大賞を受賞した。マサチューセッツ工科大学、デポール大学、ソロモン・R・グッゲンハイム美術館、アメリカ議会図書館で講演をおこなっている。最新の長編小説である『サザーン・リーチ』三部作と『ボーン』は、35以上の言語に翻訳された。『全滅領域（サザーン・リーチ1）』はパラマウント映画がオプションを取得し、2018年『アナイアレイション －全滅領域－』が公開された。ノンフィクション作品は『ニューヨーク・タイムズ・ブックレビュー』誌、『ロサンゼルス・タイムズ』紙など、多くのメディアで取りあげられる。ティーンエイジャーを対象にした、SFとファンタジーのユニークなライティングキャンプ〈シェアードワールド〉の共同ディレクターをつとめる。ヒューゴー賞受賞作の編集者でもある妻アンと、フロリダ州タラハシーで暮らす。

ジェレミー・ザーフォスが、はじめてアートとデザインに興味を持ったのは15歳のときで、多くのマンガに接したためだった。その後、かわいい小動物を、地元の学校の壁画もふくめて、創ることに興味を持つ。長年、ボーイスカウトとラスベガス地域のローカルデザインにたずさわっている。デヴィアントアート・コミュニティを介して、はじめて作品が公開された。ポップアートの特定の要素だけでなく、スーパーフラット、転用された文化、住んでいるエリア（特にモハーヴェ砂漠）にも、おおいに影響を受けている。アート・プロジェクトに取りくんでいないときは、本をむさぼり読んでいるところを、よく発見される。もっとも知られているのは、チーキー・フローグ・ブックスの太字を用いた斬新な表紙と、スウェーデンの作家カリン・ティドベック初の作品集『ジャガンナート』の表紙だ。

謝辞

デヴィッド・カシーンとエイブラムスのみんなに、『ワンダーブック』への信頼を感謝する。妻アンに、この本を創るあいだの経営上の、管理上の、そしてクリエイティブなサポートを感謝する。エージェントのサリー・ハーディングに感謝する。さらに、教育テキストの公式コンサルタントをつとめてくれたマシュー・チェイニーに感謝する。ぼくの最初の読者たち（きみのことだって、わかってるよね）に感謝する。最後に、すべての寄稿者たちに深く感謝する――あなたたちの存在によって、この本はとても豊かになった。

ジェレミー・ザーフォスは感謝したい。疲れ知らずのサポートをしてくれた母リンダに。支援とアドバイスをくれた、おばのジョーガンに。ずっと最高の家族でいてくれるジェシー、リア、ダレンに。そして、祖母と大家族に。ラス、ネイト、エンジェル、アダムの忍耐にも感謝する。

ウォフォード大学サマーキャンプ責任者ティム・シュミッツのアイディアに、インハウス・アーティストのジェレミー・ザーフォスに、エディター・イン・レジデンスのアン・ヴァンダミアに、インストラクターのニケ・パワーズ、ロバート・レディック、ジョゼフ・スパイヴィーに、お礼を申しあげる。

CREDITS

All art not designated as by another creator and not in the public domain is copyright © 2013 and © 2018 by Jeremy Zerfoss and created specifically for this book. All diagrams original to this book copyright © 2013 by Jeff VanderMeer (concept sketches and text) and Jeremy Zerfoss (art). All other art listed below with a 2013 copyright date was commissioned for Wonderbook and appears here for the first time. Book covers reproduced by kind permission of the following publishers: Angry Robot, Bantam, Doubleday, Gollancz, Head of Zeus, Milkweed Press, Orbit, Pantheon, and Small Beer Press (all rights reserved).

INTRODUCTION: "The Backyard" copyright © 2010 by Myrtle Von Damitz III; "The History of Science Fiction" copyright © 2009 by Ward Shelley; "Fishhands" copyright © 2010 by Scott Eagle; "Novel Mountain" copyright © 2013 by John Crowley; artist shelves copyright © 2010 by Scott Eagle.

CHAPTER 1: Samuel R. Delany photo copyright © 2009 by Kyle Cassidy; "The Muse" copyright © 2013 by Rikki Ducornet; "Ghost Iguana" copyright © 2013 by Ivica Stevanovic; "Hours of Catherine of Cleves (M.917/945) Vol. 2, fol. 107r, Souls Released from Purgatory," reprinted by permission of The Pierpont Morgan Library, New York (purchased on the Belle da Costa Greene Fund and with the assistance of the Fellows, 1963); "Alice in Wonderland" collage copyright © 2009 by John Coulthart; detail from the *Luttrell Psalter* (circa 1325–1335) copyright © The British Library Board; "Iconoclast" copyright © 2008 by Richard A. Kirk; "Word Beast" copyright © 2010 by Molly Crabapple; "Notecard by Cassandra N. Railsea" copyright © 2013 by Myrtle Von Damitz III; "Icarus Elck" copyright © 2013 by Scott Eagle; "My Struggle" copyright © 2012 by Molly Crabapple; "Cognitive Transformation" copyright © 2004 by Ben Tolman; photo of Karen Lord copyright © 2012 by Russell Watson of R Studio; "Horizons" copyright © 2017 by Armando Veve; "There Lies the Strangling Fruit" copyright © 2013 by Ivica Stevanovic; *Veniss Underground* art for Polish edition copyright © 2009 by Tomasz Maronski; photo of Matthew Cheney copyright © 2008 by Rick Elkin; "Venezia (Strato City)" copyright © 2010 by Sam Van Olffen.

CHAPTER 2: "The Night Trawlers, version 2," copyright © 2009 by R. S. Connett; photo of Nick Mamatas copyright © 2012 by Ellen Datlow; "Protein Myth" copyright © 2016 by Armando Veve; photo of Kim Stanley Robinson, copyright © 2005 by SFX/Future Publishing Ltd.; *City of Saints and Madmen* cover art copyright © 2001 by Scott Eagle; "Planktonauts, version 2," copyright © 2012 by R. S. Connett; photo of Ursula K. Le Guin copyright © 2003 by Eileen Gunn.

CHAPTER 3: "Widening Context" images and layout copyright © 2012, 2013 by Gregory Bossert but Myster Odd as character copyright © 2013 Jeremy Zerfoss; "Beginnings with Myster Odd" images copyright © 2012 by Gregory Bossert based on a character created by Jeremy Zerfoss; "Tentacle Latitudes" copyright © 2012 by John Coulthart; photo of Neil Gaiman copyright © by Kimberly Butler; "Example A art" copyright © 2009 and 2013 by John Coulthart; "*Finch* Particulars art" copyright © 2009 by John Coulthart; "*Shriek* art" copyright © 2008 by Ben Templesmith; "Circlings 1," making a cameo as "A Door That Doesn't Appear to be a Door," copyright © 2002 by Hawk Alfredson; "The South East Watcher" copyright © 1977 by Stephen Fabian; "The Situation" copyright © 2008 by Scott Eagle; photo of Desirina Boskovich copyright © 2012 by Joshua Campbell.

CHAPTER 4: "Secretary" copyright © 2012 by Sam Van Olffen; "Alternate Fuel Source, version 1," copyright © 2008 by R. S. Connett; "Drawing of a Novel Structure" copyright © 2010 by Nnedi Okorafor; interior view of Sagrada Familia copyright © by Depositphotos.com/Ihsan Gercelman; the ideas and underlying diagram for the Tutuola/Metcalf analysis copyright © 2017 VanderMeer Creative, Inc.; "SmugMug," waterdrop photo, copyright © 2013 by Corrie White; Inspiration Well at Sintra, Portugal, copyright © by Depositphotos.com/Konstantin Kalishko; photo of gecko feet by Paul D. Stewart, copyright © 2002 Dr. Kellar Autumn; brain fungi photo copyright © 2001 by Taylor Lockwood; "Fiction Beat Creatures" copyright © 2012 by Ninni Aalto; "Fred the Penguin and Danger Duck" copyright © 2013 by Ninni Aalto; "The Hall of Bright Carvings" copyright © 2008 by Ian Miller; Prague astronomical clock photo copyright © by Depositphotos.com/Iakov Filimonov; "Borne Montage" copyright © 2017 by Pat Hughes.

CHAPTER 5: "Queen Bitch" copyright © 2008 by Carrie Ann Baade; "Character Diagram" copyright © 2013 by Stant Litore; "The King and His Hippo" (two variations) copyright © 2013 Ivica Stevanovic; "Explaining Death to a Rabbit" copyright © 2011 by Carrie Ann Baade; "Maskh No. 7 (Deathless Spell)" copyright © 2008 Kristen Alvanson; "Evil Overlord with Blowfish" (blowfish showcased by Ninni Aalto) copyright © 2012 by Henry Söderlund; "Babylon City" copyright © 2010 by Ivica Stevanovic; photos of two people staring out of windows copyright © 2003 by Jorge Royan; photo of Lauren Beukes copyright © 2010 by Victor Diamini Photography; photo of fish seller at Billingsgate copyright © 2010 by Jorge Royan; photo of Junot Díaz copyright © Nina Subin; "Transfer of Energy and Emotion" copyright © 2013 by Ninni Aalto; the ideas and underlying diagram for "The Secret Life of Objects" copyright © 2017 VanderMeer Creative, Inc. "Astronomical Compendium for Subterranean Spaces" used as part of the Secret Life of Objects diagram is copyright © 2015 by Angela DeVesto; photo of Michael Cisco copyright © 2007 by Susan Cisco; "The Zero's Relapse" copyright © 2013 by Michael Cisco; "Nadal Baronio" copyright © 2006 by Óscar Sanmartín.

CHAPTER 6: "Timrick births a rollercoaster from its chest while a golden city rises from its head" copyright © 2007 by Theo Ellsworth; "All Our Fictional Worlds" copyright © 2013 by Myrtle Von Damitz III; "Atlantis, Beneath the Waves" copyright © 2004 by Charles Vess; cover art for a CD by Melechsesh copyright © 2010 by John Coulthart; text and instructional information for the "Language and Worldbuilding" diagram on pages 218-219 copyright © 2018 by Monica Valentinelli; floating city copyright © 2009 by Aeron Alfrey; photo of Catherynne M. Valente copyright © 2012 by Beth Gwinn; photo of the Barcelona Casa Batllo facade copyright © by Depositphotos.com/Tono Balaguer SL; "Mansa Musa" copyright © 2001 by Leo and Diane Dillon; "The Valley of Osrung" copyright © Dave Senior/Gollancz; sketch for "The Valley of Osrung" copyright © 2010 by Joe Abercrombie; "Ice Land" copyright © 2013 by Sam Van Olffen; photo of St. Mark's National Wildlife refuge copyright © 2007 by Ann VanderMeer; "A Dream of Apples" copyright © 1999 by Charles Vess; photo of Charles Yu copyright © 2010 by Michelle Jue; "Bird-Leaf" copyright © 2013 by Ivica Stevanovic; "Hole" copyright © 2009 by Ben Tolman; "Clever Foxes" copyright © 2017 by Kayla Harren; "The Dream Lands" copyright © 2011 by Jason Thompson; "Mormeck Mountain" copyright © 2011 by Mo Ali.

CHAPTER 7: "Finch Outline" copyright © 2008 by Jeff VanderMeer; "Laboratory" copyright © 2017 by Kayla Harren; Peter Straub revision pages copyright © 2012-13 by Peter Straub; Peter Straub manuscript photographs copyright © 2013 by Kyle Cassidy; "Transformation Writing Challenge" copyright © 2013 by Ivica Stevanovic; J. J. Grandville illustrations from the 1800s used for "The Ghosts of Grandville" diagram; photo of Lev Grossman copyright © 2011 by Mathieu Bourgois; "Big Fish Eat Little Fish Eat Big Fish" copyright © 2012 by Molly Crabapple; photo of Karen Joy Fowler copyright © 2011 by Brett Hall Jones.

APPENDIX: All illustrations and depictions of Jeff VanderMeer's diagrams copyright © 2013 and 2018 by Jeremy Zerfoss; *LARP Essay*—Photo of Karin Tidbeck copyright © 2012 by Nene Ormes; "LARP participants" photo copyright © 2005 by Karin Tidbeck; production photos and final film stills from the "Who Is Arvid Pekon?" movie copyright © 2012 by Patrick Eriksson. *George R.R. Martin Interview*—Photo of Hadrian's Wall copyright © by Depositphotos.com/Juliane Jacobs; The Shared Worlds founder's perspective, copyright © 2018 by Jeremy L.C. Jones, and the Shared Worlds teacher's perspective, copyright © 2018 by Jacquelyn Gitlin; "They Weren't Alone" copyright © 2002 by Charles Vess.

Writing Exercises: "Theo Ellsworth on Comics and the Creative Impulse/Hand with Pen on Page," text and art copyright © 2018 Theo Ellsworth; Normal book cover copyright © 2016 by Farrar, Straus and Giroux (used by permission of the publisher); Two photos of North Florida wilderness on Annihilation feature title page copyright © 2017 by Riko Carrion; Southern Reach Forgotten Coast Reserve whiskey bottle copyright © 2014 by Matthew Revert (text copyright © 2014 VanderMeer Creative, Inc.); "Dead Astronauts" (dead and alive versions) copyright © 2017 by Kayla Harren; "Segments" copyright © 2012 by Joanna Bittle; The Book of Joan book cover copyright © 2017 by Canongate (design by Rafaela Romaya and illustration by Florian Schommer; used by permission of the publisher); copyright © 2015 Artforum, March 2015; "Portfolio: Anicka Yi," by Michelle Kuo, photography Joerg Lohse (image courtesy Anicka Yi and 47 Canal, New York); Detail from Stages of Rot copyright © 2017 Linnea Sterte; Safari Honeymoon cover copyright © 2014 Jesse Jacobs; The Obelisk Gate book cover copyright © Hachette Book Group, used by permission, with cover design by Wendy Chan and cover photo copyright © Shutterstock; "Change in pressure" image copyright © 2015 by Quintan Ana Wikso from her book The Hope of Floating Has Carried Us This Far; Dark Matter book cover copyright © 2013, reprinted by permission of Black Ocean; "Laws of physics" image copyright © 2016 by Johannes Heldén from his book Astroecology; Big Questions cover detail copyright © 2015 by Anders Nilsen, courtesy of Drawn & Quarterly; Humankind book cover copyright © 2017 by Anne Jordan, used by permission of Verso Books; Feelers living alphabet examples copyright © 2015 by Ari Weinkle; Area X artwork (plant to owl) copyright © 2014 by Pablo Delcan; "Cause and Effect": "Deer Barrow" photo copyright © 2012 by Leila Ghobril, "Green Finger" photo copyright © 2011 by Tessa Kum, "Your Messed-Up Friends" photograph featuring Nathan Bias, Russ Swart, Jeremy Zerfoss, Adam Bias copyright © 2012 by Angel Rodriguez; Miguel Januário's Lisbon graffiti photo copyright © 2013 by Mariana Tavares; Paulette Werger in her studio copyright © 2006 by Ann VanderMeer; Glacier Lake, copyright © by Depositphotos.com/Christopher Meder; Cassandra Railsea book covers copyright © 2013 by Matthew Revert; "Rabbit God" copyright © 2013 by Ivica Stevanovic; Gecko leg, copyright © by Depositphotos.com/Eric Isselée; "Nerves of the Orbit" (octopus) copyright © 2014 by Joanna Bittle; "Fantastical Monsters" art copyright © 2017 by Harry Bogosian.

***

All main text, writing exercises, instructional diagrams, photographs, and instructional captions in the Appendix of this expanded edition of Wonderbook copyright © 2013 and 2018 by VanderMeer Creative, Inc., except for the exceptions listed below. The intellectual property copyrighted to VanderMeer Creative, Inc., includes all aspects of the Week 2: Writing diagram for the Shared Worlds feature (the manta ray teacher and Chateau Peppermint Bonkers, etc.) and the flying nectar deer from "The White Deer Terroir Project".

Spotlight feature extended quotes copyright © 2013 to the respective contributors: David Anthony Durham, Scott Eagle, Stant Litore, Nnedi Okorafor, and Peter Straub. Most other quotes are taken from interviews conducted exclusively for Wonderbook, with some quotes taken from interviews I conducted for blog features. Extended quote from the fiction of Amos Tutuola used by permission of Amos Tutuola's estate. Extended quote from David Madden's Revising Fiction used by permission of the author. Some short quotes translated by Gio Clairval. Essay features and appendix features commissioned for this book are copyright © 2013 to the respective contributors: Joe Abercrombie, Desirina Boskovich, Matthew Cheney, Michael Cisco, Rikki Ducornet, Karen Joy Fowler, Lev Grossman, Karen Lord, Nick Mamatas, George R. R. Martin, Kim Stanley Robinson, Karin Tidbeck, and Charles Yu. The following essays are reprints: "Writing The Other" copyright © 2011 by Lauren Beukes, first published on the World SF Blog; "The Beginning of American Gods" copyright © 2001 by Neil Gaiman, first published in a longer form as "Books Have Sexes; Or to Be More Precise, Books Have Genders" at Powells.com; "A Message About Messages" copyright © 2005 by Ursula K. Le Guin, first published by CBC Magazine; "What Everyone Knows" copyright © 2012 by Catherynne M. Valente, first published on the blog of Charles Stross as part of a post entitled "Operating Narrative Machinery: Thoughts on Writing Pt 3." Part of that Valente guest post also appears as an extended quote on page 154. "Let's Find the 'Duck,'" copyright © 2018 by Rosie Weinberg. Respective micro text contributions for "The White Deer Terroir Project" are copyright © 2017 to the following individuals: Susan Atwell, Meghan Brown, Melanie Conroy-Hamilton, Alexander Kerai, Gwynne S. Lim, Joseph E. Myer, and Erik A. Smith.

ワンダーブックで
お腹いっぱいになった
ポウキンは、勇んで出かける。
恐れずに。

訳者略歴
朝賀雅子 あさが・まさこ

奈良県生まれ。事務職を経て、フリーランスでWebライティングの仕事をはじめる。
2015年、文芸翻訳を学びはじめ、翻訳家の田村義進氏に師事する。
本書がはじめての訳書となる。
Twitter ID：mskasg

ワンダーブック

2019年5月27日　初版発行

著者　ジェフ・ヴァンダミア
訳者　朝賀雅子
日本版デザイン　イシジマデザイン制作室
編集　田中竜輔
発行者　上原哲郎
発行所　株式会社フィルムアート社
〒150-0022
東京都渋谷区恵比寿南1-20-6 第21荒井ビル
Tel. 03-5725-2001　Fax. 03-5725-2626
http://filmart.co.jp

印刷・製本　シナノ印刷株式会社

Printed in Japan
ISBN978-4-8459-1804-1　C0090

落丁・乱丁の本がございましたら、お手数ですが小社宛にお送りください。
送料は小社負担でお取り替えいたします。